文/白/对/照

太平廣記

十一

〔北宋〕李昉 等 编纂
谦德书院 译

團结出版社

图书在版编目（CIP）数据

文白对照太平广记 / (北宋) 李昉等编纂 ; 谦德书院译. -- 北京 : 团结出版社, 2022.10

ISBN 978-7-5126-9290-9

Ⅰ. ①文… Ⅱ. ①李… ②谦… Ⅲ. ①笔记小说—小说集—中国—北宋②《太平广记》—译文 Ⅳ. ①I242.1

中国版本图书馆CIP数据核字(2022)第001044号

出版：团结出版社

（北京市东城区东皇城根南街84号 邮编：100006）

电话：（010）65228880　65244790（传真）

网址：www.tjpress.com

Email：65244790@163.com

经销：全国新华书店

印刷：北京天宇万达印刷有限公司

开本：145 × 210　1/32

印张：286.75

字数：8200千字

版次：2022年10月　第1版

印次：2022年10月　第1次印刷

书号：978-7-5126-9290-9

定价：880.00元（全十四册）

目 录

卷第三百七十一　精怪四

卷第三百七十二　精怪五

卷第三百七十三　精怪六

卷第三百七十四　灵异

卷第三百七十五　再生一

卷第三百七十六　再生二

卷第三百七十七　再生三

卷第三百七十八　再生四

卷第三百七十九　再生五

卷第三百八十　再生六

卷第三百八十五　再生十一

卷第三百八十六　再生十二

卷第三百八十七　悟前生一

卷第三百八十八　悟前生二

卷第三百八十九　冢墓一

卷第三百九十　冢墓二

卷第三百九十一　铭记一

卷第三百九十二　铭记二

卷第三百九十三　雷一

卷第三百九十四　雷二

卷第三百九十五　雷三

卷第三百九十六 雨风、虹附

卷第三百九十七 山溪附

卷第三百九十八　石坡沙附

卷第三百九十九　水井附

卷第三百六十八—卷第三百九十九

卷第三百六十八　精怪一

杂器用

阳城县吏

魏景初中，阳城县吏家有怪。无故闻拍手相呼，伺无所见。其母夜作倦，就枕寝息。有顷，复闻灶下有呼曰："文约，何以不见？"头下应曰："我见枕，不能往，汝可就我。"至明，乃饭臿也。即聚烧之，怪遂绝。（出《搜神记》）

桓　玄

东晋桓玄时，朱雀门下，忽有两小儿，通身如墨，相和作《芒笼歌》，路边小儿从而和之数十人。歌云："芒笼茵，绳缚腹。车（車）无轴，倚孤木。"声甚哀楚，听者忘归。日既夕，二小儿还入建康县，至阁下，遂成一双漆鼓槌。鼓吏列云："槌积久，比恒失之而复得，不意作人也。"明年春而桓玄败。言"车（車）无轴，倚孤木"，"桓"字也。荆州送玄首，用败笼茵包裹之，又以芒绳束缚其尸，沉诸江中。悉如童谣所言尔。（出《续齐谐记》）

杂器用

阳城县吏

三国时期魏景初年间，阳城县县吏的家里发生了怪事。无缘无故就听到有人在拍手互相呼叫，等着看了一会又什么也看不见。县吏的母亲在夜间干活儿很疲倦，睡了不到一会儿，又听到灶台下有人喊道："文约，怎么看不见你？"县吏母亲的头下有人回答说："我被枕头枕住了，不能过去！你可以到我这儿来！"到了天亮一看，竟然是盛饭用的铲子。家人便立即把它们集中起来烧了，妖怪也就被灭绝了。（出《搜神记》）

桓玄

东晋桓玄时期，在朱雀的门下，忽然有两个小男孩，他们全身黑的像墨一样，两个小男孩互相一唱一和地唱《芒笼歌》。路边的小孩跟着一起唱和的有几十个人。歌里面说："芒笼茵，绳缚腹。车无轴，倚孤木。"歌声十分悲伤凄楚，听歌的人都忘记了回家。天快要黑了，两个小男孩回走到建康县衙，来到阁楼下，遂即变成了一双漆鼓槌。打鼓的官吏们说："这鼓槌已经堆积很长一段时间了，最近经常丢失了而又回来，没有想到它们变成了人！"第二年春天桓玄败了。说："车无轴，倚孤木"，是一个"桓"字。荆州把桓玄的头颅送了回来，用破败不堪的竹垫子包裹着，又用草绳捆绑着他的尸体，沉到了大江里面，完全像是童谣说的那样。（出《续齐谐记》）

徐氏婢

东海徐氏婢兰，晋义熙中，忽患病，而拂拭异常。共伺察之，见扫帚从壁角来，趋婢床，乃取而焚之。（出《异苑》）

江淮妇人

江淮有妇人，为性多欲，存想不舍，日夜常醉。旦起，见屋后二少童，甚鲜洁，如宫小吏者。妇因欲抱持，忽成扫帚，取而焚之。（出《幽明录》）

刘 玄

宋中山刘玄居越城。日暮，忽见一著乌裤褶来取火，面首无七孔，面莽党然。乃请师筮之。师曰："此是家先代时物，久则为魅杀人。及其未有眼目，可早除之。"刘因执缚，刀断数下，乃变为一枕。此乃是祖父时枕也。（出《集异记》）

游先朝

广平游先朝，丧其妻。见一人著赤裤褶，知是魅，乃以刀斫之。良久，乃是己常著履也。（出《集异记》）

居延部落主

周静帝初，居延部落主勃都骨低，凌暴，奢逸好乐，居处甚盛。忽有人数十至门，一人先投刺曰："省名部落主成多受。"因趋

徐氏婢

东海有一个姓徐的人，他有一个名叫兰的婢女。在晋朝义熙年间，她突然生病了，打扫灰尘的动作和平时不一样。大家一起偷偷地观察她，只见扫帚从墙壁的角落里出来，快步地走到婢女的床下。于是，大家就将扫帚拿出来烧了。（出《异苑》）

江淮妇人

江淮有一名妇人，为人生性贪婪，有非常多的欲望。她从不放弃自己的幻想，日夜总是沉醉在自己的幻想之中。一天早晨起来，妇人看见屋后有两个小孩，长得非常鲜丽干净，像宫里的小官吏。妇人就想要把他们抱起来，但是小孩突然就变成了扫帚，她就拿出来烧了。（出《幽明录》）

刘玄

南北朝的宋中山，有个人叫刘玄，居住在越城。天黑了，突然看见一个身上穿着黑裤子，头脸上没有七窍，脸像一堆荒草的样子的人来取火。于是便请巫师来占卜。巫师说："这是你家上一辈时候的东西，时间一久会变成鬼魅来杀人。趁它现在还没长出眼睛，可以尽早除掉它。"于是刘玄就把那个怪物捉住捆绑起来，用刀砍了好几下，它就变成一个枕头，这是他祖父那时候的枕头。（出《集异记》）

游先朝

有个广平人叫游先朝，他的妻子死了。游先朝看见一个穿红裤子的人。他知道是鬼怪，于是用刀砍他。过了一会再看时，原来是他自己经常穿的鞋子。（出《集异记》）

居延部落主

周静帝初年，居延部落的主子叫勃都骨低，非常高傲残暴，奢侈安逸，喜欢玩乐，居住的地方也十分华丽。突然有几十个人来到门入。骨低问曰："何故省名部落？"多受曰："某等数人各殊，名字皆不别造。有姓马者，姓皮者，姓鹿者，姓熊者，姓麞者，姓卫者，姓班者，然皆名受。唯某帅名多受耳。"骨低曰："君等悉似伶官，有何所解？"多受曰："晓弄碗珠，性不爱俗，言皆经义。"骨低大喜曰："目所未睹。"有一优即前曰："某等肚饥，臈臈怡怡，皮漫绕身三匝。主人食若不充，开口终当不舍。"骨低悦，更命加食。一人曰："某请弄大小相成，终始相生。"于是长人吞短人，肥人吞瘦人，相吞残两人。长者又曰："请作终始相生耳。"于是吐下一人，吐者又吐一人，递相吐出，人数复足。骨低甚惊，因重赐赍遣之。明日又至，戏弄如初。连翩半月，骨低颇烦，不能设食。诸伶皆怒曰："主人当以某等为幻术，请借郎君娘子试之。"于是持骨低儿女弟妹甥侄妻妾等，吞之于腹中。腹中皆啼呼请命，骨低惶怖，降阶顿首，哀乞亲属。伶者皆笑曰："此无伤，不足忧。"即吐出之，亲属完全如初。

骨低深怒，欲用衅杀之。因令密访之，见至一古宅基而灭。骨低令掘之，深数尺，于瓦砾下得一大木槛，中有皮袋数千。槛旁有谷麦，触即为灰。槛中得竹简书，文字磨灭，不可识。唯隐隐似有三数字，若是"陵"字。骨低知是诸袋为怪，欲举出焚之。诸袋因号呼槛中曰："某等无命，寻合化灭。缘李都尉留水银在此，故前，一个人先上前递上名帖说："我是省名部落主的成多受。"于是他便走了进去。勃都骨低问道："你这个部落为什么是省名部落？"成多受说："我们几十人每个人都各不一样，名字都不另外起，有姓马的、姓皮的、姓鹿的、姓熊的、姓獐的、姓卫的、姓班的，但是他们的名字都叫'受'，只有我这个当主帅的叫'多受'。"勃都骨低说："你们都像唱戏的，有什么解释的？"成多受说："通晓摆弄碗和珠等器物，生性不喜欢世俗，说的都是一些经典要义的事情。"勃都骨低很高兴地说道："我从来没有见过。"其中一个唱戏的立即上前说道："我们肚子饥饿，咕咕噜噜地叫，肚皮可以随便地围身体三圈。主人的饭食如果不够充足，我们就开口要，最后也会不给我们的。"勃都骨低高兴，又命令人增加了饭菜。一个人说道："请让我表演一个'大小相成，终始相生'。"于是，其中一个高个子吞了一个矮个子，一个胖子吞了一个瘦子，高个子和胖子又互相吞了两个人。高个子又说道："请让我表演'终始相生'吧！"于是高个子吐出一个人，吐出来的人又继续吐出一个人，相互接连地吐出来，人数又足够了。勃都骨低感到非常吃惊，就重重地给了他们赏赐。第二天他们又来了，表演的把戏和开始的一样。如此接连表演了半个月。勃都骨低感到非常厌烦，便不为他们准备饭食了。戏子们都很生气地说道："主人会把我们的戏法当成幻术，请把你的娘子借给我们试试。"于是把勃都骨低的儿女、弟妹、甥侄、妻妾等，都吞到肚子里去。在肚子里的人都哭哭啼啼地请求出来。勃都骨低感到很恐慌害怕，下到台阶下来磕头，哀求把他的亲属放回来。唱戏的都笑着说："这没有关系，不要忧愁。"于是戏子们就把人吐出来了。亲属们和原来完全一样。

勃都骨低感到非常愤怒，想要用杀牲的血杀了他们。于是派人秘密地调查暗访，见到他们走到一座古宅院的墙基处就消失不见了。勃都骨低让人挖那古宅的墙基，挖了有几尺，在瓦砾下挖到一个大的木笼子，笼子中有几千只皮袋。笼子旁边有谷粒和麦粒，用手一碰就变成了灰。勃都骨低从笼中得到一份简书，文字已经被磨灭了，不能够辨识出来，只能隐隐约约地看到好像有三个字像是"陵"

得且存。某等即都尉李少卿般粮袋，屋崩平压。绵历岁月，今已有命。见为居延山神收作伶人，伏乞存情于神，不相残毁。自此不敢复扰高居矣。”骨低利其水银，尽焚诸袋。无不为冤楚声，血流漂洒。焚讫，骨低房廊户牖，悉为冤痛之音，如焚袋时，月余日不止。其年，骨低举家病死。周岁，无复孑遗。水银后亦失所在。（出《玄怪录》）

僧太琼

唐上都僧太琼者，能讲《仁王经》。开元初，讲于奉先县京遥村，遂止村寺。经两夏，于一日，持钵将上堂。阖门之次，有物坠檐前。时天才辨色，僧就视之，乃一初生儿，其襁裼甚新。僧惊异，遂袖之。将乞村人，行五六里，觉袖中轻。探之，乃一敝帚也。（出《酉阳杂俎》）

清江郡叟

唐开元中，清江郡叟常牧牛于郡南田间。忽闻有异声自地中发，叟与牧童数辈，俱惊走辟易。自是叟病热且甚。仅旬余，病少愈。梦一丈夫，衣青襦，顾谓叟曰：“迁我于开元观。”叟惊而寤，然不知其旨。后数日，又适野，复闻之。即以其事白于郡守，封君怒曰：“岂非昏而妄乎？”叱遣之。是夕，叟又梦衣青襦者告曰：

字。勃都骨低知道是这些皮袋在作怪，想要弄出来烧了它们，然而皮袋们就在笼子里哭喊道："我们已经没有生命，不久之后就该消灭了。因为李都尉留有水银在这里，所以我们才能够得以暂时存活。我们都是都尉李少卿的搬粮袋，屋子倒塌，平压下来。经历了很长的岁月，如今已经有了生命，被居延山神收为了唱戏的。请求你看在神的情分上，不要杀了我们。从此我们再也不敢骚扰您居住的地方了。"勃都骨低认为水银很有用，便把那些皮袋全部烧了，皮袋都发出冤枉凄楚之声。血流漂洒了满地。烧完后，勃都骨低的房廊门户全部发出了冤枉和痛苦的声音，和勃都骨低烧皮袋时一样，一个多月过后，这种声音依然没有停止。那一年，勃都骨低全家都病死了。一年过后，什么东西都消失殆尽，丝毫不剩。水银后来也消失不存在了。（出《玄怪录》）

僧太琼

在唐朝时期，上都有一个僧人名叫太琼，能够讲《仁王经》。开元初年，太琼到奉先县京遥村去讲经，就住在京遥村的寺里。经过了两个夏天，有一天，太琼拿着钵子准备到堂上去。关上门之后，有一个东西掉到了屋檐前面。当时的天色刚刚能够分辨出颜色，僧人靠近去一看，竟然是一个刚出生的孩子。用来包孩子的襁褓很新。太琼感到非常惊讶，就放到了衣袖里。准备去请求村里人养活这孩子，走了五六里地，忽然感觉衣袖变得很轻。打开一看，竟然是一把破笤帚。（出《酉阳杂俎》）

清江郡叟

在唐朝开元年间，清江郡里有一个老头经常在郡南田间牧牛，忽然听见有一种怪异的声音从地底下发出来，老头和几个牧童都被吓得跑开了。从此老头患病发烧一天比一天重。过了十多天后，病逐渐好了一些，他梦到一位男子，身穿青色的短衣，看着他对他说道："请把我搬迁到开元观去！"老头被惊醒了，但是他不知道这是什

“吾委迹于地下久矣，汝速出我，不然得疾。”叟大惧。及晓，与其子偕往郡南，即凿其地。约丈余，得一钟，色青，乃向所梦丈夫色衣也。遂再白于郡守，郡守置于开元观。是日辰时，不击忽自鸣，声极震响。清江之人，俱异而惊叹。郡守因其事上闻，玄宗诏宰臣林甫写其钟样，告示天下。（出《宣室志》）

韦训

唐京兆韦训，暇日于其家学中读《金刚经》，忽见门外绯裙妇人，长三丈，逾墙而入。遥捉其家先生，为捽发曳下地。又以手捉训，训以手抱《金刚经》遮身，仓卒得免。先生被曳至一家，人随而呼之，乃免。其鬼走入大粪堆中，先生遍身已蓝淀色，舌出长尺余。家人扶至学中，久之方苏。率村人掘粪堆中，深数尺，乃得一绯裙白衫破帛新妇子。焚于五达衢，其怪遂绝焉。（出《广异记》）

卢赞善

卢赞善家，有一瓷新妇子。经数载，其妻戏谓曰：“与君为妾。”卢因尔惘惘，恒见一妇人，卧于帐中。积久，意是瓷人为祟，送往寺中供养。有童人，晓于殿中扫地，见一妇人，问其由来，云么意思。后来过了几天，老头又到野外去，又再次听到了那怪异的声音。他就把这件事上报给了郡守。郡守生气地说道：“这难道不是胡说八道吗？”郡守便让人把他轰了出去。当天晚上，老头又再次梦见身穿青色短衣的男子告诉他说：“我寄身在地下已经好长时间了，你赶快把我弄出来，不然你就得患病！”老头特别害怕。到了天亮的时候，老头和他的儿子一块来到郡南，挖那块地。大约挖了有一丈多深，挖到一口青色的钟，就像梦里那个男子衣服的颜色。于是老头又去报告郡守，郡守将钟放在开元观。在这一天辰时，没人敲那口钟，它却忽然自己响了，声音特别响。清江的人们，都感到非常怪异和惊叹。郡守就把这事上奏给了皇帝，唐玄宗便召见宰相，让宰相李林甫去画下钟的样貌，告知全天下。（出《宣室志》）

韦训

有个唐朝的京兆人，名叫韦训，闲暇之余在自己的家里学读《金刚经》。忽然看见门外有一个身穿粉红色衣裙的妇人，有三丈多高，翻墙进来，远远地伸手去捉他家里的教书先生，教书先生被她揪住了头发拽下地来。又伸出手来捉韦训，韦训用手抱起《金刚经》遮挡在身体前，仓促地躲开了才得以幸免。教书先生被拽到了一户人家，这家人跟随在后面呼喊，才得以幸免。于是那鬼跑进大粪堆里。教书先生已经全身都是蓝淀色，舌头吐出来有一尺多长。家人把教书先生扶到家中，过了好长时间才醒过来。于是韦训便带领人挖那个粪堆，挖到数尺深时，竟然挖到了一个穿着粉红裙白衣衫的破布娃娃。便把它在五路通达的路口烧掉，那怪物就灭绝了。（出《广异记》）

卢赞善

名叫卢赞善的家中有一个瓷做的娃娃。放了有几年，他的妻子取笑他说：“让这瓷娃娃给你做妾吧！”卢赞善因此感到若有所失，总能看到一个妇人躺在他的帷帐之中。时间久了，他察觉这是瓷娃是卢赞善妾，为大妇所妒，送来在此。其后见卢家人至，因言见妾事。赞善穷核本末，所见服色，是瓷人。遂命击碎，心头有血，大如鸡子。（出《广异记》）

柳崇

越州兵曹柳崇，忽疡生于头，呻吟不可忍。于是召术士夜观之，云："有一妇女绿裙，问之不应，在君窗下。急除之。"崇访窗下，止见一瓷妓女，极端正，绿瓷为饰。遂于铁臼捣碎而焚之，疮遂愈。（出《朝野佥载》）

南中行者

南中有僧院，院内有九子母像，装塑甚奇。尝有一行者，年少，给事诸僧。不数年，其人渐甚羸瘠，神思恍惚。诸僧颇怪之。有一僧，见此行者至夜入九子母堂寝宿，徐见一美妇人至，晚引同寝，已近一年矣。僧知塑像为怪，即坏之。自是不复更见，行者亦愈，即落发为沙门。（出《玉堂闲话》）

麹秀才

道士叶法善，精于符箓之术，上累拜为鸿胪卿，优礼特厚。法善居玄真观，常有朝客十余人诣之，解带淹留。满坐思酒，忽有娃在作祟，便把它送到寺院里供养起来了。有一个童子，清晨在殿前扫地，忽然看见一位妇人，便问她从哪儿来，她说她是卢赞善的妾室，被卢赞善的大老婆嫉妒，便把她送到这儿来了。后来童子见卢家人来到寺庙中，童子便说起见到卢赞善妾室的事。卢赞善让他详细地说清楚事情的始末，根据童子见到那人的服饰的颜色，断定那人就是瓷娃娃。于是让人把它打碎，只见那瓷娃娃心头有血，像鸡蛋那么大。（出《广异记》）

柳崇

越州兵有个人名叫曹柳崇，忽然在头上生了个疮，痛得无法忍耐一个劲地呻吟。于是便找来术士在夜里观察，术士说道："有一个身穿绿色裙子的妇女，问她，她也不答应，就在你的窗下。应该尽快除掉她。"柳崇察向窗下看去，只看见有一个瓷做的妓女，长得非常端庄，用绿瓷作为装饰。于是便把它放到铁臼中捣碎之后烧了。他的疮便好了。（出《朝野佥载》）

南中行者

南中有一座僧院，院子内有一座九子母的塑像，装饰雕塑得非常奇特。曾经有一个行者，在年轻时，为和尚们做事。没有几年，这个人渐渐地变得非常瘦弱，神志也恍惚不清。和尚们都感到很奇怪。有一个和尚，看见这位行者到了夜里就进入九子母堂睡觉，慢慢地又看见一个美丽的妇人来到此处，拉着他一块睡，已经将近一年了。和尚们知道是那塑像在作怪，就把塑像给毁坏了。从此就再看不见那妇人出现，行者的病也全好了，随即削发当了和尚。（出《玉堂闲话》）

麹秀才

有一名道士名叫叶法善，擅长于使用符箓的法术，皇上也多次拜他为鸿胪卿，并给予他特别丰厚的优待和礼遇。叶法善居住在玄人扣门，云，麹秀才。法善令人谓之曰：“方有朝寮，无暇晤语，幸吾子异日见临也。”语未毕，有一措大，傲睨直入，年二十许，肥白可观。笑揖诸公，居于末席，抗声谭论，援引今古。一坐不测，众耸观之。良久暂起，如风旋转。法善谓诸公曰：“此子突入，词辨如此，岂非妖魅为眩惑乎？试与诸公取剑备之。”麹生复至，扼腕抵掌，论难锋起，势不可当。法善密以小剑击之，随手丧元，坠于阶下，化为瓶盖。一坐惊慑惶遽，视其处所，乃盈瓶醅酝也，咸大笑。饮之，其味甚佳。坐客醉而抚其瓶曰：“麹生麹生，风味不可忘也。”（出《开天传信记》）

虢国夫人

长安有一贫僧，衣甚褴褛。卖一小猿，会人言，可以驰使。虢国夫人闻之，遽命僧至宅。僧既至，夫人见之，问其由。僧曰：“本住西蜀，居山二十余年。偶群猿过，遗下此小猿，怜悯收养，才半载以来。此小猿识人意，又会人言语，随指顾，无不应人使用，实不异一弟子耳。僧今昨至城郭，资用颇乏，无计保借得此小猿，故鬻之于市。”夫人曰：“今与僧束帛，可留此猿，我当养之。”僧乃感谢，留猿而去。其小猿旦夕在夫人左右，夫人甚爱怜之。后半载，杨贵妃遗夫人芝草，夫人唤小猿令看玩。小猿对夫人面前倒地，化为一小儿，容貌端妍，年可十四五。夫人甚怪，呵而问之。小儿曰：“我本姓袁，卖我僧昔在蜀山中。我偶随父入山采药，居真观，经常有十几个朝中的人到玄真观中来，解带住下。满座的都想喝酒。忽然听见有人敲门，说他叫曲秀才。叶法善便派人对他说："现在正好有朝中的同僚们在这里，没有时间和你会面交谈，希望你改天再来。"话还没有说完，就看见一个贫寒的读书人傲慢地直接闯了进来。这个人年龄二十岁左右，又白又胖的很好看。他笑着向各位作揖，然后坐到了最后一个席位。书生大声谈论，援引古今。在座的都没料想到，大家都高看他。讲了很长一段时间，他顿时站了起来，像风一样旋转。叶法善对着大家说道："这个人突然闯了进来，词辩能力如此，难道不是被妖怪炫耀迷惑了吗？"大家便准备拿出剑来防备着他试试。又一天曲生再次来了，他一会用手握住自己的手腕，一会用手而击掌，尖锐地提出问题，来势迅猛，势不可当。叶法善暗中用小剑击中他。曲生随之掉了脑袋，并坠弃到阶梯上，变成了一个瓶盖。在座的人又惊又怕，再次看向那处地方，原来是满满的一瓶好酒，在座的人全都大笑。喝的那酒，味道非常好。做客的人们喝醉了，抚摸着那瓶子说："曲生，曲生，你的风味不可能忘啊！"（出《开天传信记》）

虢国夫人

长安有一个苦贫僧人，衣服非常破旧不堪。在街上卖一只小猿猴。这只小猿猴可以听懂人话，可以供人驱使做事。虢国夫人听说了此事后，便忙让人把僧人叫到宅院里来。僧人到了之后，虢国夫人见了猴子，便问他这猴子的来由。僧人说："我本来住在西蜀，在山中住了二十几年。偶然一次有一群猿猴经过，落下了这小猿猴。我看它很可怜，就收养了它，到如今才半年。这小猿猴明白人的意思，又能听懂人说话，随人吩咐，没有不称人心意的。实在和一名弟子没什么两样。贫僧是昨天才到城里来，因缺乏盘缠，没有办法再保住这小猿了，因此就在市场上卖它。"虢国夫人说："现在我给你成捆的丝帛，可以让小猿留下，我会喂养它的。"僧人非常感谢，留下小猿便离开了。那小猿日夜都守在虢国夫人左右，虢国夫人也非常怜爱它。后来过了半年，杨贵妃送给虢国夫人一株灵芝，虢国夫人喊来小猿让它林下三年，我父常以药苗啖我。忽一日，自不觉变身为猿。我父惧而弃我，所以被此僧收养，而至于夫人宅。我虽前日口不能言，我心中之事，略不遗忘也。自受恩育，甚欲述怀抱于夫人，恨不能言。每至深夜，唯自泣下。今不期却变人身，即不测尊意如何。”夫人奇之，遂命衣以锦衣，侍从随后，常秘密其事。又三年，小儿容貌甚美，贵妃曾屡顾之。复恐人见夺，因不令出，别安于小室。小儿唯嗜药物，夫人以侍婢常供饲药食。忽一日，小儿与此侍婢，俱化为猿。夫人怪异，令人射杀之，其小儿乃木人耳。（出《大唐奇事》）

观看和玩耍。小猿却突然在夫人面前跌倒在地上，变成了一个小男孩。小男孩容貌端庄秀丽，年龄在十四五岁左右。夫人感到很奇怪，一边呵斥他，一边问他。小男孩说："我本来姓袁，和卖我的那个僧人都住在蜀山中。我偶然跟随着父亲进山采药，在山林中住了三年，我父亲经常拿一些药草给我吃。忽然有一天，自己就不知不觉变身成了猿猴。我父亲很害怕，就把我遗弃了，所以才被那僧人收养，而到了夫人的宅院里后，虽然我之前口不能说话，但我心中的事一点都没有遗忘。自从受到夫人的恩育以来，一直很想和夫人说说心里话，只恨自己不能够说话。每到了深夜里，自己都会哭泣。如今没料想到竟然能变成人身，不知道夫人您尊意如何。"虢国夫人感到很奇怪，就命人拿来衣服给他穿，侍从在自己身后。一直对此事保密，不说出去。又过了三年，小男孩容貌长得特别好看，杨贵妃曾经多次注视着他。虢国夫人害怕他被人夺走，于是便命令他不出来，另外安排住在一间小屋里。小男孩只嗜好药物，虢国夫人让侍婢经常供给他药食。忽然有一天，小男孩和这个侍婢都变成了猿猴。虢国夫人感到很怪异，命令人射杀了他们，原来那小男孩是个木头人。（出《大唐奇事》）

卷第三百六十九 精怪二

杂器用

苏丕女

武功苏丕，天宝中为楚丘令，女适李氏。李氏素宠婢，因与丕女情好不笃。其婢求术者行魇蛊之法，以符埋李氏宅粪土中。又缚彩妇人形七枚，长尺余，藏于东墙窟内，而泥饰之，人不知也。数岁，李氏及婢，相继死亡。女寡居四五年，魇蛊术成。彩妇人出游宅内，苏氏因尔疾发闷绝。李婢已死，莫知所由。经一载，累求术士，禁咒备至，而不能制。后伺其复出，乃率数十人掩捉，得一枚。视其眉目形体悉具，在人手中，恒动不止。以刀斫之，血流于地，遂积柴焚之。其徒皆来焚所号叫，或在空中，或在地上。烧毕，宅中作炙人气。翌日，皆白衣号哭，数日不已。其后半岁，累获六枚，悉焚之。唯一枚得而复逸，逐之，忽乃入粪土中。苏氏率百余人掘粪，深七八尺，得桃符。符上朱书字，宛然可识。云："李氏婢魇苏氏家女，作人七枚，在东壁上土龛中。其后九年当成。"遂依破壁，又得一枚，丕女自尔无恙。（出《广异记》）

杂器用

苏丕女

有一个武功人叫苏丕，在天宝年间当了楚丘县的县令，而他的女儿嫁给了一个姓李的人。这个姓李的人向来宠爱婢女，所以与苏丕女儿的感情不够笃厚。那婢女请求一个术士施了害人的法术，将符埋在李家的宅院里的粪土中。接着用纸扎制了七个妇人形状的人，每个都有一尺多高，藏在东墙的洞里，用泥掩饰好，大家都不知道这件事。过了几年以后，姓李的和婢女接连死亡。苏丕的女儿寡居四五年了。害人的法术完成了。扎制的纸妇人在宅院里游走，苏丕的女儿也因此发病昏倒了。然而李氏的婢女已经死了，无人知晓这是什么原因。经过了一年，多次去求术士，把所有的禁咒都用了，却还是无法制止。后来等它们再次出来时，就带领几十个人抓捕，抓到了一个。一看，它的眉毛眼睛形体全都具备，被人抓在手里，一直不停地动。用刀来砍这纸妇人，有血流到地上，于是就堆起柴草把它烧了。它的伙伴们都来烧它的地方号叫，有的在空中，有的在地下。纸人烧完了之后，宅院里就有一股人被烧了的气味。第二天，它的同伴们都穿着白衣服来号哭，号哭了几天都没停止。随后半年内，陆陆续续抓到六个纸人，全都放火烧了。只有一个抓到之后又让它跑了，继续追它，它忽然跑进了粪土里。苏丕的女儿带领几十人挖粪土，当挖到七八尺深的时候，挖到了一块桃符。符上有红色字迹，似乎还能辨认。符上写的是："李氏的婢女下咒害了苏家的女儿，做了七个纸人，放在东边墙壁上的土龛中，随后九年就会成功。"于是就砸破了东壁，

蒋惟岳

蒋惟岳，不惧鬼神。常独卧窗下，闻外有人声，岳祝云："汝是冤魂，可入相见。若是闲鬼，无宜相惊。"于是率然排户，而欲升其床。见岳不惧，旋立壁下，有七人焉。问其所为，立而不对。岳以枕击之，皆走出户。因走趁，没于庭中。明日掘之，得破车辐七枚，其怪遂绝。又其兄常患重疾，岳亲自看视。夜深，又见三妇人鬼，至兄床前。叱退之，三遍，鬼悉倒地，久之走出。其兄遂愈。（出《广异记》）

华阴村正

华阴县七级赵村，村路因啮成谷，梁之以济往来。有村正常夜渡桥，见群小儿聚火为戏。村正知其魅，射之，若中木声，火即灭。闻啾啾曰："射著我阿连头。"村正上县回，寻之，见破车轮六七片，有头杪尚衔其箭者。（出《酉阳杂俎》）

韦 谅

乾元中，江宁县令韦谅堂前忽见小鬼，以下唇掩面，来至灯所，去又来。使人逐之，没于阶下。明旦，掘其没处，得一故门扇，长尺余，头作卷荷状。（出《广异记》）

再次抓到那个跑掉的纸人，自此，苏丕的女儿再也没有什么病灾了。（出《广异记》）

蒋惟岳

有一个人叫蒋惟岳，他不害怕鬼神。他经常单独一人躺在窗户下，有一次，他听到外面有人说话的声音，蒋惟岳祈祷说："如果你是冤魂，就进来与我相见。如果你是闲鬼，就不该来惊扰我。"于是鬼魂窸窸窣窣地打开窗子，想要爬到床上来。鬼魂看见蒋惟岳不害怕，立刻就站到墙壁下面，他们一共有七个。蒋惟岳问他们要做什么，他们只是站着，没有回答。蒋惟岳就用枕头打他们，他们都跑出门去。蒋惟岳也跑去追，鬼魂们在庭院里消失了。第二天在庭院挖掘，挖到了七根破车辐条，那鬼怪就灭绝了。此外，他哥哥曾经得了严重的病，蒋惟岳亲自照料他。深夜，蒋惟岳看见三个女鬼，来到他哥哥的床前。蒋惟岳把鬼叱退了三遍，鬼都倒在了地上，过了好久才跑出去。此后，他的哥哥就痊愈了。（出《广异记》）

华阴村正

华阴县七级有一个赵村，村中的道路因为雨水的冲刷而产生了深沟，就在沟上面架了一座桥用来帮助行人往来。有一个村正曾经在夜里过桥时，看到有一群小孩围着火堆嬉戏。村正知道他们是鬼魅，就拿箭射他们，射中他们的声音就像射中了木头的声音一样，火灭了。听见一个声音啾啾地说道："箭射中我阿连的头了。"村正去了县里回来，找到那地方一看，看到了六七片破车轮，有一片的头梢还插着他射出去的那支箭。（出《酉阳杂俎》）

韦　谅

乾元年间，江宁县的县令韦谅在厅堂前突然出现了小鬼，它用下嘴唇遮着脸，来到放灯的地方，离开了又回来。韦谅安排人去追它，它在台阶下消失了。第二天早晨，在它消失的地方挖掘，挖到了一块

东莱客

东都郡有馆亭，其西轩常有怪异。客有寝其下者，夜常闻有犬吠，声甚微。以烛视之，则一无所见。如是者累年矣。其后郡守命扃键为库。尝一夕月皎，有库吏见一犬甚小，苍色，自轩下环庭而走。库吏怪其与常犬异，因投石击之。其犬吠而去，入西轩下。明日，库吏以其事白于郡守。郡守命于西轩穷其迹，见门上狗有苍毛甚多，果库吏所见苍犬之色，众方悟焉。（出《宣室志》）

交城里人

交城县南十数里，常夜有怪见于人，多悸而病且死焉。里人患之久矣。其后里中人有执弧矢夜行者，县南见一魁然若巨人状，衣朱衣，以皂巾蒙其首，缓步而来，欹偃若其醉者。里人惧，即引满而发，果中焉，其怪遂退。里人惧少解，即北走至旅舍，且语其事。明日，抵县城。见郭之西丹桂，有一矢贯其上，果里人之矢。取之以归，镞有血甚多。白于县令，令命焚之。由是县南无患。（出《宣室志》）

岑 顺

汝南岑顺字孝伯，少好学有文，老大尤精武略。旅于陕州，

旧门扇，有一尺多长，它的头像荷叶卷曲的形状。（出《广异记》）

东莱客

东都郡有一个馆亭，在它的西廊经常出现鬼怪。在那里睡觉的客人，夜里经常能听到狗叫声，声音很小。如果用烛灯去照那里的话，却也看不到什么。像这样的情况好几年了。后来郡守下令给这座馆亭装上门栓用作仓库。曾经在一个夜晚，月光很亮，有一个守库人看到了一只非常小的狗，狗是苍色的，从廊下围着庭院跑。守库人觉得它与普通的小狗不一样感到很奇怪，就丢石头打它。那小狗叫着跑走了，跑进了西廊下。第二天，守库人就把这事报告给了郡守。郡守让人在西廊下彻底地寻找它的踪迹，看见了门上画的狗身上有很多苍色毛，果真是守库人看见的苍狗的颜色，大家这时才明白是怎么一回事。（出《宣室志》）

交城里人

交城县向南十几里的地方，夜里经常有鬼怪出现在人面前，人们大多都因为惊吓生病而死。很长一段时间，乡里人都在担忧这件事情。后来就有乡里人拿着弓箭在夜里走路，在县南看见一个庞然大物，像巨人一样大，那东西穿着红色的衣服，用黑头巾蒙着头，缓缓地走来，跌跌撞撞地像个喝醉酒的人。乡里人很害怕，就把弓拉满射箭，果真射中了它，于是妖怪就退去了。等到乡里人的恐惧略微有些缓解，就朝北跑到了旅店，还说出了这件事。第二天，那个乡里人抵达县城。看见城墙西边的一棵丹桂树上贯有一支箭，这支箭就是乡里人射出的那支。他把箭拿下来回了家，箭头上有很多的血。他把这件事报告给县令，县令就下令烧了丹桂树。自此，县南再也没有祸患了。（出《宣室志》）

岑顺

有一个汝南人名叫岑顺，字孝伯，年少时就喜欢学习很有文采，贫无第宅。其外族吕氏，有山宅，将废之，顺请居焉。人有劝者，顺曰："天命有常，何所惧耳！"卒居之。后岁余，顺常独坐书阁下，虽家人莫得入。夜中闻鼓鼙之声，不知所来，及出户则无闻。而独喜，自负之，以为石勒之祥也。祝之曰："此必阴兵助我，若然，当示我以富贵期。"数夕后，梦一人被甲胄，前报曰："金象将军使我语岑君，军城夜警，有喧诤者。蒙君见嘉，敢不敬命。君甚有厚禄，幸自爱也。既负壮志，能猥顾小国乎？今敌国犯垒，侧席委贤，钦味芳声，愿执旌钺。"顺谢曰："将军天质英明，师真以律。猥烦德音，屈顾疵贱。然犬马之志，惟欲用之。"使者复命。

顺忽然而寤，恍若自失，坐而思梦之征。俄然鼓角四起，声愈振厉。顺整巾下床，再拜祝之。须臾，户牖风生，帷帘飞扬。灯下忽有数百铁骑，飞驰左右，悉高数寸，而被坚执锐，星散遍地。倏闪之间，云阵四合。顺惊骇，定神气以观之。须臾，有卒赍书云："将军传檄。"顺受之。云："地连獯虏，戎马不息。向数十年，将老兵穷，姿霜卧甲。天设勍敌，势不可止。明公养素畜德，进业及时，屡承嘉音，愿托神契。然明公阳官，固当享大禄于圣世，今小国安敢望之？缘天那国北山贼合从，克日会战。事图子夜，否灭未期，良用惶骇。"顺谢之，室中益烛，坐观其变。夜半后，鼓角四发。先是，东面壁下有鼠穴，化为城门，垒敌崔嵬，三奏金革，年纪大了之后特别精通武功谋略。他在陕州旅居，穷到没有宅院住。岑顺的外祖父吕氏有一座小宅院，即将废弃，岑顺便请求能够住在那里。有人劝告他不要住，岑顺说："天命都是有定数的，有什么好怕的！"他到底还是住了进去。一年多过去了，岑顺曾经单独一人坐在书阁下，就算是家里人也无法进入书阁。在夜里，岑顺听到了打鼓的声音，不知是从哪里传来的，等到走出房门就听不见了。岑顺也因此独自高兴，以为自己很了不起，认为自己是遇到了像十六国后赵王石勒发迹那样的吉利的预兆。他祷告道："这必定是阴间的军队来协助我，如若真是如此，应该要把我富贵的时间告诉我。"过了好几个晚上，他梦到有一个人身上披着甲胄，走上前向他报告说："金象将军派我来跟岑先生说，军队守着城，在夜里报警，会有喧闹争吵的人。承蒙您的赞美，不敢不听从您的命令。您一定会得到高官厚禄，希望您能爱惜自己。就算您心中满怀壮志，能屈驾照顾我们小国吗？如今敌国进犯我国城垒，空着的位置来任用贤能，您有让人敬佩的好名声，希望您来统领军队。"岑顺感谢地说道："金象将军天生英勇聪慧，管理军队是真正按军纪来要求的。德高望重的您却屈驾来顾及我这卑贱的人。那我有愿意为您效犬马之劳，就想着有一天能派上用场的时候。"说完话，使者便回去向将军复命。

岑顺突然就醒了，神情恍惚，像丢了魂似的，坐在那里回想着梦的样子。顷刻间，鼓角声从四方响起，声音越来越大。岑顺整理好头巾下了床，再次下拜祈祷。片刻间，有风吹进了门窗，帷帘飞动起来。灯下突然出现几百名铁骑，在左右两边飞奔。他们全都有几寸高，身上披着坚硬的铠甲，手里拿着锋利的武器，那场景就像天上的星星散落满地。在闪电那样快的时间里，四面的云阵在上面合拢。岑顺又惊讶又害怕，镇定好心神气息观看。顷刻间，有一个小兵送来战书说："这是将军传下来的作战檄文。"岑顺接了过来。檄文上写道："土地连着匈奴，长年战事不断。过去了几十年，将军年迈，兵力穷尽，披着战甲卧在雪上就餐霜，老天设下强大的敌人，形势已经不能阻挡。我们知道您修养素质积攒道德，文武学业都能随着时间进步。多次得到夸赞的声音，我甘愿把神界的符契委托给您。然而您是四门出兵，连旗万计，风驰云走，两皆列阵。其东壁下是天那军，西壁下金象军，部后各定。军师进曰：“天马斜飞度三止，上将横行系四方。辎车直入无回翔，六甲次第不乖行。”王曰：“善。”于是鼓之，两军俱有一马，斜去三尺止。又鼓之，各有一步卒，横行一尺。又鼓之，车进。如是鼓渐急而各出，物包矢石乱交。须臾之间，天那军大败奔溃，杀伤涂地。王单马南驰，数百人投西南隅，仅而免焉。先是西南有药，王栖臼中，化为城堡。金象军大振，收其甲卒，舆尸横地。顺俯伏观之，于时一骑至禁，颁曰：“阴阳有厝，得之者昌。亭亭天威，风驱连激，一阵而胜，明公以为何如？”顺曰：“将军英贯白日，乘天用时，窃窥神化灵文，不胜庆快。”如是数日会战，胜败不常。王神貌伟然，雄姿罕俦。宴馔珍筵与顺，致宝贝明珠珠玑无限。顺遂荣于其中，所欲皆备焉。

后遂与亲朋稍绝，闲间不出。家人异之，莫究其由。而顺颜色憔悴，为鬼气所中。亲戚共意有异，诘之不言。因饮以醇醪，醉而究泄之。其亲人潜备锹锸，因顺如厕而隔之。荷锸乱作，以掘阳间的官，本来应当在圣世享受高官厚禄，如今我们这样的小国怎么敢奢求用您？因为天那国和北山贼联合起来，限定了作战的日期。事情就敲定在半夜进行，虽然不能提前知道胜败，也不用感到惶恐和害怕。”岑顺十分感谢。房里的烛光更亮了，他坐在那里看着事情的变化。过了半夜，从四面八方响起了战鼓号角的声音。一开始是在东边墙下的老鼠洞变成了城门。抵御外敌的堡垒高大森严。鸣锣击鼓了三次后，四道门开始发兵，有上万杆的连旗，风刮云起，双方都已排队列阵。在东墙下的军队是天那军，而西墙下的军队便是金象军，两军部署之后各方定好阵脚。军师进言道：“天马斜飞度三止，上将横行系四方。辎车直入无回翔，六甲次第不乖行。”国王道：“好！”就开始打鼓。两军都各有一匹战马，在斜离三尺的地方停下来。又打鼓进军，两军各有一个徒步的小兵，横着走了一尺。又打鼓进军，这一次战车前进。就像这样，战鼓敲得越来越急促，两军都各有队伍出来，物件包裹着箭和石头混合交锋。片刻间，天那军战败，军队奔逃溃退，杀伤遍地。大王单独骑着马向南逃跑，几百个人奔向西南角，单单只有他们幸免了。之前在西南角有个药臼，大王就栖息在药臼里，变成了城堡。金象军士气大振，收集好装甲士兵，车辆、尸体等横倒遍地。岑顺俯低身子观看他们，在那时，有一人骑着马来到禁区，颁书说：“凡是阴间阳间的事都有一定的安排，得到它就能昌盛。老天高大而威严，像刮风一样驱驰连续地激烈战斗，一阵就胜利了。明公认为怎么样呢？”岑顺说：“将军的英明神武让日光都逊色，乘着天时来做事，能暗中知道神仙变化的灵文，感觉十分庆幸高兴。”就像这样连着几天的战斗，双方胜利和失败也没有定数。大王神情样貌雄伟，英勇的姿态天下难见。设宴和岑顺吃山珍海味，还给了岑顺无数的宝贝明珠珠玑。岑顺就在这里面荣耀起来了，所有想得到的已准备齐全了。

从此以后，岑顺就和亲戚朋友慢慢地断绝了来往，空闲时间也不出门。家里人都觉得他很奇怪，都不知道这其中的缘由。然而岑顺面色憔悴，像是鬼气把他给迷住了。亲戚们都认为其中必然有怪异，细细地盘问岑顺，他也不说。家人就给他喝醇美的酒，灌醉了他室内，八九尺忽坎陷，是古墓也。墓有砖堂，其盟器悉多，甲胄数百，前有金床戏局，列马满枰，皆金铜成形，其干戈之事备矣。乃悟军师之词，乃像戏行马之势也。既而焚之，遂平其地。多得宝贝，皆墓内所畜者。顺阅之，恍然而醒，乃大吐。自此充悦，宅亦不复凶矣，时宝应元年也。（出《玄怪录》）

元无有

宝应中，有元无有，常以仲春末，独行维扬郊野。值日晚，风雨大至。时兵荒后，人户多逃，遂入路旁空庄。须臾霁止，斜月方出。无有坐北窗，忽闻西廊有行人声。未几，见月中有四人，衣冠皆异，相与谈谐，吟咏甚畅。乃云："今夕如秋，风月若此，吾辈岂不为一言，以展平生之事也？"其一人即日云云。吟咏既朗，无有听之具悉。其一衣冠长人即先吟曰："齐纨鲁缟如霜雪，寥亮高声予所发。"其二黑衣冠短陋人诗曰："嘉宾良会清夜时，煌煌灯烛我能持。"其三故弊黄衣冠人亦短陋，诗曰："清泠之泉候朝汲，桑绠相牵常出入。"其四故黑衣冠人诗曰："爨薪贮泉相煎熬，充他口腹我为劳。"无有亦不以四人为异，四人亦不虞无有之在堂隍也。递相褒赏，羡其自负。则虽阮嗣宗《咏怀》，亦若不能加矣。四人迟明方归旧所，无有就寻之，堂中惟有故杵、灯台、水桶、破铛，乃知四人即此物所为也。（出《玄怪录》）

后再盘问他，岑顺最终把这件事情给泄露了。他的亲人暗地里准备好了锹镐，趁着岑顺上厕所的时候隔开了他。家人们拿着锹镐在他的房间里挖掘，当挖到八九尺深的时候，忽然塌陷成了一个坑，是一个古墓。墓里有用砖砌成的内堂，这里面有很多陪葬的器物，几百副铠甲头盔，前面有金床和游戏的棋盘，上面有车马把棋盘排列得满满的，都是用金铜做成的。他们的那些干戈作战的器物都十分齐全。于是便明白了军师的诗，就像在棋盘上走马的形势一样。当即就烧了它们，把那块地也填平整了。拿到了许多的宝贝，都是在墓内积累下来的。岑顺看过这些后，从恍惚不清中醒悟过来，就开始大吐起来。从这以后他也变得精力充沛快乐，房宅也不闹鬼了。那就是唐代宝应元年发生的事。（出《玄怪录》）

元无有

在唐代宝应年间，有一个人叫元无有，曾经在仲春二月末，单独一人在江苏扬州的郊外走。当时正好赶上天黑了，暴风骤雨也到了。那时是兵荒马乱之后，住在那里的人大多都逃走了，于是元无有就走进了道路旁空旷的村庄里。不一会儿天晴了，斜照的月亮才升上来。元无有坐在北窗下，突然他听到西廊有行人的脚步声。不久，他就看见月中有四个人，身上的衣服帽子都很怪异，他们之间交谈得很融洽，吟诗咏诵非常流畅。这时就有人说："今天晚上像秋季，清风明月也非常美，我们难道不作一二句诗，用来抒发平生的愿望呢？"其中有一个人就附和地说"对对"。吟诗咏诵的声音很清朗，元无有听得非常清楚明白。另外一个衣帽华贵的高个子就第一个吟诗说："齐纨鲁缟如霜雪，寥亮高声予所发。"其中第二个丑陋的人，他穿着黑色衣服戴着短冠，他说："嘉宾良会清夜时，煌煌灯烛我能持。"其中第三个也是短小的丑陋的人，他穿着破旧的黄色衣服和帽子，作诗道："清冷之泉候朝汲，桑绠相牵常出入。"其中第四个穿着旧黑色衣帽的人，他作诗说道："爨薪贮泉相煎熬，充他口腹我为劳。"元无有也不认为他们四个人很奇怪了，这四个人也没想到元无有就在堂屋下的空沟上，还在一个接着一个相互夸奖欣赏，夸赞自己

李楚宾

李楚宾者，楚人也。性刚傲，惟以畋猎为事。凡出猎，无不大获。时童元范家住青山，母尝染疾，昼常无苦，至夜即发。如是一载，医药备至，而绝无瘳减。时建中初，有善《易》者朱邯归豫章，路经范舍，邯为筮之。乃谓元范曰："君今日未时，可具衫服，于道侧伺之，当有执弓挟矢过者。君能求之斯人，必愈君母之疾，且究其原矣。"元范如言，果得楚宾张弓骤马至。元范拜请过舍，宾曰："今早未有所获，君何见留？"元范以其母疾告之，宾许诺。元范备饮膳，遂宿楚宾于西庑。是夜，月明如昼。楚宾乃出户，见空中有一大鸟，飞来元范堂舍上，引喙啄屋，即闻堂中叫声，痛楚难忍。楚宾揆之曰："此其妖魅也。"乃引弓射之，两发皆中，其鸟因尔飞去，堂中哀痛之声亦止。至晓，楚宾谓元范曰："吾昨夜已为子除母害矣。"乃与元范绕舍遍索，俱无所见。因至坏屋中，碓桯古址，有箭两只，所中箭处，皆有血光。元范遂以火燔之，精怪乃绝。母患自此平复。（出《集异记》）

高傲了不起，就算是三国时期魏国的阮籍的《咏怀》，也似乎没有他们说得好。这四人直到天亮后才回到原来的地方。元无有就在那里寻找他们，堂屋里只有旧杵、灯台、水桶和破锅，这时才知道那四个人，就由这些物品变化而来的。（出《玄怪录》）

李楚宾

有个人叫李楚宾，他是楚地人。性情刚直傲慢，只把打猎作为自己的职业。只要是外出打猎，没有一次是不收获满满而回的。那时童元范的家在青山，他的母亲曾经患上疾病，经常在白天的时候不痛苦，到了晚上就开始发作。就这样过了一年，能用的医药全都用上了，她的病却一点都没有减轻。当时是唐德宗建中初年，有位擅长《易经》的人名叫朱邯，他回到江西豫章，途中经过童元范家，朱邯就用蓍草为他占卜。于是朱邯对童元范说："您在今天未时这个时间，你可以准备好单上衣，在路旁等候，会有一个拿着弓挟着箭的过路人。您可以请求这个人，他一定能治好您母亲的病，还能把生病的原因弄清楚。"童元范便像他说的那样做，果真等到了李楚宾，李楚宾拉着弓骑着马到了。童元范行礼邀请他到家里。李楚宾说："今天早上我还没有什么收获，您为什么还要留我呢？"童元范便告诉了他，自己母亲得的病，李楚宾答应了。童元范准备了吃的喝的，让李楚宾在西厢房里住一晚。当天晚上，明亮的月光照得像白天一样。李楚宾便走出房门，看到空中有一只大鸟，飞到了童元范的堂屋顶上，伸出嘴巴啄房子，立刻就听到堂屋里痛苦的叫声，让人很难忍受。李楚宾猜测道："这只鸟是妖魅。"于是他就拉满弓用箭射它，射了两箭都射中了，那只大鸟就飞着离开了。堂屋里哀痛的声音也停下来了。到了天亮，李楚宾对童元范说："昨天晚上我已经消除了您母亲的病了。"于是和童元范围着房屋满地搜寻，什么也没发现。于是就来到了破屋里，在支撑碓臼木架的旧址上，有两支箭，在箭射中的地方，都有血光。童元范就放火烧了它，妖精怪物这才绝迹。从此以后，童元范母亲也就平安康复了。（出《集异记》）

卷第三百七十　精怪三

杂器用

国子监生　姚司马　崔　毂　张秀才　河东街吏　韦协律兄

石从武　姜　修　王屋薪者

杂器用

国子监生

元和中，国子监学生周乙者，尝夜习业。忽见一小儿，鬅鬙头，长二尺余，满颈碎光如星，荧荧可恶。戏弄笔砚，纷纭不止。学生素有胆，叱之稍却。复傍书案，因伺其所为。渐逼近，乙因擒之。踞坐求哀，辞颇苦切。天将晓，觉如物折声，视之，乃弊木杓也，其上黏粟百余粒。（出《酉阳杂俎》）

姚司马

姚司马寄居邠州，宅枕一溪。有二小女，常戏钓溪中，未尝有获。忽挠竿，各得一物，若鳣者而毛，若鳖者而鳃。其家异之，养于盆池。经夕，二女悉患精神恍惚。夜常明炷，对作戏。染蓝涅皂，未尝暂息，然莫见其所取也。时杨元卿在邠州，与姚有旧，姚因从事邠州。又历半年，女病弥甚。其家尝张灯戏钱，忽见二小手出灯影下，大言曰："乞一钱。"家或唾之。又曰："我是汝家女婿，何敢无礼？"一称乌郎，一称黄郎，后常与人家狎昵。杨元卿知之，因为求上都僧瞻。瞻善鬼神部，持念，治病魅者多著效。瞻至

杂器用

国子监生

在唐朝元和年间，国子监的一个学生叫周乙，曾经有一次在夜里温习学业。突然看见一个头发蓬松杂乱，身高二尺多的小男孩，他的脖子上布满了细碎的光亮像星星一样，在荧荧发光，让人讨厌。他随意玩弄着周乙的笔和砚，弄得乱七八糟也没停下来。周乙向来胆大，就呵斥他，他稍稍向后退了退，再次倚靠在书桌旁，周乙也等着，看他要干什么。他慢慢地向周乙靠近，周乙就把他抓住了。他蹲坐在那里哀求周乙，言辞十分凄苦诚恳。天快亮的时候，周乙听到好像有物品折断的声音。一看，是一把破木勺。这个木勺上面粘了一百多个米粒。（出《酉阳杂俎》）

姚司马

姚司马寄住在邠州的时候，他的住处紧靠一条小溪。姚司马有两个小女儿，经常在溪上钓鱼，从来都没有什么收获。突然钓竿弄弯了，两个女儿各自钓到了一个东西，一个像鳣却长了毛，一个像鳖却长了鳃。家里人觉得这东西很奇怪，就把它们养在盆池中。过了一夜，两个小女孩都得了精神恍惚的毛病。经常在夜里点亮灯烛，对坐着玩耍游戏，染蓝的染黑的，不曾有短暂的停息，然而却没看到她们拿的什么东西。当时杨元卿也在邠州，他与姚司马过去有交情。姚司马就在邠州做事。半年过去了，两个女儿病得更严重了。家里人曾经做过点亮灯烛数钱的游戏，忽然看到从灯影下伸出两只小手。它姚家，标钉界绳，印手敕剑，召之。后设血食盆酒于界外。中夜，有物如牛，鼻于酒上。瞻乃匿剑，蹰步大言，极力刺之。其物匣刃而步，血流如注。瞻率左右，明炬索之，迹其血，至后宇角中，见若乌革囊，大可合篑，喘若鞴橐，盖乌郎也。遂毁薪焚杀之，臭闻十余里，一女即愈。自是风雨夜，门庭闻啾啾。次女犹病。瞻因立于前，举代折罗叱之，女恐怖叩额。瞻偶见其衣带上有一皂袋子，因令侍奴婢解视之，乃小篇也。遂搜其服玩，篇勘得一篑，篑中悉是丧家搭帐衣，衣色唯黄与皂耳。瞻假将满，不能已其魅，因归京。逾年，姚罢职入京，先诣瞻，为加功治之。涉旬，其女臂上肿起如沤，大如瓜。瞻禁针刺，出血数合，竟差。（出《酉阳杂俎》）

崔 毂

元和中，博陵崔毂者，自汝郑来，侨居长安延福里。常一日，读书牖下。忽见一童，长不尽尺，露发衣黄，自北垣下，趋至榻前，且谓毂曰："幸寄君砚席，可乎？"毂不应。又曰："我尚壮，愿备大声地说："请给一个钱！"家里人就唾骂它。它接着说："我是你们家的女婿，怎么可以这么无礼？"有一个叫"乌郎"，另外一个叫"黄郎"。从这以后，它们就经常与家人亲近，说笑。杨元卿知道了这件事之后，就为他们请来了京城里一个和尚，他叫"瞻"。瞻擅长鬼神部的法术，靠念经来整治病魅，大部分都有明显的效果。瞻和尚来到了姚家，用灯来做标记，用绳来划界线，用手来按出指印，用剑来发出敕令，召唤它们。接着又把血食盆酒摆设在界线外。半夜的时候，有一个像牛一样的东西，把鼻子放在酒上。瞻和尚就把剑藏好，趿拉着鞋子大声讲话，用最大的力气刺它。那东西插着剑跑了，血流得像灌水一样。瞻和尚带领身旁的人们，点着火把搜寻，跟着它的血迹，来到了后屋墙角下，看见一个像黑色皮口袋的东西，大得能够包住箩筐，喘气就像风箱，这大概就是乌郎。于是就点燃柴棍把它烧死了，臭气传到了十多里外，一个女儿就痊愈了。此后，在风雨交加的夜晚，会在门庭听到有啾啾的声音。另一个女儿还在生病。瞻和尚就站在她的前面，举起取代折合的罗综带生气地呵斥它。女儿吓得在那儿叩头。瞻和尚偶然发现在她衣带上有一个黑袋子，于是就叫侍立在一边的奴婢解下来。打开一看，是一个乐器，叫作"龠"。于是就把她的衣服和玩物都搜寻了，查到了一个筐，筐里都是死了人后治丧用的衣服。只有黄和黑两种衣服的颜色。瞻和尚的休假快要结束了，不能整治完这些鬼魅，便回京城了。过了一年，姚司马罢免了官职进京城，首先就去拜访了瞻和尚，瞻和尚为他女儿加强功力治病。十天到了，他女儿胳膊上肿起来一个像水泡似的包，有瓜那么大。瞻和尚念咒用针刺那包，包里流出了几合血，她的病也终于好了。（出《酉阳杂俎》）

崔 彀

在唐朝元和年间，有一个博陵人叫崔彀，他是从汝郑来的，侨居在长安延福里。曾经有一天，他在窗下读书。突然看到一个小童，身高还不够一尺，头发披露着，穿着黄色衣服，从北边的墙根下走到床前，他还对崔彀说："请让我寄住在你的砚台和座席上，可以吗？"

指使，何见拒之深耶？”縠又不顾。已而上榻，跃然拱立。良久，于袖中出一小幅文书，致縠前，乃诗也。细字如粟，历然可辨。诗曰：“昔荷蒙恬惠，寻遭仲叔投。夫君不指使，何处觅银钩？”览讫，笑而谓曰：“既愿相从，无乃后悔耶？”其僮又出一诗，投于几上。诗曰：“学问从君有，诗书自我传。须知王逸少，名价动千年。”又曰：“吾无逸少之艺，虽得汝，安所用？”俄而又投一篇曰：“能令音信通千里，解致龙蛇运八行。惆怅江生不相赏，应缘自负好文章。”縠戏曰：“恨汝非五色者。”其僮笑而下榻，遂趋北垣，入一穴中。縠即命仆发其下，得一管文笔。縠因取书，锋锐如新，用之月余，亦无他怪。（出《宣室志》）

张秀才

东都陶化里，有空宅。大和中，张秀才借得肄业，常忽忽不安。自念为男子，当抱慷慨之志，不宜恇怯以自软。因移入中堂以处之。夜深欹枕，乃见道士与僧徒各十五人，从堂中出。形容长短皆相似，排作六行。威仪容止，一一可敬。秀才以为灵仙所集，不敢惕息，因佯寝以窥之。良久，别有二物，展转于地。每一物各有二十一眼，内四眼，焮焮如火色。相驰逐，而目光眩转，砉剨有声。逡巡间，僧道三十人，或驰或走，或东或西，或南或北。道士一人，独立一处，则被一僧击而去之。其二物周流于僧道之中，未尝暂息。如此争相击搏，或分或聚。一人忽叫云：“卓绝矣！”言竟，僧道皆默然而息。乃见二物相谓曰：“向者群僧与道流，妙法绝高，然皆赖我二物，成其教行耳。不然，安得称卓绝哉？”秀才崔彀没有回答。小童又说:“我还很强壮,甘愿等待你的指派使用,为什么被你这样严重地拒绝呢?”崔彀还是没有理会他。不一会儿他就已经上了床,它还一蹦一跳地拱手站着。过了很久,小童从袖子里拿出一小幅文书,送到崔彀的面前,原来上面写的是诗。字体像小米粒儿那么大,但是却很清晰能够辨认。诗里写着:“昔荷蒙恬惠,寻遭仲叔投。夫君不指使,何处觅银钩。”崔彀看完之后,笑着对小童说:“既然你愿意跟着我,那你可别后悔呀?”小童再次拿出来一首诗放到几案上。诗里写着:“学问从君有,诗书自我传。须知王逸少,名价动千年。”崔彀又说:“我没有王羲之的技艺,虽然得到了你,能有什么用?”过了一会儿小童又送来一首,上面写着:“能令音信通千里,解致龙蛇运八行。惆怅江生不相赏,应缘自负好文章。”崔彀说笑道:“只恨你不是五种颜色的人。”小童笑着下了床,就走向北墙,进了一个洞里。崔彀就叫仆人在那下面挖掘,挖到一根毛笔。崔彀便拿起来写字,这支笔锋锐得像新笔一样。用了一个多月,也没有发生别的怪事。(出《宣室志》)

张秀才

在东都陶化里,有一所空的宅院。在大和年间,张秀才借住在这个地方修习学业,他经常会感到恍恍惚惚心神不安。想到自己作为一个男子,应当怀有慷慨的志向,而不应该害怕而软弱。于是张秀才就搬到中堂去住。夜深了他躺在枕头上,就看到各有十五个和尚和道士,从堂中出来。容貌高矮都差不多,排成六行。他们的威严、仪态、相貌以及举止,每个都很可敬。秀才以为是神仙们聚在一起,气都不敢大声出,他就假装睡着了在那里偷看。过了很久,另外出现两个东西,辗转不定地来到地上。每个东西都有二十一只眼睛,内侧有四只尖尖的,颜色像火的眼睛。这两个东西在相互追逐,目光耀眼且旋转,还发出碰撞的声音。突然间,三十个和尚道士,有的人在奔有的人在跑,有的往东有的往西,有的朝南有的朝北。一个道士单独站在一个地方,就被一个和尚打跑了。那两个东西在和尚道士之间周旋流动,没有过短暂的停息。就像这样相互争抢,相互搏斗进击,有时乃知必妖怪也，因以枕而掷之。僧道三十人与二物，一时惊走，曰：“不速去，吾辈且为措大所使也。”遂皆不见。明日，搜寻之，于壁角中得一败囊，中有长行子三十个，并骰子一双耳。（原缺出处，按见《宣室志补遗》）

河东街吏

开成中，河东郡有吏，常中夜巡警街路。一夕天晴月朗，乃至景福寺前。见一人俯而坐，交臂拥膝，身尽黑，居然不动。吏惧，因叱之，其人俯而不顾。叱且久，即朴其首。忽举视，其面貌极异，长数尺，色白而瘦，状甚可惧。吏初惊仆于地，久之，稍能起。因视之，已亡见矣。吏由是惧益甚，即驰归，具语于人。其后因重构景福寺门，发地，得一漆桶，凡深数尺，上有白泥合其首，果街吏所见。（出《宣室志》）

韦协律兄

太常协律韦生，有兄甚凶，自云平生无惧惮耳，闻有凶宅，必往独宿之。其弟话于同官，同官有试之者。且闻延康东北角有马镇西宅，常多怪物，因领送其宅。具与酒肉，夜则皆去，独留之于大池之西孤亭中宿。韦生以饮酒且热，袒衣而寝。夜半方寤，乃见一小儿，长可尺余，身短脚长，其色颇黑，自池中而出，冉冉前来，分开，有时聚拢。忽然有一个人叫道："达到极点啦！"说完，和尚道士们都默然而止。就看见那两个东西相互说："向来是和尚们和道士们的法术绝对高妙，然而现在都得依靠我们两个来成全他们的教令实行罢了。不然，怎么能说达到极点了呢！"到这时，秀才才知道这两个东西必定是妖怪，就拿枕头扔向他们，三十个和尚道士和那两个东西，同时被惊吓得跑了。他们说："不快点离开，我们就会被这个穷酸秀才使用的！"于是就都消失了。第二天，他一搜索寻找，在墙壁的角落里找到一个破烂口袋，里面有赌戏用的三十个长行子，还有两只骰子。（原缺出处，按见《宣室志补遗》）

河东街吏

在唐朝开成年间，在河东郡有一个官吏，他经常在半夜的时候巡查街道。有一个夜晚天气晴朗月光明朗，他来到了景福寺前。他看见有一个人俯身低头坐在那里，交叉两手抱住膝盖。他的身上都是黑色的，坐在那里一动不动。官吏很害怕，就呵斥他。那人继续俯身毫不理睬。官吏呵斥了很久，就去打他的头。他突然抬起头看向官吏，官吏才看见他的容貌非常奇特。他有几尺高，颜色白还很瘦，样子十分恐怖。一开始，官吏就被吓得趴到了地上，过了好久，慢慢可以站起来了。一看，他却已经消失了。因此，官吏更加害怕了，立刻奔跑回去，详细地把这件事讲给了别人听。后来由于要重修景福寺的大门，就挖地，挖到一个漆桶，有几尺深，上面是用白泥封住的桶顶，果真是巡街官吏看到的怪物。（出《宣室志》）

韦协律兄

太常官中有一个协律郎姓韦，他有一个哥哥非常凶猛，他自己说生平还没有他害怕的事物，只要听说有凶恶的宅院，他就必定会过去，单独一人住在那里。协律郎就把这事讲给同僚们听，同僚中就有一个人想试试他。听说在延康末北角有一处马镇西宅，那里经常会出现很多怪物，就领着协律郎的哥哥把他送到那宅子里去了。

循阶而上，以至生前，生不为之动。乃言曰："卧者恶物，直又顾我耶？"乃绕床而行。须臾，生回枕仰卧，乃觉其物上床，生亦不动。逡巡，觉有两个小脚，缘于生脚上，冷如水铁，上彻于心，行步甚迟。生不动，候其渐行上，及于肚，生乃遽以手摸之，则一古铁鼎子，已欠一脚矣。遂以衣带系之于床脚。明旦，众看之，具白其事。乃以杵碎其鼎，染染有血色。自是人皆信韦生之凶，而能绝宅之妖也。（出《异怪录》）

石从武

开成中，桂林裨将石从武，少善射，家染恶疾，长幼罕有全者。每深夜，见一人自外来，体有光耀。若此物至，则疾者呼吟加甚，医莫能效。从武他夕，操弓映户，以俟其来。俄而精物复至，从武射之，一发而中，焰光星散。命烛视之，乃家中旧使樟木灯擎，已倒矣。乃劈而燔之，弃灰河中。于是患者皆愈。（出《桂林风土记》）

姜 修

姜修者，并州酒家也。性不拘检，嗜酒，少有醒时，常喜与人对饮。并州人皆惧其淫于酒，或揖命，多避之，故修罕有交友。

人们给他准备好了酒和肉，天黑就都离去了，只留下他自己在大池西边的孤亭里过夜。因为他喝了酒身上发热，就打开衣服睡觉。到了半夜才睡醒，他就看见了一个身高能有一尺多的小男孩，上身短腿长，颜色非常黑，从池子里出来，缓缓地走上前来，再沿着台阶上，小男孩就已经到他面前了，协律郎的哥哥丝毫没有受到惊动。于是小男孩就说："躺着的坏东西，你只是过来看我的吗？"它就围着床走。过了一会儿，他回到枕头上仰卧着，就感觉那东西也上了床，他还是没动。忽然，他感觉有两只小脚爬到了他的脚上，凉得像冰和铁那样，凉透了心。小男孩的步子走得很慢。他也还是没动。等到小男孩逐渐走到上面来，到了肚子上。他才着急用手一摸，原来是一个古代的铁鼎子，却已经少了一个脚。他就用衣带把铁鼎子系在床脚上。第二天早晨，大家来看他，他详细地讲了夜里发生的事。接着就用铁杵把铁鼎子砸碎了，上面微微渗透出血色。从此以后，大家都相信韦协律的哥哥很凶猛，还能消除宅院里的妖怪。（出《异怪录》）

石从武

在唐朝开成年间，桂林的裨将名叫石从武，在年轻的时候擅长骑射。他的家里染上了恶疾，老老少少都很少有平安无恙的人。每到深夜，可以看见一个人从外边进来，身上有一闪一闪的光很耀眼。如果这个怪物到这里，那些患了病的人就呻吟得更加厉害，医生也不能救治。在第二天晚上，石从武持着弓箭迎它，等着那怪物再次来此。过了一会儿那怪物又来了，石从武拿着弓箭射它，一箭就把怪物射中了，火光像星星一样消散了。命令人拿来灯烛一照，竟然是家里以前使用的樟木灯架，已经倒了。于是便把它劈碎烧了，把灰丢到了河里。因此患病的人都没有医治也痊愈了。（出《桂林风土记》）

姜修

并州有一个开酒馆的名叫姜修。他性情不拘小节也不大检点，喜欢喝酒，很少有清醒的时候，平常喜欢和别人一起喝。并州人都很忽有一客，皂衣乌帽，身才三尺，腰阔数围，造修求酒。修饮之甚喜，乃与促席酌。客笑而言曰："我平生好酒，然每恨腹内酒不常满。若腹满，则既安且乐。若其不满，我则甚无谓矣。君能容我久托迹乎？我尝慕君高义，幸吾人有以待之。"修曰："子能与我同好，真吾徒也，当无间耳。"遂相与席地饮酒。客饮近三石，不醉。修甚讶之，又且意其异人，起拜之，以问其乡间姓氏焉，复问："何道能多饮邪？"客曰："吾姓成，名德器。其先多止郊野，偶造化之垂恩，使我效用于时耳。我今既老，复自得道，能饮酒。若满腹，可五石也。满则稍安。"修闻此语，复命酒饮之。俄至五石，客方酣醉，狂歌狂舞，自叹曰："乐哉乐哉！"遂仆于地。修认极醉，令家僮扶于室内。至室客忽跃起，惊走而出。家人遂因逐之，见客误抵一石，剨然有声，寻不见。至晓睹之，乃一多年酒瓮，已破矣。（出《潇湘录》）

王屋薪者

王屋山有老僧，常独居一茅庵，朝夕持念，唯采药苗及松实食之。每食后，恒必自寻溪涧以澡浴。数年在山中，人稍知之。忽一日，有道士衣敝衣，坚求老僧一宵宿止。老僧性僻，复恶其尘杂甚，不允。道士再三言曰："佛与道不相疏，混沌已来，方知有佛。师今佛弟子，我今道弟子，何不见容一宵，陪清论耳？"老僧害怕他喜欢喝酒的毛病，他邀请和别人一起喝酒时，大多数人都会躲避着他，所以姜修很少交过朋友。一天，忽然有一位客人，身穿黑衣黑帽，才三尺来高，但是腰围极粗，找到姜修这来要酒喝。姜修喝了一会儿很高兴，姜修便和来客促膝同席而饮。这客人笑着说："我平生喜欢喝酒，但是总是恨肚子里的酒不能总是满的。如果肚子里的酒满了，就会既安宁又快乐。如果不满，我就会非常无聊。你能让我长久地和你待在一起吗？我经常倾慕你的高尚情义，希望你能给我一个报答的机会。"姜修说："你能和我有同样的爱好，真是我的好伙伴，我们应该成为亲密无间的朋友啊！"于是姜修和这客人一块席地而坐喝起来。客人喝下了将近三石酒，但是却还没醉，姜修觉得非常惊讶，转念又认为可能遇到异人了，于是起身来参拜他，问起了他的家乡住哪里姓甚名谁，又问他有什么办法能喝这么多。客人回答说："我姓成，名叫德器，我的祖先大多住在郊野间。偶然遇到了老天降恩，可以使我在当世有一番作用。我如今已经老了，又自己修炼得道，所以能喝酒，如果要装满肚子，得有五石。肚子满了就稍微安静一些。"姜修听了这客人的话，便又让人摆上酒喝起来。不一会儿客人喝到五石，才酣醉，站起来发狂地唱歌跳舞。他自己感叹说："快乐呀，快乐呀。"说完就倒在地上。姜修认为他已经醉到了极点，便让家童把他扶到了室内。到了室内客人却忽然跳了起来，惊慌地跑了出去。姜修家人于是在后面追赶他，姜修家人见客人不小心撞到一块石头上，"当"的一声，就找不见这客人了。到了白天再去看时，发现是一个多年的酒瓮，已经破掉了。（出《潇湘录》）

王屋薪者

在王屋山上有一位年纪很大的僧人，经常单独一人住在一所茅草庵里，早晚念经，只采药草和松籽来吃。每次吃完饭后，总是会自己找一个溪涧来洗澡。他一直在山里住了几年，很少有人知道他。突然有一天，有一位穿着破旧衣服的道士，坚持要求老僧让他在庵中住一晚。老僧性情孤僻，加上厌恶道士身上有很多尘俗之气，就没有答应他。道士再三地说："佛家和道家本就不生疏，开天辟地之后曰："我佛弟子也，故不知有道之可比佛也。"道士曰："夫道者，居亿劫之前，而能生天生人生万物，使有天地，有人，有万物，则我之道也。亿劫之前，人皆知而尊之，而师今不知，即非人也。"老僧曰："我佛恒河沙劫，皆独称世尊。大庇众生，恩普天地，又岂闻道能争衡？我且述释迦佛世尊，是国王之子。其始也，舍王位，入雪山，乘曩劫之功，证当今之果。天上天下，唯我独尊。故使外道邪魔，悉皆降伏，至于今日。就不闻之，尔之老君，是谁之子？何处修行？教迹之间，未闻有益，岂得与我佛同日而言？"道士曰："老君降生于天，为此劫之道祖，始出于周。浮紫气，乘白鹿，人孰不闻？至于三岛之事，十州之景，三十六洞之神仙，二十四化之灵异，五尺童子，皆能知之。岂独师以庸庸之见而敢蔑耶？若以尔佛，舍父逾城，受穿膝之苦，而与外道角胜，又安足道哉？以此言之，佛只是群魔之中一强梁者耳。我天地人与万物，本不赖尔佛而生。今无佛，必不损天地人之万物也。千万勿自言世尊，自言世尊，世必不尊之，无自称尊耳。"老僧作色曰："须要此等人，设无此等，即顿空却阿毗地狱矣。"道士大怒，伸臂而前，拟击老僧。僧但合掌闭目。须臾，有一负薪者过，见而怪之，知老僧与道士争佛道优劣。负薪者攘袂而呵曰："二子俱父母所生而不养，处帝王之土而不臣，不耕而食，不蚕而衣，不但偷生于人间，复更以他佛道争优劣耶。无居我山，挠乱我山居之人。"遂遽焚其茅庵，仗伐薪之斧，皆欲杀之。老僧惊走入地，化为一铁铮，道士亦寻化一龟背骨。乃知其皆精怪耳。（出《潇湘录》）

才知道有佛。你如今是佛家弟子，我如今是道家弟子，为什么就不可以留我一晚，陪着你谈论一番呢？”老僧说：“我是佛门弟子，所以不知道哪里是道家可以比上佛家的地方。”道士说：“道，在亿劫之前就产生了，可以生天生人生万物，才使人间有了天，有了地，也有了万物，这便是我们的道。在亿劫之前，人们就都知道它，尊重它，如今你却还不知道，就不是人了！”老僧道：“我佛在经历了天竺国的恒河沙劫以后，人们都叫他世尊。他广泛地守护众生，恩惠遍及天地，又怎会听说道家可以和他抗衡？我就只说一说释迦佛世尊，他是国王的儿子。在一开始的时候，他就放弃了王位，进了雪山，趁着之前大劫修炼的功夫，来证明如今的现实。在天上地下，只有我才是最尊贵的。所以把邪魔外道都降服了。到了现在，我就没再听过他了。你们的太上老君是谁的儿子？他在哪里修行？在他的传道事迹之中，没听说过有益处的，怎么能和我佛放在同一个时间谈论？”道士说：“太上老君在天上降生，从周朝开始，他就作为这一劫的道祖。他飘浮在紫气之上，骑着白鹿，怎么有人没有听说过？对于三岛的事情，十州的景色，三十六洞的神仙，二十四化的灵异，连五尺高的孩子都知道这些，怎么唯独就你用平庸的见识就敢轻视的？如若要说你的佛，他放弃父亲丢掉城池，忍受膝盖穿透的痛苦，还和外道争胜斗强，又怎会值得一说呢？从这个方面来讲，佛也不过是群魔当中的一个强盗罢了。我们的天、地、人和万物，本来就没有依靠你的佛而产生。如今没有了佛，也必然不会损坏天、地、人和万物。千万不要自己说是世尊。自己说是世尊，世必定不会尊贵，不要再自称世尊了！”老僧脸色变了，说道：“须要这样的人，假如没有这样的人，就立即把空门变成阿毗地狱了。”道士十分生气，向前伸着手臂，打算击打老僧。老僧只是合上手掌闭上眼睛。过了一会儿，有一个人背着柴路过，看见他们二人感觉很奇怪。当他知道老僧和道士是在争论佛和道的好坏，就捋起袖子斥责他们说：“你们二人都是父母生的，却不赡养父母；都住在帝王的土地上，却不向帝王称臣，不耕种却要吃饭，不养蚕却要穿衣。不仅在人世间苟且偷生，现在还要为佛和道争论好坏吗？你们不要在这山上住了，来扰乱居住在这山上的

人！”他就赶快放火烧了那茅庵，拿着用来砍柴的大斧子，想要把他们都杀了。老僧吓得跑进了地里，变成了一个铁铮。道士也很快变成了一块龟背骨，到这时，才知道他们都是精怪。（出《潇湘录》）

卷第三百七十一　精怪四

杂器用

独孤彦

建中末，有独孤彦者，尝客于淮泗间。会天大风，舟不得进，因泊于岸。一夕步月登陆，至一佛寺中，寺僧悉赴里民会去，彦步绕于庭。俄有二丈夫来，一人身甚长，衣黑衣，称姓甲，名侵讦，第五。一人身广而短，衣青衣，称姓曾，名元。与彦揖而语，其吐论玄微，出于人表。彦素耽奇奥，常与方外士议语，且有年矣。至于玄门释氏，靡不穷其指归。乃遇二人，则自以为不能加也，窃奇之，且将师焉。因再拜请曰："某好奇者，今日幸遇先生，愿为门弟子，其可乎？"二人谢曰："何敢！"彦因征其所自。黑衣者曰："吾之先，本卢氏，吾少以刚劲闻。大凡物有滞而不通者，必侵犯以讦悟之。时皆谓我为'侵讦'，因名之。其后适野，遇仇家击断，遂易姓甲氏，且逃其患。又吾素精药术，尝侍忝医之职。非不能精熟，而升降上下，即假手于人。后以年老力衰，上欲以我为折腰吏，吾固辞免，退居田间。吾有舅氏，常为同僚。其行止起居，未尝不俱。然我自摈弃，常思吾舅。直以用舍殊，致分不见矣。今夕君子问我，我得以语平生事，幸何甚哉！"语罢，曾元曰："吾之先，陶唐氏之后也。唯陶唐之官，受姓于姚曾者，与子孙以字为氏，故为曾氏焉，我其后也。吾早从莱侯，居推署之职，职当要热。素以褊躁，又当负气以凌上，由是遭下流沸腾之谤，因而解去。盖吾忠烈之罪。我

杂器用

独孤彦

唐德宗建中末年，独孤彦客居在泗水和淮河一带。当时正好遇到天有大风，船没有办法前行，只能停靠在岸边。有一天晚上，他迎着皎洁的月光登上了岸，来到一座寺庙中。寺院里的和尚都去参加村民的集会了，独孤彦便绕着庭院散步。不一会儿有两个男子走了进来，其中一个身材很高，穿着黑衣，自称姓甲名侵讦，排行第五。另一个人身材粗且矮，穿着青色衣裳，自称姓曾名元。他们向独孤彦施礼后便交谈起来，两人的谈吐论述深奥玄妙、出于人表。独孤彦平素非常喜欢那些奇特奥妙的事物，经常和一些方外之人高谈阔论，这样已经有些年头了。对于玄学和佛学，他都深有造诣。如今遇到了这两个人，竟感觉自己远远不及他们，心中非常惊奇，就想要准备拜他们为师，因此他重新施礼说道："我喜好奇奥的事物，今天有幸遇到两位先生，希望能成为你们的弟子，可以吗？"两个人辞谢道："我们哪敢啊！"独孤彦又询问他们来自哪里，黑衣人说道："我的祖先，原本姓卢。我年少时，以刚毅强劲而闻名，大凡只要遇到事物有滞塞不通畅的地方，必定会以斥责的方式侵犯对方使其醒悟，因此人们都称我为'侵讦'，因此我便把'侵讦'作了自己的名字。后来我到郊外去，遇到了仇家将我击断，于是我就改姓为甲，以逃避祸患。另外我一向精通医药知识，曾经当过一个不称职的医官。不是我不精通医术，而是升降上下，都得求助于他人。后来又因年老体衰，皇上想任命我为一个地方小官，我坚持辞掉了，退居田间。我有个舅舅，曾经与自弃置，处尘土之间，且有年矣。甘同瓦砾，岂敢他望乎？然日昔与吾父遭事。吾父性坚正，虽鼎镬不避其危。赒人之急，要赴汤蹈火，人亦以此重之。今拘于旧职，窘若囚系。余以父弃掷之故，不近于父，迨今亦数岁。足下有问，又安敢默乎？”语未卒，寺僧俱归。

二人见之，若有所惧，即驰去，数十步已亡见矣。彦讯僧，僧曰：“吾居此寺且久，未尝见焉，惧为怪耳。”彦奇其才，且异之，因祈其名氏。久而悟曰：“所闻曾元者，岂非‘甑’乎？夫文，以‘瓦’附‘曾’，是‘甑’字也。名元者，盖以‘瓦’中之画，致‘瓦’字之上，其义在矣。甲侵讦者，岂非铁杵乎？且以‘午木’是‘杵’字。姓甲者，东方甲乙木也。第五者，亦假‘午’字也。推是而辩，其‘杵’字乎？名侵讦者，盖反其语为金截。以‘截’附‘金’，是‘铁’字也。总而辩焉，得非甑及铁杵耶！”明日，即命穷其迹，果于朽坏中，得一杵而铁者。又一甑自中分，盖用之余者。彦大异之，尽符其解也。（出《宣室志》）

我同在一个官署任职，他的行为举止和饮食起居，习惯都非常好。然而我却离开了他，如今还常常想念舅舅。只是因为是否出仕为官意见不一，以致分开而不能相见。今天晚上您问到了我，让我有机会把平生之事都讲了出来，真是太让人高兴了。”曾元说道：“我的祖先，是陶唐氏的后代。只是因为担任陶唐的官职，便从姚曾那里接受了姓氏，子孙便因以曾字为姓，所以就姓曾了，我就是他们的后人。我早年跟随莱侯，担任推署一职，官位显赫且重要。我平素气量狭小，性情急躁，又喜欢赌气而违背上级的意图，因此遭受下流小人的激烈诽谤，因而被免除了官职。这些大概是我正直忠烈造成的罪过吧。我从被抛弃之后，便流浪风尘之中，已经很多年了。我甘愿像瓦砾一样，又哪敢有其他的奢望呢？然而过去我和父亲遭遇了祸事，因父亲性情坚强正直，即使遭遇鼎镬之危也不会逃避危险。他为了解除别人的急难，甘愿赴汤蹈火，人们也因此而敬重他。现在他拘守原职，窘困得像囚徒一般。因为被父亲抛弃的缘故，我与父亲不亲近，到现在已经有好几年了。你如今询问于我，我又怎么敢沉默不言呢！”话还没说完，寺院里的和尚便都回来了。

那两个人看见他们，似乎有所畏惧，马上便跑着离开了，跑了十几步便消失不见了。独孤彦向和尚询问那两个人的来历，一个和尚回答说：“我居住在这里很多年了，从未见过他们，恐怕是妖怪吧。”独孤彦赞叹那两个人的才学，也感到有些怪异，因此仔细思索那两个人的姓名，许久才明白。他说：“所谓曾元，难道不是甑吗？用‘瓦’字加个‘曾’字，就是‘甑’字；取名为元，大概就是用‘瓦’字中的一划，放到‘瓦’字上面，它的意义就在这儿了。甲侵讦，难道不是铁杵吗？况且‘午木’是‘杵’字；姓甲，是取自东方甲乙木；排行第五，也是‘午’字的谐音。由此推论，其不就是‘杵’字吗？取名为‘侵讦’，原来他的话反过来就是‘全截’。而‘全截’，‘截’附‘全’字旁，就是‘铁’字。综合起来看，不就是甑和铁杵吗！”第二天，他便让人寻找那两个人的踪迹，果然在腐朽倒塌的墙下，发现了一根铁杵，以及一个从中间开裂了的甑，大概都是被人用过废弃的。独孤彦对此大为惊异，因为这都符合他的推论。（出《宣室志》）

姚康成

太原掌书记姚康成，奉使之汧陇。会节使交代，入蕃使回，邮馆填咽。遂假邢君牙旧宅，设中室，以为休息之所。其宅久空废，庭木森然。康成昼为公宴所牵，夜则醉归，及明复出，未尝暂歇于此。一夜，白军城归早，其属有博戏之会，故得不醉焉。而坐堂中，因命茶，又复召客，客无至者。乃命馆人取酒，遍赐仆使，以慰其道路之勤。既而皆醉，康成就寝。二更后，月色如练，因披衣而起，出于宅门，独步移时，方归入院。遥见一人，入一廊房内，寻闻数人饮乐之声。康成乃蹑履而听之，聆其言语吟啸，即非仆夫也。因坐于门侧，且窥伺之。仍闻曰："诸公知近日时人所作，皆务一时巧丽。其于托情喻己，体物赋怀，皆失之矣。"又曰："今三人可各赋一篇，以取乐乎。"皆曰善。乃见一人，细长而甚黑，吟曰："昔人炎炎徒自知，今无烽灶欲何为。可怜国柄全无用，曾见人人下第时。"又见一人，亦长细而黄，面多疮孔，而吟曰："当时得意气填心，一曲君前直万金。今日不如庭下竹，风来犹得学龙吟。"又一人肥短，鬓发垂散，而吟曰："头焦鬓秃但心存，力尽尘埃不复论。莫笑今来同腐草，曾经终日扫朱门。"康成不觉失声，大赞其美。因推门求之，则皆失矣。俟晓，召舒吏询之，曰："近并无此色人。"康心疑其必魅精也，遂寻其处。方见有铁铫子一柄，破笛一管，一秃黍穰帚而已。康成不欲伤之，遂各埋于他处。（出《灵怪集》）

姚康成

太原掌书记姚康成，奉命出使前往汧陇。当时正好赶上节度使的轮换，出使少数民族地区的使臣都返回了，因此驿站的客馆非常拥挤。姚康成便借了邢君牙的旧宅，在宅中安排了一些生活用具，作为休息的地方。邢君牙的旧宅空置废弃很久了，庭院中林木森森。姚康成白天因公事而忙于应酬赴宴，晚上则喝醉了才回来，等到第二天天亮后又出去了，未曾在这里好好休息。一天晚上，他从军城回来得比较早，他的部下因为赌博游戏的聚会，所以他没有喝醉。他坐在厅堂中，因而让人上茶，又想着找个朋友来玩，但都没有人来。于是他让驿站的侍从取来了酒，赏赐给每一个仆使，以感谢和慰劳他们一路上的辛勤侍奉。不一会儿大家都醉了，姚康成也躺下休息。二更以后，月色就像洁白的绢练，姚康成因而披衣而起，走出宅院的大门，独自散步多时，这才返回进入宅院。进得宅院来，他远远地看见一个人，进入了一间廊房里，不久又听到了几个人喝酒说笑的声音。姚康成于是趿拉着鞋轻轻地走了过去倾听，听他们是在吟诗，便知道这不会是仆人。他就坐到门侧边，偷偷观看这些人，仍旧听到有人说道："各位知道近日当代文人的作品，都只是追求辞藻的华丽，而在寄托情感，表达自己的见解，描写事物和抒发志向方面，都有明显的不足。"又说："现在我们三个人可以各自赋诗一首，来增加酒兴。"几个人都表示赞成。只见其中一个人，身材细长而面色黝黑，吟诵道："昔人炎炎徒自知，今无烽灶欲何为。可怜国柄全无用，曾见人人下第时。"又见一个人，身材也是细长而面呈黄色，脸上长有很多疮孔，他吟诵道："当时得意气填心，一曲君前值万金。今日不如庭下竹，风来犹得学龙吟。"另外那个人肥胖且矮，鬓发垂散着，只听他吟诵道："头焦鬓秃但心存，力尽尘埃不复论。莫笑今来同腐草，曾经终日扫朱门。"姚康成听了不觉失声叫好，对他们的诗杏林大为赞美，因而推开门进去找他们，但是这些人却都消失不见了。等到天亮，姚康找来驿站的官员询问那几个人的来历，官员回答说："近来并没有这样的人。"姚康成因此怀疑他们是鬼魅变的妖精，于是寻找他们的踪迹，结果发现是一柄烧水烫酒用的铁铫子、一管破笛子、

马举

马举镇淮南日，有人携一棋局献之，皆饰以珠玉。举与钱千万而纳焉。数日，忽失其所在。举命求之，未得。而忽有一叟，策杖诣门，请见举。多言兵法，举遥坐以问之。叟曰："方今正用兵之时也，公何不求兵机战术，而将御寇仇。若不如是，又何作镇之为也？"公曰："仆且治疲民，未暇于兵机战法也。幸先生辱顾，其何以教之？"老叟曰："夫兵法不可废也，废则乱生，乱生则民疲，而治则非所闻。曷若先以法而治兵，兵治而后将校精，将校精而后士卒勇。且夫将校者，在乎识虚盈，明向背，冒矢石，触锋刃也。士卒者，在乎赴汤蹈火，出死入生，不旋踵而一焉。今公既为列藩连帅，当有为帅之才，不可旷职也。"举曰："敢问为帅之事何如？"叟曰："夫为帅也，必先取胜地，次对于敌军。用一卒，必思之于生死。见一路，必察之于出入。至于冲关入劫，虽军中之余事，亦不可忘也。仍有全小而舍大，急杀而屡逃。据其险地，张其疑兵。妙在急攻，不可持疑也。其或迟速未决，险易相悬，前进不能，差须求活。屡胜必败，慎在欺敌。若深测此术，则为帅之道毕矣。"举惊异之，谓叟曰："先生何许人？何学之深耶？"叟曰："余南山木强之人也。自幼好奇尚异，人人多以为有韬玉含珠之誉。屡经战争，故尽识兵家之事。但乾坤之内，物无不衰，况假合之体，殊不坚牢，岂得更久耶？聊得晤言，一述兵家之要耳，幸明公稍留意焉。"因遽辞，公坚留，延于客馆。至夜，令左右召之，见室内唯一棋局耳，乃是所失之者。公知其精怪，遂令左右以古镜照之，棋局忽跃起，坠地而碎，似不能变化。公甚惊异，乃令尽焚之。（出《潇湘录》）

一把秃头扫帚。姚康成不想伤害他们，便让人将他们分别埋在了不同的地方。（出《灵怪集》）

马举

在马举镇守淮南的时候，有一个人带来一个棋盘献给了他，上面镶嵌着珍珠宝石。马举给了那人很多钱，而后把那个棋盘收下了。几天之后，棋盘却忽然不见了。马举让人到处寻找，却没能找到。而忽然有一个老头，拄着拐杖来到了他的门前，请求面见马举。老头讲的最多是兵法，马举坐在离他较远的地方向他询问。老头说道："现在正是打仗用兵的时候，你为什么不问一些用兵的战术呢？你要注意防御敌寇的入侵。如果不这样，你镇守此地又有什么作为呢？"马举说："我现在忙于治理疲弱的百姓，没有空闲来研究兵机战法。幸亏先生屈尊赶来，请问你有什么指教？"老头说道："用兵的法度不可以废止，如果荒废了就会产生混乱，混乱产生就会使得百姓疲惫，在那样的情况下还能治理好吗？为什么不先立法来治兵呢？兵治而后则能让将校精干，将校精干了则会让士兵勇敢。且作为将校，重要的是在于能够识别虚实，明辨人心的向背，敢于冒险冲锋，拼杀格斗。而士兵，要敢于赴汤蹈火，出生入死，不会畏缩退后而勇敢直前。如今您既然位列藩镇担任主帅，就应当具备为帅之才，不可以失职。"马举又问："那么请问主帅应当干些什么呢？"老头说："做主帅的，一定要先夺取有利的地势，其次才考虑如何对付敌军；使用一名士兵，一定要先考虑他的生死；遇见有道路时，一定要先想好进退的方法。至于说冲关破阵，即便是军中的其他事情，也都不可以忽视。即便这样仍然会有为了保全小部而舍弃大部，急功冒进而屡次败逃的情况发生。占据了险要的地势，可布置疑惑敌人的兵力。妙在急速进攻，不可因有疑心而犹豫不决。如果是应当采取快攻或是慢攻未能决定，或是强弱，险易相差悬殊，因而无法前进，则一定要寻求退路，保存力量。常胜的军队必定会遭遇失败，要小心轻敌。如果能深刻领会这些战术，那么便是具备了担任主帅的条件了。"马举听了非常惊奇，便问老头道："请问先生是哪里人？为什么学问如此高深？"

吉州渔者

吉州龙兴观有巨钟，上有文曰："晋元康年铸。"钟顶有一窍，古老相传，则天时，钟声震长安。遂有诏凿之，其窍是也。天祐年中，忽一夜失钟所在，至旦如故。见蒲牢有血痕并蒸草，蒸草者，江南水草也，叶如薤，随水浅深而生。观前大江，数夜，居人闻江水风浪之声。至旦，有渔者，见江心有一红旗，水上流下。渔者棹小舟往接取之，则见金鳞光，波涛汹涌，渔者急回。始知蒲牢斗伤江龙。（出《玉堂闲话》）

凶器上

梁 氏

后魏洛阳阜财里，有开善寺，京兆人韦英宅也。英早卒，其妻梁，不治丧而嫁，更纳河内向子集为夫。虽云改嫁，仍居英宅。英老头回答道："我是南山木强人，从小就喜欢一些新奇的事物，大家都认为我胸有韬略，口含珠宝。因为我多次经历战事，所以熟悉用兵之法。但是天地之间，事物没有不衰败的，何况是乌合之众，非常不坚固，怎么能保持长久呢？我们见面时所说这些，都是用兵打仗的要点，希望您能够稍稍注意。"说完就要告辞，马举坚决挽留，将他请到了馆驿休息。到了晚上，马举让身边的人去请老头，却只见室内摆有一个棋盘，就是丢失的那个。马举知道了它是精怪，于是命令左右的人用古镜照它。棋盘忽然跳了起来，落到地上摔碎了，似乎不能变化了。马举很是惊异，于是让人把棋盘碎块都烧掉了。（出《潇湘录》）

吉州渔者

吉州的龙兴观有一口巨大的钟，钟上铸有一行文字："晋元康年铸。"大钟的顶上有一个洞，据老话相传，这是武则天的时候留下来的，因为钟声震动长安，于是武则天下诏让人将它凿坏了，这个洞大概就是那时凿的。天祐年间，一天晚上大钟忽然不见了，到第二天早晨时却又回到了原处。只是钟身上所铸的神兽蒲牢身上有血迹并挂着蕪草。蕪草，是江南一带的一种水草，叶子像薤草，随着水的深度变化而生。龙兴观前的大江，有好几个晚上，居住在这儿的人们听到了江水风浪的巨大响声。到了早上，有一个渔人发现江心有一杆红旗，从水流上游漂了下来。渔人便划着小船前去取红旗，只见波涛汹涌的水中有鳞片闪着金光，打渔人急忙掉船回来了。这才知道原来是神兽蒲牢在战斗中伤到了江龙。（出《玉堂闲话》）

凶器上

梁　氏

后魏时在洛阳的阜财里，有座开善寺，原来是京城人氏韦英的住宅。韦英早年就去世了，他的妻子梁氏，在没有为他办理丧事时就闻梁嫁，白日来归。乘马，将数人，至于庭前，呼曰："阿梁，卿忘我也。"子集惊怖，张弓射之，应箭而倒，即变为桃人。所骑之马，亦化为茅马。从者数人，尽为蒲人。梁氏惶惧，舍宅为寺。（出《洛阳伽蓝记》）

曹 惠

武德初，有曹惠为江州参军。官舍有佛堂，堂中有二木偶人，长尺余，雕饰甚巧妙，丹青剥落。惠因持归与稚儿。后稚儿方食饼，木偶引手请之。儿惊报惠，惠笑曰："取木偶来。"即言曰："轻素自有名，何呼木偶？"于是转盼驰走，无异于人。惠问曰："汝何时物，颇能作怪？"轻素与轻红曰："是宣城太守谢家俑偶。当时天下工巧，皆不及沈隐侯家老苍头孝忠也。轻素、轻红，即孝忠所造。隐侯哀宣城无常，葬日故有此赠。时素圹中，方持汤与乐夫人濯足，闻外有持兵称敕声，夫人畏惧，跣足化为白蝼。少顷，二贼执炬至，尽掠财物。谢郎持舒瑟瑟环，亦为贼敲颐脱之。贼人照见轻红等曰：'二明器不恶，可与小儿为戏具。'遂持出，时天平二年也。自尔流落数家。陈末，麦铁杖犹子将至此。"

惠又问曰："曾闻谢宣城婚王敬则女，尔何遽云乐夫人？"轻素曰："王氏乃生前之妻，乐氏乃冥婚耳。王氏本屠酤种，性粗率改嫁了，接纳黄河北的向子集为她的丈夫。虽说她已经改嫁，但仍旧居住在韦英的宅子里。韦英的魂魄得知梁氏改嫁，在一个白天回来了。他骑着马，带着几个人，来到院门前，高声喊道："阿梁，你忘了我啦！"向子集见了很是惊慌且害怕，因此张开弓用箭射击韦英。韦英中箭倒地，就变成了桃木人，而他骑的马，也变成了茅草马。跟随他的那几个人，都是蒲草人。梁氏心中害怕，于是舍弃了宅子，将其捐给了寺院。（出《洛阳伽蓝记》）

曹惠

唐高祖武德初年，有个叫曹惠的人为江州参军。官府中有一座佛堂，堂里有两个木偶人，长一尺多，雕刻装饰得非常精致巧妙，但是涂的色丹青已经剥落，曹惠因此将其拿回了家给小孩玩。后来小孩一次正吃饼时，木偶也伸出了手要饼吃。小孩惊讶地将这事告诉了曹惠，曹惠笑着说："去将木偶拿来。"木偶听后便说道："轻素我有自己的名字，为什么要叫我木偶？"并且转动着眼睛奔跑起来，与人没有什么两样。曹惠问她道："你是什么时代的妖物？很能作怪啊！"木偶轻素和轻红说道："我们是宣城太守谢朓陪葬的俑偶。当时天下的能工巧匠，都比不上沈隐侯沈约家的老仆人孝忠，轻素、轻红便是孝忠制造的。沈隐侯因哀伤谢朓的早逝，因此在谢朓下葬时就赠送了这木偶侍女陪葬。当时轻素在墓中，正端着热水给乐夫人洗脚，忽然听到外面有手持武器的人念诵口令的声音。乐夫人害怕，光着的脚变成了白髅骷。过了一会儿，有两个盗贼拿着火把进来，把墓中的财物都盗走了。谢朓所佩戴的项圈，也被盗贼敲碎脸颊脱下拿走了。盗贼用火把照着轻素和轻红说道：'这两件冥器没有坏掉，可以给小孩当玩具。'于是将它们拿了出来。当时是东魏孝敬天平二年。自这之后，它们流落了几家人。陈朝末年时，麦铁杖的侄子将我们带到了这里。"

曹惠又问道："曾听说谢宣城娶的是王敬则的女儿，你为什么说是乐夫人呢？"轻素说道："王氏是他生前的妻子，乐氏是他在阴多力，至冥中，犹与宣城不睦。伺宣城严颜，则磔石挂关，以为威胁。宣城自密启于天帝，许逐之，二女一男，悉随母归矣。遂再娶乐彦辅第八女，美姿质，善书，好弹琴，尤与殷东阳仲文、谢荆州晦夫人相得，日恣追寻。宣城常云：‘我才方古词人，唯不及东阿耳。其余文士，皆吾机中之肉，可以宰割矣。’见为南曹典铨郎，与潘黄门同列，乘肥衣轻，贵于生前百倍。然十月一朝晋宋齐梁，可以为劳，近闻亦已停矣。”

惠又问曰：“汝二人灵异若此，吾欲舍汝如何？”即皆言曰：“以轻素等变化，虽无不可，君意如不放，终不能逃。庐山山神，欲取轻素为舞姬久矣，今此奉辞，便当受彼荣富。然君能终恩，请命画工，便赐粉黛。”惠即令工人为图之，使擒锦绣。轻素笑曰：“此度非论舞伎，亦当彼夫人。无以奉酬，请以微言留别。百代之中，但以他人会者，无不为忠臣，居大位矣。鸡角入骨，紫鹤吃黄鼠，申不害。五通泉室，为六代吉昌。”后有人祷庐山神，女巫言神君新纳二妾，要翠钗花簪，汝宜求之，当降大福。祷者求而焚之，遂如愿焉。惠亦不能知其微言，访之时贤，皆不悟。或云，中书令岑文本识其三句，亦不为人说。（出《玄怪录》）

窦不疑

武德功臣孙窦不疑，为中郎将，告老归家。家在太原，宅于北间的婚配。王氏本是屠户家的后代，性情粗率且力气大，到了阴间后，还和谢宣城不和睦。她对待谢宣城时的态度很恶劣，用拿着石头砸门的方法来威胁他。谢宣城秘密地将这事报告给了天帝，天帝允许驱逐她，他的两个女孩和一个男孩都随母亲回娘家了。他就又娶了乐彦辅的第八个女儿。乐夫人姿质美丽，善于书法，喜好弹琴，尤其是和东阳太守殷仲文、荆州刺史谢晦的夫人相处得很好。她与谢宣城每天都形影不离，谢宣城常说：'我的才华与过去的词人相比，只是比不上曹植而已。其他的文人，都是我几案上的肉，可以任由我宰割。'现在谢宣城担任了南曹典铨郎一职，与黄门侍郎潘岳同列班朝，乘肥马衣轻裘，比生前富贵了百倍。但十个月朝拜一次晋宋齐梁的事，可以说是很辛苦了，只是近来听说已经停止了。"

曹惠听后又说："你们两人如此灵异，我准备放了你们，怎么样？"轻素与轻红都答道："凭轻素等人的变化，虽然这没有什么做不到的。但如果您意下不愿的话，我们终究是无法逃脱的。庐山的山神，早就想让我们俩去当舞妓了。现在我们就领命告辞了，你应当它给予的。如果您最终想成全我们，便请您找画工来给我们重新画妆吧。"曹惠于是立刻让画工为她俩涂漆，使她们又散发出美丽的光彩。轻素笑着说道："这下不会再谈论当舞妓的事了，也可以当庐山山神的夫人了。我们没有什么可报答您的，就请让我们说几句暗话作为临别赠言："'百代之中，但以他人会者，无不为忠臣，居大位矣。鸡角入骨，紫鹤吃黄鼠，申不害，五通泉室，为六代吉昌。'"后来有人在祭祀庐山山神时，女巫说："山神新娶了两个小妾，要翠钗花簪，你应该为他找来，山神会降大福给你。"祈祷的人便让人找来翠钗花簪焚烧了，果然如愿以偿。曹惠无法理解轻素暗语的意思，因此向当时有学问的人求教，但大家也都解释不了。有人说，中书令岑文本理解了其中的三句话，但是他不愿意为别人解说。（出《玄怪录》）

窦不疑

唐高祖武德功臣的孙子窦不疑，官至中郎将，告老还乡回到了家。他的家在太原，住宅位于北城的阳曲县。窦不疑为人勇猛，胆子郭阳曲县。不疑为人勇，有胆力，少而任侠。常结伴十数人，斗鸡走狗，樗蒲一掷数万，皆以意气相期。而太原城东北数里，常有道鬼，身长二丈。每阴雨昏黑后，多出。人见之，或怖而死。诸少年言曰：“能往射道鬼者，与钱五千。”余人无言，唯不疑请行。迨昏而往，众曰：“此人出城便潜藏，而夜给我以射，其可信乎？盍密随之。”不疑既至魅所，鬼正出行。不疑逐而射之，鬼被箭走。不疑追之，凡中三矢，鬼自投于岸下，不疑乃还。诸人笑而迎之，谓不疑曰：“吾恐子潜而给我，故密随子，乃知子胆力若此。”因授之财，不疑尽以饮焉。明日，往寻所射岸下，得一方相，身则编荆也，今京中方相编竹，太原无竹，用荆作之。其傍仍得三矢，自是道鬼遂亡，不疑亦从此以雄勇闻。

及归老，七十余矣，而意气不衰。天宝二年冬十月，不疑往阳曲，从人饮，饮酣欲返，主苦留之。不疑尽令从者皆留，己独乘马，昏后归太原。阳曲去州三舍，不疑驰还。其间则沙场也，狐狸鬼火丛聚，更无居人。其夜，忽见道左右皆为店肆，连延不绝。时月满云薄，不疑怪之。俄而店肆转众，有诸男女，或歌或舞，饮酒作乐，或结伴踏蹄。有童子百余人，围不疑马，踏蹄且歌，马不得行。道有树，不疑折其柯，长且大，以击。歌者走，而不疑得前。又至逆旅，复见二百余人，身长且大，衣服甚盛，来绕不疑，踏蹄歌焉。不疑大怒，又以树柯击之，长人皆失。不疑恐，以所见非常，乃下道驰。将投村野，忽得一处百余家，屋宇甚盛。不疑叩门求宿，皆无人应，虽甚叫击，人犹不出。村中有庙，不疑入之，系马于柱，据阶而坐。时朗月，夜未半，有妇人素服靓妆，突门而入，直大，少年时便很侠义。他经常聚集十多个人一起斗鸡斗狗，赌博时一掷就是好几万，全凭义气相互交往。在太原城东北几里外的地方，道上经常闹鬼，那鬼身高两丈，大多在阴雨天后的夜晚出现。看见过这个鬼的人，有的会因为惊吓而死。众少年们于是对人说："谁要是能够前去将那路上的鬼射死，便奖赏给他五千贯钱。"其他人听后都没说话，只有窦不疑请求前去。等到黄昏时窦不疑便出发了，众人说道："如果他出城后就暗中藏起来，而后欺骗我们说晚上已经射杀了鬼，这样我们能相信吗？我们何不悄悄地跟在他的后面？"窦不疑到了鬼魅出现的地方，鬼正好出来了。窦不疑冲上去用箭便射，鬼中箭逃跑了。窦不疑继续追赶，一共射中了三箭。鬼自己跳到了河岸下，窦不疑才返回。众人笑着迎上前来，对他说道："我们怕你藏起来欺骗我们，所以偷偷跟着你，这才知道你的胆量竟然这么大。"因此将钱给了窦不疑，而他全部用来买酒喝了。第二天，大家前往河岸下寻找那鬼魅，却找到一个驱疫避邪的神像，躯体是用荆条编成的，在它的旁边又找到了三支箭。从这之后，道路上的鬼魅就消失了，窦不疑也从此以威猛勇敢而闻名。

当告老还乡的时候，他已经七十多岁了，但他的胆气仍旧不衰。唐玄宗天宝二年冬季十月，窦不疑前往阳曲，与他人饮酒时喝醉了，准备回家，但主人苦苦挽留。窦不疑让随从人员都留下，自己独自骑马在黄昏后返回太原。阳曲距离太原州城有九十里远，窦不疑骑马返回，其间经过的道路是古战场，狐狸、鬼火聚集，理会是无人居住。那天夜里，窦不疑忽然见到道路两旁都是店铺，连绵不断。当时圆月高悬，天高云淡，窦不疑觉得很怪异。不一会店铺渐渐变得更多了，有很多男人妇女，或是唱歌跳舞，饮酒作乐，或是结伴击打着节拍踏脚。有一百多个小孩，围着窦不疑的马，边跳边唱，马无法前进。道路旁边长有树，窦不疑折了一根树枝，又粗又长，他用树枝击打包围他的人，这些人都跑开了，窦不疑得以前行。当他再次到达一个旅店时，又遇见了二百多人。这些人身材高大，衣服很华丽，上前来围绕着窦不疑又跳又唱。窦不疑大怒，又用树枝击打他们，这些身材高大的人又都消失了。这时窦不疑有些害怕了，认为看到的这些不是向不疑再拜。问之，妇人曰：“吾见夫婿独居，故此相偶。”不疑曰：“孰为夫婿？”妇人曰：“公即其人也。”不疑知是魅，击之，妇人乃去。厅房内有床，不疑息焉。忽梁间有物，坠于其腹，大如盆盎。不疑殴之，则为犬音。自投床下，化为火人，长二尺余，光明照耀，入于壁中，因尔不见。不疑又出户，乘马而去，遂得入林木中憩止，天晓不能去。会其家求而得之，已愚且丧魂矣。舁之还，犹说其所见。乃病月余卒。（出《纪闻》）

寻常人，于是沿着间道奔驰，准备到村庄中去投宿。忽然他发现了一处有一百多户人家的村庄，建造有很多房屋。窦不疑上前敲门想要投宿，却没有人回应，虽然他使劲敲门，但还是没有人出来。村中有座庙，窦不疑进到里面，将马拴在柱子上，然后坐到了台阶上。这时月光皎洁，还没到半夜，有个女人穿着素服，化着浓妆破门而入，笔直走向窦不疑给他行礼。窦不疑问她是谁，她说："我见我的丈夫独居在此，所以前来相伴。"窦不疑说："谁是你的丈夫？"女人说道："就是你啊！"窦不疑知道她是鬼魅，上前打她，妇人才离开。厅房内有床，窦不疑便到床上休息。忽然房梁上有个怪物，掉到了他的肚子上，大小如盆。窦不疑打它，竟发出了狗叫声。窦不疑将它扔到床下，怪物变了一个火人，二尺多高，光辉照耀，没入了墙壁中消失不见了。窦不疑于是走出厅门，骑马离开了，最终找到了一处树林进到林中休息，天亮后他却已不能走路。正好他的家里人这时找来发现了他，但他已经变得痴呆像失魂落魄一般。家人将他抬回家后，他还讲述了所见之事，病了一个多月后便去世了。（出《纪闻》）

卷第三百七十二　精怪五

凶器下

桓彦范

扶阳王桓彦范，少放诞，有大节，不饰细行。常与诸客游侠，饮于荒泽中。日暮，诸客罢散，范与数人大醉，遂卧泽中。二更后，忽有一物，长丈余，大十围，手持矛戟，嗔目大唤，直来趋范等。众皆俯伏不动，范有胆力，乃奋起叫呼，张拳而前，其物乃返走。遇一大柳树，范手断一枝，持以击之，其声策策，如中虚物。数下，乃匍匐而走。范逐之愈急，因入古圹中。洎明就视，乃是一败方相焉。（出《广异记》）

蔡　四

颍阳蔡四者，文词之士也。天宝初，家于陈留之浚仪。吟咏之际，每有一鬼来登其榻，或问义，或赏诗。蔡问君何鬼神，忽此降顾。鬼曰："我姓王，最大。慕君才德而来耳。"蔡初甚惊惧，后稍狎之。其鬼每至，恒以王大蔡氏相呼，言笑欢乐。蔡氏故人有小奴，见鬼，试令观之，其奴战栗。问其形，云："有大鬼，长丈余，余小鬼数人在后。"蔡氏后作小木屋，置宅西南隅，植诸果木其外。

凶器下

桓彦范

扶阳王桓彦范，年少时言行放肆荒诞，讲究大节，但不注重细节行为。他曾经与一众朋友游历，在一处荒泽中喝酒，黄昏时大家才散去。桓彦范与几个人喝得酩酊大醉，于是就睡在荒泽中。二更天后，忽然有一个怪物，有一丈多高，十抱粗细，手里拿着长戟，瞪着眼睛大声叫喊着，直接向桓彦范等人走了过来。大家吓得都趴在地上不敢动，只有桓彦范胆子大，跳起来大叫喊着，抡起拳头向着怪物冲去，那个怪物见了便转身往回走。路上有一棵大柳树，桓彦范随手折了一根柳枝抽打那个怪物，怪物发出了籁籁的声音，就像是打中了空虚的物体一般。被打了几下后，那个怪物便趴下了身体逃跑。桓彦范追得越急了，最后那个怪物进入了一处古墓之中。等到天亮后大家前往那里察看，发现原来是一个破烂的送葬用的纸神像。（出《广异记》）

蔡　四

颖阳人蔡四，是个很有文学才华的人，唐玄宗天宝初年，他在陈留的浚仪安了家。当他吟咏诗词的时候，经常会有一个鬼魂来到他床上，或是向他请教义理，或是与他一起欣赏诗词。蔡四问他："请问您是什么鬼神，忽然降临光顾我这儿？"鬼魂说道："我姓王，排行最大。因为羡慕你的才华品德而来。"蔡四最初感觉很是害怕，但后来渐渐与那鬼魂亲热起来。那个鬼魂每次来的时候，他们都以王候鬼至，谓曰："人神道殊，君所知也。昨与君造小舍，宜安堵。"鬼甚喜，辞谢主人。其后每言笑毕，便入此居偃息，以为常矣。久之，谓蔡氏曰："我欲嫁女，暂借君宅。"蔡氏不许曰："老亲在堂，若染鬼气，必不安稳。君宜别求宅也。"鬼云："大夫人堂，但闭之，必当不入。余借七日耳。"蔡氏不得已借焉，七日之后方还住，而安稳无他事也。后数日，云："设斋。"凭蔡为借食器及帐幕等。蔡云："初不识他人，唯借己物。"因问欲于何处设斋，云："近在繁台北。世间月午，即地下斋时。"问至时欲往相看，得乎，曰："何适不可。"蔡氏以鬼，举家持千手千眼咒，家人清净，鬼即不来。盛食荤血，其鬼必至。欲至其斋，家人皆精心念诵，着新净衣，乘月往繁台。遥见帐幕僧徒极盛，家人并诵咒，前逼之。见鬼惶遽纷披，知其惧人，乃益前进。既至，翕然而散。其王大者，与徒侣十余人北行。蔡氏随之，可五六里。至一墓林，乃没，记其所而还。明与家人往视之，是一废墓，中有盟器数十，当圹者最大，额上作"王"字。蔡曰："斯其王大乎。"积火焚之，其鬼遂绝。（出《广异记》）

大、蔡四互相称呼，一起言笑欢乐。蔡四的朋友有个小仆人，能看见鬼魂，于是蔡四让他试着观察王大，小仆人见到王大后吓得战战兢兢。蔡四问他王大长什么样，小仆人说道："我看见了一个大鬼，高有一丈多，后面还有几个小鬼跟着。"蔡四后来做了一间小木屋，安置在宅院的西南角，在小木屋的外边种植了众多果树。等到王大来了，蔡四对他说道："人和鬼神生活的道路不一样，这你是知道的。昨天我给你建了一间小屋，请你住到那儿去吧。"鬼魂王大听后很高兴，婉言感谢了主人。从那以后每次他们谈笑结束后，鬼魂王大就进到那间小屋休息，因此形成了习惯。过了很长一段时间后，王大对蔡四说："我准备嫁女儿，想临时借你的房子用几天。"蔡四没有同意，说道："我家老母亲还健在，如果沾染上了鬼气，必定会不安稳。你应当去别处寻找房子。"王大说道："老夫人的上房，只要闩上门，我们一定不会入内。其他的房子我只借用七天。"蔡四不得已答应借给了他，七天之后才回家住，而家中也平安无事。几天之后，鬼魂说要设斋，想依靠蔡四给他们借些食物和器皿及帐幕等物品。蔡四说："我刚刚搬来这里不久，不认识别人，只有借用我自己的物品了。"因而又问鬼魂想在什么地方摆设斋宴，鬼魂说道："在繁台的北面。阳世间的午夜，便是阴间吃斋的时候。"蔡四又问道："到时候我想去看看热闹，可以吗？"鬼魂说："有什么不可以的！"蔡四因为有鬼魂在的缘故，所以平时让家人都随身带着千手千眼佛的符咒。只要家人食用清净，鬼就不会来；但如果家中有丰盛的荤血食物，那么鬼神就一定会来。因为想要前去观看鬼神的斋宴，所以蔡四的家人都认真地念诵着咒语，穿着干净的衣服，踏着月色前往繁台，远远地便看见帐幕里有很多的和尚。蔡四的家人一起念着咒语向前逼近，只见那些鬼魂惊恐慌乱了起来，他们知道这是鬼魂怕人，当走到跟前时，那些鬼魂唰地一下便逃散了。那个叫王大的鬼魂与他的十几个同伴向北逃去。蔡四在后面跟着，走了五六里，来到了一处坟地时便消失不见了。蔡四记下鬼魂消失的地方后便回来了，第二天他与家人一同前往察看，发现那里是一处荒废的墓地，墓地里有几十件随葬物品，当中最大的一件额上有个"王"字。蔡四说道："这大概就是王大

李 华

唐吏部员外李华，幼时与流辈五六人，在济源山庄读书。半年后，有一老人，须眉雪色，恒持一裹石，大如拳，每日至晚，即骑院墙坐，以石掷华等，当窗前后。数月，居者苦之。邻有秦别将，善射知名。华自往诣之，具说其事。秦欣然持弓，至山所伺之。及晚复来，投石不已。秦乃于隙中纵矢，一发便中，视之，乃木盟器。（出《广异记》）

商乡人

近世有人，旅行商乡之郊。初与一人同行，数日，忽谓人曰："我乃是鬼。为家中明器叛逆，日夜战斗，欲假一言，以定祸乱。将如之何？"云："苟可成事，无所惮。"会日晚，道左方至一大坟。鬼指坟，言是己冢，君于冢前大呼，有敕斩金银部落。如是毕矣。鬼言讫，入冢中，人便宣敕。须臾间，斩决之声。有顷，鬼从中出，手持金银人马数枚，头悉斩落。谓人曰："得此足一生福，以报恩耳。"入至西京，为长安捉事人所告。县官云："此古器，当是破冢得之。"人以实对。县白尹，奏其事。发使人随开冢，得金银人马，斩头落者数百枚。（出《广异记》）

吧。”然后堆积了柴草将陪葬器物都烧掉了，那些鬼魂从此便灭绝了。（出《广异记》）

李华

唐朝的吏部员外郎李华，小的时候与五六个同辈人一起在济源山庄读书。半年以后，有一个胡子和眉毛都像雪一样白了的老人，经常拿着一袋大小如同拳头的石头，每天到了晚上就骑在院墙上，面对着窗子前后，用石头扔李华他们等人。这样一连持续了好几个月，居住在附近的人都被他折腾得叫苦不已。邻居有个姓秦的别将，因为他善于射箭而闻名。李华前去他家拜见他，将这事详细地对他说了。秦别将听后非常痛快地拿着弓箭，来到了济源山庄等候那白发老人。到了晚上时那个老人又来了，不停地向李华他们投掷石头。秦别将便在乱石的空隙中射出了箭，一箭便射中了那老人。一看，原来是一个木制的陪葬器皿。（出《广异记》）

商乡人

有个近代人，旅行途中到了商乡的郊外。一开始时他与另一个人一起同行，几天后，那个人忽然对他说：“我乃是鬼魂。由于家中陪葬物发生叛乱，日夜战斗，所以想要借你的一句话来平定祸乱。你觉得怎么样？”这个近代人便回答道：“如果能够帮助你成事，没有什么不行的。”当天晚上，他们走到道路左旁的一座大墓处，那鬼指着墓地说道：“这就是我的墓，请您在墓前大声呼喊，会有皇上的诏令斩杀金银部落。你只要这样做就完了。”鬼魂说完便进入了墓中，近代人于是开始宣布诏令。一会儿，便听到有斩杀的声音。过了有一会儿，那个鬼魂从墓中出来，手中拿着几个金银人马，头部都被斩掉了。那个鬼魂对近代人说：“得到这些足以让您一生幸福了，以此来报答您的恩情。”近代人到了西京，被长安的捕快抓住了报官，县官说：“这是古器，应当是盗墓所得。”近代人便将实情报告给了县官，县官又将这件事告诉了府尹，向上奏明了这事。于是就派人跟随这个

卢 涵

开成中，有卢涵学究，家于洛下，有庄于万安山之阴。夏麦既登，时果又熟，遂独跨小马造其庄。去十余里，见大柏林之畔，有新洁室数间，而作店肆。时日欲沉，涵因憩马。睹一双鬟，甚有媚态。诘之，云是耿将军守茔青衣，父兄不在。涵悦之，与语。言多巧丽，意甚虚襟，盼睐明眸，转资态度。谓涵曰："有少许家酝，郎君能饮三两杯否？"涵曰："不恶。"遂捧古铜樽而出，与涵饮极欢。青衣遂击席而讴，送卢生酒曰："独持巾栉掩玄关，小帐无人烛影残。昔日罗衣今化尽，白杨风起陇头寒。"涵恶其词之不称，但不晓其理。酒尽，青衣谓涵曰："更与郎君入室添杯去。"秉烛挈樽而入。涵蹑足窥之，见悬大乌蛇，以刀刺蛇之血，滴于樽中，以变为酒。涵大恐栗，方悟怪魅，遂掷出户，解小马而走。青衣连呼数声曰："今夕事须留郎君一宵，且不得去。"知势不可，又呼东边方大："且与我趁，取遮郎君。"俄闻柏林中，有一大汉，应声甚伟。须臾回顾，有物如大枯树而趋，举足甚沉重，相去百余步。涵但疾加鞭，又经一小柏林中，有一巨物，隐隐雪白处。有人言云："今宵必须擒取此人，不然者，明晨君当受祸。"涵闻之，愈怖怯。及庄门，已三更。扃户阒然，唯有数乘空车在门外。群羊方咀草次，更无人物。涵弃马，潜跄于车箱之下。窥见大汉径抵门，墙极高，只及斯人腰跨。手持戟，瞻视庄内。遂以戟刺庄内小儿，但见小儿手足捞空，于戟之巅，只无声耳。良久而去。

近代人前往，挖开了那座墓，发现了金银人马，被斩落头的有好几百个。（出《广异记》）

卢涵

唐文宗开成年间，有个叫卢涵的读书人，家住在洛阳城，在万安山的北面有一处庄园。夏季的麦子丰收了，当季的瓜果又成熟了，因此卢涵独自骑上小马前往庄园。离庄园十多里的地方，在一处大柏树林的边上，有几间新建的洁净房舍，这是做店铺的。当时太阳已快落山了，卢涵因此停了下来在这儿休息。他看到了一个梳着两个发髻的青衣女子，容貌非常妩媚动人。卢涵问她是谁，她说自己是为耿将军守墓的侍女，父亲和哥哥都已不在了。卢涵很喜欢她，便与她交流谈话。她说话比较乖巧，态度谦虚，顾盼间眼神，盼顾生辉，姿态优美。她对卢涵说道："这有少量我自家酿的酒，您能喝两三杯吗？"卢涵说："好。"于是她捧着古铜杯走出来，与卢涵畅饮起来。青衣女子于是击打着坐席唱起歌，向卢涵敬酒道："独持巾栉掩玄关，小帐无人烛影残。昔日罗衣今化尽，白杨风起陇头寒。"卢涵觉得这敬酒词不称道，却又不明白其中道理。酒喝完了，青衣女子对卢涵说："我再为您进屋添酒去。"拿着蜡烛带着酒杯便进屋了。卢涵放轻了脚步偷偷地察看，只见屋内悬挂着一条大乌蛇，青衣女子用刀刺破蛇身使血流出，滴到了杯中，然后变成了酒。卢涵为此非常害怕，这才明白是遇到鬼魅了，便立刻跑出了门，解开小马逃走。青衣女子见了连喊了几声，道："今晚有事要留郎君一宿，暂时不要离去。"但她知道留不住卢涵，又喊东边的方大："快给我追，挡住郎君。"不久便听柏树林中，有一个大汉回应的声音很是洪亮。卢涵瞬间回头看去，只见一个像大枯树一般的怪物追了上来，它迈出的脚步非常沉重，与他相距只有一百多步了。卢涵只能快马加鞭，又经过一处小柏林时，有一个巨大的怪物，隐隐露出雪白的地方，并传出人声道："今晚必须抓住这个人。否则的话，明天早晨您会遭受灾祸。"卢涵听了越发恐惧。当他到达庄园门前时，已经是三更天了。庄园里寂静无声，只有几辆空车停在门外。一群羊刚吃完草站立在那儿，没有看到一个人。卢涵涵度其已远，方能起扣门。庄客乃启关，惊涵之夜至，喘汗而不能言。及旦，忽闻庄院内客哭声，云："三岁小儿，因昨宵寐而不苏矣。"涵甚恶之，遂率家僮及庄客十余人，持刀斧弓矢而究之。但见夜来饮处，空逃户环屋数间而已，更无人物。遂搜柏林中，见一大盟器婢子，高二尺许，傍有乌蛇一条，已毙。又东畔柏林中，见一大方相骨，遂俱毁拆而焚之。寻夜来自物而言者，即是人白骨一具，肢节筋缀，而不欠分毫。锻以铜斧，终无缺损，遂投之于堑而已。涵本有风疾，因饮蛇酒而愈焉。（出《传奇》）

张不疑

南阳张不疑，开成四年，宏词登科，授秘书。游京，假丐于诸侯回。以家远无人，患其孤寂，寓官京国。欲市青衣，散耳目于闾里间。旬月内，亦累有呈告者，适憎貌未偶。月余，牙人来云："有新鬻仆者，请阅焉。"不疑与期于翌日。及所约时至，抵其家，有披朱衣牙笏者，称前浙西胡司马。揖不疑就位，与语甚爽朗，云："某少曾在名场，几及成事，曩以当家使于南海，蒙携引数年，记于岭中。偶获婢仆等三数十人，自浙右已历南荆，货鬻殆尽，今但有六七人。承牙人致君子至焉。"语毕，一青衣捧小盘，各设于宾主位，俄携银樽金盏，醪醴芳新，馨香扑鼻。不疑奉道，常御酒止肉。是日，不觉饮数杯。余命诸青衣六七人，并列于庭，曰："唯所丢下马，潜藏到车箱底下。只见那大汉径直追到了门前，院墙虽然很高，但只到大汉的腰胯部。大汉手拿长戟，观察着庄内的情况，然后用长戟刺向庄内的小孩。只见小孩手脚抓空，被他挑在空中，只是没有发出声音。很久之后，大汉才离去。

卢涵估计他已经走远，才得起身来敲门。庄客开了门，对卢涵夜间的到来很是惊讶。卢涵边喘气边冒汗，却不能说话。到了第二天早晨，忽然听到庄院内传出了客人的哭声，说："三岁的小孩，昨晚睡觉后就再没有醒过来了。"卢涵因此非常憎恨鬼怪，于是率领着家丁及庄客十多人，手持刀斧和弓箭前去搜寻鬼怪。只见昨夜饮酒的地方，只是逃走的人家所剩下的几间空房子而已，没有一个人在这。于是又去柏树林中搜寻，发现了一个大大的婢女形状的陪葬物，高有二尺多，旁边有一条乌蛇，已经死去了。又在东边的柏树林中，发现了一个送殡驱妖的大神像架子。于是卢涵让人将这些都折毁烧掉了。昨夜那白色的说话的怪物，就是一具人的白骨，四肢的关节有筋联缀着，没有缺少一点。用铜斧头劈砍，却始终也没能砍坏一点，最后只能将它扔到水沟里去了。卢涵原本有风湿病，却因为饮了蛇酒而痊愈了。（出《传奇》）

张不疑

南阳人张不疑，唐文宗开成四年时他参加科举考试，因文才出众被录取并任命为秘书官。他遍游京城，拜求各位大臣多加照顾。回到府里后，因家乡离这儿远，没人在身边，因此他住在京城的官府中倍感孤寂，他就想买一个婢女。他将这个消息公布在胡同里弄中，短时间内便有很多人推荐了人选，但这些人的面貌不美，没有遇上合适的。过了一个多月后，有个做买卖中间介绍人的来说道："有个新来卖婢女的，请你去看看吧。"张不疑就与介绍人约定第二天去看看。到了第二天约定的时间，他们到了那婢女的主人家里，只见一个身披红袍手拿牙笏的人，自称是前浙西胡司马。他请张不疑坐下，与张不疑交谈时显得非常爽朗。他说："我年轻时也曾参加科举考试，且差点就成功了。先前因为一个本家出使南海，承蒙他提携了几选耳。”不疑曰：“某以乏于仆使，今唯有钱六万，愿贡其价。却望高明，度六万之直者一人以示之。”朱衣人曰：“某价翔庳各有差等。”遂指一鸦鬟重耳者曰：“春条可以偿耳。”不疑睹之，则果是私目者矣。即日操契付金。春条善书录，音旨清婉，所有指使，无不惬适，又好学。月余日，潜为小诗，往往自于户牖间题诗云：“幽室镤妖艳，无人兰蕙芳。春风三十载，不尽罗衣香。”不疑深惜其才貌明慧。如此两月余。

不疑素有礼奉门徒尊师，居旻天观。相见，因谓不疑曰：“郎君有邪气绝多。”不疑莫知所自。尊师曰：“得无新聘否？”不疑曰：“聘纳则无，市一婢耳。”尊师曰：“祸矣。”不疑恐，遂问计焉。尊师曰：“明旦告归，慎勿令觉。”明早，尊师至，谓不疑曰：“唤怪物出来。”不疑召春条，泣于屏幕间，亟呼之，终不出来。尊师曰：“果怪物耳。”斥于室内，闭之。尊师焚香作法，以水向东而噀者三。谓不疑曰：“可往观之，何如也？”不疑视之曰：“大抵是旧貌，但短小尺寸间耳。”尊师曰：“未也。”复作法禹步，又以水向门而喷者三，谓不疑：“可更视之，何如也？”不疑视之，长尺余，小小许，僵立不动。不疑更前视之，乃仆地，扑然作声。视之，一朽盟器。背上题曰“春条”，其衣服若蝉蜕然，系结仍旧。不疑大惊，尊师曰：“此虽然腰腹间已合有异。”令不疑命刀劈之，腰颈年，在南岭任职。偶然间得到了三十几个婢女，从浙东走到南荆，差不多卖完了，现在只剩下六七个人了。感谢介绍人引您前来。”说完，一个婢女便捧着小盘，分别摆在宾主各自的位置上，一会又取来金杯银盏，斟上浓香扑鼻的美酒。张不疑信奉道教，平时都不喝酒不吃肉，这一天，他不觉间便喝了几杯。其间婢女的主人让剩下的六七个俾女并排站在厅堂里，然后对张不疑说：“请随便选择吧。”张不疑说：“我没有足够的钱来买奴婢，如今只有六万贯钱。请您明示她们的价格，希望能用这些钱尽量买一个好一点的，请您按六万的价钱出示一个给我看看吧。”婢女的主人说道：“我这里不同婢女的价格确实不一样。”说完便指着一个戴着两只耳环的婢女说道：“春条能够值这个价钱。”张不疑一看，正是自己暗中看中的那个，当即便签订了契约付了钱。春条会看书写字，语音清脆婉转，凡是指派她干的活，没有不让张不疑满意的。她还聪明好学，一个多月的时间就能够写一些短小的诗词了。她常常自己在窗上题写诗：“幽室鏁妖艳，无人兰蕙芳。春风三十载，不尽罗衣香。”张不疑非常爱惜春条的才貌与聪明智慧。就这样过了两个多月。

张不疑平时素有礼奉道教门徒和尊敬师长的习惯，因此这一天到旻天观去拜见道长。见面后，道长对张不疑说：“你身上有很多的邪气啊！”张不疑不知道该如何回答。道长问：“你最近有娶妻纳妾吗？”张不疑说：“娶妻纳妾倒是没有，只是买了一个婢女。”道长说：“你惹祸了啊！”张不疑被吓住了，便询问解救办法。道长说道：“我明天早上小心点过去，不要让她知道。”第二天早晨，道长来到张不疑的家，对张不疑说：“将那妖物叫出来吧。”张不疑叫唤春条，春条在屏风后的帐幕间哭泣，多次叫唤，却怎么也不肯出来。道长说：“果然是妖物啊！”于是进到屋内斥责她，然后把她关在了室内。道长点起香开始作法，用嘴向东边喷了三次水，然后对张不疑说：“可以进去看一看那妖物，看她怎么样了。”张不疑前往察看后说道：“大体还是原来的样子，只是身材尺寸变短小了一点。”道长说：“还不行。”又迈着禹步作法，再次向着门喷水三次。之后对张不疑说：“再去看看她，看怎么样了。”张不疑一看，春条已只有一尺间果有血，浸润于木矣。遂焚之。尊师曰："向使血遍体，则郎君一家，皆遭此物也。"自是不疑郁悒无已，岂有与明器同居而不之省，殆非永年。每一念至，惘然数日，如有所失。因得沉痼，遂请告归宁。明年，为江西辟。至日使淮南，中路府罢。又明年八月而卒。卒后一日，尊夫人继殁。道士之言果验。（原缺出处，明抄本与下条相连云出《博异志》）

又

一说，张不疑常与道士共辨往来。道士将他适，乃诫不疑曰："君有重厄，不宜居太夫人膝下，又不可进买婢仆之辈。某去矣，幸勉之。"不疑即启母卢氏，卢氏素奉道，常日亦多在别所求静。因持寺院以居，不疑且问省。数月，有牙侩言："有崔氏孀妇甚贫，有妓女四人，皆鬻之。今有一婢曰'金钉'，有姿首，最其所惜者。今贫不得已，将欲货之。"不疑喜，遂令召至，即酬其价十五万而获焉。宠侍无比。金釭美言笑，明利轻便，事不疑，皆先意而知。不疑愈惑之。无几，道士诣门。及见不疑，言色惨沮，吁叹不已。不疑诘之，道士曰："嘻！祸已成，无奈何矣。非独于君，太夫人亦不免矣。"不疑惊怛，起曰："别后皆如师教，尊长寓居佛寺，某守道殊不敢怠，不知何以致祸？且如之何？"哀祈备至。道士曰："皆无计矣，但为君辨明之。"因诘其别后有所进者，不疑曰："家少人力，昨唯买二婢耳。"道士曰："可见乎？"不疑即召之，多高了，小了一些，站在那里僵立不动。张不疑再次上前靠近，春条“噗”的一声便倒在了地上。一看，原来它是一个已经腐朽了的陪葬器皿，背上题有两个字“春条”。她的衣服像蝉蜕一样已经脱落了，但系结依旧。张不疑对此非常吃惊。道长说道：“这个怪物的腰腹部虽然已经长合，但仍有异样之处。”他让张不疑拿刀劈砍她，果然腰颈部有血流出，已经浸润到木头里了。张不疑于是用火将她烧了。道长说道：“假如让她将血遍布了全身，那么你的全家都要遭受这个妖物的祸害了。”从这之后，张不疑变得郁郁寡欢，自己怎么会与陪葬器物同居却不知道呢！大概是我命不长吧。每次一想到这事，连续几天他都怅然若失，他因此得了重病，只好告假回家。第二年，被征召到江南任职。出使淮南时，中途又被免职了。又过了一年后的八月，张不疑便去世了。在他去世后的第二天，他的母亲也跟着去世。道长的话果然应验了。（原缺出处，明抄本与下条相连云出《博异志》）

又

另有一传说是，张不疑经常与一个道士一起辨论预测未来的命运。一天道士准备前往别处，便告诫张不疑说：“您有重大灾祸，不宜与太夫人居在一起，也不能买进婢女仆人之辈。我走了，希望你自勉。”张不疑便向母亲卢氏禀报了此事。卢氏素来尊奉道教，平常也经常在其他的地方寻求清静，于是搬到了寺院里居住，张不疑每天早晨前去给母亲请安。几个月后，寺里一个介绍买卖的僧人对张不疑说：“有个姓崔的寡妇很穷，家中有妓女四人，都已经卖掉了。现在有一个叫金釭的婢女，容貌美丽，是她最爱惜的。现在因贫困迫不得已，准备将她卖掉。”张不疑听后很高兴，于是让人将崔寡妇与金釭召来，当即付了十五万将金釭买了下来。张不疑对她无比宠爱。金釭言笑间美丽动人，且聪明伶俐，侍奉张不疑时，总能事先知道张不疑心中的想法，这让张不疑对她越发迷恋。没过多久，道士来访。当他看到张不疑后，神色变得悲哀沮丧，不停长吁短叹。张不疑问他原因，道士回答说：“灾祸已经形成，无可奈何了。不仅仅是你，而且连太夫人也难以幸免。”张不疑听后惊恐不已，站起身来道：

金钉不肯出。不疑连促之，终不出。不疑自诟之，即至。道士曰："即此是矣。"金钉大骂曰："婢有过，鞭挞之可也。不要，鬻之可也。一百五十千尚在，何所忧乎？何物道士，预人家事耶！"道士曰："惜之乎？"不疑曰："此事唯尊师命，敢不听德？"道士即以拄杖击其头，沓然有声，如击木，遂倒，乃一盟器女子也，背书其名。道士命掘之，五六尺得古墓，柩傍有盟器四五，制作悉类所焚者。一百五十千，在柩前俨然，即不疑买婢之资也。复之，不疑惝恍发疾，累月而卒。亲卢氏，旬日继殁焉。（出《博异记》，又出《灵怪集》）

“离别以后我都遵照道长的教诲，母亲也寓居到了寺庙，我遵守道教规矩不敢懈怠。不知为什么会招致灾祸。我且应当怎么办呢？”不断向道士哀求。道士道：“都没有办法了，只是可以让您看明白。”因此询问他离别以后买进了些什么，张不疑说：“因家中缺少人力，只在昨日买了两个婢女。”道士问道：“可以让我见见她吗？”张不疑便叫金钉出来，但金钉却不肯出来。张不疑连连催促她，她始终都不肯出来。张不疑骂她，她才出来了。道士说：“就是她了。”金钉大骂道：“婢女有过错，鞭打就可以了。如是不要我，卖掉我也可以。十五万钱还在，你有什么可忧虑的？道士是个什么东西？只会干预别人的家事。”道士说：“你怜惜她吗？”张不疑说道：“这事只听从您的命令，我怎么敢不听用有德之言！”道长便用拐杖击打金钉的头部，沓然有声，就像击打木头一般。金钉被击倒在地，原来是一个陪葬物，背上写着她的名字。道长命人挖地，挖到了一处五六尺深的古墓，棺材旁边有四五件陪葬的器物，制作得都类似之前所焚烧的。十五万钱，整齐放在棺材前，正是张不疑买婢女所出的钱。紧接着，张不疑便发病昏迷不醒，几个月后就去世了。他的母亲卢氏，也在张不疑死后十天去世了。（出《博异记》，又出《灵怪集》）

卷第三百七十三　精怪六

火

贾耽

唐相贾耽退归第，急令召上东门卒至，耽严戒之曰："明日当午，有异色人入门，尔必痛击之，死且无妨。"门卒禀命。自巳至午，果有二尼，自东百步，相序而至，更无他异。直至门，其尼施朱傅粉，冶容艳佚，如倡人之妇。其内服殷红，下饰亦红，二尼悉然。卒计曰："尼髡未之有也。"因以挝痛击之，伤脑流血，叫号称冤，返走，疾如奔马。旋击，又旋伤其足，殆狼籍毁裂。百步已上，落草映树，已失所在，更无踪焉。门卒报耽，具述别无异色，只遇二尼衣服容色之异。耽曰："打得死否？"具对伤脑折足，痛楚殆极，但打不死而失所在，无可寻之。耽叹曰："然不免小有灾矣。"翌日，东市奏失火，延袤百千家，救之得止。（出《芝田录》）

火

贾耽

唐代的宰相贾耽退隐回家后，立刻召见看守东门的士兵来到府上。贾耽严肃地告诫士兵们说：“明天中午的时候会有奇怪的人进门，你们一定要狠狠地打他，就算打死了也没事。”士兵领命后，一直从巳时守到午时。果然看见有两位尼姑距离东面一百步的地方依次走了过来。两位尼姑看起来没有什么异常，直到走进贾耽门前的时候，士兵才发现那两位尼姑正在擦脂抹粉，把自己打扮得非常艳丽。两位尼姑打扮得像娼妓一样，她们穿的内衣是鲜红色的，下身的服饰也是红色的，两位尼姑打扮的样子太过于怪异。在门前看守的士兵说：“哪有尼姑是这样的？”于是看守门的士兵用棍子痛殴那两位尼姑，把两位尼姑的头都打出了血。那两位尼姑嘴里喊冤，像奔走的马一样顺着原路仓皇逃走了。不久，看守大门的士兵就又追上来打她们，之后又打伤了她们的脚，士兵把她们打得狼狈不堪。又跑了一百多步后，她们跑进一个树丛里面后就消失了踪影。看守大门的士兵把没有看到有奇怪的人，但是把发现了两个奇怪的尼姑这件事报告给了贾耽。贾耽说：“把她们打死了吗？”看守大门的士兵回答说只是打伤了她们的脑袋和脚，她们的样子十分痛苦狼狈，只是还没有打死她们就失去了踪迹，也没有办法找到她们。贾耽感叹说：“哎，还是避免不了有小的灾祸啊。”第二天，东市有人上报着火了，一直烧了成千上百家，后来经过及时扑救就制止了。（出《芝田录》）

刘希昂

元和中，内侍刘希昂将遇祸。家人上厕，忽闻厕中云："即来，且从容。"家人惊报希昂。希昂自往听之，又云："即出来，即出来。"昂曰："何不出来？"遂有一小人，可长尺余。一家持枪跨马，而走出迅疾，趁不可及，出门而无所见。未几而复至。七月十三日中，忽有一白衣女人，独行至门，曰："缘游看去家远，暂借后院盘旋，可乎？"希昂令借之。勒家人领过，姿质甚分明。良久不见出，遂令人觇之，已不见。希昂不信，自去观之，无所见，唯有一火柴头在厕门前。家属相谓曰："此是火灾欲起。"觅术士镇厌之，当镇厌日，火从厨上发，烧半宅且尽。至冬，希昂忤宪宗，罪族诛。（出《博异志》）

范 璋

宝历二年，明经范璋居梁山读书。夏中深夜，忽厅厨中有拉物声，范慵省之。至明，见束薪长五寸余，齐整可爱，积于灶上。地上危累蒸饼五枚。又一夜，有物扣门，因拊掌大笑，声如婴儿。如此经三夕。璋素有胆气，乃乘其笑，曳巨薪逐之。其物状如小犬，连却击之，变成火，满川而灭。（出《酉阳杂俎》）

刘希昂

元和年间，在内侍刘希昂将要遭遇灾祸之前，其家人在上厕所的时候，忽然听到厕所里说："快从容地过来。"刘希昂的家里人十分惊讶，于是把这件事报告给了刘希昂。刘希昂亲自前去听。厕所里面的人又说："快出来，快出来。"刘希昂说："你为什么不显身？"于是就看见一个身高大概一尺长的小人持枪跨马飞快地走了出来。人们怎么追也追不上，这个小人一出大门就看不见了。没过多久那个小人又返回来了。在七月十三日这一天，忽然有一位身穿白色衣服的女子一个人走到门前说："因为我出游离家很远，想在您家的后院暂住一阵可以吗？"刘希昂答应了那个人的请求，于是刘希昂令奴仆带路带那位女子去后院。那位女子的形态十分明显。过了很长时间那位女子还没有出来，刘希昂让人去后院查看，结果发现那位女子不见了，只看见一个燃烧的柴禾在厕所门前。刘希昂的家里人都说："这是要有火灾发生的预兆。"于是找术士去镇这座宅子。道士来镇宅子的这一天，厨房的上面就着火了，这把火一直烧了半个宅子才烧完。到冬天的时候，刘希昂因冒犯了唐宪宗，便获罪被诛杀了全族。（出《博异志》）

范　璋

宝历二年的时候，明经范璋正在梁山读书。有一个夏天深夜的时候，范璋忽然听见厅里和厨房中有拉东西的声音，范璋懒得去查看。天亮时才起来，范璋发现有一捆五寸长的柴禾整整齐齐地堆放在灶台上，地上还摞着五张饼子。又有一个晚上，有什么东西在敲门，接着门外又传出了抚掌大笑的声音，就像婴儿的声音一样。像这样一直过了三个晚上。范璋向来有胆量，因此一天晚上趁着门外的东西笑的时候，拖着一根大柴棍出门去追那东西。那个东西形状就像小狗一样，被连续击打后，变成了满地的火，过了好一阵后才熄灭。（出《酉阳杂俎》）

胡荣

长庆元年春，楚州淮岸屯官胡荣家，有精物，或隐或见。或作小儿，为着女人红裙，扰乱于人，或称阿姑。时复一处火发，所烧即少，皆救得之。三月，火大起，延烧河市营戍庐舍殆尽。岁中，胡云亦死。（出《祥异集验》）

杨祯

进士杨祯，家于渭桥。以居处繁杂，颇妨肄业，乃诣昭应县，长借石瓮寺文殊院。居旬余，有红裳既夕而至。容色姝丽，姿华动人。祯常悦者，皆所不及。徐步于帘外，歌曰："凉风暮起骊山空，长生殿锁霜叶红。朝来试入华清宫，分明忆得开元中。"祯曰："歌者谁耶？何清苦之若是？"红裳又歌曰："金殿不胜秋，月斜石楼冷。谁是相顾人，褰帷吊孤影。"祯拜迎于门。既即席，问祯之姓氏，祯具告。祯祖父母叔兄弟中外亲族，曾游石瓮寺者，无不熟识。祯异之曰："得非鬼物乎？"对曰："吾闻魂气升于天，形魄归于地，是无质矣，何鬼之有？"曰："又非狐狸乎？"对曰："狐狸者，接人矣，一中其媚，祸必能及。某世业功德，实利生民。某虽不淑，焉能苟媚而欲奉祸乎？"祯曰："可闻姓氏乎？""某燧人氏之苗裔也。始祖有功烈于人，乃统丙丁，镇南方。复以德王神农、陶唐氏，后又王于西汉。因食采于宋，远祖无忌，以威猛暴耗，人不可亲，遂为白泽氏所执。今樵童牧竖，得以知名。汉明帝时，佛法东流，摩胜、竺法兰二罗汉，奏请某十四代祖，令显扬释教，遂封为长明公。魏武季年，灭佛法，诛道士，而长明公幽死。魏文嗣位，佛法重兴，复以长明世子袭之。至开元初，玄宗治骊山，起至华清宫，作朝元阁，立长生殿，以余材因修此寺。群像既立，遂设

胡荣

长庆元年春天的时候，楚州淮河岸边的屯官胡荣的家里有一个妖精。那个妖精若隐若现的。有时候那个妖精会变成小孩，妖精变成的小孩会穿着女人的红裙子去扰乱别人。有的人管这个小孩叫阿姑。当时又有一个地方发生了火灾，所幸烧毁的财物很少，都及时抢救下来了。三月的时候，忽然起了一场大火灾，河边的集市、军营和民房全部被烧毁了。这一年，胡荣也去世了。（出《祥异集验》）

杨祯

进士杨祯的家在渭桥。杨祯居住的地方很繁华，十分妨碍学业。于是杨祯前去昭应县的石瓮寺中的文殊院长期借住。杨祯住了十多天后，一天晚上有一位美人来到了杨祯的住处。那位美人长得十分好看，姿色也十分动人。杨祯很喜欢那位美人，但是一直没有机会去接近她。一天，那位美人正在帘外散步，美人唱道："凉风暮起骊山空，长生殿锁霜叶红。朝来试入华清宫，分明忆得开元中。"徐祯说："是谁在唱歌，为什么唱得如此清苦？"那位美人又唱道："金殿不胜秋，月斜石楼冷。谁是相顾人，褰帷吊孤影。"徐祯就出门拜见迎接，那位美人坐下后。问徐祯的姓氏，徐祯就把自己的名字告诉了她。徐祯的爷爷奶奶、爸爸妈妈、叔伯兄弟以及家族中人曾经游历过石瓮寺的人，那位美人就没有不认识的。徐祯对此感到奇怪，就问道："您莫非是鬼吗？"那位美人回答说："我听说人死后魂魄都会飞到天上，而自己的形体会归于地下，这本是没有寄托的，所以说哪里来的鬼呢？"徐祯又问："那你难道是狐狸精吗？"那位美人回答说："狐狸这种动物很接近人，一旦被狐狸精魅惑住，就一定会惹祸上身。我世世代代都在做好事，为了百姓着想，我虽然称不上贤淑，但怎么能做这种魅惑他人，并且给人送去灾难的事呢？"徐祯问道："那我可以知道您的名字吗？"那位美人回答说："我是燧人氏苗裔的后代。我的祖上对人类有重要的功绩，于是我的祖上就统一了丙丁的方向，镇守了南方。我的祖上又因为德行出众而被神农氏东幢。帝与妃子，自汤殿宴罢，微行佛庙，礼陁伽竟，妃子谓帝曰：‘当于飞之秋，不当今东幢岿然无偶。’帝即日命立西幢，遂封某为西明夫人。因赐琥珀膏，润于肌骨。设珊瑚帐，固予形貌。于是迭生及蛾，即不复强暴矣。”祯曰：“歌舞丝竹，四者孰妙？”曰：“非不能也，盖承先祖之明德，禀炎上之烈信，故奸声乱色，不入于心。某所能者，大则铄金为五兵，为鼎鼐钟镛；小则化食为百品，为炮燔烹炙。动即煨山岳而烬原野，静则烛幽暗而破昏蒙。然则抚朱弦，咀玉管，骋纤腰，矜皓齿，皆治容之末事，是不为也。昨闻足下有幽隐之志，籍甚既久，愿一款颜。由斯而来，非敢自献。然宵清月朗，喜觌良人，桑中之讥，亦不能耻。傥运与时会，少承周旋，必无累于盛德。”祯拜而纳之。

自是晨去而暮还，唯霾晦则不复至。常遇风雨，有婴儿送红和陶唐氏封王。后来我的祖先又在西汉被封为王，是沿袭旧制又接受了宋国的封邑。我的祖上本来没有什么忌讳，但因为我的祖上声威猛烈，脾气暴躁，人们不能亲近他。后来我的祖上被白泽氏捉住了。如今连樵夫牧童都知道我祖上的名字。汉明帝的时候，佛法东传，摩胜和竺法兰二位罗汉奏请我十四代祖，让他去宣扬佛法，随即将我的十四代祖封为长明公。魏武帝末年的时候，当时毁佛法，杀道士，我的祖上长明公因遭囚禁而去世。魏文帝登基后，重兴佛法，又让长明公的世子袭位。到开元初年的时候，唐玄宗治理骊山，修建华清宫，营造朝元阁，修筑长生殿，最后用剩余的材料修造起这个寺院。那些佛像也都塑好，就摆在东边的殿堂之内。皇帝与妃子沐浴之后参加殿宴，然后微服来到佛庙，顶礼膜拜。妃子对皇帝说："正当夫妇相合的秋天，这里不应当只有东殿堂独自岿立。"皇帝当天就令人去修建西殿，随即封我为西明夫人，并赐给我琥珀膏，以润滑我的肌肤。皇帝又设立了珊瑚帐幕，用来防止我的容貌遭到损坏。因此过往的书生及飞虫，便再也不敢对我不敬了。"杨祯问道："歌、舞、丝、竹，这四个东西中，您更擅长哪一个？"那位美人回答说："不是我不能。要知道，这全是因为我继承了我祖先的明德，禀受炎帝之功业，所以那些邪恶的乐声以及迷惑人的歌舞，进入不了我的内心。我所能做的，大到可以把金属锻制成五种兵器，炼就成巨鼎大钟；小到可以把食物变成上百种，用炮、燔、烹、炙的方法去烹饪食材。我一动就能使山岳起火并烧尽原野，我静下来就如烛光幽暗而点破迷茫。然而抚弄红色的琴弦、用嘴吹奏玉箫、展露纤细的腰、炫耀皓白的牙齿，这些都是打扮很妖艳的末等事，这些事是我不做的事情。昨天听说你有暗自隐居的志向，您进入寺中很久了，所以我想见见尊颜。我是因为这个目的来的，但是我不敢贸然出现。然而现在月色很美，夜色也很清幽，这是会见良人的好时机。男女之间私下相会而被讥笑也在所难免，但也并不算可耻。倘若我有幸与你经常相会，不会耽误你很长时间，这样的话一定不会影响你的盛德的。"杨祯拜谢并且答应了美人。

从此以后，那位美人离开晚上就回到这里，只是阴天的时候裳诗，其词云："烟灭石楼空，悠悠永夜中。虚心怯秋雨，艳质畏飘风。向壁残花碎，侵阶坠叶红。还如失群鹤，饮恨在雕笼。"每侵星请归，祯追而止之。答曰："公违晨夕之养，就岩谷而居者，得非求静，专习文乎？奈何欲使采过之人，称君为亲而就偶。一被瑕玷，其能洗涤乎？非但损公之盛名。亦当速某之生命耳。"归半年，家童归，告祯乳母。母乃潜伏于佛榻，俟明以观之。果自隙而出，入西幢，澄澄一灯矣。因扑灭，后遂绝红裳者。（出《慕异记》）

卢郁

进士卢郁者，河朔人，徙家长安。尝北游燕赵，遂客于内黄。郡守馆郁于廨舍。先是其舍无居人，及郁至，见一姥，发尽白，身庳而肥，被素衣来。谓郁曰："妾侨居于此且久矣，故相候谒。"已而告去。是夕，郁独居堂之前。夜潮寒，有风雪，其姥又至。谓郁曰："贵客独处，何以为欢耶？"命坐语谓。姥曰："妾姓石氏，家于华阴郡，后随吕御史者至此，且四十年。家苦贫，幸贵客见哀。"于是郁命食，而老姥卒不顾。郁问之曰："姑何为不食？"姥曰："妾甚饥，然不食粟。以故寿而安。"郁好奇，闻之甚喜，且以为有道术者，因问曰："姑既不食粟，何饱其腹耶？岂常饵仙药乎？"姥曰："妾家于华阴，先人好神仙，庐于太华。妾亦常隐于山中，从道士学长生法。道士教妾吞火，自是绝粒。今已年九十矣，未审一日有寒暑之疾。"郁又问曰："某早岁常遇至人，教吸气之术，自谓其妙。后以奔走名利，从都国之贡，昼趋而夜息。不意今夕遇姑，语及平生之好。然不知吞火岂神仙之旨乎？"姥曰："子不除外。当遇到风雨的时候，便有小孩送来那位美人的诗，上面写道："烟灭石楼空，悠悠永夜中。虚心怯秋雨，艳质思飘风。向壁残花碎，侵阶坠叶红。还如失群鹤，饮恨在雕笼。"每到繁星落下天色将亮，那位美人要回去的时候，杨祯都要追出来。那位美人阻止杨祯说："你违背了早晚的养身之道啊。你到深山里居住，难道不是为了寻求安静，好专心温习文章吗？怎么能让像我这样萍水相逢的人，视你为亲人而做夫妻才做的事呢？一旦被玷污了名声，那怎么能洗得清呢？这样不但毁了你的大名，也会缩短我的生命啊。"杨祯回家半年了，家童回家之后就把这件事告诉了杨祯的奶妈。奶娘就来此潜伏在佛台底下，等到天明时查看，发现那位美人果然从门缝中走出去，进入了西殿堂。奶妈发现那位女子原来是一盏澄亮的灯。于是奶妈把它扑灭了，此后就再也见不到那位美人了。（出《慕异记》）

卢郁

进士卢郁，是河朔人，卢郁把家搬到了长安城。卢郁曾经游历过燕赵之地，就客居在内黄一地。有一回，郡守把卢郁安置在府内的馆舍之中。这个馆舍先前没人居住。卢郁来了之后，看见一位老妇人，老妇人的头发全白了，她身体矮小且肥胖且披着白色的衣服。老妇人对卢郁说："我在这里客居很久了，所以来拜会你。"老妇人很快就告辞而去了。这天晚上，卢郁独自居住在前厅，夜间十分潮湿寒冷，外面又刮风又下雪。那个老妇又前来对卢郁说："贵客独自在这里居住，用什么解闷呢？"老妇人让卢郁坐起来闲谈。老妇人说："我姓石，家住在华阴郡，后来我随吕御史来到这里，将近四十年了。我的家又穷又苦，幸亏贵客垂怜。"于是，卢郁让仆人拿来食物，而老妇人却看都不看。卢郁问老妇人说："你为什么不吃呢？"老妇人说："我很饥饿，但我不吃粟子谷子，因为这个原因我才能长寿而且安乐。"听完这番话后，卢郁又好奇又高兴，并认为老妇人是个有道法的人。于是卢郁问老妇人道："你既然不吃粟子谷子，那用什么充饥呢？难道是吃仙药吗？"老妇人说："我的家住华阴，祖先喜好神仙之术，在华山的太华峰搭了间草棚子，我也曾隐居在山中，跟闻至人，寒暑不能侵者耶！故入火，火不能焚。入水，水不能溺。如是则吞火固其宜也。”郁曰：“愿观姑吞火可乎？”姥曰：“有何不可哉！”于是以手采炉中火而吞之，火且尽，其色不动。郁且惊且异，遂起束带再拜。谢曰：“鄙野之人，未尝闻神仙事。今夕遇仙姑，以吞火之异，实平生所未闻者。”姥曰：“此小术尔，何足贵哉。”言讫，且告去，郁因降阶送之。

既别，郁遂归于寝堂。既深，有仆者告郁曰：“西庑下有火发。”郁惊起而视之，其西庑舍已焚。于是里中人俱至，竞以水沃之，迨旦方绝。及穷火发之迹，于庑下坎中，得一石火通，中有火甚多。先是有败草积其上，故延而至烧。郁方悟老姥乃此火通耳。果所谓姓石氏，居于华山者也。郁因质问吕御史，有郡中老吏，谓郁曰：“吕御史，魏之从事也。居此宅，迨今四十年矣。”咸如老姥言也。又青州济南平陵城北石虎，一夜自移城东南善石沟上，有狼狐千余迹随之，迹皆成路。（出《宣室异录记》）

刘威

丁卯岁，庐州刺史刘威移镇江西，既去任而郡中大火。庐候道士练长生之法。道士教我吞火之术，我从此就再也不吃粟子谷子了，我现在已经九十岁了，没有患过一次感冒。”卢郁又问道：“我早年曾经遇到一位高人，教我吸气的功夫，我自认这种方法很玄妙。后来奔走于名利场中，作为国家选拔人材之事，我白天奔波夜晚休息。想不到今晚有幸遇到了您会说中我平生的喜好！可是我不知道吞火之术是不是神仙的要旨？”老妇说：“你没听说过吗？凡是高人，无论寒暑都不能侵犯到他。因此进火，火不能焚烧；入水，水不能淹到。这样，吞火之术对他们来讲，固然是最合适的了。”卢郁说：“我想看看你吞火的本领，可以吗？”老妇人说：“有什么不可以的呢？”于是，老妇人用手抓起炉里的火就吞了进去，火吞进去了，老妇人仍不动声色。卢郁又惊又奇，于是起身束紧衣带又向老妇人拜了几拜，认错道：“粗俗之人，不知道神仙的事情。今晚遇到仙姑您，您运用了吞火之奇术，使我看到了平生未曾听说的事。”老妇人说：“这是小法术，有什么值得称道呢？”说完，老妇人便告辞而去了，于是卢郁走下台阶相送。

已经分别之后，卢郁就回到卧室睡下。半夜的时候，有仆人来告诉卢郁说：“西厢房起火了！卢郁惊恐地跑出去查看，发现西厢房已经焚烧起来。于是邻里的人都来了，竞相用水灭火，等到天亮时分才把火扑灭。人们勘查火灾现场的时候，在西厢房的门槛下，找到一个石火通，里面还有许多火。最开始有枯草堆在它的上面，火势才蔓延起来以致成为火灾。这时候，卢郁才明白原来那位老妇人就是这个火通。果然如老妇人所说，她姓石，住在华山啊。卢郁就询问吕御史的事情。郡中有一位老官吏，对卢郁说：“吕御史是魏国的从事，居住在这个房子里，到现在已四十年了。”这跟老妇讲的完全一样。又听说，青州的平陵城北的石虎，一夜之间，自己移动到城东南的善石沟上，上面有狼狐等一千多个脚印跟随着那个石虎，从此脚印经过的地方便成了一条路。（出《宣室异录记》）

刘威

丁卯这一年，庐州刺史刘威调任镇守江西。刘威离任后郡中发吏巡火甚急，而往往有持火夜行者，捕之不获。或射之殪，就视之，乃棺材板腐木败帚之类，郡人愈恐。数月，除张宗为庐州刺史，火灾乃止。（出《稽神录》）

土

马希范

楚王马希范修长沙城，开濠毕，忽有一物，长十丈余，无头尾手足，状若土山。自北岸出，游泳水上。久之，入南岸而没。出入俱无踪迹，或谓之“土龙”。无几何而马氏亡。（出《稽神录》）

生大火。庐州官吏急忙巡察火情，这时竟然经常有人举着火把趁着夜色到处乱窜，庐州的官吏去捕捉又捉不到这个人。有人用箭射死那个举着火把的人，发现原来是一个烂棺材板子和腐烂的扫帚之类东西。郡中的人越发恐惧。几个月后，委任张宗为庐州刺史之后，火灾才停止。（出《稽神录》）

土

马希范

楚王马希范修筑长沙城的时候，刚刚开出水濠，忽然有一个十多丈长的怪物。那个怪物没头没尾也没有手脚，像座土山一样从北岸冒出来，那个怪物在水上游了半天，游到南岸就不见了。那个怪物出入都没有痕迹，有人管那个怪物叫土龙。没过多久马希范就去世了。（出《稽神录》）

卷第三百七十四　灵异

鳖灵

鳖灵于楚死，尸乃溯流上。至汶山下，忽复更生。乃见望帝，望帝立以为相。时巫山瓮江蜀民多遭洪水，灵乃凿巫山，开三峡口，蜀江陆处。后令鳖灵为刺史，号曰西州皇帝。以功高，禅位与灵，号开明氏。（出《蜀记》）

玉梁观

汉武帝时，玉笥山民，感山之灵异，或愆旱灾蝗，祈之无不应。乃相谓曰："可置一观，彰表灵迹。"既构殿，阙中梁一条。邑民将选奇材，经数旬未获。忽一夜，震雷风裂，达曙乃晴。天降白玉梁一条，可以尺度，严安其上，光彩莹目，因号为玉梁观。至魏武帝时，遣使取之。至其山门，去观数里。亭午之际，雷电大镇，裂殿脊，化为白龙，擘烟雾而去，没观之东山下。晋永嘉中，有戴氏，不知其谁之子，每好游岩谷。偶入郁木山下，见两座青石，揞一条白玉梁于岩下。戴氏俯近看之，以手扪摸其上，见赤书五行，皆天文云篆。试以手斧敲之，声如钟，又如隐雷之声，鳞甲张起。戴氏惊异，奔走告人。再求寻之，不知其所。唐大历初，有无瑶黄生，因猎亦见。后数数有人见之，皆隐而不闻于人。白玉梁飞去后，其

鳖灵

鳖灵在楚地死了之后，尸体竟然逆流而上。一直到汶山下面，鳖灵忽然复活了。于是鳖灵去拜见望帝杜宇。杜宇封鳖灵为丞相。当属巫山瓮江一带的蜀民经常遭遇洪水。于是鳖灵凿穿了巫山，开通了三峡口，蜀江的两岸露出了陆地。后来杜宇任命鳖灵担任刺史，杜宇称他为西州皇帝，因为鳖灵劳苦功高，因此杜宇禅位给鳖灵。鳖灵号开明氏。（出《蜀记》）

玉梁观

汉武帝的时候，湖南玉笥山的老百姓，有感于山神的灵异。每当当地的百姓想要消除旱灾虫害的时候，向山神祈祷没有不灵验的。于是大家互相商量说："应该修建一座观，以表彰山神的灵异。"在建造大殿的时候，缺了一条中梁，百姓们要选择最好的木材，但是寻找几十天也没能找到适合的木料。忽然有一天晚上，风吼雷鸣，等到天亮后才晴。这时候，天空降下一条正合尺寸的白玉梁，那条白玉梁严密地安放在殿的上面。那条白玉梁光彩夺目，因此这座观号做玉梁观。魏武帝当政的时候，他派人去取那根白玉柱。那些人刚到山门，距观还有好几里的时候，大晌午的时候突然雷电大震，使殿脊开裂。那根白玉梁化作一条白龙腾云驾雾而去了，那条龙隐没在观的东山下。晋代永嘉年间的时候，有一位戴氏，不知道是谁的后代。戴氏经常喜欢到岩谷中游玩。一次，戴氏偶然来到郁木山下，看见两

处莫能居之，皆为猛兽毒蛇所逼。（出《玉笥山录》）

湘 穴

湘穴中有黑土，岁旱，人则共壅水，以塞此穴。穴淹则大雨立至。（出干宝《搜神记》）

耒阳水

耒阳县有雨濑。此县时旱，百姓共壅塞之，则甘雨普降。若一乡独壅，雨亦遍应。随方所祈，信若符刻。（出盛弘之《荆州记》）

孙坚得葬地

孙坚丧父，行葬地。忽有一人曰："君欲百世诸侯乎？欲四世帝乎？"答曰："欲帝。"此人因指一处，喜悦而没。坚异而从之。时富春有沙涨暴出，及坚为监丞，邻党相送于上。父老谓曰："此沙狭而长，子后将为长沙矣。"果起义兵于长沙。（出《异苑》）

块青石在岩下支撑着那根白玉梁。戴氏俯身上前查看，用手一摸，看见上面有五行红字，都是天文云篆。戴氏试着用斧去敲打，那玉梁发出的声音如钟和雷一样，接着那根白玉梁迅速展起鳞甲。戴氏十分惊异，奔走相告。等到再去寻找的时候，它却不知道去向了。唐代大历初年的时候，无瑶当地有一位姓黄的人，因为黄氏打猎的时候也看见过这根白玉梁。后来又有不少人见过它，但见过的人都隐瞒不说。自从白玉梁飞走之后，那个地方再也不能居住了，因为毒蛇猛兽常在那里出没，逼得人们不得不远离这里。（出《玉笥山录》）

湘穴

湘穴里面有黑土，这一年要是干旱，当地的百姓就会向这个穴里面灌水，直到填满这个穴。这个穴被水淹没后立刻会下起大雨。（出干宝《搜神记》）

耒阳水

耒阳县有一个雨濑。这个县经常发生旱灾。当地的百姓用土去塞住这个雨濑，天上就会降下甘霖。如果一个乡的人们去堵塞雨濑，那也会四处下雨。在这个地方任意一处祈祷，都会非常灵验。（出盛弘之《荆州记》）

孙坚得葬地

孙坚的父亲去世了，想要找埋葬父亲的地方。忽然有一个人说："您是想让后代做百代的诸侯呢？还是想要以后能称四世帝呢？"孙坚回答说："想要称帝。"于是那个人指了一个地方，之后就很高兴地离开了。孙坚奇怪那人说的话，但还是听从了他的建议。当时寿春有沙滩暴露出来。等到孙坚担任监丞之后，邻居朋友都在沙滩上相送，家乡的百姓对孙坚说："这沙滩狭窄又很长，看来您要去长沙做官了。"后来孙坚果然在长沙兴起义兵。（出《异苑》）

聂友

新淦聂友少时贫。尝猎，见一白鹿，射中后见箭著梓树。（原缺出处，明抄本作出《宣室志》，今见《说郛》二五《小说》引作《怪志》）

八阵图

夔州西市，俯临江岸，沙石下有诸葛亮八阵图。箕张翼舒，鹅形鹳势，象石分布，宛然尚存。峡水大时，三蜀雪消之际，澒涌混漭，可胜道哉。大树十围，枯槎百丈，破皑巨石，随波塞川而下。水与岸齐，人奔山上，则聚石为堆者，断可知也。及乎水落川平，万物皆失故态。唯诸葛阵图，小石之堆，标聚行列，依然如是者。仅已六七百年，年年淘洒推激，迨今不动。（出《嘉话录》）

海畔石龟

海畔有大石龟，俗云鲁班所作。夏则入海，冬则复止于山上。陆机诗云："石龟常怀海，我宁忘故乡？"（出《述异记》）

又

临邑县北，有燕公墓碑，碑寻失，唯趺龟存焉。石赵世，此龟夜常负碑入水，至晓方出。其上常有萍藻。有伺之者，果见龟将入水。因叫呼，龟乃走，坠折碑焉。（出《酉阳杂俎》）

聂 友

新淦人聂友小的时候很穷。有一次聂友前去打猎的时候，遇见一头白鹿，聂友射中那头白鹿后，发现其实箭射到了梓树上面。（原缺出处，明抄本作出《宣室志》，今见《说郛》二五《小说》引作《怪志》）

八阵图

夔州的西市，俯临江岸地方的沙石下面有诸葛亮的八阵图。八阵图的形状像簸箕又像翅膀张开的一样。八阵图呈鹅的形状有鹤的气势。八阵图里面的石头有序排列着，宛如当初的样子。三峡的水大涨、三蜀的冰雪消融之际，大水汹涌澎湃，江水的景观十分雄壮。十个人才能抱过来的大树、百丈长的枯树枝、石磨般的大石头、一起随着波浪顺流而下。江水与岸边平齐，人们只得跑到山上，从堆起来聚集起来的石头，就可以推断当时的情形了。等到水流下来，河流自然平坦了，天地万物都失去了原有的姿态。唯有诸葛亮留下的八阵图的那些小石堆还在分行列地聚在一起，样子依然如故。如今已经过去六七百年了，年年大浪淘沙，但是至今也没有撼动那些小石堆。（出《嘉话录》）

海畔石龟

海岸上有一个大石龟，人们相传这个大石龟是鲁班建造的。到夏天的时候，这个大石龟就会进入大海，到冬天的时候，大石龟又回到了山上。陆机的诗对此写道：“石龟常怀海，我宁忘故乡？”（出《述异记》）

又

临邑县的北边，有一座燕公的墓碑。那座墓碑没过多久就找不着了，唯有石碑下的石龟还在。这头石龟经常驮着碑进入水中，直到早上那头石龟才出来。石龟的上面经常有水藻。有偷看的人，果然看

钓台石

大业七年二月，初造钓台之时，多运石者。将船兵丁，困弊于役，嗟叹之声，闻于道路。时运石者，将船至江东岸山下取石，累构为钓台之基。忽有大石如牛，十余，自山顶飞下，直入船内，如人安置，船无伤损。（出《大业拾遗记》）

汾州女子

隋末筑汾州城，惟西南隅不合，朝成夕败，如此数四焉。城中一童女，年十二三，告其家人云："非吾入筑，城终无合理。"家人莫信，邻里哂之。此后筑城，败如初。童女曰："吾今日死，死后瓮盛吾，埋于筑处。"言讫而终。如其言瘗之，瘗讫，即板筑，城不复毁。（出《广古今五行记》）

波斯王女

吐火罗国缚底野城，古波斯王乌瑟多习之所筑也。王初筑此城，即坏。叹曰："吾今无道，天令筑此城不成矣。"有小女名那息，见父忧恚，问曰："王有邻敌乎？"王曰："吾是波斯国王，领千余国。今至吐火罗中，欲筑此城，垂功万代，既不遂心，所以忧耳。"女曰："愿王无忧，明旦令匠视我所履之迹筑之，即立。"王异之。至明，女起步西北，自截右手小指，遗血成踪。匠随血筑

见了那头石龟快要进入水中了。于是那个人大声呼喊，那头石龟便惊走了，石龟上的石碑也因此折了。（出《酉阳杂俎》）

钓台石

隋代大业七年二月，在刚刚修建钓鱼台的时候，有很多搬运石头的徭役和牵拉船只的兵丁。在路上随时可以听见众人因为服徭役劳苦而发出感叹的声音。当时搬运石头的徭役要拉着船到江东岸边的山下取石头，以此来做钓鱼台的地基。忽然有一块像牛一样大的石头从山顶飞了下来，一直滚入了船中。那块大石头像人安放在那儿的一样，船也没有受到什么损伤。（出《大业拾遗记》）

汾州女子

隋朝末年修建汾州城的时候，唯有城的西南角合不上。人们早上把角补全，到晚上就坍塌了，像这样的事一共发生了四次。城中有一位十二三岁的女孩告诉她的家人说："不把我筑在城里，这座城就合不上。"女孩的家里人都没有信，邻居也常拿这件事来取笑。之后再修筑汾州城，还是像之前那样坍塌。那个小女孩说："我今天就会死，我死之后请用瓮将我殓起来，要把我埋在修筑城的地方。"小女孩说完话后就去世了。人们就听从女孩的话，把女孩埋葬在修筑城的地方。再修筑城的西南角后，城就再也没有坍塌了。（出《广古今五行记》）

波斯王女

中亚的吐火罗国的缚底野城，是古代波斯王乌瑟多习建筑成的。波斯王刚建这座城的时候，马上就要倒塌了。波斯王叹息道："是我现在无道，上天不让我筑成此座城池啊！"波斯王有一位小女儿名字叫那息，那息看见父亲忧伤烦恼，便问父亲道："父亲有邻敌吗？"波斯王说："我是波斯的国王，统领着一千多个国家。如今来到了吐火罗国，要建筑这座城，以流传万代，然而却一点也不顺

之，城不复坏。女遂化为海神，其海至今犹在堡下，水澄清如镜，周五百余步。（出《酉阳杂俎》）

程 颜

程颜税居新昌里，调选不集，贫而复病。有老妪谓曰：“君贫病，吾能救之，复能与君致妻。”言讫而去。是夜三更，果有人云：“陈尚令持礼来。”颜莫测其由，开关，乃送绫绢数十束。颜问陈尚何人也，使者曰：“医也。”乃附药一丸，令带之能愈一切疾。颜带之，果疾愈。数日后，夕有大旋风入颜居，须臾风定，见担舆三乘，有一女，三青衣从之。问其故，曰：“越州扶余县赵明经之女，父母配事前扶余尉程颜，适为大风飘至此。”颜无所遣，因纳之。既而以其事验之，信然。而越州自有人，与颜姓名同。（出《闻奇录》）

文水县坠石

唐贞观十八年十月，文水县天大雷震，云中落一石下，大如碓觜，脊高腹平。县丞张孝静奏，时有西域摩伽陁菩提寺长年师到西京，颇推博识。敕问之，是龙食，二龙相争，故落下耳。（出《法苑珠林》）

心，我因此十分忧愁。”波斯王的女儿道：“希望父亲不要担忧，明天早晨命令工匠按照我走的足迹筑墙，就可以修筑这座城池了。”波斯王觉得奇怪。第二天，波斯王的女儿从西北角起步，自己切破右手的小指，滴血成迹，工匠们沿着血迹筑墙，城墙就没有再坏了。那息随即变成了海神，那海至今还在城堡下面，海面澄清如镜，围绕那座城池有五百多步。（出《酉阳杂俎》）

程颜

程颜租住在新昌里，参加调选没有成功，此时他又贫病交加。这时候，有一位老妇人对程颜说：“你如今贫病交加，我能救你，还能给你娶个妻子。”说完那位老妇人便离去了。在这天夜里三更天的时候，果然有人说：“陈尚让我拿礼物来了！”程颜不解其故，于是打开了门，那个人竟然送进来几十束绫绢。程颜问陈尚是谁，那个人说陈尚是一位医生，并给了程颜一丸药，让程颜带在身上，说是能治疗一切疾病。程颜带上那丸药，果然他的病好了。几天之后，晚上有一阵大旋风刮进程颜的房子里面。一会儿风就停了，这时候看见了三乘轿子，轿子里面有一位女子，后面跟着三个婢女。程颜问她们要到哪里去，那位女子回答说：“我是越州扶余县赵学究的女儿，父母把我许配前扶余的县尉程颜为妻，我刚才被大风刮到这里。”程颜无处遣送，就把这一行人接了进来。不久有人去验证这件事，果然是这样。但是越州的那个女子是另有他人，与程颜的姓名相同。（出《闻奇录》）

文水县坠石

唐代贞观十八年十月的时候，山西文水县天打大雷，其间云中落下一块石头，那块石头的大小像捣米杵一样。石头的脊梁高高的，腹部平平的。县丞张孝静向皇帝上奏。当时西域摩伽陁菩提寺长年师到京，他的学识渊博，颇受时人尊崇。皇帝问他那块石头是个什么东西，他回答说：“这是龙的食物，二龙相互争斗，所以掉下来了。”（出《法苑珠林》）

玄宗圣容

玄宗皇帝御容，夹纻作。本在盩厔修真观中，忽有僧如狂，负之，置于武功潜龙宫。宫即神尧故第也，今为佛宇。御容唯衣绛纱衣幅巾而已。寺僧云：“庄宗入汴，明宗入洛，洎清泰东赴伊瀍之岁，额上皆有汗流。”学士张沆，尝闻之而未之信。及经武功，乃细视之，果如其说。又意其雨漏所致，而幅巾之上则无。自天福之后，其汗遂绝。高陵县又有神尧先世庄田，今亦为宫观矣。有柏树焉，相传云，高祖在襁褓之时，母即置放柏树之阴，而往饷田。比饷回，日斜而树影不移，则今柏树是也。史传不载，而故老言之。（出《玉堂闲话》）

渝州莲花

渝州西百里相思寺北石山，有佛迹十二，皆长三尺许，阔一尺一寸，深九寸，中有鱼文，在佛堂北十余步。贞观二十年十月，寺侧泉内，忽出红莲花，面广三尺。游旅往还，无不叹讶，经月不灭。昔齐荆州城东天子井，出锦。于时士女取用，与常锦不异，经月乃歇。亦此类也。（见吴均《齐春秋》）

玄宗圣容

唐玄宗李隆基的御像，是夹杂着苎麻制作的。御像原来摆在周至的修真观之中。忽然有一天，有一位僧人疯了似的背着御像，把御像放置到武功的潜龙宫。这座宫殿就是唐尧的旧宅第，现在变成了佛堂。唐玄宗的御像只穿着绛色的纱衣，戴着绛色的幅巾。寺院的僧人说："五代时后唐庄宗进入开封，明宗进入了洛阳，等到清泰东去伊水瀍水那年，唐玄宗御容的额头上都有汗水流淌。"学士张沆，曾经听说此事却没有相信，直到经过武功的时候，张沆亲自查看了一下，果然像传说中的一样。不过，张沆怀疑那是漏雨所造成的，可是唐玄宗的幅巾上却是干燥的。从天福年间之后，唐玄宗的御容上的汗水就断绝了。高陵县还有唐尧先祖的庄田，如今也变成宫观寺院了。那里长着一株古柏树，人们传说：唐高祖还在襁褓的时候，唐高祖的母亲把唐高祖放在柏树的阴影下面，自己到田地里去祭祀。等到高祖的母亲回来的时候，只看见太阳斜了但是树影却没有移动，那棵树就是现在的那株柏树。这些事在史书上没有记载，都是听老人传说的。（出《玉堂闲话》）

渝州莲花

渝州西一百里有一座相思寺，相思寺附近的北石山上，有十二个佛的脚印，这些脚印都有三尺左右长，一尺一寸宽，九寸深，中间有鱼纹。这些脚印在佛堂北面十多步远的地方。唐代贞观二十年十月的时候，寺院旁边的泉水中，忽然长出红莲花，红莲花足有三尺多宽，来来往往的游览者没有不惊叹的人。红莲花开了一个多月也没有凋谢。当年齐朝荆州城东的天子井向上飘锦缎，当时的士人和女子们纷纷拿来取用，与平常的锦缎没有什么区别，这件事也是经过一个多月才停止。那件事与这朵忽然长出来的红莲花的事类似。（见吴均《齐春秋》）

玉马

沈傅师为宣武节度使。堂前忽马嘶，其声甚近，求之不得。他日，嘶声极近，似在堂下。掘之，深丈余，遇小空洞。其间得一玉马，高三二寸，长四五寸，嘶则如壮马之声。其前致碎朱砂，贮以金槽。粪如绿豆，而赤如金色。沈公恒以朱砂喂之。（出《闻奇录》）

华山道侣

处士元固言，贞元初，尝与道侣游华山。谷中见一人股，袜履甚新，断处如膝头，初无痕迹。（出《酉阳杂俎》）

郑仁本弟

唐大和中，郑仁本表弟，不记姓名，常与一王秀才游嵩山。扪萝越涧，境极幽夐，忽迷归路。将暮，不知所之。徙倚间，忽觉丛中鼾声，披榛窥之，见一人布衣，衣甚洁白，枕一襆物，方眠熟。即呼之曰："某偶入此径，迷路，君知向官道无？"其人举首略视，不应复寝。又再三呼之，乃起坐，顾曰："来此。"二人因就之，且问其所自。其人笑曰："君知月七宝合成乎？月势如丸，其影多为日烁。其亚处也，常有八万二千户修之。子即一数。"因开襆，有斤凿事。玉屑饭两裹，授与二人曰："分食此，虽不足长生，无疾耳。"乃起，与二人指一歧径，曰："但由此，自合官道矣。"言已不见。（出《酉阳杂俎》）

玉　马

沈傅师出任河南宣武节度使的时候，一天沈傅师的家门前有马嘶鸣的声音，声音似乎很近的样子，但是又找寻不到。后来有一天，那匹马的叫声更近了，好像就在厅堂的下面。沈傅师挖了一丈多深后，挖到了一个小洞穴，在洞穴中得到一匹玉马。这匹玉马有二三寸高，四五寸长，玉马叫起来的声音像壮马嘶鸣一样。在玉马的前面放着一些碎朱砂，用金槽贮藏起来。玉马的粪便像绿豆大小，呈金子般的颜色。沈傅师经常用朱砂喂玉马。（出《闻奇录》）

华山道侣

处士元固说："在唐代贞元初年的时候，曾经和道侣漫游华山。他们在山谷中看见一条人的大腿，袜子和鞋都很新，像是从膝盖骨截断的，看起来像是新的没有一点伤痕。"(出《酉阳杂俎》)

郑仁本弟

唐代太和年间的时候，郑仁本有一位表弟，记不住他的姓名了。郑仁本的表弟曾经和一位王秀才去嵩山交游，他们攀爬藤蔓翻越山涧，来到一处极为幽静的地方的时候，忽然迷路了。天快要黑了的时候，两人不知该到什么地方去。正踌躇之间，忽然听到树丛中有打鼾的声音，两人便拨开树丛察看。两人看见一位穿布衣的人。这个人的衣裳很洁白，枕着一个包袱刚刚睡熟。这二人急忙将这个人唤醒说："我们偶然来到这里，不小心迷了路，你知道哪里有大道吗？"这个人抬头看了他们一眼，没有吱声又要睡觉。二人再三喊这个人，这个人才坐起来，转过头来说道："到这里来。"二人于是走上前去，并问这个人来自哪里。这个人笑着说："你们知道月亮是由七宝合成的吗？月亮的形状像圆球一样，月亮的阴影多半是被太阳销熔的，在月亮的暗处，常常有八万二千人在那里修整，我就是其中之一。"于是这个人打开包袱，里面有斧子和凿子等物。这个人拿出两包用玉屑做成的饭团子，送给二人说："吃下这个东西虽然不足以长生不老，

楚州僧

楚州界有小山，山上有室而无水。僧智一掘井，深三丈遇石。凿石穴及土，又深五十尺，得一玉。长尺二，阔四寸，赤如榴花。每面有六龟子，紫色可爱，中若可贮水状。僧偶击一角视之，遂沥血，半月日方止。（出《酉阳杂俎》）

胡氏子

洪州胡氏子，亡其名。胡本家贫，有子五人，其最小者，气状殊伟。此子既生，家稍充给，农桑营赡，力渐丰足。乡里咸异之。其家令此子主船载麦，溯流诣州市。未至间，江岸险绝，牵路不通。截江而渡，船势抵岸，力不制，沙摧岸崩。穴中得钱数百万，乃弃麦载钱而归。由是其家益富，市置仆马，营饰服装。咸言此子有福。不欲久居村落，因令来往城市，稍亲狎人事。行及中道，所乘之马跪地不进。顾谓其仆曰："船所抵处得钱，今马跪地，亦恐有物。"因令左右劚之，得金五百两，赍之还家。他日复诣城市，因有商胡遇之，知其头中有珠，使人诱而狎之，饮之以酒，取其珠而去。初额上有肉，隐起如毬子形，失珠之后，其肉遂陷。既还家，亲友眷属，咸共嗟讶之。自是此子精神减耗，成疾而卒，其家生计亦渐亡落焉。（出《录异记》）

但足可以免除疾病了！”然后这个人站了起来，给二人指了一条岔道说：“只要从这儿向前走，自然就可以回到大道了。”话音刚落，这个人已经不见了踪影。（出《酉阳杂俎》）

楚州僧

楚州界内有一座小山，山上有房屋但是没有水。有一位僧人智一想挖口井，挖到三丈深的时候遇到一块石头。凿开石头看见了土，又挖了五十尺深，得到一块玉。这块玉有一尺二寸长，四寸宽，像石榴花一样红。这块玉的每个面都有六只紫色的龟，龟的样子十分可爱。这块玉的中间像能贮水的样子。僧人智一偶然击打这块玉的一个角查看，发现一股血水从里面沥沥滴出，直到半个月才停止。（出《酉阳杂俎》）

胡氏子

洪州的胡氏有一个儿子，忘记了他的名字。胡家原来很穷，家中一共有五个儿子，他是其中最小的，他的气质容貌不一般。他一生下来，家里便稍微宽裕起来了，家里人种田养蚕，日子过得一天比一天好。乡里人都为此感到奇怪。一天，家里让他押着载麦子的船，逆流去州市。快要抵达的时候，大江两岸峭壁险绝，纤道被阻塞了，只好横江而渡，结果船冲向岸去，怎么也控制不了。最后冲垮了堤岸。不料从堤穴中得到了好几百万钱！他便扔下麦子载钱而归。从此他的家中就越发富足了，开始雇仆人、买车马以及买服饰。人们都说这小子有福气。他不想久居乡下，家里就让他经常往城里跑，渐渐地就学坏了。一天行至中途的时候，他的马竟然跪地不起。他回头对仆人说：“上次我们是在撞船处得到的钱，现在马跪在地上不起，恐怕也会有什么好宝贝呢！”于是他让手下人挖掘马所跪的地面，结果又得到五百两黄金，他就把黄金拿回家去了。后来有一天，他又进城去，遇到一位经商的胡人。胡人见他头上有珍珠，那胡人便趁机亲近他诱惑他。后来胡人将他灌醉后，把他头上的珍珠拿走了。原来他额上

王蜀先主

唐僖宗皇帝，播迁汉中，蜀先主建为禁军都头。与其侪于僧院掷骰子，六只次第相重，自么至六。人共骇之。他日霸蜀，因幸兴元，访当时僧院，其僧尚在。问以旧事，此僧具以骰子为对。先主大悦，厚赐之。（出《北梦琐言》）

庐山渔者

庐山中有一深潭，名落星潭，多渔钓者。后唐长兴中，有钓者得一物，颇觉难引，迤逦至岸。见一物如人状，戴铁冠，积岁莓苔裹之。意其木则太重，意其石则太轻，渔者置之潭侧。后数日，其物上有泥滓莓苔，为风日所剥落，又经雨淋洗，忽见两目俱开，则人也。欻然而起，就潭水盥手靧面。众渔者惊异，共观之。其人即询诸渔者，本处土地山川之名，及朝代年月甚详审，问讫，却入水中，寂无声迹。然竟无一人问彼所从来者。南中吏民神异之，为建祠坛于潭上。（出《玉堂闲话》）

桂从义

池阳建德县吏桂从义，家人入山伐薪，常所行山路，忽有一石崩倒。就视之，有一室。室有金漆柏床六张，茭荐芒簟皆新，金有一块肉，暗暗突起像球一样，失去珍珠之后，那块肉就陷下去了。他当即回到家中，亲友家人都惊讶不已。从此他的精力日渐减退，自己患病而死，家道也渐渐衰落下来。（出《录异记》）

王蜀先生

唐僖宗流离迁徙到汉中后，前蜀先主王建担任禁军都头。一天，王建与下属在寺院里掷骰子，六只骰子依次相重合，从一点到六点。人们都为此事感到惊骇。之后王建在蜀地称霸。一次王建因为巡幸的时候突然没了兴致，于是去访问当时的那座寺院，寺里的僧人还在。王建提起旧事，僧人都用骰子的事答对。先主王建非常高兴，厚厚地赏赐了他。（出《北梦琐言》）

庐山渔者

庐山中有一处深水潭，潭的名字叫落星潭，经常有人来此垂钓。后来唐明宗长兴年间，有一位钓鱼人钓到了一个怪物，钓鱼人觉得难以牵引，费了一番周折才把它拖上岸。这怪物像人的形状，戴着铁帽子，被多年的青苔包裹着。说它是木头又太重，说它是石头又太轻。钓鱼人把它扔到了潭边。几天之后，那个怪物身上的泥潭青苔经过风吹日晒后剥落，又经雨的淋洗后，忽然见那个怪物睁开双眼，发现原来这是个人。他忽然站起来，用潭水洗手洗脸。众垂钓者惊讶不已，都围上去观看。那人就询问这里土地山川的名字，以及朝代年月等事情，那人问得很详细。问完后，那个人转身钻入水中，无声无迹地消失了。但是竟然没有一个人问他从何而来。南中的吏民们都觉得这件事怪异而且神奇，于是便为那个人在潭边修建起一座祠堂。（出《玉堂闲话》）

桂从义

池阳建德有一位县吏叫桂从义，桂从义的家人进山砍柴经常走一条山路，一天桂从义经过的时候路旁忽然崩倒一块山石。桂从义翠积叠。其人坐床上，良久，因揭簟下，见一角柄小刀，取内怀中而出。扶起崩石塞之，以物为记，归呼家人共取。及至，则石壁如故，了无所见。（出《稽神录》）

金精山木鹤

虔州虔化县金精山，昔长沙王吴芮时，仙女张丽英飞升之所，道馆在焉。岩高数百尺，有二木鹤，二女仙乘之。铁锁悬于岩下，非榜道所及，不知其所从。其二鹤，恒随四时而转，初不差忒。顺义道中，百胜军小将陈师粲者，能卷簟为井，跃而出入。尝与乡里女子遇于岩下，求娶焉。女子曰："君能射中此鹤目，即可。"师粲即一发而中，臂即无力，归而病卧。如梦非梦，见二女道士，绕床而行。每过，辄以手拂师粲之目，数四而去。竟失明而卒。所射之鹤，自尔不复转，其一犹转如故。辛酉岁，其女子犹在。师粲之子孙，亦为军士。（出《稽神录》）

卖饼王老

广陵有卖饼王老，无妻，独与一女居。王老昼日，自卖饼所归家，见其女与他少年共寝于北户下。王老怒，持刀逐之，少年跃走得免。王老怒甚，遂杀其女。而少年行至中路，忽流血满身。吏呵问之，不知所对。拘之以还王老之居，邻伍方案验其事。王老见而上前去查看，看见那里露出一间屋室。室内有六张全漆的柏木床，屋子里的草垫竹席等东西都是新的，屋子里面的金银首饰堆了很多。桂从义在床上坐了很久，然后就揭开竹席，看见一把角柄小刀，桂从义拿起小刀揣进怀里就走了出来。接着，他扶起那块崩塌下来的石头塞住洞室，并用东西做了一个记号。桂从义回家招呼人一起去拿那些财宝。等大家赶到地点后，看到那块石壁完好如初，一行人什么也没有看到。（出《稽神录》）

金精山木鹤

虔州的虔化县有一座金精山。当年长沙王吴芮当政的时候，仙女张丽英就在这里飞升上天，如今的道馆还在。这里的山岩有好几百尺高，还有两只木鹤，是二位仙女骑的。铁锁链子悬在岩石下边，并不是开辟道路而放置的标志，谁也不知道铁链是怎么来的。那两只木鹤总是随着四季的变化而动，时间一点也不差。顺义道里，百胜军有一位小将叫师粲，师粲能够将竹席卷成井状，在其中自由地跳进跳出。一次，师粲与一乡里女子在岩下相遇，师粲向那位女子求婚，那位女子说："你要是能射中那只鹤的眼睛，我就答应你。"师粲一发即中。接着师粲就立刻觉得胳膊绵软无力，回来就病倒在床。似梦非梦之中，师粲看见二位女道士绕床而走，每走一圈就用手摸摸师粲的眼睛。走了四五圈之后，她们便离去了。但是师粲则失明而死了。被射中的那只鹤从此不再转动，另外的那一只木鹤还转动如初。辛酉年的时候，那位乡里女子还在，师粲的子孙也做了军士。（出《稽神录》）

卖饼王老

广陵有一位卖饼的王老，王老的妻子去世后就和女儿住在一起。王老有一天从卖饼的地方回家，看见自己的女儿和一个少年正在北窗下共枕，王老顿时大怒，拿起刀就追。那少年跑得快，得以幸免。王老十分生气，一怒之下就杀死了自己的女儿。而少年跑在半路

识之，遂抵罪。（出《稽神录》）

桃林禾

闽王审知，初为泉州刺史。州北数十里，地名桃林。光启初，一夕，村中地震有声，如鸣数百面鼓。及明视之，禾稼方茂，了无一茎。试掘地求之，则皆倒悬在土下。其年，审知克晋安，尽有瓯闽之地，传国六十年。至于延羲立，桃林地中复有鼓声。时禾已收，惟余梗在田。及明视之，亦无一茎，掘地求之，则亦倒悬土下。其年，延羲为左右所杀，王氏遂灭。（出《稽神录》）

王延政

王延政为建州节度。延平村人夜梦人告之曰：“与汝富，且入山求之。”明日入山，终无所得。尔夕，复梦如前。村人曰：“且已入山，无所得也。”其人曰：“但求之，何故不得？”于是明日复入。向暮，息大树下，见方丈之地独明净，试掘之，得赤土如丹。既无他物，则负之归。饰以墙壁，焕然可爱。人闻者，竞以善价，从此人求市。延政闻之，取以饰其宫室，署其人以牙门之职。数年，建州亦败。（出《稽神录》）

上，忽然满身流血，官吏斥问那个少年，那个少年又说不出原因。于是人们便将那个少年拘捕押到王老处。这时候人们正为王老女儿的案子勘查现场，王老便认出了那位少年，于是就让那位少年抵了罪。（出《稽神录》）

桃林禾

闽王王审知，最初出任泉州刺史的时候。在州城以北几十里的地方，有一个叫桃林的地方。唐僖宗光启年间的一天晚上，村中地震发出声响，像是有几百面鼓在敲。等到天亮一看，那长得正茂盛的庄稼已经看不见一株了。人们试着挖地寻找，发现原来禾苗都倒悬在土下。那一年，王审知攻克了晋安，完全占领了闽、浙一带，王审知传国有六十年之久。到王延羲登基的时候，桃林地里又响起了鼓声。这时候庄稼已经收获了，只剩下禾梗还在田间。人们等到天亮后发现禾梗全都消失了。人们掘地一找，那些禾梗竟然也是倒悬土地的下面。那一年，王延羲被身边的人杀害了，王氏一族也就此灭亡了。（出《稽神录》）

王延政

王延政任建州节度使的时候，延平村有一个人梦见有人告诉王延政说："我想给你带来富贵，明天早晨进山去寻找吧。"第二天那个人进了山后，结果一无所获。这天晚上，那个人又梦到了之前一样的梦。那个人说："我早晨已经进山了，不是什么也没找到吗？"梦中的那个人说："只要去找，哪有找不到的道理？"于是那个人第二天又进山了。傍晚的时候，那个人在大树下休息，看见前面有块一丈见方的土地特别明净，那个人试着挖掘下去，得到一些如丹的红土。之后再也没有其他的东西了，那个人就将那红土背回家中，用来粉饰墙壁，光闪闪的非常可爱。人们听说这件事后，竞相用高价来买。后来那个人又到集市上寻求买主。闽王王延政听说了此事后，拿来那些红土粉饰宫室，并让那个人到衙门里做事。几年之后，建州也就落败了。（出《稽神录》）

洪州樵人

洪州樵人，入西山岩石之下。藤萝甚密，中有一女冠，姿色绝世，闭目端坐，衣帔皆如新。众观之不能测，或为整其冠髻，即应手腐坏。众惧散去。复寻之，不能得。（出《稽神录》）

洪州樵人

洪州的樵夫到西山的岩石下砍柴。那里藤萝稠密，那位樵夫看见了一位姿色绝代的女道士。那位女道士闭目端坐，身上的衣裳霞帔都像新的一样。人们看了半天不能理解，有人便上前为那位女道士整理冠髻，但是那人一伸手那冠髻就腐坏了，众人吓得四散而逃。人们再来寻找那位女道士，却怎么也找不到了。（出《稽神录》）

卷第三百七十五　再生一

史　姁

汉陈留考城史姁，字威明。年少时，尝病，临死谓母曰："我死当复生，埋我，以竹杖柱于瘗上，若杖折，掘出我。"及死埋之，柱如其言。七日往视，杖果折。即掘出之，已活，走至井上浴，平复如故。后与邻船至下邳卖锄，不时售，云欲归，人不信之，曰："何有千里暂得归耶？"答曰："一宿便还。即不相信，作书取报，以为验实。"一宿便还，果得报。考城令江夏鄳贾和姊病在乡里，欲急知消息，请往省之。路遥三千，再宿还报。（出《搜神记》）

范明友奴

汉末人发范明友冢，冢奴死而再活。明友是霍光女婿，说光家事，废立之际，多与《汉书》相应。此奴常游走民间，无止住处，竟不知所在。（出《博物志》）

史 妁

汉代陈留县考城有个叫史妁的人，史妁字威明，年少的时候曾经得过一场大病，史妁临死的时候对母亲说："我死后会再生的。你们把我埋葬之后，把一杆竹杖插在坟头，如果竹杖折断就把我再挖出来。"等到史妁死了之后，家人便把史妁埋葬了，按史妁说的说法把竹杖插在了坟头。家里人七天之后便再前去察看，发现那根竹杖果然断了，家人当即把史妁了挖出来，发现史妁已经活了。史妁走到井边沐浴，恢复得跟原来一样。后来史妁乘邻家的船到下邳卖锄头，结果卖不出去，史妁说自己想回家。人们不相信说："千里之遥的距离，你怎么能说回去就回去呢？"史妁回答说："我只需要一宿就可以回来。你们要是不信，就写信我给捎回去，可以用来作证。"果然史妁一宿就回来了，而且带回来了回信。考城县令是江夏人郑贯，郑贯的姐姐在老家病重。郑贯想早点知道消息，请求史妁去探望姐姐的病。路途有三千里之遥，史妁第二宿就回来向郑贯报了信。（出《搜神记》）

范明友奴

汉朝末年有人挖开了范明友家的坟，发现范明友的家奴死而复生。范明友是名将霍光的女婿，这个家奴讲述霍光家的事情，以及当时的一些废帝立帝的事情。这位家奴讲述的事情大多与《汉书》记载的相符合。后来这个家奴常常到民间游走，没有一定的住所，后来这个家奴也不知道去了什么地方。（出《博物志》）

陈焦

孙休永安四年，吴民陈焦死，埋之六日更生，穿土而出。（出《五行记》）

崔涵

后魏菩提寺，西域人所立也，在慕义。沙门达多，发墓取砖，得一人以送。时太后与孝明帝在华林堂，以为妖异。谓黄门郎徐纥曰：“上古以来，颇有此事不？”纥曰：“昔魏时发冢，得霍光女婿范明友家奴，说汉朝废立，于史书相符。此不足为异也。”后令纥问其姓名，死来几年，何所饮食。答曰：“臣姓崔名涵，字子洪，博陵安平人。父名畅，母姓魏。家在城西阜财里。死时年十五，今乃二十七，在地下十二年。常似醉卧，无所食。时复游行，或遇饮食，如梦中，不甚辨了。”后即遣门下录事张隽，诣阜财里，访涵父母。果有崔畅，其妻魏。隽问畅曰：“卿有儿死不？”畅曰：“有息子涵，年十五而亡。”隽曰：“为人所发，今日苏活。主上在华林园，遣我来问。”畅闻惊怖，曰：“实无此儿，向者谬言。”隽具以实闻，后遣送涵向家。畅闻涵至，门前起火，手持刀，魏氏把桃杖拒之。曰：“汝不须来，吾非汝父，汝非我子，急速去，可得无殃。”涵遂舍去，游于京师，常宿寺门下，汝南王赐黄衣一通。性畏日，不仰视天。又畏水火及兵刃之属。常走于路，疲则止，不徐行也。时人犹谓是鬼。洛阳大市北有奉终里，里内之人，多卖送死之具及诸棺椁。涵谓曰：“柏棺勿以桑木为榱。”人问其故，涵曰：“吾在地下，见发鬼兵。有一鬼称是柏棺，应免兵。吏曰：‘尔虽柏棺，桑木为榱。’遂不免兵。”京师闻此，柏木涌贵。人疑卖棺者货涵，故发此言。（出《塔寺》）

陈焦

三国吴景帝永安四年的时候，吴国的陈焦去世了。但是在下葬后的六天起死回生，陈焦自己破土而出。（出《五行记》）

崔涵

后魏的菩提寺是西域人修建的，这座寺建在慕义。有一位叫达多的僧人挖坟取砖的时候，结果挖出一个活人并把达多送到上面。当时太后和孝明帝在华林堂，认为这是妖异的事情，于是对黄门郎官徐纥说："从上古以来，常有这种事发生吗？"徐纥回答说："从前魏国时挖坟挖出霍光女婿范明友的一个家奴，他能说出汉朝兴废的历史，所以说这种事不足为奇。"太后让徐纥问那个人的姓名，死了几年，都吃些什么，那人回答说："我姓崔名涵，字子洪，是博陵安平人氏。我的父亲叫崔畅，我的母亲姓魏，我的家住城西的阜财里。我死的时候十五岁，现在二十七岁。我在地下活了十二年，常常像喝醉酒一样躺着，我不吃什么食物。有时还像游走一样，也许能遇到些吃的喝的，但是如同在梦中一样，我自己也不是很明白清楚。"后来徐纥就派遣门下录事张俊到阜财里调查，寻找崔涵的父母，果然发现有一位叫崔畅的人，崔畅的妻子姓魏。张俊问崔畅说："你是有一个儿子死了吗？"崔畅说："我有个儿子叫崔涵，十五岁那年就死了。"张俊说："他被人挖了出来，已经起死回生了。他现在华林园，皇上派我来了解一下情况。"崔畅闻言十分害怕说："我实际上没有这个儿子，刚才是瞎说的。"张俊把实情告诉了崔畅，后来又把崔涵遣送回家。崔畅听说儿子到家后，就在门前点起火，拿着刀，魏氏手持桃木拐杖前来拦阻。崔畅说："你不要进来，我不是你父亲，你也不是我的儿子。快点走吧，免得遭灾！"崔涵就只好离家而去，到京城漫游，崔涵常常睡在寺院的门下。汝南王得知这件事后，赏赐给崔涵一套黄衣服。崔涵生性怕见到太阳，不敢仰视天空，还畏惧水火和刀刃之类的东西。崔涵经常在路上匆匆行走，走累了就休息，崔涵不会慢慢地走。当时的人们还说崔涵是鬼。洛阳的大市北边有一个奉终里，里

柳苌

梁承圣二年二月十日，司徒府主簿柳苌卒，子褒葬于九江。三年，因大雨冢坏，移葬换棺。见父棺中目开，心有暖气。良久，乃谓褒曰：“我生已一岁，无因令汝知。九江神知我横死，遣地神以乳饲我，故不死。今雨坏我冢，亦江神之所为也。”扶出，更生三十年卒。（出《穷神秘苑》）

刘凯

唐贞观二年，陈留县尉刘全素，家于宋州。父凯，曾任卫县令，卒于官，葬于郊三十余年。全素丁母忧，护丧归卫，将合葬。既至，启发，其尸俨然如生。稍稍而活，其子踊跃举扶。将夕能言曰：“别久佳否？”全素泣而叙事。乃曰：“勿言，吾尽知之。”速命东流水为汤。既至，沐浴易衣，饮以糜粥，神气属。乃曰：“吾在幽途，蒙署为北酆主者三十年。考治幽滞，以功业得再生。恐汝有疑，故粗言之。”仍戒全素不得泄于人。全素遂呼为季父。后半年，之蜀不还，不知所终。（出《通幽记》）

弄的人有不少是卖殡葬用品和各类棺椁的。崔涵对他们说："柏木棺材千万不要用桑木做堵头。"有人问其中的缘故，崔涵就说："我在地下遇见一次征鬼兵的时候，有一个鬼就说睡柏木棺材者可以免征。有一位小吏说：'你虽然是柏木棺材，但是用桑木做堵头，所以就不能免征'。"京城里的百姓听到这个传说后，柏木的价格一下子就提了上去。有人怀疑卖棺材的人向崔涵行贿，因此崔涵才说出这种话。（出《伽蓝记》）

柳苌

梁承圣二年二月十日的时候，司徒府的主簿柳苌去世了，儿子柳褒把柳苌埋在了九江。三年之后大雨冲毁了坟墓，人们移葬换棺材的时候，柳褒看见父亲在棺材中睁开了眼睛，柳苌的心口窝有热气。过了很长时间，柳苌对儿子说："我已经活过来一年了，我没有机会让你知道。九江神知道我是暴死的，就派土地神用奶喂我，所以我又活了过来。现在大雨冲坏我的坟，想必这也是九江神干的事情。"儿子把柳苌扶了出来，柳苌又活了三十年才去世。（出《穷神秘苑》）

刘凯

唐代贞观二年的时候，陈留县尉刘全素的家在宋州。刘全素的父亲刘凯曾经担任卫县县令，刘凯在任上去世。刘凯被埋葬在野外三十多年。后来，刘全素的母亲又去世了，刘全素护送着灵柩去卫县的时候，准备将母亲同父亲合葬。到卫县之后，刘全素打开棺材，看见父亲刘凯的尸体俨然如生。刘凯逐渐复活了过来，刘全素高兴地扶起刘凯，刘凯在傍晚就能说话了，刘凯问道："久别之后你还好吗？"刘全素哭着向父亲叙述这些年的事，刘凯竟然说："不要讲了，这些事情我全知道。"刘凯让人取东流的江水烧好，沐浴更衣后，吃煮烂的粥饭。刘凯等到精神恢复后才说："我在阴曹地府，蒙恩被任命为三十年的酆都城主，我负责考察治理酆都城，并且负责处理积案，因为我的功业卓著而重获新生。恐怕你不相信，所以我才把这些事粗略地和你讲述一遍。"刘凯告诫儿子刘全素不能向外人泄露。

石函中人

上都务本坊，贞元中，有一人家，因打墙掘地，遇一石函。发之，见物如丝满函，飞出于外。视之次，忽有一人，起于函中，披发长丈余，振衣而起，出门失所在。其家亦无他。前记中多言此事，盖道太阴炼形，日将满，人必露之。（出《酉阳杂俎》）

杜锡家婢此已下妇人再生。

汉杜锡家葬，而婢误不得出。后十余年，开冢祔葬，而婢尚生。问之，曰："其始如瞑目，自谓当一再宿耳。"初婢埋时，年十五六。及开冢后，资质如故。更生十五六年，嫁之有子。（出《搜神记》）

汉宫人

汉末，关中大乱。有发前汉时宫人冢者，人犹活。既出，平复如旧。魏郭后爱念之，录置宫中，常在左右。问汉时宫内事，说之了了，皆有次叙。郭崩，哭泣过礼，遂死。（出《博物记》）

李 俄

汉末，武陵妇人李俄，年六十岁，病卒，埋于城外，已半月。

于是刘全素叫刘凯叔父。半年之后，刘凯去蜀地再没有回来，也不知道刘凯最后怎么样了。（出《通幽记》）

石函中人

京城长安有一个务本坊，在唐代贞元年间的时候，有一家因为砌墙挖地基，得到一个石匣子。人们打开石匣一看，只看见里面装满了丝一样的东西，那个东西向外飞。人们正在看的时候，忽然有一个人从匣子里站起来，那个人披散着头发有一丈多长。那个人抖抖衣服就站了起来，一出门便不知去向了。这家人倒也没遇到什么灾祸。从前的一些书中大多会提到这件事，人们都说是月亮在修炼形体，修炼到了规定的日期，就显露出了人形。（出《酉阳杂俎》）

杜锡家婢此已下妇人再生。

汉代的杜锡举行家葬的时候，而杜锡家的婢女因为误入坟中没能出来。十多年之后，开坟举行合葬的时候，这个婢女还活着。人们问那位婢女，婢女说自己开始闭着眼睛，后来就权当睡长觉了。婢女刚被埋葬的时候才十五六岁，到开坟的时候那位婢女姿容如旧，又多活了十五六年，婢女出嫁之后还生了个儿子。（出《搜神记》）

汉宫人

汉代末年的时候，关中大乱。有人趁机掘开西汉宫女的坟，不料其中的宫女还活着。出来之后，那位宫女的样子恢复得像原来一样。魏国的郭太后十分爱念那位宫女，就将那位宫女收入宫中，常常让那位宫女跟随左右。郭太后问西汉时期宫廷的事情，那位宫女述说得清清楚楚，而且都能按照时间顺序讲述出来。郭太后去世的时候，那位宫女因为悲痛过度也去世了。（出《博物记》）

李 俄

汉代末年的时候，武陵有一位妇人叫李俄，李俄六十岁的那年俄邻舍有蔡仲，闻俄富，乃发冢求金。以斧剖棺，俄忽棺中呼曰：“蔡仲护我头。”仲惊走，为县吏所收，当弃市。俄儿闻母活，来迎出之。太守召俄问状，俄对曰：“误为司命所召，到时得遣。出门外，见内兄刘文伯，惊相对泣。俄曰：‘我误为所召，今复得归。既不知道，又不能独行，为我求一伴。我在此已十余日，已为家人所葬，那得自归也。’文伯即遣门卒与户曹相闻。答曰：‘今武陵西界，有男子李黑，亦得还，便可为伴。兼敕黑过俄邻舍，令蔡仲发出。’于是文伯作书与儿，俄遂与黑同归。”太守闻之，即赦蔡仲。仍遣马吏，于西界推问李黑，如俄所述。文伯所寄书与子，子识其纸，是父亡时所送箱中之书矣。（出《穷神秘苑》）

河间女子

晋武帝时，河间有男女相悦，许相配适。而男从军，积年不归。女家更以适人，女不愿行，父母逼之而去，寻病死。其夫戍还，问女所在，其家具说之。乃至冢，欲哭之叙哀，而不胜情。遂发冢开棺，女即苏活。因负还家，将养平复。后夫闻，乃诣官争之。郡县不能决，以谳廷尉。奏以精诚之至，感于天地，故死而更生。是非常事，不得以常理断，请还开棺者。（出《搜神记》）

就病死了。李俄埋葬在城外已经有半个月了。这时候，李俄的邻居有一位叫蔡仲的人，听说她的家中富足，于是就挖掘李俄的墓去寻找金银。蔡仲拿斧子劈向棺材，忽然听见李俄在棺材中喊道：“蔡仲，当心砍了我的头！”蔡仲吓得转身就跑。后来，蔡仲被县里的捕头抓去，按照律例蔡仲应当判死刑。李俄的儿子听说母亲活了，就把李俄接回家了。太守召来李俄询问情况，李俄回答说：“我因为被阴曹的司命官错误地召去，后来得以遣返。刚出大门的时候，就看见了内兄刘文伯，我们惊诧地相对而哭。我说：‘我是被误召来的，今天就可以回去了。可我既不认路，又不能一个人走，你为我找个伴吧！我在这里十多天了，已经被家人埋葬了，哪能自己回去呢？’刘文伯就派门卒把户曹找来相问，回答说：‘现在武陵西界，有一个男子叫李黑，也能够复活而还，你可以找他作伴。’接着又令李黑来到我的邻舍，并且让蔡仲挖掘坟墓让我出来。于是刘文伯给他的儿子写信，我就跟李黑一起回来了。”太守听完后，当即赦免了蔡仲，还派一位骑马的小吏到西界盘问李黑，结果跟李俄说的一样。刘文伯的儿子也收到了刘文伯的信。刘文伯的儿子认识那张纸，那张纸就是父亲殡葬时烧的书信啊。（出《穷神秘苑》）

河间女子

晋武帝的时候，河间当地有一对男女相爱。二人互相许为夫妻。但是那位男子从军后，很多年没有回来了。女方家人又把那位女子嫁给了别人，但是那位女子不愿意去，父母逼迫她嫁出去。结果不久她便病死了。那位女子的丈夫戍边归来后，问那位女子现在在哪里，她的家人便把事情全讲了一遍。男子就来到坟前，想大哭一场，以诉哀痛，但又怕感情上承受不了。于是那位男子便挖开坟墓打开棺材，那位女子就当即复活了。那位男子将那位女子背回家中将养恢复。那位女子后来的丈夫听说这件事后，就到官府起诉，与那位男子争妻。郡县之内不能决断这件事，就把这件事报给廷尉判决。上奏的内容是说因为精诚之至，使天地感动，因此那位女子才死而复生。这是一件不寻常的事，不能用常理来判决，因此请将那位女子还

徐玄方女

晋时东平冯孝将，广州太守，儿名马子，年二十岁余。独卧厩中，夜梦见女子，年十八九。言："我是太守北海徐玄方女，不幸早亡。亡来出入四年，为鬼所枉杀。案生录，当年八十余，听我更生。要当有依凭，乃得活，又应为君妻。能从所委见救活不？"马子答曰："可尔。"与马子克期当出。至期日，床前有头发，正与地平，令人扫去，愈分明。始悟所梦者，遂屏左右。便渐额面出，次头形体顿出。马子便令坐对榻上，陈说语言，奇妙非常。遂与马子寝息。每戒云："我尚虚。"借问何时得出。答曰："出当待本生生日，尚未至。"遂往厩中。言语声音，人皆闻之。女计生至，具教马子出己养之方法，语毕拜去。马子从其言，至日，以丹雄鸡一只，黍饭一盘，清酒一升，醊其丧前，去厩十余步。祭讫，掘棺出。开视，女身体完全如故。徐徐抱出，着毡帐中，唯心下微暖，口有气。令婢四守养护之，常以青羊乳汁沥其两眼。始开口，能咽粥，积渐能语，二百日持杖起行。一期之后，颜色肌肤气力悉复常。乃遣报徐氏，上下尽来，选吉日下礼，聘为夫妇。生二男，长男字元庆，永嘉初，为秘书郎；小男敬度，作太傅掾。女适济南刘子彦，征士延世之孙。（出《法苑珠林》）

给开棺的那位男子。(出《搜神记》)

徐玄方女

晋代东平人冯孝将，出任广州太守。冯孝将的儿子名叫马子，冯马子的年纪在二十多岁。一天，冯马子独自卧在马棚中睡着了，冯马子晚上梦见一位十八九岁的女子说：“我是北海太守徐玄方的女儿，不幸夭亡，已经死了四年了，现在又被鬼所枉杀。根据生死簿上的记录，我应该活到八十多岁。阴曹允许我复活，但应当有依凭才行。我应当做你的妻子，你能听从我的委托救活我吗？”冯马子回答说：“可以。”那位女子和冯马子约定好了见面日期。到了这一天的时候，冯马子的床前有与地面平齐的头发。冯马子让人扫去，结果头发却愈加多起来。这时候，冯马子才明白这正是梦中之事，于是冯马子喝退左右的仆从。那位女子的颜面逐渐恢复，接着整个头和身体也露了出来。冯马子就让那位女子坐在对面的床上。那位女子所讲的话，非常奇妙，当天晚上那位女子就和冯马子睡在了一起。那位女子总是告诫冯马子说：“我的身体还虚弱。”冯马子问她什么时候可以从坟中出来，那位女子回答说：“要等到我生日的那天，现在时候还没到。”说完那位女子就进入了马棚，那位女子所说的话，人们都能够听见。那位女子计算的生日之期到了，就告诉冯马子救出自己的方法，说完就一拜而去了。冯马子听从了那位女子的话，到了那一天的时候，冯马子拿来一只红公鸡，一盘黄米饭，一升清酒，摆祭在她的灵牌前面，距离马棚只有十多步远的地方。祭祀完毕后，冯马子打开棺材一看，那位女子身体完全跟活人一样。冯马子将那位女子慢慢抱了出来，抱进了毡帐中。那位女子只是心口有点温热，嘴中还有气息。冯马子命令四个婢女看护那位女子，不断用黑羊乳汁滴那位女子的两眼。那位女子慢慢地张开嘴，逐渐可以咽粥并且开始讲话了。二百天之后那位女子可以拄杖行走了。一年之后那位女子的脸色肌肤气力完全恢复了正常。冯家于是派人向徐家报告这件事，徐家的人全都来了。他们选择了吉日下彩礼，将二人结为夫妻，后来冯马子和那位女子生了两个男孩子，他们的长子字元庆，在永嘉初年出

蔡支妻

临淄蔡支者，为县吏。曾奉书谒太守，忽迷路，至岱宗山下，见如城郭，遂入致书。见一官，仪卫甚严，具如太守。乃盛设酒殽，毕付一书。谓曰："掾为我致此书与外孙也。"吏答曰："明府外孙为谁？"答曰："吾太山神也，外孙天帝也。"吏方惊，乃知所至非人间耳。掾出门，乘马所之。有顷，忽达天帝座太微宫殿。左右侍臣，具如天子。支致书讫，帝命坐，赐酒食。仍劳问之曰："掾家属几人？"对父母妻皆已物故，尚未再娶。帝曰："君妻卒经几年矣？"吏曰："三年。"帝曰："君欲见之否？"支曰："恩唯天帝。"帝即命户曹尚书，敕司命辍蔡支妇籍于生录中，遂命与支相随而去。乃苏归家，因发妻冢，视其形骸，果有生验，须臾起坐，语遂如旧。（出《列异传》）

陈朗婢

义熙四年，琅邪人陈朗婢死，已葬。府史夏假归，行冢前，闻土中有人声，怪视之。婢曰："我今更活，为我报家。"其日已暮，旦方开土取之，强健如常。（出《五行记》）

任秘书郎。小儿叫敌度，后来作了太傅掾官。他们还生了一个女儿嫁给了济南的刘子彦，刘子彦就是不受朝廷聘任的隐士刘延世的孙子。（出《法苑珠林》）

蔡支妻

临淄有一位叫蔡支的县吏。一次蔡支带着书信去拜谒太守。蔡支忽然迷路了，蔡支来到泰山脚下，看见一座城郭，就进去送信。蔡支见到一个官员，他的仪仗侍卫十分严整，那个人颇像太守的样子，于是蔡支就把书信呈上了。接着那个官员便设宴款待了他。宴席结束后，那个官员给蔡支一封信说："请你把它交给我的外孙。"蔡支问："您的外孙是谁？"那位官员回答说："我是泰山神，我的外孙就是天帝。"蔡支大吃一惊，才知道这地方不是人间。蔡支出了门，骑马而去，一会儿就到了天帝的太微宫。这里的左右侍臣俱全，俨如天子的仪仗。蔡支呈上书函，天帝让蔡支坐下，并赐予了蔡支酒食，还慰劳般地问他："你家里几个人？"蔡支回答说父母妻子全死了，还未再娶。天帝又问："你的妻子死几年了？"蔡支回答说："三年了。"天帝说："你想见见她吗？"蔡支说请天帝施恩。天帝当即命户曹尚书，敕令把蔡支妻子的户籍放到生录中，然后让蔡支跟随而去。蔡支苏醒后回到家中，就挖开妻子的坟墓，看妻子的样子，果然已经活了过来。蔡支的妻子一会儿起身坐了下来，蔡支妻子说起话来还跟过去一样。（出《列异传》）

陈郎婢

东晋义熙四年的时候，山东琅琊人陈朗的婢女去世了。婢女已经下葬了。有一位府吏休夏假回来，经过婢女坟前的时候，那位府吏听到土中有人说话的声音。那位府吏便惊异地上前查看。那位婢女说："我现在又复活了，替我转告给我的家人吧。"当时天已经很晚了，第二天早晨人们才把那位婢女挖了出来，婢女的身体强健如往常一样。（出《五行记》）

于宝家奴

于宝字令升，父莹，为丹阳丞。有宠婢，母甚妒之。及莹亡，葬之，遂生推婢于墓。于宝兄弟尚幼，不之审也。后十余年，母丧开墓，而婢伏棺如生。载还，经日乃苏。言其父恩情如旧，地中亦不觉为恶。既而嫁之，生子。（出《五行记》）

韦讽女奴

唐韦讽家于汝颍，常虚默，不务交朋。诵习时暇，缉园林，亲稼植。小童薙草锄地，见人发，锄渐深，渐多而不乱，若新梳理之状。讽异之，即掘深尺余。见妇人头，其肌肤容色，俨然如生。更加锹锸，连身背全，唯衣服随手如粉。其形气渐盛，顷能起，便前再拜。言："是郎君祖之女奴也，名丽容。初有过，娘子多妒，郎不在，便生埋于园中。托以他事亡去，更无外人知。某初死，被二黑衣人引去。至一处，大阙广殿，贲勇甚严。拜其王，略问事故。黑衣人具述端倪，某亦不敢诉娘子。须臾，引至一曹司。见文案积屋，吏人或二或五，检寻甚闹。某初一吏执案而问，检案，言某命未合死，以娘子因妒，非理强杀。其断减娘子十一年禄以与某。又经一判官按问，其事亦明。判官寻别有故，被罚去职，某案便被寝绝。九十余年矣，彼此散行。昨忽有天官来搜求幽系冥司积滞者，皆决遣，某方得处分。如某之流，亦甚多数，盖以下贱之人，冥官不急故也。天官一如今之道士，绛服朱冠，羽骑随从。方决幽滞，令某重生，亦不失十一年禄。"讽问曰："魂既有所诣，形何不坏？"答曰："凡事未了之人，皆地界主者以药傅之，遂不至坏。"讽惊异之，乃为沐浴易衣，貌如二十许来。其后潜道幽冥中事，无所不

于宝家奴

于宝字令升，于宝的父亲叫于莹，曾经担任过丹阳县丞的职务。于宝有一位宠爱的婢女，于宝的母亲很嫉妒那位婢女。于莹去世后下葬的时候，就把那位婢女推进坟中活埋了。当时于宝和他的弟弟年纪尚幼，不明白这是怎么回事。十多年之后，母亲去世后于宝挖开那座坟，而那个婢女像活人一样躺在棺材里面，于宝用车将婢女拉回来后，一天之后那位婢女才苏醒。那位婢女说于宝的父亲对她恩爱如旧，即使在阴间也未曾觉得不舒服。不久那位婢女便嫁人了，还生了儿子。（出《五行记》）

韦讽女奴

唐代韦讽家住在汝颍，经常独自沉默，韦讽不擅长交朋友。吟诵诗文的闲暇时光就整修园林，亲自种庄稼栽树木。一天小书童割草锄地的时候发现了人的头发，锄头渐渐地往下面挖，发现那头发也渐渐地多起来，而且不散乱，如新梳理的头发一样。韦讽认为这件事很奇异，于是又挖了一尺多深，就看见一颗妇人头，那位妇人的肌肉面色，像活人的一样。再用锹往深里挖，那位妇人连身带背全露了出来，只是衣服随手一摸就碎了。那位妇人渐渐恢复了原气，很快就能够站起来，上前向韦讽一拜再拜，说："我是你祖上的女奴，名字叫丽容。一开始因为有点小过错，遭到娘子嫉妒。趁郎君不在的时候，娘子就派人把我活埋在这园林中，并假托我是因为别的事情逃跑，反正没有别人知道。我刚去世的时候，就被两个黑衣人带走了，他们把我带到一个地方，这里有高大的门楼和广阔的殿堂，两旁的虎贲勇士都十分威严。我参拜了这里的大王，那里的大王向我粗略地询问情况。黑衣人也述说了事情的原委经过。我由于害怕，也没敢控告娘子。没过多久，他们引我来到阴曹的司衙里面，我看见这里的文书案卷一直堆到了屋顶，小吏们三五成群，正在检验寻找案卷，里面很喧闹。我开始被一个拿着案卷的官吏盘问，查完案卷后，他说我命不该死，而娘子因为嫉妒而产生了杀人之心，所以判减其十一年的至，讽亦洞晓之。常曰："修身累德，天报以福。神仙之道，宜勤求之。"数年后，失讽及婢所在，亲族于其家得遗文，纪在生之事。时武德二年八月也。（出《通幽记》）

邺中妇人

窦建德常发邺中一墓，无他物。开棺，见妇人，颜色如生，姿容绝丽，可年二十余。衣物形制，非近世者。候之，似有气息。乃收还军养之，三日而生，能言。云："我魏文帝宫人，随甄皇后在邺，死葬于此。命当更生，而我无家属可以申诉，遂至幽隔。不知今乃何时也。"说甄后见害，了了分明。建德甚宠爱之。其后建德为太宗所灭，帝将纳之。乃具以事白，且辞曰："妾幽闭黄壤，已三百年，非窦公何以得见今日，死乃妾之分也。"遂饮恨而卒，帝甚伤之。（出《神异录》）

寿命给我。又经过一个判官审案，这事也就明确了。但是判官不久因为别的原因遭到处罚，被免除了职务，我的案子也就被搁下了，直到现在已经有九十多年了。如今彼此离散，各走各的道。昨天忽然有一个天官来处理阴曹的积案，都一一判决遣返，我的事情才得到解决。像我这一类的人为数不少，大概是因为地位低下，阴曹的官吏也不着急办理吧？那位天官好像是现在的道士，穿着绛红色的衣服，戴着红色的帽子，羽裳马骑和随从都齐备。那位天官刚处理完积案，就让我复活了，这样就不会减少原判给我的十一年寿命了。”韦讽问道：“魂魄既然到了另外一个地方，那么形体为什么不毁坏呢？”妇人回答说：“凡是案子还没有了结的人，都由阴间的地方长官用药敷其身上，因此不至于腐烂。”韦讽认为这件事很奇怪，就让妇人沐浴更衣。看容貌妇人好像二十岁左右的样子。从此以后，那位妇人便暗中讲些幽冥之事，什么事情都说了，连韦讽也全知晓了。韦讽常常说：“修养自身去积累功德，上天就会赐福于你。神仙们的养生之道，我们应该不辞辛苦地去寻求啊。”几年之后，就不知道韦讽和婢女到哪里去了，韦讽的亲人和族群们在他们家找到了遗留下来的文字，上面记的全是复活的事情。当时是唐代武德二年八月。（出《通幽记》）

邺中妇人

窦建德曾经挖开邺中的一座坟墓，但是没有得到别的东西。打开棺材后看见一个妇人，那位妇人面色像活的一样，那位妇人的姿容美丽绝伦，年纪大概二十多岁。看那位妇人的衣物和殉葬品，不是当代的人。过了一会儿，那位妇人好像有了气息，于是就带回军中养了起来。三天之后那位妇人就复活了，能够说话。她说：“我是魏文帝的宫女，随甄皇后在邺城，死后埋葬在这里。我的命该当复活，但没有家人进行申诉，所以就被冥府耽搁了。我不知道现在是什么年代？”说起甄皇后遇害的事情，她讲得清清楚楚的。窦建德很宠爱她。后来窦建德被唐太宗所剿灭，皇帝要招纳那位妇人进宫，那位妇人就把当时的事都坦白了，而且一口回绝地说：“我在幽冥之中封

李仲通婢

开元中，李仲通者，任鄠陵县令。婢死，埋于鄠陵。经三年，迁蜀郫县宰。家人扫地，见发出土中，频扫不去，因以手拔之。鄠陵婢随手而出，昏昏如醉。家人问婢何以至此，乃曰："适如睡觉。"仲通以为鬼，乃以桃汤灌洗，书符御之，婢殊不惧，喜笑如故。乃闭于别室，以饼哺之，餐啖如常。经月余出之，驱使如旧。便配与奴妻，生一男二女，更十七年而卒。（出《惊听录》）

崔生妻

元和间，有崔生者，前婚萧氏，育一儿卒，后婚郑氏。萧卒十二年，托梦于子曰："吾已得却生于阳间，为吾告汝母，能发吾丘乎？"子虽梦，不能言。后三日，又梦如此，子终不能言。郑氏有贤德，萧乃下语于老家人云："为吾报郑夫人，速出吾，更两日，即不及矣。"老家人叫曰："娘子却活也。"夫人卜之曰："无生象。"即罢。来日家人又曰："娘子却活也。"郑夫人再占，卜人曰："有生象。"即开坟，果活动矣。舁归，郑夫人以粥饮之，气通能言。其说幽途知抚育贤德之恩。又说："初有一龟，环绕某遗骸而去。数日，又来环饶。将去复来，啮某足指。"则知前卜无生象者，龟止环饶而已；后云有生象者，是龟咬足指也。萧氏与郑氏为姊妹共居，闭在黄土之下，已经三百多年了，没有窦公哪能见到今日？为他而死乃是我的本分啊。”于是，那位妇人便饮恨而死了，太宗皇帝因此十分悲伤。（出《神异录》）

李仲通婢

唐代开元年间的时候，李仲通出任鄠陵县令。李仲通的婢女去世了，就埋在了鄠陵。三年之后，李仲通调任到四川郫县当县宰。一天，家人扫地的时候发现有头发从土中露出，但是怎么扫也扫不掉。于是就用手拨它，不料那位埋在鄠陵的婢女顺着手就钻了出来。那位婢女昏昏沉沉的像喝醉酒一样。家人问她怎么到了这里？她就说：“刚才像睡觉似的。”李仲通认为她是鬼，于是就用桃木汤浇那位婢女，写咒符防那位侍女。可那位婢女并不害怕，像往常一样嬉戏。李仲通就把她关进别的房间，拿饼去喂婢女，那位婢女吃起来的样子跟从前一样。一个多月后李仲通将其放了出来，驱遣使用如同往常一样。后来就把那位婢女配给一位仆人做妻子，那位婢女生了一个男孩两个女孩，又活了十七年才去世。（出《惊听录》）

崔生妻

唐代元和年间的时候，有一位姓崔的青年，他的前妻萧氏生下一个儿子就去世了。崔生后来娶的妻子姓郑。萧氏死十二年后，托梦给儿子说：“我已经能够复活到阳间了，替我告知你母亲，可以挖开我的坟墓吗？”儿子虽然做了这梦，但是没有说。之后一连三天，天天都在做这个梦，但是他始终没有讲。郑氏是一位贤德之人，萧氏就告诉老家人说：“替我报告郑夫人，快点让我出去吧，再过两天就来不及了。”萧氏的老家人叫喊着说：“萧娘子要复活了！”郑夫人去占卜，卦象说：“没有活的象征。”这件事只有作罢。第二天萧氏的老家人又来喊道：“萧夫人要活了！”郑夫人再去占卜，卜卦的人说：“有活的卦象。”于是就挖开坟墓，萧夫人果然活动了。家人把萧妇人抬了回来，郑夫人亲自用粥喂她。萧夫人通气之后就能讲话了。萧夫人

情若骨肉。得十年而终。（出《芝田录》）

东莱人女

东莱人有女死，已葬。女至冥司，以枉见捕得还，乃敕两吏送之。鬼送墓中，虽活而无从出。鬼亦患之，乃问女曰："家中父母之外，谁最念汝？"女曰："独季父耳。"一鬼曰："吾能使来劫墓，季父见汝活，则遂生也。"女曰："季父仁恻，未尝有过，岂能发吾冢耶？"鬼曰："吾易其心也。"留鬼守之，一鬼去。俄而季父与诸劫贼，发意开棺，女忽从棺中起，季父惊问之，具以前白季父。季父大加惭恨，诸贼欲遂杀之。而季父号泣哀求得免，负之而归。（出《广异记》）

说阴间也知道抚育贤德之恩，萧夫人又说："最开始有一只龟，围着我的尸体绕了一圈就离开了，没过几天它又爬了回来，它来咬我的脚趾头。"这才知道前一卦没有活的卦象，因为龟只是环绕而已。后来占卜的卦说有活的卦象，这是因为龟在咬脚趾头。从此之后萧氏和郑氏象姐妹那样住在一起，她们感情像一家人一样。萧氏又活了十年才去世。（出《芝田录》）

东莱人女

东莱有一家死了个女儿，已经埋葬了。姑娘到阴曹后，因为受冤枉被捕又被放回，还派了两个官吏送她。鬼把她送到坟中，虽然活了但是没有办法出去。鬼也挺焦虑，就问她说："你家中除父母之外，谁最爱念你？"姑娘说："只有老叔了。"一个鬼说："我能让他来盗坟，叔父见到你活了过来，你也就死而复生了。"姑娘说："我的老叔仁义且有恻隐之心，我的老叔不曾有过错，他怎么会挖我的坟呢？"鬼说："我去换他的心。"一个鬼留下看守，另一个鬼便去了。不一会儿，她的老叔和盗墓贼们终于来了，他们用力开棺的时候，那位姑娘忽然从棺材中坐了起来。老叔惊异地问这是怎么回事，那位姑娘把之前的事对老叔讲了一遍。老叔非常悔恨和惭愧。盗墓贼们想立即杀死那个姑娘，老叔为她含泪苦苦哀求才得以幸免，老叔背起那个姑娘就回家了。（出《广异记》）

卷第三百七十六　再生二

郑　会

荥阳郑会，家在渭南，少以力闻。唐天宝末，禄山作逆，所在贼盗蜂起，人多群聚州县。会恃其力，尚在庄居，亲族依之者甚众。会恒乘一马，四远觇贼，如是累月。后忽五日不还，家人忧愁。然以贼劫之故，无敢寻者。其家树上，忽有灵语，呼阿奶，即会妻乳母也。家人惶惧藏避。又语云：“阿奶不识会耶？前者我往探贼，便与贼遇，众寡不敌，遂为所杀。我以命未合死，频诉于冥官，今蒙见允，已判重生。我尸在此庄北五里道旁沟中，可持火来，及衣服往取。”家人如言，于沟中得其尸，失头所在。又闻语云：“头北行百余步，桑树根下者也。到舍，可以榖树皮作线，挛之。我不复来矣，努力勿令参差。”言讫，作鬼啸而去。家人至舍，依其挛凑毕，体渐温。数日，乃能视。恒以米饮灌之，百日如常。（出《广异记》）

王　穆

太原王穆，唐至德初，为鲁炅部将，于南阳战败，军马奔走。

郑会

在荥阳有个叫郑会的人，他家在渭水南岸，在少年时期因为力气大而出名。唐朝的天宝末年，安禄山起兵叛乱，叛军所到之处强盗蜂拥四起，人们大多都成群聚集居住在州县的城池里。郑会自恃自己力气大，仍然居住在自家院子里，他的亲族中依附他的人有很多。郑会总会骑着马，四处远行探查贼匪动向。就这样持续了数个月。后来有一天，郑会忽然连续五天都没回来，家里的人十分担忧，都觉得是因为被贼匪劫持才无法回来，也没有人敢去找郑会。家里的一棵树上，突然传出说话的声音，呼道："阿奶"。也就是郑会老婆的奶娘。郑会的家人惊慌恐惧四处躲避。只听树上又有声音："难道阿奶不识得郑会了？前几天我去探查贼匪，和贼匪碰到了，我寡不敌众，被贼匪所杀。但我觉得我命不该绝，多次对冥界的官差诉说，如今得到同意，已经宣判允许我重生。我的尸体就在庄子向北边五里的道边的沟里，可以带着火把和衣服来收取。"家里人按照郑会所说，在沟里寻得郑会尸体，但头颅却不见了。又听到声音说："头就在向北走一百多步那边的桑树根下。等回到家，可用榖树的皮当线，缝上头颅。我不会再出现了，尽力别出什么差错。"言毕，他发出一声鬼啸离去了。家里人回到家后，按照郑会所说的办法将郑会的头颅和身体拼凑缝合完毕，郑会的身体慢慢温暖了起来，过了几天，他已经能看到了。家人一直用米粥喂郑会，过了百日左右便和常人一般了。（出《广异记》）

王穆

太原王穆，是唐朝至德初年鲁炅的部将。于南阳战败，麾下的穆形貌雄壮，马又奇大，贼骑追之甚众。及，以剑自后斫穆颈，殪而陨地。筋骨俱断，唯喉尚连。初冥然不自觉死，至食顷乃悟，而头在脐上，方始心惋，旋觉食漏，遂以手力扶头，还附颈，须臾复落，闷绝如初，久之方苏。正颈之后，以发分系两畔，乃能起坐，心亦茫然，不知自免。而所乘马，初不离穆，穆之起，亦来止其前。穆扶得立，左膊发解，头坠怀中，夜后方苏。系发正首之后，穆心念，马卧方可得上，马忽横伏穆前，因得上马。马亦随之起，载穆东南行。穆两手附两颊，马行四十里，穆麾下散卒十余人群行，亦便路求穆。见之，扶寄村舍。其地去贼界四十余里，众心恼惧。遂载还吴军，军城寻为贼所围。穆于城中养病，二百余日方愈，绕颈有肉如指，头竟小偏。旻以穆名家子，兼身徇王事，差摄南阳令，寻奏叶令。岁余，迁临汝令。秩满，摄枣阳令。卒于官。（出《广异记》）

邵进

唐大历元年，周智光为华州刺史，劫剥行侣，旋欲谋反。遣吏邵进，潜往京，伺朝廷御伐之意。进归告曰："朝廷无疑公之心。"光怒，以其叶朝廷而绐于己，遽命斩之。既而甚悔，速遣军队和战马胡乱奔走。王穆的体型外貌很是雄健强壮，战马又非常大。贼军骑兵追他的人很多，等追到了，就用剑从后边向王穆的脖颈斩去，被砍死后就掉到地上。他的脖子筋骨全被斩断了，只有喉咙那儿还连着一点。刚开始他还迷迷蒙蒙没察觉到自己已经死了，等过了一顿饭的时间才醒悟过来。他的头搭在肚脐上时，才觉得心中一阵凄凉哀惋。旋即发觉食物漏出，便用手使劲扶着头，把头放回脖颈上，没过一会儿就又掉了下来，就像刚刚一样昏闷气绝。很久之后才重新苏醒过来，他将头摆正放在颈上，用头发在两边系着，他才能够坐起来。他心中也很迷茫，不清楚自己此次能否脱灾。而他所骑的战马，一直都没有离开他。看到王穆坐起来了，战马也过来站在王穆身边。他扶着战马得以站起来。忽然左胳膊上系的头发松开了，他的头又掉在怀里，等到半夜后才苏醒过来。重新绑好头发，摆正头颅之后，心中想到，马得卧倒我才能骑上去，忽然马就横卧伏倒在王穆身前。因此才得以上马，战马也就随着王穆上马站起来，战马载着王穆向东南方向走去。王穆用双手贴着脸颊，骑行了四十里左右。王穆麾下逃散的士卒十多个人一起奔行，也从小路赶到这里找王穆，相会后，扶王穆寄住在村子里。这个地方距离贼兵占领的边界有四十多里，众人心里又是愤恨又是恐惧，便带着王穆回到鲁炅军中。军队驻扎的城池不久便被贼兵围困。王穆养病于城中，过了两百多天才痊愈。绕着他的脖子有一圈像指头般粗的肉疤，而且头居然还有点歪斜。鲁炅认为王穆身出名门，而且忠于王事能以身殉职，便委任他做了南阳县令，不久后又上奏委任他为叶县县令，过了一年多，升迁担任临汝县令。任期满了之后，又担任了枣阳县令。最终死在了任上。（出《广异记》）

邵进

唐朝的大历元年，周智光担任华州刺史，他抢劫剥削来往商旅的财货，没过多久还打算造反。他暗中指派手下的官吏邵进偷偷去京城，打探朝廷有没有讨伐他的动向。邵进归来后对他说："朝廷没有怀疑你的迹象。"周智光听后大怒，他认为邵进是为了讨好朝送其首付妻儿。妻即以针纫颈，俄顷复活，以药傅之，然犹惧智光，使人告光曰：“进本蒲人，今欲归葬。”光亦赗赙之。既至蒲，浃旬，其疮平愈，乃改姓他游。后三十年，崔颢为宋州牧，晨衙，有一人投刺，曰：“敕吏。”颢召见，讯其由，进曰：“明公昔为周智光从事。”因叙其本末。颢乃省悟，与缣帛，揖之而去。（出《独异志》）

李太尉军士

长安里巷说，朱泚乱时，李太尉军中有一卒，为乱兵所刃，身颈异处。凡七日，忽不知其然而自起。但觉胪骨称硬，咽喉强于昔时，而受刃处痒甚。行步无所苦，扶持而归本家。妻儿异之，讯其事，具说其所体与颈分之时，全不悟其害，亦无心记忆家乡。忽为人驱入城门，被引随兵死数千计。至其东面，有大局署，见录衣长吏凭几，点籍姓名而过。次呼其人，便云：“不合来。”乃呵责极切，左右逐出令还。见冥司一人，髡桑木如臂大，其状若浮沤钉。牵其人头身断处，如令勘合，则以桑木钉自脑钉入喉，俄而便觉。再见日月，不甚痛楚。妻儿因是披顶发而观，则见隆高处一寸已上，都非寻常。皮里桑木黄文存焉，人或谓之粉黛。元和中，温会有宗人守清，为邠镇之权将，忽话此事，守清便呼之前出。乃云，是其麾下甲马士耿皓，今已七十余，膂力犹可支数夫。会因是亲睹其异。（出《定命录》）

廷在欺骗自己，便命人将邵进斩了。事后周智光又非常后悔，立刻派人将邵进的头颅交给他的妻儿。邵进妻子当即用针线将他的脖颈缝合，不一会儿邵进便重新活了过来，便给伤口用药，不过邵进还是很怕周智光，派人对周智光说道：“我原本是蒲地的人，如今想要回去安葬自己。”周智光便送了些丧葬财物给他。等回到蒲地，刚过十天，他的伤口就痊愈平整了，便改换姓名远游他乡。之后过了三十年，宋州州牧是崔颙担任，一天早上开衙门，有个人投递了名帖，写道：“敕吏。”崔颙便召见他。询问他的来由，邵进说：“你之前是周智光的手下从事吧？”然后讲了事情的经过来由。崔颙这才省悟明白过来，赏给一些绢帛，给了邵进一些财帛，他行礼感谢后便离去了。（出《独异志》）

李太尉军士

长安城里巷有一则传说，当年朱泚在京城作乱的时候，李太尉军中有一个小兵，他被乱军砍杀，身首异处。过了七天后，突然没来由的自己起身了，只是感觉胪骨有点硬，咽喉处比过去更加强韧，被刀砍的地方非常痒。行动起来也没什么痛苦的感觉，被人搀扶着回到自己家里。他的妻子和孩子都很惊讶，问他发生了什么事，他详细地说起身体和头颈分离时的事：“当时完全不觉得害怕，心里也没有怀念回忆家乡。突然就被人赶进了一座城门，一起被赶进去的战死的士兵有数千人之多。等到了城门东边，有一座大的官署，看到穿着绿衣服的为首的官吏靠在桌几上，点着册子上的姓名让人通过。”等喊到他的时候，他就说：“我不该来这里。”于是被狠狠训斥一顿，让左右把他赶出去命他回去。见到一个冥府司差，像一根胳膊那样粗大的光滑的桑木棍，形状就像门钉一样。牵住他的头和身子断开的地方，将他们勘合在一起，再用桑木钉从脑部钉下去直达喉部，不久他就清醒了过来，重新回到世间。他并没有觉得很痛。他的妻子和孩子因此就分开他头顶的头发查看，和往常完全不一样。他的皮肤里桑木的黄色纹理还仍然存在，有的人也会说那颜色如粉黛一样。到了元和年间，温会有一个同宗的族人叫守清，是邠镇的

五原将校

五原遣将校往扬子，请衣赐。校有所知，能承顾问。院官与之款曲，顾见项上有一肉环围绕，瘢痕可惧。院官与之熟，因诘其所来，具对。昔岁巡边，其众五六百，深犯榆塞。遭虏骑掩袭，众数千，悉是骑兵。此五百短兵，全军陷殁。积尸为京观，其身首已异矣。至日人，但魂魄觉有呵喝，状若官府一点巡者。至某，官怒曰："此人不合死，因何杀却？"胥者扣头求哀，官曰："不却活，君须还命。"胥曰："活得。"遂许之，良久而喝回，又更约束："须速活，勿误死者。"胥厉声唱喏。某头安在项上，身在三尺厚叶上卧。头边有半碗稀粥，一张折柄匙，插在碗中。某能探手取匙，抄致口中，渐能食。即又迷闷睡著。眼开，又见半碗粥，匙亦在中。如此六七日，能行，策杖却投本处。荏苒今日，其瘢痕是也。（出《芝田录》）

范令卿缢死复再生

隋文帝开皇二年，汴州浚仪县功曹范钦子令卿，在家与族人文志校书，竞工拙。令卿以手反击文志，鼻血出不止，因即殒。文志父乃执令卿，以绳悬缢于屋梁，移时气绝。文志父母恐令卿却活，复用布重绞之。死经三日，令卿却苏，文志长逝。（出《五权将，有一次突然说起这件事，守清就喊这个人到面前来。然后说，这是他麾下的甲马士叫耿皓，如今已有七十多岁了，他的力量还足以抵挡数个男子。温会因此便亲眼见识了这个人的异乎寻常之处。（出《定命录》）

五原将校

五原指派一个校官前往扬州，他请求赐给衣物。校官在那边有认识的人，可以帮忙做向导。扬州的院官殷勤地接待了他，看到他脖子上有一圈环绕，疤痕令人生畏。院官和校官比较熟悉，便追问脖子上的疤是怎么来的，他便详细回答了。多年前巡视边境，他麾下有五六百人，深入探查边塞，遭到胡人偷袭掩杀，对方足有数千人，全部都是骑兵，他带领的五百步兵全部被杀死了。尸体被垒成京观，本人也身首异处。到了太阳落山的时候，魂魄听到了呼喝的声音，就好像官府里点询的人，等到了我跟前，这官差怒声说道："这个人不应该死，为什么被杀了？"胥吏磕头哀求。官差说："他要是活不了，就用你的命来抵。"吏胥说："他能活。"官差这才答应，过了很久又听官差呵斥："你要快点使他复活，不要耽误死者，快点把他救活，别耽误了死人。"胥吏大声应和。将我的头安在脖子上，让身体躺在足有三尺厚的树叶上，头边放着半碗稀粥，一把歪柄勺子插在碗里。我伸手便能拿到汤匙，盛饭送到嘴里，慢慢地可以进食了。便又昏昏沉沉地睡着了。再次睁眼时，又看到半碗稀粥，里边还是放着汤匙。就这样过了六七天，能够行动了，靠着拐杖回到本部。时光流转直到今天，那疤痕就是这样来的。（出《芝田录》）

范令卿缢死复再生

隋文帝时期的开皇二年，汴州浚义县有一个功曹叫范钦，他的儿子范令卿在家中和一个叫文志的族人校勘典籍，要比个高低。范令卿用手反击了文志，文志鼻子出血不止，因此便死去了。文志的父亲便用绳子将范令卿吊在房梁上，等放下来已经气绝而亡了。文志的父

行记》)

汤氏子

汤氏子者，其父为乐平尉。令李氏，陇西望族。素轻易，恒以吴人狎侮，尉甚不平。轻为令所猥辱，如是者已数四，尉不能堪。某与其兄，诣令纷争。令格骂，叱左右曳下，将加捶楚，某怀中有剑，直前刺令，中胸不深，后数日死。令家人亦击某系狱。州断刑，令辜内死，当决杀。将入市，无悴容。有善相者云："少年有五品相，必当不死。若死，吾不相人矣。"施刑之人，加之以绳，决毕气绝。牵曳就狱，至夕乃苏。狱卒白官，官云："此手杀人，义无活理。"令卒以绳缢绝。其夕三更，复苏。卒又缢之，及明复苏。狱官以白刺史，举州叹异，而限法不可。呼其父，令自毙之。及于州门，对众缢绝。刺史哀其终始，命家收之。及将归第，复活。因葬空棺，养之暗室，久之无恙。乾元中，为全椒令卒。(出《广异记》)

士人甲易形再生

晋元帝世，有甲者，衣冠族姓，暴病亡，见人将上天，诣司命，司命更推校，算历未尽，不应枉召，主者发遣令还。甲尤脚痛，不能行，无缘得归。主者数人共愁，相谓曰："甲若卒以脚痛不能

母害怕令卿重新活过来，就用布使劲绞令卿的脖子。苏令卿死了三天却又重新苏醒，文志却与世长辞了。（出《五行记》）

汤氏子

汤氏子，他的父亲是乐平县尉。县令姓李，是陇西的名门望族，平日里轻浮随性，经常轻慢戏弄吴人。县尉很是为此抱不平。他动不动就被县令随便侮辱，就这样多次之后，县尉再不堪承受。汤氏子就和兄长去找县令争论。县令叱骂，吩咐左右将他们拿下，就要施加刑罚，汤氏子怀中藏着长剑，直直向前刺向县令，刺中胸口不深。过了几天后县令却死掉了。县令的家人也抨击汤氏子，使他入狱。州牧给他定刑，下令年内处死，等到行刑的日子，把他带到刑场，汤氏子却毫无憔悴忧愁之色。有一个懂得看人面相的人说："这个年轻人的面相至少可以做到五品官，肯定不会死；他要是死了，从今往后我就再也不给人看面相了。"行刑之人用绳子勒住他使他气绝而亡。重新拖回监狱，到了晚上居然苏醒了过来。狱卒就告诉典狱官，典狱官说："这个人杀了人，没有让他活着的道理。"让狱卒用绳子把汤氏子勒死。当天晚上的三更，他又活过来了。狱卒又将他勒死，到天亮了居然又苏醒过来。狱官于是把情况报告给刺史，整个州的人都因此惊叹不已。但是限于律法他非死不可，便叫来汤氏子的父亲，让他亲自杀掉汤氏子。到州府的城门上，当众将汤氏子吊死。刺史对这件事始终都很同情，允许汤氏子的家人收尸。等到将他的尸身带回家他又重新活了过来，因此便埋了一具空棺材，把汤氏子养在一间暗室里，时间久了便没有问题了。到了乾元年间，汤氏子担任权椒令的时候才死了。（出《广异记》）

士人甲易形再生

晋元帝时期有个人，代称甲某，出身自绅贵家庭。一天突然暴毙，见到一人后他被带上天去，参拜了司命。司命又推演了一番，算出甲某阳寿未尽，不该被错召上天。主事的便下令将他遣返人间。甲归，我等坐枉人之罪。”遂相率具白司命。司命思之良久，曰：“适新召胡人康乙者，在西门外。此人当遂死，其脚甚健，易之，彼此无损。”主者承敕出，将易之。胡形体甚丑，脚殊可恶，甲终不肯。主者曰：“君若不易，便长决留此耳。”不获已，遂听之。主者令二并闭目，倏忽，二人脚已各易矣。仍即遣之，豁然复生，具为家人说。发视，果是胡脚，丛毛连结，且胡臭。甲本士，爱玩手足，而忽得此，了不欲见。虽获更活，每惆怅，殆欲如死。旁人见识此胡者，死犹未殡，家近在茄子浦。甲亲往视胡尸，果见其脚著胡体，正当殡敛，对之泣。胡儿并有至性，每节朔，儿并悲思。驰往，抱甲脚号咷。忽行路相逢，便攀援啼哭。为此每出入时，恒令人守门，以防胡子。终身憎秽，未尝误视。虽三伏盛暑，必复重衣，无暂露也。（出《幽明录》）

李简

唐开元末，蔡州上蔡县南里村百姓李简，痫病卒。瘗后十余日，有汝阳县百姓张弘义，素不与李简相识，所居相去十余舍，亦因病，经宿却活，不复认父母妻子。且言：“我是李简，家住上蔡县南李村，父名亮。”遂径往南李村，入亮家。亮惊问其故，言方病时，梦二人着黄，赍帖见追。行数十里，至大城，署曰“王城”。引入一处，如人间六司院，留居数日，所勘责事，委不能对。忽有一某脚还是很疼，没办法赶路回去。主事的几个都为此发愁，互相商量说：“甲某最后要是因为脚疼回不去，我们就会落得冤枉人的罪名。”便一齐向司命坦白情况。司命考虑良久，说道：“正好刚才新有一个召来的胡人叫康乙，就在西门外。这个人是应该死的，他的脚很强健，让他们换一下吧，相互都没损失。”主事的人受了指点出来，就要给甲某交换。胡人的形貌很是丑陋，脚尤其难看，甲某始终都不愿意交换。主事的人说道：“你要是不愿意交换，那就准备永远留在这里吧。”甲某没有办法，只好听他们的安排。主事的人让他们一起闭上眼睛，一瞬间，两人的脚就相互交换了。然后立刻将甲某遣返回去，甲某便突然复活了。他详细地对家人说了事情经过。低头一看，果然是一双胡人的脚，脚毛丛生互相粘连，而且有胡人臭味。甲某本是读书人喜好玩弄手脚，忽然换了这样一双脚，完全都不想看到。虽然重获新生，但每每为此惆怅，几乎想要去死。有一个认识那个胡人的人说，胡人死了到现在还没有出殡，他家就在附近的茄子浦。某甲亲自去看那个胡人尸体。果然发现自己的脚长在胡人身上。此时就要收敛尸体，甲某便对着脚流泪。胡人的儿子对胡人感情深厚，每逢节气，都会悲痛思念其父，便跑到甲某家抱着甲某的脚痛哭。在路上偶然相遇，也要攀着甲某的脚啼哭。所以，贾某每次进出家门的时候，总会让人守住大门，提防胡人的儿子。甲某一生都很讨厌胡人的脚，看到脚从来没有高兴过。即便是在三伏天的盛夏，他也要穿好几件衣服，一点也不让脚漏出来。（出《幽明录》）

李简

唐朝开元末年，有个平民叫李简，住在蔡州上蔡县南里村，得癫痫病死掉了，被埋后十多天，汝阳县的一个与李简互相不认识的，而且隔了三百多里的一个叫张弘义的平民，也因病而死，过了晚上，却又活过来了，却不认识自己的父母妻儿了，而且说自己是李简，家在上蔡县南李村，父亲叫李亮，随后直接去了南李村，进入李亮的家里。李亮吃惊地问他为何如此，他说自己刚生病的时候，梦到两个穿黄衣服的人，拿来一张名帖将他接走。走过几十里，到了一座很大人自外来，称错追李简，可即放还。有一吏曰：“李身坏，别令托生。”一时忆念父母亲族，不欲别处受生，因请却复本身。少顷，见领一人至，通曰：“追到杂职汝阳张弘义。”吏又曰：“张弘义身幸未坏，速令李简托其身，以尽余年。”遂被两吏扶却出城。但行甚速，渐无所知，忽若梦觉。见人环泣，及屋宇，都不复认。亮问其亲族名氏，及平生细事，无不知也。先解竹作，因息入房，索刀具，破蔑盛器。语音举止，信李简也，竟不返汝阳。时段成式三从叔父，摄蔡州司户，亲验其事。昔扁鹊易鲁公扈、赵齐婴之心，及寤，互返其室，二室相咨。以是稽之，非寓言矣。（出《酉阳杂俎》）

竹季贞

陈蔡间，有民竹季贞，卒十余年矣。后里人赵子和亦卒，数日忽寤，即起驰出门。其妻子惊，前讯之。子和曰：“我竹季贞也，安识汝？今将归吾家。”既而语音非子和矣，妻子遂随之。至季贞家，见子和来，以为狂疾，骂而逐之。子和曰：“我竹季贞，卒十一年，今乃归，何拒我耶？”其家聆其语，果季贞也。验其事，又季贞也。妻子俱骇异，诘之，季贞曰：“我自去人世，迨今且一纪。居冥途中，思还省妻孥，不一日忘。然冥间每三十年，即一逝者再生，使言罪福。昨者吾所请案据，得以名闻冥官。愿为再生者，既而冥官谓我曰：‘汝宅舍坏久矣，如何？’案据白曰：‘季贞同里赵子和者，卒数日，愿假其尸与季贞之魂。’冥官许之。即遣使送我于赵的城池，城头写着“王城”。他被人领到一个地方，就如同人间的六司府衙，留他待了好几天。问询的一些实情，他完全不知如何回答。有一个人从外边进来，说李简是被抓错了，得马上放回去。一个小吏说：“李简肉身已经腐坏了，把他托生到其他地方吧。”李简因想念父母和族人，不愿意托生到其他地方，所以请求回到自己身体里。没过多久，看到又有一个人被带进来，通判说：“汝阳张弘义已捉到。”小吏又说道：“还好张弘义的没有腐坏，立刻让李简借他的尸体复活，以此活过剩下的寿命。”李简就被两个小吏搀扶着出城，走得非常快，他慢慢没了知觉，忽然好像做了个梦醒来一样。看到一圈人围着他哭泣，周围的房子，全都没见过。李亮问到他的族人的姓名，还有他生平的一些小事，他无所不知。李简原本是个篾匠，因此到进房休息的时候，他便要来刀具，破开竹条编制盛器。说话举止，的确和李简一般。他居然从此没有回过汝阳。当时段成式的第三个堂叔，是蔡州的司户官，亲自查验了这件事。当年扁鹊给鲁公扈和赵齐婴换心，等到醒来，互相回到了对方的房子。两家会相互问询一些事情。这样看的话，这件事也不是编造的了。（出《酉阳杂俎》）

竹季贞

陈县和蔡县之间，有个叫竹季贞的人，死了有十多年。后来同村一个叫赵子河的人也死了，几天之后又突然醒来，立马起来便跑出门。他的妻子很惊讶，上前询问他。赵子和说：“我是竹季贞，怎么会认识你？我现在就要回家了。”然后连说话的声音都不是赵子和的了，他的妻子就跟着他。到了竹季贞家里，竹季贞家人看到赵子和进来，认为他是疯了，喝骂着驱赶他。赵子和说：“我是竹季贞，已经死十一年了，如今我回来了，为什么要赶走我？”竹季贞家人听他说话，果然和竹季贞一样。又验证了一些事情，结果真的是竹季贞。竹季贞的妻子和孩子都十分害怕惊异，追问他是怎么回事，他说道：“自我离开人世，带今天已经接近十二年了。在冥府的时候，想念妻子孩子，一天都没有忘怀。可是冥府每过三十年才会让一个死人复生，让他氏之舍，我故得归。”因话平昔事，历然可听，妻子方信而纳之。自是季贞不食酒肉，衣短粗衣，行乞陈蔡汝郑间。缗帛随以修佛，施贫饿者。一还家，至今尚存。（出《宣室志》）

陆彦

余杭人陆彦，夏月死十余日，见王，云：“命未尽，放归。”左右曰：“宅舍亡坏不堪，时沧洲人李谈新来，其人合死。”王曰：“取谈宅舍与之。”彦遂入谈柩中而苏。遂作吴语，不识妻子。具说其事。遂向余杭，访得其家。妻子不认，具陈由来，乃信之。（出《朝野佥载》）

讲诉罪孽和福祉。昨天我请求案据，让我能见到冥官。对他说我想要成为复生者，然后冥官对我说：‘你的肉身已经腐坏很久了，你说怎么办？’案据禀报说：‘竹季贞同村的赵子和，刚死了数天，可以借赵子和的身体让竹季贞还魂复活。’冥官同意了，于是派使者将我送到赵子和家里，我这才能回来。”然后说道平素的一些事情，都讲得很清楚，他的妻子和儿子才相信并接纳了他。从此以后竹季贞不吃酒肉，只穿粗布短衣，在陈蔡县和汝郑县来回乞讨，所得财物随时用来修建佛庙，也施舍给贫穷饥饿的人。偶尔才回一次家，到如今还活在世上。（出《宣室志》）

陆彦

余杭有一个人叫陆彦，在夏天死了有十多天之后，见到阎王。阎王说：“这个人命数未尽，放他回去。”阎王的下属说：“他的身躯已经朽坏不堪了”。此时沧州一个叫李谈的人刚到阴间，这个人是应该死掉的。阎王说：“把李谈的身体给陆彦吧。”陆彦便进入李谈的棺材中复活过来。说的是吴语，不认识李谈的妻子。向李谈妻子详细说了他复活的经过。然后就向余杭一带出发了，通过寻访找到他的家里，妻子却是不认识他，详细对妻子讲了事情的经过，妻子才相信了他。（出《朝野佥载》）

卷第三百七十七　再生三

赵泰　袁廓　曹宗之　孙回璞　李强友　韦广济　郗惠连

赵泰

晋赵泰字文和，清河贝丘人也，祖父京兆太守。泰郡察孝廉，公府辟不就。精思圣典，有誉乡里。当晚乃仕，终中散大夫。泰年三十五时，尝卒心痛，须臾而死。下尸于地，心暖不冷，屈申随意。既死十日，忽然喉中有声如雨，俄而苏活。说初死之时，梦有一人，来近心下。复有二人，乘黄马，从者二人，夹扶泰腋，径将东行。不知可几里，至一大城，崔崒高峻，城邑青黑色，遂将泰向城门入。经两重门，有瓦室，可数千间。男女大小，亦数千人。行列而吏著皂衣，有五六人，条疏姓字，云："当以科呈府君。"泰名在三十，须臾，将泰与数千人男女，一时俱进。府君西向坐，阅视名簿讫，复遣泰南入里门。有人著绛衣，坐大屋下，以次呼名。问生时何作罪，行何福善，谛汝等以实言也。此恒遣六部使者在人间，疏记善恶，具有条状，不可得虚。泰答："父兄仕官皆二千石。我少在家，修学而已，无所事也，亦不犯恶。"乃遣泰为水官监作吏，将二千余人，运沙裨岸，昼夜勤苦。

后转泰水官都督，知诸狱事。给泰兵马，令案行地狱。所至诸狱，楚毒各殊。或针贯其舌，流血竟体；或被头露发，裸形徒

赵泰

西晋时期有个人叫赵泰，字文和，清河贝丘人士。他祖父任职京兆太守。郡府中准备推举他为孝廉，赵泰躲在家中不愿出去当官。他在家中潜心研究先贤圣人经典，在乡亲中十分有声望。到了晚年才做官，临终时候任职中散大夫。赵泰三十五岁的时候，曾经因为心痛难忍，过了片刻就死了。尸体在地上放着，心口温热而不冷，四肢可以随意伸展。在他死后十天的时候，忽然听到他喉咙中就像下雨一样有声音，过了一会儿就醒了过来。说他刚死了的时候，梦见一个人，来到他心下。又有两个人，骑着黄马，有两个随从，夹胁着赵泰的腋下径直往东边走去。不知道走了几里路，来到一座大的城池下面，城墙高大险要，颜色是青黑色，他们胁迫赵泰从城门进去。经过两重门后，看到有瓦房，差不多数千间。男男女女老弱妇孺，也同样数千人。排列成行，有五六个身穿皂衣的小吏，按照顺序登记他们的名字。说："这些是要分类好上呈给府君的。"赵泰排在第三十名，过了一会儿，将赵泰和这数千名男男女女全部带进地府，府君面朝西坐着，阅视名簿过后，又让赵泰向南进入里门。门里面有人穿着深红色的衣服，坐在大屋下面，按照名簿顺序喊着名字。询问活着的时候犯了什么罪，做过什么善事，底下的人需要详细说明真实情况。地府一直有派遣六部使者在人间，详细地记录每个人的善恶，这些都有真实记载，不能说谎话。赵泰回答说："我父亲和我哥哥当官时都是两千石的俸禄。我从年少就在家中读书，潜心修学，并没有做什么事情，也没有什么罪事。"于是让赵泰做水官监作吏，率领两千多人，负责运沙石修理堤岸，昼夜辛勤忙碌。

后来赵泰又做了水官都督，负责地狱中的各项事宜。给了赵泰兵马，让他在地狱中巡视，他所到的不同地狱，各种各样的毒刑都不跣，相牵而行。有持大仗，从后催促。铁床铜柱，烧之洞然。驱迫此人，抱卧其上，赴即焦烂，寻复还生。或炎炉巨镬，焚煮罪人，身首碎坠，随沸翻转。有鬼持叉，倚于其侧。有三四百人，立于一面，次当入镬，相抱悲泣。或剑树高广，不知限极，根茎枝叶，皆剑为之。人众相訾，自登自攀，若有欣竞，而身体割截，尺寸离断。泰见祖父母及二弟，在此狱中涕泣。泰出狱门，见有二人，赍文书来，说狱吏，言有三人，其家为于塔寺中悬幡烧香，救解其罪，可出福舍。俄见三人，自狱而出，已有自然衣服，完整在身。南诣一门，名开光大舍。有三重门，朱彩照发。见此三人，即入舍中，泰亦随入。前有大殿，珍宝周饰，精光耀目，金玉为床。见一神人，姿容伟异，殊好非常，坐此座上。边有沙门，立倚甚众。见府君来，恭敬作礼。泰问此是何人，府君致敬。吏曰："号名世尊，度人之师。"有顷，令恶道中人，皆出听经。时有万九千人，皆出地狱，入百里城。在此到者，奉法众生也。行虽亏殆，尚当得度，故开经法。七日之中，随本所作善恶多少，差次免脱。

泰未出之顷，已见十人，升虚而去。出此舍，复见一城，方二百余里，名为受变形城。地狱考治已毕者，当于此城，更受变报。泰入其城，见有土瓦屋数千区，各有房舍。正中有瓦屋高壮，栏槛采饰。有数百局吏，对校文书。云："杀生者当作蜉蝣，朝生暮死；劫盗者当作猪羊，受人屠割；淫逸者作鹤鹜鹰麋；两舌作鸱相同。有用针穿透舌头，遍体鳞伤血流不止。有的人披头散发，赤身赤足，相互牵引着前行。后面有人拿着大木棒，一直在催促。铁床铜柱，烧得能看见里面的火。驱赶强迫犯罪的人抱住铁床趴在上面，上去身体立马就会被烧焦，然后又重新活过来。还有火炉或者大锅，用来烧煮罪人，身体和脑袋粉碎后，放在锅里随着沸水翻转。旁边有鬼拿着叉站在旁边。有三四百人，统一站在旁边，按顺序进入锅中，相互拥抱着悲伤哭泣。有很高的剑树，不知道极限在哪里，树的根茎和枝叶，全都是用剑做成的。旁边的人相互抱怨，各自攀登上去，看起来很高兴的互相比赛，但是身体又被切割成一截一截的。赵泰看见他的祖父祖母和二弟，都在这个狱中哭泣。赵泰走出狱门，看见有两个人抱着文书过来。他告诉狱吏。里面有三个人，他们家在塔寺中悬挂招魂幡和烧纸，请求解除他们的罪孽，已经可以走出福舍。过了一会儿看见三个人，从狱中出来，还是穿着阳间的衣服，整齐地穿在身上。向南有一个门，名叫开光大舍。里面有三重门，闪着红光。只看见这三个人，走近开光大舍中，赵泰也跟着进去。前面有一个大殿，使用各类珍宝装饰，金光闪闪十分耀眼，床是用金玉做的。看见里面一个神人，身姿挺拔容貌不凡，与众不同，坐在殿中座上。旁边站着和尚，看起来人数很多。看见府君走过来，对着中殿人恭敬行礼。赵泰问这是什么人，怎么府君都要向他行礼？狱吏说："法号世尊，是超度人的法师。"过了一会儿，下令让有恶性的人，都出来听经。当时有一万九千多人，全部从地狱出来，来到百里城。到这里的人，很多都是在人间奉公守法的人，但是行为有所亏损，还可以得到超度，所以让僧人过来讲经超度。讲经的七天之中，根据本人在人间所做善恶的多少，分别给予超脱。

赵泰还没出去的时候，就看见有十个人，腾空而去。走出大舍后，又看见一座城池，方圆相距二百多里，名为受变形城。在地狱中结束惩罚的人，会来到这座城池，接受下辈子变形的报应。赵泰进入这座城池，看见有数千个土瓦房，各处都有房舍。正中间的瓦房十分高大，栏槛都是用彩色装饰。有小吏数百名，正在校对阅览文书，说："前世杀生的人应当变作蜉蝣，早上出生晚间死亡；前世抢劫偷枭鸺鹠；捍债者为骡驴牛马。”泰案行毕，还水官处。主者语泰，卿是谁者子，以何罪过而来在此。泰答：“祖父兄弟，皆二千石。我举孝廉，公府辟不行。修志念善，不染众恶。”主者曰：“卿无罪，故相使为水官都督。不尔，与地狱中人无以异也。”泰问主者曰：“人有何行，死得乐报？”主者言：“唯奉法弟子，精进持戒，得乐报，无有谪罚也。”泰复问曰：“人未事法时，所行罪过，事法之后，得以除否？”答曰：“皆除也。”语毕，主者开藤箧，检年纪，尚有余算三十年在，乃遣泰还。临别，主者曰：“已见地狱罪报如是，当告世人，皆令作善。善恶随人，其犹影响，可不慎乎？”时亲表内外候视泰者，五六十人，同闻泰说。

泰自书记，以示时人。时晋太始五年，七月十三日也。乃为祖父母二弟，延请僧众，大设福会。皆命子孙，改意奉法，课观精进。士人闻泰死而复生，多见罪福，互来访问。时有太中大夫武城孙丰、关内侯常山郝伯平等十人，同集泰会，款曲寻问，莫不惧然，皆即奉法。(出《冥祥记》)

袁廓

宋袁廓字思度，陈郡人也。元徽中，为吴郡丞。病经少日，奄然如死，但余息未尽。棺衾之具并备，待毕而殓。三日而能转动视瞬。自说云，有使者称教唤，廓随去。既至，有大城池，楼堞高盗的人应当变成猪羊，下辈子任人宰割；前世淫荡放肆的人应当变成飞禽走兽；前世喜好搬弄是非的人应当变成叫声难听的鸟；前世借债不还的人应当变成任人驱使的牛马骡驴。赵泰在这里看完，又回到他的水官督府。主事的人问赵泰，你是谁的儿子？有什么罪过来到这里？赵泰回答说："我的祖父和兄弟，都是只有两千石俸禄的官。我之前被乡里推举为孝廉，公府让我去任职我没去。在家中专心做善事，从来没做过伤害人的事。"主事人说："你没有罪过，所以才让你做了水官都督。如若不然，你和这地狱中的其他人也没什么区别。"赵泰又问主事人："人在世间应该做什么事，才能得到更好的福报？"主事人说："只有尊奉佛法的弟子，精心修炼戒律，这样才能得到福报，不受到惩罚。"赵泰又问："人在没有修习佛法的时候犯的过错，修习佛法以后可以免除吗？"回答说："全都可以免除。"说罢，主事人打开藤箱，检查赵泰的年纪，看他还有剩余的三十年阳寿。于是将赵泰遣返回人间。临别之际，主事人对赵泰说："你在这里已经见识到了各种罪恶得到报应的方式，你回去应该告诉世人，都应该多做善事。善恶总是如影随形，这种影响很大，怎么能不慎重行事呢？"赵泰醒来后探视的人有五六十个，都听到了赵泰的说法。

赵泰后来做了自传，用此事来告示世人。当时是西晋武帝泰始五年，七月十三日。他为祖父母和二弟，请了很多和尚，设立福会。后来又命令自己的子孙奉行佛法，并经常观察他们是否上进。一些读书人听说赵泰死而复生，在地狱见了很多关于因果报应的事，都来拜访。当时有太中大夫武成人孙丰和关内侯常山人郝伯平等十余人，约好来会见赵泰，诚心发问，听到后都很害怕，全都开始奉法做善事。（出《冥祥记》）

袁廓

北宋袁廓，字思度，是陈郡人士。南朝宋后废帝元徽年间，任职吴郡丞。病了几天，奄奄一息就像快死了一样，但是还有一口气在。棺材和被子之类的东西已经全部准备好，就等着死后直接入殓。三天后却可以转动眼珠看东西。自己开口说：有个使者说有人叫他，整，阶闱崇丽。既命廓进，主人南面，与廓温凉毕，命坐。设酒炙，果粽菹者等味，不异世中。酒数行，主人谓廓曰："主簿不幸有阙，以君才颖，故欲相屈，当能顾怀不？"廓意知是幽途，乃固辞凡薄，非所克堪。加少穷孤，兄弟零落，乞蒙恩放。主人曰："君当以幽显异方，故辞耳。此间荣禄服御，乃胜君世中，甚贪共事。想必降意，副所期也。"廓复固请曰："男女藐然，并在龆龀，仆一旦供任，养视无托。父子之恋，理有可矜。"廓因流涕稽颡。主人曰："君辞让乃尔，何容相逼？愿言不获，深为叹恨。"就案上取一卷文书，勾点之。既而廓谢恩辞归。主人曰："君不欲定省先亡乎？"乃遣人将廓行，经历寺署甚众，末得一垣门，盖囹圄也。将廓人中，叙趣一隅有诸屋宇，骈阗相接。次有一屋弊陋，见其所生母羊氏在焉，容服不佳，甚异平生，见廓惊喜。户边有一人，身面伤疾，呼廓。廓惊问谁，羊氏曰："此王夫人，汝不识耶？"王夫人曰："吾在世时，不信报应。虽无余罪，正坐鞭挞婢仆过苦，受此罚。亡来痛楚，殆无暂休。今特小时宽隙耳。前唤汝姊来，望以自代，竟无所益，徒为忧聚。"言毕涕泗。王夫人即廓嫡母也，廓娣时亦在侧。有顷，使人复将廓去，经涉巷陌，闾里整顿，似是民居。末有一宅，竹篱茅屋，见父凭案而坐。廓入门，父扬手遣廓曰："汝既蒙罢，可速归去，不须迟也。"廓跪辞而归，至家即活。（出《法苑珠林》）

他就跟着去了。到了的时候，看到一座大城市，城墙和城楼都很高大齐整，台阶和小门十分华丽。小吏带着袁廓进去。主人面朝南坐着，袁廓进去后寒暄片刻就座。主人设置了宴席，酒、菜肴、瓜果等东西和人间的没有区别。酒过三巡后，主人对袁廓说："我这里有个主簿的职位空缺，我很欣赏你的能力，所以想邀请你屈尊担任这个职位，不知道你愿意吗？"袁廓知道这是在冥界，坚决推辞这个官职，说自己无法胜任。年少时期家中贫苦，现在兄弟大多凋零不在，请您将我放回去。主人说："你可能觉得冥界和人间不一样，所以才辞让不肯。这里的吃穿用度荣华富贵享之不尽，肯定比你在人间好很多，我很想与你一同做事。想来你应该是会同意的，请不要辜负我的期待。"袁廓又坚决推辞请求说："家中儿女尚且年幼，正是稚龄，我如果在这里做官，谁能养育他们呢。父子之间的感情，希望可以得到您的怜悯。"袁廓跪在地上痛哭流涕并且磕头作揖。主人说："你既然这么坚定地拒绝，我怎么还能逼迫你呢？我的期待没有满足，十分遗憾。"主人从案桌上取下来一卷文书，用笔在上面勾画。此时袁廓想要谢恩回家。主人说："你想看一看之前死去的人吗？"于是派人领着袁廓走，途径了很多寺庙衙署，最后到了一个衙署门前，看样子是一座监狱。把袁廓带进去，看到旁边有很多按照顺序建造的房屋，井然有序地连接在一起。后面一排房屋有些简陋，袁廓看见自己的亲生母亲羊氏也在这里，脸上很脏，衣服乱糟糟，和活着的时候完全不一样。她看到十分惊喜。门边还有一个人，脸上和身上全都有伤痕，她和袁廓打招呼，袁廓惊讶地问这是谁？母亲羊氏说："这是王夫人，你认不出来了吗？"王夫人说："我在世的时候，并不相信因果报应。虽然没有什么重罪，但因为经常鞭打丫鬟仆人，遭受这样的惩罚。死后便遭受这种痛楚，没有停止的时间。今天额外给了点休息的时间。之前将你姐姐叫过来，希望可以代替她受罚，看来也不行了，只能徒劳的，忧伤的在这里见一面。"说完就痛哭流涕起来。王夫人是袁廓的嫡母，袁廓的妹妹也在旁边。过了一会儿。有人过来将袁廓带走，又经过了很多街道小巷，房舍建筑十分整齐，就像是民房一样。最后有一个宅院，竹篱笆做的草房，袁廓看见父亲坐在案桌前。

曹宗之

高平曹宗之，元嘉二十五年，在彭城，夜寝不寤，旦亡。晡时气息还通。自说所见：一人单衣帻，执手板，称北海王使者，殿下相唤，宗之随去。殿前中庭，有轻云，去地数十丈，流荫徘徊。帷幌之间，有紫烟飘飘。风吹近人，其香非常。使者曰："君停阶下，今入白之。"须臾，传令谢曹君："君事能可称，久怀钦迟，今欲相屈为府佐。君今年几，尝经卤簿官未？"宗之答："才干素弱，仰惭圣恩。今年三十一，未尝经卤簿官。"又报曰："君年算虽少，然先有福业，应受显要，当经卤簿官。乃辞身，可且归家，后当更议也。"寻见向使者送出门，恍惚而醒。宗之后任广州，年四十七。明年职解，遂还州病亡。（出《述异记》）

孙回璞

唐殿中侍医孙回璞，济阴人也。贞观十三年，从车驾幸九成宫三善谷，与魏徵邻家。尝夜二更，闻外有一人，呼孙侍医者。璞谓是魏徵之命。既出，见两人谓璞曰："官唤。"璞曰："我不能步行。"即取马乘之。随二人行，乃觉天地如昼日光明，璞怪而不敢言。出谷，历朝堂东，又东北行六七里，至苜蓿谷。遥见有两人，持韩凤方行。语所引璞二人曰："汝等错追，所得者是，汝宜放彼。"人即放璞。璞循路而还，了了不异平生行处。既至家，系袁廓进到里面，父亲挥手赶着他说："这里的事情你都已经看到了，赶紧离开吧，不要再耽误时间。"袁廓跪下辞别父亲回家，到家中就重新活了过来。（出《法苑珠林》）

曹宗之

高平人士曹宗之，南朝宋元嘉二十五年时期，在彭城，晚上睡觉没醒过来，天亮就死了。到了下午气息通畅，又重新活了过来。醒来后自己说着所见所闻：他死后看到一个人身穿单衣扎着头巾，手拿竹板，自称是北海王的使者，说殿下呼唤曹宗之，曹宗之便跟着他去了。殿前中庭，有轻云飘飘然，离地有数十丈，在树荫之间徘徊。帷幔飘荡之间，就像有紫气飘摇。风吹到人面前，泛起奇特的异香。使者说："你在台阶下等着，我前去通报一声。"过了一会儿，使者传令让曹宗之进去。然后对他说："你很有能力和才华，我已经仰慕你很久了，现在想委屈你在府中辅佐。你今年多大年纪，之前做过官职吗？"曹宗之回答说："我的才华和能力都很一般，有愧于先贤圣人。今年三十一岁，还没有当过官。"又对曹宗之说："你现在年龄还小，但是祖先有福报，应该会到重要的职位上，先回去做个官吧。你现在起来，先回家去，以后再商议此事。"刚开始的使者将曹宗之送出门，曹宗之恍惚之间清醒。后来曹宗之在广州当官，年龄至四十七岁时。第二年卸任后，从广州回来便病故了。（出《述巽记》）

孙回璞

唐朝宫中侍医孙回璞，济阴人士。唐太宗贞观十三年，他随行伴驾皇上来到九成宫三善谷，与魏征家是邻居。当夜晚上二更天，听到外面有个人，呼喊孙侍医。孙回璞以为是魏征的人来下命令，随即出来。看见两个人对孙回璞说："大官叫你。"孙回璞说："我不能步行。"于是骑上马跟着二人走，只觉得天地间亮得就像白天一样，孙回璞感到奇怪但是没敢问。出了三善谷，途径朝堂东侧，又往东北方向走了六七里路，到了苜蓿谷。远远地看见两个人挟持着韩凤方在前马，见婢当户眠，唤之不应。越度入户，见其身与妇并眠，欲就之而不得。但著南壁立，大声唤妇，终不应。屋内极明光，壁角中有蜘蛛网，中二蝇，一大一小。并见梁上所著药物，无不分明，唯不得就床。自知是死，甚忧闷，恨不得共妻别。倚立南壁，久之微睡，忽惊觉，身已卧床上，而屋中暗黑，无所见。唤妇，令起然火，而璞方大汗流。起视蜘蛛网，历然不殊，见马亦大汗。凤方是夜暴死。

后至十七年，璞奉敕，驿驰往齐州，疗齐王佑疾。还至洛州东孝义驿，忽见一人来问曰："君是孙回璞？"曰："是。君何问为？"答："我是鬼耳。魏太监追君为记室。"因出书示璞。璞视之，则魏徵署也。璞惊曰："郑公不死，何为遣君送书？"鬼曰："已死矣。今为太阳都录太监，令我召君。"回璞引坐共食，鬼甚喜谢。璞请曰："我奉敕使未还，郑公不宜追。我还京奏事毕，然后听命，可乎？"鬼许之。于是昼则同行，夜便同宿，遂至阌乡。鬼辞曰："吾今先行，度关待君。"次日度关，出西门，见鬼已在门外。复同行，到滋水。鬼又与璞别曰："待君奏事讫，相见也。君可勿食荤辛。"璞许诺。既奏事毕，访徵已薨。校其薨日，则孝义驿之前日也。璞自以必死，与家人诀别。而请僧行道，造像写经，可六七夜。梦前鬼来召，引璞上高山，山巅有大宫殿。既入，见众君子迎谓曰："此人修福，不得留之，可放去。"即推璞堕山，于是惊悟。遂至今无恙矣。（出《冥祥记》）

面走。对领着孙回璞的两个人说："你们追错人了，我们抓到的这个人才是对的，你们应该将他放了。"这两个人将孙回璞放回去。孙回璞顺着原路回去，和来的时候走的路一样。到家，将马拴好，看见婢女靠在门边睡觉，呼喊了没有回应。他越过婢女走进房间，看见自己的身体和妻子一起睡着，想上床又上不去。只好靠着南墙站立，大声喊着他妻子，妻子也不回答。房间里面很亮，墙角结着蜘蛛网，蜘蛛网上有两个苍蝇，一大一小。还能看到房梁上面挂着的药物，十分清晰可见，就是他想要上床却又上不去。他知道自己已经死了，十分苦恼，只恨自己不能和妻子告别。他倚靠在南墙上，慢慢睡着了，然后突然惊醒，身体已经在床上躺着了，屋子里面十分昏暗，什么都看不到。叫来妻子，让她点燃灯火，这时孙回璞身上大汗淋漓。起来查看之前的蜘蛛网，和看到的一样。随后他看到马也在流汗。韩凤方就在这天夜里暴毙而亡。

后来到了贞观十七年，孙回璞奉命，骑马前往齐州，治疗齐王的病症。回来时到了洛州东孝义驿站的时候，忽然看到一个人问他："你是孙回璞吗？"孙回璞回答："是。你找我有事情吗？"那人说："我是鬼，魏太监想让你去当记室官。"并将文书拿出来给孙回璞看。孙回璞一看，上面的确是魏征的名字。孙回璞惊讶地说："魏征还没有死呢，怎么就让你过来送文书给我？"鬼说：他已经死了，现在在阴间任职太阳都录太监，让我前来召你当官。孙回璞带着鬼一起吃饭，鬼十分高兴表示感谢。孙回璞请求说："我奉圣上的命令出使还没有回京述职，魏征这时不应该追我，等我回京向圣上禀明之后，再听命于他，可以吗？"鬼同意了。于是孙回璞白天和鬼同行，夜间一同住宿。抵达阌乡，鬼辞行说："我要先走了，过关后等你。"第二天过关后，出了西门，果然看见鬼已经在门外等候多时。重新同行出发，到了滋水，鬼再次和孙回璞告别说："等你回京禀明事情后，结束了再见。你不要吃荤腥和辛辣的东西呀。"孙回璞同意了。孙回璞回到京城禀明事情后，打听到魏征的确已经死了。查验了魏征死的时间，刚好是孙回璞到孝义驿站的前一天。孙回璞觉得自己肯定会死，于是和家人告别，请和尚做了道场，然后请人画像写经文。过了六七

李强友

李强友者，御史如璧之子。强友天宝末，为剡县丞。上官数日，有素所识屠者，诣门再拜。问其故，答曰："因得病暴死，至地下，被所由领过太山。见大郎作主簿，因往陈诉。未合死至，蒙放得还，故来拜谢。"大郎者，强友也。强友闻，惆怅久之。曰："死得太山主簿，亦复何忧？"因问职事何如。屠者云："太山有两主簿，于人间如判官也，傧从甚盛。鬼神之事，多经其所。"后数日，强友亲人死，得活，复去被收至太山。太山有两主簿，一姓李，即强友也。一姓王。其人死在王下，苦自论别。年尚未尽，忽闻府君召王主簿，去顷便回。云，官家设斋，须漆器万口。谓人曰："君家有此物，可借一用。速宜取之，事了即当放。"此人来诣强友云："被借漆器，实无手力。"强友为嘱王候，久之未决。又闻府君唤李主簿，走去却回。谓亲吏曰："官家嗔王主簿不了事，转令与觅漆器。此事已急，无可致辞，宜速取也。"其人不得已，将手力来取。拣阅之声，家人悉闻。事毕，强友领过府君，因尔得放。既愈，又为强友说之。强友于官严毅，典吏甚惧。衙后多在门外，忽传赞府出，莫不罄折。有窃视，见强友著帽，从百余人，不可复识，皆怪讶之。如是十余日，而强友卒。（出《广异记》）

天，孙回璞梦见之前的鬼来传召他，将他领到高山上，山顶上有座大宫殿。进到里面，看到里面很多君子迎上来和他说："这个人是积德行善的人，不能留在此处，放他回去吧。"随即一推，孙回璞便从这个山下掉下来，然后惊醒。到现在他的身体都没有病痛。（出《冥祥记》）

李强友

李强友此人，是御史李如璧的儿子。在唐玄宗天宝末年，任职剡县县丞。他为官不久，有一个他平日相识的屠夫，前来登门拜谢。他问感谢他的原因，屠夫回答说："我之前得病暴毙而亡，到了地下，被人领着过了太山。看见大郎你在地府做主簿，我向你求情。我还没到死期，承蒙你恩典放我回来。所以前来向你拜谢。"大郎就是李强友，李强友听到后十分惆怅。说："我死了之后能在太山当主簿，这也算是挺好的了吧？"然后又问屠夫，那边的主簿都要做什么？屠夫说："太山上一共两个主簿，就像人间的判官，手底下侍从众多。鬼神的事情，很多时候都是他去办理的。"后面又过了几日，李强友的亲人去世，又重新复活了。他又重新被收到太山。太山共有两个主簿，一个姓李，就是李强友。一个主簿姓王。李强友的亲人死在王主簿手下，他向王主簿诉说苦楚，言道自己阳寿未尽，忽然听到府君召唤王主簿，王主簿去了没一会儿就回来了。说，官家想要开设斋饭，需要漆器一万多套。王主簿对李强友亲人说，你家里有这种漆器，可以借过来用用。你快回去取过来，事情办完后就放了你。这人来找李强友说。需要借用的漆器太多，实在没有人手回去取。李强友听说是王主簿的叮嘱，十分犹豫不能决定。又听到府君召唤李主簿，李强友去了之后很快回来。对亲人说："官家责备王主簿事情没有办好，又安排我去将漆器找回来。这事很紧急，推辞不了，你现在马上回去取来。"这人没办法，只能带着人回去拿。搬动漆器的声音，家里人全都听到了。事情办完了，李强友带着亲人去见府君，这人就被放了回来。病情痊愈后，他找到李强友之后说了这件事。李强友做官十分严厉，手下官吏见他十分害怕。衙役站在外面，听到李强友要出府

韦广济

韦广济，上元中，暴死。自言初见使持帖，云，阎罗王追己为判官，已至门下，而未见王。须臾，衢州刺史韦黄裳复至。广济拜候。黄裳与广济为从兄弟，问汝何由而来。答云："奉王帖，追为判官。"裳笑曰："我已为之，汝当得去。"命坐久之，命所司办食。顷之食至，盘中悉是人鼻手指等。谓济曰："此鬼道中食，弟既欲还，不宜复吃。"因令向前人送广济还。及苏，说其事。而黄裳犹无恙，后数日而暴卒。其年，吕延为浙东节度，有术士谓曰："地下所由云，王追公为判官。速作功德，或当得免。"延之惶惧，大造经像。数十日，术者曰："公已得免矣，今王取韦衢州，其牒已行。"延之使人至信安，遽报消息。后十日，黄裳竟亡也。（出《广异记》）

郄惠连

大历中，山阳人郄惠连，始居泗上，以其父尝为河朔官，遂从居清河。父殁，惠连以哀瘠闻。廉使命吏临吊，赠粟帛。既免丧，表授漳南尉。岁余，一夕独处于堂，忽见一人，衣紫佩刀，趋至前，谓惠连曰："上帝有命，拜公为司命主者，以册立阎波罗王。"即以锦纹箱贮书，进于惠连曰："此上帝命也。"轴用琼钿，标以纹锦。又象笏紫绶，金龟玉带，以赐。惠连且喜且惧，心甚惶惑，不暇之后，全都弯腰低头行礼。有人偷偷看，看到李强友衣帽整洁，后面跟着百余人，再去看就不见了。看到的人都十分惊讶。如此过了十几天，李强友就去世了。（出《广异记》）

韦广济

韦广济，唐肃宗上元年间，突然暴毙而亡。自己说他当时看到一个使者拿着帖子，对他说，阎王让他过去当判官，他到了门口的时候，没看到阎王。过了一会儿，衢州刺史韦黄裳也来了这里。韦广济上前行礼问候，黄裳和广济是堂兄弟关系。黄裳问广济怎么来了这里。广济回答道："我奉阎王的帖子，说追我为判官。"黄裳笑着说："我已经是判官了，你可以回去了。"就让广济坐一会儿，让人去准备饭菜。没一会儿饭菜就做好上来，盘子里面都是人的鼻子和手指等东西。黄裳对广济说："这是鬼道里面的饭菜，你想要回去，就不能再吃了。"又叫带广济来的那个人将他重新送回去。广济苏醒后，便说了他的所见所闻，而韦黄裳刚开始身体健康，几日后突然暴毙。同年，吕延任职浙东节度使，有个江湖术士对他说："地狱的官差说，阎王想要追你为判官，你现在应该赶紧设立道场诵经念佛，有可能就免除了。"吕延十分惊惧，大设道场，造人像诵经书。十几天过后，那江湖术士对他说："你已经被免除了，阎王召唤了韦衢州，文书已经发出去了。"吕延派人到信安打听，赶紧上报得到的消息。十天后，韦黄裳突然身亡。（出《广异记》）

郄惠连

唐代宗时期大历年代，山阳有一个人叫郄惠连，最初住在泗水的上游地带，起初他父亲在河朔当官，所以他就和父亲一起住在清河。他父亲去世后，他因为过于悲痛，他的面容枯槁而闻名一时，负责巡查的使者到当地派人前去吊唁，送给他粮食和布匹。等到他守孝结束，皇帝亲自下旨，封他做漳南的尉官。过了一年多，有一天晚上，他一个人坐在堂前，突然看到一个穿着紫色衣服腰间佩刀的人，顾问，遂受之。立于前轩，有相者趋入，赞曰：“驱殿吏卒且至。”已而有数百人，绣衣红额，左右佩兵器，趋入，罗为数行，再拜。一人前曰：“某幸得为使之吏，敢以谢。”词竟又拜。拜讫，分立于前。相者又曰：“五岳卫兵主将。”复有百余人趋入，罗为五行，衣如五方色，皆再拜。相者又曰：“礼器乐悬吏，鼓吹吏，车舆乘马吏，符印簿书吏，帑藏厨膳吏。”近数百人，皆趋而至。有顷，相者曰：“诸岳卫兵及礼器乐悬车舆乘马等，请使躬自阅之。”惠连曰：“诸岳卫兵安在？”对曰：“自有所自有所耳。”惠连即命驾，于是控一白马至，具以金玉。其导引控御从辈，皆向者绣衣也。数骑夹道前驱，引惠连东北而去，传呼甚严。可行数里，兵士万余，或骑或步，尽介金执戈，列于路。枪槊旗旆，文绣交焕。俄见朱门外，有数十人，皆衣绿执笏，曲躬而拜者。曰：“此属吏也。”其门内，悉张帷帟几榻，若王者居。惠连既升阶，据几而坐。俄绿衣者十辈，各赍簿书，请惠连判署。

已而相者引惠连于东庑下一院，其前庭有车舆乘马甚多，又有乐器鼓箫，及符印管钥。尽致于榻上，以黄纹帊蔽之，其榻绕到他面前对他说："这个人来到他面前对他说，神帝有命，封你做主管司命的人来主持阎波罗王的册封。"然后用锦纹箱装起文书递给惠连说："这是神帝之令。"轴是用玉石和金银做成的，用带有花纹的锦绣做的装裱，又赐给惠连象牙做的笏板和紫色的绶带，以及金龟和玉带。他又是高兴又是害怕，心里很是惶恐迷惑，但却没有空隙详细询问，只好先接受了。他站在走廊前，有一个负责主持礼仪的人走到他跟前对他说："上殿的官吏和兵卒到了。"然后有数百个身穿绣衣红额，佩戴兵器的人，走进来，他们站成几排，拜见两次。其中一个人走上前说："我有此幸运能够成为您的下属，还请让我感谢您。"说完之后又一次拜见，他拜完之后就分开腿站在前边。主持礼仪的人又说道："五岳守卫士兵的主将到。"只见又是一百多个人向前走来，分别站成五排。他们的衣服也分为五种颜色，都再一次向他拜见。主持礼仪的人再次说道："掌管礼乐器械的官吏、负责鼓吹礼乐的官吏、掌管车辆马匹的官吏、掌管印章文书的官吏、掌管仓库和厨房的官吏。"将近好几百个人，都前趋上前。过了一小会儿，主持礼仪的人说："各个山岳的守卫士兵和掌管依仗车马的人，还请您亲自检阅。"惠连说道："五岳的守卫士兵在哪儿？"主持礼仪的人回答道："他们各自有各自的居所。"惠连于是下令摆驾，便牵来一匹白马，马具都是用金玉做的。前方引路开路的人为数众多，都穿着锦绣做成的衣裳。好几个骑兵跑在道路两旁引路，带着惠连向东北方向而去，骑兵相互之间传递命令十分严谨。走出几里路后，只见有一万多名兵士，有的是骑兵有的是步兵，全都身穿金甲手持战戈，在路旁列队。长矛和战旗烈烈交辉。不一会儿，只见到一扇朱红色大门外站着几十个人，都穿着绿衣服手拿笏板，弯腰参拜惠连。主持礼仪的人说道："这些都是你手下的官吏。"大门内，挂着帐帘，摆着几张桌榻，像王公们的居所一样。惠连走到阶上，坐在桌榻旁，立马有十多个绿袍官吏，带着各自的文书册子，请惠连批示。

然后负责主持礼仪的人又领着惠连到东边的一个院子，前院车马很多，还有很多鼓箫一类的乐器，一些印绶钥匙之类的放在桌案上用有花纹的黄布盖着，桌案四面设有围栏。还有一个用紫金写字的四墉。又有玉册，用紫金填字，以篆籀书，盘屈若龙凤之势。主吏白曰：“此阎波罗王之册也。”有一人具簪冕来谒，惠连与抗礼。既坐，谓惠连曰：“上帝以邺郡内黄县南兰若海悟禅师有德，立心画一册。有阎波罗王礼甚，言以执事有至行，故拜执事为司命主者，统册立使。某幸列宾掾，故得侍左右。”惠连问曰：“阎波罗王居何？”府掾曰：“地府之尊者也。摽冠岳渎，总幽冥之务。非有奇特之行者，不在是选。”惠连思曰：“吾行册礼于幽冥，岂非身已死乎？”又念及妻子，怏怏有不平之色。府掾已察其旨，谓惠连曰：“执事有忧色，得非以妻子为念乎？”惠连曰：“然。”府掾曰：“册命之礼用明日，执事可暂归治其家。然执事官至崇，幸不以幽显为恨。”言讫遂起。惠连即命驾出行，而昏然若醉者。即据案假寐，及寤，已在县。时天才晓，惊叹且久。自度上帝命，固不可免。即具白妻子，为理命。又白于县令，令曹某不信。惠连遂汤沐，具绅冕，卧于榻。是夕，县吏数辈，皆闻空中有声若风雨，自北来，直入惠连之室。食顷，惠连卒。又闻其声北向而去，叹骇。因遣使往邺郡内黄县南问，果是兰若院禅师海悟者，近卒矣。（出《宣室志》）

玉册，字体像是篆书，很有气势。主管这里的人说：“这是您受封阎波罗王的文书。”有一个戴着冕冠得人来拜见惠连，惠连跟他见礼便一起就坐。这对惠连说，天神说郫郡黄县南边的佛寺里的海悟禅师是最有功德的人，他早有谋划，想任命这个人做阎波罗王。因为这个仪式非常重大，我说你有很高的品德，因此拜你为司命主者，统管册立的事宜，我有幸为您的下属，所以可以在你的左右协助。”惠连问：“阎波罗王主管的事物是什么？”府掾说道：“他算是地府地位最高的人，能威震山河，总辖阴间一切事物，没有特别优秀的品行的人是当不了的。”惠连想道：“我在阴间负责册封的礼仪，难道我已经死了？”又想到了妻子和孩子，他的面上显现出难过的神色。府掾猜到他的想法，跟惠连说道：“我看你面有忧色，是想念家中的妻子儿女吗？”惠连说道：“是的。”府掾又说道：“册封仪式将在明天举行，现在你可以临时回家看看。做这里的执事官员权力是非常高的，不要觉得这里是阴间就反悔了。”说完就起身走了。惠连于是下令驾车马出行，昏沉沉好似醉酒。伏在案上就睡着了，等醒来的时候已经在县内了。此时天色刚亮，他想起这些经历感叹许久。他也考虑到，这是神帝的命令，是必不可免的，就将这件事告诉了妻子和孩子，让她们尽快准备自己的后事。又告诉了县令，县令叫曹某，不相信他所说的。惠连就用洗了个热水澡，穿好衣服，躺在床上。当天晚上，县里的有数个官吏，都听到空中风雨交加的声音从北边而来，直达惠连所在屋内。一顿饭的时间惠连就死了，然后又听到了声音向北去了。众人都惊骇不已，于是就让人到郫郡黄县南方探查，果然兰若院的禅师海悟最近也死掉了。（出《宣室志》）

卷第三百七十八 再生四

刘 宪　张 汶　隰州佐史　邓 俨　贝 禧　干 庆　陈 良
杨大夫　李主簿妻

刘 宪

尚书李寰，镇平阳时，有衙将刘宪者，河朔人，性刚直，有胆勇。一夕，见一白衣来至其家，谓宪曰："府僚命汝甚急，可疾赴召也。"宪怒曰："吾军中裨将，未尝有过，府僚安得见命乎？"白衣曰："君第去，勿辞，不然祸及。"宪震声叱之，白衣驰去，行未数步，已亡所在。宪方悟鬼也。夜深又至，呼宪。宪私自计曰："吾闻死生有命，焉可以逃之？"即与偕往。出城数里，至一公署，见冥官在厅，有吏数十辈，列其左右。冥官闻宪至，整巾帻，降阶尽礼。已而延坐，谓宪曰："吾以子勇烈闻，故遣奉命。"宪曰："未委明公见召之旨。"冥官曰："地府有巡察使，以巡省岳渎道路，有不如法者，得以察之。亦重事，非刚烈者不可以委焉。愿足下俯而任之。"宪谢曰："某无他才，愿更择刚勇者委之。"冥官又曰："子何拒之深耶？"于是命案掾立召洪洞县吏王信讫，即遣一吏送宪归。宪惊寤。后数日，寰命宪使北都，行次洪洞县，因以事话于县寮。县寮曰："县有吏王信者，卒数日矣。"（出《宣室志》）

刘宪

李寰任职尚书期间，镇守平阳时，有个叫刘宪的衙将，河朔人士，性格刚直，胆大勇敢。一天夜里，看见一个穿白色衣服的人到他家，对刘宪说："府衙下的命令很急，希望你赶紧应召出发。"刘宪生气地说："我身为军中副将，未尝有过什么过错，府衙召我过去的原因是什么？"白衣人说："你只需要过去，莫要推辞，不然肯定会有灾祸。"刘宪大声训斥他，白衣人赶紧离开，没走几步，就不知道去了哪里。刘宪才醒悟过来是这人是鬼。晚上夜深，白衣人又来呼唤刘宪。刘宪暗暗地想，我听闻生死有命，这怎么能逃脱呢。然后和他一起离开。出城走了数里，抵达一个公署门前，见地府大官坐在大厅，身边跟随小吏几十个，站在大官身边左右。地府大官听说刘宪到了，整理下衣帽，走下台阶以礼相待。等到刘宪就座后，他对刘宪说："我听说过你的刚烈勇敢，所以派人将你请过来。"刘宪说："我并不明白你召见我的原因。"地府大官说："地府里面有巡察使一职，职责是巡视各省份管事的官吏，发现有不尊法的，需要严格查处。这是很重要的一件事，不是刚烈勇敢的人不能上任。希望你可以屈尊来此就任。"刘宪推辞地说："我没有这个能力就任，希望你可以选择其他更勇敢的人委派。"地府大官又说："你怎么拒绝的这么坚决呢？"于是又命令负责案卷的人马上去召唤洪洞县县吏王信，然后派了个小吏将刘宪送回家，刘宪梦中惊醒。数日后，李寰命刘宪去北都出差，途径洪洞县，将这件事告诉了县寮。县寮说："我们县之前有个官吏叫王信，已经死了很多天。"（出《宣室志》）

张汶

右常侍杨潜，尝自尚书郎出刺西河郡。时属县平遥，有乡吏张汶者，无疾暴卒，数日而寤。初汶见亡兄来诣其门，汶甚惊，因谓曰："吾兄非鬼耶？何为而来？"兄泣曰："我自去人间，常常属念亲友，若瞽者不忘视也。思平生欢，岂可得乎？今冥官使我得归而省汝。"汶曰："冥官为谁？"曰："地府之官，权位甚尊。吾今为其吏，往往奉使至里中。比以幽明异路，不可诣汝之门。今冥官召汝，汝可疾赴。"汶惧，辞之不可，牵汶袂而去。行十数里，路曛黑不可辨，但闻马车驰逐，人物喧语。亦闻其妻子兄弟呼者哭者，皆曰："且议丧具。"汶但与兄俱进，莫知道途之几何。因自念："我今死矣，然常闻人死，当尽见亲友之殁者。今我即呼之，安知其不可哉？"汶有表弟武季伦者，卒且数年，与汶善，即呼之，果闻季伦应曰："诺。"既而俱悲泣。汶因谓曰："今弟之居，为何所也？何为曛黑如是？"季伦曰："冥途幽晦，无日月之光故也。"又曰："恨不可尽，今将去矣。"汶曰："今何往？"季伦曰："吾平生时，积罪万状，自委身冥途，日以戮辱。向闻兄之语，故来与兄言。今不可留。"又悲泣久之，遂别。呼亲族中亡殁者数十，咸如季伦，应呼而至。多言身被涂炭，词甚凄咽。汶虽前去，亦不知将止何所，但常闻妻子兄弟号哭及语音，历然在左右。因遍呼其名，则如不闻焉。

久之，有一人厉呼曰："平遥县吏张汶。"汶既应曰诺。又有

张 汶

京官右常侍杨潜，之前由尚书郎出任西河郡刺史。当时西河郡下属有个平遥县，县里有个乡吏叫张汶，无疾而终，过了几天又重新苏醒。刚死的时候张汶看到已经去世的哥哥来到家门前，张汶十分惊讶，问他："兄长不是已经成鬼了吗？为什么又回来了？"兄长哭泣着说："自从我离开人间，就经常思念亲朋好友，就像盲人怀念能看见的时光。思念活着时候的快乐，这怎么能再次得到呢？现在地府的大官让我回来再看看你。"张汶说："地府的大官是谁？"兄长说："地府的大官，权利和职位都很大。我现在是他手底下的小官，经常奉命到下边来。阴间和阳间的道路是不相同的，我不能随意到你家来。现在地府的大官要召见你，你赶紧过去吧。"张汶很惊惧，推辞不想去，被兄长牵着衣袖离开。走了十多里路，道路漆黑什么都不能分辨，只能听到车马奔驰和人们喧闹的声音。也能听到他的妻子和兄弟们呼喊哭泣的声音，都在说："现在快去准备丧葬的用品。"张汶一直和兄长前行，也不知道走了多久。暗暗想着，我现在应该已经死了，经常听人说人死之后，可以见到已经死去的亲友。现在我喊喊看，看可不可以见到他们。张汶有个表弟叫武季伦，已经死了很多年，生前与张汶关系很好，张汶喊了他名字。季伦果然有了回应："我在。"两人见面悲伤不已。张汶问表弟说："你现在住的地方，在哪里？怎么这么黑？"季伦说："阴间的路都很昏暗，这是没有日月之光的原因。"表弟又说："我已经十分后悔，现在要离开了。"张汶说："你要去哪里？"季伦说："我活着的时候，积了很多罪孽。自从来到冥界，每天都饱受羞辱和摧残。刚才听到你的呼喊，这才过来和兄长说会儿话。不能久留在此。"又伤心地哭泣了很久，才离开。张汶又呼喊了几十个死去的亲友，都像季伦一样，一喊就到。大多数都说身体被摧残的情况，话语间十分凄惨。张汶虽然一直在前行，但是不知道要走到哪里，经常能听到妻子和兄弟们的哭号和说话声音，就像在左右旁边。张汶喊遍他们的名字，他们也没有听到。

过了很长时间，听到一个人严厉地喊道："平遥县吏张汶。"张汶赶紧回答是。又有一个人愤怒地呵斥张汶，问他生平犯过多少过一人责怒汶，问平生之过有几，汶固拒之。于是命案掾出汶之籍。顷闻案掾称曰：“张汶未死。愿遣之。”冥官怒曰：“汶未当死，何召之？”掾曰：“张汶兄今为此吏，向者许久处冥途，为役且甚，请以弟代。虽未允其请，今自召至此。”冥官怒其兄曰：“何为自召生人，不顾吾法。”即命囚之，而遣汶归。汶谢而出，遂独行，以道路曛晦，惶惑且甚。俄顷，忽见一烛在数十里外，光影极微。汶喜曰：“此烛将非人居乎？”驰走，望影而去。可行百余里，方觉其影稍近。追而就之，乃见己身偃卧于榻。其室有烛，果汶见者，自是寤。汶即以冥中所闻妻子兄弟号哭及议丧具，讯其家，无一异者。（出《宣室志》）

隰州佐史

隰州佐史死，数日后活。云，初阎罗王追为典史，自陈素不解案。王令举其所知，某荐同曹一人，使出帖追。王问佐史，汝算既未尽，今放汝还。因问左右，此人在生有罪否。左右云：“此人曾杀一犬一蛇。”王曰：“犬听合死，蛇复何故？枉杀蛇者，法合殊死。”令某回头，以热铁汁一杓，灼其背。受罪毕，遣使送还。吏就某索钱一百千文。某云：“我素家贫，何因得办？”吏又觅五十千，亦答云无。吏云：“汝家有胡钱无数，何得诉贫？”某答：“胡钱初不由己。”吏言取之即得，何故不由。领某至家取钱，胡在床上卧，胡儿在钱堆上坐，未得取钱，且暂入庭中。狗且吠之，某以脚蹴，狗叫而去。又见其妇营一七斋，取面作饭。极力呼之，妇殊不闻。某怒，以手牵领巾，妇踬于地。久之，外人催之。及出，胡儿错。张汶固执的拒绝回答。于是此人让负责命案的小吏取出张汶的名册。过了会儿听到掌管文书簿籍的官吏说：“张汶还没有到死期，应该将他遣送回去。”地府大官愤怒地说：“既然张汶不应该死，那怎么将他召过来了？”官吏说：“张汶的兄长在这里做小吏，已经受罪很久了，想让他的弟弟代替他，但是他的请求没有被同意，于是他将他弟弟召了过来。”地府大官对张汶兄长发怒说：“你为何随意自己召来人间的人，枉顾我们的法律条款。”下令将他关押囚禁，遣送张汶回去。张汶道谢后走了出来，一个人独行。单路十分晦暗，心中惶恐万分。过了一会儿，忽然看见数十里外有星星点点烛光，光亮很微弱。张汶欣喜地说：“有烛光的地方肯定就有人居住吧？”他快步行走，向着光影方向过去。又行走了一百多里，才感觉光影离得近了点。赶紧靠近光影的地方，看到自己就躺卧在床上。房间里面有烛光，果真是张汶刚才看见的烛光。到此处才醒过来。张汶将在地府中听到妻子和兄弟要准备丧葬用品的事情，问询家人，每件事都是一样的。（出《宣室志》）

隰州佐史

隰州佐史死了，过了数日又重新复活。他说道：刚死的时候地府阎王要封他为典史，他说自己从没有办过案件。阎王知道后让他举荐认识的人，他便举荐了一个同事，阎王遣人过去拿帖子召唤。阎王对佐史说，你的阳寿还没有完，现在就将你放回去。然后问他旁边的小吏，这人生前有没有犯过罪，小吏说：“这人曾经杀过一条狗一条蛇。”阎王说：“狗是可以死的，为什么要杀蛇呢？没有缘由杀蛇的人，是要受到特别的处罚。”命令佐史回过头，用一勺热铁汁，灼烫他的后背。处罚结束后，遣人将他送回来。将他送回去的小吏问佐史要一百千文钱。佐史说：“我家中素来贫苦，怎么能办到这事呢？”小吏改口又要五十千文钱，佐史还是没有。小吏说：“你家中的胡钱数不胜数，怎么能说很穷呢？”佐史说：“胡钱由不得我用。”小吏说你拿过来就可以了，怎么还能不由得你用。小吏领佐史回家取钱，躺在床上，胡儿在钱堆上面坐着，没有办法取钱。暂时回到中庭中。狗犹在钱上。某劲以拳拳其胁，胡儿闷绝，乃取五十千付使者。因得放，遂活。活时，胡儿病尚未愈。后经纪竟折五十千也。（出《广异记》）

邓俨

会昌元年，金州军事典邓俨，先死数年。其案下书手蒋古者，忽心痛暴卒。如人捉至一曹司，见邓俨喜曰："我主张甚重，籍尔录数百幅书也。"蒋见堆案绕壁，皆涅楮朱书，乃绐曰："近损右臂，不能搦管。"旁有一人谓邓："既不能书，可令还也。"蒋草草被领还，陨一坑中而觉。因病，右手遂废。（出《酉阳杂俎》）

贝禧

义兴人贝禧，为邑之乡胥。乾宁甲寅岁十月，宿于茭渎别业。夜分，忽闻扣门者，人马之声甚众。出视之，见一人绿衣秉简，西面而立，从者百余。禧摄衣出迎，自通曰："隆，姓周，弟十八。"即延入坐，问以来意。曰："身为地府南曹判官，奉王命，召君为北曹判官尔。"禧初甚惊惧。隆曰："此乃阴府要职，何易及此，君无辞也。"俄有从者，持床榻食案帷幕，陈设毕，满置酒食，对饮良久。一吏趋入白："殷判官至。"复有一绿衣秉简，二从者捧箱随之，箱中亦绿衣。殷揖禧曰："命赐君，兼同奉召。"即以绿裳为禧衣之。就坐共饮，可至五更。曰："王命不可留矣。"即相与同行。禧叫着咬他们，佐史用脚把狗踢开，狗一边叫着跑了。然后看见妇人在烧头七的纸，取了面来做饭。他用力喊叫，妇人就像没听到一样，佐史发怒，用手去扯她围着的领巾，妇人倒在地上。过了好长时间，小吏在外面催促他。他出来后，胡人还在钱堆上坐着，佐史用拳头全力打胡儿的肋骨，胡儿昏了过去。他取了五十千给小吏。小吏才将他放了，然后活过来。活了之后，胡儿的病还没有痊愈。后来他做生意刚好赔了五十千文钱。（出《广异记》）

邓俨

唐武宗会昌元年，邓俨任职金州军事典官，已经死了很多年。他属下的书记员有个叫蒋古的，忽然心痛暴毙而亡。他被人抓到阴间地府中，见到了邓俨，邓俨兴奋地说："我做的事情很重要，希望你帮我将这几百幅文书抄录。"蒋古看到书案上堆集了很多文书，全都是黑色的纸红色字。便说谎道："最近右边手臂受伤，不能拿笔写字。"旁边一个人对邓俨说："既然不能写字，那就让他回去吧。"蒋古又被匆匆忙忙地送回去，掉进一个大坑里面就醒过来了。后来他生病，右手因此废了。（出《酉阳杂俎》）

贝禧

义兴人贝禧，在乡镇做一个小官吏，唐昭宗乾宁甲寅年十月，晚上住在茭渎的别墅中。半夜时分，忽然听到有敲门的声音，听着有很多人和马匹嘶叫的声音。贝禧出去看，看到一个穿着绿衣服拿着简书的人，面朝西站立，有一百多个随从。贝禧穿好衣服出去相迎，绿衣人介绍自己说："我单名一个隆，姓周，排行第十八。"贝禧将他请进屋里坐，询问他们的原因。绿衣服的人说："我是地府的南曹判官，现今奉阎王命令，传召你任职北曹判官。"贝禧听到后十分惊惧。周隆说："北曹判官在地府中是很重要的官职，阴府中重要的职务，并不容易得到，你没有推辞的理由。"过了一会儿身边随侍的人，拿来了床榻、食案和帷幕，陈设完毕后，又满满地摆了酒和饭菜，二人对曰："此去家不远，暂归告别，可乎？"皆曰："君今已死，纵归，可复与家人相接耶？"乃出门，与周、殷各乘一马，其疾如风，涉水不溺。至暮，宿一村店，店中具酒食，而无居人。虽设灯烛，如隔帷幔。云已行二千余里矣。向晓复行，久之，至一城，门卫严峻。周、殷先入，复出召禧。凡经三门，左右吏卒，皆趋拜。复入一门，正北大殿垂帘。禧趋走参谒，一同人间。既出，周谓禧曰："北曹阙官多年，第宅曹署，皆须整缉。君可暂止吾家也。"即自殿门东行，可一里，有大宅，止禧于东厅。顷之，有同官可三十余人，皆来造请庆贺。遂置宴。宴罢，醉卧。至晓，遍诣诸官曹报谢。复有朱衣吏，以王命至，钱帛车马饔饩甚丰备。

翌日，周谓禧曰："可视事矣。"又相与向王殿之东北，有大宅，陈设甚严，止禧于中。有典吏可八十余人，参请给使。厅之南大屋数十间，即曹局，簿书充积。其内厅之北，别室两间，有几案及数书厨，皆杂宝饰之。周以金钥授禧曰："此厨簿书，最为秘要，管钥恒当自掌，勿轻委人也。"周既去，禧开视之。书册积叠，皆方尺余。首取一册，金题其上陕州字。其中字甚细密，谛视之，乃可见，皆世人之名簿也。禧欲知其家事，复开一厨，乃得常州簿。阅其家籍，见身及家人世代名字甚悉，其已死者，以墨钩之。

饮喝了很久。一名小吏进来说："殷判官到了。"又看到一个穿着绿衣服拿着简书的人过来，身边两个随从捧着箱子跟随，箱子里面装着绿色衣服。殷判官向贝禧作揖行礼说："这是阎王下令赐给你的，同时奉召而去。"立即给贝禧穿上绿色衣服。他们坐下来一起喝酒，快到五更天的时候，说："阎王下令不可久留此地。"邀请贝禧同行出发。贝禧说："这距离我家很近，我能暂时回去和家人告别吗？"所有人都说："你在人间已经死了，就算回去了，也是不能和家人见面接触的。"于是贝禧跟他们出门，与周、殷各自骑一马，行进速度如风，从水上过也没有溺下去。到了傍晚时分，宿在一个村庄的店里，店中备有酒肉饭菜，不过没人居住。虽然点了蜡烛，却如同帷幔里面一样黑暗。其他二人说已经行进了两千多里。天亮后继续往前走，过了很久，到了一座城池，守卫严格。周、殷两人先进去，然后又出来召唤贝禧。经过三道门，站在左右的吏卒，全都过来揖拜。然后又进一道门，正北方向大殿上悬挂着门帘。贝禧快步前去参拜，形式和人间没区别。等他出来，周隆对贝禧说："北曹判官缺了很多年，宅院和官署，都需要重新修整，你可以先住在我家里。"两人从殿门往东边走去，走了约一里路，看到一户大宅院，周隆让贝禧暂时住在东厅。过了一会儿，有同事官吏三十多个，全都过来祝贺。于是设置宴会。宴会结束后，喝醉了酒休息。天亮以后，贝禧又向其他前来拜访的官曹致谢。然后有穿红色衣服的官吏。奉阎王之命前来，送了很多钱财珠宝，车马和各种山珍十分丰富。

第二天，周隆告诉贝禧："你可以处理事务了。"然后和贝禧走到阎王殿东北方向，看见一处大宅院，陈设十分严格，周隆让贝禧在这里住。有八十几个典吏，参见请求安排差使。大厅南边有大屋十几间，隶属北曹的曹局，里面堆积着无数的典籍文书。府衙内厅北边有两间别室，放着案几和一些书橱，全都用宝物装饰。周隆将金钥匙交给贝禧说："这个书橱里面的名簿文书，是最机密要紧的，这把钥匙只能你自己永远掌握，不能轻易交给别人。"周隆离开后，贝禧打开书橱看。里面的书册堆堆叠叠，全都是一尺见方的大小。他先取了一本，书页题字有陕州两个金字。里面的字细细密密，仔细去看，勉至晚，周判官复至曰："王以君世寿未尽，遣暂还。寿尽，当复居此职。"禧即以金钥还授于周。禧始阅簿时，尽记其家人及己祸福寿夭之事，至是昏然尽忘矣。顷之，官吏俱至，告别。周、殷二人送之归。翌日夜，乃至茭渎村中。入室，见己卧于床上，周、殷与禧各就寝。俄而惊寤，日正午时，问其左右，云，死始半日，而地府已四日矣。禧既愈，一如常人，亦无小异。又四十余年乃卒。（出《稽神录》）

干 庆已下遇仙官再生。

晋有干庆者，无疾而终。时有术士吴猛，语庆之子曰："干侯算未穷。我为试请命，未可殡敛。"尸卧静舍，唯心下稍暖。居七日，猛凌晨至，以水激之，日中许，庆苏焉。旋遂张目开口，尚未发声。阖门皆悲喜。猛又令以水含洒，乃起，吐血数声，兼能言语，三日平复。初见十数人来，执缚桎梏到狱。同辈十余人，以次旋对。次未至，俄见吴君北面陈释，王遂敕脱械令归。所经官府，皆见迎接吴君。而吴君与之抗礼，即不知悉何神也。（出《幽明录》）

陈良

大元中，北地人陈良与沛国刘舒友善，又与同郡李焉共为商强可以看到里面的内容，写的都是人世间的名字。贝禧想知道关于他家的事情，又打开一个书橱，得到了常州的名簿。看他家的册子，可以看到家中世代祖先的名字，十分熟悉。已经去世的，就用黑色的墨勾画起来。到了晚上，周隆判官又过来说："阎王说你的阳寿还没完，让你先暂时回去，等阳寿尽了，再回来重新当判官。"贝禧把金钥匙重新还给周判官。贝禧刚开始看名簿的时候，已经记住了家人福祸阳寿的事情，可过了以后脑袋昏沉完全忘记了。过了一会儿，官吏全都过来，和贝禧告别，周、殷二人将贝禧送回来。第二天夜里，才回到茭渎村。进到室内，看见自己躺在床上，周、殷与贝禧分别就寝。贝禧过了一会突然惊醒，已经是正午时分。问他左右随从，说，已经死了大半天。然而地府中已经过了四天。贝禧痊愈后，和正常人一样，也没有不同的地方。又过了四十多年才去世的。（出《稽神录》）

干庆已下遇仙官再生。

晋朝时期有个叫干庆的，无疾而终。当时有个江湖术士叫吴猛，告诉干庆的儿子说："你父亲干侯的阳寿还没有结束。我可以尝试为他请求重生，你先不要将他出殡收敛。"干庆的尸体放在清静的室内，只有心口处留有余热。躺到第七天，吴猛凌晨到达，用水刺激尸体，中午时分，干庆醒了过来。然后睁开眼睛张开嘴，还不能说话。全家都从悲伤变成惊喜。吴猛又叫人用水喷洒在干庆身上，干庆站了起来。接着吐了好几口血，这时才能说话。三天后完全痊愈。刚死的时候他看到十几个人，拿着枷锁将他捉拿到牢房中。和他同时被抓过来的还有十几个人，他们依次被审讯。还没有轮到干庆，就看见吴猛在北面为干庆解释问题，阎王便下令让干庆脱掉枷锁回家去。途经的官府，都能看到迎接吴猛的人，吴猛也对他们回应了相同的礼数，但是看不出来是什么神仙。（出《幽明录》）

陈良

大元年间，北地人陈良和沛国人刘舒关系很好，陈良又和同郡贾，曾获厚利，共致酒相庆。焉遂害良，以苇裹之，弃之荒草，经十许日，良复生归家。说死时，见一人著赤帻，引良去，造一城门。门下有一床，见一老人，执朱笔，点校籍。赤帻人言曰："向下土有一人姓陈名良，游魂而已，未有统摄，是以将来。"校籍者曰："可令便去。"良既出，忽见友人刘舒，谓曰："不图于此相见。卿今幸蒙尊神所遣，然我家厕屋后桑树中有一狸，常作妖怪，我家数数横受苦恼。卿归，岂能为我说此耶。"良然之。既苏，乃诣官疏李焉而伏罪。仍特报舒家，家人涕泣云，悉如言。因伐树，得狸杀之，其怪遂绝。（出《幽明录》）

杨大夫

杨大夫者，宦官也，亡其名。年十八岁，为冥官所摄，无疾而死。经日而苏，云，既到阴冥间，有廨署官属，与世无异。阴官以案牍示之，见名字历历然。云，年寿十八岁而已，杨亦无言请托。旁有一人，为其请乞，愿许再生，词意极切。久之而冥官许，即令却还。其人亦送杨数百步，将别，杨愧谢之："不知即今再生之恩，何以为报？"问其所欲，其人曰："或遗鸣砂弓，即相报也。"因以大铜钱一百余与杨，俄然而觉，平复无苦。自是求访鸣砂弓，亦莫能致。或作小宫阙屋宇，焚而报之，如是者数矣。

杨颇留心炉鼎，志在丹石，能制返魂丹。有疾疫暴病死者，的李焉一起做生意，共同得了很多的利益，两人一起饮酒庆祝。李焉趁机将陈良杀害，用苇子将他的尸体包裹，抛尸在荒野中。过了十几天，陈良又重新复活回家。他说死了之后，看到一个戴着红头巾的人，领着他往前走，走到一个城门口。看到门下有一个床，上面有个老人，拿着红色毛笔，在校点名册。戴红色头巾的人说："下边有一个人姓陈名良，游魂而已，没有人负责，所以将他带了过来。"负责校籍的老人说："可以让他回到人间。"陈良出来后，忽然看到好朋友刘舒，刘舒对陈良说："不曾想在这里可以见到你。你今日有幸遇到尊神将你放回去，但是我家厕所后面屋子里面的桑树后面住着一只狐狸，这只狐狸经常兴风作怪，我家屡屡遭受横祸困扰。你回去之后，可以将我说的这件事转告一下吗？"陈良允诺了。醒过来之后，陈良去官府状告李焉认罪伏法。又专门去了刘舒家中转告他托付的事情，刘舒家人哭着说，全都按照你说的办。于是将桑树砍了，把抓到的狐狸杀死，兴风作怪的事情就杜绝了。（出《幽明录》）

杨大夫

杨大夫此人，是宦官，不知他的真实姓名。十八岁的时候，被地府官员抓捕，无疾而终。过了几天后又重新复活。他说，死了之前到阴间，那里同样有官府衙门，和人间没有区别。阴官将案卷拿给他看，他的名字历历在目，上面写道阳寿只有十八岁，杨大夫看完后也没什么好说的。旁边有个人，为杨大夫求情，想让他重生一次，言真意切。乞求了很久冥官才准许，下令让杨大夫重回人间。那个人将杨大夫送出去数百步，临别在即，杨大夫惭愧地道谢说："不知你对我的再造之恩，应该怎么报答呢？"杨大夫问他有什么想要的。这人说："你如果可以找到鸣砂弓，就当是对我的报答了。"然后又拿了一百多个大铜钱给杨大夫，过了一会杨大夫醒来，和平时一样并没有痛苦。此后杨大夫出外寻找鸣砂弓，并没有找到。有时候用纸做一些房屋宫殿，焚烧后来报答恩情，这样做了很多次。

杨大夫之前特别留意炉鼎之事，想要自己炼丹，希望制作出还魂丹。有人突然得急病猝死的，只需要一粒还魂丹，掰开嘴巴灌下去就研丹一粒，拗开其口，灌之即活。尝救数人。有阉官夏候，得杨丹五粒。戒云，有急即吞一丸。夏候一旦得疾，状甚危笃，取一粒以服之。既而为冥官追去，责问之次，白云："某曾服杨大夫丹一粒耳。"冥官即遣还。夏候得丹之效，既苏，尽服四丸。岁余，又见黄衣者追捕之。云，非是冥曹，乃太山追之耳。夏候随去，至高山之下，有宫阙焉。及其门，见二道士，问其平生所履，一一对答。徐启曰："某曾服杨大夫丹五粒矣。"道士却令即回。夏候拜谢曰："某是得神丹之力，延续年命，愿改名延，可乎？"道士许之。复活，因改名延矣。杨自审丹之灵效，常以救人。其子暄，因自畿邑归京。未明，行二十余里，歇于大庄之上。忽闻庄中有惊喧哭泣之声，问其故，主人之子暴卒。暄解衣带中，取丹一粒，令研而灌之，良久亦活。杨物产赡足，早解所任，纵意闲放，唯以金石为务。未尝有疾，年九十七而终。晚年，遇人携一弓，问其名。云："鸣砂弓也。于角面之内，中有走砂。"杨买而焚之，以报见救之者。其返魂丹方，云是救者授之，自密修制，故无能得其术者。（出《神仙感遇传》）

李主簿妻

选人李主簿者，新婚。东过华岳，将妻入庙，谒金天王。妻拜次，气绝而倒，唯心上微暖。过归店，走马诣华阴县求医卜之人。县宰曰："叶仙师善符术，奉诏投龙回。去此半驿，公可疾往迎之。"李公单马奔驰五十余里，遇之。李生下马，拜伏流涕，具言可以活过来。已经救治了很多人。有个宦官叫夏侯，得到了五粒杨大夫的还魂丹，杨大夫告诫他说，十分危急的时候服用一粒即可。夏侯有天早上得病，病情十分危急，取了一粒还魂丹服用。当即被冥官捉拿到阴间，问责他的时候，夏侯说："我之前服用过一粒杨大夫的丹药。"冥官又将他遣送回去。夏侯借助丹药的效果又重新活了过来，又将剩下的四粒全部吃完。过了一年，又看到黄衣使者追捕他。告诉他，这次不是地府要抓他，是太山神追捕他。夏侯随着他去了，到了一座高山下面，看到有宫殿。走到门口，有两个道士，询问夏侯的生平履历，夏侯全部一一回答。然后他慢慢地说，我之前服用过五粒杨大夫的丹药。道士叫他现在回去。夏侯拜谢之后说："我得到了神丹的力量，延续了阳寿，想改名叫延，能行吗？"道士同意了。夏侯便重新复活，从此之后改名叫延。杨大夫知道了丹药特殊的神效，经常用丹药来救人。他的儿子杨暄，因从城郊之地回京城。天未亮就出来，走了二十多里，在一个大庄里面休息。忽然听到庄子里面有哭嚎的声音，问道是什么原因？原来是主人的儿子突然暴毙。杨暄解开衣带，从里面取出一粒丹药，让人研磨后灌服给死者，一段时间后重新活了过来。杨大夫积攒下的家产十分富裕，自己也卸任返乡，闲情逸致的四处游玩，只是仍然以炼制丹药为主。他没有生过病，活到了九十七岁。晚年的时候，碰到一个人携带着一张大弓，询问大弓的名字。那人说："这是鸣砂弓。在弓的在角面里面，装这可以流动的砂子。"杨大夫将弓买来焚烧，用来报答当年地府中他人的再生之恩。他的返魂丹药方，也是救他的人传授给他的，他自己秘密的炼制，没有人可以得到他的妙方。（出《神仙感遇传》）

李主簿妻

候补官员李主簿，刚刚新婚。从东边路过华山，和新婚妻子一起进入庙中，参拜金天王。妻子刚拜完，便没了气息倒在地上，只有心口处还有余温。他回到住的地方，骑上马赶紧去华阴县城找医生和懂得占卜的人。县丞说："叶仙师很擅长符术研究，他奉圣上的旨意前去做法事。去那边只有半站路，你可以赶紧过去找他。"李主簿其事。仙师曰："是何魅怪敢如此？"遂与先行。谓从者曰："鞍驮速驰来。待朱钵及笔。"至店家，已闻哭声。仙师入，见事急矣，且先将笔墨及纸来。遂画符焚香，以水噀之。符化北飞去，声如旋风，良久无消息。仙师怒，又书一符，其声如雷，又无消息。少顷，鞍驮到，取朱笔等，令李左右煮少许薄粥，以候其起。乃以朱书一道符，喷水叱之，声如霹雳。须臾，口鼻有气，渐开眼能言。问之，某初拜时，金天王曰，好夫人。第二拜云，留取。遣左右扶归院，适已三日。亲宾大集，忽闻敲门，门者走报王。王曰："何不逐却。"乃第一符也。逡巡，门外闹甚。门者数人，细语于王耳。王曰："且发遣。"第二符也。俄有赤龙飞入，正扼王喉，才能出声。曰："放去。"某遂有人送，乃第三符也。李生罄装以谢，叶师一无所取。是知灵庙女子不得入也。（出《逸史》）

独自骑着马跑了五十多里，半途遇到。李主簿下马，跪拜后痛哭流涕，向叶仙师将妻子生病的经过全部说清楚。叶仙师说："什么魑魅鬼怪敢这样做？"于是和李主簿先走了。告诉随从说："你们快点骑马回去拿东西。等着你们取朱钵和笔回来。"到了店家，已经听到哭嚎声。叶仙师走进去，看到事态紧急，就先将笔墨和纸取出来。于是画符焚香，用水喷符纸。符纸化成灰往北边飞去，声音大的像旋风一样，很久没有消息传回来。叶仙师发怒，又画了一张符纸，焚烧的声音大如惊雷，等了很久又没回应。过了会儿，随从将东西驮到，取出叶仙师需要的朱笔等东西，然后让李主簿手下人煮了些粥，等待李主簿妻子醒来吃。然后又用朱笔画了一道符纸，喷水大声呼叫，声大如霹雳。过了一会儿，李妻口鼻中有了气息，逐渐睁开眼睛可以说话。问她怎么回事，她说，她刚跪拜的时候，金天王说，好夫人。拜第二次的时候说，留下来。然后让左右的人将我扶到院子里面，已经过了三天。亲朋好友全都齐聚，忽然听到敲门声音，看守过来跟金天王汇报，金天王说："怎么不驱逐？"这是第一道符纸。没一会，门外十分吵闹，好几个看守对金天王软言细语的劝告，金天王说："马上就将她送走。"这是第二道符纸。过了一会有红色的龙飞进来，扼住金天王的喉咙，金天王方能出声。赶紧说："放回去。"然后有人送她回来。这就是第三道符纸。李主簿备了厚礼感谢叶仙师，叶仙师什么都没取走。由此可以看出来有神灵的庙宇女人是不能进去的。（出《逸史》）

卷第三百七十九　再生五

刘薛

晋太元九年，西河离石县有胡人刘薛者，暴疾亡，而心下犹暖。其家不敢殡殓，经七日而苏。言初见两吏录去，向北行，不测远近。至十八重地狱，随报轻重，受诸楚毒。忽观世音语云："汝缘未尽，若得再生，可作沙门。今洛下、齐城、丹阳、会稽，并有阿育王塔，可往礼拜。若寿终，不堕地狱。"语竟，如坠高岩，忽然醒寤。因此出家，法名惠达，游行礼塔。次至丹阳，未知塔处。乃登越西望，见长干里有异气色，因就礼拜，果是先阿育王塔之所也。由是定知必有舍利，乃聚众掘之。入地一丈，得石牌三，下有铁函，函中复有银函，函中又有金函，盛三舍利及爪发。薛乃于此处造一塔焉。(出《塔寺记》)

李清

李清者，吴兴於潜人也，仕桓温大司马府参军督护。于府得病，还家而死，经夕苏活。说云，初见传教，持信幡唤之，云："公欲相见。"清谓是温召，即起束带而去。出门，见一竹轝，便令入中，二人推之，疾速如驰。至一朱门，见阮敬。时敬死已三十年矣。敬问清曰："卿何时来？知我家何似？"清云："卿家暴恶。"敬便雨泪，言："知吾子孙如何？"答云："且可。"敬云："我今令

刘薛

东晋孝武帝时期太元号第九年，西河离石县有个叫刘薛的胡人，突发急病死掉了，心脏的地方却还是温热的。家里的人不敢收敛殡葬，过了七天之后他就复活了。他对人说，刚开始有两个小吏带他往北走，不知道走了多远，来到十八层地狱，随行的按照报告的轻罪重罪，接受各种刑罚。观世音忽然说："你的凡间缘分未尽，你要是重生了，应该做和尚。洛下、齐城、丹阳、会稽这几个地方都有阿育王塔，你都要去参拜。这样你死了以后，就不用再进地狱了。"说毕，他感觉就像从高山掉下来，突然就醒来。从这以后他就出家了，法名叫惠达。他到处游历，参拜佛寺塔庙。来到丹阳的时候，不知道阿育王塔在哪里。他就上到高出向西观望，看到长干里那里有不同寻常的彩色气息，他就向那里参拜，果然那里就是阿育王塔的地方。因此他断定这里一定有舍利子。找来人挖掘，挖入地下一丈深，找到三个石碑，下面有个铁匣子，铁匣里有银匣，银匣里有金匣，里面放着三个舍利子，还有指甲和头发。刘薛就在这个地方修建建了一座佛塔。（出《塔寺记》）

李清

李清，是吴兴于潜人，在桓温大司马府任职参军都护。他在府中生病，回到家中就死了，过了一晚上又活过来。他说，刚死的时候看见传召他的小吏，手拿信番喊他名字，说："桓公想要见你。"李清想着是桓温要召见他，便起来扎好腰带跟着出去了。出门，看见一个竹车，他坐在里面，两个人推车，速度很快地跑。到一个红色大门前面，看到阮敬。这时候阮敬已经死去三十年了。阮敬问李清："你卿得脱，汝能料理吾家不？”清云：“若能如此，不负大恩。”敬言：“僧达道人是官师，甚被敬礼，当苦告之。”还内良久，遣人出云：“门前四层寺，官所起也。僧达常以平旦入寺礼拜，宜就求哀。”清往其寺，见一沙门语曰：“汝是我前七生时弟子，已经七世受福，迷著世乐，忘失本业。背正就邪，当受大罪。今可改悔，和尚明出，当相助。”清还先舉中，夜寒噤冻。至晓门开，僧达果出。清便随逐稽颡。僧达云：“汝当革为善，归命佛、法，归命比丘僧。受此三归，可得不横死。受持勤者，亦不经苦难。”清便奉受。又见昨所遇沙门，长跪请曰：“此人僧达宿世弟子，忘正失法，方将受苦。先缘所追，今得归命，愿垂慈愍。”答曰：“先是福人，当易拔济耳。”便还向朱门，俄遣人出云：“李参军可去。”敬时亦出，与清一青竹杖，令闭眼骑之。清如其言，忽然至家。家中啼哭，及乡亲塞堂，欲入不得。会买材还，家人及客，赴监视之，唯尸在地。清入至尸前，闻其尸臭，自念悔还。得外人逼突，不觉入。少时，于是而活。即营理敬家，分宅以居。于是归心法宝，劝信法教，遂作佳流弟子。（出《冥祥记》）

郑师辩

唐东宫右监门兵曹参军郑师辩，年未弱冠，暴死三日而苏。

什么时间来的？知道我家中情况现在怎么样吗？”李清说：“你家突然遭遇变故。”阮敬伤心落泪。他又问子孙现在怎么样？李清说还可以。阮敬说：“我现在让你回家，你能帮我照顾我家的人吗？”李清说：“如果真能如此，我必定不辜负你的大恩大德。”阮敬说：“僧达道人是个官师，十分受人敬重，将我的苦处向他诉说。”阮敬进去很长时间，让人出来说：“大门前的四层寺庙，是官府负责盖的。僧达道人每天清晨会入寺礼拜，你前去请求他解除苦难。”李清过去前面的寺庙，看见一个和尚对他说：“你是我前七世时候的弟子，已经七世享福，你迷恋人间享乐，忘记了自己本来主业。背叛正义亲近邪恶，应该受大罪惩罚。现在有改正的机会，和尚明天出来后，一定可以帮你的。”李清重新回到竹车中，晚上冷得直打哆嗦。等到天亮时分门开，僧达道人果然出来了。李清跪在地上叩拜。僧达道人说：“你从今往后应该去恶行善，潜心信奉佛法，皈依信奉比丘僧。你做到这三点，你可以免除横祸。经常供奉礼佛，同样不会遭受苦难。”李清接受条件。又遇到了昨天见过的和尚，跪在地上请求：“这个人是僧达前七世的弟子，忘记了正途佛法，正准备接受苦难惩罚。承蒙僧达师父相助，现在得以回归本心，愿您能以慈悲之怀拯救他。”和尚说：“他原本就是有福气的人，应该受到拨救的。”说完从红门走出去，过了会儿派遣人过来传话：“李参军可以离开了。”阮敬同时也出来了，给了李清一根青竹杖，叫他闭上眼睛骑着。李清按照他说的做，忽然就到家了。看到家里人正在痛哭，乡亲们也挤满了房间，想进也进不去。这会儿棺材刚买回来。家人和宾客全都过去看棺材，只有尸体躺在地上。李清走到尸体旁边，问到了尸体的臭味，心里有些后悔回来。外面的人突然进来，李清没感觉就进去了。过了一会，活了过来。随即赶紧去管理阮敬家中事业，让各族子弟分宅居住。然后皈依佛门，同时劝人向善，信奉佛法，后来成为佛教上流弟子。（出《冥祥记》）

郑师辩

唐东宫右监门兵曹参军郑师辩，年龄尚不满二十岁，暴毙死了后自言初有数人见收，将人入官府大门。有见囚百余人，皆重行北面立，凡为六行。其前行者，形状肥白，好衣服，如贵人。复行渐瘦恶，或著枷锁，或但去巾带，偕行连袂，严兵守之。师辩至，配入第三行，东头第三立，亦巾带连袂。辩忧惧，专心念佛。忽见平生相识僧来。入兵团内，兵莫之止。因至辩所，谓曰："平生不修福，今忽如何？"辩求请救。僧曰："吾今救汝得出，可持戒耶？""诺。"须臾，吏引入诸囚至官前，以次诘问。寻于门外，僧为授五戒，用瓶水灌其额，谓曰："日西当活。"又以黄帔一枚与辩，曰："披此至家，置净处也。"仍示归路，辩披之而归。至家，掖帔至床角上，既而目开身动，家人惊散，谓尸欲起。唯母不去，问曰："汝活耶？"辩曰："日西当活。"辩意时疑日午，问母，母曰："夜半。"方知死生相违，昼夜相及。既到日西，能食而愈，犹见帔在床头。及辩能起，帔形渐灭，而尚有光。七日乃尽，辩遂持五戒。

后数年，有友人劝食猪肉。辩不得已，食一脔。是夜，梦已化为罗刹，爪齿各长数尺，捉生猪食之。既晓，觉口醒唾血。使人视口，尽是凝血。辩惊，不敢复食肉。又数年，娶妻，家逼食，后乃无验。然而辩自五六年来，身臭有大疮，溃烂不愈，或恐以破戒之故也。唐临昔与辩同直东宫，见其自说。（出《冥报记》）

三天又复活。他说自己刚死的时候有很多人聚集在一块，把死后的人带进地府大门。看见几百个囚徒，全部排成一队面向北边站立，一共六行。最前面一行的人，每个都白白胖胖，穿着华贵的衣服，像是富贵的人。第二行的人身体瘦小面容凶恶，有的戴着枷锁，有的没有头巾和腰带，全都连在一起前行，身边的看守十分严厉。郑师辩到了后，排在第三行，从东数第三个，这一排也是每个人都连在一起。郑师辩十分担心惊恐，只在心里潜心念佛。忽然看见一个生前认识的和尚走过来。进入兵团里面，士兵没有阻止他。和囚犯一样走到郑师辩在的位置，和他说："你生前不修行福气，现在如何？"郑师辩求他救救自己。和尚说："我现在将你救出去，你能遵守戒律清规吗？"郑师辩说："可以。"过了一会儿，小吏领着囚犯到大官面前，按照次序进行询问。再来到门外，和尚传授五戒给他们，用瓶子里面的水浇灌在额头上。对他说："日落西山就能活过来。"又拿了一件黄披巾给郑师辩，说："你披着这个回家，将它放置在干净的位置。"于是给他示意他回去的路，郑师辩披着黄披巾回家。到家后，把黄披巾掖折在床角上。然后就睁开眼睛身体也能动了。家人全都害怕四散，说是尸体诈尸了。只有他的母亲没有跑，问说："你活过来了？"郑师辩说："日落西山就活过来了。"郑师辩以为是正午时分，询问母亲。母亲说："已经半夜。"他这才知道生死相违，白天和黑夜是相反的。等到日落西山，能吃饭就痊愈了，好似黄披巾还在床头上。等郑师辩能起床，披巾的影子慢慢消失了，只剩一点光还在。光亮七天后才完全不见。自此之后郑师辩便一直坚持五戒。

数年后，有朋友劝他吃猪肉，郑师辩没办法，只能吃了一块。当天晚上。梦到自己变成了恶鬼罗刹，爪子和牙齿有几尺长，活捉猪生吃。天亮之后，觉得口中腥臭都是血。叫人看自己嘴里，全部都是凝固的血块。郑师辩很惊讶，不敢再吃肉。又过了几年，他娶了妻子。家中人逼他吃肉，吃了后没有什么病症。然而郑师辩这五六年时间，身上发臭生了大疮，溃烂不能痊愈。恐怕是因为吃肉破戒的原因。唐代时期，临昔和郑师辩同在东宫为官，这事郑师辩自己说的。（出《冥报记》）

法 庆

凝观寺有僧法庆。造丈六挟纻像，未成暴死。时宝昌寺僧大智，同日亦卒。三日并苏，云，见官曹，殿上有人似王者，仪仗甚众。见法庆在前，有一像忽来，谓殿上人曰："庆造我未成，何乃令死？"便检文簿，云："庆食尽，命未尽。"上人曰："可给荷叶以终寿。"言讫，忽然皆失所在，大智便苏。众异之，乃往凝观寺问庆，说皆符验。庆不复能食，每日朝进荷叶六枝，斋时八枝，如此终身。同流请乞，以成其像。（出《两京记》）

开元选人

吏部侍郎卢从愿父，素不事佛。开元初，选人有暴亡者，以筭未尽，为地下所由放还。既出门，逢一老人著枷，谓选人曰："君以得还，我子从愿，今居吏部。若选事未毕，当见之，可为相谕。己由不事佛，今受诸罪，备极苦痛。可速作经像相救。"其人既活，向铨司为说之。从愿流涕请假，写经像相救毕。却诣选人辞谢，云："已生人间，可为白儿。"言讫不见。（出《广异记》）

崔明达

崔明达，小字汉子，清河东武城人也。祖元奖，吏部侍郎杭州刺史。父庭玉，金吾将军冀州刺史。明达幼于西京太平寺出家，师事利涉法师。通《涅槃经》，为桑门之魁柄。开元初，斋后，房中昼

法 庆

凝观寺有个叫法庆的僧人。正在打造高一丈六尺夹麻布的塑像，还没完成就暴毙死了。当时宝昌寺有个僧人叫大智，同天去世。过了三天又醒过来。说，在地府看到官府，大殿上坐着的人像阎王，随从依仗很多。他看见法庆在前面，有一尊像忽然过来，对大殿上的人说："法庆正在打造我的像还没完成，为什么下令让他死去？"说完检查册薄，说："法庆的饭食已经用尽，但是阳寿还没用尽。"对大殿上的人说："可以让他吃荷叶活到寿终正寝。"说完后，忽然眼前景象都没了，大智就醒了过来。众人十分诧异，前去凝观寺找法庆问清楚，两人的说辞是相符的。自此后法庆不能吃饭，每天早晨起来吃六枝荷叶，到吃饭的时候再吃八枝。如此活到了终老。同辈共同协助，塑像也完成了。（出《两京记》）

开元选人

吏部侍郎卢从愿的父亲，不相信神佛的存在。唐玄宗开元初年，吏部候补官员中有个暴毙而亡的，因为此人还有阳寿，被地府的官员放了回来。刚出门，与一戴着枷锁的老人相遇，老人对候补官员说："你可以回到世间了，我儿子是卢从愿，在吏部做吏部侍郎。如果选官的事情还没结束，你可以去找他，然后告诉他。我因为不相信神佛，在这里受了很多罪，罪罚十分痛苦。叫他赶快诵经塑像做法事救我于水火。"候补官员活了之后，向吏部的人说了这件事。卢从愿知道后痛哭流涕请假回家，立马写经塑像做法事救他父亲。办完事情后去候补官员家道谢。说："已经重生在人间，请告诉我的儿子。"说完就消失不见了。（出《广异记》）

崔明达

崔明达，小字汉子，清河东武城人士。他的祖父崔元奖，出任吏部侍郎杭州刺史。他的父亲是崔庭玉，出任金吾将军冀州刺史。崔明达小的时候在西京长安太平寺出家，师从利涉法师。他精通《涅槃寝。及寤，身在檐外。还房，又觉出。如是数四，心甚恶之。须臾，见二牛头卒，悉持死人，于房外炙之，臭气冲塞。问其所以，卒云：“正欲相召。”明达曰：“第无令臭，不惮行。”卒乃于头中拔出其魂，既而引出城中。所历相识甚众，明达欲对人告诉，则不可。既出城西，路径狭小，俄而又失二卒，有赤索系片骨，引明达行，甚亲之。行数里，骨复不见。明达惆怅独进，仅至一城，城壁毁坏。见数百人，洋铁补城。明达默然而过，不敢问。更行数里，又至一城。城前见卒吏数十人，和壂修方丈室。有绯衫吏，呵问明达，寻令卒吏推明达入室。累壂塞之，明达大叫枉。吏云：“聊欲相试，无苦也。”须臾，内传王教，召明达师。明达随入大厅，见贵彩少年，可二十许。阶上阶下，朱紫罗列，凡数千人。明达行入庭，窃心念：“王召我，不下阶。”忽见王在阶下，合掌虔敬，谓明达曰：“冥中深要阳地功德，闻上人通《涅槃经》。故使奉迎，开题延寿。”明达又念：“欲令开讲，不致塔座，何以敷演？”又见塔座在西廊下，王指令明达上座开题，仍于塔下设席。王跪，明达说一行，王云：“得矣。”明达下座至，王令左右送明达法师还。临别，谓明达，可为转一切经。

既出，忽于途中见车骑数十人，云是崔尚书。及至，乃是其祖元奖。元奖见明达不悦。明达大言云：“己是汉子，阿翁宁不识耶？”元奖引至厅，初问蓝田庄，次问庭玉，明达具以实对。元奖经》，是桑门掌控大权之人。唐玄宗开元初年，崔明达吃过饭后，在房间午睡。刚刚睡下，感觉身体到了屋子外面。回到里面，又感觉像是出去了。如此反复四次，心里厌烦极了。过了一会儿，看见两个牛头卒吏，都抱着死人，在房外烤，臭气冲天。他问在干什么，卒吏说："正想着召唤你出来。"明达说："只要不再散发臭味。我便不害怕和你走。"卒吏就从崔明达头上将他的灵魂抽走，随即引着出了城外。路上碰到很多相识的人，崔明达想和他们说话，但是却说不出来话。然后他们走出城西，道路十分狭窄，过了儿两个牛头卒吏不见了，有红绳系着骨片，领着崔明达往前走，距离很近。走了几里路，骨片也不见了。崔明达惆怅地独自前行，到了一座城市，城墙毁坏。看到数百人，在拿熔铁补城。崔明达默默地路过，没敢问。又前行了数里路，重新到了一座城市，城门前有十几个卒吏，在用砖坯整修一间小屋。旁边有个穿红衣的官吏，责问崔明达，然后让小卒将崔明达推到屋子里面。将砖坯垒起来把他堵起来，崔明达大喊冤枉。官吏说："让你试试而已，不会有痛苦的。"过了一会儿，城里面传出来阎王的命令，召唤明达法师。崔明达跟着随从进入大厅，看见一个衣着华贵十分出彩的少年，大约二十岁。台阶上下，穿红色紫色衣服的人罗列。崔明达走进中庭，暗暗在心底想，阎王召见我，怎么能不下台阶。忽然看见阎王站在台阶下面，合掌虔诚且恭敬，对着崔明达说："地府中也需要阳间的功德，听说法师精通《涅槃经》。所以让人迎接你过来，开课讲经延年益寿。"明达又在心中想着，想请我将经书，怎么不让我坐在塔座上，这要用什么来演讲？又看见塔座位于西廊下，阎王下令让崔明达上到塔座讲课，同时在塔座下面设置了坐席。阎王跪下听讲，崔明达说了一遍，阎王说，我明白了。崔明达从塔座下来，阎王命人将崔明达法师回去。临别，对崔明达说，希望可以为我们传授各种经书。

崔明达走出来，途中忽然看到有十几个人骑着马，说是崔大人。走近一看，原来是自己的祖父崔元奖。崔元奖见到崔明达不是很喜欢。崔明达大声说："我是汉子。您老人家不记得我了吗？"崔元奖将他领到大厅，先问了问蓝田庄，然后问他的父亲崔庭玉，崔明达全云："吾自没后，有职务，未尝得还家，存亡不之知也。"寻有吏持案至元奖处。明达窃见籍有明达名，云："太平寺僧，嵩山五品。"既毕，元奖问明达："得窥也。"明达辞不见。乃令二吏送明达诣判官，令两人送还家。判官见，不甚致礼。左右数客云："此是尚书嫡孙，何得以凡客相待？"判官乃处分二吏送明达，曰："此辈送上人者，岁五六辈，可以微贶劳之。"出门，吏各求五百千。吏云："至家，宜便于市致凿之，吾等待钱方去。"及房，见二老婢披发哭，门徒等并叹息。明不识其尸，但见大坑。吏推明达于坑，遂活。尚昏沉，未能言，唯累举手。左右云："要纸钱千贯。"明达颔之。及焚钱讫，明达见二人各持钱去，自尔病愈。初明达至王门，见数吏持一老姥，至明达所居，云是鄠县灵岩人。及入，王怒云："何物老婢，持菩萨戒，乃尔不洁。令放还，可清洁也。"及出，与明达相随行，可百余步，然后各去。明达疾愈，往诣灵岩，见姥如旧识也。（出《广异记》）

王抡

天宝十一年，朔方节度判官大理司直王抡，巡至中城，病死。凡一十六日而苏。初疾亟属纩之际，见二人追去，恍惚以为人间，不知其死也。须臾入大城门，见朔方节度李林甫，相见拜揖，以为平生时也。又见李邕、裴敦复数人，于一府庭，言责林甫命。抡方悟死耳。林甫手持纸笔，与邕等辨对。俄而见其案，冥司断曰："林甫死后破家，杨国忠代为相。"其冬，林甫死，杨国忠果部据实相告。崔元奖说："我死了之后，在这里做了官，没有回过家，家里人的生死情况全不知晓。"随即有小吏拿着案卷来到崔元奖这里，崔明达偷偷看到案卷上有崔明达名字，上面写道："太平寺僧，嵩山五品。"看完，崔元奖问明达："你偷看到了？"崔明达说没看见。随即让两个小吏送崔明达去见判官，然后让这两人送崔明达回家。判官见到崔明达，不怎么尊敬。左右的随从说："这人是崔尚书的嫡孙，怎么能用对待普通客人的方式对待呢。"判官让这两名小吏送崔明达回去，说："你们这等负责送人的小吏，每年可以有五六次，要一些报酬来慰劳自己。"出门后，两个小吏分别向崔明达要五百千文钱做报酬。小吏说："等你到家，我们可以去市上找点事情做，我们等取到钱就离开。"崔明达回到房间，看见两个老奴婢披头散发的哭，门徒子弟都在旁边叹气。崔明达不认识自己的尸体，但是看到前面有一个大坑，小吏将崔明达推进坑里，崔明达活了过来。只是神志尚未清醒，暂时不能说话，只能常常举手。旁边有人说："要纸钱一千贯。"崔明达点点头。等纸钱烧完，崔明达看见两个小吏拿着钱离开，他的病情也痊愈。崔明达刚死到阎王门前的时候，看见好几个小吏挟持着一个老太婆，到了崔明达住处，说这是鄠县灵岩人。进入阎王门后，阎王发怒地说："你这个老奴婢，秉持菩萨的戒律，又不自知干净。这就将你放回去，就可以干净了。"老太婆出来时与崔明达随行，走了百余步后，便分别离开。崔明达痊愈后，前往灵岩，看到一个老太婆好像是曾认识的人。（出《广异记》）

王抡

唐玄宗天宝十一年，朔方节度判官大理司直王抡，巡视到中城的时候，得病而亡。过了十六天后又重新苏醒。刚开始病危快要死的时候，看见两个人过来追他，恍惚间以为自己还在人间，不知道已经死了。过了一会进入一个大城门，见到朔方节度李林甫，两人互相行礼作揖，觉得还和活着的时候一样。又见到了李邕、裴敦复等很多人，是在一个官府的中庭，他们在议论责备李林甫的事。王抡才醒悟过来自己已经死了。李林甫手里拿着纸笔，和李邕等其他人辩论。过了代之。抡兄摄，亡已六年，时见之。摄云："尔未当死，若得钱三千贯，即重生也。"抡家在西定远，去中城数百里。便见一山下有崎岖小道，驰归其家。斯须而升堂告妻曰："我已死矣，若得钱三千贯，即再生。"其夕，举家咸闻窗牖间，窣然有物声，犬亦迎吠。既明，其妻泣言，梦抡已死，求钱三千贯。即取纸剪为钱财，召巫者焚之。抡得之，即与人间钱不殊矣。冥中无昼夜，长如十一月十二月太阴雪时。有鬼王，衣紫衣，决罪福，判官数十人。其定罪以负心为至重，其被考理者，多僧尼及衣冠。抡在生时无他过，及定罪，唯举食肉罪。旁见小吏，曰："此人虽食肉，不故杀。"然食肉者信罪矣，杀而食之，罪又甚焉。

抡未病时，曾解衣写《金光明经》。手自封裹，置于佛堂内。及冥中，以此业得见地藏菩萨。汝由此善，当得更生。即令取经，经即抡所封裹之经也。鬼王判官数人，皆平生相友善，相见恍惚，不叙故。亦见其先府君夫人，拜伏之后，都无问讯，如不相识。又见诸先亡兄弟，亦无兄弟情。兄摄近亡，相睦如生，当以日近故也。至其视事之所，见亲故有当贵及寿夭，皆宿命先定，不可移改。俄而放归，有一吏曰："君有禄及寿，然此中之事，必不得泄之。"言毕，奄然而活，亡已十六日也。（出《通幽记》）

一会儿，看到他的案卷。地府判词说："李林甫死后家道中落，杨国忠代替他成为宰相。"同年冬天，李林甫去世。杨国忠果不其然替代他成为宰相。王抡的哥哥王摄，死去已经六年，见到他只有，王摄说："你现在不应该死去，如果可以拿出来三千贯钱，就可以重生。"王抡家在西定，离得很远，距离中城差不多数百里。回去路上看到山下有条崎岖的小路，疾驰回家。进屋后赶紧告诉妻子说："我已经死了，如果有三千贯钱，就可以重生。"这天晚上，家里人全都听到窗户上面，就像有东西在响，狗也叫个不停。天亮后，他的妻子哭着说，我梦见王抡已经死去，想要三千贯钱换取重生。立马取纸剪成纸钱，叫来巫婆将纸钱焚烧。王抡得到钱，和人间的钱没有区别。地府没有昼夜分别，一直都是十一月十二月太阴雪的天气。有鬼王者，身着紫衣，掌管罪状福祸之事。还有十几个判官。判官定罪大多以负心为重点，被判官拷问的人，很多都是和尚、尼姑和衣冠禽兽之类的人。王抡生前并没有很大的过错，定罪的时候，只有一个吃肉的罪状。左右的小吏，说道："此人虽然会吃肉，但是并不杀生。"但是吃肉的人本身就有罪过，既杀生又吃肉的人，罪孽就更加重了。

王抡没生病之前，曾经真心抄写过《金光明经》。自己亲手封裹，放置在佛堂里面。到了地府，凭借此举见到了地藏王菩萨。菩萨说你有这个善举，应该可以重生。当即让人将经文取来，经文就是王抡当初封裹的经。鬼王判官那里很多人，大多都是生前的至交好友，相见后神情恍惚，不能相互叙旧。也见到了生前的府君夫人，行礼拜揖过后，没有别的交流，就像从不相识。然后又见到已经死去的兄弟，彼此也没有兄弟之情。他兄长王摄死的时间不久，相见才能和和睦睦，这是因为死的时间很短而已。到了他办理事件的地方，看见亲戚故交有富贵无比或者命长短命的，这些都是宿命已定，不可以变更的。等会儿就放他离开，有一个小吏说："你是福寿共享的人，这里看到的事情，千万不要泄露他人。"说完之后，王抡突然复活，彼时距离他死去已经过了十六天。（出《通幽记》）

费子玉

天宝中，犍为参军费子玉官舍夜卧，忽见二吏至床前。费参军子玉惊起，问谁。吏云："大王召君。"子玉云："身是州吏，不属王国，何得见召？"吏云："阎罗。"子玉大惧，呼人鞴马，无应之者。仓卒随吏去。至一城，城门内外各有数千人。子玉持诵《金刚经》，尔时恒心诵之。又切念云，若遇菩萨，当诉以屈。须臾，王命引入。子玉再拜，甚欢然。俄见一僧从云中下，子玉前致敬。子玉复扬言，欲见地藏菩萨。王曰："子玉此是也。"子玉前礼拜。菩萨云："何以知我耶？"因谓王曰："此人一生诵《金刚经》，以算未尽，宜遣之去。"王视子玉，忽怒问其姓名。子玉对云："嘉州参军费子玉。"王曰："犍为郡，何嘉州也？汝合死。正为菩萨苦论，且释君去。"子玉再拜辞出，菩萨云："汝还，勿复食肉，当得永寿。"引子玉礼圣容，圣容是铜佛，头面手悉动。菩萨礼拜，手足悉展。子玉亦礼，礼毕出门。子玉问："门外人何其多乎？"菩萨云："此辈各罪福不明，已数百年为鬼，不得记生。"子玉辞还舍，复活。后三年，食肉又死，为人引证。菩萨见之，大怒云："初不令汝食肉，何故违约？"子玉既重生，遂断荤血。初子玉累取三妻，皆云被迫之，亦悉来见。子玉问："何得来耶？"妻云："君勿顾之耳。"小妻云："君于我不足，有恨而来，所用己钱，何不还之？"子玉云："钱亦易得。"妻云："用我铜钱，今还纸钱耶？"子玉云："夫用妇钱，义无还理。"妻无以应，迟回各去也。（出《广异记》）

费子玉

唐玄宗天宝年间，犍为参军费子玉晚上在官舍睡觉的时候，忽然看到两个小吏来到床前，费子玉惊坐而起，问谁在那里。小吏说："大王要召见你。"费子玉说："我属于州官，并不是王国的下属。王怎么会召见我？"小吏说："是阎罗王。"费子玉十分惊惧，赶紧召唤下人备马，不过没有人回应。仓皇地跟着两个小吏出发。到了一座城池，城门内外站了好几千人。费子玉平时坚持背诵《金刚经》，这时就专心致志地背诵。心里急切地盼望，如果可以遇到菩萨。应该向他诉苦。过了一会儿，阎王让人将他带进去。费子玉拜了又拜，甚是欢喜。顷刻看见一个僧人从云里下来，费子玉前去致敬，又说，想见地藏王菩萨。阎王说："这就是费子玉。"费子玉上前行礼作揖。菩萨说："你如何得知要找我？"菩萨对阎王说："这个人一生都在背诵《金刚经》，计算到他的阳寿还没完，应该让他回到人间。"阎王看了下费子玉。忽然生气地问他姓名。费子玉回答说："嘉州参军费子玉。"阎王说："犍属于郡，怎么属于嘉州呢？你本来该死去，因为菩萨苦苦说情，这就放你回去。"费子玉又再次告辞拜谢而出，菩萨说："你回到人间，不要再吃肉了，这样就能延年益寿。"费子玉到圣容面前跪拜，圣容是铜佛，头面和手都可以动。菩萨参拜的时候，手和腿全都舒展。费子玉也跟着礼拜，然后出门。费子玉问："门外的人怎么这么多？"菩萨说："这里的人都是罪和福不分明，已经做了几百年的鬼，不能转世投胎。"费子玉告辞后回家，重新复活。过了三年，重新吃肉又死了。被人领着到地府。菩萨看见他，十分愤怒地说当时不让你吃肉，你为什么不遵守承诺违反约定？费子玉又重生，断绝了一切荤肉。当初费子玉一共娶了三个妻子，都说被追着赶，全都过来找他。费子玉问："来做什么？"妻子说："你不管我们了。"小妻子说："你对我不够好，我是含恨而来，你用了我的钱，为什么不还给我？"费子玉说："钱财十分容易获得。"妻子说："你用了我的铜钱，现在换成纸钱还给我。"费子玉说："身为丈夫用妻子的钱，没有要还的理由。"妻子没有理由回应。晚些时候就都离开了。（出《广异记》）

梅先

钱塘梅先恒以善事自业，好持佛经，兼造生七斋，邻里呼为居士。天宝中，遇疾暴卒而活。自说，初死为人所领，与徒十余辈见阎罗王。王问君在生复有何业，先答曰："唯持经念佛而已。"王曰："此善君能行之，冥冥之福，不可虚耳。"令检先簿，喜曰："君尚未合死，今放却生，宜崇本业也。"再拜。会未有人送，留在署中。王复讯问，次至钱塘里正包直。问何故取李平头钱，不为属户。直曰："直为里长团头，身常在县，夜归早出，实不知，乞追子问。"王令出帖追直子。须臾，有使者至，令送直还。遂活。说其事，时其子甚无恙，众人皆试之。后五六日，直子果病，即二日死矣。（出《广异记》）

梅先

钱塘人梅先一直以行善积德作为自己的职业。他经常持经念佛，兼顾斋戒从不杀生，乡亲邻里将他称为居士。唐玄宗天宝年间，梅先突然生了急病死而复活。他自己说，刚死去的时候被人带着，和其他十几个人同时见了阎王。阎王问他在世时主要以什么职业为主。梅先回答："每天都是诵经念佛而已。"阎王说："这种善事你做了很久，冥冥之中是有福报的，但是不可以弄虚作假。"阎王让人查看梅先的册簿，欣喜地说："你现在还不应该死去，我现在将你放了，你回去继续行善积德。"梅先拜了又拜，刚好这时没人送他离开，就留在了地府。阎王继续审问，下面轮到钱塘里正包直。问他为什么取李平头的钱财，这人并不属于你管辖的民户。包直说："我是里长团头，经常在县里办公，很早出门晚上才回来，这件事实在不知情，你可以问问我儿子。"阎王又令人持帖将包直的儿子捉拿过来。过了一会儿有使者过来送包直回到人间，包直便重新复活。和家人说了此事，当时儿子并没有病症，其他人想看看会有什么结果。过了五六天，包直的儿子果然生病，没过两天就死了。（出《广异记》）

卷第三百八十　再生六

王 琇　魏 靖　杨再思　金坛王丞　韩朝宗　韦延之
张 质　郑 洁

王 琇

唐尚书刑部郎中宋行质，博陵人也。性不信佛，有慢谤之言。永徽二年五月病死。至六月九日，尚书都官令吏王琇暴死，经二日而苏。言初死之时，见四人来云："官府追汝。"琇随行，入一大门。见厅事甚壮。西间有一人坐，形容肥黑。东间有一僧坐，与官相当。皆面向北，各有床几案褥。侍童二百许人，或冠或弁，皆美容貌。阶下有吏执文案。有一老人，著枷被缚，立东阶下。琇至庭，亦已被缚。吏执纸笔问琇曰："贞观十八年，在长安佐史之日，因何改李须达籍？"答曰："琇前任长安佐史，贞观十六年转选。至十七年，蒙授司农寺府史。十八年改籍，非琇罪也。"厅上大官，读其辞辩，顾谓东阶下老囚曰："何因妄诉耶？"囚曰："须达年实未至，由琇改籍，加须达年，岂敢妄耶？"琇云："至十七年改任告身见在，请追验之。"官呼领琇者三人，解琇缚，将取告身。既至，大官自读之，谓老囚曰："他改任分明，汝无理。"令送老囚出门外。门外昏暗有城，城上皆有女墙，似是恶处。大官因书案上，谓琇曰："汝无罪，放汝去。"琇辞拜，吏引琇至东阶，拜辞。

王 琦

唐朝刑部郎中宋行质，博凌人士。他生性不信佛教，对神佛也多有慢待诽谤的言论。唐高宗永徽年间二年五月生病而亡。到六月九日的时候，尚书都官令吏王琦暴毙，过了两天又醒过来。他说刚死的时候，看到四个人过来说，官府正在追赶你，你跟我们走。王琦跟着他们一起，走进一扇大门中。看到大厅里面装饰十分壮观。西间有一个人坐着，体态肥胖容貌黝黑。东间有一个僧人坐着，看着像当官的。两人都面朝北边，每个房间都有准备床、茶几、桌案、被褥等生活用品。身边侍童二百多人，都戴着帽子或者皮革帽，都是容貌非凡的样子。台阶下有官吏拿着案牍。有个老人，被绑着戴着枷锁，站立在东边台阶下面。王琦到中庭的时候，同样被绑着。官吏拿着纸笔问王琦："贞观十八年的时候，你在长安出任佐史之间，因何要给李须达改户籍？"王琦回答说："我以前的确做过长安佐史，不过贞观十六年已经转选后进入朝廷。到贞观十七年，承蒙圣上恩典授予司农寺府史一职，贞观十八年改户籍，怎么能是我的罪过呢？"厅上的大官听了王琦的辩解，回头对东边台阶的老头说："你为什么要诬告他人？"老囚说："须达年龄确实没到，因为王琦改了户籍，须达的年龄才增加，我怎么敢诬告呢。"王琦说："贞观十七年改任的文书还在，可以派人去查验。"大官叫了三个人来领着王琦，将他解绑，前去取改任文书。取回来，大官仔细查看，对老囚说："他改任的事情是真实存在的，这件事是你诬告。"便派人将老囚送了出去。门外有一座城十分昏暗，城上都有城墙，看起来不是好地方。有大官靠着书案。对王琦说："你没有犯罪，现在放你离开。"王琦辞别叩拜，小吏带着王琦到东阶去辞行。

僧印琗臂曰："好去。"吏引琗出，东南行，度三重门，皆勘视臂印，然后出。至四门，门甚壮大，重楼朱粉，三户并开，状如城门，守卫严切。又验印，听出门。东南行数十步，闻有人从后唤琗，琗回顾，见郎中宋行质，面色惨黑，色如湿地，露头散腰，著故绯袍，头发短垂，如胡人者，立于厅事阶下，有吏主守之。西近城，有一大木牌，高一丈二尺许。大书牌曰："此是勘当过王人。"其字大方尺余，甚分明。厅上有床座几案，如官府者，而无人坐。行质见琗悲喜，云："汝何故得来？"琗曰："官追，勘问改籍，无事放还。"行质捉其两手，谓琗曰："吾被官责问功德簿，吾平生无，受此困苦，加之饥渴寒苦不可说。君可努力至我家，急语令作功德也。"如是殷勤数四嘱之，琗乃辞去。行数十步，又呼琗还。未及言，厅上有官人来坐。怒琗曰："我方勘事，如何人辄至囚处？"使卒搭其耳，推令去。

琗走，又至一门。门吏曰："汝被搭耳，耳当聋，吾为汝却其中物。"因以手挑其耳，耳中鸣，乃验印放出。门外黑如漆，琗不知所在，以手模西及南，皆是墙壁，唯东无障碍，而暗不可行。立待少时，见向者追琗之吏从门来，曰："君尚能待我，甚善。可乞我钱一千？"琗因愧谢曰："依命。"吏曰："吾不用铜钱，欲得白纸钱，期十五日来取。"琗许，因问归路。吏曰："但东行二百步，有墙穿破见明，可推倒，即至君家。"琗如言，已至所居隆政坊南门矣，于是归家。见人坐泣，入户而苏。至十五日，琗忘与钱，明日复病，困绝。见吏来怒曰："君果无行，期与我钱，遂不与，今复将汝。"因即驱行，出金光门，令入坑。琗拜谢百余，遂即放归，又僧人在王琦手臂上印了个印记说："走好。"小吏带着王琦出去，往东南方向走，走过了三重门，每道门都查验了手臂上的印记才放他出来。走到第四道门，门十分高大，高门涂着朱红色的漆，三个门全部开着，样子就像城门，守卫森严。又查验了印记，然后让他出门。查验后出门往东南方向走了几十步，听到有人从后边叫王琦，王琦回过头看，是刑部郎中宋行质，面色惨黑，脸色就像潮湿的土地。光着脑袋散着衣服，穿着红色的旧袍子，头发很短下垂着，就像个胡人。站立在大厅台阶下，有差官看守。西边城旁边有一个大木牌，高约一丈二尺，牌子上写着："此处查验做过大官的人。"上面的字大约一尺，十分清晰。大厅里面有床、椅、几、桌等物，就像是官府，但里面没人。宋行质见到王琦悲喜交加，说："你怎么来了这里？"王琦说："官府追来的，查问关于改户籍的事情，查验无误就放我回去了。"宋行质握住王琦两手不放，对王琦说："我是被官府抓来追问功德簿的事情，我平生都没遭过这种苦难，再加上饥寒交迫冷的不能说，请你努力到我家中去，让他们赶紧多积功德。"这样殷勤再三地反复嘱咐，王琦才辞行离开。刚走出去几十步，又将王琦叫了回来。还没开口说话，厅上就有官过来，怒斥王琦说："我们刚查验玩这件事，你怎么能随便到关押囚犯的地方呢。"然后叫士卒抓着王琦的耳朵，将他推了出去。

王琦走后，又经过一道门，门吏对他说："你刚才被揪了耳朵，耳朵会聋，我将你耳朵里面的东西去掉。"然后掏了掏王琦的耳朵，耳朵中轰鸣，又查验了印记让他离开。门外漆黑如墨，王琦不知道要去哪里，用手摸西边和南边都是墙壁，只有东边毫无障碍，但是黑暗中又无法辨别方向。站着等了一会儿，看见前面捉拿他的小吏从门里面出来，对他说："你还在这里等我，很好。你离开后需要给我一千钱。"王琦因为愧疚又感谢他，说："可以。"小吏说："我用不到铜钱，想要些白纸钱，十五天后来取。"王琦同意了，然后问应该怎么回去。小吏说："你向东走两百步，看见墙穿破后就能看到光明，将墙推倒，就回到你家了。"王琦如他所言，出来就到了他住的隆政坊南门，然后回家。看见家人都坐着哭泣，进了门便苏醒回来。到了十五天的苏。琇告家人，买纸百张，作钱送之。明日，琇又病困，复见吏曰："君幸能与我钱，而钱不好。"琇辞谢，请更作，许之，又苏。至二十日，琇令用钱，别买白纸作钱，并酒食。自于隆政坊西渠水上烧之，既而身轻体健，遂平复女口故。（出《冥报记》）

魏靖

魏靖，钜鹿人，解褐武城尉。时曹州刺史李融，令靖知捕贼。贼有叔为僧，而止盗赃。靖案之，原其僧。刺史让靖以宽典，自案之。僧辞引伏，融命靖杖杀之。载初二年夏六月，靖会疾暴卒，权殓已毕，将冥婚舅女，故未果葬。经十二日，靖活，呻吟棺中，弟侄惧走。其母独命斧开棺，以口候靖口，气微暖。久之目开，身肉俱烂。徐以牛乳乳之，既愈，言初死，经曹司，门卫旗戟甚肃。引见一官，谓靖何为打杀僧，僧立于前，与靖相论引。僧辞穷。官谓靖曰："公无事，放还。"左右曰："肉已坏。"官令取药，以纸裹之，曰："可还他旧肉。"既领还，至门闻哭声，惊惧不愿入，使者强引之。及房门，使者以药散棺中，引靖臂推入棺，颓然不复觉矣。既活，肉蠹烂都尽，月余日如故。初至宅中，犬马鸡鹅悉鸣，当有所见矣。（出《广异记》）

约定，王琦忘了给小吏送钱，第二天又重新犯病，没了气。看见小吏气势汹汹地说："你果然没有品性，说好给我的钱，也没给我，我要再将你抓走。"然后马上驱赶他离开，出了金光门，叫他进坑里面。王琦重新拜谢了百余次，小吏才将他放回来，重新苏醒。王琦和家里人说，去买一百张纸，剪成钱送给小吏。第二天，王琦又生病，重新见到之前的小吏，小吏说："很幸运你的钱我收到了，但是钱的质量不好。"王琦重新辞谢，要求重新制作，小吏同意。王琦又重新苏醒。到第二十天，王琦命令人用钱，重新买了白纸作钱，并同时准备了酒食，在隆政坊西渠水上烧给了小吏，随即感觉身体一阵轻盈健康，又恢复得和之前一样。（出《冥报记》）

魏靖

魏靖，是钜鹿人士，担任武城尉一职。当时曹州刺史李融，下令让魏靖抓捕盗贼。这个贼有叔叔是做和尚的，可以为他窝赃销赃。魏靖查明案件，放了这个和尚。刺史李融觉得魏靖宽以用刑太过仁慈，决定自己亲自办理。和尚对曾经帮助盗贼藏匿赃物供认不讳，李融下令魏靖将和尚打死。武则天载初二年夏六月，魏靖生病暴毙而亡，暂时收敛未下葬，想为他举行冥婚，所以还没有下葬。这之后过了十二天。魏靖又重新复活，在棺材中出生呻吟，弟弟和子侄都吓跑了。他母亲命人将棺材用斧子砸开，口对口地对着魏靖吸气，魏靖呼出的气渐渐变暖。很久后眼睛也睁开，他身上的肉全部腐烂。家人只能慢慢喂些牛奶给他喝，身体痊愈后，说他刚开始死的时候，途径地府，侍卫举着旗子和长戟十分严肃。领着他见了一个官，问魏靖为什么要将和尚打死，和尚就站在跟前，和魏靖相互辩论。和尚最后理亏词穷。官对魏靖说："这样那你就没事了，放你回家去。"左右随从说："他的肉身已经坏了。"官叫人取药，用纸包裹着给他，说："可以将旧肉还给他。"然后领着他回去，到家门口听到哭声，魏靖很害怕不想进去，小吏使者强行将他带进去。到了房门口，使者将药全部撒在他的棺材里面，扯着他的胳膊将他推进棺材，然后他突然没有了感觉。活了过来，他的肉身几乎全部都烂完了，过了一个多月才

杨再思

神龙元年，中书令杨再思卒，其日中书供膳亦死，同为地下所由引至王所。王问再思：“在生何得有许多罪状？既多，何以收赎？”再思言：“已实无罪。”王令取簿来。须臾，有黄衣吏持簿至，唱再思罪云，如意元年，默啜陷瀛檀等州，国家遣兵赴救少，不敌。有人上书谏，再思违谏遣行，为默啜所败，杀千余人。大足元年，河北蝗虫为灾，烝人不粒。再思为相，不能开仓赈给，至令百姓流离，饿死者二万余人。宰相燮理阴阳，再思刑政不平，用伤和气，遂令河南三郡大水，漂溺数千人。如此者凡六七件，示再思，再思再拜伏罪。忽有手大如床，毛鬣可畏，攫再思。指间血流，腾空而去。王问供膳，何得至此。所由对云，欲问其人，云：“无过，宜放回。”供膳既活，多向人说其事。为中宗所闻，召问，具以实对。中宗命列其事迹于中书厅记之云。（出《广异记》）

金坛王丞

开元末，金坛县丞王甲，以充纲领户税在京，于左藏库输纳。忽有使者至库所云，王令召丞。甲仓卒随去。出城行十余里，到一府署。入门，闻故左常侍崔希逸语声。王与希逸故三十年，因问门者，具知所以。求为通刺，门者入白。希逸问此人何在，遽令呼

恢复正常。他刚开始回家的时候，家中狗、马、鸡、鹅等动物都叫了起来，感觉应该是看到了什么东西。（出《广异记》）

杨再思

唐中宗神龙元年，中书令杨再思去世，同一天中书供膳也去世了，两人同时被地府官差领到阎王所在的地方。阎王问杨再思："你在世的时候怎么有这么多罪过？这么多罪状，你用什么赎回来？"杨再思说："我并没有这么多罪过。"阎王命人取了册簿来。过了一会儿，有黄衣官吏拿着册簿过来。宣读杨再思的罪过说，武周如意元年，东突厥后朝可汗默啜攻陷瀛州和檀州等地方，国家派遣兵将少部去救援，打不过侵略方。有人因为这事上书进谏，杨再思并未听令依旧派兵前行，最后军队被默啜打败，千余人均被杀；武周时大足元年，河北地区发生蝗虫灾害，很多人一颗米都吃不到。杨再思官至宰相，不愿意开仓放粮赈济灾民，致使众多百姓无家可归流离失所，饿死的有两万多人；宰相一职要起到调和万事协理天地的作用，杨再思因政事不平，已经伤了平和之气，使得河南三郡大水，淹死者数以千计。这样的罪状一共六七件，全部拿给杨再思看，他看后再次三叩拜认罪。忽然间有一只像床那么大的手，鬃毛长的很可怕，抓住杨再思，手指间血流不止，而后腾空而去。阎王问中书供膳，你因为什么来到这里？押解他的官差说，这要问他本人，阎王说，此人没有罪状，应该放回去。供膳便活了过来，后来他多次向人说这件事。被唐中宗李显听闻，传召供膳去问话，供膳如实回答。唐中宗命令中书厅将此事记录下来。（出《广异记》）

金坛王丞

唐玄宗开元末年，金坛县的县丞王甲，负责运送贡品和税收到了京城，他正在左藏库中输出纳入贡品和税收时。忽然有使者来到库房说，阎王下令传召县丞前往。王甲急忙跟着前去。出城走了约十几里路，到达一处府衙。进入门中，听到已经死去的左常侍崔希逸的声音。王甲与崔希逸故交三十多年，因此问过看守的人，就知道了所有入，相见惊喜。谓甲曰：“知此是地府否？”甲始知身死，悲感久之。复问曾见崔翰否，翰是希逸子。王云：“入城已来，为开库司，未暇至宅。”希逸笑曰：“真轻薄士。”以死生易怀，因问其来由。王云：“适在库中，随使至此，未了其故。”有顷，外传王坐。崔令传语白王云：“金坛王丞，是己亲友，计未合死。事了，愿早遣。时热，恐其舍坏。”王引入，谓甲曰：“君前任县丞受赃相引。”见丞着枷，坐庭树下。问云：“初不同情，何故见诬？”丞言受罪辛苦，权救仓卒。王云：“若不相关，即宜放去。”出门，诣希逸别。希逸云：“卿已得还，甚善。传语崔翰，为官第一莫为人作枉，后自当之，取钱必折今生寿。每至月朝十五日，宜送清水一瓶，置寺中佛殿上，当获大福。”甲问此功德云何，逸云：“冥间事，卿勿预知，但有福即可。”言毕送出，至其所，遂活。（出《广异记》）

韩朝宗

天宝中，万年主簿韩朝宗，尝追一人来迟，决五下。将过县令，令又决十下。其人患天行病而卒。后于冥司下状，言朝宗。宗遂被追至，入乌颈门极大。至中门前，一双桐树。门边一阁，垂帘幕。窥见故御史洪子舆坐。子舆曰：“韩大何为得此来？”朝宗云：“被追来，不知何事。”子舆令早过大使。入屏墙，见故刑部尚书李乂。朝宗参见。云：“何为决杀人？”朝宗诉云：“不是朝宗打的事情。请求看守通报，看守进去说了。崔希逸问这个人在何处？便赶紧将他叫进去，二人相见惊喜不已。崔希逸对王甲说："你知道这里是地府吗？"王甲这才知道自己已经死了，伤心了很久。崔希逸又问有没有见过崔翰？崔翰是崔希逸的儿子。王甲说："进入京城后，一直忙碌库房的事情，还没有时间到你家去。"崔希逸笑着说："你真的很不重视自己。"就算死了也没有改变，然后问他为何而来。王甲说："我刚才在库房中，跟着使者来到此处，还不知道原因。"过了一会儿，外面人传话说阎王已经就座。崔希逸教人传话给阎王说："金坛县丞王甲是我的故交好友，算了下他现在不应该死。问完后，愿早些送他回家。现在天气炎热，害怕他的身体已经腐坏。王甲被领进去，阎王对王甲说："你的前任县丞说你贪赃才将你带过来的。"王甲看见前任县丞戴着枷锁，在院子的桐树下坐着。王甲问他："我和你的情况是不一样的，你为什么要污蔑我？"前任县丞说这里太受罪了，想解救下自己便在仓促之间说了你。阎王说："若是没什么罪行，那就放回去吧。"王甲出门后和崔希逸告别，崔希逸说："你既然已经可以回去，这就很好。你回去告诉崔翰，当官第一件事就是不要冤枉好人，后面要自己量力而为，贪财后必定会折损阳寿。每月到初一、十五，要往寺庙送用一瓶清水，放置在寺中佛殿上，这样就能有大的福气。"王甲问这种功德是什么功德，崔希逸说："这是阴间的事，你现在不能知道，只要有福气就行了。"说完将王甲送出去，王甲就复活了。（出《广异记》）

韩朝宗

唐玄宗天宝年间中，万年主簿韩朝宗，曾经因追捕一人来迟了，此人被打了五板子。见过县令后，他又被打了十下板子。后来这人得了流行病死了。后来他来到地府告状，说韩朝宗的问题。韩朝宗便被地府抓回来，进到一个很大的黑门。到了中庭，有一双梧桐树。门边有一个阁门，挂着幕帘。可以看到死去的御史洪子舆在里面坐着。洪子舆说："韩大人为什么会来到这里？"韩朝宗说："被地府人抓来的，我也不知道因为什么。"洪子舆让他早点去见大使。进到了屏障杀，县令重决，因患天行病自卒。非朝宗过。”又问县令决汝，何牵他主簿，朝宗无事，然亦县丞，悉见例皆受行杖。亦决二十，放还。朝宗至晚始苏，脊上青肿，疼痛不复可言，一月已后始可。于后巡检坊曲，遂至京城南罗城。有一坊，中一宅，门向南开，宛然记得追来及吃杖处。其宅空无人居，问人，云：“此是公主凶宅，人不敢居。”乃知大凶宅，皆鬼神所处，信之。（出《朝野佥载》）

韦延之

睦州司马韦延之，秩满，寄居苏州嘉兴。大历八年，患痢疾。夏月独寐厅中，忽见二吏云：“长官令屈。”延之问：“长官为谁？”吏云：“奉命追公，不知其他。”延之疑是鬼魅，下地欲归。吏便前持其袂，云：“追君须去，还欲何之？”延之身在床前，神乃随出，去郭，复不见陂泽，但是陆路。行数十里，至一所，有府署。吏将延之过大使，大使传语领过判官。吏过延之。判官襕笏下阶敬肃甚谨，因谓延之曰：“有人论讼，事须对答。”乃令典领于司马对事。典引延之至房，房在判官厅前，厅如今县令厅。有两行屋，屋间悉是房，房前有斜眼格子，格子内板床坐人。典令延之坐板床对事。须臾，引囚徒六七人，或枷或镤或露首者，至延之所。典云：“汝所论讼韦司马取钱，今冥献酬自直也。”问云：“所诉是谁？”曰：“是韦冰司马，实不识此人。”典便贺司马云：“今得重生。”甚喜。乃引延之至判官所，具白，判官亦甚相贺，处分令还，白大使放司马回。典复领延之至大使厅，大使已还内，传语放韦司马去，遣追韦冰。须臾，绿衫吏把案来，呵追吏，何故错追他人。各墙后，见到死去的刑部尚书李义。韩朝宗上前参拜。李义说：“你为什么打死人？”？韩朝宗申诉说：“不是我打死的，是因为县令判的过重，然后他自己又得了流行病死的，这不是因为我的过错。”李义又问这人：“是县令下令打死你，你为何牵扯到主簿身上？韩朝宗没有过错，但他同样是县官，按惯例也要杖刑。”打了韩朝宗二十下，将他放回去。韩朝宗晚上苏醒过来，脊背上青肿不堪。痛的没办法说话，一个月后他才恢复正常。后来他在民间巡视检查，到了京城南罗城中。有一个民间居民区，里面有一个宅子，门朝南开，好像是他当时受仗行的地方。房子空着无人居住，问附近的人，说是公主府凶宅，没有人敢在这里住。这才知道这里是大凶宅，一般都是鬼神住的地方，这才相信之前发生的事。（出《朝野佥载》）

韦延之

睦州司马韦延之，任职期满之后，寄居在苏州的嘉兴。唐代宗大历八年，他得了痢疾。夏天他独自一人睡在中厅，忽然看见两个小吏说：“长官说委屈下你。”韦延之问：“长官指的是谁？”小吏说：“我们只是奉命捉拿，其他事情一概不知。”韦延之怀疑他们是鬼魅，准备下地回去。小吏上前拉住他的袖子，说道：“抓你你就要跟着走，为何还要回去呢？”韦延之虽然身体还在床前，魂魄却已经跟着走了，走出城池，看不到池塘，全部都是陆路。走了十几里路，到了一个有官府的地方。小吏带韦延之去见大使，大使传话让去见判官，小吏便领这韦延之前去见判官。判官穿这长袍，拿着笏板走下台阶，神情十分肃穆地对韦延之说：“有人状告你，有些事要你亲自来回答。”便让管事领韦延之前去答话。主管领韦延之来到一个房间，房子在判官大厅前面，大厅就像现时的县令大厅。有两行房屋，房屋里面都是房间，房间前面有斜眼格子，格子里面的板床上坐着人。主管叫韦延之坐在板床上对事问话。过了一会儿，领来囚犯六七个，有的戴着枷锁，有的光着头，到韦延之在的这里。主管问话：“你们状告韦司马索取过你们的钱财，今天冥府中负责将这件案子审理明白。”他问囚犯：“你们状告何人？”囚犯说：“是韦冰司马，实在是决六十，流血被地，令便送还。延之曰：“欲见向后官职。”吏云：“何用知之？”延之苦请。吏开簿，延之名后，但见白纸，不复有字，因尔遂出。行百余步，见吏拘清流县令郑晋客至，是延之外甥。延之问：“汝何故来？”答曰：“被人见讼。”晋客亦问延之云，何故来。延之云：“吾错被追，今得放还。”晋客称善数四，欲有传语，吏拘而去，意不得言，但累回顾云：“舅氏千万。”延之至舍乃活。问晋客，云：“死来五六日。”韦冰宅住上元，即以延之重生其明日韦冰卒。（出《广异记》）

张质

张质者，猗氏人，贞元中明经，授亳州临涣尉。到任月余，日暮，见数人执符来追，其仆亦持马俟于阶下，乘马随之出县门。县吏列坐门下，略无起者。质怒曰：“州司暂追，官不遽废，人吏敢无礼耶？”人亦不顾。出数十里，至一柏林，使者曰：“到此宜下马。”遂步行百余步，入城，直北有大府门，署曰“北府”。入府，径西有门，题曰“推院”，吏士甚众。门人曰：“临涣尉张质。”遂入。见一美须髯衣绯人，据案而坐，责曰：“为官本合理人，因何曲推事，遣人枉死？”质被捽抢地。呼曰：“质本任解褐得，到官月余，未尝推事。”又曰：“案牍分明，诉人不远。府命追勘，仍敢言欺。”取枷枷之。质又曰：“诉人既近，请与相见。”曰：“召冤不认识这个人。”主管便祝贺司马说：“你现在可以重生了。”韦延之十分开心。于是将韦延之领到判官处，将刚才的经过说了，判官也向韦延之贺喜，将他放了回去，告诉大使将司马放回去。主管又领韦延之到大使厅，大使回到内室，传话放韦司马回去，又重新派人去追捕韦冰此人。过了一会儿，身着绿衣的官吏拿着案卷过来，斥责追捕吏，为什么抓错了人。将他们各打六十大板，遍地是血，令人马上将韦延之送回去。韦延之说：“我想知道我以后能当什么官。”小吏说：“你为什么要知道这个？”韦延之苦苦哀求。小吏便打开名簿，韦延之名字后面，只有白纸，上面没有字。随即韦延之便出来了。走了一百来步，看到小吏拘捕着清流县令郑晋客到这里，这人是韦延之的外甥。韦延之问他：“你怎么被抓到这里来了？”答道：“我被人告了。”郑晋客也问延之：“你是因为什么来的？”韦延之说：“我被抓错了，现在就放回去。”晋客连声称好，想叫韦延之给他传话，但被小吏押走，心里想的都没有说出来，回头好几次来看，最后只说：“舅父千万保重。”韦延之回家后便活了过来。 打听郑晋客，说是已经死了五六天。韦冰家住在上元，也就是韦延之重生的第二天韦冰就死了。（出《广异记》）

张质

张质，猗氏地方人士，唐德宗贞元年间考取明经科举。任官职亳州临涣尉。上任后一个多月，有天傍晚，看见很多人手持符令过来追他，他的仆人也牵着马在台阶下等候，他骑着马跟着他们出了县衙门。看到县里的官吏都坐在门前，并没有起身行礼。张质怒气冲冲地说：“州里有关衙门只是暂时捉拿我，我的官职还没有废掉，你们这些小官怎么敢没有礼数呢？”这人小官还是没有理他。走出去十几里，到一处柏树林，使者说：“你到这里应该下马了。”然后他们走了一百来步，进入城市，北边有个大府门，上署“北府”。进到里面，径直往西有门，上题“推院”。官吏士卒有很多。守门人叫：“临涣尉张质。”他走了进去。看见一个美髯公穿着红衣服，靠坐在案桌旁边，责备道：“当官的应该是将道理的人，你为什么不能公正的处理人来。”有一老人眇目，自西房出，疾视质曰：“此人年少，非推某者。”仍刺录库检猗氏张质，贞元十七年四月二十七日上临涣尉。又检诉状被屈事，又牒阴道亳州。其年三月，临涣见任尉年名，如已受替，替人年名，并受上月日。得牒，其年三月，见任尉江陵张质，年五十一。贞元十一年，四月十一日任，十七年四月二十一日受替。替人猗氏张质，年四十七。检状过，判官曰：“名姓偶同，遂不审勘。本典决十下，改追正身。”执符者复引而回，若行高山，坠于岩下，如梦觉，乃在柏林中，伏于马项上。两肋皆痛，不能自起，且不知何处。隐隐闻樵歌之声，知其有人，遂大呼救命。樵人来，惊曰：“县失官人及马，此非耶？”竞来问，质不能对。扶正其身，策以送归县。质之马为鬼所取，仆人不知。县既失质，其宰惑之，且疑质之初临，严于吏，吏怨而杀之。是夜坐门者及门人当宿之吏，莫不禁锢。寻求不得者，已七日矣。质归，憩数日，方能言，然神识遂阙。（出《续玄怪录》）

郑洁

郑洁，本荥阳人，寓于寿春郡，尝以假摄丞尉求食。婚李氏，则善约之犹子也。洁假摄停秩，寄迹安丰之里。开成五年四月中案件，导致他人枉死？”张质被推倒在地上。高声呼喊：“我刚上任做官，才一个多月，还没有处理过案件。”红衣官员又说：“案卷上面写的很明白，状告你的人和你不远。官府的人追查下来，你还敢欺瞒我。”将他用枷锁锁上。张质又说：“告状的人既然离我很近，那我请求与他当面对质。”红衣官员说：“把受冤人带过来。”有一个瞎了眼睛的老人，从西边房子走过来，瞄了一眼张质说：“这个人很年轻，并不是办理案件的人。”于是下令让录库的人检视猗氏张质的案卷，是贞观十七年四月二十七日上任的临涣尉。又检查诉状中上告的冤屈案件，然后下书到地府中的亳州查阅真相。当年三月，到临涣任尉者的年龄和姓名，如果已经替换，替换人的年龄和名字，并附上替换日期。得到文书，显示当年三月任临涣尉一职的是江陵张质，年龄五十一岁。贞元十一年，四月十一日到任，贞元十七年四月二十一日被替换。替换的人是猗氏张质，年龄四十七岁。核查过情况后，判官说：“你们的姓名凑巧相同，便不再审查此案。本主管应打十板，重新追捕正犯。”执符者又将张质带回去，就像在高山上行走，从山上掉到岩石下面，如梦方醒，仍然在柏树林中，在马脖上趴着。两边肋骨生疼，疼的直不起身，也不知道身在何处。隐隐约约听到有砍柴人唱歌的声音，知道旁边有人，于是大声呼叫救命。砍柴人来到后，惊讶地说：“县里丢失了大官和马，就是你吗？”全部都跑来问，张质没办法回答。众人将他身子扶正，赶着马将他送回县里。张质的马被鬼牵走，家中仆人不知情。县宰对张质失踪之事，十分疑惑，怀疑是张质对下属官吏太严格，下面官吏心怀怨恨将他杀了。当天晚上坐在门前的守卫者和值班的官吏，全都被关了起来。寻找张质一直找不到，已经过了七天。张质回来后，休息了很多天，才能开口说话，但是他神志已经不怎么清醒了。（出《续玄怪录》）

郑洁

郑洁，之前是荥阳人，寓居在寿春郡，之前曾经代理县丞及县尉谋求生活。他娶了李氏做妻子，他是善约的侄子。郑洁代理职位结束后，寄居在安丰。唐文宗开成五年，四月中旬，傍晚时分，李氏忽旬，日向暮，李氏忽得心痛疾，乃如狂言，拜于空云："且更乞。"须臾间而卒，唯心尚暖耳。一家号恸，呼医命巫，竟无效者，唯备死而已。至五更，鸡鸣一声，忽然回转，众皆惊捧。良久，口鼻间觉有嘘吸消息。至明，方语云，鬼两人，把帖来追。初将谓州县间，犹冀从容。而俄被使人曳将，怕惧，行亦不觉甚难。至一城郭，引入，见一官人，似曹官之辈。又领入曹司，聆读元追之由。云，某前生姓刘，是丈夫，有妻曰马氏。马氏悍戾，刘乃杀而剔其腹，令马氏无五脏，不可托生。所诉者马母。某便告本司云："居欲得马氏托生，即放某回。尽平生所有，与作功德，为计即可也。若今追某，徒置于无间狱，亦何裨于马氏哉？"本司云："此则自辨之。"须臾，马氏者到。李恐马氏无礼，遂对官人云："何得如此狡毒？"李具以私中之言对之。官人问马氏曰："何如？"马氏曰："冤系多年，别罪受毕，合归生路无计，伏取裁断。"李氏又云："且请检某算寿几何，若未合来，即请依前说。若合命尽，伏听处分。"官人云："灼然有理。"遂召司命。须臾，一主者抱案入来。云："李未合来，昨追时已检讫。"须臾更检，检出，捧呈官云："更有十八年合在人间。"本司云："且令随衙勘责，夜则放归耳。"彼处欲夜，所司放出，似梦而归也。自是人间日暮，追使即来，鸡鸣即放回，如常矣。

郑虽贫苦，百计祗待来使。三五日后，使人惭谢郑曰："百味之物，深所反侧，然不如赐茶浆水粥耳，茶酒不如赐浆水。又贫居然开始心绞痛，口出狂言，向空中跪拜说："求求了。"片刻过后就死了，只有心窝之处尚有余热。全家人都悲痛哭嚎，找了医生和巫师。都没有效果，家人只能为她准备后事了。到了五更天，天明鸡叫，竟然慢慢回转，众人吃惊地围着她。过了很久，她的口鼻有了呼吸的感觉。到天亮十分，才能开口说话，她说，有两个鬼，手持帖子来追她。刚开始以为到了州里或者县里，感觉应该没有要紧的事。过了一会儿她就被使者拉着走，心里害怕，走路觉得并不困难。到了一个城市，领着进去，见到一个当官的，像是州郡的曹官，领着进了曹官的官府，聆听他宣读抓捕的原因。说道，我前生姓刘，是个男人，有个妻子马氏。马氏性情凶悍暴力，刘便将她杀了剖腹，取出五脏叫她不能转世托生。状告者是马氏的母亲。李氏对曹司说："如果想要马氏可以转世托生，现在将我放回去。我肯定倾尽平生所有的东西，为马氏做功德，这个办法应该是可以的。如果现在追究我的责任，只会白占一个牢房，对马氏有什么好处吗？"曹司说："这件事你们自己去商讨。"过了一会儿，马氏到了。李氏害怕马氏对她无礼，于是对大官说："怎么这么狠毒的？"李氏又将对曹司说的话重新说了一遍，大官问马氏：你觉得怎么样？马氏说："受冤这么多年，各种罪过都已经受了，想转世托生又没有办法，我听你们商议的结果。"李氏又说："请查看下我的寿命还有多少，如果还没到阳寿尽，那就按照刚才说的办法。如果是阳寿已经用尽，那我听从处置。"大官说："你说的在理。"于是召来司命官。过了一会儿，一个掌管司命的官员抱着案卷进来。说："李的阳寿没尽不应该来，昨天捉拿的时候已经检查过。"随即马上检查，查出结果后捧给官人说："还有十八年阳寿可以活。"本司说："暂时让她随着有司衙门审查，晚上将她放回去。"这时候已经快要天黑，李氏被衙门放出来，就像做了一场梦又回来。从这以后，每到傍晚时分，追使就过来抓走，鸡叫后放回来，这样已经习以为常。

郑家虽然穷苦，但千方百计接待使者。三五天后，使者惭愧地感谢郑洁说："各种味道的食物，已经吃过了，不怎么喜欢，不如就给一些茶浆和稀粥之类的，茶酒不如就给浆水吧。这也是你们可以之易辨。”自是每晚则备浆水及粥，纸钱三五张。月十日后，每来皆语言商议，出拔李氏。李氏初每归来，并不敢言。自使人同和，兼许微说冥间事。常言人罪之重者，无如枉法杀人而取金帛。又曰：“布施者，不必造佛寺，不如先救骨肉间饥寒。如有余，即分锡类。更有余，则救街衢间也。其福最大。”郑君兼凭问还往间一人寿命官爵，回报云：“此人好受金帛，今被折寿，已欲尽矣。然更有一官，如能改，即得终此秩。若踵前，则不离任矣。”又云：“每烧钱财，如明旦欲送钱与某神祇，即先烧三十二张纸钱，以求五道，其神祇到必获矣。如寻常烧香，多不达。如是春秋祭祀者，即不假告报也。其烧时，辄不得就地，须以柴或草荐之，从一头以火爇，不得搅碎，其钱即不破碎，一一可达也。”

至八月中，李却回，忽喜曰：“已有计可脱矣。”郑询之，曰：“奈何，然须致纸钱三五万，令他行下可矣。”郑乃求于还往，一邑官吏并知之，共与同力，依言救之。后数日，方肯说。因云：“冥司又有剔五脏而杀人者，冥司勘覆未毕，且取彼五脏，置诸马氏腹，令托生矣。”自是追乎稍稀，或十日方一去。但云：“磨勘文案未毕，所言受罪亦不见，其余但拷问科决而已。”又尝言当邑某坊曲某姓名人，合至某月日卒，至时更无差谬。又郑君自云：“某即合得摄安丰尉。”至明年正月三日，果为崔中丞邀摄安丰县尉，皆其妻素知之。自正月已后，更免其追呼矣。郑君自有记录四十余纸，此略而言也。（出《博异记》）

找到的。”从这以后每晚都准备好了浆水和粥，另外纸钱三五张。十天后，每次来都一同商议，救出李氏的办法。李氏刚开始回来，也不敢说什么。自从使者对她比较平和之后，才敢说一点阴间的事情。常言道人最重的罪过，莫过于贪赃枉法杀人图财。又说：“想要做善事的人，不用建造寺院，不如先解救骨肉间的饥寒问题，如果还有盈余，就分别赠送给其他人。如果还有更多的，就解救路边乞讨的人。这样做的福气是最大的。”郑洁有空闲的时机会问下朋友的阳寿和官场问题，使者回答说：“如果这个人平时经常接受别人的金银，那阳寿已经损耗了，快要寿尽了。还有就是当官的，如果已经开始贪赃，那就立马终止这种行为。如果还和之前一样，那就不能离任了。”又说：“每次烧纸钱，假如是白天想要送钱给指定的神灵，那就先烧三十二张纸钱，用以求天、人、畜、地狱、饿鬼五道，这样神灵肯定会收到的。假如是平常烧香，这样多半是收不到的。假如是春秋节日祭祀，就不需要先行告知。烧纸钱的时候，不能在地上烧，需要用柴火草垫起来，从一头开始烧，不能用木棒搅碎，这样完整的钱就全部可以送到了。”

到八月中旬，李氏回来，忽然喜悦地说：“已经有办法可以脱身了。”郑洁问她什么办法，她说：“这要怎么办？需要先送去三五万钱，这样才能让他下达告文。”郑洁求助于平时来往的人，整个城池的官吏都知道了，共同帮助他，按照他说的去做。几天之后。李氏才肯说出来具体方法。她说：“冥府中又有一桩刨开肚子取出五脏杀人的案件，案件审理尚未结束，到时候可以取这个人的五脏放到马氏的肚子里，这样她就可以转世投胎了。”从这以后有司衙门对她的追呼减缓，有时十天才需要去一次。只是说：“现在审理的案件还没结束，应该受罪的人也没看到，剩下的人只是接受了拷问决断而已。”又说曾经城里某街道中的某人，会到某月某日死，那时候说的并没有差错。然后郑洁自己说过：“可以得到代理安丰尉的官职。”到了第二年正月初三，果然被崔中丞邀请去代理安丰县尉，这些事情他妻子李氏都会知道的。自从正月之后，便免去了对李氏的追捕。郑洁关于此事记录了四十余页纸，这里只是简单的叙述下而已。（出《博异记》）

卷第三百八十一　再生七

赵文若　孔恪　霍有邻　皇甫恂　裴龄　六合县丞　薛涛
赵裴　邓成　张瑶

赵文若

隋大业中，雍州长安县人赵文若，死经七日，家人大殓，将欲入棺，乃缩一脚。家人惧怕，不敢入棺，文若得活。眷属喜问所由，文若云，初有人引至王所，王问："汝生存之时，作何福业？"文若答王："受持《金刚般若经》。"王叹云："善哉！此福第一。汝虽福善，且将示汝其受罪之处。"令一人引文若北行十步，至一墙孔，令文若入。隔壁有人引手，从孔中捉文若头引出，极大辛苦，得度墙外。见大地狱，镬汤苦具，罪人受苦，不可具述。乃有众多猪羊鸡鸭之属，竞来从文若债命。文若云："吾不食汝身，何故见逼？"诸畜生云："汝往时某处食我，头脚四肢，节节分张，人各饮啖。何讳之？"文若一心念佛，深悔诸罪，不出余言，求为修福报谢。诸畜各散，使人将文若却至王所。王付一碗钉，令文若食之，并用五钉钉文若头顶及手足，然后放回。文若得苏。其说此事，然患头痛及手足，久后修福，痛渐得差。后尔已来，精勤诵持《金刚般若》，不敢遗漏寸阴。但见道俗亲疏，并劝受持。后因使，至一驿厅上，暂时偃息。于时梦见一青衣妇女，急来乞命。文若惊寤，即唤驿长问曰："汝为吾欲杀生不？"驿长答云："实为公欲杀一小羊。"文若问云："其羊作何色？"答云："是青牸羊。"文若报云："汝急放却，吾与价直。"赎取放之，良由般若威力，冥资感应也。（出《冥祥记》）

赵文若

隋朝大业年间，雍州长安县有个叫赵文若的人，去世七天后，家里人将他入殓，快要把他放进棺材时，赵文若居然有一只脚缩了回来。家人都感到害怕，不敢再把他放入棺材。赵文若居然活过来了。家人和亲属们高兴地问他是怎么回事。赵文若便说道刚开始，有一个人把我领到阎王的住所。阎王问：“你活着的时候，有没有做过什么好事？”我回答阎王说我经常念《金刚般若经》。阎王感叹道：“好哇，这是头等的好事。既然你做了好事，那么就让你看看他们受罪的地方吧。”阎王就叫来一个随从领着我向北走了十步，来到一个墙洞前，让我进去。隔壁有人伸过手来，从墙洞中抓住我的头把我拉出去。我感到很痛苦，终于翻到了墙外。然后，我来到了地狱，看见油锅和开水等各种残酷的刑具，获罪的人所受的苦难，不能一一述说。还有很多的猪、羊、鸡、鸭等，争先恐后向我讨命。我说：“我没有吃你们，为什么对我苦苦相逼？”所有的牲畜都说：“你以前在一个地方吃过我们，头脚四肢，处处分解，连吃带喝。为什么不敢承认？”我一心念佛，为曾经的各种罪恶感到深深的悔恨，因此没有多说一句话。我请求让我修行福分，回报恩德。所有的牲畜先后退去。随从带我回到阎王的处所。阎王给我一碗钉子，让我吃了它们，并用五颗钉子钉住了我的头和手脚，然后放我回去了。我就慢慢苏醒过来了。因为有了这趟经历，他患上了头痛和手脚痛的病。从这以后便开始做好事，疼痛的程度逐渐降低了。从此以后，他更加勤奋诵读《金刚般若经》，不敢浪费一点时间。他看到的人，无论关系亲疏远近，都劝他们念经。后来他因为出差，到了一个驿站上，暂时仰卧在床榻上休息。这时，他梦见一个穿着青衣的女子，急匆匆地前来向他讨命。赵文若惊醒过来，立即招来驿站的长官问道：“你为我想杀生

孔恪

唐武德中，遂州总管府记室参军孔恪，暴病死，一日而苏。自说，被收至官所，问何故杀牛两头。恪云："不杀。"官曰："汝弟证汝杀，何故不承？"因呼恪弟，死已数年矣。既至，枷械甚严。官问："汝所言兄杀牛虚实？"弟曰："兄前奉使招慰獠贼，使某杀牛会之，实奉兄命，非自杀也。"恪曰："使弟杀牛会是实，然国事也，恪有何罪？"官曰："汝杀牛会獠，以招慰为功，用求官赏，以为己利，何为国事也？"因谓恪弟曰："汝以证兄故久留，汝兄既遣杀，汝便无罪，放任受生。"言讫，弟忽不见，亦竟不得言叙。官又问恪："因何复杀两鸭？"恪曰："前任县令，杀鸭供客，岂恪罪耶？"官曰："客自有料，杀鸭供之，将求美誉，非罪而何？"又问："何故杀鸡卵六枚？"曰："平生不食鸡卵。唯忆九岁时寒食日，母与六枚，因煮食之。"官曰："然欲推罪母也。"恪曰："不敢，但说其因耳。"官曰："汝杀他命，当自受之。"言讫，忽有数十人来执恪，将出去。恪大呼曰："官府亦大枉滥。"官闻之，呼还曰："何枉滥？"恪曰："生来有罪皆不遗，生来修福，皆不见记者，岂非滥耶？"官问主司："恪有何福，何为不录？"主司对曰："福亦皆录，量罪多少。若福多罪少，先令受福；罪多福少，先令受罪。然恪福少罪多，故未论其福。"官怒曰："虽先受罪，何不唱福示之？"命鞭主司一百，倏忽鞭讫，血流溅地。既而唱恪生来所修之福，亦无遗者。官谓恪曰："汝应先受罪，我更令汝归七日，可勤追吗？”长官回答说：“确实想杀一头小羊为你接风。”赵文若问：“这个羊是什么颜色的？”长官回答说：“是青色的雌羊。”赵文若告诉他说：“你赶快把羊放了，我给你钱。”于是，赵文若把羊赎回然后放了，这都是因为《金刚般若经》的感化，冥冥之中就能感应到。（出《冥祥记》）

孔恪

唐朝武德年间，遂州总管府的记室参军孔恪，因身患疾病去世了。一天后，孔恪苏醒过来。自己陈述之前的经历。之前，孔恪被收审来到官府的一处地方。官吏问他为什么杀两头牛，他说：“我没杀牛。”官吏又说：“你弟弟能证明你杀了牛，你为什么还不承认？”于是，官吏呼叫孔恪的弟弟，但是他的弟弟已经死了很多年了。他的弟弟（的魂魄）到来后，只见他身上带着十分严酷的枷锁刑具。官吏问：“你所说的你哥哥杀牛这件事是真是假？”孔恪的弟弟回答道：“我哥哥以前奉命招安，慰问那些贼寇，他指使我杀牛宴请他们，我的确是奉哥哥的命令杀牛，不是我自己想要杀的。”孔恪说：“我指使弟弟杀牛宴请是事实，然而那是为了国家大事，我孔恪有什么过错呢？”官吏说：“你杀牛宴请贼寇，那是你想招安有功，然后你就可以得到官府的奖赏。这是为了你自己的利益，又哪里是为了国家的事呢？”于是，官吏对孔恪弟弟说：“你为了证实是你哥哥指使你杀牛，所以长久地留在这里。既然是你哥哥派你杀牛，那么你就没有罪过。因此，你就随便找个地方去投胎吧。”说完，弟弟忽然就消失了，最终也来不及再说什么。官吏又问孔恪：“你为什么又杀了两只鸭子？”孔恪说：“在我之前的一任县令，让我杀鸭请客，这难道也是我的罪过吗？”官吏说：“客人自己有吃的东西，你杀鸭子请他们，想得到他的赞誉，不是你的罪过又是谁的呢？”官吏又问：“为什么吃了六个鸡蛋？”孔恪说：“我平生不吃鸡蛋。只记得九岁的时候寒食节那天，母亲给了我六个鸡蛋。于是我就拿了六个鸡蛋煮着吃了。”官吏说：“难道你又想把罪过推到你母亲头上吗？”孔恪说：“不敢，我只是想证明这样做的原因。”官吏说：“你杀死了它们，那么自己就应

福。”因遣人送出，遂苏。恪大集僧尼，行道忏悔，精勤苦行，自说其事。至七日，家人辞诀，俄而命终也。（出《冥报记》）

霍有邻

开元末，霍有邻为汲县尉，在州直刺史。刺史段崇简严酷。会寮长之日，中后索羊肾。有邻催促，屠者遑遽，未及杀羊，破肋取肾。其夕，有邻见吏云：“王追。”有邻随吏见王，王云：“有诉君云，不待杀了，生取其肾。何至如是耶？”有邻对曰：“此是段使君杀羊，初不由己。”王令取崇简食料，为阅毕。谓羊曰：“汝实合供段使君食，何得妄诉霍少府？”驱之使出，令本追吏送归。有邻还，经一院，云：“御史大夫院。”有邻问吏：“此是何官乎？”吏云：“百司并是，何但于此。”复问大夫为谁，曰：“狄仁杰也。”有邻云：“狄公是亡舅，欲得一见。”吏令门者为通，须臾召入。仁杰起立，见有邻，悲哭毕，问：“汝得放还耶？”呼令上坐，有佐史过案。仁杰问是何案。云：“李適之得宰相。”又问天曹判未，对曰：

该受到惩罚。”官吏一说完，立刻有几十个人来拉孔恪，让他出去。孔恪大声喊到：“官府也随便冤枉好人。”孔恪说：“人一生下来所犯的过错没有遗漏的，生下来做的好事及修的福分，都没有记载，这难道不是很过分吗？”官吏问主司：“孔恪做过什么好事？为什么不给他记录下来？”主司回答说：“所有人做的好事都记录了。根据所做事情数量的多少，如果做的好事多罪过少，就先让他享受福分；所做的罪过多好事少，就先让他受罪。然而孔恪所做的好事少罪过多，所以没有考虑他的福分。”官吏非常生气地说：“虽然让他先受罪，但为什么不把他接下来享受的好处告诉他？”官吏于是叫人鞭打了主司一百下。很快地鞭打完，血流满地。官吏随即宣读孔恪平生所做的好事，没有一件遗漏的。官吏对孔恪说：“你应当先受罪，我可以更改一下叫你回去七天，你要努力做好事。”于是就派人送他出去。孔恪也就苏醒过来了。孔恪把很多僧人聚集在一起，诚心忏悔，勤勤恳恳地做好事。他自己也对他们讲了这段经历。到了第七天，家人与他话别，不久他的生命就此终结。（出《冥报记》）

霍有邻

唐玄宗开元末年，霍有邻担任汲县县尉，他要前往州府拜见刺史。刺史段崇简性情凶狠残暴。在霍有邻会见各位官员的那天，有个太监说段刺史想要羊肾，霍有邻急忙催促下人把羊肾拿来给他。杀羊的人感到慌张害怕，没等他把羊杀死，就剥开肋骨把羊肾取了出来。这天晚上，霍有邻就听见一个差役说：“阎王要抓你。”霍有邻跟着差役去见阎王。阎王说：“有人告你的状，说你还没等把羊杀死，就活生生地取出它的肾。你为什么着急到了这种程度？”霍有邻回答说：“这是段使君杀的羊，我本来是不愿意的。”阎王命人拿来段崇简吃的东西，看完后，对羊说：“你确实是被段刺史吃的，为什么污蔑霍少府呢？”于是阎王将羊赶了出去，并叫之前抓捕的差役将霍有邻送回去。霍有邻回去的路上，路过一个院落，名叫御使大夫院。霍有邻问差役这里住的什么官，差役回答说：“这里的官府都是这样的，并不只有这一处是这样。”霍有邻又问到：“大夫是谁？”差役说：

“诸司并了，已给五年。”仁杰判纸余，方毕，回谓有邻：“汝来多时，屋室已坏。”令左右取两丸药与之：“持归，可研成粉，随坏摩之。”有邻拜辞讫，出门十余里，至一大坑，为吏推落，遂活。时炎暑，有邻死经七日方活，心虽微暖，而形体多坏。以手中药作粉，摩所坏处，随药便愈，数日能起。崇简占见，问其事，嗟叹久之。后月余，李適之果拜相。（出《广异记》）

皇甫恂

安定皇甫恂，以开元中，初为相州参军，有疾暴卒，数食顷而苏。刺史独孤思庄，好名士也。闻其重生，亲至恂所，问其冥中所见。云，甚了了，但苦力微，稍待徐说之。顷者，恂初至官，尝摄司功。有开元寺主僧，送牛肉二十斤，初亦不了其故，但受而食之。适尔被追，乃是为僧所引。既见判官，判官问何故杀牛。恂云：“生来蔬食，不曾犯此。”判官令呼僧，俄而僧负枷至，谓恂曰：“已杀与君，君实不知，所以相引，欲求为追福耳。”因白判官：“杀牛己自当之，但欲与参军有言。”判官曰：“唯。”僧乃至恂所，谓恂曰：“君后至同州判司，为我造陁罗尼幢。”恂问：“相州参军何由得同州掾官？且余甚贫，幢不易造，如何？”僧云：“若不至同州则已，必得之，幸不忘所托。然我辩伏，今便受罪。及君得同

"是狄仁杰。"霍有邻说："狄公是我去世的舅舅，我想见他一面。"差役叫守门的人通报，一会儿就召他进去。狄仁杰一见霍有邻就站起来放声大哭。哭完后，狄仁杰问他说："你这是要被放还了？"然后招呼他上座。有佐史拿来案卷，狄仁杰问是什么人的案卷。佐史说是李适之要做宰相。狄仁杰又问："阎王批准了没有？"佐史回答说："所有官员都通过了，已经给了五年期限。"狄仁杰在纸上批了才算完毕。随后回头对有邻说："你来了已经好长时间，身体已经受损。"于是叫左右随从拿出两颗药丸给霍有邻，说："你把它们拿回去，可以磨成粉末，擦在你身体受损的地方。"霍有邻拜谢过他，告辞离开。出门走了十多里。看到一个大坑。差役把霍有邻推下去，他就活了。这时正是炎热的夏季，霍有邻死后过了七天才活过来。胸中虽然多少有点气息，但是身体多处损坏。他就把手中的药丸磨成粉末，擦在损坏的地方，药一抹上去就好了，几天后就能起身了。段崇简从占卜口中听说后，问起这件事，感慨叹息了很久。一个月以后，李适之果然做了宰相。（出《广异记》）

皇甫恂

安定的皇甫恂，在开元年间，首次担任相州参军，突然得暴病死了。过了好几顿饭的工夫，他又一下子苏醒过来。刺史独狐思庄，是个喜欢结交名士的人。听说皇甫恂死而复生，就亲自前往皇甫恂家，问他在阴间看到了些什么。皇甫恂说："阴间事情太多了，可我现在没有力气，让我休息一下慢慢说给你听。"过了一会儿，皇甫恂说："我刚去任官，担任佐理司功。有个开元寺的主僧，送给我二十斤牛肉。一开始也不知道其中的缘故，只是收下并且吃了它。刚才我被追扑，就是被僧人供出来的。"皇甫恂立即去见判官。判官问他为什么杀牛，皇甫恂说："我生来就吃只蔬菜，没有杀过牛。"判官叫人把僧人叫过来。不一会儿僧人带着枷锁到了判官面前，并对皇甫恂说："我杀牛，把牛肉给了你，你确实不知道。我把你供出来，是想求你帮我去做件事。"于是僧人对判官说："杀牛的罪过由我自己承担，但是我想和参军说几句话。判官说："行。"僧人就到了皇甫恂的面前，对州，我罪亦毕，当托生为猪。君造幢之后，必应设斋庆度。其时会有所睹。”恂乃许之，寻见牛头人以股叉叉其颈去，恂得放还。思庄素与僧善，召而谓之，僧甚悲惧，因散其私财为功德。后五日，患头痛，寻生三痈，如叉之状。数日死。恂自相州参军迁左武卫兵曹参军，数载，选受同州司士。既至，举官钱百千，建幢设斋。有小猪来师前跪伏，斋毕，绕幢行道数百转，乃死。（出《广异记》）

裴龄

开元中，长安县尉裴龄，常暴疾数日。至正月十五日夜，二更后，堂前忽见二黄衫吏持牒，云：“王追。”龄辞已疾病，呼家人取马，久之不得，乃随吏去。见街中灯火甚盛，吏出门行十余里，烟火乃绝，唯一径在衰草中。可行五十里，至一城，墙壁尽黑，无诸树木。忽逢白衣居士，状貌瑰伟，谓二吏曰：“此人无罪，何故追来？”顾视龄曰：“君知死未？”龄因流涕，合掌白居士：“生不曾作罪业，至此，今为之奈何？求见料理。”居士谓吏曰：“此人衣冠，且又无过，不宜去其巾带。”吏乃还之，因复入城。数里之间，见朱门爽丽，奇树郁茂。前谓一官，云是主簿，主簿遣领付典，勘其罪福。典云：“君无大罪，理未合来。”龄便苦请救助。检案云：“杀一驴，所以追耳。然其驴执是市吏杀，君第不承，事当必皇甫恂说："你以后到同州做司官后，为我制作一个陁罗尼幢。"皇甫恂问："我现在是相州的参军，怎么能够去同州做官呢？况且我又那么穷困，是不容易做好的，怎么办呢？"僧说："如果不到同州也就罢了。假如能到的话，希望你一定不要忘记我委托的事。其他我就没什么可说的了，我愿意伏罪，现在就可以受罪。等到你到同州任职后，我的罪也就该结束了。我应该托生为猪，你造幢之后，一定会设立祭坛，进行斋戒，超度亡灵，到时候就能见到了。"皇甫恂于是答应了。随后就看见长着牛头的人用带股的钢叉叉住他的脖子。皇甫恂得以放还。独狐思庄平时与僧人交好，招呼他并对他说了这件事。僧人感到特别悲痛。于是把他的私有财产拿出来作为功德捐了。五天后，僧人得了头痛的毛病，又生三个疮，这疮像叉的形状。几天后僧人就死了。皇甫恂从相州参军升职到左武卫兵曹参军。几年后被提拔为同州司士。皇甫恂立即走马上任。到任后，皇甫恂把官钱十万全部用来建幢设斋，有一头小猪前来跪伏。斋毕，小猪围绕幢跑了几百圈，然后它就死了。（出《广异记》）

裴龄

唐玄宗开元间，裴龄担任长安县的县尉。裴龄曾经突然之间患了很久的病。正月十五这一天，晚上二更天后，裴龄忽然看见正屋前面有两个穿着黄色衣服的官员手里拿着公文说："阎王要抓你。"裴龄借口自己有病推辞不去，就呼唤家人把马牵来，过了很久，也不见家人牵马来，于是只好跟随官员去了。一路上，只见街上灯光灿烂，辉煌炫目。官员带着他出了城门继续往前走了十多里，灯光就没有了，眼前是在枯草堆中隐匿的唯一的一条小路。大约走了五十里，他们来到了一座城池，城里的墙壁全是黑色的，周围几乎没有树木。转眼间又遇到了一位身穿白衣的居士，身材高大魁梧，仪表堂堂。居士对两位官员说："这个人并没有犯罪，为什么要把他抓来？"然后居士又回过头来看着裴龄，对他说："你知道现在是死了还是没死？"裴龄听了后号啕大哭，双手合十，打躬作揖告诉白衣居士："我平生从不曾做过犯罪的事情，直到现在我也不明白这究竟是怎么回事？

释。”须臾，王坐，主簿引龄人。王问何故追此人，主簿云：“市吏便引，适以诘问。”云：“实求肠，不遣杀驴。”言讫，见市吏枷项在前，有驴羊鸡豖数十辈，随其后。王问市吏，何引此人。驴便前云：“实为市吏所杀，将肉卖与行人，不关裴少府事。”市吏欲言，其他羊豖等各如所执。王言：“此人尚有数政官录，不可久留，宜速放去。若更迟延，恐形骸隳坏。”因谓龄曰：“令放君回，当万计修福。”

龄再拜出，王复令呼，谓主簿：“可领此人观诸地狱。”主簿令引龄前行，入小孔中。见牛头卒以叉刺人，随业受罪。龄不肯观，出小孔，辞主簿毕，复往别吏。吏云：“我本户部令史。”一人曰：“我本京兆府史，久在地府，求生人间不得。君可为写《金光明经》《法华》《维摩》《涅槃》等经，兼为设斋度，我即得生人间。”龄悉许之。吏复求金银钱各三千贯。龄云：“京官贫穷，实不能办。”吏云：“金钱者，是世间黄纸钱。银钱者，白纸钱耳。”龄曰：“若求纸钱，当亦可办，不知何所送之？”吏云：“世作钱于都市，其钱多为地府所收。君可呼凿钱人，于家中密室作之。毕，可以袋盛。当于水际焚之，我必得也。受钱之时，若横风动灰，即是还麻烦居士帮忙处理处理。”居士对官员说：“这个人仪表端庄，而且又没有犯过罪，不应该扯掉他的头巾和衣带。”官员也就把头巾衣带还给了裴龄。一行人就这样进了城。走了几里地，看见一道装饰华丽的红色大门，门内有很多珍奇的树木长势繁盛。前面出来一个官人，说是主簿。主簿派人检查典籍，查看他的罪过与福分。典籍中记载说：“你没有大的罪过，按理不应该被抓来。”裴龄便苦苦请求他帮助和解救。检查案卷的人说：“因为你之前杀了一头驴，所以才抓你来的。然而这头驴却是被市吏所杀，如果你不承认，事情就一定能解决。”不一会儿。阎王就坐。主簿领着裴龄进来。阎王问道：“为什么抓这个人？”主簿说把要市吏也领来，正好一块盘问。市吏说：“其实只是要肠子，没说让我杀驴。”说完，主簿看见市吏脖子上带着枷锁往前面走，数十只驴、羊、鸡、猪等跟在他的后边。阎王问市吏：“为什么牵扯上来这个人？”驴便走上前去，说：“我们这些牲畜其实是被市吏所杀，然后他再把肉卖给过路的人。这件事与裴少府没有关系。”市吏刚想说话，其他羊猪等一一站出来，一致赞同驴说的话。阎王说：“这个人还享有很多年的国家官禄，不能在这里久留，应该赶紧把他放回去。如果再拖延下去，恐怕他的身体会腐烂变质。”因此阎王就对裴龄说：“我让人放你回去，但是你回去后应该千方百计为百姓做善事，谋幸福。”

裴龄再拜了一拜后就出去了。阎王又把主簿叫来，告诉他说可以领着这个人去看所有的地狱。主簿让人领着裴龄走在前面。裴龄走进一个小洞中，看见一个长着牛头的小兵，正在用叉子刺人，按照他们所犯的罪行不同，受到相应的惩罚。裴龄不忍继续看，出了小洞。裴龄告别了主簿以后，又到其他官员那里。官员说：“我原来是户部令史。”另一个说：“我原来是京兆府史，长期生活在地府里，请求回到人间，却不被允许。你可以为我们写《金光明经》《法华》《维摩》《涅槃》等经，同时再为我设斋超度，我们就能到人间生活了。”裴龄全部都答应了。官员又请求给他们金银钱各三千贯。裴龄说：“京官贫穷，实在没有办法办到。”官员说：“金钱就是人间的黄纸，银钱就是白纸。”裴龄说：“如果所求的是纸钱，那当然可以办到，不知我得。若有风飏灰，即为地府及地鬼神所受。此亦宜为常占。然鬼神常苦饥，烧钱之时，可兼设少佳酒饭，以两束草立席上，我得映草而坐，亦得食也。”辞讫，行数里，至舍。见家人哭泣，因尔觉痛。遍身恍惚，迷闷久之，开视遂活。造经像及烧钱毕，十数日平复如常。（出《广异记》）

六合县丞

六合县丞者，开元中暴卒，数日即苏。云，初死，被拘见判官，云是六合刘明府，相见悲喜。问家安否，丞云：“家中去此甚迩，不曾还耶？”令云：“冥阳道殊，何由得往？”丞云：“郎君早擢第，家甚无横。但夫人年老，微有风疾耳。”令云：“君算未尽，为数羊相讼，所以被追。宜自剖析，当为速返。”须臾，有黑云从东来，云中有大船，轰然坠地，见羊头四枚。判官云：“何以枉杀此辈？”答云：“刺史正料，非某之罪。”二头寂然。判官骂云：“汝自负刺史命，何得更讼县丞？”船遂飞去。羊大言云：“判官有情，会当见帝论之。”判官谓丞曰：“帝是天帝也，此辈何由得见？如地上天子，百姓求见，不亦难乎？然终须为作功德尔。”言毕，放丞还。既出，见一女子，状貌端丽，来前再拜。问其故，曰：“身是扬州谭家女，顷被召至，以无罪蒙放回。门吏以色美，曲相留连。离家已久，恐舍宅颓坏，今君得还，幸见料理。我家素富，若得随行，当奉千贯，兼永为姬妾，无所吝也，以此求哀。”丞入白判官，判官谓丞曰：“千贯我得二百，我子得二百，余六百属君。”因为书示道怎么送到你们手里呢？”官员说：“人间是在集市上制作纸钱，这些钱大多数被地府收去了。你可以叫制钱的人到家中密室里做，做完以后用袋子装好，然后把袋子带到水边，在水边烧了它，我们就一定能够收到。给钱的时候如果看见风吹灰动，那就表明我们收到了；如果有大风把灰吹得到处飘扬，那就是被地府及地鬼神收去了。这样的事情如果经常做，鬼神也就常常挨饿。烧纸钱的时候还可以同时准备一些好酒好菜，把两束草捆好后立在席子上，我们在草影的地方坐着，这样就能得到食物。”裴龄和官员告辞后，走了几里地才到家。到家后一看，只见家人都在大声哭泣，因而感觉到全身剧痛，精神恍惚。眯着眼睛看了很久，才睁大了眼睛，活了过来。裴龄制造经像，烧完纸钱后，十几天就恢复到和平常一样了。（出《广异记》）

六合县丞

六合县的县丞在唐玄宗开元年间得暴病死亡，过了几天又苏醒了。他说：“我刚死的时候，被抓捕去见判官，判官说他是六合县刘明府人。判官见到我后悲喜交加。他问我家中是否平安，县丞说：“你家距离那么近，都没有回去过吗？”判官说：“阴间和阳间的路不同，我怎么能够回去呢？”县丞说：“您儿子早已考中进士，家中也没有令人烦心的事。只不过您夫人年事已高，稍微患了点风湿病。”判官说：“算起来你在阳间的寿命还没有完，但是因为有几只羊状告你，所以才逮捕你。你自己去辩解吧，争取让你尽快回去。”没过多久，有一团黑云从东边来，云中有一只大船，轰隆一声，大船掉落到地上。只见地上有了四颗羊头。判官说：“你为什么无缘无故杀死这些羊呢？”县丞回答说：“刺吏现在需要这东西，不是我想杀它们。”两颗羊头沉默不语，无言以对。判官大声骂道：“你们本来就欠刺使的命，为什么告县丞呢？于是，大船就飞走了。羊大声说：“判官徇私枉法，我们要去天帝面前，请天帝评论这件事。”判官对县丞说：“天帝，天上的帝王，这些无名小卒又怎么能见得着呢！这就好比人间的天子，百姓想要求见他，不也是很难吗？不过，也还是应当做多善事，造福积德。”说完，判官就把县丞放回去了。县丞刚走出去，就之。判官云："我二百可为功德。"便呼吏问："何得勾留谭家女子？"决吏二十，遣女子随丞还。行十余里，分路各活。丞既痊平，便至谭家访女。至门，女闻语声，遽出再拜。辞曰："尝许为妾，身不由己，父母遣适他人。今将二百千赎身，余一千贯如前契。"丞得钱，与刘明府子，兼为设斋功德等。天宝末，其人尚在焉。（出《广异记》）

薛涛

江陵尉薛涛，以乾元中，死三日活。自言初逢一吏，持帖云："王使追。"押帖作"祜"字。涛未审是何王，鞴马便去。行可十余里，至一城，其吏排闼，便入厅中。一人羽卫如王者，涛入再拜。王问："君是荆州吏耶？"涛曰："是。"王曰："罪何多也？今诉君者，不可胜数。"对曰："往任成固县尉，成固主进鹰鹞，涛典其事，不得不杀，杀多诚有之。"王曰："杀有私乎？"曰："亦有之。""公私孰多？"曰："私少于公。"王曰："诚之然。君禄福有厚，寿命未已。彼亦无如君何，不得不追对耳。"令涛出门，遍谢诸命。涛至，见雉兔等遍满数顷，皆飞走逼涛。涛云："天子按鹰鹞，非我所为。观君辈意旨，尽欲杀我，其何故也？适奉命为君写看见了一个女子，身材相貌都很庄重漂亮，他就上前去拜见那女子。县丞问她为什么到这里，那女子说："我原本是扬州姓谭人家的女儿，刚刚才被召到这里来，因为我没有罪，蒙受恩惠被放了回来。守门的差吏看我长得漂亮，找各种理由想把我留下。我离开家里已经很久了，担心家中的尸体腐烂。现在你能够回去，希望能得到你的帮助。我家家境一直很富裕，如果能让和你一起走，到家后一定奉送千贯钱，并且永远做你的小妾，没有什么舍不得的东西，就用这些求得你的同情。"县丞进去对判官说了这件事，判官说："一千贯钱你得分二百给我，再给我儿二百，剩下的六百归你。"随后写在纸上让他看，判官说："我的二百钱可用来作功德。"就唤来守门的差吏问："你为什么想要强留谭家女子？"于是打了门吏二十杖，让女子跟随县丞回去了。走了十多里后，两人分路各自回家，都活了过来。县丞很快康复后，就到谭家去拜见女子。到了谭家门口，女子听到说话声，就出来相见，女子推辞道："我曾经许诺做你的妾，可是身不由己，父母已经将我许给了别人。现在我用二百钱赎身，一千贯按以前的约定给你。"县丞拿到钱后，把钱给了刘明府的儿子，又为他设斋积功德等。天宝末年的时候，这个人还在世。（出《广异记》）

薛涛

江陵尉薛涛，在唐肃宗乾元年间，死后三天复活。他说，他当时遇见一个差吏，手里拿着一张帖子，说："阎王让我来抓你。"只见那帖子上印了一个"祜"字，薛涛不知道是哪个王，就牵着马跟着去了。走了十几里，到了一座城池。那个差役推开门，就到了大厅，大厅上坐着一个穿戴像阎王一样的人。薛涛上前拜了两拜。阎王问他说："你是荆州的官吏吗？"薛涛说："是。"阎王说："你的罪过为什么那么多？现在告你的状的人数都数不过来。"薛涛回答说："先前我担任成固县县尉，成固县主管进贡鹰鹞。我是主管这件事的人，不得不杀生，的确杀得比较多。"阎王说："有因为私人原因杀的吗？"薛涛回答说也有。"为公和为私，哪个原因杀生更多？"薛涛说："为私比为公少。"阎王说："你还是很老实的。你的福气还很长，阳寿还未尽，经像，使皆托生。何必众人杀一命也？”王又令人传语。久之，稍稍引去。涛入，王谓之曰：“君算未尽。故特为君计，还宜作功德，以自赎耳。”涛再拜数四，王问：“君读书否？”曰：“颇常读之。”又问：“知晋朝有羊祜否？”曰：“知之。”王曰：“即我是也。我昔在荆州，曾为刺史，卒官舍，故见君江陵之吏，增依依耳。”言讫辞出，命所追之吏送之归舍，遂活。（出《广异记》）

赵裴

明经赵裴，贞元中，选授巴州清化县。失志成疾，恶明，不饮食四十余日。忽觉室中雷鸣，顷有赤气如鼓，轮转至床，腾空上，当心而住。初觉精神游散，奄如梦中。有朱衣平帻者，引之东行。出山断处，有水东西流，久立视之。又东行，一桥饰以金碧。过北，入一城，至曹司中，人吏甚众。见妹婿贾奕，与己争杀牛事。疑是冥司，遽逃避至一壁间。墙如石，黑，高数丈。厅有呵喝声，朱衣者遂领入大院。吏通曰：“司命过人。”复见贾奕，因与辨对。奕固执之，无以自明。忽有巨镜径丈，虚悬空中，仰视之，宛见贾奕鼓刀，业负明，有不忍之色，奕始伏罪。朱衣人又引至司，入院，一人褐帔紫霞冠，状如尊像。责曰：“何故窃他樸头二事？在滑州市，隐橡子三升。”因拜之无数。

他们不能把你怎么样，只是必须把你抓来对证。”阎王让薛涛出门，向先前那些被杀的生命致歉。薛涛来到外面，看见鸡、兔等遍地都是，时而飞腾时而奔走，威胁着薛涛。薛涛说：“我奉天子的命令饲养鹰鹞，这不是我想做的，看你们的意思，就是想杀死我，这是为什么呢？刚才奉命为你们画经像，让你们都能投胎，大家何必一齐杀掉我呢？”阎王又叫人传下话去。过了好长时间，有差吏悄悄领着薛涛离开。薛涛进来，阎王对他说：“算来你的阳寿还未尽，所以特地为你考虑，回去之后应该多积德，用自己的行动赎罪。”薛涛又拜了两拜。阎王问他：“你读过书吗？”薛涛说：“我读过很多书。”阎王又问他是否知道晋朝有个叫羊祜的人，薛涛说知道。阎王说：“那个人就是我呀。我以前在荆州曾经当过刺史，死在官府里。所以看见你这个江陵的小官，增加了对你的好感。”阎王说完，薛涛就告辞离开，阎王让抓捕他的差吏送他回家，薛涛于是就活了过来。（出《广异记》）

赵裴

唐德宗贞元年间，凭借考试明经中举的赵裴被派到巴州清化县。到任后，他的志向没有机会实现，因此酿成疾病。他怕看见亮光，连续四十多天没有吃东西。突然间听见屋中出现了一阵雷鸣般的声音，一会儿又涌起一团像鼓一样的红色气团，慢慢转到他的床前。那红色气团腾空而起，飞到半空中又停了下来。刚开始，赵裴还觉得恍恍惚惚，屏息敛声，像在做梦一般。突然，有个穿红衣服戴平顶帽子的人，领他向东边走去。走到悬崖边上，只见一条河水自东向西缓缓流淌着。赵裴站在这里观赏了很久，又继续向东走。看见一座桥，装饰得金光闪闪的样子。走过去再往北，来到了一座城池。赵裴到了当地官府，官府里人特别多。他看见妹婿贾奕正在与自己争论杀牛的事。赵裴怀疑这里是阴间，就害怕地躲避到一间屋子里去了。只见这屋里的墙壁像是石头做的，很黑，有好几丈高。大厅那边传来吆喝的声音。一个穿红衣服的人就把他领到了一个大院里。这时，有差役前来通报说，县官叫他过去。他去后又看到了贾奕，于是就趁机与贾朱衣复引出，谓曰："能游上清乎？"乃共登一山，下临流水，其水悬注腾沫，人随流而入者千万，不觉身亦随流。良久，住大石上，有青白晕道。朱衣者变成两人，一导之，一促之。乃升石崖上立，坦然无尘。行数里，旁有草如红蓝，茎叶密，无刺，其花拂拂然，飞散空中。又有草如苣，附地，亦飞花，初出如马勃，破，大如叠，赤黄色。过此，见火如山，横亘天，候焰绝乃前。至大城，城上重谯，街列果树，仙子为伍，迭谣鼓乐，仙姿绝世。凡历三重门，舟艧交焕。其地及壁，澄光可鉴，上不见天，若有绛晕都覆之。正殿三重，悉列尊像。见道士一人，如旧相识。赵求为弟子，不许。诸乐中有如琴者，长四尺，九弦，近头尺余方广，中有两道横，以变声。又一如酒榼，三弦，长三尺，腹面上广下狭，背丰隆项。有过录，乃引出。阙南一院，中有绛冠紫帔，命与二朱衣人坐厅事。乃命先过戊申录，录如人间辞状，首冠人生辰，次言姓名年纪，下注生月日，别行横布六旬甲子。所有功过，日下具之。如无，即无字。赵自视其录，姓名生辰日月，一无差也。过录者，数盈亿兆。朱衣人言，每六十年，天下人一过录，以考校善恶增算也。朱衣者引出北门，至向路，执手别曰："游此是子之魂，可寻此行，勿反顾，当达家矣。"依其言，行稍急，蹶倒，如梦觉，死已七日矣。赵著《魂游上清记》，叙事甚该悉。（出《酉阳杂俎》）

奕当面争辩。贾奕很固执，没办法和他说明白。忽然，有一面直径一丈的大镜子出现在半空中。赵裴抬头看，仿佛看见贾奕在舞弄刀子，这已经很明白了，随即脸上露出不忍心的表情。贾奕当场认了罪。红衣人又把他领到官府那里，进院子一看，就看见一个人披着褐色披风，戴着紫色帽子，相貌威严，像一尊佛像。那人指责赵裴说："为什么连续两次去偷别人的头巾？在滑州市藏匿三升橡子。"于是跪拜了很多次。

红衣人再次领他出去。对他说："你能和我一同游览上清吗？"于是两人一起登上一座山，站在高处往下看，只见流水像飞悬的瀑布一般溅起飞沫，顺流而下的人也很多，气势如同千军万马。过了很久，赵裴在一块石头边停了下来，石头上有青白色的印记。这时红衣人变成了两个。一个在前面领路，一个在后面监督。他们又登上了石崖。站在这里，地面平坦，没有泥土。继续向前走几里，路旁长满了草，有的茎叶茂盛，没有长刺，开的花随风飘动，香气四溢。有的草像萵苣，贴在地面，也有花在飞散。这种花刚开的时候像马勃，等到完全开放，则呈现出赤黄色。过了这个地方，看见大火像山一样，把天都遮挡住了。等到火熄灭了才敢向前走。到了一座城，城上有几个瞭望台。站在台上，看见街道两旁果树成行，一队队的美女像天仙一样，姿色容貌无与伦比，举世无双。击鼓奏乐的声音此起彼伏，如同人间仙境一般。凡是经过这里的人都得过三重门。舟船交错，交相辉映，船底和船壁光彩照人。向上看不见天，好象有紫红色的光晕覆盖着。三重正殿，全都排列着尊像。他看见一个道士，好像是以前认识的人。赵裴于是请求做他的弟子，他没同意。在众多乐器中有一个像琴的东西，长四尺，九根弦，靠近头的地方有一尺多宽的方形，中有两道横梁，这是用来改变声音的。又有一个像酒具一样的东西，三根弦，长三尺。腹部上宽下窄，背面丰满，脖子突出。这些都一一做了记录。然后就把他领出去了。门楼南边有一个院落，院中有一个戴紫红色帽子，披紫色披肩的人，叫他和两个穿红衣服的人坐在大厅里候事。于是叫人拿来戊申的记录。这记录就和人间的供词一样。首先是人的生辰，其次是姓名，年龄，下面标明出生年月日，横

邓成

邓成者，豫章人也，年二十余。曾暴死。所由领至地狱，先过判官。判官是刺史黄麟，麟即成之表丈也。见成悲喜，具问家事，成语之，悉皆无恙。成因求哀，麟云："我亦欲得汝归，传语于我诸弟。"遂入白王。既出曰："已论放汝讫。"久之，王召成问云："汝在生作何罪业？至有尔许冤对。然算犹未尽，当得复还。无宜更作地狱冤也。"寻有畜生数十头来噬成。王谓曰："邓成已杀尔辈，复杀邓成，无益之事。我今放成却回，令为汝作功德，皆使汝托生人间，不亦善哉！"悉云："不要功德，但欲杀邓成耳。"王言："如此于汝何益？杀邓成，汝亦不离畜生之身。曷若受功德，即改为人身也。"诸辈多有去者，唯一驴频来踢成，一狗啮其衣不肯去。王苦救卫，然后得免。遂遣所追成吏送之。出过麟，麟谓成曰："至喜莫过重生。汝今得还，深足忻庆。吾虽为判官，然日日恒受罪。汝且住此，少当见之。"俄有一牛头卒，持火来，从麟顶上然至足，麟成灰，遂灭，寻而复生。悲涕良久，谓成曰："吾之受罪如是，其可忍也！汝归，可传语弟，努力为造功德。令我得离此苦，然非我本物。虽为功德，终不得之。吾先将官料置得一庄子，今将此造经佛，即当得之。或恐诸弟为恍惚，不信汝言，持吾玉簪还，行列六十年甲子，所有功过是非都在相应的日期记载下来。如果没有功过，就没有字。赵裴亲自看了他的记录，姓名生辰日月，一点都没错。记录的人超过了亿兆。红衣人说："每六十年，天下所有的人都记录一次，用来考察核对善恶，计算增减寿限。"红衣人把赵裴领出此门，到了他回家的路上，拉着他的手告别说："在这里游荡的是你的灵魂，你可以立即沿着这条路走，不要回头，你就一定能回家。"赵裴按照红衣人的话，走得稍微急了一点，突然摔倒，如梦方醒。这时他已经死了七天了。赵裴开始著《魂游上清记》，叙述事件特别详细。（出《酉阳杂俎》）

邓成

邓成是豫州人，二十多岁的时候，曾经患疾病死了。差役把他领到地狱。邓成先去见了判官。判官是刺史黄麟，黄麟就是邓成的表丈人，看见邓成又悲又喜，向他询问家中的大小事情。邓成对他说："家里全都安好。"邓成借机请求他让他把自己放回去。黄麟说："我也想让你回去，把我的话传给我的兄弟们。"于是黄麟进去向阎王说明情况，一会儿就出来说："阎王已经和我讨论过了，立即就放你回去。"过了很长时间，阎王召见邓成，问道："你一生中做了多少有罪的事，以致有那么多的冤家对头。但是算起来，你的寿命还没有完，应该回到阳间去，不应该做地狱的冤鬼。"立即有几十头畜生上前来咬邓成。阎王对他们说："邓成已经杀了你们，你们又反过来杀邓成，这样对谁都没有好处。我现在放邓成回去，让他为你们积功德，让你们都能投胎到人间，这不是好事吗？"畜生们都说："我们不要功德，就是想杀了邓成。"阎王说："这样做对你们有什么好处？杀了邓成你们也摆脱不了畜生的身体。你们倒不如接受他积的功德，立即就可以改变形体。"这些畜生多数都走了，只有一头驴多次上前来踢邓成，一只狗咬住他的衣服不肯放开。阎王苦苦劝谏并加以保护，邓成才得以逃脱。于是，阎王派拘捕邓成的差役送他回去。邓成出去见过黄麟，黄麟对邓成说："没有比重生更让人觉得庆幸的喜事了。你今天能够回去，一定要好好地庆贺一番。我虽然说判官，然以示之。”因拔头上簪与成。麟前有一大水坑，令成合眼，推入坑中，遂活。其父母富于财，怜其子重生，数日之内，造诸功德。成既愈，遂往黄氏，为说麟所托，以玉簪还之。黄氏识簪，举家悲泣，数日乃卖庄造经也。（出《广异记》）

张瑶

东阳张瑶病死，数日方活。云，被所由领过一府舍，中有贵人，傧从如王者。瑶至庭内，见其所杀众生尽来对。瑶曾杀一牛，以布两端，与之追福。其牛亦在中庭，角戴两布。又曾供养病僧，其僧亦来，谓所司曰：“张瑶持《金刚经》，满三千遍，功德已入骨；又写《法华经》一部，福多罪少，故未合死。”所司命秤之，畜生尽起，而瑶犹在地上。所司取司命簿勘之，一紫衣引黄衫吏抱黄簿至，云：“张瑶名已掩了，合死。”视簿，有纸帖掩其名。又命取太山簿，顷之，亦紫衣吏人引黄衫吏持簿至。云：“张瑶掩了，合死。”又命取阁内簿检，使者云：“名始掩半，未合死。”王问瑶：“汝名两处全掩，一处掩半，六分之内，五分合死，故不合复生。以功德故，放汝归阎浮地，勿复杀生。”命瑶入地狱，遍见受罪，火坑镬汤，无不见有。僧曰：“汝勿复为罪。”遂即以印印其股，曰：

而每天都在受罪。你暂时待在这里，一会儿就能看个明白了。”很快有一个牛头小卒，拿着火，从黄麟头顶上烧到脚，黄麟就变成了灰，接着火灭了，立即恢复了原形。黄麟伤心地哭了很久，对邓成说：“我经常遭受这样的罪，怎么能够忍受！你回去后，可以传话给我弟弟，努力为我积累功德，让我能够脱离这个苦地方。然而不是我自己的东西，即使积了功德，但终究得不到解脱。我以前用作官得到的薪金买了一个庄园，现在用它来造经佛就可以让我得到解脱了。我怕我的兄弟们怀疑，不相信你的话，你把我的玉簪拿着回去，给他们看。”黄麟随即把头上的簪子拔了拿给邓成。黄麟前面有一个大水坑，他叫邓成闭上眼睛，把他推进坑里。于是邓成就活了。他的父母很有钱，庆幸自己的儿子能够重获新生，几日内就造了许多功德，邓成就全好了。然后就到黄家去向他们说黄麟委托的事情，把玉簪还给他们。黄家认识簪子，全家悲痛哭泣，不多日就卖掉了庄园制造佛经。（出《广异记》）

张瑶

东阳人张瑶，生病死了，几天后他又活了过来。他说，他之前被一个差役带着路过一座府邸，府里有一个身份高贵的人，从他的衣着服饰来看像是阎王。张瑶来到院子里，看见他之前所杀的众多生灵都前来和他对质。张瑶曾经杀过一头牛，用两匹布为它祈福。这头牛也在院子中，牛角上挂着两块布。张瑶还曾经供养过一个有病的僧人，这个僧人也来了。僧人对所司说：“张瑶已经念了三千遍《金刚经》，功德很深厚，经书内容已被他牢记心中。况且他还写了一部《法华经》，福分较多罪过较少，不应该死。”所司叫人公平地处理这件事。生灵们都站了起来，而张瑶还在地上。所司命人拿来司命簿检查。不一会儿，一个穿紫色衣服的人带着一个穿黄衫的差役抱着黄色的册子到了所司跟前。差役说：“张瑶的名字已被遮住了，他该死。”再看司命簿，果然有纸帖遮住了他的名字。所司又叫人拿来太山簿。过了不久，也是一个紫衣人领着黄衫差役拿来了簿子，说：“张瑶的名字已经被盖住了，确实该死。”所司又叫人拿阁内簿来检

“将此为信。”既活，印甚分明，至今未灭。（出《广异记》）

查。使者说："张瑶名字的前头只盖上了一半，还不该死。"阎王问张瑶："你的名字有两处全被盖上了，一处盖上一半。六分之中，五分该死。所以不应该再活着。但是念在你有功德的份上，现在将你放回到人间世界，但你就不要再屠杀生灵了。"阎王让张瑶到地狱，只见那些受罪的人，受到火烧、坑埋、锅煎、汤煮等各种酷刑没有一样遗漏的。僧人说："你不需要再受这样的罪了。"于是就用印章印在他的大腿上，说："这个用来作为记号。"张瑶活过来后，看见他腿上的印记依然很清楚，一直到现在都没有消除。（出《广异记》）

卷第三百八十二　再生八

支法衡　程道惠　僧善道　李旦　梁甲　任义方　齐士望
杨师操　裴则子　河南府史　周颂　卢弁

支法衡

晋沙门支法衡，得病旬日，亡经三日而苏。说死时，有人将去。见如官曹舍者数处，不肯受之。俄见有铁轮，轮上有爪，从西转来，无持引者，而转映如风。有一吏呼罪人当轮立，轮转来轹之，翻还。如此数，人碎烂。吏呼衡道人来当轮立。衡恐怖自责：“悔不精进，今当此轮乎？”语毕，吏谓衡曰：“道人可去。”于是仰首，见天有孔，不觉倏尔上升，以头穿中，两手搏两边，四向顾视。见七宝官船及诸天人。衡甚踊跃，不能得上，疲而复下。所将衡去人笑曰：“见何物，不能上乎？”乃以衡付船官，船官行船，使为舵工。衡曰：“我不能持舵。”强之。有船数百，皆随衡后。衡不晓捉舵，跄沙洲上。吏司推衡，以法应斩。引衡上岸，雷鼓将斩。忽有五色二龙，推船还浮，吏乃原之，衡大恐惧。望见西北有讲堂，上有沙门甚众。闻经呗之声，衡遽走趣之。堂有十二阶，始蹑一阶，见亡师法柱，踞胡床坐。见衡曰：“我弟子也，何以而来？”因起临阶，以手巾打衡面曰：“莫来。”衡甚欲上，复举步登阶，柱复推令下。至三乃上，见平地有一井，深三四丈，砖无隙际，衡心念言，此井自然。井边有人谓曰：“不自然者，何得成井？”虽见法柱故倚望之，谓衡：“可复道还去，狗不啮汝。”衡还水边，亦不见向来船也。衡渴，欲饮水，乃堕水中，因便得苏。于是出家，持戒菜食，尽夜精思，为至行沙门。比丘法桥，衡弟子也。（出《冥祥记》）

支法衡

晋代有一个道士叫支法衡，得病十天后死了，死了三天后又苏醒过来。他说，他死的时候，有一个人把他带走。他看见很多处像官府一样的房舍，但屋主都不愿意接纳他。过了不久，他看见一个铁轮子，上面印有很多爪子的痕迹，从西边滚来。然而并没有人推它，轮子转动速度非常快，像风一样。有一官吏喊罪犯站在轮子前面，轮子滚过来又滚过去，像这样滚了很多次，那个人已被轮子给碾碎了。那个官吏又叫支法衡站到轮子前面去。支法衡又害怕又后悔，后悔自己没有好好研习经书，才落到这样的境地。等他说完，官吏对他说："你可以走了。"于是支法衡便抬起头，看见天上有一个洞。迷迷糊糊间感觉到身体在往上升，脑袋穿过一个洞，他用两手撑住洞的两边，向四周到处望，看见了七宝官船和许多神仙。支法衡用了很大力气也没能爬上去，最后只能筋疲力尽地下来了。带支法衡离开的那人笑着对他说："你看见什么了？你为什么不上去呢？"然后就把他送到船官那里。船官就让他驾船。支法衡对船官说："我不会撑船。"船官就逼着他，派出几百只船跟在支法衡的船后。因为他确实不会驾船，最终船搁置在了沙滩上。官吏就准备把他推出去斩首。等把他带上岸后，正击鼓准备将他斩首时，突然天空中出现两条五彩的龙，把船推到了水面上。官吏就放了支法衡，支法衡感到非常害怕。他看见西北面设立了一个讲堂，堂上有很多僧人，远远地都能听到念经的声音。他就赶紧走上前去。讲堂有十二级台阶，支法衡刚走上第一台阶，就看见死去的师傅法柱正倚靠在床边坐着，见了支法衡，说："你为什么到这里来呢？"法柱趁机走下台阶，用手巾擦过支法衡的脸，说："你不要上来。"支法衡很想走上去，就又抬起脚步准

程道惠

程道惠，字文和，武昌人也。世奉五斗米道，不信有佛。常云：“古来正道，莫逾李老，何乃信惑胡言，以为胜教。”太元十五年，病死，心下尚暖。家不殡殓，数日得苏。说初死时，见十许人，缚录将去。逢一比丘云：“此人宿福，未可缚也。”乃解其缚，散驱而去。道路修平，而两边棘刺森然，略不容足。驱诸罪人，驰走其中，身随著刺，号呻聒耳。见道惠行在平路，皆叹羡曰：“佛弟子行路，复胜人也。”道惠曰：“我不奉法。”其人笑曰：“君忘之耳。”道惠因自忆先身奉佛，已经五生五死。忘失本志，今生在世。幼遇恶人，未达邪正，乃惑邪道。既至大城，径进厅事。见一人，年可四五十，南面而坐。见道惠惊曰：“君不应来。”有一人著单衣帻，持簿书，对曰：“此人伐社杀人，罪应来此。”向逢比丘，亦随道惠人，申理甚至，云：“伐社非罪也，此人宿福甚多，杀人虽重，报未至也。”南面坐者曰：“可罚所录人。”命道惠就坐，谢曰：“小鬼谬滥，枉相录来，亦由君忘失宿命，不知奉正法故也。”将遣道惠还，乃使暂兼覆校将军，历观地狱。道惠欣然辞出，导从而行。行至诸城，皆是地狱，人众巨亿，悉受罪报。见有猘狗，啮人百节，肌肉散落，流血蔽地。又有群鸟，其嘴如锋，飞来甚速，入人口中，备登上台阶，法柱又把他推了下来，这样反反复复了三次他才上到台阶上。上去后，支法衡看见地上挖了一口井，井有三四丈深，井里的砖排列得非常密集，一点缝隙没有。他想，这个井应该是天然形成的。井边有个人对他说："这口井不是天然形成的，又怎能叫作井呢？"只见法柱还倚在床边望着他，对他说："你可以按照原路返回，狗不会咬你。"支法衡就又回到水边，却没看见原来的船了。他感到口渴，很想喝水，却没想到弯腰喝水的时候掉进水里去了，因此才醒过来。从此他便出家修炼，吃斋念佛，不分白天黑夜深思经文，成为德行高尚的僧人。比丘僧法桥就是他的弟子。（出《冥祥记》）

程道惠

程道惠，字文和，是武昌人。世世代代信奉五斗米道，不相信神佛。他经常说："自古以来正确的道理，没有谁的言论能超过老庄。为什么要迷信别人胡说八道的言论，把佛教看作最好的道理呢？"吴国孙权太元十五年，程道惠因病去世。他死后，家中人发现他胸口依然是温热的，就没有把他立即入殓。过了几天，他居然苏醒过来了。他说，刚死的时候，看见了十多个人，用绳子把他绑着将他拉走。路上恰好遇见了一个和尚，和尚说："这个人前世积了很多功德，不能用绳子绑着他。"于是那十多个人就给他松绑，赶着他往前面走去。一路上，路面都很平坦，但道路两旁的荆棘长得茂盛，人们不能从里面穿过。其他人被驱赶着在荆棘丛里走，荆棘划破了他们全身，号哭声和呻吟声融为一片。他们看见程道惠走在平路上，都感叹而羡慕地说："佛家弟子所走的路，都超过一般人走的呀。"程道惠说："我不信佛。"有人说："那是你忘了。"程道惠就回想起前世自己也是信佛的，但现在已经经历了五生五死。正是因为他忘记并失去了原来的志向，所以今生在世才从小就遇到恶人，分不清邪与正，被歪理邪说诱惑了。走着走着，他们来到一座很大的城池。程道惠直接进入了一个大厅。看见里面有一个人，年龄四五十岁，面朝南坐着。看见程道惠，那人吃惊地说："你不应该到这里来的。"有一个人穿着单衣服戴着头巾，拿着名册，进来说："这个人损毁了祭表里贯洞。其人宛转呼叫，筋骨碎落。观历既遍，乃遣道惠还。复见向所逢比丘，与道惠一铜物，形如小铃。曰："君还至家，可弃此门外，勿以入室。某年月日，君当有厄。诫慎过此，寿延九十。"

时道惠家于京师大桁南，自还，达皂荚桥，见亲表三人，驻车共语，悼道惠之亡。至门，见婢行哭而市。彼人及婢，咸弗见也。道惠将入门，置向铜物门外树上，光明舒散，流飞属天，良久还小，奄尔而灭。至户，闻尸臭，惆怅恶之。时宾亲奔吊，哭道惠者多。不得徘徊，因进入尸，忽然而苏。说所逢车人及市婢，咸皆符同。道惠后为廷尉，预西堂听诵，未及就列，欻然顿闷，不识人。半日乃愈。计其时日，即道人所戒之期。顷之，迁为广州刺史。元嘉六年卒，八十九矣。（出《广异记》）

神的场地而且还杀了人，鉴于他的罪恶，他应该来这里。”之前程道惠遇到的和尚，也和程道惠一起进来了。他极力为程道惠辩论，说：“损坏祭神场地不是他的罪过，这个人积累的福气很多，虽然他杀的人也多，但还没到他应该遭受报应的时候。”那面朝南坐着的人说：“那就应该惩罚那些拘捕他的人。”于是让程道惠坐下，并向他致歉说：“小鬼错抓了你，不过也是因为你忘记了自己前世的信仰，不懂得要信奉佛法的缘故。”因此就准备把程道惠送回去。在送他回去之前先让他暂时担任复校将军，看看地狱的样子。程道惠高高兴兴地接受了这个任职并告辞出去了。在向导的引导下，程道惠来到诸城，这里全是地狱。很多罪人都在这里遭受报应。他看见一只疯狗，正在用嘴把人撕成碎块，让人骨肉分离，四下散落，血流满地。又看见一群鸟，长着尖而锋利的嘴，快速向他飞来，钻进那些罪人的嘴里，从里往外啄洞，那些罪人痛得大声惨叫，筋骨粉碎。他看遍了各个地狱，差役就准备把程道惠送回去。路上程道惠又看见了一开始碰见的那个和尚。和尚送给程道惠一个铜制品，形状像个小铃铛，和尚对程道惠说：“你回家的时候，把它丢在你家屋外，不要带进屋内。等将来的某一天，你如果遇到灾难，一定要严谨对待，那样你就可以活到九十岁。”

当时程道惠住在京城大桁南，就自己走回家去了。等他走到皂荚桥，看见三个亲人，正停下车来商量哀悼自己的事情。到了家门口，又看见婢女们正在大街上大声哭。别人和婢女好像都没有看见他。程道惠进门去，就把铜物挂在门外的树干上，于是，四下里一片光亮，霞光满天，过了一段时间后亮光慢慢变小了，没过多久就消失了。等他进屋后，闻到一股尸体的臭味，他感到非常难受而且厌恶。当时亲人朋友们正在吊唁他，放声大哭的人很多，很难挤进去。程道惠在几次三番地徘徊后终于进入尸体中，一下子就苏醒了过来。他和周围的人说起刚才遇见的事与人，及在街上看到的婢女哭泣的情形，大家都说是这样的。后来程道惠官至廷尉。一次，程道惠准备在西堂审理案件，他还没坐下就觉胸中烦闷，也认不清人，过了半天才好。仔细计算了一下这个时间，正是和尚告诫他的那个日期。不

僧善道

僧善道者，在新野时，见有一人来寺中会，叉手恭敬，精进过常。善道问："贤者何乃用心如此？"其人曰："我曾死三日，见有十余间瓦屋，下有数吏。有一轮，如作瓮均，径广二丈余。有铁叉，叉著均上，均转如风。求死不得，一宿二日，眼眩心闷。有赤帻吏来，捉数枚简及一笔，问此是何人，均边人曰：'佛弟子，时不精进，但持生礼行就人，无有慈心。'吏问曰：'此人罪略当毕，遣归。'于是得去，乃活。弟子未更此一死，实喜以生礼行就人。嫁女取妇家，恒五升面二双鸡，礼士大夫。今日叉手呼佛，手适相离，已后恐堕均上。"（出《神鬼传》）

李旦

宋李旦，字世则，广陵人也。以孝谨质素，著称乡里。元嘉三年，正月十四日，暴病，心不冷，七日而苏。唅以饮粥，宿昔复常。云，有一人，将信幡来至床头。称府君教唤，旦便随去。直向北行，道甚平净。既至，城阙高丽，似今宫阙。遣传教慰劳，呼旦可前。至大厅上，见有三十人，单衣青帻，列坐森然。一人东坐，被袍隐几，左右侍卫，可有百余。视旦而语坐人云："当示以诸狱，令世知也。"旦闻言已，举头四视，都失向处，乃是地狱中。见群罪人，受诸苦报，呻吟号呼，不可忍视。寻有传教称："府君放君还去，当更相迎。"因此而还。至六年正月复死，七日又活。述所见事，较略

久，程道惠又升任广州刺史，元嘉六年去世，终年八十九岁。（出《广异记》）

僧善道

善道和尚在新野时，看见一个人到寺里来朝拜。那人双手交合，做出一副毕恭毕敬及相当虔诚的样子，态度超过了平常人。善道就问他说："您为什么这样用心朝拜呢？"那人说："我已死了三天，看见有十多间瓦房，房中有好多官吏，还有一个大轮子，像作瓮的转轮一样，直径长达两丈多，还有一个铁叉装在轮子上，轮子不停地转动，就像风一样。我求死不得，这样过了两天一夜，我感到眼神涣散，胸中烦闷。这时，来了一个头戴红巾的人，手里拿着几张纸和一支笔，问道这个人是谁。轮子旁边的一个人回答说："他是佛家弟子，道行还不够深，只不过他对人有礼貌罢了，但他没有善心。"官吏说："这个人所犯的罪孽不深重，就把他放回去吧。"于是善道才能离开并复活。他说："我没有死，实在是因为我平日里礼貌待人，嫁女儿娶媳妇用的是五升面两只鸡，尊敬读书知礼的人。今日两手相交，这样专心礼佛，是害怕再落到轮子上。"（出《神鬼传》）

李旦

南朝宋的李旦，字世则，是广陵人。因为孝顺老人，做事严谨，在乡里声名远播。南朝宋文帝元嘉三年，正月十四日，李旦得了疾病死了。死后他的胸口尚且还有温度，过了七天又苏醒过来。早晨喝了一点粥，过了一夜，第二天就恢复了元气。他说，他看见一个人，拿着信幡到他的床前，说是阎王要叫他去，他就跟着那人走了。一直往北走，路上都很干净。他们到了一座城，城楼很高而且富丽堂皇，就像现在的宫殿一般气势雄伟，阎王派人慰劳他，并叫李旦到他边上去。李旦来到大厅上，看见这里三十个人，都穿着单衣服，戴着青色的头巾，整齐的一排排坐着，神情非常威严。其中有一人面朝东边坐，披着长袍坐在茶几的后面。左右侍卫足有一百多人。那个人看如先。或有罪人寄语报家，道生时犯罪，使为作福。稍说姓字亲识乡伍，旦依言寻求，皆得之。又云，甲申年当行疾疠，杀诸恶人。佛家弟子，作八关斋，修心善行，可得免也。旦本作道家祭酒，即欲弃录本法，道民谏制，故遂两事，而常劝化作八关斋。（出《冥报记》）

梁甲

北齐时，有仕人姓梁，甚豪富。将死，谓其妻子曰："吾平生所爱奴马，使用日久，称人意。吾死，可以为殉。不然，吾所弃也。"及死，家人囊盛土，压奴杀之，马犹未杀。奴死四日而苏，说云，初不觉去，忽至官府，留止在门。经宿，见亡主被镣，兵卫引入。见奴谓曰："我谓死人得使奴婢，故遗言唤汝。今各自受其苦，全不相关。今当白官放汝。"言毕而人。奴从屏外窥之，见官问守卫人曰："昨日压脂多少乎？"对曰："得八斗。"官曰："更将去，压取一斛六斗。"主则被牵出，竟不得言。明旦又来，有喜色。谓奴曰："今当为汝白也。"又入。官问得脂乎，对曰："不得。"官问何以，吏曰："此人死三日，家人为请僧设会，每闻经呗声，铁梁辄折，故不得也。"官曰："且将去。"吏白宫："请放奴。"官即令放。与主俱出门，主遣传语妻子曰："赖汝追福，获免大苦。然犹未脱，更能造经像以相救，冀因得免。自今无设祭，既不得食，而着李旦，对在坐的人说："应该让他看看这些地狱，让世人也了解这里。"李旦听他把话说完，抬头一看，周围的一切都消失了，自己竟然到了地狱。他看见一群罪人，正在痛苦地遭受各种报应。他们不停地呻吟呼喊，景象不忍目睹。过了一会儿，有人传话说："阎王让我把你放回去，以后再把你叫来。"因此他才能活过来。到了元嘉六年正月李旦又死了，七天后又复活。这次他告诉周围的人说，死后所见到的情形与前一次差不多一样的。有的罪人让他传话给自己家里人，说是自己在世时犯了罪，让家人替他多修福分。那些罪人简单地告诉了李旦了自己的姓氏和家庭住址，李旦按他们说的都找到了。李旦又说甲申年有流行病，是为了除掉一些恶人。佛家弟子，只要作八关斋，修养身心，作善事积德，就可以免除这场灾难。李旦原本信奉的时道教，于是想放弃本法，信道教的人劝阻他，所以最后他精通两种教义，他也常常劝说其他人学习八关斋。（出《冥报记》）

梁甲

北齐时，有个做官的人姓梁，家中很富裕。在他快去世的时候，对他的妻子说："我平时最喜欢的奴仆和马，经常使唤，他们很称我心意。我死后就让他们为我陪葬。如果不这样做的话，我会感到十分遗憾的。"等到梁甲死后，家人就用袋子装上土把奴仆压死，却没有将马杀死。奴仆死后四天就苏醒过来，说："开始的时候不知去了哪里，忽然来到一座官府，被留在门外住了一晚上，看见已经去世的主人被锁着，后来差役就把我引进府里去。"梁甲见了对奴仆说："我原本以为人死后也可使唤奴仆，才留下遗言把你叫来。现在我们各自都在遭受苦难，不分主人奴隶。我去请求官吏把你放回去吧。"梁甲说完就进去了。我从屏风外面偷偷地看，只见官吏正在询问守卫说："昨天你去压榨了多少油水？"守卫人员说："昨天得了八斗。"官吏说："你再去一次，压取他十六斗。"这时梁甲被叫了出来，没有机会说话。第二天梁甲又来了，一脸高兴的样子，对奴仆说："今天我可以为你求情了。"等梁甲进屋后，官吏问他有没有收获，他回答说："没有。"官吏问他为什么，梁甲说："我已经死了三天了，

益无罪。”言毕而别，奴遂重生，而具言之。家中果以其日设会，于是倾家追福，合门练行。（出《法苑珠林》）

任义方

唐括州刺史乐安任义方，武德年中，死经数日而苏。自云，被引见阎罗王。王令人引示地狱之处，所说与佛经不殊。又云，地下昼日昏暗，如雾中行。时其家以义方心上少有温气，遂即请僧行道，义方乃于地下闻其赞呗之声。王检其案，谓吏曰：“未合即死，何因错追？”遂放令归。义方出，度三关。关吏皆睡。送人云：“但寻呗声，当即到舍。”见一坑当道，意欲跳过，遂落坑中，应时即起。论说地狱，画地成图。其所得俸禄，皆造经像，曾写《金刚般若》千余部。义方自说。（出《法苑珠林》）

齐士望

魏州武强人齐士望，贞观二十一年，死经七日而苏。自云，初死之后，被引见王，即付曹司，别遣勘当。经四五日，勘簿云：“与家里人为他请了和尚设立了道场，每次念经的声音传来，身上的铁梁立即就折断了，所以没有收获。”官说：“那你回去吧。”守卫的人请求放了那个奴仆。官吏答应马上释放他。于是奴仆与主人梁甲一起出门去。梁甲让奴仆传话给他的妻子，说：“多亏她为我设立道场为我祈福，才让我免于遭受更多的痛苦。但我仍然没有完全解脱，还要她为我造一个佛像供奉起来，我才能得救。希望这样以后我就能免除灾难。从今后不要用任何物品来祭祀了，我越是不吃东西，罪过就越少。”说完就和奴仆分开了。奴仆复活后，全家人都为梁甲造佛像，念佛修行。（出《法苑珠林》）

任义方

唐朝，括州刺史乐安的任义方，唐高祖武德年间，死了几天后又复活了。他自己说，他被引去见了阎王，阎王命令差役把他带到地狱去。他所说的地狱与佛经里说的几乎是一样的。任义方说，地下的白天和黑夜都是黑的，就像在大雾中行走一样。家里人因为他死后胸口还温暖，就去请和尚为他施法，超度他。任义方在地下听到了和尚为他念经的声音。阎王验证生死簿后，对差吏说：“他不应该现在就死，为什么把他抓来了？”于是就让人把他放回去。任义方离开地府时一连过了三道关卡，守卫关口的差吏都睡着了，送他的人说：“只要你按照和尚为你念经的声音，一路循着去，就一定能回到家。任义方在路上看见一个坑，想从上面跳过去，却掉到坑里去了，掉下去后他马上就活过来了。醒来之后，和人们说起地狱的情形，并在地上一一为他们画图。从这以后，他所得到的俸禄都用来建造佛像，并著了《金刚般若经》千余部。这是任义方自己说的。（出《法苑珠林》）

齐士望

魏州武强人齐士望，在唐朝贞观二十一年，死后七天又复活了。他自己说，他刚刚死了就被领去见阎王，阎王又把他交给曹司，让曹合死者同姓字，然未合即死。”判官语士望曰：“汝生平好烧鸡子，宜受罪而归。”即命人送其出门。去曹司一二里，即见一城门，城中有鼓吹之声，士望忻然趋走而人之。入后，城门已闭，其中更无屋宇，遍地皆是热灰。士望周章不知所计，烧灼其足，殊常痛苦。士望四顾，城门并开，及走向门，其扉即掩。凡经一日，有人命门者曰：“开门，放昨日罪人出。”即命人送归。使者辞以路遥，迁延不送之。始求以钱绢，士望许诺。遂经历川涂，践履荆棘。行至一处，有如环堵，其中有坑，深黑。士望惧之，使者推之，遂人坑内，不觉渐苏。寻乃造纸钱等待焉，使者依期还到，士望妻亦同见之。（出《法苑珠林》）

杨师操

雍州醴泉县人杨师操，贞观中，任蓝田县尉。尉后以身老还家，躬耕为业。然立性毒恶，喜见人过。每乡人有事，无问大小，即录告官。县令裴瞿昙，用为烦碎，初不与理。师操或上表闻天，人皆不喜。每谓人曰：“吾性虽急暴，从武德已来，四度受戒，日诵经论。然有人侵己，则不能忍。”至永徽元年四月七日夜，见著青衣人，骑白马从东来，云：“东阳大监追汝。”须臾不见。师操身忽倒，已到东阳都录处。于时府君大衙未散，师操遂私行曹司，皆有几案床席。见囚人，或著枷镍，露头散腰，或坐立行住。如是不可算数。师操向东行，到一处，有孔极小，唯见小星流出，臭烟蓬勃。有两人手把铁棒，修理门首。师操问：“此是何曹司？”答云：

司核验他是否应该死。四五天后，曹司查看了名册说："他应该是与该死的那个人同名同姓，不该现在就死。"判官对齐士望说："你平生就喜欢烧鸡，应当受点折磨后再回去。"于是马上派人把齐士望送出门，送去离曹司一二里的地方。看见一座城门，城中有鼓乐吹奏的声音，齐士望很高兴地走了进去。随后，城门就关上了。城中没有房子，满地都是热灰。齐士望惊恐万分，不知道怎么办才好。热灰烧着他的脚，他十分痛苦。齐士望往四周一看，城门打开了。等他走到门口，城门又马上关闭。这样过了一天，有人命令看门的人说："你把门打开，把昨天那个犯罪的人放出来。"于是就派人送他回去。然而差役又以路途太遥远推辞，不愿意送他回去，并向齐士望索要钱财。齐士望答应给他。随后，他们翻山涉水，披荆斩棘。等他们走到一个地方，好像四周都是围墙，中间还有一坑，那坑又深又黑。齐士望感到很害怕，使者推他，把他推进了那坑中，不知不觉齐士望就苏醒过来了。醒来后，齐士望就找来纸造钱，等待使者来取，使者按照约定的期限来找他，齐士望的妻子也在这时见到了使者。（出《法苑珠林》）

杨师操

雍州醴泉县人杨师操，唐贞观年间，任蓝田县县尉。后来告老还乡，亲自耕田为生。然而他生性残暴恶毒，喜欢揪着别人的过错不放。只要乡里人有什么事情，不论事情大小都记下来去报告官府。县令裴瞿昙，因为他所说的都是一些鸡毛蒜皮的小事，最初都不受理。杨师操就上书给皇上告状，因此人们都不喜欢他。杨师操常对人说："我虽然性情暴躁，但自从唐高祖武德年间以来，我先后四次受戒，每天在家诵读经书。如果都这样了还有人伤害我，我就实在是不能忍受了。"到了唐高宗永徽元年四月七日晚上，他看见一个穿青色衣服的人，骑着一匹白马从东边走来，说："东阳大监要来抓你。"瞬间那个人就不见了。杨师操忽然倒在地上，气尽而亡。于是他就到了东阳都录处。当时府君大衙还没扯，杨师操悄悄来到曹司，看见有几桌床席。还有很多犯人，有的戴着镣铐，有的没扎头巾和腰带，

“是猛火地狱，拟著持戒不全人。闻有杨师操，一生喜论人过，逢人诈言惭愧，有片言侵凌，实不能忍。欲遣入此，故修理之。今日是四月八日，其家为师操身死，布施斋供，曹司平章欲放归，未得进止。我在此待。”师操便叩头礼谢云：“杨师操者，弟子身是。愿作方便。”答云：“尔但志礼十方佛，勤心忏悔，改却毒心，即往生乐处。”师操依语声发愿，遂蒙放还，经三日却活。操具述于慧靖禅师，改过忏悔。今见年七十五，每一食长斋，六时礼念。后梦前追使者云：“尔既止恶，更不来追。但勤诫修善而已。”（出《冥祥记》）

裴则子

唐曹州离狐人裴则男，贞观末，年二十，死经三日而苏。自云，初死，被一人将至王所，王遣将牛耕地。诉云：“兄弟幼小，无人扶侍二亲。”王即愍之，乃遣使将向南。至第三重门，人见镬汤及刀山剑树，数千人头皆被斩，布列地上，此头并口云大饥。当村有一老母，年向七十，时有未死，见在镬汤前燃火。观望讫，还至王前，见同村人张成，亦未死。有一人诉成云：“毁破某屋。”王遣使检之，报云：“是实。”成曰：“犁地，不觉犁破其冢，非故然也。”王曰：“汝虽非故心，终为不谨。”且遂令人杖其腰七下。有顷，王曰：“汝更无事，放汝早还。”乃使人送去，遣北出逾墙，及有的坐着，也有的在随意走动着。犯人很多，数不清楚。杨师操继续往东边走去，到了一个地方。只见这里有个小洞，洞里有火星流出，臭气熏天。有两个人手里拿着铁棍，正在修理门框。杨师操问："这是什么曹司？"其中一人回答说："这里是猛火地狱，是用来惩罚那些吃斋念佛但是行为不端的人的。我们听说有个叫杨师操的人，平生喜欢评论别人的过错，为人奸诈狡猾，如果有人因为一句话触犯了他，他都绝对不能忍让。府君想要把他关到这里，所以才让我们修理好这道门。今天是四月初八，他的家人因为师操已经去世了，正在为他布施斋，供食品。曹司平章想把他放回去，但还没有做出最后的判定，所以我们才在这里等他。杨师操听了以后就叩首致歉说："我就是杨师操，希望你们行个方便，让我回到阳间去。"那人答说："只要你回去后诚心念佛修练，经常专心忏悔，改变过去暴躁的性格，一生都会快乐无忧的。"杨师操按照那人的要求当面发了誓，就这样得以放还，三天后就复活了。杨师操把这些经历都对慧靖禅师说了，并从此改过自新。现在杨师操已经七十五岁了，天天吃斋念佛。后来，有一次梦见以前追捕他的使者对他说："你已经不再作恶事，我们就不再来抓捕了，只要你静心吃斋修行就可以了。"（出《冥祥记》）

裴则子

唐朝时期，曹州离狐人裴则的儿子，在唐太宗贞观末年年满二十岁就死了，死后三天又复活了。他自己说，刚刚死了就被一个人带到阎王跟前。阎王让他驾着牛车去耕地，他说："我的兄弟尚且还年幼，家中没人服侍父母。"阎王可怜他，就让人带领着他往南边走去。经过第三道门，进去后看见一大锅热汤，还有很多刀山剑树，几千人的头被砍掉，头颅全部都堆放在地上。这些头上的嘴都嚷嚷着说很饿。同村的一个老妇人，年龄大概七十岁，当时还没死，正在锅前烧火。看完这些后，裴则的儿子又回到阎王面前。这次他看见了同村人张成，也还没有死。有一个人告张成说："张成损坏了我的房屋。"阎王于是派人彻查这件事，回来以后报告阎王说："这是事登墙，望见己舍，遂闻哭声，乃跳下墙，忽觉起坐。既苏之后，具为乡曲言之。邑人视张成，腰上有杖迹，迹极青黑。问其毁墓，答云：“不虚。”老母寻病，未几而死。（出《冥报拾遗》）

河南府史

洛阳郭大娘者，居毓财里，以当垆为业，天宝初物故。其夫姓王，作河南府史。经一年，暴卒，数日复活。自说，初被追见王，王云：“此人虽好酒，且无狂乱，亦不孤负他人，算又未尽，宜放之去。”处分讫，令所追人引入地狱，示以罪报。初至粪池狱，从广数顷，悉是人粪。见其妻粪池中受秽恶，出没数四。某悲涕良久。忽见一人头，从空中落，堕池侧，流血滂沱。某问此是何人头也，使者云：“是秦将白起头。”某曰：“白起死来已千余载，那得复新遇害？”答曰：“白起以诈坑长平卒四十万众，天帝罚之，每三十年一斩其头。迨一劫方已。”又去一城中，悉是煻煨火。有数千人，奔走其间。遥望城间驰欲出，至辄已闭。盘回其间，苦痛备急。事了别王，王言汝好饮酒，亦是罪。终须与一疾，不然，无诫将来。令左右以竹杖染水，点其足上。因推坑中，遂活。脚上点处，成一疔疮，痛不可忍。却后七年方死。（出《广异记》）

实。”张成说：“我犁地的时候，都没发现我的犁头毁坏了他的屋子，我一定不是故意的。”阎王说：“虽然你不是故意的，但还是因为你不够谨慎，因此他的屋子才坏了。”于是阎王命令人打了张成的腰七下。过了一会儿，阎王说：“你已经没事了，现在就把你放回去。”阎王就派人把他送走。张成向北翻过一道墙，在墙头上看见了自己的家，并且听到哭泣的声音，就跳下墙来。迷迷糊糊间张成就醒过来了。醒来之后，张成和乡里人仔细地叙说了这件事的经过，乡里人看张成的腰，腰上果然有被打的痕迹，痕迹青黑而又显眼。乡里人问他毁坏坟墓的事，他说：“是真的。”不久后，老妇人得了病，就死了。（出《冥报拾遗》）

河南府史

郭大娘住在洛阳毓财里，以开酒店为生。唐玄宗天宝年初病死了。他的丈夫姓王，是河南府史。一年后，他的丈夫也暴病而死，几天后又复活。他自己说，刚死的时就被抓去见阎王。阎王说：“这个人虽然喜欢喝酒，但喝酒后不会发酒疯，对他人也很好，没有什么亏欠的地方，算起来他的寿命还没有到尽头，应该把他放回去。”阎王把这件事处理好后，就命令追捕他的人把他带到地狱去，让他看看犯罪后理应遭受的处罚。他先被带到粪池地狱，粪池地狱有几顷地那么大，装满了人粪。看见他的妻子受污秽罪，在粪池中不停地起起伏伏，他悲痛地哭了很久。忽然，一个人头从空中掉落到粪池旁边，血流如注。他问这是什么人的头，使者说：“这是秦朝大将白起的头。”他又说：“白起已死了一千多年，怎么会重新被杀呢？”使者回答道：“白起用欺诈手段坑害长平兵将四十多万人，天帝惩罚他，因此每三十年斩他一次头，直到一万年为止。”使者又带他到一座城中，满地都是炭火灰，有几千人在里面随意走动。远远地看见城门想快快跑出去，等跑到城门口，城门就关闭了。他们好像在火中徘徊，痛苦万分。看完地狱，他就告别了阎王，阎王说：“他喜欢饮酒，这也是犯罪，还是应该让他生点病，以此来告诫后人。”于是阎王命左右差役用竹杖沾点，滴在他的脚上，并趁机把他推到坑中。这样他就复

周颂

周颂者，天宝中，进士登科。永泰中，授慈溪令。在官，夜暴卒，为地下有司所追。至一城，其人将颂见王。门外忽逢吉州刺史梁乘，问颂何以至此地狱耶。初颂虽死，意犹未悟。闻道地狱，心甚凄然。因哽咽悲涕，向乘云："母老子幼，漂寄异城，奈何而死。求见修理。"乘言："当相为白。君第留此。"入门，闻呵叱云，判官见王，久之乃出。谓颂曰："已论遣，君宜暂见王，无苦也。"有顷，使者引颂入见王，王形貌甚伟，头有两角。问颂曰："公作官，不横取人财否？"颂云："身是平时进士出身，官至慈溪县令，皆是累历，未常非理受财。"王令检簿，检讫，云："甚善甚善，既无勾当，即宜还家。衣裳得无隳坏耶？"颂意谓衣裳是形骸。便答云："适尔辞家，衣裳故当未损。"再拜辞出。乘甚喜云："王已相释，理可早去。"颂云："道路茫昧，何尔归去？"乘令追人送颂。行数里，其人大骂云："何物等流，使我来去迎送如是。独不解一言相识，孤恩若是。如得五千贯，当送汝还。"颂云："纸钱五千贯，理易办。"因便许之。使者乃行十余里，至一石井，坐其侧，复求去。人言入井即活，更何所之。遂推颂落井而活。（出《广异记》）

活了。他的脚上被滴水的地方，从此长了一个疔疮，疼痛不堪。七年后才死去。（出《广异记》）

周颂

周颂，在唐天宝年间，考取了进士。永泰年间，他被任命为慈溪县令。在任期间，他在一天夜里暴死。因为地府有司追捕，到一座城，命这个差役将周颂带去见阎王。在门外周颂忽然遇到了吉州刺史梁乘。梁乘问周颂为什么来到地狱，当时周颂虽死，但还没悟到自己已经死了。听说这是地狱，心中十分凄楚悲伤。因此，他流着泪对梁乘说："我的母亲岁数大了，孩子又还小，还漂泊在他乡，为什么要让我死呢？请你让我求见阎王述说其理吧。"梁乘说："我应当为你说情，你先留在门外。"梁乘进门听到呵斥声。判官见了阎王，过了很久才出来。对周颂说："阎王已经决定让你回去，你先见见阎王，也没有什么痛苦。"过了一会，使者带周颂进去见阎王。阎王长得十分魁伟，头上有两个角。他问周颂："你做官时，没有强取过百姓的钱财吗？"周颂回答："我是进士出身，做官做到慈溪县令为止，都是正常升迁，从来没有收过不义之财。"阎王令人查看簿子，查看之后说："很好，很好，既然你没有做过坏事，就马上放你回家吧。你的衣裳没有损坏吧？"周颂觉得，衣裳不过是形骸，便回答说："我才刚刚离开家，衣裳并没有损坏。"周颂对阎王行了礼，离开了。梁乘很高兴地说："阎王既然已经放你，应该早些回去。"周颂说："回家的道路遥远迷茫，我怎么回去呢？"梁乘就派追捕他的人送他回去。"走了几里路，差役大骂说："你是什么东西，让我来去送迎这么辛苦。我们素不相识又没什么恩情，如果你给我五千贯钱，我就送你回去。"周颂说："纸钱五千贯，这好办。"于是就答应了他要求。使者又带他走了十多里路，来到一口石井边。他坐在井旁，周颂还想再走，那人说："只要你跳到井下你就能活了，你还想去哪里？"说完，他就把周颂推下井去，周颂就活过来了。（出《广异记》）

卢弁

卢弁者，其伯任湖城令。弁自东都就省，夜宿第二谷。梦中见二黄衣吏来追，行至一所，有城壁。入城之后，欲过判官。属有使至，判官出迎。吏领住一舍下，其屋上有盖，下无梁。柱下有大磨十枚，磨边有妇女数百，磨恒自转。牛头卒十余，以大箕抄妇人，置磨孔中，随磨而出，骨肉粉碎。苦痛之声，所不忍闻。弁于众中，见其伯母，即湖城之妻也，相见悲喜，各问其来由。弁曰："此等受罪云何？"曰："坐妒忌，以至于此。"弁曰："为之奈何？"伯母曰："汝素持《金刚经》，试为我诵，或当灭罪。"弁因持经，磨遂不转，受罪者小息。牛头卒持叉来弁所，怒曰："何物郎君，来此诵经，度人作事。"弁对曰："伯母在此。"卒云："若惜伯母，可与俱去。"弁遂将伯母奔走出城，各归就活。初，弁唯一小奴同行，死已半日，其奴方欲还报，会弁已苏。后数日，至湖城，入门，遇伯设斋。家人见弁，惊喜还报。伯母迎执其手曰："不遇汝，当入磨中。今得重生，汝之力也。"（出《广异记》）

卢 弁

卢弁的伯父正在担任湖城县令，卢弁从东都去湖城省亲，晚上就住在第二谷。他在梦中看见两个穿黄衣的差吏来抓捕他，他们把他带到一个地方，这里有一面城墙。进城之后，卢弁想见判官。正好有使臣前来，判官就出来迎接使臣。差役让卢弁在一间房里住下。房子顶部是修整过的，但却没有房梁，柱子下有十个大磨盘。磨边围着几百个妇女，石磨一直不停地转动，有十多个牛头站在旁边。那些牛头用簸箕把妇人们扫来倒入磨眼中，妇人们就随着石磨的转动便粉身碎骨，被粉碎的骨肉随着石磨的出口流了出来。她们痛苦地哀号着，这声音让人惨不忍闻。卢弁在人群中看到了他的伯母，也就是湖城县县令的妻子，两人见面悲喜交加，互相询问对方是怎么到这里来的。卢弁问道：“您为什么会到这里来受罪呢？”他的伯母回答：“我是因为嫉妒他人才落到这般田地的。”卢弁说：“这该如何是好？伯母说：“你向来坚持念《金刚经》，那就请你尝试着为我念《金刚经》吧，这样说不定可以让我减少罪罚。”卢弁便开始念经，石磨就不再继续转了，受罪的妇女也可以暂时停下受苦。牛头小兵拿着叉子来到卢弁跟前，生气地道：“你是什么人？为什么要到这里来念经，替别人做事，解除她们的痛苦？”卢弁说：“是因为我的伯母在这里。”牛头小兵说：“如果你可怜你的伯母，你就把她一起带走吧。”卢弁就带着她的伯母一起跑出城去，之后就各自回家了。两人都活了过来。当初卢弁是和一个奴仆一起出门的，卢弁死了半天后，仆人见状正准备回去报告，恰好卢弁就又苏醒了过来。几天后，卢弁到了湖城，正赶上他的伯父设斋。家里人看见卢弁，惊喜地报告给他的伯父伯母，他的伯母赶紧出来拉着卢弁的手说：“如果不是遇见了你，我就要被扫进磨孔中被粉身碎骨了。现在我能有幸重生，这都是你的功劳啊。”（出《广异记》）

卷第三百八十三　再生九

索卢贞

北府索卢贞者，本中郎荀羡之吏也，以晋太元五年六月中病亡，经一宿而苏。云，见羡之子粹，惊喜曰："君算未尽。然官须得三将，故不得便尔相放。君若知有干捷如君者，当以相代。"卢贞即举龚颖。粹曰："颖堪事否？"卢贞曰："颖不复下己。"粹初令卢贞疏其名，缘书非鬼用，粹乃索笔，自书之，卢贞遂得出。忽见一曾邻居者，死已七八年矣，为太山门主。谓卢贞曰："索都督独得归耶？"因嘱卢贞曰："卿归，为谢我妇。我未死时，埋万五千钱于宅中大床下。我乃本欲与女市钏，不意奄终，不得言于妻女也。"卢贞许之。及苏，遂使人报其妻。已卖宅移居武进矣。因往语之，仍告买宅主，令掘之，果得钱如其数焉，即遣其妻与女市钏。寻而龚颖亦亡，时辈共奇其事。（出《幽明录》）

索卢贞

北府有个叫索卢贞的人，他原本是中郎将荀羡手下的一名官员，在晋太元五年六月时病逝，但过了一晚上突然又复活了。他说他在阴间看见了荀羡已死去的儿子荀粹。荀粹看见索卢贞后就欣喜地说："你的阳寿未尽，可是冥府需要选拔三名将军，所以我也不敢偷偷行方便把你放走。不过，要是你能给我推荐一个像你一样有才能的人，我就可以让他来替换你，把你放回到阳间去。"于是索卢贞就向荀粹推荐了龚颖。荀粹问他："龚颖的才干怎么样？"索卢贞答道："这方面他一点也不比我逊色。"荀粹就让索卢贞把龚颖的名字写下来。索卢贞写好以后，荀粹一看，他写的并不是阴间通用的字，就要了笔亲自写下龚颖的名字，然后就把索卢贞放回阳间去了。索卢贞刚走出冥府，突然遇到了一位已经死了七八年的邻居，现在正担任冥府太山门的门官。这位邻居对索卢贞说："索都督竟然被放还阳间了吗？"接着就拜托索卢贞："您还阳以后，请代我向我的妻子赔个不是吧。我生前曾偷偷在我们屋里的大床下埋了一万五千钱，本打算用这些钱给我女儿买对手镯的。只是没想到我突然死了，还没来得及告诉我的妻子和女儿。"索卢贞答应了。还阳以后，索卢贞就派人去告诉邻居的妻子，可是她已经将先前住的房子卖掉，搬到武进去了。索卢贞就亲自找到房子现在的主人，把这件事告诉了他。并让他根据所说的地点挖掘，果然挖出了一万五千钱。索卢贞于是就把这些钱给了邻居的妻子，让她给女儿买了手镯。没过多久，索卢贞向冥府推荐的龚颖就死了。当时的人听说了这件事后，都感到很奇怪。（出《幽明录》）

琅邪人

琅邪人，姓王，忘名，居钱塘。妻朱氏，以太元九年病亡，有三孤儿。王复以其年四月暴死。时有二十余人，皆乌衣，见录云。到朱门白壁，状如宫殿。吏朱衣素带，玄冠介帻。或所被著，悉珠玉相连结，非世中仪服。复将前，见一人长大，所著衣状如云气。王向叩头，自说妇已亡，余孤儿尚小，无相奈何，便流涕。此人为之动容，云："汝命自应来，为汝孤儿，特与三年之期。"王诉云："三年不足活儿。"左右一人语云："俗尸何痴，此间三年，是世中三十年。"因便送出，又活三十年。（出《幽明录》）

胡勒

湖熟人胡勒，以隆安三年冬亡，三宿乃苏。云，为人所录，赭土封其鼻，以印印之，将至天门外。有三人从门出曰："此人未应到，何故来？且倮身无衣，不堪驱使。"所录勒者云："下土所送，已摄来到。当受之。"勒邻人张千载，死已经年，见在门上为亭长。勒苦诉之，千载入内，出语勒："已语遣汝，便可去。"于是见人以杖挑其鼻土印封落地，恍惚而还。见有诸府舍门，或向东，或向南，皆白壁赤柱，禁卫严峻。始到门时，遥见千载叔文怀在曹舍料理文书。文怀素强，闻勒此言，甚不信之。后百余日，果亡。勒今为县吏，自说病时，悉脱衣在被中。及魂爽去，实倮身也。（出《广异记》）

琅邪人

有个姓王的琅邪人，住在钱塘，他忘记了自己名字。王某的妻子朱氏在晋代太元九年时病故了，留下了三个孤儿。这年的四月，王某也突然死了。王某死后，看见二十多个穿黑衣的人拿着生死簿，把他领到了阴间的一个白墙红门的宫殿里，宫殿里的官员们穿着红衣，系着白腰带，戴着黑帽扎着头巾。有的还穿着用珠玉连缀而成的袍服，这些都不像是人世间的服饰。王某被官员们领到殿前，看见了一个身材高大的人，穿的衣服好像云雾似的。王某就向他不断地磕头，并诉苦说自己的妻子已经先一步死了，只留下几个年幼的孩子，实在是太悲惨了，说着他就痛哭了起来。那位穿云衣的神仙被他打动了，对王某说："你的死是命中注定的，可是念在你的孤儿太可怜了，我就特别再多给你三年的阳寿吧。"王某仍然哭诉道："三年的时间太短了，我的孩子们仍然不能成人啊！"这时那位神仙旁边有个人说："你这个死鬼怎么这样痴呆，阴间的三年，可是阳世的三十年！"接着就把王某放回人间了，王某果然又活了三十年。（出《幽明录》）

胡勒

湖熟有个叫胡勒的人，在隆安三年的冬天死去，过了三天又复活了。他说自己被鬼抓去了以后，被用红泥堵住了鼻子并盖上了印记。胡勒被人带到天门外时，见门里走出来三个人说："这个人还不该来的，你们怎么把他给抓来了？而且还光着身子连件衣服都没穿，他能干点什么呢？"抓胡勒的鬼说："他是下面的土地神送上来的，既然已经抓来了，就留下他吧。"这时胡勒看见已经死了一年的邻居张千载也在这里，而且现在还成了天门上的亭长，于是胡勒就向他苦苦哀诉。张千载听后进了天门，不一会儿出来对胡勒说："我已经替你求了情，现在他们答应放你回去，你可以离开了。"于是鬼卒用棍子挑开封在胡勒鼻子上的红泥印，胡勒就恍恍忽忽地往回走。临走时胡勒看见天门附近有不少府宅，有的门朝东，有的门朝南，都是白墙红柱，警卫森严。他快到家门时，远远看见邻居张千载的叔

颜畿

晋咸宁中，琅邪颜畿，字世都，得病，就医张瑳，死于瑳家。家人迎丧，旐每绕树不可解。乃托梦曰："我寿命未应死，但服药太多，伤我五脏耳。今当复活，慎无葬我。"乃开棺，形骸如故，微有人色。而手爪所刮摩，棺板皆伤。渐有气，急以绵饮沥口，能咽，饮食稍多，能开目，不能言语。十余年，家人疲于供护，不复得操事。其弟弘都，绝弃人事，躬自侍养。以后便衰劣，卒复还死也。（出《搜神记》）

馀杭广

晋昇平末，故章县老公有一女，居深山。馀杭广求为妇，不许。公后病死，女上县买棺，行半道，逢广，女具道情事。女因曰："穷逼，君若能往家守父尸，须吾还者，便为君妻。"广许之。女曰："我栏中有猪，可为杀，以饴作儿。"广至女家，但闻屋中有拚掌欣舞之声。广披离，见众鬼在堂，共捧弄公尸。广把杖大呼，入门，群鬼尽走。广守尸，取猪杀。至夜，见尸边有老鬼，伸手乞肉。广因捉其臂，鬼不复得去，持之愈坚。但闻户外有诸鬼共呼叔张文怀在宅子中的官房里整理文书，心想，莫非张文怀也死了？胡勒还阳后，就对张文怀说了在阴曹看见他的事。张文怀为人向来十分倔犟，听胡勒说后根本不信。可是过了一百多天，张文怀果然死了。现在胡勒是县衙的官员，据他自己说，是因为他生病时脱光了衣服躺在被子里，所以鬼卒抓他到阴间去时，他才光着身子。（出《广异记》）

颜畿

晋代咸宁年间，琅琊有个姓颜名畿字世都的人，他生病后请了医生张瑳治疗，后来死在了张瑳家中。颜家的人到张瑳家迎丧时，招魂幡总是缠在树上不能解开。接着颜畿就给家里人托梦说："我寿命还未完，本来不该死，只是由于吃了太多药伤了我的五脏六腑。我会复活的，你们千万别把我埋了啊。"家人就打开棺木，看见颜畿的尸体就像活着时一样，而且气色也有些像活人。棺板上到处有被他的手抠烂留下的的印痕。后来颜畿渐渐就可以喘气了，家人急忙用丝绵沾了水，把他的嘴润湿了，慢慢颜畿也能把水咽下去，吃东西也多一点了，后来他就能睁眼了，只是依旧不能说话。就这样过了十多年，家里人疲于供养护理，不能再做别的事。这时他的弟弟弘都毅然辞去了公私事务，亲自来伺候他。然而颜畿却一天比一天衰弱，终于又死去了。（出《搜神记》）

馀杭广

晋代升平末年，故章县一个老人有个女儿，他们住在深山里。馀杭广请求老人将女儿嫁给他，老人没有答应。后来老人病逝了，他的女儿去县城去买棺材的时候在半路上碰见了馀杭广，就把老人去世的事情告诉了馀杭广，还说："我自己一个独身女子跑到城里去买棺材，实在是没有办法的事。如果您能到我家去给父亲守灵，我从城里回来后，就答应嫁给你。"馀杭广高兴地答应了。那女子又说："我家有一头猪，你可以把猪杀了，拿来好好招待帮忙办丧事的邻居云："老奴贪食至此，甚快！"广语老鬼："杀公者必是汝，可速还精神，我当放汝。汝若不还者，终不置也。"老鬼曰："我儿等杀公耳。"即唤鬼子，可还之。公渐活，因放老鬼。女载棺至，相见惊悲，因取女为妇。（出《幽明录》）

曲阿人

景平元年，曲阿有一人病死，见父于天上。谓之曰："汝算录正余八年，若此限竟死，便入罪谪中。吾比欲安处汝，职局无缺者，唯有雷公缺，当启以补其职。"即奏按入内，便得充此任。令至辽东行雨，乘露车，中有水，东西灌洒。未至，于中路复被符至辽西。事毕还，见父苦求还。云，不乐处职。父遣去，遂得苏活。（出《幽明录》）

贺瑀

会稽山阴贺瑀，字彦琚。曾得疾，不知人，惟心下尚温，居三日乃苏。云，吏将上天，见官府，府君居处甚严。使人将瑀入曲房。

们。”馀杭广来到女子家，听见屋里传来唱歌跳舞的声音。他掀开篱笆一看，只见一群鬼正在摆弄老人的尸体。馀杭广赶紧抄起一根棍子，大喊着进了门。那群鬼一听有人来，赶紧逃跑了。馀杭广好好守护着老人的尸体，并且听从他女儿的嘱咐把猪杀了。到了晚上，他又看见一个老鬼站在老人的尸体旁边，伸手向馀杭广讨肉吃。馀杭广一把抓住那老鬼的手臂，越抓越紧，老鬼怎么也逃不掉。这时，外面那群小鬼大声喊道：“这个老家伙太贪吃了，快来把他带走！”馀杭广对老鬼说：“这个老人一定是被你杀害的，只要你赶紧让他回到人间，我就放了你。否则，你别想从我的手中逃脱！”老鬼向他求饶说：“这个老人不是我杀的，是我的儿子们杀的呀！”说完后就喊他的鬼儿子们，让他们赶紧把老人放了。老人果然渐渐苏醒过来了，馀杭广也就把老鬼放了。老人的女儿把棺材拉回来后，看见父亲活过来，感到十分惊喜。后来馀杭广就娶她为妻了。（出《幽明录》）

曲阿人

景平元年，曲阿县有个人病死了，死后在天上见到了他的父亲。父亲对他说：“你命中的阳寿还有八年，但你却提前死了，按照规定你这是犯罪，是要受到处分的。我想给你安排一个好的位置让你免受罪责，但府衙里没有空缺的官位，现在只有雷公的职位空着，我想向上面请求让你来填补这个空缺。”父亲就上奏上司，请求批准他担任雷公，并派他到辽东去布雨。这人就坐上装满了水的露车，在天上从东到西向地下洒雨，还没洒完，又传令说让他到辽西去布雨。布雨回来后，这人向他父亲苦苦哀求把他放回去，说他实在不愿意干这个行雨的苦差事。他父亲就放了他，于是这人就复活了。（出《幽明录》）

贺瑀

会稽山阴人贺瑀，字彦琚，有一次生了病，病得人事不省，只有胸口还有点温度，三天后才苏醒过来。苏醒后他说，他被一个差役房中有层架，其上有印及剑，使瑀取之。然虽意所好，短不及上层，取剑以出。问之："子何得也？"瑀曰："得剑。"吏曰："恨不得印，可以驱策百神。今得剑，惟使社公耳。"疾既愈，每行，即社公拜谒道下，瑀深恶之。（出《录异记》）

食牛人

桓玄时，牛大疫，有一人食死牛肉，因得病亡。云，死时见人执录，将至天上。有一贵人问云："此人何罪？"对曰："此坐食疫死牛肉。"贵人云："今须牛以转轮，肉以充百姓食，何故复杀之！"催令还。既更生，具说其事。于是食牛肉者，无复有患。（出《幽明录》）

丘友

乌程丘友，尝病死，经一日活。云，将去上天，入大廨舍，见一人著紫帻坐。或告友："尔祖丘孝伯也，今作主录。告人言友不应死。"使人遣之，友得还去。出门，见其祖父母系一足，在门外树。后一月亡。（出《录异记》）

带到了天上，进了一座官府，府君的住宅很是阴森肃穆。府君派一个官员把他带到一间隐蔽幽静的屋子里，只见屋里放满了一层一层的架子，上面放着官印和宝剑。那官员让他看到自己喜欢的东西就随便拿走，然后官员就走了。贺瑀特别想把放在最上层的官印拿走，但由于个子不够高，够不到最上面一层，就拿了一把剑出来了。官员问他拿了什么，他说拿了一把剑。官员遗憾地说："哎呀，你如果拿个官印，今后你就可以使唤几百个神鬼。现在你只拿了把剑，以后就只能管管土地神而已。"后来贺瑀病好了，每次他一出门，就会看见个土地神站在路边，一看见他就赶紧上前拜见，贺瑀特别讨厌他。（出《录异记》）

食牛人

桓玄叛乱之时，很多牛都得了瘟疫。有一个人吃了得了瘟疫的牛肉得病死了，后来又活了过来。根据这个人所说，他死后见一个鬼举着生死牌说要把他带到天上去，一个阴间的大官问他是犯了什么事被抓走，抓捕他的小鬼回答说："他的罪就是吃了得瘟疫而死的牛肉。"大官说："如今人世间的牛按命理该轮回转世，这些牛死后本来就应该把它们的肉拿来供人们吃，你们怎么会把吃牛肉的人杀死带到阴间来呢？"大官让他赶快把人放回人间去。这人活过来后向人们详细地讲述了他在阴间经历的事，于是吃得了瘟疫而死的牛肉的人们就再也没有得病的了。（出《幽明录》）

丘友

乌程有一个叫丘友的人，曾经因病去世，死了一天后又活过来了。他说，他死后被一个人带到了天上，进了一座大府邸，看见一个头戴紫巾的官坐在堂上。有人过来对丘友说："这是你的祖父丘孝伯，他现在是这里的主录官，他对我说你还没到该死的时候。"他说完后就命人把丘友送回阳间。丘友走出了阴间的大门，看见自己的祖父和祖母用绳子系着一只脚绑在树上。丘友回到阳间后一个月，他的祖父母果然死了。（出《录异记》）

庚甲

颍川庾某，宋孝建中，遇疾亡，心下犹温，经宿未殡，忽然而寤。说初死，有两人黑衣来，收缚之，驱使前行。见一大城，门楼高峻，防卫重复。将庾入厅前，同入者甚众。厅上一贵人南向坐，侍直数百，呼为府君。府君执笔，简阅到者。次至庾曰："此人算尚未尽。"催遣之。一人阶上来，引庾出，至城门，语吏差人送之。门吏云："须覆白，然后得去。"门外一女子，年十五六，容色闲丽，曰："庾君幸得归，而留停如此，是门司求物。"庾云："向被录轻来，无所赍持。"女脱左臂三只金钏，投庾云："并此与之。"庾问女何姓，云："姓张，家在茅渚，昨霍乱亡。"庾曰："我临亡，遣赍五千钱，拟市材。若更生，当送此钱相报。"女曰："不忍见君艰厄，此我私物，不烦还家中也。"庾以钏与吏，吏受，竟不覆白，便差人送去。庾与女别，女长叹泣下。庾既恍惚苏。至茅渚寻求，果有张氏新亡少女云。（出《还冤记》）

李除

襄阳李除，中时气死，其妇守尸。至夜三更，崛然起坐，抟妇

庚甲

颍川有个姓庚的，宋孝建年间得病死了，但胸口还有热气，过了一晚上还没将他下葬，结果他突然醒过来了。他说，他刚死就看见两个穿黑衣的人前来绑他，把他赶到一座很大的城里。城门很高，城里防备十分森严。随即他被带到一个大厅，还有很多和他一起被带来的人。到了厅中一看，只见厅堂上面有一个大官坐北朝南，他周围有上百名侍从站着待命，称那位大官为府君。府君手里拿着一支笔，对那些被带来的人一一进行查验。点到庚某时，府君说："这个人的阳寿还没有完。"于是就命人把庚某放还到阳间。有个官员就走上台阶，前来把庚某带出去。庚某随那人到城门前，那人告诉看守城门的门官赶紧派人把庚某送回阳间去。门官却回答说："我要先回府君那儿核实一下，查明白了才能放他走。"这时，城门外来了个女子，年龄十五六岁的样子，长得庄重美丽，那女子对庚某说："你有幸能够回到阳间，但门官却拦住不放你回去，这是他在问你要好处呢。"庚某说："我被抓来的时候身上一贫如洗，什么东西都没带，我拿什么给他啊？"听完他的话，女子就把左臂上戴的三只金镯子取下来拿给他说："你就把这镯子拿去给门官吧。"庚某询问那女子姓氏，女子说姓张，家住茅渚，因为得了霍乱病昨天才死的。庚某说："我死前曾准备了五千钱，是准备用来买棺材的。如果我能生还，我一定用这钱报答你的恩情。"女子说："我是不忍心看你明明可以回到阳间，却被一个小小的门官给难住。金镯子是我的私房物件，就不麻烦你到我家去还了。"庚某把三个金镯子交给了门官，那门官果然接受了，也没再说要核查的事，立刻派人把庚某送出城来。庚某和那女子告别，女子长叹一声，痛哭不止。庚某就恍恍然地醒过来了。后来他到茅渚去寻找姓张的人家，果然听说有个张家的女儿得了病，才死去不久。（出《还冤记》）

李除

襄阳人李除，得了当时流行的瘟疫死了。他的妻子在他的尸体旁臂上金钏甚遽，妇因助脱。既手执之，还死，妇伺察之。至晓，心中更暖，渐渐得苏。既活云："吏将去，比伴甚多。见有行货得免者，乃许吏金钏，吏令还，故归取以与吏。吏得钏，便放令还。"见吏取钏去，不知犹在妇衣内。妇不敢复著，依事咒埋。（出《续搜神记》）

张 导

齐武帝建元元年，太子左率张导字进贤。少读书，老饵术。每食不过二味，衣服不修装。既得疾，谓妻朱氏曰："我死后，棺足周身。敛我服，但取今著者，慎勿改易。"及卒，子乾护欲奉遗旨。朱氏曰："汝父虽遗言如此，不忍依其言。"因别制四时服而敛焉。敛后一月日，家人忽闻棺中呼乾护之声，人皆一时惊惧。及至殡棺，见导开目，乃扶出于旧寝。翌日，坐责妻曰："我平生素俭，奈何违言，易我故服？"谓子曰："复敛我故服。"乾护乃取故衣敛之。敛后又曰："但安棺中，后三日看之。若俨然，即葬；如目开，必重生矣。"后三日，乾护等启棺，见眼开，人皆惊喜，扶出遂生。谓子曰："地府以我平生修善著德，放再生二十年。"导后位至建德令而卒。（出《穷神秘苑》）

为他守灵。到了夜里三更时分，李除突然直挺挺地坐了起来，并用手慌里慌张地去摘妻子手腕上的金镯子，妻子连忙帮他把镯子取下来。李除拿过镯子，立刻又倒了下去。妻子仔细地观察着李除。到了第二天早上，发现李除的胸口逐渐变暖，慢慢地就苏醒了过来。醒来后，他对妻子说："先前有个来自阴间的官员把我带走，当时和我一样被带走的人很多。我看见有人给那官员送礼，官员就把他放了。我就对官员说我要送给他金镯子，官员就让我回来取了交给他。他拿了我的金镯子，果然就把我放回来了。"李除虽然看见那官员把金镯子拿走了，但实际上金镯子还藏在他妻子的衣服里。然而他的妻子也不敢再戴那镯子了，就念了符咒把镯子埋到了地下。（出《续搜神记》）

张导

齐武帝建元元年间，张导，字进贤，担任太子左率。年少时张导喜欢读书，老了之后服食苍术，并且每次吃饭都不会超过两样菜，也很少制作新衣服，生活非常简朴。生病后，他就对妻子说："我死后，给我做的棺材不要太大，只要能把我装进去足够了。我的寿衣就用我现在穿的衣服就行。这是我的愿望，希望你们千万不要随意更改！"张导死后，他的儿子张乾护本来打算就按照他的遗言办丧事，但张导的妻子朱氏说："你父亲虽然有那样的遗言，但我实在不忍心按照他说的那样，把他的丧事办得如此简陋。"他的妻子就另外做了四季的寿衣给张导装进棺材里。一个月后，家里人忽然听见张导在棺材里大声喊儿子张乾护的声音，都感到非常害怕。正准备埋棺时，竟然看见张导睁开了眼睛，就赶紧把他扶出来，把他送到他之前住过的屋内。第二天，张导坐起来批评他的妻子说："我一辈子生活都十分节俭，你为什么不按照我的遗言简单地料理我的丧事，竟然自作主张把我身上的旧衣服给换下来了？"接着张导就让他的儿子张乾护拿来他之前穿的旧衣服，把他身上的新寿衣给换了下来，再重新把他装进棺材。张导被重新装进去后，说："你就让我在棺材里安安静静地躺着，三天过后再来看我，那时候如果我的脸色阴沉灰暗，你就把我埋了；如果我的眼睛是睁开的，那就是我复活了。"过了三

石长和

赵石长和者，赵国高邑人也。年十九，病月余卒。家贫，未及殡殓，经四日而苏。说初死时，东南行，见二人治道，在长和前五十步。长和行有迟疾，二人亦随缓速，常五十步。而道之两边，棘刺森然，如鹰爪。见人甚众，群足棘中. 身体伤裂，地皆流血。见长和独行平道，俱叹息曰："佛子独行大道中。"前至瓦屋，御楼可数千间，屋甚高。上有一人，形面状大，著皂袍四缝，临窗而坐。长和拜之，阁上人曰："石君来耶，一别二千余年。"长和便若忆得此别时也。相识中有冯翊牧孟丞夫妻，先死已积岁。阁上人曰："君识孟丞不？"长和答曰："识。"阁上人曰："孟丞生时不能精进，今恒为我司扫除之役。孟妻精进，居处甚乐。"举手指西南一房曰："孟妻在此也。"孟妻开窗，见长和，厚相慰问，遍访其家中大小安否，曰："石君还时，可更见过，当因附书也。"俄见孟丞执帚提箕，自阁西来，亦问家消息。阁上人曰："闻鱼龙超精进，为信耳？何所修行？"长和曰："不食鱼肉，酒不经口，恒转尊经，救诸疾痛。"阁上人曰："所传不妄也。"语久之，阁上人问都簿主者："审案石君簿，勿谬滥也。"主者按簿："余三十年。"阁上人曰："君欲归不？"长和对："愿归。"乃敕主者，以车骑两吏送之。长和拜辞，上车而归。前所行道，更有传馆吏民饮食储峙之具。倏忽至家，恶其尸，不欲附之，于尸头立。见其亡妹于后推之，踣尸面上，因得苏。法道人山，时未出家，闻长和所说，遂定入道之天，张乾护和家人打开棺材，看见张导的两眼大大地睁着，全家人是又惊又喜，立即把张导扶出棺材，张导果然真的死而复生了。张导对他的儿子说："阴间阎王见我一生行善积德，所以就把我放回来，让我再活二十年。"张导后来当了建德县县令，在任职期间去世。（出《穷神秘苑》）

石长和

赵国高邑县有一个叫石长和的人，十九岁的时候生了一个多月病，后来病死了。他家境贫寒，家人还没有将他下葬，过了四天他居然复活了。他说，他刚死后，往东南边走，看见前面离他五十步远的地方，有两个人正在修路。石长和一会儿走得快，一会儿走得慢。那两个人也随着他走路的速度一会儿快一会儿慢，但始终保持在距离石长和五十步远的地方。道路两旁长满了像老鹰爪子一样的荆棘，只见很多人在荆棘里穿过，浑身都是伤痕，血流遍地。这些人看见只有石长和能在平坦的路上行走，都感叹说："你看，只有信佛的人才能走在那么平坦的大路上！石长和继续向前走，看见一片房屋整齐地排列着，还有几千间高高的楼房。楼上靠窗的地方坐着一个身材高大魁梧的人，身上穿着缝了四条衣缝的黑袍子。石长和向他拜了一拜。楼上的人对他说："石君你来啦，我们已经两千多年不见了！"石长和一听这话，这才记起和那人好像确实是旧识，并且是在两千年前和他分开了。他相识的人中有已经去世多年的孟丞夫妻，孟丞生前曾在冯翊做过州牧的官。楼上的人说："你认不认识孟丞？"石长和回答说："认识。"楼上人又说："孟丞在人间的时候不能行善事，积福分，所以死后一直在我这里当清扫的差吏。孟丞的妻子生前积德行善，所以她现在住在福地，过得非常快乐。"说着用手指指着西南面的一间房子说："孟丞的妻子就住在那里。"这时孟丞的妻子打开了窗户，看见了石长和，就十分热情地问候石长和，并向他仔细地打听家里的老老少少是否平安健康，并对石长和说："石君如果能回人间去，请在回去前再来见我一面，我想托您给我的家里人捎封信。"不一会儿，石长和又看见孟丞拿着扫帚，提着簸箕从西边走

志。法山者，咸和时人也。（出《冥祥记》）

古元之

后魏尚书令古弼族子元之，少养于弼，因饮酒而卒。弼怜之特甚，三日殓毕，追思，欲与再别，因命斫棺，开已却生矣。元之云，当昏醉，忽然如梦，有人沃冷水于体，仰视，乃见一神人。衣冠绛裳霓帔，仪貌甚俊。顾元之曰："吾乃古说也，是汝远祖。适欲至和神国中，无人担囊侍从，因来取汝。"即令负一大囊，可重一钧。又与一竹杖，长丈二余，令元之乘骑随后，飞举甚速，常在半天。

西南行，不知里数，山河逾远。欻然下地，已至和神国。其国来，也向石长和打听家里的情况。这时楼上的人说：“我听说鱼龙超修行得很好，是真的吗？他是怎样修行的呢？”石长和回答说：“他不吃鱼肉荤腥，不喝酒，在寺庙里坚持不懈地诵经，平时也经常扶危济困，帮助别人解除痛苦。”楼上那人说：“看来那些关于他的传说是真实的了。”又和石长和谈了很久，楼上的人向旁边一个掌管人间寿命的人说：“你查一查石长和在阳间的寿命，可千万不要弄错了。”那人查完后回答说：“石长和还有阳寿三十年。”楼上的人问石长和：“你想回到人间去吗？”石长和回答说：“当然想回去。”楼上的人就吩咐管事的派人找两个官员送石长和回到阳间。石长和拜谢告辞后，坐上马车往回走，看见先前来的路上增加了一些房舍器具，主要是用来供过往的官员和行人住宿和饮食的。没过多久，石长和就回到了人间自己的家里。他看见自己的尸体后感到十分恶心，不想再让魂魄去依附自己的身体。这时石长和已死的妹妹在他身后猛地一推，石长和跌倒在自己尸体上，才还魂复活。当时，法山道人还没有出家，听了石长和讲述阴间的经历和积德修行的道理，才下定决心出家念佛修行。法山道人是咸和年间的人。（出《冥祥记》）

古元之

后魏尚书古弼本家的孩子古元之，年少时被寄养在古弼家，由于喝酒醉死了。古弼十分怜爱这个孩子，把他装进棺材三天之后，还想再看看他，和他做最后的告别，就让人把棺材打开，没想到打开棺材一看，古元之竟然复活了。古元之说，他喝酒喝得头脑发昏地醉死过去，恍恍惚惚就像作梦一样。有人往他身上泼冷水，他抬头一看，只见那是一个神仙，穿着深红色的衣服，披着一个彩虹般的披肩，长相英俊潇洒。那神仙看着古元之说：“我是你的高祖，叫古说。我正要到和神国去，没有人帮我挑行李做我的侍从，所以才把你叫来。”那人说完，就让古元之背起一个大行囊，又拿了一根丈二长的竹竿给他，让他骑上一匹马跟在后面。马跑得很快，时不时地在半空中腾起来。

往西南走，也不知跑了多远，只知道翻过无数高山，蹚过无数无大山，高者不过数十丈，皆积碧珉。石际生青彩篠筱，异花珍果，软草香媚，好禽嘲哳。山顶皆平整如砥，清泉迸下者，三二百道。原野无凡树，悉生百果及相思、石榴之辈。每果树花卉俱发，实色鲜红，翠叶于香丛之下，纷错满树，四时不改。唯一岁一度暗换花实，更生新嫩，人不知觉。田畴尽长大瓠，瓠中实以五谷，甘香珍美，非中国稻粱可比。人得足食，不假耕种。原隰滋茂，莸秽不生。一年一度，树木枝干间，悉生五色丝纩，人得随色收取，任意纴织。异锦纤罗，不假蚕杼。四时之气，常熙熙和淑，如中国二三月。无蚊虻蟆蚁虱蜂蝎蛇虺守宫蜈蚣蛛蠓之虫，又无枭鸱鸦鹞鸲鸽蝙蝠之属，及无虎狼豺豹狐狸蓦驳之兽，又无猫鼠猪犬扰害之类。其人长短妍蚩皆等，无有嗜欲爱憎之者。人生二男二女，为邻则世世为婚姻，笄年而嫁，二十而娶。人寿一百二十，中无夭折疾病喑聋跛躄之患。百岁已下，皆自记忆。百岁已外，不知其寿几何。寿尽则欻然失其所在，虽亲族子孙，皆忘其人，故常无忧戚。每日午时一食，中间唯食酒浆果实耳。餐亦不知所化，不置溷所。人无私积囷仓，余粮栖亩，要者取之。无灌园鬻蔬，野菜皆足人食。十亩有一酒泉，味甘而香。国人日相携游览，歌咏陶陶然，暮夜而散，未尝昏醉。人人有婢仆，皆自然谨慎，知人所要，不烦促使。随意屋室，靡不壮丽。其国六畜唯有马，驯极而骏，不用刍秣，自食野草，不近积聚。人要乘则乘，乘讫而却放，亦无主守。其国千官皆足，而仕官不知身之在事，杂于下人，以无职事操断也。虽有君主，而君不自知为君，杂于千官，以无职事升贬故也。又无迅雷风雨，其风常微轻如煦，袭万物不至于摇落。其雨十日一降，降必以夜，津润条畅，不有淹流。一国之人，皆自相亲，有如戚属，各各明惠。无市易商贩之事，以不求利故也。

河流。突然，他们就落到一处平地上，已经到了和神国。和神国这地方没有高大的山川，最高的山也只有几十丈，山上满是碧绿的玉石，石缝里生长着五颜六色的花草，奇异的花朵、稀有的果子随处可见，细草散发着香气，各种珍贵的鸟儿在婉转啼叫。山顶都像磨刀石一样平坦，有好几百条清澈的泉水从山间石峰中流出来，飞快地流到山下去。原野上没有一棵树是平时经常见到的，全都是结满石榴和相思果的果树，每株果树都开满了鲜艳的花朵，树上结满了鲜红的果子，一颗颗果实掩映在一丛丛碧绿的树叶间。这些果树一年四季都不会凋零，只是每年遵循自然规律，花开花落，结出的新果取代了旧果，人们都感觉不出它的变化。田地里长满了大葫芦，葫芦里装满了五谷杂粮，这些粮食特别香甜，人间田地里的粮食完全没法和它相比。在这和神国，人人都能丰衣足食，而且不用辛劳地耕种，土地本身就十分肥沃丰美，不会生长一点杂草。每年树木的枝干上都会长出各种颜色的丝线，人们喜欢什么颜色的就从树上去取，然后用这些丝线编织成自己喜欢的布匹，也不用养蚕，不用织布。一年四季微风荡漾，让人感觉一直都是人世间春天二三月的样子。这里没有蚊子、苍蝇、蛤蟆、蚂蚁、虱子、马蜂、蝎子、毒蛇、蜈蚣、蜘蛛、蠓虫之类的害虫，也没有老鹰、乌鸦、猫头鹰、鹞子、八哥和蝙蝠等鸟类，也没有豺、狼、虎、豹、狐狸、驀驳等凶猛的野兽，也没有猫、鼠、猪、狗之类的动物。这个国家的人高矮美丑都一样，人们没有什么贪念、爱憎等私心。每一对夫妻都生两个儿子两个女儿，邻居间世世代代互相通婚。女孩子一长大成人就出嫁，小伙子一长到二十岁就娶妻，人们的寿命是一百二十岁，一辈子都不会遭遇疾病、夭亡、耳聋、哑巴、瞎眼、跛腿等不好的事。百岁以下的人都能清楚地记住自己的年龄，百岁以上的人就记不住自己确切的年龄了。阳寿到了的人会突然消失不见，不知道去了哪里，而他的家人亲友也会很快就把他忘记，所以人们从来没有忧愁悲伤的情绪。这里的人每天只吃一顿饭，时间是在中午，其他时间就只喝点酒水，吃些水果。吃下去的东西也不知道消化到哪里去了，这里从来都没有厕所。人们从来不储备粮食，多余的粮食都堆放在田地里，谁需要谁就去取。这里古说既至其国，顾谓元之曰：“此和神国也。虽非神仙，风俗不恶。汝回，当为世人说之。吾既至此，回即别求人负囊，不用汝矣。”因以酒令元之饮。饮满数巡，不觉沉醉，既而复醒，身已活矣。自是元之疏逸人事，都忘宦情，游行山水，自号知和子。后竟不知其所终也。（出《玄怪录》）

的人也从来都不划定园子种菜，漫山遍野的野菜就够他们吃了。每十亩地就挖一口泉，泉里全是酒，酒的味道十分香醇。这个国家的人每天都带着老人小孩到处游玩，玩到晚上才回去没有人会喝醉。每户人家都有仆人婢女，她们都十分清楚主人家的需要，服侍非常周到，根本不用别人使唤她们。这里的房屋宅院也都装饰得十分华丽。这个国家的家畜只有马，他们的马都很驯良，而且也很英俊，从来都不喂他们吃草料，只吃野草，平时也不会把他们关在马厩里，而是要骑的时候就把它抓来，骑完就把它放掉，没有人会管它们。这个国家的各种官员每个职位都有人担任，当官的人却没有什么公事可干，成天和老百姓们混在一起，因为从来没有什么公务需要他们去处理。虽然有皇帝，但皇帝也不自认为是高高在上的君主，和官员们混在一起，因为从来没有官员的升降的事需要皇上来定夺。这里也不会有急风骤雨，风总是轻柔的温暖的，什么东西都吹不掉。这里每十天下一次雨，而且下雨一定是在晚上，下到河道通畅，但绝不会出现洪水泛滥、淹没庄稼等情况。全国的人关系都亲密得像一家人一样，人人聪慧贤德，也没有什么经商买卖的事，因为谁也不贪图小便宜。

古说到这个国家后，对古元之说："这就是和神国，虽然它不是仙界，但这里的风气非常好。你回到人间后，可以向人们说说这里的情形。我已经到这里了，回去时我会找其他人给我当差役，就不让你来当了。"古说说完后，就拿来酒请古元之喝。古元之喝满几杯后，不知不觉地昏睡了过去。等他醒来后，自己就复活了。从此以后，古元之就对人间的世事人情看得越来越淡漠了，甚至觉得作官也没有什么意思，就到处游历，赏山玩水，自己给自己起了一个别号，叫"知和子"。后来也不知道他到底去了什么地方。（出《玄怪录》）

卷第三百八十四　再生十

周子恭　李　及　阿　六　崔　君　刘　溉　朱　同　郜　澄
王　勋　苏履霜　景　生　许　琛

周子恭

唐天后朝，地官郎中周子恭，忽然暴亡。见大帝于殿上坐，裴子仪侍立。子恭拜，问："为谁？"曰："周子恭追到。"帝曰："我唤许子儒，何为错将子恭来？即放去。"子恭苏，问家中曰："许侍郎好在否？"时子儒为天官侍郎，已病，其夜卒。则天闻之，驰驿向并州，问裴子仪。仪时为判官，无恙。（出《朝野佥载》）

李及

李及者，性好饮酒，未尝余沥，所居在京积善里。微疾暴卒，通身已冷，唯心微暖。或时尸语，状若词诉。家人以此日夜候其活，积七八日方苏。自云，初有鬼使，追他人。其家房中先有女鬼，以及饮酒不浇漓，乃引鬼使追及。及知错追己，故屡尸语也。其鬼大怒，持及不舍。行三十余里，至三门，状若城府。领及见官，官问："不追李及，何忽将来？"及又极理称枉。官怒，挞使者二十，令送及还。使者送及出门，不复相领。及经停曹司十日许，见牛车百余具，因问吏："此是何适？"答曰："禄山反，杀百姓不可胜数，今日车般死按耳。"时禄山尚未反，及言："禄山不反，何得尔为？"吏云："寻当即反。"又见数百人，皆理死按甚急。及寻途自

周子恭

唐代武则天临朝当政时，有位任郎中的地方官叫周子恭，突然暴病而亡。周子恭死后来到阴间，看见一个帝王模样的神在大殿上坐着，裴子仪站在他旁边。周子恭赶紧拜见大帝。大帝问下面跪的人是谁，裴子仪说："周子恭被带来了。"大帝说："我让你们带来的是许子儒，你们怎么把周子恭给抓来了？赶快把他放回去！"周子恭苏醒过来后，问家里人说："侍郎许子儒还活着吗？"当时许子儒担任天官侍郎一职，生了重病，当天晚上就死了。武则天听说周子恭在阴间也看见了裴子仪，赶紧派人到山西太原，去打听裴子仪是否还活着。被派去的人一打听，才知道当时在山西担任判官的裴子仪还健在，并没有出什么事。（出《朝野佥载》）

李　及

有个叫李及的人非常喜欢喝酒，喝起酒来一滴也不会洒出来，他住在京城积善里。有一天他得了个很小的病，却突然死去，全身冰凉，只有胸口还有点热气。他还时不时地嘟囔几句，像是在申诉一般。家里的人因此日夜不离地守在他的尸体旁边，希望他能活过来。七八天后，李及果然活过来了。他说，最初有个小鬼抓捕别人时追到他家附近，他家原本就有个女鬼，由于李及平时喝酒时一点都不会洒在地上，女鬼喝不到酒就生了李及的气，忌恨起他来。这时女鬼就把外面抓捕别人的小鬼勾引进来，教唆小鬼把李及给抓走了。李及知道自己是被错抓的，就不断为自己申辩，这就是为什么家里人看到李及的尸体在不停地说话的原因。小鬼生气地逮着李及不放，带着他走了三十多里，来到一座有三个城门的府邸前，领着他去见阴还，久之至舍。见家人当门，不得入，因往南曲妇家将息。其妇若有所感，悉持及衣服玩具等，中路招之，及乃随还。见尸卧在床，力前便活耳。（出《广异记》）

阿 六

饶州龙兴寺奴名阿六，宝应中死，随例见王。地下所由云：“汝命未尽，放还。”出门，逢素相善胡。其胡在生，以卖饼为业，亦于地下卖饼。见阿六忻喜，因问家人，并求寄书。久之，持一书谓阿六曰：“无可相赠，幸而达之。”言毕，推落坑中，乃活。家人于手中得胡书，读云：“在地下常受诸罪，不得托生，可为造经相救。”词甚凄切。其家见书，造诸功德。奴梦胡云：“劳为送书，得免诸苦。今已托生人间，故来奉谢，亦可为谢妻子。”言讫而去。（出《广异记》）

间的官员。官员问小鬼说："我并没有让你抓李及，你怎么把他给抓来了？"李及急忙大声喊冤枉，官员非常生气，就打了那小鬼二十大板，并命令差役立即将李及送回到人间。差役把李及送出大堂后就把他扔在那里，不管他了。结果李及就在阴间待了将近十天。李及在阴间时，看见有一百多辆牛车，就问阴间的官员："这牛车是要到哪里去？"官员说："安禄山叛乱，杀死的百姓不计其数，这些牛车都是把战死的人运到阴间来过堂的。"当时安禄山并没有造反，李及说："安禄山没有造反，为什么这样做呢？"官员说："安禄山马上就会造反的。"接着李及就看见有好几百人，都急匆匆地到阴间来告状。后来，李及自己找到回去的路，很久才到家。他看到家里的人都堵在大门前，进不去，就只好到南面巷子里的妻子家里暂时休息一阵。李及的妻子好像感觉到了什么，就拿着李及之前穿的衣服和玩物，在路上召唤李及的魂，于是李及就跟着妻子回到家里。李及只见自己的尸体躺在床上，赶紧用力向前一扑，就活过来了。（出《广异记》）

阿六

饶州龙兴寺有个叫阿六的仆人，宝应年间死了，按照惯例去参见阎王。阴间主管说："你的阳寿还没完，把你放回阳间。"临出门的时候，阿六遇见自己已死的朋友胡某。胡某在人间是卖饼的，现在他在阴间继续卖饼。胡某看见阿六后非常开心，趁机向阿六打听自己家里人的情况，并请求阿六给他往家里捎封信。过了半天，胡六拿着一封信来对阿六说："我没有什么礼物送你，只有麻烦你帮我把信捎给我的家人吧。"胡某说完就猛地推了一把阿六，阿六掉进了一个坑里，然后就复活了。阿六家的人从阿六手里拿过胡某的信，只见信上说："我在阴间常常遭受各种刑罚，不能转世投胎，希望家里人能为我多念经，多做好事，只有这样才能让我得救啊！"胡某信上的话说得很悲伤。胡家的人看了信以后，就做了很多好事，努力积德行善。后来阿六梦见胡某对他说："由于你费尽心思把我的信送给了我的家人，让我可以不再遭受苦难，现在我已经投胎到人世，特意前来感谢你，并请你代我谢谢我的妻子儿女。"胡某一说完就不见了。（出《广异记》）

崔 君

故崔宁镇蜀时，犍为守清河崔君，既以启尹真人函，事具《灵仙篇》也。是夕，崔君为冥司所召。其冥官即故相吕諲也，与崔君友善。相见悲泣，已而谓崔曰："尹真人有石函在贵郡，何为辄开？今奉上帝命，召君按验，将如之何？"崔谢曰："昏俗聋瞽，不识神仙事，故辄开真人之函。罪诚重，然以三宥之典，其不识不知者，俱得原赦。傥公宽之，庶获自新耳。"諲曰："帝命至严，地府卑屑，何敢违乎？"即召按掾，出崔君籍。有顷，按掾至。白曰："崔君余位五任，余寿十五年。今上帝有命，折寿十三年，尽夺其官。"崔又谢曰："与公平生为友，今日之罪，诚自己招。然故人岂不能宥之？"諲曰："折寿削官，则固不可逃，然可以为足下致二年假职，优其廪禄，用副吾子之托。"崔又载拜谢。言粗毕，忽有云气蔼然，红光自空而下。諲及庭掾仆吏俱惊惧而起曰："天符下。"遂揖崔于一室中，崔即于隙间潜视之。见諲具巾笏，率庭掾，分立于庭，咸俯而拱。云中有一人，紫衣金鱼，执一幅书，宣道帝命。于是諲及庭掾再拜受书。使驾云而上，顷之遂没。諲命崔君出坐，启天符视之，且叹且泣。谓崔曰："子识元三乎？元相国弟三，名载也。"崔曰："乃布衣之旧耳。"諲曰："血属无类，吁，可悲夫！某虽与元三为友，至是亦无能拯之，徒积悲叹。"词已又泣。既而命一吏送崔君归，再拜而出，与使者俱行。入郡城廨中，己身卧于榻，妻孥辈哭而环之。使者引崔俯于榻，魂与身翕然而合，遂寤。其家云："卒三日矣，本郡以白廉使。"崔即治装，尽室往蜀，具告于宁。宁遂署摄副使，月给俸钱二十万。时元载方执国政，宁与载善，书遗甚多。闻崔之言，惧其连坐，因命亲吏赍五百金，赂载左右，尽购得其书百余幅，皆焚之。后月余，元载籍没。又二年，崔亦终矣。（出《宣室志》）

崔 君

已经去世的崔宁在镇守四川时，犍为郡守清河人崔君打开道士尹真人的一个石匣子看，这件事《灵仙篇》中有记述。这天晚上，崔君被阴间召去，阴间的主管原来就是已经去世的相国，叫吕諲。吕諲生前和崔君是好朋友。两人在阴间相见后，失声痛哭起来。接着吕諲对崔君说："尹真人的石匣子在你所管辖的郡里，你 为什么随便去把它打开来看呢？现在我奉天帝的命令，特意把你召唤来，就是为了查问这件事，你说这可怎么办才好？"崔君连忙谢罪说："我就是个又聋又瞎的凡夫俗子，根本不明白神仙的事，才随便打开尹真人的石匣子，我的罪过是很深重的，然而法典中有三种不处罚的规定，不明白的人如果犯罪，是可以被宽恕的。如果您能豁免我的罪过，我一定会改过自新的。"吕諲说："天帝的命令是很严厉的，我这个小小的阴曹地府的司官怎么敢违抗天帝的命令呢？"吕諲说完后，就叫来一个管理文书档案的按掾官，叫他查一查崔君的卷宗。过了一会儿，按掾官来向吕諲报告说："崔君在人间还可再作五任官，还有十五年的阳寿。现在按照天帝的旨意，要把崔宁的寿命减去十三年，并取消他的全部委任。"崔君听后又连忙谢罪，向吕諲求情说："我和您生前是好朋友，今天的罪，确实是我自己招来的。但是老朋友难道就不能饶恕我一次吗？"吕諲说："削减你的寿命，夺去你的官职，这是你的命运，在劫难逃。我只能想办法让你在人间再做两年官，不过只是代理的职务，然而俸禄是很客观的，以不辜负你的嘱托。"崔君赶快拜谢吕諲。他刚说完，忽然周围云雾涌起，一道红光从天而降。吕諲、庭掾和仆役们都惊恐万分地站起来，说："天符来了！"吕諲赶紧请崔君到另一个屋里暂时躲避一下，崔君从门缝中向外偷看，只见吕諲戴上官帽，手里拿着笏板，率领着庭掾衙役们站在院子两边，一个个都低着头拱手作揖。这时云里出来了一个人，穿着装饰有金色鱼袋的紫色官服，手里拿一张文书，正在宣读天帝的旨意。宣读完后，吕諲和庭掾跪下拜谢，接过了圣旨，那使者就驾着云气离开了，很快就消失不见。吕諲就请崔君出来坐下，打开天符来看。吕諲一面看一面感叹地哭了，问崔君说："你认识元老三吗？"元相国排行老三，名

刘溉

彭城刘溉者，贞元中，为韩城令，卒于官。家甚贫，因寄韩城佛寺中。岁未半，其县丞窦亦卒，三日而寤。初窦生昼寐，梦一吏导而西去，经高原大泽数百里，抵一城。既入门，导吏亡去。生惧甚，即出城门。门有卫卒，举剑而列。窦生讯之，卫卒举剑南指曰："由此走，生道耳。"窦始知身死，背汗而髀栗。即南去，虽殆，不敢息。俄见十余人立道左，有一人呼窦生，挈其手以泣。熟视之，乃刘溉。曰："吾子何为而来？"窦具以告。曰："我自与足下别，若委身于陷阱中，念平生时安可得？"因涕泣。窦即讯冥途事，溉泣不语。久之又曰："我妻子安在，得无恙乎？"窦曰："贤子侨居叫元载。崔君说："我和元载本是朋友，那时我们都还没有做官。"吕諲说："元载这次犯了大罪，连他的亲属都要被牵连处以死刑了。唉，真是让人觉得可怜，可悲啊！我和元载虽然是朋友，却想不到办法帮他，只能为他悲伤叹息了。"说完又哭了起来。然后，吕諲就派了官员送崔君回阳间。崔君再三拜谢后，就和那官员一同上路。他们来到自己的府邸后，崔君看见自己的尸体正停放在床上，妻儿们正围着他的尸体痛哭流涕。那官员领着崔君，让他俯在自己的尸体上，崔君的魂灵和肉身立即合为一体，他就活过来了。崔君活过来，他的家人对他说："你已经死了三天了，郡里已经把你的死讯报告给了上司，你的官职自然就被罢免了。"崔君就整理行装，举家赶往四川，把自己死而复活的事报告给了崔宁。崔宁就让崔君当了个代理副使的官，月俸很高，每月有二十万钱。这时，元载正执掌朝政，崔宁和元载本是朋友，两人时常都有书信往来。崔宁听了崔君说他在阴间看见元载犯了很大的罪，会受到株连九族的处罚一事，十分担心自己会因为受到元载的牵连而获罪，于是就派了个亲信带着五百金赶到京城，去贿赂元载身边的人，从他们手里把他写给元载的一百多封信都买了回来并全部烧掉了。过了一个多月，元载果然获罪被抄家，遭到重罚。两年之后，崔君也死了。（出《宣室志》）

刘溉

贞元年间，彭城人刘溉在韩城县担任县令，死在任上。刘溉家境贫寒，他死后家里人只好暂时借宿在韩城的寺庙里。不到半年时间，这个县的县丞窦某也死了，过了三天又苏醒过来。据窦某说，起初他有一次白天睡觉，梦见来了一个官员来领他上路，他们一路往西边走，翻过很多高山，蹚过很多大河，走了好几百里，来到一座城下。刚一进城，领他的那个官员就消失不见了。窦生感到十分害怕，就又回头往城外走去。城门口有很多卫士守着，他们举着刀剑站在城门两旁，窦生就向他们打探前进的路。一个卫士用剑指指南面说："你往南面走就是活路。"窦某这时才突然醒悟过来原来自己已经死了，立刻吓得双腿发抖，冷汗直冒。于是赶紧往南面跑去，即使累得要死也韩城佛寺中，将半岁矣。”溉曰：“子今去，为我问讯。我以穷泉困辱，邈不可脱。每念妻孥，若肘而不忘步。幽显之恨，何可尽道哉！”别谓窦曰：“我有诗赠君，曰：‘冥路杳杳人不知，不用苦说使人悲。喜得逢君传家信，后会茫茫何处期。’”已而又泣，窦遂告别。未十余里，闻击钟声极震响，因悸而寤。窦即师锡从祖兄，其甥崔氏子，常以事语于人。（出《宣室志》）

朱同

朱同者，年十五时，其父为癭陶令。暇日出门，忽见素所识里正二人云：“判官令追。”仓卒随去。出癭陶城，行可五十里，见十余人临河饮酒。二里正并入厅坐，立同于后。同大忿怒，骂云：“何物里正，敢作如此事？”里正云：“郎君已死，何故犹作生时气色？”同悲泪久之。俄而坐者散去，同复随行。行至一城，城门尚闭，不得人。里正又与十余辈共食，虽命同坐，而不得食。须臾城开，内判官出。里正拜谒道左，以状引同过判官，判官问里正引同入城。立衙门，尚盘桓，未有所适。忽闻传语云：“主簿退食。”寻有一青衫人，从门中出，曳履徐行，从者数四。其人见同识之，因问：“朱家郎君，何得至此？”同初不识，无以叙展。主簿云：“曾不敢停下来喘一口气。走着走着，忽然看见有十几个人站在路边，其中有一个人大声喊了窦某的名字，然后拉着他的手就开始失声痛哭。窦某仔细一看，才发现原来竟是已死去的县令刘溉。刘溉问他说："你来这里作什么？"窦某就和刘溉详细地说了他的经历。刘溉说："自从我和你分别以后，就像掉进了一个陷阱里，就是想看看平日里交好的友人也不可能了。"刘溉说完后又继续哭。窦某就向他打听阴间的情况，刘溉只是哭，不说话，过了半天才又问窦某："我的妻子和孩子怎么样了，他们还安好吗？"窦某说："你死后他们就借住在韩城的寺庙里，这都快住了半年了。"刘溉说："麻烦你回到人间后，替我问候问候他们吧。我在阴间受尽了苦难，时常思念家中的妻子和孩子，像胳膊忘不了两腿一样。阴间和阳世生离死别的痛苦，怎能完全表达出来呢！"快分别时，刘溉说："我作一首诗送给你吧：'冥路杳杳人不知，不用苦说使人悲。喜得逢君传家信，后会茫茫何处期！'"说完就又哭了起来。窦某告别刘溉后，走了不到十里地，突然听见一阵很响亮的钟声他吓了一跳，就苏醒过来了。窦某是师锡的本家哥哥，他的外甥崔氏的儿子，常常向人说起窦某游历阴间这件事。（出《宣室志》）

朱同

朱同的父亲是瘿陶县县令。朱同十五岁时，有一天闲来无事，就出门去玩。忽然看见平时相熟的两个当里正的人跑来对他说："判官让我们带你去见他。"朱同就急匆匆地跟着他们走。出了瘿陶城，走了约莫五十里，看见十几个人正在河边喝酒。两个里正就过去坐在主位上和他们一块喝酒，让朱同站在他们身后作陪。朱同非常生气，大声骂道："你们这两个里正真不是人啊，怎么敢这样对待我？"里正说："现在你已经死了，休想像你以前活着的时候一样，依仗着你父亲是县令，对我们呼三喝四的！"朱同一听自己死了，就开始大声哭泣。朱同哭了半天，喝酒的人都散了，只好跟着里正继续往前走。他们来到一座城，此时还没开城门，他们只好在外等候。这时，里正又去同十几个人一桌吃饭，虽然这次让朱同坐了下来，但却不让朱与贤尊连官，情好甚笃。”遂领同至判官，与极言相救。久之，判官云：“此儿算亦未尽，当相为放去。”乃令向前二里正送还。同拜辞欲出，主簿又唤，书其臂作主簿名，以印印之，诫云：“若被拘留，当以示之。”同既出城，忽见其祖父奴，下马再拜云：“翁知郎君得还，故令将马送至宅。”同便上马，可行五十里，至一店。奴及里正，请同下马，从店中过。店中悉是大镬煮人，人熟，乃将出几上，裁割卖之。如是数十按，交关者甚众。其人见同，各欲烹煮。同以臂印示之，得免。前出店门，复见里正奴马等。行五十里，又至店。累度二店，店中皆持叉竿弓矢，欲来杀同，以臂印示之，得全。久之，方至瘿陶城外。里正令同下马，云：“远路疲极，不复更能入城，兼求还书与主簿，云，送至宅讫。”同依其言，与书毕，各拜辞去。同还，独行入城，未得至宅，从孔子庙堂前过，因入廨歇。见堂前西树下有人自缢，心亦不惧。乃入堂中假寐，忽然便醒。醒后使人视树，果有死人。（出《广异记》）

同吃东西。没过多久，城门就打开了。一个判官出来，里正就在路边向判官行拜见礼，然后把押送朱同的公文连同朱同一起交到判官手里。朱同向判官行了礼，判官让里正把朱同带进城去。朱同在衙门前站了一会儿，觉得不知所措时，衙门里面传话出来，说主簿大人已经吃过了饭了。不一会儿就有一个穿青袍的官员出来，很随意地拖着鞋慢走，后面跟着好几个仆役。这位主簿认出了朱同，问道："这不是朱家的公子吗，你怎么到这儿来了？"朱同刚开始没认出主簿，不知道怎么回答。主簿说："先前我和你的父亲是前后任的县令，我们是要好的朋友！"主簿说完，就带朱同去见判官，尽心尽力为朱同说好话，想把他救出阴间。半晌后，判官说："这个少年的阳寿还没完，理应把他放回阳间去。"判官说完后，就让刚才把朱同送来的那两个里正带他回去。朱同拜谢后正准备离开，主簿又叫他稍等，然后在朱同的手臂上写下了自己的名字，还盖上了自己的印章，对朱同说："如果你在回去的路上又有人要逮捕你，你就让他们看我印在你手臂上的印章。"朱同出了城后，忽然看见他的祖父的仆人，仆人下马向朱同行了再拜礼，说："你祖父知道你被放回阳间，特意让我给你送马来。"朱同翻身上马，走了大概五十里，来到一个店铺前。里正和仆人请朱同下马，朱同看见店里全是大锅，锅里正在烹煮人肉，煮熟后就捞出来放在砧板上切割开来卖，店里的好几十人都在干这件事。这时店里的人发现了朱同，就争抢着要把朱同放到汤锅里烹煮，朱同赶紧把手臂上的印给他们看，才免除被下汤锅的命运。朱同继续向前走，走了五十里，又到了一个店铺，经过两个店铺，店里的人全都拿着叉子棍子刀剑，想要杀死朱同，朱同又给他们看手臂上的印章才得以幸免。又走了很久，终于到了瘿陶城外。里正让朱同下马，说："我们一路奔波，实在太累了，就不进城了。请你写封信给我们主簿，就说我们把你送到家了，我们好回去复命。"朱同就按里正的要求写了回信交给他们，互相拜别了。朱同一个人进了城，在回家途中从孔子庙前经过，于是就进去歇歇脚。忽然看见庙堂里面的树上有一个人上吊，心里也没感到害怕。就到堂上小睡，忽然就醒过来了。醒来后他让人去看那棵树，树下果然有死人。（出《广异记》）

郜澄

郜澄者，京兆武功人也。尝因选集，至东都。骑驴行槐树下，见一老母，云："善相手。"求澄手相。澄初甚恶之。母云："彼此俱闲，何惜来相？"澄坐驴上，以手授之。母看毕，谓澄曰："君安所居，道里远近，宜速还家。不出十日，必死。"澄闻甚惧，求其料理。母云："施食粮狱，或得福助。不然，必不免。"澄竟如言，市食粮狱。事毕，往见母，令速还，澄自尔便还。至武功，一日许，既无疾，意甚欢然。因脱衫出门，忽见十余人，拜迎道左。澄问所以，云："是神山百姓，闻公得县令，故来迎候。"澄曰："我不选，何得此官？"须臾，有策马来者，有持绿衫来者，不得已，著衫乘马，随之而去。行之十里，有碧衫吏，下马趋澄拜。问之，答曰："身任慈州博士，闻公新除长史，故此远迎。"因与所乘马载澄，自乘小驴随去。行二十里所，博士夺澄马。澄问："何故相迎，今复无礼？"博士笑曰："汝是新死鬼，官家捉汝，何得有官乎？"

其徒因驱澄过水，水西有甲宅一所，状如官府。门榜云"中丞理冤屈院"。澄乃大叫冤屈。中丞遣问："有何屈？"答云："澄算未尽，又不奉符，枉被鬼拘录。"中丞问："有状否？"澄曰："仓卒被拘，实未有状。"中丞与澄纸，令作状，状后判检。旁有一人，将检入内。中丞后举一手，求五百千，澄遥许之。检云："枉被追录，

郜澄

西京郊区武功县有个人叫郜澄，有一次为了考取功名，就到东都洛阳去。他骑着驴走到一棵槐树下，看见一个老妇人。老妇人对郜澄说："我很擅长看手相。"老妇人请求给郜澄看一看。郜澄刚开始很不耐烦，但老妇说："你和我都闲来无事，我给你看看，又有什么关系呢？"郜澄就坐在驴上，伸出手让老妇人看。老妇人看了后，说："你家住哪里？离这里远不远？你最好赶紧回家，因为不超过十天你一定会死的！"郜澄听后特别害怕，就恳求老妇人帮他的忙。老妇说："如果你去给监狱的犯人们施舍点食物，或许能够得到神灵的庇佑。不然，一定会死的。"郜澄按照老妇人所说的，买了很多食物拿到监狱给犯人们吃。做好这些事后，又去见那老妇人。老妇人让他立即回家。郜澄就回到武功县自己的家中。一天后，他没有生病也没有灾难，心里很高兴，就脱了长衫出门去。忽然看见十多个人跪在路边迎接他，他就问是这怎么回事，那些人回答说："我们是神山的百姓，听说大人被任命为县令，所以到这里来恭候大人。"郜澄说："我还没有参加考试，怎么会就当县令了呢？"没过多久，又有赶着马和拿着绿色官服的人前来迎接他，郜澄不得已只好穿上官袍，骑上马跟着他们走了。走了十里地，又有一个穿青绿袍子的官员下马向郜澄行礼。郜澄问他是谁，回答说："我现在是慈州博士，听说大人刚被任命为长史，特意前来迎接。"说完就把他的马让给郜澄骑，他自己骑上郜澄的小驴走在后面。走了二十多里，那博士突然把郜澄的马抢走了。郜澄问："你不是前来迎接我的吗，怎么现在又这样不讲理？"博士大笑着说道："你其实是个刚死的鬼，阴司要让我把你抓去，你哪是当官的呀？"

那家伙催促着郜澄过了一条河，河西有一座府邸，像是一处衙门，门上的匾额上写着"中丞理冤屈院"。郜澄一看到就大喊冤枉。府里的中丞就把他召进来，问他："有什么冤屈？"他回答说："我的阳寿还未到，也没有阴间的公文传给我，却被小鬼给抓来了。"中丞问："有没有状子？"他说："急匆匆被抓来，还没有写状子。"中丞就给郜澄一张纸让他写状子。中丞看完状子后，让掌管生死簿的人查算实未尽。”中丞判放，又令检人领过大夫通判。至厅，见一佛廪小胡，头冠毡帽，著麖靴，在厅上打叶钱。令通云：“中丞亲人，令放却还生。”胡儿持按入，大夫依判，遂出。复至王所，通判守门者，就澄求钱。领人大怒曰：“此是中丞亲眷，小鬼何敢求钱？”还报中丞，中丞令送出外。

澄不知所适，徘徊衢路。忽见故妹夫裴氏，将千余人，西山打猎。惊喜问澄：“何得至此？”澄具言之，裴云：“若不相值，几成闲鬼。三五百年，不得变转，何其痛哉！”时府门有赁驴者，裴呼小儿驴，令送大郎至舍，自出二十五千钱与之。澄得还家，心甚喜悦。行五六里，驴弱，行不进。日势又晚，澄恐不达。小儿在后百余步，唱歌。澄大呼之，小儿走至，以杖击驴。惊澄堕地，因尔遂活。（出《广异记》）

王勋

华州进士王勋，尝与其徒赵望舒等入华岳庙。入第三女座，悦其倩巧而蛊之，即时便死。望舒惶惧，呼神巫，持酒馔，于神前鼓舞，久之方生。怒望舒曰：“我自在彼无苦，何令神巫弹琵琶呼一查。只见一个官员拿着簿子到里面去查验，这人在中丞的身后暗中向郜澄举起一只手掌，暗示郜澄要给五百千钱贿赂他，郜澄远远地朝他点头表示答应给钱。不一会儿那官员回来报告说："郜澄是被错抓来的，他的阳寿确实没到。"中丞听了就命令释放郜澄，又让那官员把他领去见大夫通判。郜澄来到一个大厅，看见一座佛龛前有一个少年，是胡人，头上戴着毡帽，脚上穿着鹿皮靴子，在厅上玩打叶钱的游戏。领郜澄的官员通报说："这个人是中丞的亲属，命令把他放回阳间。"那胡人少年拿着公文进去给大夫，大夫按照中丞的批示办理，郜澄就出了大厅，来到通判的厅堂。门口把守的小鬼向郜澄索要钱财作为贿赂，领路的官员生气地说："这是中丞的亲人，你们这些小鬼竟敢向他要钱？"又回去向中丞报告，中丞就让人把郜澄送出门外。

郜澄出了门，不知道往哪里走，忽然看见已经去世的妹夫裴氏带着一千多人前往西山狩猎。裴氏高兴地问："你到这里来做什么？"郜澄就把情况细细地说给他听了。裴氏听后说："你如果没有遇到我，很可能就会变成一个无所事事的闲鬼四处游荡，三五百年也不能投胎转世，那将是多么悲惨的一件事啊！"当时府门外有出租驴的，裴氏把一个赶驴的少年叫到跟前，让他用驴把郜澄送回家去，并付了二十五千钱的驴钱。郜澄心想这下我就能回家了，很是高兴。走了五六里地，驴子实在太弱走不动了，天色渐渐暗下来，郜澄担心到不了家，回头一看，只见那赶驴的少年在距离他有一百多步的地方，正悠闲地唱着歌，于是就大声招呼他赶紧跟上。少年才撵上来，用棍子狠狠地打了驴一下，驴受到惊吓，郜澄就被摔了下来，这一惊一摔，就活过来了。（出《广异记》）

王勋

华州有个叫王勋的进士，有一次和他的学生赵望舒等人去华山逛太岳庙。他们来到庙中第三座女神像前时，王勋看那女神像美丽动人，就勾引调戏那女神，结果立刻倒地而亡。赵望舒看到后被吓坏了，立刻找来一个女巫，奉上酒肉，在神前又唱歌又跳舞，过了我为？”众人笑而问之，云：“女初藏己于车中，适缱绻，被望舒弹琵琶告王，令一黄门搜诸婢车中。次诸女，既不得已，被推落地，因尔遂活矣。”（出《广异记》）

苏履霜

太原节度马侍中燧，小将苏履霜者，顷事前节度使鲍防。从行营日，并将伐回纥。时防临阵指一旗刘明远，以不进锋，命履霜斩之。履霜受命，然数目明远，遽进，得脱丧元之祸，后十余年卒。履霜亦游于冥间，见明远。乃谓履霜曰：“曩日蒙君以生成之故，无因酬德，今日当展素愿。”遂指一路，路多榛棘。云：“但趋此途，必遇舍利王。王平生曾为侍中之部将也。见而诉之，必获免。”告之命去，履霜遂行。一二十里间，果逢舍利王弋猎。舍利素识履霜，惊问曰：“何因至此？”答曰：“为冥司所召。”乃曰：“公不合来，宜速反。”遂命判官王凤翔，令早放回，兼附信耳。谓履霜曰：“为余告侍中，自此二年，当罢节。一年之内，先须去，入赴朝廷。郎君早弃人世。慎勿泄之。”凤翔检籍放归。至一关门，逢平生饮酒之友数人，谓履霜曰：“公独行归，余曹企慕，所不及也。”生五六日，遂造凤翔。凤翔逆已知之，问云：“舍利何词？”曰：“有之，不令告他人也。”凤翔曰：“余亦知之，汝且归。余候隙，当白侍中。”旬日，遂与履霜白之。侍中召履霜讯之，履霜亦具所见。凤翔陈告后，所验一如履霜所言。盖凤翔生自司冥局，隐而莫有知之者，因履霜还生而泄也。（出《玄怪录》）

好一会儿王勋才苏醒过来。王勋醒来后非常生气地责备赵望舒说："我在阴间一点都没有遭罪，你为什么让神婆子弹琵琶把我叫回人间？"大家笑着问他到底是怎么回事，王勋说："神女开始把我藏在她的车子里，两个人刚要缠绵交欢，却被赵望舒等人弹着琵琶去大王那里告了。大王就下令让宫中的一个官员挨个搜查每个神女的车。搜到我所在的车时，那神女没办法，才把我推到地上，我就活过来了。（出《广异记》）

苏履霜

太原节度使、侍中郎马燧有位年轻的将领，叫苏履霜，曾在前任节度使鲍防的军中。在跟随鲍防的日子里，曾跟鲍防一起率部队讨伐回纥。此时担任前锋第一旗的将军是刘明远，鲍防亲自在阵前指挥，让刘明远率军向前冲，但刘明远没有听从他的指挥。鲍防十分生气，命令苏履霜立即将刘明远斩杀。但苏履霜得到命令后没有动手杀掉刘明远，反而多次以眼神向刘明远示意让他赶紧往前冲。刘明远才突然冲锋上前，免除了掉脑袋的罪过。十多年后，刘明远去世，到了阴间后恰好遇见苏履霜四处游荡，就对履霜说："先前承蒙你好心救了我一命，一直想找机会好好报答你，今天正好趁此机会了却我的愿望。"说完，刘明远就指着前面一条长满了荆棘的路，说："你只要顺着这条路往前走，一定会遇到舍利王。舍利王在世时是马侍中的部将，你看见舍利王后就向他求救，他一定能帮助你逃出阴间。"说完就让苏履霜赶紧离开，苏履霜就往刘明远指的那条路上走去。走了一二十里路的样子，苏履霜果然遇见了正在狩猎的舍利王。舍利王认识苏履霜，惊讶地问他："怎么会来到这里？"苏履霜说："是被冥司召来的。"舍利王说："你不该来，最好赶快回去。"舍利王身边有一个判官叫王凤翔，于是就让王凤翔快把苏履霜放回阳间去，并让苏履霜给马侍中捎信。他对苏履霜说："替我告诉马侍中两年内他就会被罢免节度史的官职，所以请他务必在一年之内自动离职，想方设法前往京城朝廷去做官。还要告诉他，他的儿子会在他前面死去。这些事都千万不能泄露给别人知道。"这时，判官王凤翔已经办

景 生

景生者，河中猗氏人也。素精于经籍，授胄子数十人。岁暮将归，途中偶逢故相吕谭，以旧相识，遂以后乘载之而去。群胄子乃散报景生之家。而景生到家，身已卒讫，数日乃苏。云："冥中见黄门侍郎严武、朔方节度使张或然。"景生善《周易》，早岁兼与吕相讲授，未终秩，遇吕相薨。乃命景生，请终余秩。时严、张俱为左右台郎，顾吕而怒曰："景生未合来，固非冥间之所勾留。奈何私欲而有所害？"共请放回，吕遂然之。张尚书乃引景生，属两男，一名曾子，一名夫子。闰正月三日，当起北屋，妨曾子新妇。为报止之，令速罢，当脱大祸。及景苏数日，而后报其家。屋已立，其妻已亡矣。又说曾子当终刺史，夫子亦为刺史，而不正拜。后果如其言。（出《玄怪录》）

好了还世的文书，放苏履霜还阳。苏履霜走到一处城门边上，碰到了他在人间时的几个酒友，他们对履霜说："只有你一个人被放回人间，我们实在是太羡慕你了，我们比你差远了！"苏履霜复活后，又过了五六天，就去见王凤翔。王凤翔其实事先早就已经知道了，却故意问他："舍利王对你说了些什么？"苏履霜回答道："我还记得舍利王说了些什么，但他让我不要告诉别人。"王凤翔说："我知道了。你先回去吧，有机会我会告诉马侍中的。"又过了十天，王凤翔就和苏履霜一起去见马侍中。马侍中先询问苏履霜，苏履霜就详细讲述了他在阴间的经历。等王凤翔说了情况以后，再一一验证，和苏履霜说的完全一样。原来王凤翔活着的时候就在阴间任有官职，这是很机密的事，没有人知道。但是因为苏履霜的复活，这件事就被大家知晓了。（出《玄怪录》）

景生

河中有个猗氏人景生，尤其精通"四书五经"等古代典籍，曾教了几十个贵族子弟。有一年年关，景生要回家的时候，在路上遇到早就去世的丞相吕谭。吕谭和景生之前有交情，就让景生坐在随行的马车里，带着他走了。景生的学生们看见后就纷纷到景生家去报信，到了他家一看景生已经死了。几天后，景生又活了过来。他说，他在阴间见到了已经去世的黄门侍郎严武和朔方节度张彧然。景生精通《易经》，过去曾经给相国吕谭讲授过《易经》的内容，但任期还没到，吕相国就去世了。这次吕相国把景生召到阴间来，也是想让他继续给自己讲课。此时严武和张彧然分别担任左、右台郎，他们听了后都非常生气地对吕谭说："景生根本就不应该来，你怎么把他带到了阴间来了？为了满足你自己的私欲，就加害于他，怎么可以这样呢？我们希望你把景生赶紧放回人间去。"吕谭听了他们的话后答应了，张彧然就把景生叫到自己跟前，让他照顾两个儿子，一个叫曾子，一个叫夫子。曾子计划闰正月初三盖新房，但这新房对他的妻子有点妨碍。张彧然托景生告诉家里人，让他们赶快停下建房子的事，这样就可以免遭祸患。景生活过来几天后才去告诉曾子的家人停止修建

许琛

王潜之镇江陵也，使院书手许琛因直宿，二更后暴卒，至五更又苏。谓其侪曰：初见二人黄衫，急呼出使院门，因被领去。其北可行六七十里，荆棘榛莽之中，微有径路。须臾，至一所楔门。高广各三丈余，横楣上，大字书标榜，曰：鸦鸣国。二人即领琛入此门。门内气黯惨，如人间黄昏已后。兼无城壁屋宇，唯有古槐万万株。树上群鸦鸣噪，咫尺不闻人声。如此又行四五十里许，方过其处。又领到一城壁，曹署牙门极伟，亦甚严肃。二人即领过曰："追得取乌人到。"厅上有一紫衣官人，据案而坐。问琛曰："尔解取鸦否？"琛即诉曰："某父兄子弟，少小皆在使院，执行文案，实不业取鸦。"官人即怒，因谓二领者曰："何得乱次追人？"吏良久惶惧伏罪，曰："实是误。"官人顾琛曰："即放却还去。"

又于官人所坐床榻之东，复有一紫衣人，身长大，黑色，以绵包头，似有所伤者，西向坐大绳床，顾见琛讫。遂谓当案官人曰："要共此人路语。"即近副阶立，呼琛曰："尔岂不即归耶？见王仆射，为我云，武相公传语仆射，深愧每惠钱物。然皆碎恶，不堪行用。今此有事，切要五万张纸钱，望求好纸烧之，烧时勿令人触。至此即完全矣，且与仆射不久相见。"言讫，琛唱喏。走出的事，但新房已经盖好了，曾子的妻子已经死了。景生在阴间时又听张彧然说，曾子和夫子都能官至刺史，但都不是通过正式任命当上的。后来果真如此。（出《玄怪录》）

许琛

在王潜作为江陵镇守使时，他的使院中有个叫作许琛的人，是个专管抄写的书吏。他正在夜里值宿，到了二更后却突然死去，五更时又复活了。他复活后对人们说，起初他看见两个穿黄衫的人，他们很急促地把他叫出了使院门外，随即带着他走了。三人往北走了六七十里地，发现荆棘草丛中隐约有条小路，不一会就来到了一座城门前。城门高宽都有三丈多，城头横楣处挂着一块大字写的匾，上面写着“鸦鸣国”。那两个人领着许琛进了城门。城里阴森森的，就像人世间黄昏后那样。城里也没有城墙房舍，只有千万株高大的古槐，树上尽是乌鸦在鸣叫，声音大得人面对面说话都听不见。他们又走了五十多里，才算过了这块地方。两个人又领许琛来到一座城里，见官府衙门建造得十分宏伟，也很森严。两个人就领他进府衙去见官，报告说：“捕杀乌鸦的人已被我们抓到了！”见厅堂上有一个穿紫色衣服的官员坐在桌子后面，问许琛说：“你很会捕捉乌鸦吗？”许琛连忙辩解道：“我的父兄子弟从小就在镇守使的使院里面从事文书的职务，我们从来没有捕捉过乌鸦啊。”那官人怒火冲天，对两个鬼卒说：“你们怎么可以乱抓人呢？”两个鬼卒吓得伏在地上认罪说：“我们确实是抓错人了。”官人看着许琛说：“那我现在就放你回人间去吧。”

官人的桌子的东面还有一个穿紫色衣服的人，他身材高大，浑身都是黑色，头上包着棉布，好像是受了伤，脸朝着西面坐在一个大吊床上，盯着许琛看了半天后对正中坐的官员说：“我要跟他私下里说几句话。”他就把许琛叫到台阶附近说：“你不是马上要回人间了吗，回去之后你要是看见镇守使王潜王仆射，就请对他说，武相公非常感谢他常送的钱物，但那些钱都是破碎的，无法使用。现在我这里有些急事需要用钱，请王仆射一定再给我烧五万张冥钱吧，希门外，复见二使者却领回，云："我误追你来，几不得脱。然君喜当取别路归也。"琛问，曰："所捕鸦鸣国，周递数百里，其间日月所不及，终日昏暗，常以鸦鸣知昼夜。是虽禽鸟，亦有谪罚。其阳道限满者，即捕来，以备此中鸣噪耳。"又问曰："鸦鸣国空地奚为？"二人曰："人死则有鬼，鬼复有死，若无此地，何以处之？"初琛死也，已闻于潜。既苏，复报之。潜问其故，琛所见即具陈白。潜闻之，甚恶即相见之说，然问其形状，真武相也。潜与武相素善，累官皆武相所拔用，所以常于月晦岁暮焚纸钱以报之。由是以琛言可验。遂市藤纸十万张，以如其请。琛之邻而姓许名琛者，即此夕五更暴卒焉，时大和二年四月。至三年正月，王仆射亡矣。（出《河东记下》）

望他一定给我用好纸印的冥钱，烧的时候不要让人动纸钱的灰，这样我收到的纸钱就能是完整的了。另外，我和王仆射应该不久就会相见了。”武相公说完后，许琛大声地答应了下来，他走出大门外，又看见抓他来的那两个鬼卒来给他领路回家。他俩抱歉地说：“我们错抓了你，差点让你回不了人世，现在你可以走另一条路回家了。”许琛问他们，那个“鸦鸣国”是怎么一回事，他们说：“鸦鸣国周围有差不多好几百里大，太阳月亮都照不进这里来，导致这里常年黑暗，只能以乌鸦的叫声来区分昼和夜。乌鸦虽然是鸟类，但是上帝对它们也有贬谪和惩罚。那些在人世间寿命已尽的乌鸦就会被抓到阴间，这些乌鸦的鬼魂都被放到鸦鸣国里，让它们在那里去鸣叫。”许琛又问：“那鸦鸣国里的那些空地是干什么用的？”鬼卒说：“人死了变鬼，但鬼也是会死的。如果没有这些空地，鬼死了以后往哪里放呢？”许琛当初死的消息已有人报给镇守使王潜，许琛复活后，又报告了王潜。王潜就问许琛到底是怎么回事，他就详细地述说了在阴间的经历见闻。王潜听到那个武相公说自己很快就会与他相见，心里很厌恶。他便问许琛，让许琛描述武相公的长相，还真就是他。王潜当初和武相公关系很好，每次升官都是武相公提拔的，武相公死后，王潜就经常在月末和年末烧些纸钱祭奠他，所以就更相信许琛说武相公的事是真的了。于是王潜就买了十万张藤皮作的上等纸，烧化了来完成武相公的请求。这天夜里，许琛的一个同名同姓的邻居突然死去。这是大和二年四月的事。到了大和三年正月，王潜果然也死了，应验了武相公说的“不久就会见面”的话。（出《河东记下》）

卷第三百八十五　再生十一

崔绍　辛察　僧彦先　陈龟范

崔绍

崔绍者，博陵王玄玮曾孙。其大父武，尝从事于桂林。其父直，元和初，亦从事于南海，常假郡符于端州。直处官清苦，不蓄羡财，给家之外，悉拯亲故。在郡岁余，因得风疾，退卧客舍，伏枕累年。居素贫，无何，寝疾复久，身谢之日，家徒索然。繇是眷属辈不克北归。绍遂孜孜履善，不堕素业。南越会府，有摄官承乏之利，济沦落羁滞衣冠。绍迫于冻馁，常屈至于此。贾继宗，外表兄夏侯氏之子，则绍之子婿，因缘还往，颇熟其家。大和六年，贾继宗自琼州招讨使改换康州牧，因举请绍为掾属。康之附郭县曰端溪，端溪假尉陇西李彧，则前大理评事景休之犹子。绍与彧，锡类之情，素颇友洽。崔、李之居，复隅落相近。彧之家，畜一女猫，常往来绍家捕鼠。南土风俗，恶他舍之猫产子其家，以为大不祥。彧之猫产二子于绍家，绍甚恶之。因命家童絷三猫于筐篋，加之以石，复以绳固筐口，投之于江。是后不累月，绍丁所出荥阳郑氏之丧，解职，居且苦贫。孤孀数辈，饘粥之费，晨暮不充。遂薄游羊城之郡，丐于亲故。

崔绍

崔绍是博陵王崔玄暐的曾孙。他的祖父叫崔武，曾经在桂林作官。他的父亲叫崔直，元和初年也在南海做官，曾代理端州刺史。崔直为政清廉，生活过得十分清苦，却从不搜刮百姓钱财。他的俸禄除了用来养家糊口外，全都拿去接济困难的亲朋好友了。他在郡里待了一年多，因为得了中风，退居客舍，好几年卧床不起。他家里本来就很穷，再加上又得了重病，更是雪上加霜，死了以后，家中只剩四面光溜溜的墙壁了。因此家里的人们也没有能力回北方故土。在这种情况下，崔绍更是兢兢业业地积德行善，从未丧失清白的节操。当时郡里有一个“南越会府”，常常资助一些清贫的官员和沦落的士人学子。崔绍常常为了救燃眉之急，迫于冻饿之苦，而不得不去“南越会府”请求帮助。他在会府里结识了贾继宗，贾继宗的外表兄夏侯氏的儿子就是崔绍的女婿，所以崔绍和贾继宗交往很密，对他家很熟悉。大和六年，贾继宗从琼州招讨使改任成了康州牧，于是就推举崔绍去州衙里任掾属。康州所属下有个县叫端溪县，代理县尉陇西人李彧是前任大理寺评事景休的侄子。崔绍与李彧有旧交情，相处得很是融洽。崔、李两家也是挨着住的。李彧家里养了一只母猫，常常跑到崔绍家抓耗子。南方当地有种民俗十分的讨厌，别人家的猫在自己家里生小猫，就会被认为是很不吉利的事情。李彧家的母猫在崔绍家生了两只小猫，崔绍感到十分讨厌，就让家里的僮仆把三只猫拴在一个箩筐里，又弄了些石头装在里面，再用绳子把筐口系牢，然后将箩筐扔到江里。不到一个月，崔绍的亲生母亲荥阳人郑氏去世。按照官府的规定，如果父母去世，只要有官职的人都必须解除职务为父母守孝。崔绍解除官职后就越发显得贫苦了，但家中还有好几辈的孤儿寡妇，连喝粥的钱都没有，常常是吃了上顿就没有下顿。崔大和八年五月八日发康州官舍，历抵海隅诸郡，至其年九月十六日，达雷州。绍家常事一字天王，已两世矣。雷州舍于客馆中，其月二十四日，忽得热疾，一夕遂重，二日遂殛。将殛之际，忽见二人焉，一人衣黄，一人衣皂，手执文帖，云："奉王命追公。"绍初拒之，云："平生履善，不省为恶，今有何事，被此追呼？"二使人大怒曰："公杀无辜三人，冤家上诉，奉天符下降，令按劾公。方当与冤家对命，奈何犹敢称屈，违拒王命！"遂展帖示。绍见文字分明，但不许细读耳。绍颇畏詟，不知所裁。顷刻间，见一神人来，二使者俯伏礼敬。神谓绍曰："尔识我否？"绍曰："不识。"神曰："我一字天王也。常为尔家供养久矣，每思以报之。今知尔有难，故来相救。"绍拜伏求救。天王曰："尔但共我行，必无忧患。"王遂行，绍次之，二使者押绍之后。通衢广陌，杳不可知际。行五十许里，天王问绍："尔莫困否？"绍对曰："亦不甚困。犹可支持三二十里。"天王曰："欲到矣。"逡巡，遥见一城门，墙高数十仞，门楼甚大，有二神守之。其神见天王，侧立敬惧。更行五里，又见一城门，四神守之。其神见天王之礼，亦如第一门。又行三里许，复有一城门，其门关闭。天王谓绍曰："尔且立于此，待我先入。"天王遂乘空而过。食顷，闻摇鏁之声，城门洞开。见十神人，天王亦在其间，神人色甚忧惧。更行一里，又见一城门，有八街，街极广阔，街两边有杂树，不识其名目。有神人甚多，不知数，皆罗立于树下。八街之中，有一街最大。街西而行，又有一城门，门两边各有数十间楼，并垂帘。街衢人物颇众，车轝合杂，朱紫缤纷。亦有乘马者，亦有乘驴者，一似人间模样。此门无神看守。更一门，尽是高楼，不记间数。珠帘翠幕，眩惑人目。楼上悉是妇人，更无丈夫，衣服鲜明，装饰新异，穷极奢丽，非人寰所睹。其门有朱旗，银泥画旗，旗数甚多，亦有著紫人数百。

绍实在是没办法，就在广州一带到处游荡，向亲戚朋友们求助。

太和八年五月八日，崔绍从康州出发，走遍了海南的几个郡，就在这年的九月十六日到了雷州。崔绍家里经常供奉的神像，是一字天王，已经供奉了两代人了。崔绍到雷州后，住在旅店里，当月二十四日突然得了热病，过了一夜病情加重了，第二天就死了。临死的时候，崔绍忽然看见两个人，一个穿着黄衣一个穿着黑衣，手里拿着公文对崔绍说："我们奉阎王的命令捕你。"崔绍一开始感到不服，说："我一辈子净作好事，从未做过任何坏事，我犯了什么罪要被你们捉到阴间来呢？"两个小鬼听了以后非常生气，说道："你杀死了三个无辜的人，被害人在阴间告了你，天帝都下了公文让阎罗王审问你，准备让你为受害人抵命呢，你居然还在说自己冤枉，这不是想要违抗王命吗？"说完后就摊开手里的公文。崔绍见上面的字写得很清楚，但小鬼不许他细看。崔绍这时心里十分害怕，但仍不知道自己被判了什么罪。这时，他看见来了一个神人，两个小鬼赶快伏在地上叩拜。神对崔绍说："你认识我吗？"崔绍说："不认识。"神说："我就是一字天王，你家供奉我多年了，我常常想要报答你。现在我知道你遭了难，所以特地赶过来救你。"崔绍一听立刻跪伏在地下求一字天王相救。天王说："你尽管跟我走吧，我保你不会有灾难了。"说罢天王就走了。崔绍紧跟着天王，那两个鬼在崔绍身后押送他。他们走的是一望无际的大道，也不知这道是通向哪里的。走了五十多里，天王问崔绍："你累不累？"崔绍说："不太累，还能勉强再走二三十里。"天王说："就快到了。"崔绍感到纳闷，正寻思着快到什么地方时，就远远看见一座城门，城墙有几十丈高，门楼很高大，有两个神人把守着。他们见天王来了，都侧身站着行礼，显出很敬畏的样子。他们又走了五里，又看见一个城门，有四个神守着。这四个神见了天王后，也像第一个城门前的神那样行礼。再走三里多地，又有一座城门，但城门却关着。天王对崔绍说："你先在这儿站着等吧，我先进城去。"说完，天王就腾空从城上飞过去进了城。过了一顿饭的工夫，听见城门上的大锁有了响动，城门大开着。他见有十个神人，天王也在中间，看他们的神色，都十分忧虑恐惧。他们于是又走了一里天王立绍于门外，便自入去。使者遂领绍到一厅，使者先领见王判官。既至厅前，见王判官著绿，降阶相见，情礼甚厚。而答绍拜，兼通寒暄，问第行，延升阶与坐，命煎茶。良久，顾绍曰：“公尚未生。”绍初不晓其言，心甚疑惧。判官云：“阴司讳死，所以唤死为生。”催茶，茶到。判官云：“勿吃，此非人间茶。”逡巡，有著黄人，提一瓶茶来。云：“此是阳官茶，绍可吃矣。”绍吃三碗讫。判官则领绍见大王，手中把一纸文书，亦不通入。大王正对一字天王坐。天王向大王云：“只为此人来。”大王曰：“有冤家上诉，手虽不杀，口中处分，令杀于江中。”天王令唤崔绍冤家，有紫衣十余人，齐唱喏走出。顷刻间，有一人著紫襕衫，执牙笏，下有一纸状，领一妇人来，兼领二子，皆人身而猫首。妇人著惨裙黄衫子，一女子亦然，一男子亦然，著皂衫。三冤家号泣不已，称崔绍非理相害。天王向绍言：“速开口与功德。”绍忙惧之中，都忘人间经佛名目，唯记得《佛顶尊胜经》，遂发愿，各与写经一卷。言讫，便不见妇人等。大王及一字天王遂令绍升阶与坐，绍拜谢大王，王答拜。绍谦让曰：“凡夫小生，冤家陈诉，罪当不赦，敢望生地，又见一座城门。城里有八条街，街道十分宽阔，两边种着各种树木。崔绍认不出来那是什么树。街上有很多的神人，简直数不清有多少，他们都站在树下。八条街中有一条街最大，顺这条街往西走，又有一座城门，门两旁各有好几十间楼房，房门都挂着帘子。街道上各种人物都很多，马车、轿子混杂在一起，车盖轿篷五彩缤纷。有骑马的，也有骑驴的，就和人世间的街市一模一样。这座城门，没有人看守。又过了一道城门，尽是高楼，他们都不记得有多少间，楼上的房门都挂着珠帘翠幕，看得人眼花缭乱。楼上全都是女人，没有一个男人。她们的衣服十分华丽，佩戴的首饰非常新奇，那些珠宝高贵绚丽，是人世上从来没见过的。每家的门上都挂着朱红的旗或银粉绘制的彩旗，旗子多得数不过来。另外还有好几百个穿紫色衣服的人。

天王让崔绍在城门外先站一会儿，自己率先走进去了。这时那两个鬼卒领崔绍来到一座大厅堂上，让他先见一见王判官。当他到了大堂前，穿着绿袍的王判官走下台阶和崔绍相见，十分热情地接待了他，并向崔绍施礼回拜，对他问寒问暖，还问他一路走来的辛苦，并请崔绍走上大堂和他一齐坐下说话，还让人给他泡茶。过了半天，王判官才看着崔道说："你还没有生吧？"崔绍不懂他这句话是什么意思，心里很惊慌。王判官解释说："在阴间是忌讳说'死'字的，所以把死叫作生。"说罢就催人快上茶，茶端上来以后，王判官说："这茶你不要吃，因为它不是人世间的茶。"崔绍正犹豫间，有个穿黄衣的人提了一壶茶来，判官又说："这才是阳间官家用的茶，你可以放心喝了。"崔绍喝了三杯茶以后，判官就带他去见阎王，手里拿着一张公文，也不经通报，就进了阎王大殿。崔绍看见阎王正和一字天王对面而坐，天王向阎王说："我就是专门为这个人来向你求情的。"阎王说："有苦主上诉，所以尽管崔绍没有亲手杀人，但是他也亲口下了命令，让别人把受害人杀死在江里的。"天王命人传被崔绍杀害的人上堂。这时有十几个穿紫衣的鬼卒应声出了大堂。不一会儿上来了一个人，他穿着紫襕袍，手里拿着笏板，笏板下有一张状纸，他领着一个女人上了堂，女人的后面还跟着两个孩子，这三回。大王尊重，如是答拜，绍实所不安。”大王曰：“公事已毕，即还生路。存殁殊途，固不合受拜。”大王问绍：“公是谁家子弟？”绍具以房族答之。大王曰：“此若然者，与公是亲家，总是人间马仆射。”绍即起申叙：“马仆射犹子皤夫，则绍之妹夫。”大王问：“皤夫安在？”绍曰：“阔别已久，知家寄杭州。”大王又曰：“莫怪此来，奉天符令勘，今则却还人道。”便回顾王判官云：“崔子停止何处？”判官曰：“便在某厅中安置。”天王云：“甚好。”绍复咨启大王：“大王在生，名德至重，官位极崇，则合却归人天，为贵人身。何得在阴司职？”大王笑曰：“此官职至不易得。先是杜司徒任此职，总滥蒙司徒知爱，举以自代，所以得处此位。岂容易致哉？”绍复问曰：“司徒替何人？”曰：“替李若初。若初性严寡恕，所以上帝不遣久处此，杜公替之。”绍又曰：“无因得一至此，更欲咨问大王，绍闻冥司有世人生籍。绍不才，兼本抱疾，不敢望人间官职。然顾有亲故，愿一知之，不知可否？”曰：“他人则不可得见，缘与公是亲情，特为致之。”大王顾谓王判官曰：“从许一见之，切须诫约，不得令漏泄。漏泄之，则终身喑哑。”又曰：“不知绍先父在此，复以受生？”大王曰：“见在此充职。”绍涕泣曰：“愿一拜觐，不知可否？”王曰：“亡殁多年，不得相见。”

个人都是猫头人身。那女人穿着淡色裙子和黄衫子。两个孩子中一个女孩穿着同样的衣服，一个男孩穿着黑衫。三个告状的人在大堂上哭号不止，说崔绍无缘无故地杀害了他们母子。这时天王对崔绍说："你赶快答应为他们抄经书做功德，把他们超度了！"崔绍心中又慌张又害怕，竟一时间想不起人间有哪些经常念诵的佛经，只记得一部《佛顶尊胜经》，就忙向那三个猫鬼许愿说为他们各自抄写一卷经文。刚许完愿，那三个告状的猫鬼就消失了。阎王和一字天王就让崔绍走上台阶来坐下，崔绍连忙向阎王行了跪拜礼，阎王也施礼回拜。崔绍十分恭敬地说："我只是一个凡夫俗子，犯了罪又有苦主告我，是不该被饶恕的，没想到我还能还阳，这都是大王您的恩德，大王还这样纡尊降贵向我还礼，实在让我感到不安，于心有愧啊！"阎王说："您的事已经处理完了，就赶快回人间吧。阴间和阳间是完全不同的两个境界，你是活人，所以我不敢接受你的拜礼。"阎王又问："你是谁家的子弟呢？"崔绍向阎王介绍了自己的姓氏、族系，阎王说："如果你说的是真的，那么我和你还是亲家呢。我是阴间的马总，在阳间就是马仆射。"崔绍听说后立即站起来说："马仆射的侄子磻夫，就是我的妹夫啊。"阎王问磻夫现在在什么地方，崔绍说他和磻夫分别很久了，只知道他家住在杭州。阎王又说："这次抓你到阴间，你不要责备我，我是奉上天的命令审理你的案子，现在放你还阳吧。"说着回头问王判官道："崔公现在什么地方歇息？"王判官说："就在我的府里歇着的。"天王说："很好。"崔绍又问阎王："大王在人间时，德高望重，官位尊贵，现在应该归入天界，成为仙家。凭借你这样高贵的身份，怎么会到阴间来做官呢？"阎王笑着说："我这个官职也来之不易啊。我的前任是杜司徒，他很欣赏我，所以才推荐我代替他，这不是谁随心所欲想当就能当得上的。"崔绍又问："那杜司徒又顶替谁的职位呢？"阎王说："杜司徒是代替李若初来作大王的。因为李若初处理政事太过严苛，不敦厚，所以天帝才认为他不适合长期担任阎王，就让杜司徒替换了他。"崔绍又说："我到阴间来一趟也不容易，还想请问大王，我听说冥府有阳间官吏的名册档案，我没有什么才能，又身患疾病，回到人间也不奢望还能绍起辞大王，其一字天王，送绍到王判官厅中，铺陈赡给，一似人间。判官遂引绍到一瓦廊下，廊下又有一楼，便引绍入门。满壁悉是金榜银榜，备列人间贵人姓名。将相二色，名列金榜。将相以下，悉列银榜。更有长铁榜，列州县府僚属姓名。所见三榜之人，悉是在世人。若谢世者，则随所落籍。王判官谓绍曰："见之则可，慎勿向世间说榜上人官职。已在位者，犹可言之。未当位者，不可漏泄，当犯大王向来之诫。世人能行好心，必受善报。其阴司诛责恶心人颇甚。"绍在王判官厅中，停止三日。旦暮严，打警鼓数百面，唯不吹角而已。绍问判官曰："冥司诸事，一切尽似人间。惟空鼓而无角，不知何谓？"判官曰："夫角声者，象龙吟也。龙者，金精也。金精者，阳之精也。阴府者，至阴之司。所以至阴之所，不欲闻至阳之声。"绍又问判官曰："闻阴司有地狱，不知何在？"判官曰："地狱名目不少，去此不远，罪人随业轻重而入之。"又问："此处城池人物，何盛如是？"判官曰："此王城也，何得怪盛？"绍又问："王城之人如海，岂得俱无罪乎，而不入地狱耶？"判官曰："得处王城者，是业轻之人，不合入地狱。候有生关，则随分高下，各得受生。"

继续做官。然而我还有些亲戚朋友，我想了解一下他们的福禄，不知知道可不可以？”阎王说：“一般是绝对不许别人看的。但是看在你我是亲戚的关系，就特意给你行个方便吧。不过我要提醒你，你也一定要记住，不能向外界透露一丝一毫。只要你泄露一点点出去，就会变成哑巴，一辈子都不能再说话了。”崔绍又问：“不知道我早年去世的父亲现在是在阴间，还是已经转世了呢？”阎王说：“他现在在阴间任职。”崔绍哭着请求阎王说：“我想和父亲见一面，不知道可不可以？”阎王说：“他已经死了很多年了，按规矩我不能再让你们相见。”

崔绍只好站起来同阎王告辞，由一字天王送崔绍到王判官的府邸。到了一看，厅堂里的陈列摆放着的食物用品都和人间一样。王判官领着崔绍来到一个回廊下，那里又有一间楼房，判官领着他进了门，见那里整面墙壁贴满了金榜和银榜，上面罗列着人间诸多官员贵人的姓名。凡是官至将相的，名字都列在金榜上，将相以下的官员名字就列在银榜上。此外还有一块很长的铁榜，上面列着各州、府、郡县的官员姓名。崔绍看到的这三块榜上的人都是在世的官员，如果去世了的，名字就没有了。王判官对崔绍说：“你看看就是了，回去以后可千万不要向别人说起榜上人的官职。已经在位的说了尚且没关系，但那些还没上任的，可千万不能泄漏，否则就冒犯了刚才阎王对你的忠告。世间的人如果心地善良，积德行善，就一定会有善报。如果作恶多端，那阴间惩罚恶人的法令是非常严酷的。”崔绍在王判官那里待了三天，看到从早到晚警戒都很森严，一旦有什么重大事情发生，就会几百面大鼓同时敲响，只是不吹号角。崔绍问判官：“阴间的各种事情的处理和人间是一样的，只是这光敲鼓不吹号角，是为什么呢？”判官说：“这是因为号角声很像龙啸的声音。龙是金精，金精是阳气的精华。阴曹地府是最阴森的地方。最阴的地方是不能有最阳气的声音的。”崔绍又问王判官：“听说阴间有地狱，不知道地狱在哪里呢？”判官说：“地狱的种类很多，都在距离这里不远的地方。犯罪的人按照他们所犯的罪责的大小分别进入不同的地狱。”崔绍又问：“这里的城市为什么会那么热闹，城里人怎么会那么多？”

又康州流人宋州院官田洪评事，流到州二年，与绍邻居。绍、洪复累世通旧，情爱颇洽。绍发康州之日，评事犹甚康宁。去后半月，染疾而卒。绍未回，都不知之。及追到冥司，已见田生在彼。田、崔相见，彼此涕泣。田谓绍曰："洪别公后来，未经旬日，身已谢世矣。不知公何事，忽然到此？"绍曰："被大王追勘少事，事亦寻了，即得放回。"洪曰："有少情事，切敢奉托。洪本无子，养外孙郑氏之子为儿，已唤致得。年六十，方自有一子。今被冥司责以夺他人之嗣，以异姓承家，既自有子，又不令外孙归本族，见为此事，被勘劾颇甚。令公却回，望为洪百计致一书，与洪儿子，速令郑氏子归本宗。又与洪传语康州贾使君，洪垂尽之年，窜逐远地，主人情厚，每事相依。及身殁之后，又发遣小儿北归，使道体归葬本土，眷属免滞荒陬。虽仁者用心，固合如是。在洪浅劣，何以当之？但荷恩于重泉，恨无力报。"言讫，二人恸哭而别。居三日，王判官曰："归可矣，不可久处于此。"一字天王与绍欲回，大王出送。天王行李颇盛，道引骑从，阗塞街衢。天王乘一小山自行，大王处分，与绍马骑，尽诸城门。大王下马，拜别天王，天王坐山不下，然从绍相别。绍跪拜，大王亦还拜讫，大王便回。

判官说："这是阴间的王城，繁华热闹就不足为怪了。"崔绍又问："王城里的人多得像汇聚起来的海洋，难道其中就没有犯罪的人吗？他们怎么不入地狱呢？"判官说："能够在王城里居住的人，都是罪过很轻的人，不该入地狱。他们在这里等待时机，一旦有投胎转世的机会，就会按照他们身份的高低转世托生了。"

崔绍没死之前，有一个宋州的院官叫田洪，职务是评事，由于获罪被流放到康州住了两年，和崔绍是邻居，两家几辈人交往都很频繁，相处得也很融洽。崔绍离开康州出发前往海南时，田洪还平安无事。崔绍离开康州半月后，田洪就得病死了。此时崔绍还没回到人间，所以根本就没听说田洪的死讯。这次崔绍被捉到阴间，竟然意外地遇见了田洪。两个人相见之后，都失声痛哭。田洪对崔绍说："自从和你分别以后，不到十天我就死了，你怎么也突然来到阴间呢？"崔绍说："我被阎王叫来，查问我年轻时的一件事，事情已处理完了，现在就放我回人间。"田洪说："我有一件小事，想拜托你处理一下。我本来没有儿子，就把外孙郑氏的儿子过继来做我的儿子，这是既定事实。但没想到我到了六十岁上自己有了个儿子。现在我被抓到阴间，就是说我把别人的儿子争过来做了自己的后代，让异姓人作为子嗣，又不让外孙回归自己本族。现在我正在因为这件事被追查的很紧，希望你回到人间后，想方设法传个信给我的儿子，让他赶快让郑氏的儿子回归他的本族吧。还要请你替我给康州的贾使君捎个信，就说我田洪在年老之后被流放到边远的海南，贾使君对我深情厚谊，时时事事都帮助我。我死后他又让我的儿子护送我的灵柩北归，使我能在故土安葬，使我的家眷不至于留置在穷乡僻壤。贾使君这样做，自然是出于仁者的一片热诚，但我田洪只是一个粗鄙的俗人，实在是承受不起。如今我身处九泉之下，也是成天惭愧不已，觉得简直不能报答贾使君的万分之一！"说完，田洪和崔绍哭着互相告别。崔绍在判官府上住了三天，王判官说："你该回家了，不可在阴间停留太长时间。"一字天王要和崔绍一同回去，阎王把他们送出来。天王的行李太多了，加上开道的和随从们，队伍把整个街道都占满了。天王驾着一座小山自己走，阎王让人牵来一匹马给崔绍当坐骑，绍与天王自归。行至半路，见四人，皆人身而鱼首，著惨绿衫，把笏，衫上微有血污，临一峻坑立，泣拜诸绍曰："性命危急，欲堕此坑，非公不能相活。"绍曰："仆何力以救公？"四人曰："公但许诺则得。"绍曰："灼然得。"四人拜谢。又云："性命已蒙君放讫，更欲启难发之口，有无厌之求，公莫怪否？"绍曰："但力及者，尽力而应之。"曰："四人共就公乞一部《金光明经》，则得度脱罪身矣。"绍复许，言毕，四人皆不见。却回至雷州客馆，见本身偃卧于床，以被蒙覆手足。天王曰："此则公身也，但徐徐入之，莫惧。"如天王言，人本身便活。及苏，问家人辈，死已七日矣，唯心及口鼻微暖。苏后一日许，犹依稀见天王在眼前。又见阶前有一木盆，盆中以水养四鲤鱼。绍问此是何鱼，家人曰："本买充厨膳，以郎君疾殛，不及修理。"绍曰："得非临坑四人乎？"遂命投之于陂池中，兼发愿与写《金光明经》一部。（出《玄怪录》）

辛 察

大和四年十二月九日，边上从事魏式暴卒于长安延福里沈氏一路都到城门外。阎王下马向天王拜别，天王却坐在山上不下来，只是和崔绍一同和阎王拜别了。崔绍行跪拜礼，阎王也回了礼，之后就上马回去了。

崔绍和天王一起往阳间走去，半路上，碰到了四个人，长着人身鱼头样，穿着浅绿色的衣服，手里拿着一块笏板，衣服上沾了血迹，站在一个很大很深的土坑边，一边哭泣一边对崔绍说："我们处于生死攸关的时刻，马上就要跌到这个深坑里，在这个危急的时刻，只有你才能救我们几人。"崔绍说："我怎么才能救你们呢？"那四个人说："只要你答应救我们，就可以了，我们就算得救了。"崔绍说："我当然愿意救你们。"四个人赶紧向他拜谢，又说："承蒙您发善心救了我们几个的性命。只是现在还有个不情之请，实在有点是不知满足。尽管如此，我们还是想要请求您再帮我们一个忙，还望您不要怪罪我们。"崔绍说："只要是我能办到的事，我一定会倾尽全力去做的。"那四个鱼人说："我们四个人衷心地恳请您为我们抄写一部《金光明经》，那样的话我们的罪身就能被超度了。"崔绍答应了。刚说完，那四个鱼人瞬间消失不见。崔绍回到阳间，来到雷州的旅店，看见自己的尸体还直挺挺地躺在床上，手脚用被子盖着。天王说："这就是你的肉身，你的魂魄要慢慢进入你的身子，不用担心。"崔绍按照天王的吩咐，慢慢进入自己的肉身，就活过来了。苏醒后，崔绍问家中的亲人，才知道自己已经死了七天，只有心和嘴、鼻子尚有一丝气息。一天过后，崔绍依然觉得精神恍惚，彷佛天王就在眼前。他还看见院子的台阶放着一个木盆，盆里四只鲤鱼在水中欢快地游来游去。崔绍就问鱼是怎么来的，家里人说："鱼原本是买来准备做成菜肴的，后来您突然得病死去，鱼就没来得及煮。"崔绍说："这不就是在阴间向我求救的那四条鱼吗？"于是让人把鱼放回池塘里，并遵守诺言为它们抄写了一部《金光明经》。（出《玄怪录》）

辛察

大和四年十二月九日，担任边关从事的魏式在长安城延福里沈私庙中。前二日之夕，胜业里有司门令史辛察者，忽患头痛而绝，心上微暖。初见有黄衫人，就其床，以手相就而出。既而返顾本身，则已僵矣。其妻儿等，方抱持号泣，噀水灸灼，一家仓惶。察心甚恶之，而不觉随黄衣吏去矣。至门外，黄衫人踟蹰良久，谓察曰："君未合去，但致钱二千缗，便当相舍。"察曰："某素贫，何由致此？"黄衫曰："纸钱也。"遂相与却入庭际，大呼其妻数声，皆不应。黄衫哂曰："如此，不可也。"乃指一家僮，教察以手扶其背，因令达语求钱。于是其家果取纸钱焚之。察见纸钱烧讫，皆化为铜钱，黄衫乃次第抽拽积之。又谓察曰："一等为惠，请兼致脚直送出城。"察思度良久，忽悟其所居之西百余步，有一力车佣载者，亦常往来，遂与黄衫俱诣其门。门即闭关矣，察叩之。车者出曰："夜已久，安得来耶？"察曰："有客要相顾，载钱至延平门外。"车曰："诺。"即来。装其钱讫，察将不行。黄衫又邀曰："请相送至城门。"三人相引部领，历城西街，抵长兴西南而行。时落月辉辉，钟鼓将动。黄衫曰："天方曙，不可往矣。当且止延福沈氏庙。"逡巡至焉，其门亦闭。黄衫叩之，俄有一女人，可年五十余，紫裙白襦，自出应门。黄衫谢曰："夫人幸勿怪，其后日当有公事，方来此庙中。今有少钱，未可遽提去，请借一隙处暂贮收之。后日公事了，即当般取。"女人许之。察与黄衫及车人，共般置其钱于庙西北角。又于户外，见有苇席数领，遂取之覆。

氏的家庙里突然死了。他死前两天的晚上，胜业里有一个当司门令史的人名叫辛察，忽然得了头痛病死去了，但心口还有点温度。他先是看见一个身穿黄衫的人来到他的床前，用手搀扶着他走出门去。他回头看了看躺在床上的自己，已经死得浑身僵硬了。他还看见自己的妻子儿女们抱着自己的尸体号啕大哭，又是喷水又是针灸地想方设法抢救自己，场面十分慌乱。辛察看到这些情景，心里觉得厌烦，魂魄不自觉地就跟着黄衫人走了。到了门外，黄衫人犹豫了很久，才对辛察说："本来你不该被抓到阴间的，如果你能给我二千串钱，我就把你放回去。"辛察说："我一向很贫穷，去哪里给你弄这些钱呢？"黄衫人说："我要的不是真的钱币，不过纸钱罢了。"于是辛察就和黄衫人又回到屋里。辛察大喊了他妻子几声，妻子彷佛没有听到似的没有应答。黄衫人嘲笑地说："你这样是没有用的。"说完就指着一个家中的仆人，让辛察用手扶他的后背，然后通过仆人的嘴说需要纸钱。这方法倒是十分管用，他家里人果然拿来纸钱烧了。辛察见纸钱烧完后，马上就变成了铜钱，黄衫人就按次序一串一串地把铜钱堆放好，然后又对辛察说："请你好人做到底，帮我找个脚夫，把这些钱送去城外吧。"辛察想了很久，突然想起距离他家院子西边一百多步的地方，有一个推车拉脚的人，过去和他经常往来，就和黄衫人一起来到他家，见大门关着，辛察就敲门。推车人开门后说："三更半夜的，你来找我做什么？"辛察说："有位客人想要雇佣你的车拉脚，运些钱到延平门外。"车夫说："可以。"于是他们一起来到辛察家，把那些钱搬到车上。辛察决定留在家里不再外出了，黄衫人又请他一齐把钱送出城去。他们推着钱一起往城外走，经过城西街，到了长兴里又继续往西南面走。这时月亮快要落下去了，城楼上的晨钟转鼓就要敲响了。黄衫人说："快天亮了，我们不能再往前走了，要不先到延福里沈家庙去吧。"他们一起来到了沈氏庙前，庙门是关着的。黄衫人上去敲门，不一会儿一个女人出来开门。这女人五十岁上下，穿着白袄紫裙。黄衫人向女人陪礼说："打扰夫人了，还请原谅。我后天有公事，也是到这庙里来。现在我有些钱，不方便带走，想暂时寄存在庙里，等后天公事办好，我立刻就来把钱拿走。"那女才毕，天色方晓，黄衫辞谢而去，察与车者相随归。至家，见其身犹为家人等抱持，灸疗如故，不觉形神合而苏。良久，思如梦非梦。乃曰：“向者更何事？”妻具言家童中恶，作君语，索六百张纸作钱，以焚之。皆如前事，察颇惊异。遽至车子家，车家见察曰：“君来，正解梦耳。夜来所梦，不似寻常。分明白君家，别与黄衫人载一车子钱至延福沈氏庙，历历如在目前。”察愈惊骇，复与车子偕往沈氏庙，二人素不至此，既而宛然昨宵行止。既于庙西北角，见一两片芦席，其下纸缗存焉。察与车夫，皆识夜来致钱之所。即访女人，守门者曰：“庙中但有魏侍御于此，无他人也。”沈氏有臧获，亦住庙旁。闻语其事，及形状衣服，乃泣曰：“我太夫人也。”其夕五更，魏氏一家，闻打门声，使候之，即无所见。如是者三四，式意谓之盗。明日，宣言于县胥，求备之。其日，式夜邀客为煎饼，食讫而卒。察欲验黄衫所言公事，尝自于其侧侦之，至是果然矣。（出《河东记》）

僧彦先

青城宝园山僧彦先尝有隐慝，离山往蜀州，宿于中路天王人答应了，辛察、黄衫人和车夫就一起把钱搬来放在庙的西北角，并在门外找了几捆芦席盖在钱上。

做好这些事后，天已经破晓，黄衫人告辞走了。辛察和车夫一起往回走。到家后，辛察看见自己的肉身还被家里人抱着，仍然在给他针灸抢救，就不知不觉附在身体上苏醒过来了。过了很久，辛察回想这一段经历，觉得又像梦又不像梦，就问家里人发生了什么事。妻子说家里的仆人突然像中了邪一样，发出辛察的声音说让家里准备六百张纸，做成纸钱，然后烧了。辛察一听，这就是之前他经过的事，感到十分惊讶。于是赶紧跑到车夫家。车夫一见辛察就说："你来得正好，正好给我解解我的梦。我昨天夜里做了个很奇特的梦，我记得十分清楚，我跟着你和一个黄衫人运了一车钱到延福里的沈氏庙中，现在这些事彷佛还在眼前一般。"辛察听后更是吃惊害怕，就和车夫一同去了沈氏庙。他俩从来没去过沈氏庙，但都像昨天晚上一样很自然地就走到了庙前，看到庙的西北角果然有一两片芦席，揭开一看，下面堆放着一串串纸钱。辛察和车夫都认得昨夜寄存钱的地方，就找那个开门的女人。守门人说，这沈氏家庙只有魏侍御住着，此外就没有别人了。沈氏有个仆人也住在庙旁，听说了这件事，又听了辛察和车夫描述的那女人的衣着服饰，就哭着说："那就是我们太夫人啊！"原来那天夜里五更时分，魏式全家都听见了敲门声，偷偷往门外看，却什么都没看到。过了一会敲门声又传来了，这样反反复复了好几次，魏式想估计是强盗，第二天，就报告给了县里管治安的官员，要求防备被强盗抢劫。这天晚上，魏式请客人吃煎饼，刚吃完，魏式就死了。辛察想起了黄衫人那天晚上曾说过要到沈氏庙里办"公事"，为了查验一下，就到庙周围悄悄打听有没有什么异常。魏式暴死果然证明了那黄衫人的话，所谓的"公事"，不过就是要把魏式抓去阴间。（出《河东记》）

僧彦先

青城室园山的和尚彦先有一些不能被人知道的隐私。有一次他离开室园山去四川，半路上住在天王院，突然就死了。他说自己被小院，暴卒。被人追摄，诣一官曹。未领见王，先见判官。诘其所犯，彦先抵讳之。判官乃取一猪脚与彦先，彦先推辞不及，僶俛受之，乃是一镜。照之，见自身在镜中，从前愆过猥亵，一切历然。彦先惭惧，莫知所措。判官安存，戒而遣之。洎再生，遍与人说，然不言所犯隐秽之事。（出《北梦琐言》）

陈龟范

陈龟范，明州人，客游广陵，因事赞善马潜。一夕暴卒，至一府署，有府官视牒曰："吾追陈龟谋，何故追龟范耶？"范对曰："范本名龟谋，近事马赞善，马公讳言，故改一字耳。"府公乃曰："取明州簿来。"顷之，一吏持簿至，视之，乃龟谋也。因引至曹署，吏云："有人讼君，已引退矣，君当得还也。"龟范因自言："平生多难，贫苦备至，人生固当死，今已至此，不愿还也。"吏固遣之。又曰："若是，愿知将来穷达之事。"吏因为检簿曰："君他日甚善，虽不至富贵，然职禄无阙。"又问："寿几何？"曰："此固不可言也。"又问："卒于何处？"曰："不在扬州，不在鄂州。"送还家寤。后潜历典二郡，甚见委用。潜卒，归于扬州，奉使鄂州，既还，卒于彭泽。（出《稽神录》）

鬼追捕后带到了阴间的官府，小鬼没把他带去见阎王，先领他去见了判官。判官问彦先犯了什么罪，彦先说自己并没有犯任何罪。判官就给他拿来了一根猪蹄，他先是谢绝了没有接受，实在不得已埋下头勉强接了过来，那猪蹄却变作一面镜子。彦先一照，看见自己在镜子里，从前做的那些不能见光的丑事都在镜子里清楚无误地浮现了出来。彦先惶恐万分，不知道怎么办好。判官安抚他半天，告诫他往后不能再做坏事，这才把他放还阳间。等到彦先复活后，他到处和人讲述他游历阴间的事，然而对他曾经做过的那些坏事却只字不提。（出《北梦琐言》）

陈龟范

明州人陈龟范到广陵游玩时，被赞善马潜留下做官。一天晚上，陈龟范突然死了，死后魂魄被带到阴间一个府衙里。一位府官看了公文后说："我让人抓的是陈龟谋，你是陈龟范，怎么被抓来了？"陈龟范说："我的原名就叫陈龟谋，最近在马赞善手下谋生，他忌讳'言'字，所以我就把名字改了一个字。"府官就说："把明州的生死簿取来。"不一会儿，一个官员拿来了簿子，府官一查，果然陈龟范原名就叫陈龟谋，于是就把他领到冥司公堂。堂上的官员说："先前有人告你，但现在原告已经撤销了对你的控告，你可以回阳间去了。"陈龟范听了后说："我在阳间遭受了很多苦难，生活过得十分穷苦。人早晚都是要死的，既然我已经来了，就不想再回去了。"堂官坚持要送他回阳间去，他又说："如果一定让我回去，我想知道我将来的命运是怎样的。"堂官就替他查看了生死簿，查到后对他说："你往后的命运是很好的，虽然没有大富大贵，但仍然是可以做官的。"陈龟范又问自己还能活多少年，堂官说："这个我就不能告诉你了。"又问："我最后死在哪里？"堂官说："既不会死在扬州，也不会死在鄂州。"后来就把他送回家去了，陈龟范就复活了。之后马潜先后在两个郡当了郡守，很是重视陈龟范，一直任用他。马潜死后，陈龟范被调到扬州，后来又奉命前往鄂州，回来的时候，死在了彭泽。（出《稽神录》）

卷第三百八十六　再生十二

贾　偶

汉建安中，南阳贾偶字文合，得病而亡。时有吏将诣太山，司命阅簿，谓吏曰："当召某郡文合，何以召此人？可速遣之。"时日暮，遂至郭外树下宿，见一少女子独行。文合问曰："子类衣冠，何乃徒步？姓字为谁？"女曰："某三河人。父见为弋阳令，昨被召而来，今得却还。遇日暮，惧获瓜田李下之讥。望君之容，必是贤者，是以停留，依冯左右。"文合曰："悦子之心，愿交欢于今夕。"女曰："闻之诸姑，女子以贞专为德，洁白为称。"文合反复与言，终无动志，天明各去。文合卒以再宿，停丧将殓，视其面有色，扪心下稍温，少顷却苏。文合欲验其事，遂至弋阳，修刺谒令，因问曰："君女宁卒而却苏耶？"具说女子姿质服色，言语相反复本末。令入问女，所言皆同。初大惊叹，竟以女配文合焉。（出《搜神记》）

贾偶

东汉建安年间，有个叫贾偶的南阳人，字文合，因病去世。他死后就被一个差吏带到太山，司命查验生死簿后，对那个差吏说："让你去阳间把某某郡的文合带来，你怎么把这个南阳人带到阴间来了？你迅速把他送回阳世去。"当时天色已经昏暗下来了，贾文合被放回阳间后，出了阴间的城门，靠在一棵树下稍作休息。这时，贾文合看见一个少女独自一人走在路上。贾文合就问那女子："看你像是位大家闺秀，怎么一个人在这路上走呢？你叫什么名字？"女子回答说："我是三河县人，我的父亲现在担任弋阳县的县令。昨天我被带到阴间来，今天被放回阳世。我看天快黑了，担心在别处休息会因男女有别，引人非议。我看你的容貌风度像是一个贤德的人，所以我才到这儿来和你作个伴，心里也能有点底。"文合对女子说："我一看见你就心生欢喜，让我们今天晚上就结为夫妻吧。"少女说："我常听母亲姨妈姑母等长辈们说，女子最美好的德行就是能保守节操，只有纯贞的姑娘才能被人们赞扬。"贾文合多次向少女表达爱意，然而少女丝毫没有动摇。天亮后，两个人各自回去了。贾文合已经死了两夜，家里人给他办完丧事后准备把他装入棺材中，但看他脸上还有活人的气色，摸他的心口还有些温度，不一会儿他就苏醒过来了。贾文合复活后，想验证他在阴间的事，就去了弋阳县，带上自己的拜帖去见县令，问县令说："你有个死后又复活的女儿吗？"并向县令详细介绍了女子的服饰样貌，和她与自己交谈的经过。县令进内宅去问她女儿，女儿所说的和贾文合的话别无二致。县令先是又惊又感叹，最后把女儿许配给贾文合做妻子。（出《搜神记》）

章泛

临海乐安章泛年二十余，死经日，未殡而苏。云，被录天曹，天曹主者是其外兄，料理得免。初到时，有少女子同被录送，立住门外。女子见泛事散，知有力助，因泣涕，脱金钏三只及臂上杂宝托泛与主者，求见救济。泛即为请之，并进钏物。良久出，语泛已论，秋英亦同遣去，秋英即此女之名也。于是俱去。脚痛疲顿，殊不堪行，会日亦暮，止道侧小屈。状如客舍，而不见主人。泛共宿嬿接，更相问。女曰："我姓徐。家吴县乌门，临渎为居，门前倒枣树即是也。"明晨各去，遂并活。泛先为护军府吏，依假出都，经吴，乃对乌门，依此寻索。得徐氏舍，与主人叙阔，问："秋英何在？"主人云："女初不出入，君何知其名？"泛因说昔日魂相见之由。秋英先说之，所言因符，主人乃悟。惟羞不及寝嬿之事，而其邻人或知，以语徐氏。徐氏试令侍婢数人递出示泛，泛曰："非也。"乃令秋英见之，则如旧识。徐氏谓天意，遂以妻泛，生子名曰天赐。（出《异苑》）

章泛

临海郡乐安县有个人叫章泛，二十多岁，死了还没装进棺材，过了一天就活了过来。他说他被带去了天曹，天曹的主管是他的表哥，在他的运作下才得以免死还阳。章泛刚到天曹时，和他一起被抓来的还有一个年轻的女子，此时正在门外候着。后来，女子见章泛能回到阳间去，就知道他在阴间得到了别人的帮助，于是就哭着把自己手上的三只金镯子和其他的宝物一并摘下来，委托章泛交给主管生死的官员，帮她疏通疏通。章泛就替女子向表哥求情，并把金镯子等物件交给了表哥。过了很久，表哥才出来，对天曹主管说："章泛的案子已经结了，把他送回阳间，秋英也一起送回阳世。"秋英就是那女子的名字。于是章泛和秋英就一起往阳间走去。秋英说脚痛，实在难以忍受，不能继续前行，再加上天色渐渐暗了下来，两个人就在路边的一个小房子稍作休息。小房子像个旅店，但里面没有人。这天晚上，章泛就和秋英成了夫妻。章泛又详细询问了女子的情况，女子说："我姓徐，家住吴县乌门。我家门前有一株倒了的枣树，那就是我的家。"第二天早上，两人就分手，各自回家，都回到了阳间。章泛先在护军府当府吏，他请假出了城，到吴县去，找到了乌门，然后按照秋英说的去寻找，找到了徐氏的家，同主人交谈，并问："秋英在哪里？"徐氏说："我的女儿从来不出门，你是怎么知道她的名字的？"章泛详细叙说了他在阴间和秋英相遇的经历。秋英复活后，就先向父母讲述了自己在阴间遇见章泛的事，徐氏一听章泛说的和秋英说的内容一致，只是因为秋英性格羞涩，没有说她在阴间和章泛成夫妻的事。但徐氏的邻居中有人知道这件事，就告诉了徐氏。徐氏就把家里的几个丫环叫出来，一个一个让章泛认，章泛都说不是。最后让秋英出来，秋英和章泛一见面，两人就像旧相识一般。徐氏说这是上天促成的姻缘，就把秋英许配给了章泛。后来他们生了个儿子，起名叫天赐。（出《异苑》）

谢弘敞妻

唐吴王文学陈郡谢弘敞，妻高阳许氏。武德初，遇患死，经四日而苏。说云，被二三十人拘至地狱，未见官府，即闻唤。虽不识面，似是姑夫沈吉光语音。许问云："语声似是沈丈，何因无头？"南人呼姑姨夫，皆为某姓丈也。吉光即以手提其头，置于膊上，而诫许曰："汝且在此，勿向西院。待吾为汝造请，即应得出。"许遂住。吉光经再宿始来，语许云："汝今此来，王欲令汝作女伎。倘引见，不须道解弦管。如不为所悉，可引吾为证也。"少间，有吏抱案引入，王果问："解弦管不？"许云："不解，沈吉光具知。"王问吉光，答曰："不解。"王曰："宜早放还，不须留也。"于时吉光欲发遣，即共执案人筹度。许不解其语。执案人曰："娘子功德虽强，然为先有少罪，随便受却，身业俱净，岂不块哉！"更东引入一院，其门极小。见有人受罪，许甚惊惧。乃求于主者曰："平生修福，何罪而至斯耶？"答曰："娘子曾以不净碗盛食与亲，须受此罪，方可得去。"遂以铜汁灌口，非常苦毒，比苏时，口内皆烂。吉光即云："可于此人处受一本经，记取将归，受持勿怠。自今已去，保年八十有余。"许生时素未诵经，苏后，遂诵得一卷。询访人间，所未曾有，今见受持不阙，吉光其时尚存。后二年，方始遇害。凡诸亲属，有欲死者，三年前并于地下预见。许之从父弟仁则说之。（出《冥杂记》）

谢弘敞妻

唐朝时，有个叫谢弘敞的人，负责给吴王讲授文学，是陈郡人氏，他的妻子是高阳的许氏。武德初年因病去世，四天后又苏醒过来。醒来后她说，她被二三十个人抓到地狱，还没见到判官，就听到官员喊自己的名字。虽然没见到人，但听起来好像是自己的姑夫沈吉光的声音。许氏就问他说："你的声音听起来像是沈丈，为什么没有脑袋呢？"南方人把姑夫姨夫都叫作"×丈"。这时只见沈吉光手里提着自己的头，把头放在胳膊上，告诫许氏说："你就待在这儿，千万不要到西院去。我先去替你向上司求情，叫你出来你再出来。"许氏就待在原地。过了两个晚上，沈吉光才又来见许氏，对许氏说："这次把抓你到阴间，是因为大王想让你作乐伎。如果大王接见你，你就说你不懂得音乐，不会弹奏乐器。如果大王不信，你就让我来证明。"过了不久，有个官员抱着卷宗把许氏领到堂上，大王果然问许氏是否精通乐器。许氏说："我不懂，这点沈吉光是知道的。"大王就问沈吉光，沈吉光回答说："她真的不懂音乐。"大王说："那还是早点把她送回去吧，不用再把她留在这里了。"当时沈吉光就想把许氏送回阳间，可是苦于没有办法，就在一旁和管案卷的官员商量。许氏不知道他们在说什么，管理案卷的官员就对许氏说："你在世时虽然积了很多功德，但你过去也犯过小罪。如果你到了这里后把你的罪过赎完，以清白无罪之身回到人世，那将是多么让人欣慰的一件事啊！"说完就领着许氏进了东边的一个院子，院门很窄。许氏看见院里有人正在遭受处罚，很是害怕，就向主管的官员请求说："我在世时一直行善积德，没犯过什么罪，为什么要让我到这里来受罚啊？"主管回答说："你之前用肮脏的碗盛饭给老人吃，所以只有接受刑罚才能回到人世。"然后就把烧化的铜汁灌进许氏嘴里，许氏嘴里顿时又苦又痛。等她苏醒过来，嘴里全被烧烂了。沈吉光就对她说："你可以在这里领取一本佛经，带回去后坚持念经拜佛，不要松懈，以后就可以保你活到八十多岁了。"许氏活着的时候，从来没有念过佛经。还阳后，就背诵了一卷经文，在人间到处走访，看有没有人会她念的这本经书，结果谁也不会。直到现在，许氏坚守佛戒，一

梁氏

咸阳有妇人姓梁，贞观年中，死经七日而苏。自云，被收至一大院，见厅上有官人，据案执笔，翼侍甚盛。令勘问："此妇人合死不？"有吏人赍一案云："与合死者同姓名，所以误追。"官人敕左右，即放还。吏白官人云："不知梁有何罪，请即受罪而归。"官人即令勘按。云："梁生平唯有两舌恶骂之罪，更无别罪。"即令一人拔舌，一人执斧斫之，日常数四。凡经七日，始送令归。初似落深崖，少时如睡觉。家人视其舌上，犹大烂肿。从此以后，永断酒肉，至今犹存。（出《冥报拾遗》）

朱氏

唐郑州武阳县妇女姓朱，其夫先负外县人绢，夫死之后，遂无人还。贞观末，因病死，经再宿而苏。自云，被人执至一所，见一人云："我是司命府史。汝夫生时，负我家若干匹，所以追汝。今放汝归，宜急具物，至某县某村，送还我母。如其不送，追捉更切。兼为白我娘，努力为造像修福。"朱即告某乙乡闾，得绢送还其母。具言其男貌状，有同平生。其母亦对之流涕，歔欷久之。（出《法苑珠林》）

点不敢懈怠。那时沈吉光还活着，两年后被人害死。凡是他的亲属中快要去世的人，沈吉光在阴间提前三年就能知晓。许氏的叔伯弟弟仁则曾说过这件事。（出自《冥杂记》）

梁氏

咸阳有个姓梁的女人，唐贞观年间死了，过了七天又复活了。她自己说，她死后被带去关押在一个大院里，院子厅堂上有个大官伏在桌子上，手里握着一支笔，身旁站着很多侍从。大官让手下人核查梁氏是否该死。这时一个官员拿来一卷卷宗，报告说："梁氏和一个该死的人同姓名，才抓错了她。"大官告诉左右的人立刻将梁氏放回阳间。这时那官员向大官说："不知道这个梁氏在人间犯没犯罪，如果她在人间有罪，应该让她在阴间受刑罚作为赎罪后，再把他放还阳间。"大官就让人查看梁氏的卷宗，查完后报告说："梁氏只是喜欢骂人，别的罪责倒是没有。"于是就叫一个小鬼拔了梁氏的舌头，另一个小鬼用斧子砍她的舌头，这样的处罚每天都要几次。过了七天，梁氏才被送回人间。梁氏觉得自己好像是先掉下一处悬崖，过了片刻又像是突然醒过来了，于是就活了。家里人看她的舌头又肿又烂，从此以后，梁氏不但不再骂人，连喝酒吃肉的罪过都不敢犯了，至今还活着。（出《冥报拾遗》）

朱氏

唐代郑州武阳县有个妇女姓朱，她丈夫先前欠一名外县人绸缎，丈夫死后，就没人还。贞观末年，朱氏生病死了，过了一夜又醒了过来。她自己说，她被抓到一个府衙里，衙门里的一个官员说："我是司命府史。你丈夫生前欠了我家很多绸缎，到现在都没有还，所以我才把你抓来。现在我马上就放你回去，你回去后要赶紧准备好绸缎，到某县某村还给我母亲。如果不还，我还要再把你抓到阴间来。你还绸缎时顺便告诉我娘，要好生造神像积功德。"朱氏还阳后就把这事告诉了乡亲某乙，找到那外县人的母亲还了她绸缎，并

李强名妻

陇西李强名，妻清河崔氏，甚美，其一子，生七年矣。开元二十二年，强名为南海丞。方暑月，妻因暴疾卒。广州嚣热，死后埋棺于土，其外以墼围而封之。强名痛其妻夭年，而且远官，哭之甚恸，日夜不绝声。数日，妻见梦曰："吾命未合绝，今帝许我活矣。然吾形已败，帝命天鼠为吾生肌肤。更十日后，当有大鼠出入墼棺中，即吾当生也。然当封闭门户，待七七日，当开吾门，出吾身，吾即生矣。"及旦，强名言之，而其家仆妾梦皆协。十余日，忽有白鼠数头，出入殡所，其大如豘。强名异之，试发其柩，见妻骨有肉生焉，遍体皆尔。强名复闭之。积四十八日，其妻又见梦曰："吾明晨当活，盍出吾身。"既晓，强名发之，妻则苏矣。扶出浴之。妻素美丽人也，及乎再生，则美倍于旧。肤体玉色，倩盼多姿。袨服靓妆，人间殊绝矣。强名喜形于色。时广州都督唐昭闻之，令其夫人观焉，于是别驾已下夫人皆从。强名妻盛服见都督夫人，与抗礼，颇受诸夫人拜。薄而观之，神仙中人也。言语饮食如常人，而少言，众人访之，久而一对。若问冥间事，即杜口，虽夫子亦不答。明日，唐都督夫人置馔，请至家。诸官夫人皆同观之，悦其柔姿艳美，皆曰："目所未睹。"既而别驾长史夫人等次其日列筵，请之至宅，而都督夫人亦往，如是已二十日矣。出入如人，唯沉静异于畴日。既强名使于桂府，七旬乃还。其妻去后为诸家所迎，往来无恙。强名至数日，妻复言病。病则甚，间一日遂亡。计其再生，才百日矣。或曰，有物凭焉。（出《记闻》）

给她描摹了在阴间当司命的那个人的外貌。那人的母亲一听，他儿子的模样跟活着时一模一样，感叹了很久，大哭了一场。（出《法苑珠林》）

李强名妻

陇西人李强名的妻子是清河人崔氏，长得非常漂亮，生的儿子年满七岁了。开元二十二年，李强名当南海县丞的时候，正是天气炎热的时候，妻子崔氏得了急病死了。广州天气尤其炎热，崔氏死后放进棺材埋了，又用砖坯子在棺外封死。崔氏在壮年时期暴病而死，李强名又在遥远的边地任职，心中悲痛，伤心痛哭，好几天哭声不绝。几天后，他的妻子忽然托梦给李强名说："我在阳间的寿命还没有完，现在上天答应让我复活。可是我的肉身已腐烂了，天上的老鼠要来为我重生肌肉皮肤。十天以后，将会有大老鼠在我的棺材里出没，那时我就会复活了。不过你要把我们家中的门窗关严，过了七七四十九天，再打开我的棺材门，抬出我的身子，那时我才真的复活了。"第二天早上，李强名向家里人说起他昨夜的梦，没想到他家的仆人和他的小老婆也做了和他一样的梦。十多天后，忽见有几只白色的老鼠在崔氏的坟墓里进进出出，那些老鼠有小猪那么大，李强名感到很奇怪，就试着把棺材打开，结果就看见妻子的骨头上果然有肉长出来了，全身都有了肉，李强名就赶紧把棺材盖子盖上。又过了四十八天，崔氏托梦说："我明天早上就能活过来了，你该把我抬出来了。"第二天天一亮，李强名又打开了棺材，只见妻子已经活了。他赶紧把妻子扶出来，让她洗澡收拾。崔氏本来就生得漂亮，复活以后，比之前看上去更美了。肤色洁白像美玉一样，体态婀娜，衣服华丽，装扮漂亮，堪称人世间第一等美女，李强名暗自高兴。当时的广州都督唐昭听说这事后，就让他的夫人到李强名家去看看。唐昭的夫人带着别驾官以下的夫人们来到李强名家，崔氏盛装打扮去见都督夫人，和夫人互相行礼拜见，并接受了其他夫人们的行礼。大家细细观察，崔氏美得像天仙一样。崔氏生活起居都和正常人一样，只是很少说话。大家问她话，她半天才答应一句。如果向她询问阴间的

荆州女子

开元二十三年，荆州女子死三日生。自言具见冥途善恶，国家休咎。鬼王令其传语于人主，荆州以闻，朝廷骇异，思见之。敕给驿骑，令至洛。行至南阳，遂喑不能言，更无所识。至都，以其妄也，遽归。（出《记闻》）

周哲滞妻

汝南周哲滞妻者，户部侍郎席豫之女也。天宝中，暴疾，危亟殆死。平生素有衣服，悉舍为功德。唯有一红地绣珠缀背裆，是母所赐，意犹惜之，未施。其疾转剧。又命佛工，以背裆于疾所铸二躯佛，未毕而卒。初群鬼搏撮席氏，登大山。忽闻背后有二人唤，令且住，群鬼乃迁延不敢动。二人既至，颜色滋黑，灰土满面。群鬼畏惧，莫不骇散。遂引席氏还家，闻家人号哭，二人直至尸前，令入其中，乃活。二人即新铸二佛也。（出《广异记》）

情形，她就一言不发，绝不回答，也从不和她的丈夫说阴间的事。第二天，唐都督的夫人开办筵席宴请崔氏，官场上各位官员的夫人们也都前来看她。她们都对崔氏美丽庄重的容貌赞叹不已，说从没见过这样的美人。接着，别驾夫人、长史夫人等也陆续设宴，请崔氏到家做客，都督夫人每次都会前去作陪。这样过了二十天，崔氏的言谈举止都和常人一样，只是比她未死前更显得寡言少语。后来李强名到桂林出差，七十天才回来。李强名在外出差时，很多人家仍然依次接待崔氏，崔氏没有一点病痛。李强名回来后没几天，崔氏又说身体不适，而且很严重，第二天居然就死了。算一算她复活到再次死去，正好是一百天。有人说，这大概是有什么附着在她身上。（出《记闻》）

荆州女子

唐代开元二十三年，荆州有个女子死了三天又复活了。她说她在阴间时，不仅看见了阴间的善恶因果循环，而且还了解了一些与国家兴亡相关的事，还说阎王让她带口信给人间的皇帝。荆州官员把这件事上报给朝廷，朝廷震惊不已，皇上想亲自见一见这个荆州女子。于是专门给她派来了驿站的马，让她骑着马到洛阳去。孰料那荆州女子走到南阳就突然变成了哑巴，不能说话，而且什么都不知道了。到了京都洛阳，朝中官员一看她这个样子，说她是个疯子，立即命人打发她回去了。（出《记闻》）

周哲滞妻

汝南周哲滞的妻子，是户部侍郎席豫的女儿。唐朝天宝年间，席氏得了急病，病重到快要死了。席氏平时会把自己的衣服拿来施舍给穷人，积了功德。只留下一件缀着珠子的红色坎肩，这是她母亲给她做的，她很喜欢，就没有施舍出去。后来，席氏病情加重，就把坎肩给了塑造佛像的工匠，让工匠把坎肩卖掉，用卖来的钱再塑两尊佛像。佛像还没最后完工，席氏就死了。死后她被一群鬼鞭打拉拽着爬上一座大山，忽然听到背后有两个人喊他们站住，小鬼们就都

刘长史女

吉州刘长史无子，独养三女，皆殊色，甚念之。其长女年十二，病死官舍中。刘素与司丘掾高广相善，俱秩满，与同归，刘载女丧还。高广有子，年二十余，甚聪慧，有姿仪。路次豫章，守冰不得行，两船相去百余步，日夕相往来。一夜，高氏子独在船中披书。二更后，有一婢，年可十四五，容色甚丽，直诣高云："长史船中烛灭，来乞火耳。"高子甚爱之，因与戏调，妾亦忻然就焉。曰："某不足顾，家中小娘子，艳绝无双，为郎通意，必可致也。"高甚惊喜，意为是其存者，因与为期而去。至明夜，婢又来曰："事谐矣，即可便待。"高甚踊跃，立候于船外。时天无纤云，月甚清朗。有顷，遥见一女，自后船出，从此婢直来，未至十步，光彩映发，馨香袭人。高不胜其意，便前持之。女纵体入怀，姿态横发，乃与俱就船中，倍加款密。此后夜夜辄来，情念弥重。如此月余日，忽谓高曰："欲论密事，得无嫌难乎？"高曰："固请说之。"乃曰："儿本长史亡女，命当更生。业得承奉君子，若垂意相采，当为自家令知也。"高大惊喜曰："幽明契合，千载未有。方当永同枕席，何乐如之！"女又曰："后三日必生，使为开棺。夜中以面乘霜露，饮以薄粥，当遂活也。"高许诺。

站住不敢动。那两个人追上来，浑身黝黑，满面灰土，把那群鬼吓得四下逃去。那两个人就把席氏领回家去了。席氏到家后听见家里人正在大声哭泣，两个人领着席氏一直来到她的尸体前，让她伏在自己的身子里，席氏就活过来了。那两个人，原来就是新塑的两个佛像。（出《广异记》）

刘长史女

吉州的长史刘某没有儿子，只生了三个女儿，都十分清秀，刘长史很喜欢她们。长女十二岁，病死在官舍里。刘长史向来和任司丘掾的高广交好，两个人做官的任期都满了，就一起回了故乡。刘长史把死去的女儿放在船上带回故乡安葬，高广也乘船一起上路。高广有个儿子，天资聪颖，仪表堂堂。船到豫章县时，由于江水枯涸，船不能继续前行，只好停下来等水涨后再走。刘、高两家的船相距一百多步，所以两家人天天都有往来。一天晚上，高广的儿子独自一人在船里读书。二更天后，有一个十四五岁的丫环，长得甜美，径自来见高公子说："刘长史船里的蜡烛熄灭了，想向您借个火。"高公子看这个丫环生得漂亮，心生喜欢，就和她调笑，丫环也半推半就地不拒绝。后来丫环说："我这样貌不算什么，我们家小姐的美貌才是举世无双。我可以给你们俩互通消息，一定能成就你俩的喜事。"高公子又惊又喜，以为丫环说的小姐就是现在活着的，就和丫环约定好和小姐见面的时间。第二天晚上，那丫环又来了，对高公子说："事情已经说好了，你姑且等着吧。"高公子喜不自胜，就站在船外等待。这时天上没有一点云彩，月光明朗。过了不久，就看见一个女子远远地从后面的船上走出来，和那丫环一齐向他走来。距离十几步远的地方，高公子就觉得那小姐美艳动人，香气缭绕。高公子心中激动得控制不住自己，就迎上前去拉起小姐的手，小姐也一下扑进高公子怀里，十分动情。两个人进了船，亲亲热热地过了一夜。从此小姐每天晚上都来，两人的感情也越发深厚了。这样过了一个多月，小姐忽然对高公子说："我想告诉你一件十分隐秘的事，你不会嫌弃怪罪我吧？"高公子说："你尽管说就是。"小姐就说："我就是刘长史明旦，遂白广。广未之甚信，亦以其绝异，乃使诣刘长史，具陈其事。夫人甚怒曰：“吾女今已消烂，宁有玷辱亡灵，乃至此耶？”深拒之。高求之转苦。至夜，刘及夫人俱梦女曰：“某命当更生，天使配合，必谓喜而见许。今乃靳固如此，是不欲某再生耶？”及觉，遂大感悟。亦以其姿色衣服，皆如所白，乃许焉。至期，乃共开棺，见女姿色鲜明，渐有暖气，家中大惊喜。乃设帏幕于岸侧，举置其中，夜以面承露，昼哺饮。父母皆守视之。一日，转有气息，稍开目，至暮能言，数日如故。高问其婢，云：“先女死，尸柩亦在舟中。”女既苏，遂临，悲泣与决。乃择吉日，遂于此地成婚，后生数子。因名其地，号为“礼会村”也。（出《广异记》）

卢顼表姨

沼州刺史卢顼表姨常畜一猧子，名花子，每加念焉。一旦而失，为人所毙。后数月，卢氏忽亡。冥间见判官姓李，乃谓曰：“夫死去的女儿，命中注定要复活，并且要和你结为夫妻。如果你真的喜欢我并且愿意娶我，就应该告诉家里，让他们知道。”高公子听后大喜说：“阴阳两界的男女结合，这是千年来都没听说过的事，而且我俩还能终生结为夫妻，这是多么美好的事啊！”小姐又说：“三天后我就会复活，你就让人打开我的棺材。晚上让我的脸接受天上的露珠，白天就给我喝稀粥，这样我就能活过来了。”高公子答应了。

第二天早上，他就把这事告诉了父亲高广。高广不太相信，又觉得这事实在太过蹊跷，就让高公子也去把这件事告诉刘长史。刘长史的夫人听后生气地说：“我女儿连尸体都已经腐烂了，你居然还要这样玷污死去的人的清白！”坚决不答应高公子的请求，高公子就再三哀求。这天夜里，刘长史和他夫人都梦见女儿对他们说：“我命中就该复生，上天的旨意是让我和高公子结为夫妻，现在你们如此坚决地拒绝，难道是不愿意让女儿我复生吗？”刘长史和夫人醒来后，恍然大悟。再加上高公子描述女儿的衣服容貌都和女儿生前一样，也就答应了高公子。三天后，家人共同打开刘小姐的棺材，只见小姐的气色非常好，身上也渐渐有了温度，家里人又惊又喜，就在河岸上拉起帷幕，把小姐抬到里面。夜里让她抬头接露水，白天做稀粥给小姐喝。她的父母都守在她身旁。慢慢地小姐开始能呼吸了，渐渐睁开了眼睛，到了晚上就能说话了，几天后就完全恢复得和常人一样了。高广问刘长史的丫环是怎么回事，刘长史说：“这丫环是在女儿死之前就死了，丫环的棺材也放在船中。”现在小姐复活了，那丫环随后也前来哭着和小姐道别。于是高、刘两家挑选了一个好日子，就在当地为高公子和刘小姐举办了婚宴。婚后他们生了好几个孩子。这件事使这河边的村子也出了名，人们都把这村子叫作“礼会村”。（出《广异记》）

卢顼表姨

洛州刺史卢顼的表姨，曾经养了一只小狗，名叫“花子”，十分可爱。有一天，花子忽然丢了，可能是被人打死了。过了几个月，卢氏突然死了。她被带到阴间，见到一个姓李的判官。李判官对她说：“夫人天命将尽，有人切论，当得重生一十二年。”拜谢而出。行长衢中，逢大宅，有丽人，侍婢十余人，将游门屏，使人呼夫人入。谓曰：“夫人相识耶？”曰：“不省也。”丽人曰：“某即花子也。平生蒙不以兽畜之贱，常加育养。某今为李判官别室，昨所嘱夫人者，即某也。冥司不广其请，只加一纪，某潜以改十二年为二十，以报存育之恩。有顷李至，伏愿白之本名，无为夫人之号，恳将力祈。”李逡巡而至，至别坐语笑。丽人首以图乙改年白李，李将让之。对曰：“妾平生受恩，以此申报，万不获一，料必无难之。”李欣然谓曰：“事则匪易，感言请之切。”遂许之。临将别，谓夫人曰：“请收余骸，为瘗埋之。骸在履信坊街之北墙，委粪之中。”夫人既苏，验而果在，遂以子礼葬之，后申谢于梦寐之间。后二十年，夫人乃亡也。（出《玄怪录》）

刘氏子妻

刘氏子者，少任侠，有胆气，常客游楚州淮阴县，交游多市井恶少。邻人王氏有女，求聘之，王氏不许。后数岁，因饥，遂从戎。数年后，役罢，再游楚乡。与旧友相遇，甚欢，常恣游骋。昼事弋猎，夕会狭邪。因出郭十余里，见一坏墓，棺柩暴露。归而合饮酒。时将夏夜，暴雨初止，众人戏曰：“谁能以物送至坏冢棺上者？”刘秉酒恃气曰：“我能之。”众曰：“若审能之，明日，众置一筵，以赏其事。”乃取一砖，同会人列名于上，令生持去，余人饮而人的阳寿快尽，但有人重新计算了你的阳寿，你可以再活十二年。”卢氏道谢后出来，在阴间的大街上看见一个高大的府邸，里面有个美人，十几个丫环簇拥着她从门前的影壁走出来。美人看见了卢氏，让丫环把卢氏请到家里，问卢氏道：“夫人还认识我吗？”卢氏说：“我不太记得了。”美女说：“我就是花子啊。在阳间，我承蒙你没有因为我是个畜牲而轻视我，反而是耐心地养育我，让我不胜感激。现在我在阴间是李判官的姨太太，昨天在大堂上为你争取增加阳寿的就是我。冥司没有完全批准我的请求，只同意给你延长十二年的阳寿，我想把十二年改为二十年，以报答你对我的养育之恩。”正说着，外面丫环来报说李判官来了，花子就偷偷对卢氏说：“你把你的本名告诉我，不要说你当夫人时的名号，我就用你的本名再向李判官申请延寿。”李判官和花子坐着说笑，花子趁机向李判官说已把卢氏的十二年阳寿改为二十年。李判官正要责备她，花子就说：“我生前得了夫人的恩宠，现在我以此作为回报，只不过是报答了人家万分之一罢了，想来不会使你为难的。”李判官于是痛快地答应说：“这事虽然不好办，但念在你如此恳求我，就答应你吧。”花子和卢氏告别时说：“请你把我的尸体收起来埋掉。我的尸体在履信坊街的北墙下，被人扔在粪坑里。”卢氏还阳后，按花子说的地方去找，果然找到了她的尸体，就用埋葬儿子的的礼仪把花子下葬。后来，花子托梦给卢氏表示感谢。卢氏果真又活了二十年才去世。（出《玄怪录》）

刘氏子妻

有个姓刘的人，年轻时行侠仗义，胆子也很大，曾游历楚州淮阴，结交了不少地面上的青皮后生。刘某的邻居王氏有个女儿，刘某曾去向她求婚，王氏没有答应。过了几年，由于生活没有着落，刘某就从军当了兵。几年后服役期满，刘某回到楚州，和当年结交的那帮哥们儿重逢，很是高兴。他们常约在一起骑马出游，白天打猎，晚上就去花街柳巷游玩。一次，刘某一伙又出城游玩，看见了一个倒塌的坟墓，棺材裸露在外面。游玩回来，大家又聚在一起喝酒。此时正是夏天的晚上，暴雨突然而至。大家就开玩笑说：“谁敢送东西待之。生独行，夜半至墓。月初上，如有物蹲踞棺上，谛视之，乃一死妇人也。生舍砖于棺，背负此尸而归。众方欢语，忽闻生推门，如负重之声。门开，直入灯前，置尸于地，卓然而立，面施粉黛，髻发半披。一座绝倒，亦有奔走藏伏者。生曰："此我妻也。"遂拥尸至床同寝。众人惊惧。至四更，忽觉口鼻微微有气。诊视之，即已苏矣。问所以，乃王氏之女，因暴疾亡，不知何由至此。未明，生取水，与之洗面濯手，整钗髻，疾已平复。乃闻邻里相谓云："王氏女将嫁暴卒，未殓，昨夜因雷，遂失其尸。"生乃以告王氏，王氏悲喜，乃嫁生焉。众咸叹其冥契，亦伏生之不惧也。（出《原化记》）

延陵村人妻

延陵灵宝观道士谢又损，近县村人有丧妇者，请又损为斋。妇死已半月矣，忽闻推棺而呼，众皆惊走。其夫开棺视之，乃起坐，顷之能言。云："为舅姑所召去，云我此无人，使之执爨。其居处甚闲洁，但苦无水。一日，见沟中水甚清，因取以瀌馈。姑见之，大怒曰：'我不知尔不洁如是，用尔何为？'因逐之使回。走出门，遂苏。"今尚无恙。（出《稽神录》）

去那座坏墓的棺材边上？”刘某借着酒劲，胆子也大了起来，说：“我能！”大家说：“如果你真能做到，我们大家明天凑钱办一桌酒席来犒劳你。”于是就拿来一块土坯，把大家的名字都写在土坯上，让刘某拿到墓地去。大家一边喝酒一边等刘某回来。刘某一个人上了路，半夜时分来到坏墓前。这时月亮刚刚出来，刘某模模糊糊地看见有个东西蹲在棺材上，仔细一看，发现是个死了的女人。刘某就把那块土坯放在棺材上，背起那女子的尸体往回走。朋友们正在屋里谈笑，忽然听到推门声，抬头看见刘某好像背着一件很重的东西。打开门后，刘某径直走到灯前，把女尸放在地上，那女尸竟然直挺挺地站着，脸上还擦着胭粉，头发半披着。朋友们都惊呆了，有的吓得赶紧抛开，有的吓得趴在地上。刘某对大家说：“这是我的妻子。”然后就搂着女尸睡下了。大家越发感到害怕。睡到四更时分，刘某忽然觉得女子的鼻子和嘴有一丝气息，仔细察看，这女子竟然活过来了。刘某问她是怎么回事，女子回答说她本是王家女子，得急病死了，不知道怎么就到了这里。这时天还没亮，刘某打来水，让女子洗脸洗手，梳妆打扮。这时女子的病已经痊愈了。后来乡邻们就四下传说，说王氏女将出嫁时突然死了，还没装进棺材，昨天夜里下雨打雷时，尸体忽然消失了。刘某就到王氏家讲了这件事，王氏悲喜交加，就把女儿嫁给他了。人们都惊叹阴阳两界竟真能成就了婚事，也感叹说刘某的胆量实在是太大了。（出《原化记》）

延陵村人妻

靠近县城的村民的妻子去世了，请延陵灵宝观的道士谢又损来为她作道场，以超度她的灵魂。这女人死了半个月后，忽然听见她在棺材里又打又叫，人们吓得四处逃窜。她的丈夫打开棺材看，那女人竟然坐起来了，过了一会儿就能开口说话了。她说：“我是被我公婆唤到阴间去的，他们说在阴间身边没人伺候，就叫我去给他们做饭。他们住的地方宽阔清幽，只是没有水。有一天，我看见一条沟里的水很清澈，就打了水淘米煮饭。婆婆看见了生气地说：‘我没

赵某妻

丁亥岁，浙西有典客吏赵某妻死。未及大殓，忽大叫而活。云为吏所录，至鹤林门内，有府署，侍卫严整，官吏谘事及领囚禁者甚众。吏持己入，至庭下，堂上一绿衣一白衣偶坐。绿衣谓吏曰："汝误，非此人也，急遣之。"白衣曰："已追至此，何用遣也？"绿衣不从，相质食顷。绿衣怒，叱吏遣之。吏持己疾趋出，路经一桥，数十人方修桥，无板有钉。吏持之走过，钉伤足，因痛失声，遂活。视足果伤，俄而邻妇暴卒，不复苏矣。（出《稽神录》）

想到你竟然这么邋遢！让你来干什么？’然后就把我赶出了门。我一出门，就苏醒过来了。”这个女人到现在都还安安稳稳地活着。（出《稽神录》）

赵某妻

丁亥年，浙江西部有个姓赵的人，在官府当礼宾官，他的妻子死了还没来得及入殓，忽然大叫一声又活了过来。她说她是被一个阴间的官吏抓了去，到了鹤林门，来到一个府衙前。门前守卫森严，里面官员审理案子和进进出出的犯人很多。那官吏把她带进大堂，只见堂上两个官员面对面坐着，一个穿着绿衣，一个穿着白衣。绿衣官员一看见她，就对把她带来的官吏说：“你抓错人了，让你抓的不是她，快把她送回阳间吧。”白衣官员却说：“既然已经抓来了，何必再把她送回去呢？”绿衣官员说不能这样做，两个官员争论了半天，绿衣官员十分生气，怒骂道：“我命令你马上把她送回去！”那官员抓着她连忙出了府衙。路过一座桥的时候，看见有几十个人正在修桥，但桥上没有板子，只有钉子。官员抓着她过桥，钉子扎伤了她的脚，她痛得大声叫喊，就活过来了。看她的脚，果然受伤了。不久，邻居的女人突然死了，再也没有活过来。（出《稽神录》）

卷第三百八十七　悟前生一

羊　祜

晋羊祜三岁时，乳母抱行，乃令于东邻树孔中探得金环。东邻之人云："吾儿七岁堕井死，曾弄金环，失其处所。"乃验祜前身，东邻子也。（出《独异记》）

王　练

王练字玄明，瑯琊人也，宋侍中。父珉，字季琰，晋中书令。相识有一胡沙门，每瞻珉风采，甚敬悦之，辄语同学云："若我后生，得为此人作子，于近愿亦足矣。"珉闻而戏之曰："法师才行，正可为弟子耳。"顷之，沙门病亡，亡后岁余而练生焉。始能言，便解外国语。及绝国奇珍，铜器珠贝，生所不见，未闻其名，即而名之，识其产出。又自然亲爱诸胡，过于汉人。咸谓沙门审其先身，故珉字之曰阿练，遂为大名云。（出《冥祥记》）

羊祜

晋朝人羊祜三岁的时候，被乳母抱出去游玩，他在东边邻居家的树洞中找到了一只金环。东边邻居说：“我儿子七岁的时候掉到井里淹死了。他活着的时候曾经拿着这只金环玩耍，只是不知道他把它丢到哪里去了。”于是众人请来算命先生推算羊祜的前世身份，结果表明他正是东边邻居家的儿子转世。（出《独异记》）

王练

王练的字叫玄明，是瑯琊人氏，曾经担任过南北朝时宋国的侍中。王练的父亲叫王珉，他的字是季琰，在东晋时做过中书令。王珉认识一个胡人和尚，每当这个胡人和尚看到王珉的风姿神采时，都心生敬佩欢喜之情。他经常对他的同门学禅的师兄师弟们说：“我要是能晚出生一些，能给王珉做儿子的话，我也就心满意足了。”王珉听说此事后便同他开玩笑说：“法师您的才能品行十分出众，正好可以做我的儿子。”没过多长时间，和尚就得病去世了，和尚死后一年多，王练出生。王练长到刚会说话那么大，就能听懂外国的语言。王练生下来就从没有见过，也没听说过的那些奇珍异宝，铜器珠贝，举国上下都十分少见，但他却能立即叫出它们的名字来，而且能够说出这些宝贝的产地。王练还非常愿意和各国的胡人亲近往来，超过了汉族人。大家都说王练的前世之身就是那个胡人和尚，于是王珉找了一个代表阅历丰富的意思的“练”字，来为儿子起名叫“王练”，王练后来于是赫赫成名。（出《冥祥记》）

向靖女

向靖字奉仁，河内人也。在吴兴郡，有一女，数岁而亡。女始病时，弄小刀子，母夺取不与，伤母手。丧后一年，母又产一女。女年四岁，谓母曰："前时刀子何在？"母曰："无也。"女曰："昔争刀子，故伤母手，云何无耶？"母甚惊怪，具以告靖。靖曰："先刀子犹在不？"母曰："痛念前女，故不录之。"靖曰："可更取数个刀子，合置一处，令女自识。"女见大喜，即取先者。（出《冥祥记》）

崔彦武

隋开皇中，魏州刺史博陵崔彦武，因行部至一邑，愕然惊喜。谓从者曰："吾昔常在此邑中为妇人，今知家处。"因乘马入修巷，屈曲至一家，命叩门。主人公年老，走出拜谒。彦武入家，先升其堂，视东壁上，去地六七尺，有高隆处。客谓主人曰："吾昔所读《法华经》并金钗五只，藏此壁中高处是也。其经第七卷尾后纸，火烧失文字。吾今每诵此经，至第七卷尾，恒忘失，不能记得。"因令左右凿壁，果得经函，开第七卷尾及金钗，并如其言。主人涕泣曰："已妻存日，常诵此经，钗亦是其物。"彦武指庭前槐树："吾欲产时，自解发置此树空中。"试令人探树中，果得发。于是主人悲喜。彦武留衣物，厚给主人而去。（出《冥杂录》）

向靖女

向靖，字奉仁，河内人氏。他住在吴兴郡的时候，和妻子生下一个女儿，但女儿只活了几岁就死了。他女儿刚得病的时候，有一次正在把玩一把小刀，她母亲想要夺下她的刀，她不给，母女二人在争夺时，女儿不慎用小刀刺伤了她母亲的手。女孩死后一年，她母亲又生下一个女儿。这个女孩四岁那年对她母亲说："从前我把玩的那把小刀在哪里？"她母亲说："已经没有了。"女儿说："过去我和你争夺小刀，还刺伤了你的手，现在怎么说没有了呢？"她母亲感到非常奇怪，便把这件事告诉了向靖。向靖问妻子："先前那把小刀还在不在？"女孩的母亲回答说："因为想起从前那个女儿的死，我心里便很悲痛，所以我一直没再用过那把小刀。"向靖说："你可以再去拿几把同样的小刀，同原来那把混放在一起，让女儿自己辨认出哪一个是从前的那把刀。"女孩见到许多把刀子非常高兴，立即从中找出了先前那把小刀。（出《冥祥记》）

崔彦武

隋朝开皇年间，担任魏州刺史的博陵人崔彦武与手下部属来到一个市镇巡视，他突然变得又惊又喜，对跟随他的部属们说："我上辈子曾经在这里做过女人，现在我也还记得原来的家住的地方。"于是他骑着马走进幽深修长的小巷，七拐八拐来到一户人家门前，命手下人敲门。这家的男主人年高老迈，走出来拜见客人。崔彦武走进门去，先来到客厅，向东墙上看，在离地七八尺高的地方，有一处高高隆起。他对主人说："我过去读的《法华经》连同五只金钗放在一起，就藏在这面墙壁中隆起的地方。那部经书第七卷最后一页的纸被火烧过，所以缺失了几行文字。我现在每当背诵这部经书，到第七卷的末尾，总是想不起来缺失的文字。"他于是命令手下凿开墙壁，果然找到了一个装经书的匣子。大家翻开经书查看第七卷的末尾和拿到的金钗，都同他说的情况一样。主人哭泣着对他说："我妻子在世的时候，经常读这部《法华经》，金钗也是她的东西。"崔彦武指着

岐王范

开元初，岐王范以无子，求叶道士净能为奏天曹。闻天曹报答云："范业无子。"净能又牒天曹，为范求子。天曹令二人取敬爱寺僧为岐王子，鬼误至善慧寺大德房。大德云："此故应误，我修兜率天业，不当为贵人作子。当敬爱寺僧某乙耳。"鬼遂不见，竟以此亡。经一年，岐王生子。年六七岁，恒求敬爱寺礼拜，王亦知其事。任意游历，至本院，若有素。及年十余，竟不行善，唯好持弹，弹寺院诸鸽迨尽耳。（出《广异记》）

太华公主

世传太华公主者，高宗王皇后后身，虽为武妃所生，而未尝欢颜，见妃辄嗔。年数岁，忽求念珠。左右问："何得此物？"恒言有，但诸人不知。始皇后虽恶终，然其所居之殿，及平素玩弄俱在。后保母抱公主从殿所过，因回指云："我珠在殿宝帐东北角。"使人求之，果得焉。（出《广异记》）

庭前的槐树说："我快要生孩子的时候，自己剪下了一缕头发藏在了这棵槐树的树洞中。"他试着叫人在树洞中寻找，果然找到了头发。主人见此情景悲喜交集。崔彦武为主人留下一些衣服财物，又给了主人丰厚的银钱，然后便离开了。（出《冥杂录》）

岐王范

唐朝开元初年，岐王李范因为膝下无子，便请道士净能为他奏请上天，求上天赐给他一个儿子。上天回答他们说，李范是命中就膝下无子。净能又第二次上书奏请天曹，希望能为李范求得一个儿子。上天只得命令两个小鬼去敬爱寺索取一个和尚给岐王做儿子，可是两个小鬼竟然错误地来到善慧寺大德和尚的房中。大德和尚见到它们说："你们俩一定是弄错了，我研究的是清心寡欲，知足常乐的学问，不应当去给富贵人家做儿子，你们应当去找敬爱寺的另一个和尚。"两个小鬼于是不见了，同时敬爱寺的一个和尚就突然死去了。过了一年，岐王李范的妾生了个儿子。这孩子到了六七岁时，总是要求到敬爱寺去礼佛朝拜。岐王也知道这背后的原因，就任凭他随便到佛寺里去。他儿子来到寺院后，好像是对这里的一切都很熟悉，并很有旧情。这孩子长到十多岁时，他竟然性情大变，不行善事，只是喜欢玩弹弓，把寺院里的鸽子全都用弹弓打杀干净了。（出《广异记》）

太华公主

世人传说太华公主是唐高宗的王皇后转世，所以她虽然是武妃所生，可是从来没有开怀露出过笑容，她一见到武妃就十分生气。她几岁的时候，忽然向手下人索要念珠。服侍她的人问："哪里有念珠？"她坚持说有。但服侍她的人不知道念珠放在哪里。虽然当年王皇后死状凄惨，但她生前所居住的宫殿，以及平时的一些玩物还都保存着。后来保姆抱着公主从王皇后住过的宫殿旁边经过，公主回头指着宫殿说："我的念珠就放在殿内宝帐的东北角。"保姆派人去寻找，果然找到了念珠。（出《广异记》）

马家儿

相州滏阳县智力寺僧玄高，俗姓赵氏。其兄子，先身于同村马家为儿，至贞观末死。临死之际，顾谓母曰："儿于赵宗家有宿因缘，死后当与宗为孙。"宗即与其同村也。其母弗信，乃以墨点儿右肘。赵家妻又梦此儿来云："当与娘为息。"因而有娠。梦中所见，宛然马家之子。产讫，验其黑子，还在旧处。及儿年三岁，无人导引，乃自向马家，云："此是儿旧舍也。"（出《法苑珠林》）

采 娘

郑氏肃宗时为润州刺史，兄侃，嫂张氏。女年十六，名采娘，淑慎有仪。七夕夜，陈香筵，祈于织女。是夜，梦云舆羽盖蔽空，驻车命采娘曰："吾织女，汝求何福？"曰："愿工巧耳。"乃遗一金针，长寸余，缀于纸上，置裙带中。令三日勿语，汝当奇巧。不尔，化成男子。经二日，以告其母。母异而观之，则空纸矣，其针迹犹在。张数女皆卒，采娘忽病而不言。张氏有娠，叹曰："男女五人矣，皆夭，复怀何为？"将服药以损之，药至将服，采娘昏奄之内，忽称杀人。母惊而问之，曰："某之身终，当为男子，母之所怀是也。闻药至情急，是以呼耳。"母异之，乃不服药。采娘寻卒，既葬，母悲念，乃收常所戏之物而匿之。未逾月，遂生一男，人有动所匿之物，儿啼哭。张氏哭女，其儿亦哭。罢即止。及能言，常收戏弄之物，官至柱史。（出《史遗》）

马家儿

相州滏阳县智力寺的和尚玄高，俗家姓赵。他哥哥的儿子前世是同村马家的儿子，那孩子在贞观末年死去。这孩子临死的时候对母亲说："儿子我与赵宗家命中有缘，我死后应当给同村的赵宗做孙子。"赵宗就是与他家同村而居的村民。他母亲不信，就用墨在儿子的右胳膊上点了一个记号。赵宗的儿媳妇也梦见马家的儿子来说："我应当给娘做儿子。"她因此而怀孕。她梦中见到的人与马家的儿子长相一样。赵宗的儿媳妇把孩子生下来后，大家检验他胳膊上的黑色墨迹，那痕迹还在原来的地方。这个孩子长到三岁时，没人引导他，他便自己向马家的住址走去，并说："这是我原来的家所在的地方啊。"（出《法苑珠林》）

采　娘

在唐肃宗时，有个姓郑的人担任润州刺史之职，他的哥哥叫郑侃，嫂子姓张。哥嫂有个芳龄十六的女儿，名叫采娘，她秉性贤淑谨慎，而又天生丽质。七月初七的夜晚，采娘摆上香案，向织女祈祷。当天夜里，她梦见仙女乘坐在车驾之上，那用羽毛装饰的车盖把天空都遮蔽了。仙女停下车子对采娘说："我是织女，你向我祈求，想要得到什么福分？"采娘说："我希望自己的女红针线技艺高超。"于是织女送给采娘一根金针。针长一寸多，织女把它放在纸上，又藏在采娘的裙带里，并告诉采娘，只要她三天不说话，就会变得特别手巧，如果做不到，她就会变成男人。过了两天，采娘把这件事告诉了母亲。母亲觉得这事儿十分奇怪，要看那根针，打开发现只是空纸，但纸上针的痕迹还在。张氏原本生养了几个儿女，但都已经先后去世，采娘自发生这件事后又忽然病得不能说话。张氏这时又有了身孕，她叹息说："我前后生了男孩女孩一共五个，他们都在幼时便死了，我还要孩子干什么？"就要吃药打掉胎儿。她端起药碗正要喝下去的时候，本来在昏昏沉沉之中的采娘突然高喊有人杀人。母亲惊异地问采娘为什么喊杀人，采娘说："我在我的女身死去后，我便

刘三复

刘三复者，以文章见知于李德裕。德裕在浙西，遣诣阙求试。及登第，历任台阁。三复能记三生事，云："曾为马，马常患渴，望驿嘶，伤其蹄则连心痛。"后三复乘马，硗确之地，必为缓辔，有石必去之。其家不施门限，虑伤马蹄也。其子邺，敕赐及第。登廊庙，上表雪德裕。以朱崖灵柩，归葬洛中，报先恩也。士大夫美之。（出《北梦琐言》）

圆观

圆观者，大历末，洛阳惠林寺僧。能事田园，富有粟帛。梵学之外，音律贯通。时人以富僧为名，而莫知所自也。李谏议源，公卿之子，当天宝之际，以游宴歌酒为务。父憕居守，陷于贼中，乃脱粟布衣，止于惠林寺，悉将家业为寺公财。寺人日给一器食一杯饮而已。不置仆使，绝其知闻。唯与圆观为忘言交，促膝静话，自旦及昏。时人以清浊不伦，颇招讥诮，如此三十年。二公一旦约游蜀州，抵青城峨嵋，同访道求药。圆观欲游长安，出斜谷；李公应该成为男子，母亲怀着的就是我的下一世男身。我知道母亲快要服药打胎，情况十分紧急之下，我就那样喊了。”母亲感到惊异，就不再吃药，采娘不久就死了。埋葬了采娘之后，她母亲十分悲痛，非常想念她，就把她平常玩耍的物品收拾好保存起来。不到一个月，她母亲就生下一个男孩。有人动那些收藏起来的东西，男孩就哭。张氏思念女儿哭时，男孩也哭，张氏不哭了，男孩也就不哭了。到了男孩能说话的时候，他经常拿起采娘原来玩过的东西玩耍。后来这男孩官位做到柱史。（出《史遗》）

刘三复

刘三复因为文章写得好而得到李德裕的赏识。李德裕在浙西的时候，推荐他到朝廷去应试，等到他考中之后，曾经多次担任尚书。传说刘三复能记住三辈子的事。他说：“我有一世曾经做过马，做马的时候我经常害口渴，远远地看见驿站就因高兴而嘶鸣。如果弄伤了蹄子我就痛得钻心。”后来刘三复骑马出行，每当走到坚硬而贫瘠的土地时，必然轻拉缰头，放慢速度，如果遇到石头多的道路，他必然下马步行。他家不设门槛，是害怕伤了马蹄的缘故。他儿子刘邺，被皇上下诏赐做官。到了朝廷后，刘邺上表为李德裕翻案昭雪。他又用珠崖产的珍珠装饰的棺材，将李德裕归葬洛中，来报答李德裕对他父亲的恩情。朝廷中的官员无不称赞刘邺。（出《北梦琐言》）

圆观

唐朝大历末年，洛阳惠林寺有个叫圆观的和尚，他擅长耕田种地，十分富庶，积存了很多粮食和布匹。他除了研究佛学之外，也十分通晓音律，当时人们都称呼他为富和尚，但不知道他来自何方。谏议大夫李源本是官宦人家的子弟。天宝年间，他整天交游设宴，沉醉于歌舞娱乐之中。他的父亲李憕镇守边关城池，城池被贼人攻破，他们父子在城中被贼兵所俘虏。李源被迫吃粗粮穿粗布衣服生活简朴，他只得在惠林寺落脚，将全部家产捐献给寺院做公共资财。寺里欲上荆州，出三峡。争此两途，半年未决。李公曰：“吾已绝世事，岂取途两京？”圆观曰：“行固不由人，请出从三峡而去。”遂自荆江上峡。行次南泊，维舟山下，见妇女数人，絛达锦铛，负瓮而汲。圆观望而泣下曰：“某不欲至此，恐见其妇人也。”李公惊问曰：“自此峡来，此徒不少，何独泣此数人？”圆观曰：“其中孕妇姓王者，是某托身之所。逾三载，尚未娩怀，以某未来之故也。今既见矣，即命有所归。释氏所谓循环也。”谓公曰：“请假以符咒，遣某速生。少驻行舟，葬某山下。浴儿三日，亦访临。若相顾一笑，即其认公也。更后十二年，中秋月夜，杭州天竺寺外，与公相见之期也。”李公遂悔此行，为之一恸。遂召妇人，告以方书。其妇人喜跃还家，顷之，亲族毕至。以枯鱼酒献于水滨，李公往为授朱字，圆观具汤沐，新其衣装。是夕，圆观亡而孕妇产矣。李公三日往观新儿，襁褓就明，果致一笑。李公泣下，具告于王。王乃多出家财，厚葬圆观。明日，李公回棹，言归惠林。询间观家，方知已有理命。

的和尚也只每天给他一份饮食罢了，也不给他用于使唤的仆人，并且不告诉他外界的消息。他只和圆观和尚结为知心朋友，两个人经常促膝畅谈，从早晨能谈到黄昏。当时的人认为他们两个人一个清白，一个浑浊，在一起做朋友不合道理，所以经常讥讽嘲笑他俩。就像这样，三十年过去了，两个人都老了。一天，两位老人相约一同游历蜀州，到青城峨嵋山去拜访仙师，讨求仙药。圆观想要游长安，从斜谷出去；李源想要去荆州，从三峡出去。他们不停地为走两条路线中的哪一条而争论不休，两人僵持半年也没有最终决定。李源说："我已经断绝了俗世的尘缘，怎么能从两朝的京城取路经过呢？"圆观说："走哪条路这件事，本来就是由不得个人意愿的，我们还是就从三峡出去吧。"于是这两个人经过荆江来到三峡，行到南泊时把船暂时停在山脚下。他们看见有几个衣裙艳丽，背着水罐到江边打水的妇女。圆观一见到她们就哭着说："我不想经过这里，就是怕见到这几个妇人啊！"李源惊奇地问他："我们从此峡出来，一路上见到不少这样的妇女，你为什么独独对这几个女人哭泣？"圆观说："她们当中有一个姓王的孕妇，是我下辈子投胎托身的母体。她怀孕三年多还没有把孩子生下来，就是因为我还没死。今天我既然见到了她，这是我的命运有了归结之处，也就是佛教所说的循环轮回。"然后他又对李源说："请您为我念诵咒语，使我快点投胎转世。你把船短暂驻留在这里几天，把我埋葬在山下。婴儿出生三天后，你到王氏家里去寻访，要是婴儿见到你一笑，就是他认识你。十二年以后的中秋月夜，在杭州天竺寺外，就是他与你相见的时候！"李源此时十分后悔走这条路出行，并且心中十分悲伤。于是他将那个妇人叫过来，告诉她做好生孩子的准备。那个妇人高兴地回到家里。不一会儿，妇人的亲属都到了，他们把鱼干和酒拿到江边祭祀。李源前往，为她们用朱笔写下文字。圆观沐浴后，换了一身新衣服。当晚，圆观死了，而孕妇生下了孩子。三天之后，李源前去看望新生的婴儿。襁褓中的婴儿就能认人，果然朝李源一笑。李源的泪水流了下来，把这件事的前因后果详细地告诉了王氏。于是王氏拿出丰厚的钱财埋葬了圆观。第二天，李源上船返回惠林寺。他向算命先生请后十二年秋八月，直诣余杭，赴其所约。时天竺寺，山雨初晴，月色满川，无处寻访。忽闻葛洪川畔，有牧竖歌竹枝词者，乘牛叩角，双髻短衣，俄至寺前，乃圆观也。李公就谒曰：“观公健否？”却问李公曰：“真信士矣。与公殊途，慎勿相近。俗缘未尽，但愿勤修，勤修不堕，即遂相见。”李公以无由叙话，望之潸然。圆观又唱竹枝，步步前去。山长水远，尚闻歌声，词切韵高，莫知所谓。初到寺前歌曰：“三生石上旧精魂，赏月吟风不要论。惭愧情人远相访，此身虽异性长存。”又歌曰：“身前身后事茫茫，欲话因缘恐断肠。吴越溪山寻已遍，却回烟棹上瞿塘。”后三年，李公拜谏议大夫，二年亡。（出《甘泽谣》）

教此事，才知道这是命中注定的。

过了十二年，在秋天八月份，李源直接来到杭州，赶赴与圆观的约会。中秋节这天夜晚，在天竺寺附近，山雨刚过，雨后初晴，江河上洒满月色，他正不知道到哪里去寻找圆观，突然看见在葛洪川畔，有一个唱着竹枝词，骑在牛背上敲打着牛角的牧童。牧童扎着两个发髻，穿着一身短衣，一会儿就到了天竺寺前，原来这个牧童正是圆观。李源拜见他说："圆观您老人家可还健康吗？"牧童却对李源说："你真是有信誉的人士啊。我与你走的道路不同，我们不要相互接近。你俗缘未尽，只希望你能够勤奋修行。如果你勤奋修行不懒惰，我们还会很快相见。"李源因为不能同圆观畅叙以往的友情，不由得望着圆观流下泪来。圆观又唱起竹枝词，骑着牛一步步向前走去。山长水远，还能听见歌声，歌词真切，韵律高亢，也不知圆观唱的是什么。初到寺前时唱的是："三生石上旧精魂，赏月吟风不要论。惭愧情人远相访，此身虽异性长存。"还有一段唱的是："身前身后事茫茫，欲话因缘恐断肠。吴越溪山寻已遍，却回烟棹上瞿塘。"又过了三年，李源当上了谏议大夫，做了两年官后死去。（出《甘泽谣》）

卷第三百八十八　悟前生二

顾非熊

顾况有子，数岁而卒，况悲伤不已，为诗哭之云：“老人哭爱子，日暮千行血。心逐断猿惊，迹随飞鸟灭。老人年七十，不作多时别。”其子虽卒，魂神常在其家，每闻父哭声，听之感恸。因自誓：“忽若作人，当再为顾家子。”一日，如被人执至一处，若县吏者，断令托生顾家，复都无所知。勿觉心醒开目，认其屋宇兄弟，亲爱满侧，唯语不得。当其生也，已后又不记。至年七岁，其兄戏批之，忽曰：“我是尔兄，何故批我？”一家惊异。方叙前生事，历历不误，弟妹小名，悉遍呼之。即顾非熊也。（出《酉阳杂俎》）

齐君房

齐君房者，家于吴，自幼苦贫，虽勤于学，而寡记性。及壮有篇咏，则不甚清新。常为冻馁所驱，役役于吴楚间，以四五六七言干谒，多不遇侯伯礼接。虽时所获，未尝积一金。贮布袋，脱满一绳，则必病，罄而复愈。元和初，游钱塘，时属凶年箕敛，投人十不遇一，乃求朝飧于天竺。至孤山寺西，馁甚，不能前去，因临流零涕，悲吟数声。

顾非熊

顾况膝下有一个儿子，那孩子只活了几岁就死去了。顾况为儿子的死十分悲痛，几乎不能自拔，他写诗悼念儿子说：“老人哭爱子，日暮千行血。心逐断猿惊，迹随飞鸟灭。老人年七十，不作多时别。”顾况的儿子虽然已经死去，但他的魂魄却经常在家中飘荡。每当他听到父亲的哭声，心中受到触动，十分感伤，于是他暗暗发誓：“如果我将来能够再度投生为人，我还要做顾家的儿子。”有一天，他好像被人带到一个地方，见到一个好似县官模样的人，经过判决，命令他到顾家托生转世，再往后他就失去了知觉。过了一段时间，他忽然觉得心性清明，他睁开眼睛，看到了家里的样子和自己的弟兄，自己身边站满了亲人，只是他还不能说话。当他已经重新托生，对从这以后的事情，他又记不清了。他长到七岁时，他的哥哥和他玩耍时不小心打了他，他忽然说：“我是你的哥哥，你为什么要打我？”一家人都很惊诧。这时，他才把前生的事讲述出来，每件事都十分清晰，丝毫不差。也能把弟弟、妹妹们的小名全叫出来。原来他就是顾非熊。（出《酉阳杂俎》）

齐君房

有个家住在吴地的人叫齐君房。他自幼家境贫苦，虽然学习勤奋刻苦，但是很少能记诵文章。成年以后，尽管写了一些文章，但文章里没有什么太新颖出众的地方。所以经常挨冻受饿，流落于吴楚一带。他经常拿一些自己创作的四五六七言诗句去拜见当权勋贵，但多半不被当权者赏识。虽然偶尔也能换来一点赏钱，但从来没有积攒下银两。即便钱袋中刚刚有些积蓄，也只刚够串满一串，就必然得俄尔有胡僧自西而来，亦临流而坐。顾君房笑曰：“法师，谙秀才旅游滋味否？”君房曰：“旅游滋味即足矣。法师之呼，一何谬哉！”僧曰：“子不忆讲《法华经》于洛中同德寺乎？”君房曰：“某生四十五矣，盘桓吴楚间，未尝涉京江，又何有洛中之说乎？”僧曰：“子应为饥火所恼，不暇忆前事也。”乃探钵囊，出一枣，大如拳。曰：“此吾国所产，食之知过去未来事，岂止于前生尔！”君房馁甚，遂请食之。食讫甚渴，掬泉水饮之。忽欠伸枕石而寝，顷刻乃寤。因思讲《法华》于同德寺，如昨日焉。因泣涕礼僧曰：“震和尚安在？”曰：“专精未至，再为蜀僧，今则断攀缘矣。”“神上人安在？”曰：“前愿未满，又闻为法师矣。”“悟法师焉在？”曰：“岂不忆香山寺石像前，戏发大愿，若不证无上菩提，必愿为赳赳贵臣。昨闻已得大将军。当时云水五人，唯吾得解脱，独尔为冻馁之士耳。”君房泣曰：“某四十余年日一餐，三十余年拥一褐。浮俗之事，决断根源。何期福不圆修，困于今日。”僧曰：“过由师子座上，广说异端，使学空之人，心生疑惑。戒珠曾缺，禅味曾膻，声浑响清，终不可致。质伛影曲，报应宜然。”君房曰：“为之奈何？”僧曰：“今日之事，吾无计矣。他生之事，庶有警于吾子焉。”乃探钵囊中，出一镜，背面皆莹彻。谓君房曰：“要知贵贱之分，修短之限，佛法兴替，吾道盛衰，宜一览焉。”君房览镜，久之谢曰：“报应之事，荣枯之理，谨知之矣。”僧收镜入囊，遂挈之而去。行十余步，旋失所在。

病。等到把积蓄的钱花干净了，病也就好了。元和初年，他漫游钱塘江一带。这时正值灾荒年，官府却趁机搜刮民脂民膏。因此，他投奔十人也遇不到一个肯接济他的，只好每天到天竺寺去讨些早饭吃。有一天，他刚走到孤山寺西面，已经饿得受不了了，饿得没有力气继续赶路，只好面对江水哭泣，悲痛地呻吟了好几声。

过了一会儿，有个胡人僧人从西面走来，也面对着大江坐下。然后转过头对齐君房笑着说："法师啊，你尝到秀才在外漫游的滋味了吧？"齐君房回答说："漫游的滋味已经尝够了，但是'法师'这个称呼可真是太荒诞了！"僧人说："你不记得你在洛中同德寺宣讲《法华经》的事情了吗？"齐君房说："我活了四十五岁，只漫游往返于吴楚之间，从来没有渡过长江以北，又怎么能有到过洛中一说呢？"僧人说："你现在应该是正被饥饿所苦，没有时间来回忆以前的事情。"说着便伸手去口袋中摸出一枚如同拳头那么大的红枣来，对齐君房说："这是我国出产的枣子，人们吃了它便可以知道过去和未来的事情，不只有上辈子的事呢。"齐君房饿极了，从僧人手中拿过枣子就吃了下去。吃完后，觉得口中非常干渴，就到泉边捧起泉水喝起来。喝完水后，他打呵欠，伸懒腰，感到非常困倦，头枕着石头就入睡了。不一会儿，齐君房就醒了。他忽然记起了自己在同德寺讲《法华经》一事，记忆清晰，历历在目，就像发生在昨天一样。于是他满目泪花地向僧人施礼问道："震和尚如今在哪里？"僧人说："他钻研佛经没有达到极点，于是再度到蜀地做和尚。现在已经断了向上爬做官的尘缘了。"齐君房又问："神上人现在何处？"僧人回答说："他以前的心愿未能了结，听说又出家做法师了。"他又问："悟法师在哪里？"回答说："你难道不记得他在香山寺石像前玩笑间许下的志愿吗？假若不能达到了悟无上菩提的境界，他就要成为有权势的将相，前不久听说他已经做了大将军了。当时我们五个云游僧人，唯独我得以解脱，也只有你还是个受冻挨饿的人哪。"齐君房流着泪说："四十多年来，我每天只吃一餐饭，三十多年只有一件粗布衣服可穿。我早就想同人世间的浮华之事断绝牵涉。为什么总是不能功德圆满，反而受苦受难到现在这种地步呢？"僧人说："你的过错是发生是夕，君房至灵隐寺，乃剪发具戒，法名镜空。大和元年，李玫习业在龙门天竺寺，镜空自香山敬善寺访之，遂闻斯说。因语玫曰："我生五十有七矣，僧腊方十二。持钵乞食，尚九年在。舍世之日，佛法其衰乎！"诘之，默然无答。乃请笔砚，题数行于经藏北垣而去，曰："兴一沙，衰恒沙。兔而置，犬而拏。牛虎相交亡角牙，宝檀终不灭其华。"（出《纂异记》）

刘立

刘立者，为长葛尉。其妻杨氏，忽一日泣谓立曰："我以弱质，托附君子，深蒙爱重。将谓琴瑟之和，终以偕老。何期一旦，舍君长逝。"哽咽涕泗，不能自胜。立曰："君素无疾恙，何得如此？"妻言："我数日沉困，精思恍惚，自度必不济矣，且以小女美美为托。"又谓立曰："他日美美成长，望君留之三二年。"其夕杨氏卒。

在你教弟子的讲堂之上，在那里你大讲异端邪说，使弟子们心生疑惑，歪曲佛经真义，使禅味沾染了膻味。虽然你讲经声音浑厚响亮，但始终不能修成正果。你身斜影歪，所以得到如今的报应。”齐君房又问：“如今我应该怎么办呢？”僧人说：“事到如今，我也没有什么办法。前世之事，希望能够对你有所警戒。”说着伸手到口袋中拿出一面镜子，镜子的背面都晶莹剔透。僧人对齐君房说：“你要想知道贫贱的差别，苦乐的短长，佛法的兴衰交替，我们教门的前途，就可以看一看这面镜子。”齐君房拿过镜子仔细观看，过了很久道谢说：“我知道了报应的因果和荣枯的道理。”僧人将镜子收入口袋里，便转身离去了。刚走出十多步远，便踪迹皆无。

这天晚上，齐君房到灵隐寺，剪掉头发，受了戒做了和尚，取法号为“镜空”。大和元年，李玫在龙门天竺寺攻习学业，镜空从香山敬善寺来看望他。于是，镜空对李玫讲了这段往事，并因此而又对李玫说：“我现在已经五十七岁了。做佛家弟子才十二年，我在世拿钵盂讨吃的日子还有九年之多。等到了我弃世而去那天，佛法会不会衰落呢？”他问李玫，对方只是沉默而不答话。接着镜空叫人拿来笔砚，在茂经阁的北墙上题了几行字就走了。题字为：“兴盛只是一时的，只有衰落是永恒的啊。狡兔入罗网，恶犬遭牵拿。牛虎相斗损坏的是它们的角和牙，只有宝檀佛法到任何时候也不会泯灭它的光华。”（出《纂异记》）

刘立

长葛县尉。他的妻子杨氏有一天突然对他哭着说：“我素性孱弱，我把自己托付于您，这些年十分感激您对我的厚爱。本以为我们可以夫妻和睦，白头偕老。没想到我舍你而死的这一天会这么快来到。”说完呜呜咽咽地哭起来，悲伤地无法控制自己。刘立说：“你平时身体不错，没有疾病，怎么会像你说的那样死去呢？”杨氏说：“我这几天十分困乏，精神恍惚，自己想来一定不会好了。我把小女儿美美托付给你。”接着又对刘立说：“以后等到美美长大成人之后，希望你能留她二三年再嫁人。”当天晚上杨氏就死去了。

及立罢官，寓居长葛，已十年矣。时郑师崔公，即立之表丈也。立往诣之，崔待之亦厚。念其贫，令宾幕致书于诸县，将以济之。有县令某者，邀立往郭外看花。及期而县令有故，不克同往，令立先去，舍赵长官庄。行三二里，见一杏园，花盛发，中有妇女十数人。立驻马观之，有一女，年可十五六，亦近垣中窥。立又行百许步，乃至赵长官宅。入门，见人物匆遽，若有惊急。主人移时方出，曰："适女子与亲族看花，忽中暴疾，所以不果奉迎。"坐未定，有一青衣与赵耳语，赵起入内，如是数四，又闻赵公嗟叹之声，乃问立曰："君某年某月为长葛尉乎？"曰："然。""婚杨氏乎？"曰："然。""有女名美美，有仆名秋笋乎？"曰："然。仆今控马者是矣。"赵又叹息惊异。旋有人唤秋笋入宅中，见一女，可十五六，涕泣谓曰："美美安否？"对曰："无恙也。"仆拜而出，莫知其由，立亦讶之。徐问赵曰："某未省与君相识，何故知其行止也？"赵乃以实告曰："女适看花，忽若暴卒，既苏，自言前身乃公之妻也，今虽隔生，而情爱未断。适窥见公，不觉闷绝。"立歔欷久之。须臾，县令亦至，众客具集。赵具白其事，众咸异之。立曰："某今年尚未高，亦有名宦，愿与小娘子寻隔生之好。"众共成之，于是成婚。而美美长于母三岁矣。（出《会昌解颐录》）

十年以后，刘立不再做官，但仍居住在长葛县。当时的郑师崔公是刘立的表丈人。有一天刘立去拜访他，崔公隆重接待了他。崔公考虑到刘立家境贫寒，便让幕僚给各县官员写信，希望他们能接济他。有个县令邀请刘立到城外去赏花。到了赏花那天，县令临时有事，不能一同前往，就让刘立先走一步，先到郊外赵长官的庄院。刘立走了二三里路，看见一个杏园，园圃中杏花开得正艳。园中有十多个女子正在赏花。刘立勒马站在那里观看。其中有个芳龄十五六岁的女孩，也走到墙边偷偷看着刘立。刘立又向前走了百十步，来到了赵长官的宅院。进院后，看见人们匆匆忙忙地跑来跑去，好像发生了什么紧急的事情。主人赵长官过了很长时间才出来会见客人刘立。赵长官告诉刘立："刚才女儿还在同家人一起赏花，忽然得了急病，因此我未能及时出来迎接你。"他们二人刚坐了一会儿，有一个婢女进来同赵长官耳语几句，赵长官起身进入内室。他这样出出进进，来回几次。接着又听到赵长官不住地叹息，然后问刘立说："你某年某月做过长葛县尉吗？"刘立说："我做过。"赵长官又问："你娶的是杨氏为妻吗？"刘立说："对。"赵长官又问："你是有个女儿叫美美，有个仆人叫秋笋吗？"刘立说："是，今天给我牵马的就是那个仆人。"赵长官又感叹又惊讶。一会儿，有人唤秋笋进内宅。秋笋看见一个女子，年纪十五六岁，含着泪问她："美美还安好吗？"秋笋回答说："她平安无事。"秋笋拜别女子出来，也不明白其中的缘由。刘立也对这事感到惊讶。他轻声问赵长官："我不记得过去曾经同您相识，您为什么对我的一切都很了解呢？"赵长官把实情告诉给刘立说："小女儿刚才赏花，忽然昏死过去。等到苏醒过来后，她说前世曾经是你的妻子。现在虽然隔世转生，可是与你的情爱并没有断绝。刚才见到你，心情激动，不知不觉便昏死过去。"刘立听了之后感叹很久。过不多时，县令也赶来了，客人全部到齐，赵长官把这件事又详细地讲述了一遍，大家都感到很惊奇诧异。刘立说："我现在年纪还不算太大，也还有些功名地位，愿意同您家小姐求得隔生之姻缘。"大家共同成全这桩婚事。于是刘立就做了赵家的女婿。女儿美美反而比母亲还大了三岁。（出《会昌解颐录》）

张克勤

张克勤者，应明经举，置一妾，颇爱之而无子。其家世祝华岳神，祷请颇有验。克勤母乃祷神求子，果生一男，名最怜，甚慧黠。后五年，克勤登第，娶妻经年，妻亦无子，母亦祷祈之。妇产一子，而最怜日羸弱，更祷神求祐。是夕，母见一人，紫绶金章，谓母曰："郎君分少子，前子乃我所致耳。令妇复生子，前子必不全矣。非我之力所能救也。"但谢其祭享而去。后最怜果卒，乃以朱涂右膊，黛记眉上，埋之。明年，克勤为利州葭萌令，罢任，居利州。至录事参军韦副家，见一女至前再拜。克勤视之，颇类最怜。归告其母，母取视之，女便欣然。谓家人曰："彼我家也。"及至，验其涂记，宛然具在。其家人使人取女，犹眷眷不忍去焉。

孙缅家奴

曲沃县尉孙缅家奴，年六岁，未尝解语。后缅母临阶坐，奴忽瞪视。母怪问之，奴便笑云："娘子总角之时，曾着黄裙白袢襦，养一野狸，今犹忆否？"母亦省之。奴云："尔时野狸，即奴身是也。得走后，伏瓦沟中，闻娘子哭泣声，至暮乃下，入东园，园有古冢，狸于此中藏活。积二年，后为猎人击殪。因随例见阎罗王，王曰：'汝更无罪，当得人身。'遂生海州，为乞人作子。一生之中，常苦饥寒，年至二十而死。又见王，王云：'与汝作贵人家奴。奴名虽

张克勤

张克勤参加明经考试，中了明经。他娶过一个小妾，虽然他对这小妾非常宠爱，但是小妾没有怀孕生子。他们家世代信奉华岳神，每每有所拜祭祈求都非常灵验。张克勤的母亲便祈祷神灵赐给他家一个孩子。后来张克勤的小妾果然生了个男孩，取名叫最怜。这孩子非常聪明。五年以后，张克勤高中进士，娶妻多年也没有生孩子。克勤的母亲又去向岳神祈祷，儿媳果然也生了男孩。可是从那以后，最怜一天比一天消瘦，家里人只好再去求助神灵保祐。当天晚上，克勤的母亲梦见一个人，腰中系着紫丝带，佩带黄金印，对克勤的母亲说："你的儿子命中少子，先前生的那个孩子是我送来的，后来又让你儿媳生了第二个，头一个儿子一定不会保全了，这不是我的力量所能挽救的。"那人谢过他们的祭品后就走了。后来最怜果然死去了。死后家里人用朱砂涂在他的右胳膊上，把黑色颜料涂在他的眉毛上，把他埋葬了。此后第二年，张克勤担任利州葭萌县令。被免职后，仍居住在利州。有一天他到录事参军韦副家去做客，看到一个小女孩前来同他行礼。张克勤看她长得非常像最怜，回家后把这件事告诉给他的母亲。他母亲让人把她领来看一看，小女孩听到后非常高兴地答应了，并对家里人说："那里也是我的家啊。"等到女孩来了，人们察看涂记的那些地方，印迹都还清晰地在原处。女孩家派人前来领她回去，她还恋恋不舍不愿意回家。

孙缅家奴

曲沃县尉孙缅家里有一个家奴，这家奴长到六岁还不会说话。有一天，孙缅的母亲在台阶旁边闲坐，那个家奴忽然用眼睛直瞪着她瞧。孙母生气地问他为什么要这样瞪着她看，家奴就笑着说："夫人您小时候，曾经穿过黄色的裙子，白色的短袄，并且养过一只野猫，现在您还记得这些事吗？"孙母也确实记得这些事。家奴又说："那只野猫就是我的前世。后来我找到机会逃走，潜伏在房顶上面的瓦沟里，听到了夫人您的哭声。夜里我从房顶上下来，溜进东园，园

不佳，然殊无忧惧。’遂送至此。今奴已三生，娘子故在，犹无恙有福，不其异乎！”（出《广异记》）

文澹

前进士文澹甚有德行，人皆推之。生三四岁，能知前生事。父母先有一子，才五岁，学人诵诗书，颇亦聪利。无何，失足坠井而卒。父母怜念，悲涕不胜。后乃生澹，澹一旦语父母曰：“儿先有银胡芦子并漆毬香囊等，曾收在杏树孔中，不知在否？”遂与母寻得之。父母知澹乃前子也，怜惜过于诸兄。志学之年，词藻俊逸。后应举，翰林范学士禹偁坐下及第。澹之兄谷也。（出《野人闲话》）

王鄂

唐王鄂者，尚书鄑之弟也。西京乱离，鄑挈家入蜀，沿嘉陵江下。至利州百堂寺前，鄂年七岁，忽云：“我曾有经一卷，藏在此寺石龛内。”因令家人相随，访获之，木梳亦存。寺僧曰：“此我童子也。”较其所夭之年，与王氏子所生之岁，果验也。其前生父母尚存。及长仕蜀，官至令录。

内有座古坟，我就在古坟里藏身生活。两年后我被猎人打死。死后我照例去见阎王，阎王说：‘你这辈子没有罪过，来世应当得到一个人身。’于是我就托生到了海州，给一个乞丐当了儿子。一生之中，我常常受饥饿寒冷之苦，只活到二十岁就死了。死后又去见阎王，阎王说：‘这辈子就让你做富人的家奴吧，家奴的名称虽然不太好听，但是实在没有忧虑和危险。’于是我得以托生，又来到这里。现在奴才我已经转世三次了，夫人您依然健在，真是福大寿长。您说这不是件不同寻常的事情吗！”（出《广异记》）

文澹

前朝进士文澹品德高尚，当时的人们都十分推崇他。他三四岁的时候，就清楚上辈子发生的事情。文澹的父母先前生过一个儿子，这孩子五岁就开始拜师读书，秉性十分聪明伶俐，但不幸失足坠入井中溺死了。父母非常怀念他，悲痛到了极点而不能自已。后来他们又生下了文澹。有一天文澹对父母说：“我先前的银胡芦子和漆球、香袋这一类的东西，我之前把它们放在杏树洞中，不知现在还在不在那里？”于是他同母亲一起去寻找，果然找到了。父母这才知道文澹就是先前那个儿子所转世投胎，再生人世。因此父母对他喜爱的程度超过了他的几个哥哥。文澹十五岁时，文章就写得词藻华丽，隽永清秀。后来他参加科举考试，经翰林院学士范禹偁的主考考中进士。文澹的哥哥叫文谷。（出《野人闻语》）

王鄂

唐朝有个叫王鄂的人，是尚书王鄑的弟弟。西京动乱时期，人们为了避祸纷纷逃离西京。王鄑带领全家老小前往蜀郡安家，他们沿着嘉陵江顺流下行到了利州百堂寺前，当时才七岁的王鄂忽然对家里人说：“我曾经有一卷经书，就藏在这座寺院的石龛之内。”说完让家人跟着他去找，果然找到了，同时还在石龛里找到了一柄旧木梳。寺里的和尚见到王鄂说：“这孩子是我过去驾前的童子。”人们查对那

僧道杰

相州滏阳县人信都元方，少有操尚，尤好释典，年二十九，至显庆五年春正月死。死后月余，其兄法观寺僧道杰，思悼不已，乃将一巫者至家，遣求元方与语。道杰又颇解法术，乃作一符，摄得元方，令巫者问其由委。巫者不识字，遣解书人执笔。巫者为元方口授，作书一纸，与同学冯行基，具述平生之意，并诗二首。及其家中，亦留书启。文理顺序，言词凄怆。其书疏大抵劝修功德，及遣念佛写经，以为杀生之业，罪之大者，无过于此。又云："元方不入地狱，亦不堕鬼中，全蒙冥官处分。令于石州李仁师家为男。但为陇州吴山县石名远，于华岳祈子，及改与石家为男。又再受生日逼，匆迫不得更住。从二月受胎，至十二月诞育。愿兄等慈流，就彼相看也。"言讫，涕泣而去。河东薛大远寓居滏阳，前任吴山县令，自云，具识名远。智力寺僧慧永、法真等说之。（出《冥报拾遗》）

袁滋

复州青溪山，秀绝无比。袁相公滋未达时，居复郢间。晴日偶过峻峰，行数里，渐幽奇险怪，人迹罕到。有儒生，以卖药为业，家焉。袁公与语，言甚相狎，因留宿。乃问曰："此处合有灵隐者，曾从容不？"答曰："有道者五六人，每两三日一至，不知居处。某个童子夭亡的时间，同王氏生王鄂的时间果然符合。这个童子前世的父母还在世。王鄂成年后在蜀郡做官，一直做到令录。

僧道杰

相州滏阳县有个叫信都元方的人，他年纪轻轻就有高尚的品德情操，尤其喜好阅读佛教的经书典籍。他死在显庆五年春天正月里，享年二十九岁。他死后一个月多一点，他的哥哥法观寺的和尚道杰因为十分怀念他，就把一个巫师请到家中，让他作法使自己能够和元方的灵魂对话。道杰自己也精通阴阳法术，他画了一道符，摄来了元方的魂魄，让巫师问他问题。巫师不认字，就让会写字的人执笔记录。巫师替元方口授信息。那人依着巫师的口述写了一封信，把它交给元方的同学冯行基，元方在信里陈述了一生的经历和志愿，同时还作了两首诗。元方也给他的家属留下了书信。书信的文理顺畅，言词却凄惨悲凉。主要内容都是规劝人们修行功德和让人们念佛写经的。他认为如果论罪恶深重的人，以杀生为职业的人的罪过是最大的。他还说："元方我没有被打入地狱，也没有堕入鬼的行列，这全是靠阴间的官员安排决定。原本阴间官员已决定让我去做石州李仁师的儿子，只是因为陇州吴山县有一个石名远，他到华岳拜祭以求生子，就又把我改为去做石家的儿子。如今我转世投胎的日子逼近，所以我不能久留。我该当二月怀胎，到十二月出生。希望哥哥您，还有爱我的人们能赶到那里同我见上一面。"说完，元方哭泣着离去。河东的薛大远客居在滏阳，是前任吴山县令，他自称认识名远。智力寺僧慧永和法真等也讲述过这件事。（出《冥报拾遗》）

袁滋

复州青溪山的景色秀丽，天下没有哪个地方能够比得上这里。丞相袁滋当初还没有发迹的时候，曾居住在复州和郢城之间。有一天，天气晴好，他偶尔路过青溪山，走过几里地后，山势景物越来越幽深险峻，鲜有人迹。这时，他遇到一个以卖药为生的读书人。这书虽与之熟，亦不肯言。”袁曰：“某来修谒，得否？”曰：“彼甚恶人，然颇好酒。足下求美酝一榼，就此宿候，或得见也。”袁公去，得酒持至，以伺之。数夕果到，五人鹿皮冠或纱帽，藜杖草履，遥相与通寒暄，大笑，乃临涧濯足戏弄。儒生置酌列席，少顷，尽入茅舍，睹酒甚喜。曰：“何处得此？”既饮数杯，儒生曰：“某非能自致，有客携来，愿谒仙兄。”乃导袁公出，历拜俯偻。五人相顾失色，且悔饮此酒，兼怒儒生曰：“不合引外人相扰。”儒生曰：“兹人诚志可赏，况是道流，稍许从容，亦何伤也！”意遂渐解。复睹袁公恭甚，乃时与语笑。目袁生曰：“坐。”袁再拜就席。少顷半酣，颇欢，注视袁公，相谓曰：“此人大似西峰坐禅和尚。”良久云：“直是。屈指数日，此僧亡来四十七年矣。”问袁公之岁，正四十七。相顾抚掌曰：“觅官职去，福禄至矣，已后极富贵。”遂呼主人别，袁公拜，道流皆与握手。过涧上山顶，扪萝跳跃，有若飞鸟，逡巡不见。（出《逸史》）

生的家就住在这里。袁滋同他交谈，他们聊得非常亲近投机，当晚就在书生家里留宿。袁滋问书生："这里应该有隐居的仙人啊！你见过他们吗？"书生回答说："这里有五六个道士，他们每隔二三天到这来一次，我也不知他们居住在什么地方。我虽然同他们很熟悉，但他们也不肯告诉我。"袁滋说："我想来拜见他们，不知道可不可以。"书生说："他们非常厌恶陌生人，可是喜欢饮酒。你如果能够准备一坛好酒，然后住在这里等候，或许能够见到他们。"袁滋离开后，弄到了一坛好酒拿回这里，又回来等候仙人。几天后的一个傍晚，道士们果然来了。五个道士中有的人戴鹿皮帽子，有的戴纱帽，拄着藜杖，穿着草鞋。书生站在远处和他们彼此问候，这些人哈哈大笑着走到了小溪边，一边洗脚一边有说有笑。书生在屋里摆上酒席。不一会儿，他们走进茅草房里，看见屋里放着美酒，非常高兴。他们问书生："你是在什么地方弄到的酒？"道士们喝了几杯以后，书生说："不是我弄到的酒，是位客人带来的，他想要拜见你们几位仙长。"于是书生带着袁滋出来施礼相见。五个道士互相观瞧，拉下了脸色，都后悔喝了这酒。他们一齐嗔怪书生说："你不应该引外人来打扰我们清修。"书生说："这个人的诚心值得赏识，况且他也是信奉道教的人，你们与他结交有什么不好呢？"这时道士们的态度才缓和了一些。又看到袁滋非常恭敬地站在那里，便改变脸色，笑着同他谈话，并对袁滋说："你坐吧。"袁滋再三拜谢才敢坐下。不一会儿，酒过三巡，大家都喝得很高兴。几位道士仔细看着袁滋，相互交谈说："这个人长得非常像西峰的坐禅和尚。"看了好一会儿，又说："真的是他，屈指一算，这个和尚已经死了四十七年了。"又问袁滋多大年岁，袁滋正好四十七岁。几位道士看着彼此，拍着手说："你去求官觅爵吧，福禄便会临门了，你以后会非常富贵显赫的。"然后招呼主人告别，袁滋也向他们施礼拜别。几位仙人拉着手越过山涧走向山顶。他们拉着藤萝跳跃着，如同飞鸟一样迅速，转眼之间就不见了。（出《逸史》）

崔四八

崔慎由，初以未有儿息，颇以为念。有僧常游崔氏之门者，崔因告之，且问其计。僧曰："请夫人盛饰而游长安大寺，有老僧院，即诣之。彼若不顾，更之他所。若顾我厚，宜厚结之，俾感动其心，则其后身为公子矣。"如其言，初适三处，不顾。后至一院，僧年近六十矣，接待甚勤至，崔亦厚施之，自是供施不绝。僧乃曰："身老矣，自度无以报公，愿以后身为公之子。"不数年，僧卒，而四八生焉。或云，手文有"纲僧"二字。（出《玉堂闲话》）

马思道

洪州医博士马思道，病笃。忽自叹曰："我平生不省为恶，何故乃为女子，今在条子坊朱氏妇所托生矣。"其子试寻之，其家妇果娠，乃作襁褓以候之。及思道卒而朱氏生，实女子也。（出《稽神录》）

崔四八

崔慎由当初因为膝下没有儿子，心中十分焦急。有个和尚经常到崔家做客，崔慎由于是把自己这桩心事告诉给他，并且问他有什么办法。和尚说：“请夫人盛装打扮，去朝拜长安的各大寺庙。如果寺里有老年和尚就去拜见他。那老和尚若不理你们，你们就再到其他的寺庙。假如遇到热情接待你们的老和尚，你们就要同他好好结交。如果能够打动他的心，那么他死后一定会转生为你们的儿子。”按照和尚的说法，他们起初到过三个寺院，都没有遇到愿意接待他们的老和尚。后来来到一座寺庙，遇到一个已年近六十的老和尚，接待他们非常周到殷勤，崔慎由也施舍给他很多钱财。从这以后，崔家不间断地供养布施给这个和尚。和尚于是对崔慎由说：“我已经老了，自己揣度，我也没有什么可以报答您的，希望我死后来生做您的儿子。”不几年，和尚死了，而崔慎由的儿子崔四八出生了。有人说：“这孩子手中纹有‘纲僧’二字。”（出《玉堂闲话》）

马思道

有一个洪州医学教授官叫马思道，他病情危重，命在旦夕。一天他忽然叹息着说：“我一生之中未曾做过坏事，上天为什么让我下辈子做女子？如今我要到条子胡同朱氏那里托生为人了。”他的儿子试着去寻找朱氏，找到时，这位朱氏妇女果然已经怀孕，并且已经做好了背小孩用的背带和布兜，就等候孩子降生了。等到马思道死去的时候，正好也是朱氏生产的时候，并且朱氏确实生了个女孩。（出《稽神录》）

卷第三百八十九　家墓一

聪明花树

李正字弘卿，学道。见东王父，教之。十七年后，正身死，家人埋之于武陵，而家上生花树，高七尺。有人遇见此花，皆聪明，文章盛。（出《武陵十仙传》）

相思木

晋战国时，卫国苦秦之难，有民从征，戍秦不返。其妻思之而卒，既葬，家上生木，枝叶皆向夫所在而倾，因谓之相思木。（出《述异记》）

广川王

广川王去疾，好聚无赖少年游猎，罼弋无度，国内家藏，一皆发掘。爰猛说，大父为广川王中尉，每谏王不听，病免归家，说王所发掘家墓，不可胜数，其奇异者百数。为刘向说十许事，记之如左。

魏襄王家，以文石为椁，高八尺许，广狭容三十人。以手扪椁，滑易如新。中有石床石屏风，宛然周正，不见棺柩明器踪迹，但见床上玉唾盂一枚，铜剑二枚，金杂具皆如新，王自取服之。

聪明花树

李正的字叫弘卿，他想要修仙问道，便请来东王父教授他。十七年后，李正去世了，家人把李正埋葬在武陵。后来李正的坟上长出一棵开花的树，那棵树高七尺。凡是看到过这棵树的人，都会变得很聪明，文章也会写得秀美。（出《武陵十仙传》）

相思木

战国时代地处晋地的卫国，饱受秦国的威胁。有一平民应征入伍，戍守在与秦国接壤的边界处，一直没有回来。他的妻子因苦苦思念他生病而死。人们把她埋葬以后，她的坟上长出一棵树，枝叶都指向丈夫所在的方向，因此人们把它称为相思木。（出《述异记》）

广川王

广川王刘去疾，喜好聚集一些游手好闲的少年一起游玩打猎。他们做事放荡不羁，丝毫没有节制。凡是封地内的古墓，全都被他们挖掘过。爰猛说，祖父在广川王手下做中尉时，经常规劝广川王，但广川王不听，他只好称病还家。据他讲述广川王挖掘的古墓多得无法统计，其中墓葬丰富奇异的不下一百座。他给刘向列举了十多件，被刘向记录如下。

魏襄王墓，是用带纹理的石料做成的外椁，高约八尺，宽窄能容纳三十人，用手触摸，光滑得像新的一样，外椁中间有石床，石屏风，依然摆放周正。棺柩和陪葬的珍宝冥器全部不见踪影，只是床上还有一个玉痰盂，两把铜剑，几件日常应用的金器像新的一样，广襄王冢，以铁灌其上，穿凿三日乃开。黄气如雾，触人鼻目皆辛苦，不可入。以兵守之，七日乃歇。初至户，无扇钥。石床方四尺，上有石几，左右各三石人立侍，皆武冠带剑。复入一户，石扇有关锁，扣开，见棺柩，黑光照人，刀斫不能入。烧锯截之，乃漆杂兕革为棺，厚数寸，累积十余重，力少不能开，乃止。复入一户，亦石扇，开钥，得石床，方六尺。石屏风，铜帐鏶一具，或在床上，或在地下。似帱帐縻朽，而铜鏶堕落。床上石枕一枚，床上尘埃朏朏甚高，似是衣服。床左右妇人各二十，悉皆立侍。或有执巾栉镜镊之象，或有执盘奉食之形。无余异物，但有铁镜数百枚。

魏王子且渠冢，甚浅狭，无柩，但有石床，广六尺，长一丈。石屏风，床下悉是云母，床上两尸，一男一女，皆二十许，俱东首裸卧，无衣衾，肌肤颜色如生人。鬓发齿牙爪，不异生人。王惧，不敢侵，还拥闭如旧。

袁盎冢，以瓦为棺椁，器物都无，唯有铜镜一枚。

晋灵公冢，甚瑰壮，四角皆以石为鹰犬，捧烛。石人男女四十余，皆立侍。棺器无复形兆，尸犹不坏，九窍中皆有金玉。其余器物，皆朽烂不可别。唯玉蟾蜍一枚，大如拳，腹空，容五合水，光润如新。王取以成水书滴。

川王拿起剑来佩带在自己的身上。

襄王墓，上面是用铁水灌注的，开凿了三天才打开。墓穴里冒出的又苦又辣的黄色气体浓得像雾一样，强烈地刺激人们的眼睛和鼻子，使人无法进入，只好暂时用兵把守，七天以后黄雾才出净了。人们最初进到一个门里，门上没锁。里面的石床长宽四尺，上面有石几，左右各有三个石人站立侍奉，都是武士装扮，身佩刀剑。再入一室，石门上有锁。推开门就看到了棺材，黑亮亮的可以照人。用刀砍不进去，用锯截开，才知道是用生漆杂以犀牛皮做成的棺材，有好几寸厚，摞了十多层。力量小是打不开的，只好作罢。再进到一个房间里，也有石门，打开锁，看到一张六尺见方的石床。有石屏风，一具装饰铜叶的帐幔。铜叶有的散落在床上，有的掉在地上，显然是因为帐子腐烂了，所以铜叶才坠落到地上。床上还有一个石枕，旁边落了一层很厚的黑乎乎的灰尘，好像是衣服腐烂后形成的。床的左右各有二十个站立的侍女，有的是拿着面巾、梳子、镜子的形象，有的是端着盘子奉送食物的姿态。里面没有其他的器物，只有数百面铁镜。

魏王的儿子且渠的墓，既浅又窄。没有棺材，只有一张石床，宽六尺，长一丈，还有一面石屏风。床下全都是云母。床上有两具尸体，一男一女，全都二十来岁。两具尸体头朝东裸身躺卧，没有盖被和穿衣服。他们皮肤的颜色像活人一样，鬓发、牙齿和手指也看不出同活人有什么差异。广川王非常恐惧，不敢触动他们。退出去后像当初那样将墓穴掩埋。

袁盎墓是用陶瓦做棺椁，里面只有一面铜镜，也没有其他的任何器物。

晋灵公墓，非常瑰丽壮观。四角都放置用石头雕刻成的鹰犬。捧着蜡烛的男女石人有四十多个，它们捧着灯烛站立在周围。棺椁已经朽烂到看不出原来的形状，但尸体还没有腐坏，尸体的九窍之中都放入金玉。墓穴内其他的器物全都朽烂得无法辨认，唯有一个拳头大的玉蟾蜍，腹中是空的，可盛五合那么多的水，光洁润滑像新的一样。广川王拿它用作储水供磨墨用的水盂。

幽公冢，甚高壮。羡门既开，皆是石垩。拨除丈余，乃得云母。深尺所，乃得百余尸，纵横相枕，皆不朽。唯一男子，余悉女子。或坐或卧，亦有立者，衣服形色，不异生人。

栾书冢，棺柩明器，朽烂无余。有白狐儿，见人惊走。左右逐戟之，莫能得，伤其左脚。夕，王梦一丈夫，鬓眉尽白，来谓王曰：何故伤吾脚？仍以杖叩王左脚，王觉，脚肿痛生疮。至此不差。（出《西京杂记》）

袁安

袁安父亡，母使安以鸡酒诣卜贡问葬地。道逢三书生，问安何之，具以告。书生曰：“吾知好葬地。”安以鸡酒礼之，毕，告安地处。云：“当葬此地，世为贵公。”便与别。数步顾视，皆不见。安疑是神人，因葬其地。遂登司徒，子孙昌盛，四世五公。（出《幽明录》）

丁姬

王莽秉政，贬丁姬号，开其椁户。火出，炎四五丈。吏卒以水沃灭，乃得入，烧燔冢中器物。公卿遣子弟及诸生四夷十余万人，操持作具，助将作，掘平恭王母傅太后坟及丁姬冢，二旬皆平。又周棘其处，以为世戒。云：“时有群燕数千，衔土投丁姬穿中。今其坟冢，巍然尚秀。隅阿相承，列郭数周，面开重门。”（出《水经》）

幽公的墓，很高大。墓道的门打开以后，再下去一尺左右里面全是白垩土。将白垩土铲除一丈多深以后，见到云母，再下去一尺左右就是一百多具尸体，它们横七竖八相互枕压，都没有朽烂。其中只有一个是男子，其余全是女子。它们有的坐着，有的躺卧，也有站着的，衣服的形色同活人一样。

栾书墓，棺椁和器物全都朽烂了。墓穴中有一只白色的狐狸，看见有人来那只狐狸便吓跑了。随从们追赶着去捉那只狐狸，没能抓到，只把它的左脚刺伤了。当天晚上，广川王梦见一个男子，鬓发眉毛都是白的，走进来对他说：你为什么要刺伤我的脚？并用手杖敲打他的左脚，广川王睡醒后，左脚肿痛生疮，这伤口一直也没有痊愈。（出《西京杂记》）

袁安

袁安的父亲去世了，袁安的母亲让袁安带着鸡和酒去请看风水的人，选择埋葬父亲的墓地。他在途中碰到三个书生，问袁安要干什么去，袁安把事情详细地告诉给他们。书生说："我知道一个好墓地。"袁安立即用携带的鸡和酒招待他们。吃喝完毕，他们将墓地的具体地点告诉了袁安，说："应当葬在这里，世世代代能做大官。"然后同他分别。袁安刚走出几步，回头再看三个书生都不见了。袁安怀疑他们是神仙，于是袁安把父亲葬在那个地方。后来袁安果然当官做到了司徒，他的家族子孙昌盛，四代出了五个大官。（出《幽明录》）

丁姬

王莽在执政期间，贬除了丁姬的称号，并下令掘开丁姬的坟墓。掘墓时有火从墓道里喷出来，喷出来的火焰长达四五丈远。士兵用水浇灭后才能进入，烧掉了墓中的器物。王公大臣派遣子弟、学生和家奴等十余万人，拿着工具，帮助掘开恭王母亲傅太后墓和丁姬墓，挖了二十多天全部挖平，又在四周围上棘黎，用来警戒世人。有人

浑 子

昆明池中有冢，俗号浑子。相传昔居民有子名浑子者，尝违父语，若东则北，若水则火。父病且死，欲葬于高陵之处，矫谓曰：“我死，必葬于水中。”及死，浑子泣曰：“我今日不可更违父命。”遂葬于此。盛弘之《荆州记》云，固城临洱水，水之北岸，有五女墩。西汉时，有人葬洱北，墓将为所坏。其人有五女，共创此墩以防墓。又云，一女嫁阴县佷子，家资万金。自少及长，不从父言。临死，意欲葬山上，恐子不从，乃言必葬我渚下碛上。佷子曰：“我由来不取父教，今当从此一语。”遂尽散家财，作石冢，以土绕之，遂成一洲，长数百步。元康中，始为水所坏。今余石如半榻许数百枚，聚在水中。（出《酉阳杂俎》）

王 粲

魏武北征蹋顿，升岭眺瞩，见一冈不生百草。王粲曰：“必是古冢。此人在世，服生礜石，死而石气蒸出外，故卉木焦灭。”即令凿看，果大墓，有礜石满茔。一说，粲在荆州，从刘表登鄣山，而见此异。曹武之平乌桓，粲犹在江南，此言为当。（出《异苑》）

说："当时有数千只燕子，衔着土投到丁姬的墓穴。如今丁姬的坟墓里面的封土很高大，墓中的气象很壮美，建筑互相承接，似城郭般地排列数层，几重门相对大开。"（出《水经》）

浑子

昆明池中有座坟，俗名叫浑子。相传过去有一个住户有个儿子名叫浑子，经常违背他父亲的话。他父亲如果叫他到东面去，他一定去北面；如果让他提水，他一定去烧火。他父亲有病快要死了，想要死后葬到高山丘陵之上，特意把话颠倒着对儿子说："我死后，一定要把我葬在水中。"等到父亲死了，浑子哭着说："我这次不能再违反父命了。"于是将父亲葬到这里。盛弘的《荆州记》记载：固城靠近洱水，水的北岸，有座五女墩。西汉时，有人葬于洱水北岸，墓将被水侵蚀。这个人共有五个女儿，共同造了这座土堆用来防止洱水侵蚀墓地。上面还记载：一个女子嫁给阴县一个狠毒的人。这个人有万贯家财，从小到大，从不听父亲的话。父亲临死想葬在山上，恐怕儿子不听，就说一定把我葬到水中的河丘上。这个人说："我从来不听从父亲的教诲，如今应该听他一句话。"他于是卖掉家中所有的财产，造了一座石坟，用土围住四面，就成了一块水中的陆地，有几百步长。元康年间，才被水冲坏。现在还留下数百块像半张床那么大的石头，堆在水中。（出《酉阳杂俎》）

王粲

魏武帝北征乌桓的时候，登山远眺，看到一个小山冈，上面什么草也不长。王粲说："那一定是座古墓。这个人在世的时候，一定服用过生礜石。死后石气挥发到外面，所以花草全部枯萎死去。"随即魏武帝让人凿开来看，果然是个大墓，里面填满礜石。还有一种传说是，王粲在荆州时，跟随刘表登上鄣山，看见了上述怪异现象。魏武帝平灭乌桓时，王粲还在江南，所以后一种说法比较可信。（出《异苑》）

孙钟

孙钟家于富春，幼失父，事母至孝。遭岁荒，以种瓜自业。忽有三少年诣钟乞瓜，钟厚待之。三人谓曰："此山下善，可葬之，当出天子。君下山百许步，顾见我去，即可葬处也。"钟去三四十步，便反顾，见三人成白鹤飞去。钟记之，后死葬其地。地在县城东，冢上常有光怪，云五色，气上属天。及坚母孕坚，梦肠出，绕吴阊门。以告邻母，曰："安知非吉祥！"（出《祥瑞记》）

吴纲

魏黄初末，吴人发吴芮冢取木，于县立孙坚庙。见芮尸，容貌衣服并如故。吴平后，预发冢人，于寿春，见南蛮校尉吴纲，曰："君形貌何类长沙王吴芮乎？但君微短耳。"纲瞿然曰："是先祖也。"自芮卒至冢开四百年，至见纲，又四十余年矣。（出《水经》）

陆东美

吴黄龙年中，吴都海盐有陆东美，妻朱氏，亦有容止。夫妻相重，寸步不相离，时人号为比肩人。夫妇云："皆比翼，恐不能佳也。"后妻卒，东美不食求死。家人哀之，乃合葬。未一岁，冢上生梓树，同根二身，相抱而合成一树。每有双鸿，常宿于上。孙权闻之嗟叹，封其里曰"比肩"，墓又曰"双梓"。后子弘与妻张氏，虽无异，亦相爱慕。吴人又呼为"小比肩"。（出《述异记》）

孙钟

孙钟家住富春，他幼年丧父，侍奉母亲非常孝顺。灾荒年头，他以种瓜为生。一天忽然有三个少年到孙钟瓜地要瓜吃，孙钟很热情地招待他们。三人对孙钟说："这山下地势非常好，人死后可以葬在这里，他的后代便能够做皇帝。你下山走一百多步，回头看到我们离去时的那块地方，就是可以埋葬的地点。"孙钟走了三四十步便回头观看，看到三个少年变成白鹤飞走了，于是记住了那个地方，孙钟死后就葬在那里。那地方在县城的东面，坟墓上常有一些光环如五光十色的云气，直冲云天。到孙坚的母亲怀孙坚时，做梦梦到她的肠子出来了，环绕吴国的阊门。她把这个梦告诉了邻居老太太，老太太说："你怎么知道这不是吉祥的预兆呢！"（出《祥瑞记》）

吴纲

三国时魏国黄初末年，吴国人挖掘吴芮的坟墓取木料，准备在县里建一座孙坚的庙。打开墓穴后，见到吴芮尸体的面目、衣服都同活的时候一样。吴国被消灭以后，过去挖掘坟墓的人在寿春见到南蛮校尉吴纲，对他说："你的形貌为什么非常像长沙王吴芮呢？只是身材稍微矮小一些。"吴纲惊讶地说："吴芮是我的祖先。"从吴芮死去到坟墓被打开，前后四百年，再看到吴纲，已经过了四十多年了。（出《水经》）

陆东美

吴国黄龙年间，都城海盐有个人叫陆东美。他的妻子朱氏，仪容举止很好。夫妻间互相敬重，形影相随寸步不离，被人称为"比肩人"。夫妻二人都说："比翼双飞，只恐怕不会长久。"后来妻子死去，陆东美也绝食而死。家里人非常悲伤，就把他们合葬在一起。不到一年，坟墓上长出一棵梓树，同根双干，相互拥抱合成一棵树。经常有一对鸿雁栖身于树上。孙权听到这件事深有感慨，封这个地方叫"比肩"，墓叫"双梓"。后来陆东美的儿子陆弘和他的妻子张氏，

潘章

潘章少有美容仪，时人竞慕之。楚国王仲先，闻其美名，故来求为友，章许之。因愿同学，一见相爱，情若夫妇，便同衾共枕，交好无已。后同死，而家人哀之，因合葬于罗浮山。冢上忽生一树，柯条枝叶，无不相抱。时人异之，号为“共枕树”。

胡邕

吴国胡邕，为人好色，娶妻张氏，怜之不舍。后卒，邕亦亡。家人便殡于后园中，三年取葬，见冢上化作二人，常见抱如卧时。人竞笑之。（出《笑林》）

戴熙

武昌戴熙，家道贫陋，墓在樊山南。占者云：“有王气。”桓温仗钺西下，停武昌。凿之，得一物，大如水牛，青色，无头脚。时亦动摇，斫刺不陷。乃纵著江中，得水，便有声如雷，响发长川。熙后嗣沦胥殆尽。（出《异苑》）

王伯阳

王伯阳家在京口，宅东有一冢，传云是鲁萧墓。伯阳妇，郗鉴

虽无奇异之处，也一样相亲相爱，吴人又称他们为“小比肩”。(出《述异记》)

潘章

潘章少年的时候容貌气质十分出众，人们都很羡慕潘章。楚国的王仲先听说潘章的美名后，特地赶来同潘章交朋友。潘章同意与王仲先相交 ，并且与王仲先结为同学关系。二人一见如故，互相敬重爱护，感情好得像夫妻一样。于是两人同床共枕，不分彼此。后来两人一起死去，家人哀怜他们，就将他们两个人合葬在罗浮山。后来他们的坟墓上长出一棵树，枝条树叶全都相互拥抱缠绕在一起。人们都感觉奇特，就把这棵树称为“共枕树”。

胡邕

吴国的胡邕非常好色，胡邕娶张氏为妻子后，对张氏十分爱怜，二人不忍分离。后来张氏死去，很快胡邕也死了。家里人便把他们灵柩停放在后园中。三年后要埋葬他们时，看见灵柩上化作两个人，有时相互拥抱，好像躺卧睡觉时一样，当时的人们都争相嘲笑他们。(出《笑林》)

戴熙

武昌人戴熙，家境贫寒，戴熙的坟墓在樊山南面。会算命的人说：“这座墓有君王的气象。”桓温领兵西去，在武昌停留时，挖开了戴熙的坟墓。得到一个东西，有水牛那么大，那个东西是黑色的，没有头也没有脚。有时候也动一下身子，用刀砍不进去。桓温就把它抛到江中，一到水中，这东西便发出像雷鸣那样的响声，响声震动山川。从此戴熙的后代也相继潦倒死亡。(出《异苑》)

王伯阳

王伯阳家住京口，他家房屋的东面有一座坟，相传是鲁肃墓。王兄女也，丧，王平墓以葬。后数日，伯阳昼坐厅上，见一贵人乘肩舆，侍人数百，人马络绎。遥来谓曰：“身是鲁子敬，君何故毁吾冢？”因目左右牵下床，以刀镮击之数百而去。绝而复苏，被击处皆发疽溃。数日而死。

一说，伯阳亡，其子营墓，得二漆棺，移置南冈。夜梦肃怒云：“当杀汝父。”寻复梦见伯阳云：“鲁肃与吾争墓，吾日夜不得安。”后于灵座褥上见数升血，疑鲁肃之故也。墓今在长广桥东一里。（出《搜神记》）

羊祜

晋有相羊祜墓者云：“后应出受命君。”祜恶其言，遂掘断以坏其相。相者云：“墓势虽坏，犹应出折臂三公。”俄而祜堕马折臂，果至三公。（《幽明录》曰：羊祜工骑乘，有一儿，五六岁，端明可善。掘墓之后，儿即亡。羊时为襄阳都督，因乘马落地，遂折臂。于时士林咸叹其忠诚。此出《世说新语》）

闾丘南阳

范阳粉水口有一墓，石虎石柱，号“文将军冢”。晋安帝隆安中，闾丘南阳将葬妇于墓侧，是夕从者数十人，皆梦云：“何故危人以自安？”觉说之，人皆梦同。虽心恶之，耻为梦回。及葬，但鸣鼓角为声势。闻墓上亦有鼓角及铠甲声，转近，及至墓，死于墓伯阳的妻子，是郗鉴哥哥的女儿。王伯阳的妻子死了之后，王伯阳铲掉那座坟墓来埋葬她。几天以后，王伯阳白天坐在厅里，看见一个贵人乘坐轿子来到这里，那个人身边有几百名侍卫，人马络绎不绝。那位贵人远远走过来对王伯阳说：“我是鲁子敬，你为什么毁坏我的坟墓？”于是用眼睛示意左右的侍卫把王伯阳拖下床。侍卫用刀头上铁环打了王伯阳数百下才肯离去。王伯阳从昏迷中苏醒，他被打的地方全部生疮溃烂，几天后就死去了。

另一种说法是，王伯阳死后，他的儿子营造坟墓。掘出两口漆画的棺材，王伯阳的儿子就把这两口棺材移到南冈上安放。夜里梦到鲁肃发怒说：“我应当杀了你的父亲。”一会儿又梦见王伯阳说：“鲁肃同我争坟墓，我日夜不得安宁。”后来在灵座褥上发现很多血。怀疑是鲁肃搞的名堂。王伯阳的墓现在在长广桥东一里外。（出《搜神记》）

羊祜

晋朝有个会看风水的人看过羊祜家的墓地后说：“以后这能够出受命于天的君主。”羊祜讨厌这个说法，就让人掘断祖坟的地脉，用来破坏这个地方风水。风水先生又说：“墓地的地势虽然被破坏了，但是还是要出一位摔断胳膊的三公。”不久，羊祜就坠马摔折了胳膊，羊祜以后做官果然是达到三公的高位。（《幽明录》说：羊祜擅长骑马，有一个五六岁的儿子，长得非常可爱。羊祜自己挖断祖坟的气脉之后，儿子就死了。羊祜当时做襄阳都督，因为骑马掉落地上，摔断了手臂。当时的士林都感叹羊祜的忠诚。这出自《世说新语》）

闾丘南阳

范阳粉水口有一座墓，墓前有用石头雕的虎和石柱，人们把这里称作“文将军墓”。晋安帝隆安年间的时候，南阳闾丘想把死去的妻子葬在墓侧。这天晚上随从数十人都梦见有人说：“你们为什么要骚扰别人来使自己安宁？”睡醒之后大家都说做了同样的梦。

门者三人。既葬之后，闾丘为杨佺期所诛族。人皆为以文将军之祟。（出《荆州记》）

古层冢

古层冢，在武陵县北一十五里二百步，周回五十步，高三丈，亡其姓名。古老相传云，昔有开者，见铜人数十枚，张目视。俄闻冢中击鼓大叫，竟不敢进。后看冢土，还合如初。（出《朗州图经》）

隋 王

齐隋王尝率佐使，上樊姬墓酣宴。其夕，梦樊姬怒曰："独不念封崇之义，奈何溷我，当令尔知。"诘旦，王被病，使巫觋引过设祀，积日方愈。（出《渚宫旧事》）

楚王冢

南齐襄阳盗发楚王冢，获玉屐玉屏风青丝编简，盗以火自照，王僧虔见十余简，曰："是科斗书《考工记》《周官》阙文。"

舒 绰

舒绰，东阳人，稽古博文，尤以阴阳留意，善相冢。吏部侍郎杨恭仁，欲改葬其亲。求善图墓者五六人，并称海内名手，停于宅，共论执，互相是非。恭仁莫知孰是，乃遣微解者，驰往京师，尽管人们心里厌恶这件事，但是都认为因做梦而改变主意是不光彩的。到安葬的时候，便采用敲锣打鼓吹号角来壮声势。这时也听到文将军墓上也有鼓角和铠甲碰撞的声音。等来到墓地，竟有三人突然死在墓前。安葬妇人之后，閰丘及其家族被杨佺期诛杀。人们都认为这是文将军在作祟。（出《荆州记》）

古层冢

古层冢，在武陵县北面一十五里又二百步的地方，周长五十步，高三丈，人们已经不知道墓主人的姓名了。很早就有传说：过去有人掘开墓穴，看到有数十个铜人，瞪着眼睛向外看。片刻又听到墓中有击鼓喊叫之声，人们最终不敢进去。后来再看掘开封土的地方，封土又自动合拢成先前的样子。（出《郎州图经》）

隋王

齐隋王曾率随从人员，到樊姬墓前大肆喝酒喧闹。当天晚上，隋王梦到樊姬生气地对他说："你难道就不想想加高坟墓的意义？你为什么要这样搅扰我？应当让你受到教训。"第二天早上，隋王就病了。隋王让巫师代替自己设祭认错，过了许多天才痊愈。（出《渚宫旧事》）

楚王冢

南齐襄阳的盗墓贼挖开楚王墓，得到玉鞋、玉屏风和用青丝连缀成的竹简。盗贼拿火把照看，王僧虔看到十多卷竹简。他说："这是用科斗文书写的《考工记》《周官》中短缺的文字。"

舒绰

有个东阳人叫舒绰。他通古博今，尤其喜欢研究阴阳之术，擅长相看墓地。吏部侍郎杨恭仁想要改葬他的父母，请来五六位擅长选择墓地的风水先生。这些人都被称为海内名手，住在他家共同论于欲葬之原，取所拟之地四处，各作历，记其方面，高下形势，各取一斗土，并历封之。恭仁隐历出土，令诸生相之，取殊不同，言其行势，与历又相乖背。绰乃定一土堪葬，操笔作历，言其四方形势，与恭仁历无尺寸之差。诸生雅相推服，各赐绢十匹遣之。绰曰："此所拟处，深五尺之外，有五谷，若得一谷，即是福地，公侯世世不绝。"恭仁即将绰向京，令人掘深七尺，得一穴，如五石瓮大，有粟七八斗。此地经为粟田，蚁运粟下入此穴。当时朝野之士，以绰为圣。葬竟，赐细马一匹，物二百段。绰之妙能，今古无比。（出《朝野佥载》）

李德林

隋内史令李德林，深州饶阳人也。使其子卜葬于饶阳城东，迁厝其父母。遂问之："其地奚若？"曰："卜兆云，葬后当出八公。其地东村西郭，南道北堤。"林曰："村名何？"答曰："五公。"林曰："唯有三公在，此其命也，知复云何。"遂葬之。子伯药，孙安期，并袭安平公。至曾孙，与徐敬业反，公遂绝。（出《朝野佥载》）

郝处俊

唐郝处俊，为侍中死。葬讫，有一书生过其墓，叹曰："葬压证，互相评说对方的正确与否。杨恭仁不知道谁对谁非，便暗中派人赶往京城，到预选的四处墓地，分别测量记录各个墓地的方向，地形高低，并各取一斗土，然后全部封存起来。杨恭仁把记录的资料藏起来，拿出采来的土样，让各位风水先生仔细观察，结果他们的意见完全不同，谈到取土地点的地形情况，又与记录的资料完全不符。舒绰认定其中的一个地点可以选作墓地，并拿笔写出那地方四周的地形、地貌，同杨恭仁记录的一点不差，其他人都表示服气。杨恭仁赏给其他几人每人十匹绢让他们走了。舒绰说："选定的这地方，五尺深以下埋有五谷，如果挖到其中的一种谷物，就证明是福地，世世代代不断做公侯那样的高官。"于是杨恭仁带着舒绰来到京城，让人在选定的墓地向下挖了七尺，看到一个洞穴，有装五石粮的瓮那么大，里面有七八斗谷子。这个地方曾经是谷地，蚂蚁把谷子运到地下穴洞中。当时无论官员和民众，都把舒绰当成圣人。安葬结束，杨恭仁赐给舒绰一匹骏马，纺织品二百段。舒绰的超人才能，古今没有能与之相比的。（出《朝野佥事》）

李德林

隋朝内史令李德林是深州饶阳人，他让儿子去请教风水先生，想要在饶阳城的东面选择一处墓地，用来迁移父母的灵柩。风水先生为他选定地点以后他问："那地方怎么样？"风水先生回答："根据我占卜得出的结论，葬在此处后能出八个公侯。那地方东有村、西有城、南有道、北有堤。"李德林问："村名叫什么？"回答说："五公。"李德林说："只剩三个公了，这是命中注定的，知道又能怎么样呢？"于是将父母的灵柩葬在那里。儿子伯药和孙子安期，世袭安平公。至曾孙一代因和徐敬业谋反，公侯的袭爵从此断绝。（出《朝野佥事》）

郝处俊

唐朝人郝处俊在做侍中时死去。他被埋葬后，有一个书生经过龙角，其棺必斫。”后其孙象贤，坐不道，斫俊棺，焚其尸。俊发根入脑骨，皮托毛着髑髅，亦是奇毛异骨，贵相人也。（出《朝野佥载》）

徐勣

唐英公徐勣初卜葬，繇曰：“朱雀和鸣，子孙盛荣。”张景藏闻之，私谓人曰：“所占者过也，此所谓‘朱雀悲哀，棺中见灰’。”后孙敬业扬州反。弟敬贞答款曰：“敬业初生时，于蓐下掘得一龟，云大贵之象。英公今秘而不言，果有大变之象。”则天怒，斫英公棺，焚其尸，“灰”之应也。（出《朝野佥载》）

韦安石

神龙中，相地者僧泓师，与韦安石善。尝语安石曰：“贫道近于凤栖原见一地，可二十余亩，有龙起伏形势。葬于此地者，必累世为台座。”安石曰：“老夫有别业，在城南。待闲时，陪师往诣地所，问其价几何。同游林泉，又是高兴。”安石妻闻，谓曰：“公为天子大臣，泓师通阴阳术数，奈何一旦潜游郊野，又买墓地，恐祸生不测矣。”安石惧，遂止。泓叹曰：“国夫人识达先见，非贫道之所及。公若要买地，不必躬亲。”夫人曰：“欲得了义，兼地不要买。”安石曰：“舍弟縚，有中殇男未葬，便与买此地。”泓曰：“如贤弟得此地，即不得将相，位止列卿。”已而縚竟买其地，葬中殇男。縚后为太常卿礼仪使，卒官。（出《戎幕闲谈》）

他的墓地时感叹说：“坟地压住了龙角，他的棺木将来一定会被砍开的。”后来他的孙子郝象贤，因犯罪被诛杀，朝廷派人砍开郝处俊的棺木，烧了他的尸体。人们看到郝处俊的发根都扎到了头骨里去了，皮托着毛附在骷髅上。这真是奇毛异骨，贵人之相。（出《朝野佥事》）

徐 勣

唐英公徐勣当初向算命先生请教选择墓地的事情，算命先生写的卜词说：“朱雀和鸣，子孙盛荣。”张景藏听到了，私下里对别人说：“这是算命先生的过错。应该是‘朱雀悲哀，棺中见灰’。”后来他的孙子徐敬业在扬州造反，他的弟弟徐敬贞说：“徐敬业刚出生时，在草垫子下面挖到一只龟，人们说是大贵之象。英公徐勣一直保密不说。果然这是大变故的征兆。”后来因为触怒了武则天，武则天命人砍开英公徐勣的棺材，焚烧了他的尸体。“棺中见灰”的说法得到了应验。（出《朝野佥事》）

韦安石

唐中宗神龙年间，看风水的僧泓师同韦安石是好朋友。他曾经对韦安石说：“我最近在风栖原看见一块地有二十多亩，有龙起伏的样子，葬在这个地方的人，他的后代一定会连续几代都做宰相。”韦安石说：“我有个别墅在城南。等到闲暇时，陪法师到那地方看看，问问他卖多少钱。我们还可同游林泉，更是件高兴的事。”韦安石的妻子听说了，对他说：“你身为天子的大臣，僧泓师精通阴阳法术，你怎么能同他一起偷偷到郊外野游？还要买墓地，恐怕会引来不可预测的大祸啊。”韦安石心里害怕，就打消了这一念头。僧泓师感叹说：“还是夫人见识高，看得远，我是赶不上的。您要买地，不必亲自去。”韦安石的妻子说：“贪图获得不合乎义，不要买地。”韦安石说：“我弟弟韦縚，有个中年死去的儿子，现在还没安葬，可以给他买这块地。”僧泓师说：“如果您的弟弟得到这块地，就不能得到将相

源乾曜

泓师自东洛回，言于张说：“缺门道左有地甚善，公试请假三两日，有百僚至者，贫道于帘间视其相甚贵者，付此地。”说如其言，请假两日，朝士毕集。泓云：“或已贵，大福不再。或不称此地，反以为祸。”及监察御史源乾曜至，泓谓说曰：“此人贵与公等，试召之，方便授以此。”说召乾曜与语。源云：“乾曜大茔在缺门，先人尚未启祔。今请告归洛，赴先远之期，故来拜辞。”说具述泓言，必同行尤佳。源辞以家贫不办此，言：“不敢烦师同行。”后泓复经缺门，见其地已为源氏墓矣。回谓说曰：“天赞源氏者，合洼处本高，今则洼矣；合高处本洼，今则高矣。其安坟及山门角缺之所，皆作者。问其价，乃赊买耳。问其卜葬者，村夫耳。问其术，乃凭下俚斗书耳。其制度一一自然如此。源氏子大贵矣。”乾曜自京尹拜相，为侍中近二十年。（出《戎幕闲谈》）

杨知春

开元中，忽相传有僵人在地一千年，因墓崩，僵人复生，不食五谷，饮水吸风而已。时人呼为地仙者，或有呼为妄者，或多知地下金玉积聚焉，好行吴楚齐鲁间。有二贼，乘僵人言，乃结凶那样高的官位。只能做到卿一级的官职。”后来韦縚买了那块地，把中年死去的儿子葬了。韦縚后来果然做到太常卿礼仪使，死在任职期间。（出《戎幕闲谈》）

源乾曜

泓师从东洛回来，对张说讲：“缺门道左有块地非常好。您可请二三天的假，待同僚来看您时，我在帘后观看他们，如果有长相十分富贵的人，就把那块地交给他。”张说按照他的说法，请了两天假。来探望他的朝中官员全到了，泓师说：“这些人中有的已经很富贵了，太大的福分不会再来了。有的不适合葬在那里，否则反而会因此带来灾祸。”等到监察御史源乾曜来到时，泓师对张说说：“这个人的富贵相同您一样，把他请过来，好把那块地交给他。”张说将源乾曜请来同他提出这件事。源乾曜说：“我家的墓地在缺门。对先人还未进行祭祀，现在来请求回归洛川，去祭奠死去的先辈，特意前来辞行。”张说把泓师的话详细述说了一遍，认为一同去查看墓地为好。源乾曜以家里贫困不能做这事为由来推辞，并说不敢麻烦法师同行。后来泓师又经过缺门，见到这个地方已经成为源家的墓地了。回来对张说说：“老天保祐帮助源家，应当是洼地的地方原来本是高冈，现在洼下去了，应当是高冈的地方本来是洼地，现在高起来了。那墓门缺角的地方，全都修补了。问价钱，才知是赊买的。问那看风水的人的身份，原来是个村夫罢了。问他师门流派，原来是凭借乡村流传的一本书罢了，那规则制度却是如此自然。源家子孙必然大富大贵。”后来源乾曜从京尹升为丞相，做侍中近二十年。（出《戎幕闲谈》）

杨知春

唐玄宗开元年间，传说有一个埋在地下一千年的僵尸，由于坟墓崩塌，而得以复活。这复活的僵尸，不吃五谷杂粮，只需喝水吸风。人们叫他地仙，也有人叫他狂人。他似乎知道地下金玉珠宝埋徒十辈，于濠寿开发墓。至盛唐县界，发一冢，时呼为白茅冢。发一丈，其冢有四房阁，东房皆兵器，弓矢枪刃之类悉备；南房皆缯彩，中夋隔，皆锦绮，上有牌云，周夷王所赐锦三百端，下一隔，皆金玉器物；西房皆漆器，其新如昨；北房有玉棺，中有玉女，俨然如生。绿发稠直，皓齿编贝，秾纤修短中度，若素画焉。衣紫帔，绣袜珠履，新香可爱。以手循之，体如暖焉。玉棺之前，有一银樽满。凶徒竞饮之，甘芳如人间上樽之味。各取其锦彩宝物，玉女左手无名指有玉镮，贼争脱之。一贼杨知春者曰："何必取此？诸宝已不少。"久不可脱，竟以刀断其指，指中出血，如赤豆汁。知春曰："大不仁。有物不能赎，卒断其指，痛哉。"众贼出冢，以知春为诈，共欲杀之。一时举刀，皆不相识，九人自相斫，俱死。知春获存，遂却送所掠物于冢中，粗以土壅之而去。知春诣官，自陈其状，官以军人二十余辈修复。复寻讨铭志，终不能得。（出《博异志》）

唐尧臣

张师览善卜冢，弟子王景超传其业。开元中，唐尧臣卒于郑州，师览使景超为定葬地。葬后，唐氏六畜等皆能言，骂云："何物虫狗，葬我著如此地？"家人惶惧，遽移其墓，怪遂绝。（出《广异记》）

藏的地点，经常活动在吴、楚、齐、鲁一带。有两个盗贼，根据他说的话，召集了十多个歹徒，在濠寿开掘古墓。他们在盛唐县界挖掘一座被人们称为白茅墓的古墓。挖到一丈深，看到墓穴中有四间墓室。东室全是兵器，弓、箭、枪、刀齐全；南室全是丝织品，中间梳妆台上全是上等布匹。上面有块牌子写着“周夷王所赐锦三百端”，下面一隔，全是金玉宝物；西室全是漆器，新得就像是昨天才做好的一样；北室中有玉棺一口，棺中有一美女，好像活的一样。她头发乌黑稠密，牙齿洁白整齐，胖瘦高矮适中，好像是画上的美人一样。她身着紫色的帔巾，脚穿绣花袜子和镶嵌珍珠玉石的鞋子，崭新有香气，十分可爱。用手抚摸一下，好像还有体温 。玉棺的前面，有一个银杯，里面盛满酒。歹徒们争着将酒喝了，酒味甘甜芬香，和人间的美酒一样。歹徒们各取锦缎宝物，美女的左手无名指上戴着一个玉环，贼人争着去摘。一个叫杨知春的盗贼说：“何必拿它？各种宝物已经不少了。”盗贼由于长时间摘不下玉环，竟用刀砍断了美人的手指。手指中竟流出好像赤豆汁一样的血来。杨知春说：“你们太不仁义了！这么多的宝物难道不能换取一个玉环吗？砍断她的手指难道不痛心吗？”众盗贼走出坟墓，认为杨知春这个人不可靠，想共同杀死他。举刀时，忽然互相之间不认识了。九个人自相残杀，全都死去了，只有杨知春没有死。杨知春把抢掠来的宝物又送回墓中，草草用土埋上离去。杨知春去见地方官，向官员陈述了这次作案的情况。官员派二十多名士兵去修复这座古墓，再去寻找墓志铭，但始终没有找到。（出《博异记》）

唐尧臣

张师览擅长看风水选择墓地，弟子王景超继承了他这一行。开元年间，唐尧臣死在郑州，张师览让王景超给他选定埋葬的地方。葬后，唐家的六畜等动物全都会说话了，它们骂道：“什么虫子猪狗，将我葬到这个地方？”唐家人都很惊恐，急忙迁走了唐尧臣的坟墓，怪事从此就没有了。（出《广异记》）

陈思膺

陈思膺，本名聿修，福州龙平人也。少居乡里，以博学为志。开元中，有客求宿。聿修奇其客，厚待之。明日将去，乃曰：“吾识地理，思有以报。遥见此州上里地形，贵不可言，葬之必福昆嗣。”聿修欣然，同诣其处视之。客曰：“若葬此，可世世为郡守。”又指一处曰：“若用此，可一世为都督。”聿修谢之。居数载，丧亲。遂以所指都督地葬焉。他日拜墓，忽见其地生金笋甚众，遂采而归。再至，金笋又生。及服阕，所获多矣。因携入京，以计行赂。以所业继之，颇致闻达。后有宗人名思膺者，以前任诰牒与，因易名干执政。久之，遂除桂州都督。今《壁记》具列其名，亦有子孙仕本郡者。（出《桂林风土记》）

陈思膺

陈思膺的本名叫聿修，是福州龙平人。他年轻时居住在乡里，以博学作为自己的志向。开元年间，有客人来投宿，聿修见客人的相貌奇特，非常热情地接待了他。第二天客人离开时对聿修说："我懂得风水地理，想要报答你的盛情招待。我从远看此州上里那地方的地形，好得不容随便说出来。如果作为墓地，一定能降福于后代。"聿修非常高兴，同他一起去那地方察看。客人说："假如能葬在这个地方，可以世世代代做郡守。"又指一个地方说："如果采用这个地方，可一世做都督。"聿修向他表示感谢。过了数年，聿修的父母死去，便葬在当初所说的可以做都督的地方。有一天，祭墓时，聿修忽然看见墓地上长出很多金笋。于是采了回去。再去时，金笋又长了出来。到守孝三年期满，得到的金笋已经很多了。聿修携带金笋进京，设计行贿，再以自己的学识水平作为辅助，很快结交了官场中的要人。后来同宗有叫陈思膺的人，将以前朝廷发给自己的任命文书送给聿修，聿修便冒名顶替执政官员。过了一段时间，改名后的聿修果然被任命为桂州都督。如今《壁记》上还记载有他的名字，也有子孙在本郡做官。（出《桂林风土记》）

卷第三百九十　冢墓二

奴官冢

鄚县有后汉奴官冢，初村人田于其侧，每至秋获，近冢地多失穟不稔。积数岁，已苦之。后恒夜往伺之，见四大鹅，从冢中出，食禾，逐即入去。村人素闻奴官冢有宝，乃相结开之。初入埏前，见有鹅，鼓翅击人，贼以棒反击之，皆不复动，乃铜鹅也。稍稍入外厅，得宝剑二枚，其他器物不可识者甚众。次至大藏，水深，有紫衣人当门立，与贼相击。贼等群争往击次，其人冲贼走出。入县大叫云："贼劫吾墓。"门主者曰："君墓安在？"答曰："正奴官冢是也。"县令使里长逐贼，至皆擒之。开元末，明州刺史进三十余事。（出《广异记》）

卢　涣

黄门侍郎卢涣，为洺州刺史。属邑翁山县，溪谷迥无人，尝有盗发墓。云：初行，见车辙中有花砖，因揭之，知是古冢，乃结十人。县投状，请路旁居止，县许之。遂种麻，令外人无所见，即悉力发掘。入其隧路，渐至圹中，有三石门，皆以铁封之。其盗先能诵咒，因斋戒近之。至日，两门开。每门中各有铜人铜马数百，持执

奴官冢

鄮县有一座后汉奴官墓，当初村里人在墓的旁边种田，每到秋收的季节，靠近墓的田里便有很多庄稼失去穗，从而减少收成。这样过了几年，村里人对此十分苦恼。后来便经常在夜里去探察，一天夜里，村里的人看见有四只大鹅从坟墓中出来吃庄稼，人们前去追赶，鹅便又回到墓中。村里人一向听说奴官墓中有宝物，于是就结伴去挖掘。刚进入墓道，就看到有鹅张开翅膀击打人，盗贼用木棒反击，鹅都不动了，后来发现原来是铜鹅。之后再进入墓室外厅，得到两只宝剑，还有很多不认识的器物。最后到了放置棺椁的主墓室，发现地上有很深的积水，有一个穿紫衣的人站在门前同盗贼搏斗。盗贼群起攻击，那个紫衣人冲出包围逃走。他到县衙大叫："有贼劫我的墓！"管事的人问他："你的墓在哪里？"紫衣人回答说："奴官墓就是我的墓。"县令派里长去驱赶盗贼，到墓地将盗贼全部抓获。开元末年，明州刺史讲述了三十多件这种事。（出《广异记》）

卢涣

黄门侍郎卢涣，任洺州刺史。属地翁山县的河谷中无人居住。曾有个盗墓的说，当初他刚走到那里，看见车辙中有花砖。揭开观看，知道是古墓。他于是聚集了十个人，给县令写了封信，请求在谷中路旁居住。县令批准了。他们在古墓周围种上麻，使外人看不见里面，随后就全力挖掘。打开隧道，渐渐进入墓穴。古墓有三个石门，全都用铁封住。盗墓贼会念咒语，因此斋戒念咒。几天后，两门打开。每干戈，其制精巧。盗又斋戒三日，中门半开，有黄衣人出曰："汉征南将军刘，忘名。使来相闻，某生有征伐大勋，及死，敕令护葬，又铸铜人马等，以象存日仪卫。奉计来此，必要财货，所居之室，实无他物。且官葬不瘗宝货，何必苦以神咒相侵？若更不已，当不免两损。"言讫复入，门合如初。又诵咒数日不已，门开，一青衣又出传语，盗不听。两扇欻辟，大水漂荡，盗皆溺死。一盗能泅而出，自缚诣官，具说本末。涣令复视其墓，中门内有一石床，骷髅枕之。水漂，已半垂于床下。因却为封两门，窒隧路矣。（出《玄怪录》）

赵冬曦

华阴太守赵冬曦，先人茔在鼓城县。天宝初，将合附焉。启其父墓，而树根滋蔓，围绕父棺，悬之于空，遂不敢发。以母柩置于其傍，封墓而返。宣城太守刁缅，改葬二亲，缅亦纳母棺于其侧，封焉，后门绪昌盛也。冬曦兄弟七人，皆秀才，有名当世，四人至二千石。缅三为将军，门施长戟。开元二十年，万年有人，父殁后，家渐富，遂葬母。父榇亦为萦绕，不可解。其人遂刀断之，根皆流血，遂以葬。既而家道稍衰，死亡俱尽。（出《纪闻》）

个门内各有铜人铜马数百个，全都手持兵器，制作得非常精巧。盗贼又斋戒三日，中门半开。有个穿黄衣服的人出来说：“汉征南将军刘（忘记名字）让我来告诉你们，他生前多征战，立有大功，死后皇帝下令护葬，又铸了铜人铜马等，来保持生前那样的仪仗卫队。你们千方百计来这里，想要陪葬财物，但他所居住的墓室里，实在没有什么其他东西。况且官家葬不埋珍宝，何必苦苦用咒语相侵扰呢？假如再不停止挖掘，会免不了两方都受到损害。”说完又进去了，门像先前那样关闭。盗贼坚持多日不停地念诵咒语，门又开了。一个婢女又出来传话，盗贼还是不听，两扇门忽然打开。大水漂荡起来，盗贼都被淹死了。有一个会游水的盗贼游了出来。自己捆住自己去见官自首，把盗墓的经过细节讲一遍。卢涣派人再去查看那个古墓，看到中门内有一张石床，有个骷髅躺在石床上，水漂上来，淹到床下一半的高度。于是卢涣派人封了两门，堵塞了隧道。（出《玄怪录》）

赵冬曦

华阴太守赵冬曦祖先的坟墓在鼓城县。天宝初年的时候，赵冬曦想将父母合葬，赵冬曦挖开自己父亲的坟墓后，发现其中树根滋生蔓延地围绕父亲的棺木。那些树根把棺木悬离地面，赵冬曦就不敢再挖掘了，于是赵冬曦便把母亲的棺柩安放在旁边，封上墓穴回去了。宣城太守刁缅，改葬父母，也把母亲的棺木埋葬在父亲的棺木旁边。家族后代繁荣，人丁兴旺。赵冬曦兄弟七人，都是秀才，在当时很有名望，有四个人享俸禄二千石。刁缅三次做了将军。门前放置了一只长戟。开元二十年的时候，万年县有一个人在父亲死后，家里渐渐富起来。后来那个人安葬母亲的时候，见到父亲的棺木也被树根围绕，无法分解。那个人就用刀砍断了树根，树根全都流出了血。自从他这次合葬父母以后，家道开始衰落，家人也逐渐死光了。（出《纪闻》）

丁永兴

高唐县南有鲜卑城，旧传鲜卑聘燕，享于此城。旁有盗跖冢，冢极高大，贼盗尝私祈焉。天宝初，县令丁永兴，有群盗劫其部内。兴乃密令人冢傍伺之，果有祀者，乃执诣县，按杀之。自后祀者颇绝。《皇览》言盗跖冢在河东，按盗跖死于东陵，此地古名东平陵，疑此近之。（出《酉阳杂俎》）

严安之

天宝初，严安之为万年县捕贼官。亭午，有中使黄衣乘马，自门驰入，宣敕曰："城南十里某公主墓，见被贼劫。宣使往捕之，不得漏失。"安之即领所由并器杖，往掩捕。见六七人，方穴地道，才及埏路，一时擒获。安之令求中使不得，因思之曰："贼方开冢，天子何以知之？"至县，乃尽召贼，讯其事。贼曰："才开墓，即觉有异，自知必败。至第一门，有盟器敕使数人，黄衣骑马。内一人持鞭，状如走势，幞头脚亦如风吹直竖，眉目已来，悉皆飞动。某即知必败也。"安之即思前敕使状貌，两盟器敕使耳。（出《逸史》）

女娲墓

潼关口河洋上，有树数株，虽水暴涨，亦不漂没。时人号为女娲墓。唐天宝十三年五月内，因大风吹失所在。乾元二年六月，虢州刺史王奇光上言："今月一日，河上侧近，忽闻风雷。晓见坟踊

丁永兴

高唐县南有座鲜卑城，过去传说鲜卑遣使访问燕国，就在这座城中欢宴。城外有盗跖的墓，墓很高大，盗贼们曾经私下在这里祭奠祈祷。天宝初年，县令是丁永兴。当时有一伙盗贼在本县作案，丁永兴暗中派人在盗跖墓旁埋伏，果然有人前来祭祀，便把他们缉拿到县衙，审问后处死。从那以后，祭祀的人便绝迹了。《皇览》上说，盗跖墓在河东。据考证盗跖死在东陵，这地方古地名叫东平陵，所以这里的盗跖墓比较可信。（出《酉阳杂俎》）

严安之

唐玄宗天宝初年，严安之任万年县捕贼官。一天中午，有位黄衣太监骑马从大门跑进来，宣读皇帝的命令说："城南十里有位公主的墓，现在被盗贼挖劫，命令你带人去缉拿，不得使一人漏网。"严安之领命后，立刻带领手下人携带着器械棍棒前去捕捉。一行人赶到那里之后，看到那里六七个人刚刚进入墓道，那些人全部被抓获。严安之让人去找那个太监，没有找到。因而想道："盗贼刚刚开始挖掘，皇帝怎么能知道呢？"他们到了县衙，把盗贼全部召集起来，审问盗墓的经过。盗贼说："我们刚打开墓道，就觉得有些异常，意识到这次盗墓一定要失败。到了第一道门，看见有好几个冥器是为皇帝送信的黄衣太监骑在马上的样子，其中有一个手里拿着鞭子，姿势像是正在纵马奔跑，头巾的一角像是被风吹得直竖起来，眼睛和眉毛也都在动。我们就觉得这次盗墓一定不会成功。"严安之立刻想到了之前那个宣旨太监的样貌，原来那个持鞭的黄衣太监是陪葬的器物。（出《逸史》）

女娲墓

潼关口河边沙滩上有几棵树，虽然河水暴涨，也不能淹没和冲走那几棵树，当时人们称那里为女娲墓。唐玄宗天宝十三年五月里，这几棵树被大风吹走，不知道吹到哪里去了。唐肃宗乾元二年六月，

出，上有双柳树，下巨石，柳各高丈余。”（出《唐历》）

李邈

刘晏判官李邈，庄在高陵，庄客欠租课，积五六年。邈因罢归庄，方将责之，见仓库盈美，输尚未毕。邈怪问，悉曰：“某久为盗，近闻一古冢，冢西去庄十里，极高大，入松林二百步，方至墓。墓侧有碑，断倒草中，字磨灭不可读。初旁掘数十丈，遇一石门，锢以铁汁，累日洋粪沃之，方开。开时，箭出如雨，射杀数人。众惧欲出，某审无他，必设机耳。乃令投石其中，每投，箭辄出。投十余石，箭不复发。因列炬而入，至开重门，有木人数十，张目运剑，又伤数人。众以棒击之，兵仗悉落。四壁各画兵卫之像，南壁有大漆棺，悬以铁索，其下金玉珠玑堆积。众惧，未即掠之。棺两角忽飒飒风起，有沙扑人面。须臾风甚，沙出如注，遂没至髁。众惊恐退走，比出，门已塞矣。一人复为沙埋死。乃同酹地谢之，誓不发冢。”

《水经》言越王句践都琅琊，欲移尤常冢，冢中生风，飞沙射人，人不得近，遂止。按汉旧仪，将作营陵之内方丈，外设伏弩伏火弓矢与沙。盖古制有此机也。（出《酉阳杂俎》）

虢州刺使王晋光上奏报告说："本月一日，河上靠近岸边的地方，忽然有打雷刮风的声音。早上看见有坟墓从地下冒出来，上面有两棵柳树，下面有巨石，柳树每棵都高一丈多。"（出《唐历》）

李邈

刘晏判官李邈的庄院在高陵。佃户欠他的地租已有五六年之久了。李邈因为罢官回到庄院准备去催讨，看见仓库堆满好东西，还是不断地向里运。李邈觉得奇怪就问庄丁，一个庄丁回答说："我们长时间做盗贼，最近挖掘一座古墓，位置由庄院向西走十里地，坟墓非常高大。进入松林二百来步，就到墓地了。墓的旁边有块石碑，折断倒在草丛中，碑上的字迹已经磨损得不能够辨认了。刚开始从墓的侧面挖掘，挖了数十丈深时遇到一个石门，用铁水浇固。连日用粪水浇它才得以打开，刚打开时，箭像雨点一样射出，射死好几个人，众人害怕想要出来。我仔细察看了一下，感到没有什么别的东西，一定是设置的机关罢了，就让他们向里面投石块。每投一次，箭就从里边射出来。投了十多次石块，就不再有箭向外射了。于是就带人举着火把进入墓中，到打开第二个门的时候，看到有十多个木人，瞪着眼睛，舞动利剑，又伤了几个人。众人用棍棒还击，兵器全被打落。看看四壁，那上面都画着卫兵的形象。紧靠南面石壁有个很大的涂漆棺材，用铁索悬吊在半空。棺材下面堆满金、银、玉器、珠宝等。大家看到后都很害怕，没有马上就去抢掠。这时，棺材的两个角忽然飒飒作响，刮起风来，同时有沙子扑面而来。片刻之间风更大了，沙子喷出像淌水一样，不久就埋到膝盖以上。大家非常惊慌纷纷退了出来。一到门外，门就被沙子堵塞住了，有一个人还被沙子埋死了，于是大家一起酹酒祭奠谢罪，发誓再也不盗墓了。"

据《水经》记载：越王勾践在琅琊的时候，想要迁移尤常墓。结果墓中起风，飞沙射人，人不能靠近，所以就中止了。根据汉朝的制度，在作为主墓的墓一丈见方之外，设置了暗弩、暗火弓及沙。大概在古代的墓葬制度里就有这种机关。（出《酉阳杂俎》）

贾耽

贾耽在滑州境内。天旱，耽召大将二人谓曰：“今岁荒，烦君二人救民也。”皆言：“苟利军州，死不足辞。”耽笑曰：“君可辱为健步。明日，当有两骑，衣惨绯。所乘马，蕃步鬣长。经市出城，可随之，识其所灭处，则吾事谐矣。”二将乃裹粮，衣皂衣，寻之。果有二绯衣，经市至野，行二百余里，映大冢而灭。遂累石表之，信宿而返。耽大喜，发数百人，具畚锸，与二将偕往发冢，获陈粟数十万斛，人竟不之测。（出《酉阳杂俎》）

张式

张式幼孤，奉遗命，葬于洛京。时周士龙识地形，称郭璞青乌之流也。式与同之外野，历览三日而无获，夜宿村舍。时冬寒，室内惟一榻，式则籍地，士龙据榻以憩。士龙夜久不寐，式兼衣拥炉而寝。欻然惊魇曰：“亲家。”士龙遽呼之，式固不自知，久而复寐。又惊魇曰：“亲家。”士龙又呼之，式亦自不知所谓。及晓，又与士龙同行。出村之南，南有土山，士龙驻马遥望曰：“气势殊佳。”则与式步履久之。南有村夫伐木，远见士龙相地，则荷斧遽至曰：“官等得非择葬地乎？此地乃某之亲家所有。如何？则某请导致焉。”士龙谓式曰：“畴昔夜梦再惊，皆曰亲家。岂非神明前定之证与！”遂卜葬焉，而式累世清贵。（出《集异记》）

贾耽

贾耽带兵驻扎在滑州境内的时候，当地的旱灾严重。贾耽召见两位大将对他们说：“现在正值荒年，劳烦二位将军去拯救百姓。”二位将军说：“只要是有利于军队和民众的事，我们万死不辞。”贾耽笑着说：“你们受点委屈走一次长路。明天，会有两个骑马的人，穿暗红色的衣服，他们骑的马迈蕃步，马上披着长鬃。他们经这市镇出城，你们要跟踪他们去。暗中观看确定他们消失的地方，我们的事情就成功了。”于是二位将军就带着干粮，穿上黑色的衣服，去寻找那两个人，果然看见两个骑马穿红衣服的人，经过闹市到野外去了。两人走了二百多里路，在一座大墓前一闪就消失了。于是将军垒起几块石头作为标记，连夜返回，贾耽大喜，派出几百人，全都带着铁锹、箕畚，同两位将军一起前往挖掘古墓，获得几十万斛旧时候积存的粮食。人们怎么也猜测不出贾耽是如何知道此处存粮的。（出《酉阳杂俎》）

张式

张式在小的时候父母就去世了，张式奉遗命欲将父母葬在洛京。周士龙懂得地理，会看风水，称得上是郭璞、青乌一类的风水名家。张式同周士龙到野外勘察三天也没有什么收获，夜晚二人宿在村民家中。当时还是寒冬，室内只有一张床。张式打地铺，周士龙睡在床上。周士龙在夜里很久没睡着，张式披着衣服抱炉而睡。忽然张式在梦中喊道：“亲家。”周士龙急忙叫醒他，张式不知道自己喊的是什么。过了一会儿，又睡下，张式又在梦中惊叫：“亲家。”周士龙又叫醒他，张式还是不知自己喊的什么。天亮以后，俩人又一起出发到村南。南面有个土山，周士龙勒住马远远看着说：“这山的气势太好了。”就同张式步行观察测量了很长时间。南山有个村夫在砍柴，远远看到周士龙在看风水，就带着斧子快步走过来说：“两位官人莫非要选择坟地吗？这个地方是我的亲家的，如果想要见他，我可以带你们到他家去。”周士龙对张式说：“昨天晚上你从梦中一再

樊泽

樊泽为襄阳节度。有巡官张某者，父为邕管经略使，葬于邓州北数十里。张兄弟三人，忽同时梦其父曰："我葬墓某夜被劫，贼将衣物，今日入城来，停在席帽行。汝宜速往擒之，日出后，即不得矣。"张兄弟夜起，泣涕相告。未明，扣州门，见泽，具白其事。立召都虞候，令捕之。同党六人，并贼帅之妻皆获。泽引入，面问之曰："汝劫此墓有异耶？"贼曰："某今日之事，亦无所隐，必是为神理所殛。某夫妻业劫冢已十余年，每劫，夫妻携酒燕火，诸徒党即开墓。至棺盖，某夫妻与其亡人，递为斟酌。某自饮一盏，曰：'客欲一盏。'即以酒沥于亡人口中，云：'主人饮一盏。'又妻饮一盏遍，便云：'酒钱何处出？'其妻应云：'酒钱主人出。'遂取衣物宝货等。某昨开此墓，见棺中人紫衣玉带，其状如生。某依法饮酒，及沥酒云：'至主人一盏。'言讫，亡人笑。某等惊甚，便扶起，唯枯骨耳。遂解腰带，亡人呼曰：'缓之，我腰痛。'某辈皆惊惧，遂驰出。自此神魂惝恍，即知必败。"悉杀之。数日，邓州方上其事。（出《逸史》）

齐景公墓

贝邱县东北齐景公墓，近世有人开之。下入三丈，石函中得一惊醒，喊的都是‘亲家’，这难道不是神明所定的证明吗！”于是张式选中了这块墓地，后来张式家历代都清正富贵。（出《集异记》）

樊泽

樊泽任襄阳节度使时，有个巡官张某，张某的父亲曾经做过邕管经略使，死后葬在邓州北面数十里的地方。一天夜晚，张某兄弟三人同时梦到父亲对他们说：“我的坟墓某天夜晚被盗，盗贼带着盗来的衣物今天进城，将在席帽行停留，你们应当急速前往捉拿他们。太阳出来以后，就抓不到他们了。”张某兄弟半夜起身，哭泣着相互通知这件事。天还没亮，兄弟三人就去叩打州衙的大门。他们见到樊泽，把这事全诉说了一遍。樊泽立即召见都虞候，让他带人去缉捕盗贼。盗贼同党六个人，以及头目的妻子全被抓获。樊泽命令将他们带进来，当面审问说：“你们去盗这个墓时，有没有什么异常现象？”盗贼头目说：“现在这事，也没有什么可隐瞒的了，一定是神灵要诛杀我们。我们夫妻已经盗墓十多年了，每次去盗墓都带上酒和火把，其他的同党就开始挖墓。打开棺盖的时候，我们夫妻要同死去的人共同喝酒。我自己先饮一杯，说：‘客人先喝一杯。’再把酒洒到死者的口中，说：‘主人也喝一杯。’接着，妻子喝完一杯，然后我说：‘酒钱谁拿？’他的妻子回答说：‘酒钱主人拿。’于是开始拿衣物宝物等。昨天挖这座墓，看到棺中的人紫衣玉带，神色好像是活人一样。我依照老办法饮酒，到洒酒时说：‘请主人喝一杯。’说完死者笑了，我们都很惊慌，便把他扶起来，原来只是个枯骨。便解他的腰带，死者大叫：‘慢点，我的腰痛。’我们这些人都很害怕，就急忙跑了出来。从那以后精神恍惚，就知道盗墓这事一定会败露。”樊泽将他们都杀了。过了几天以后，邓州才把这件事上报给朝廷。（出《逸史》）

齐景公墓

贝邱县东北有一座齐景公的墓，近世曾有人发掘过。那个掘墓

鹅。鹅回转翅以拨石。复下入一丈，便有青气上腾，望之如陶烟。飞鸟过之，辄堕死。遂不敢入。（出《酉阳杂俎》）

郭谊

潞州军校郭谊，先为邯郸郡牧使。因兄亡，遂入郓州，举其先，同茔于磁州滏阳。县接山，土中多石，有力者卒，共凿石为穴。谊之所卜，亦凿焉。即日倍加，忽透一穴，穴中有石，长可四尺。形如守宫，支体首尾毕具。役者误断焉，谊恶之。将别卜地，白于刘从谏，从谏不许，因葬焉。后月余，谊陷于厕，几死，骨肉奴婢相继死者二十余口。自是尝恐悸，寤寐不安，因表请罢职。从谏以都押衙焦长楚之务，与谊对换。及刘稹阻兵，谊为共魁，军破枭首，其家无少长悉投死井中。盐州从事郑宾于言，石守宫见在磁州官库中。（出《酉阳杂俎》）

寿安土棺

寿安之南有土峰甚峻，乾宁初，因雨而圮。半壁衔土棺，棺下有木，横亘之。木见风成尘，而土形尚固。邑令涤之，泥汩于水粉，腻而蜡黄。剖其腹，依稀骸骨。因征近代，无以土为周身之器者。载记云，夏后氏堲周，盖其时也。（出《唐阙史》）

的人向下挖三丈，在一个石匣中得到一只鹅，这只鹅拍打着翅膀拨打石匣。再往下挖一丈，便有青烟向上升腾，看上去好像是烧制陶器的窑中冒出的烟。有飞鸟从墓的上空飞过，立即坠地而死，于是那人再不敢进入。（出《酉阳杂俎》）

郭谊

路州军校郭谊，当初在邯郸郡牧使任上。因为哥哥死了，就到郓州去安葬他的哥哥，哥哥的墓地在磁州滏阳。那地方同山相接，泥土中石头很多。有钱有势的人死去后，就凿开石头作为他们的墓室。郭谊所选择的墓穴也在那开凿。做工的人每天加倍用力打凿，忽然凿透一个地穴，穴中有石，它的长度大约四尺，形状像壁虎，肢体、头尾全都有。做工的人失手把它打断了。郭谊厌恶这事，想要到别的地方再找一处墓地，他向刘从谏说了这个想法。刘从谏不同意，于是就葬在那里。一个月后，郭谊掉进茅厕中，几乎死去，家人和奴婢等死了二十多口。从那以后，郭谊经常恐惧，心跳，坐卧不安，就写了辞官报告。刘从谏用都押衙焦长楚的职务同郭谊对换。到刘稹起兵造反，郭谊为叛军首领之一，兵败被砍头。全家不论大小人等全都被投到井里淹死。盐州从事郑宾于说，石壁虎现在被放在磁州的官库中。（出《酉阳杂俎》）

寿安土棺

寿安的南面有座非常险峻的土山，乾宁初年，因天下大雨被冲塌。有一面土壁的中间衔着一个土棺。土棺的下边有一根木头，横在那里。木头见风后变成了尘土。而土棺的形状还很坚固。邑官让用水浇它，泥块很快变成掺在水中的粉状物，滑腻腻的呈蜡黄色。人们剖开棺材，发现好像是骸骨的东西。人们考察近代人的风俗，其中没有用土做棺材的。史书上记载：夏后氏烧土为砖做棺，大约这就是那时的墓葬。（出《唐阙史》）

李思恭

乾宁三年丙辰，蜀州刺史节度参谋李思恭埋弟于成都锦浦里北门内西回第一宅，西与李冰祠邻。距宅之北，地形渐高，冈走西南，与祠相接。于其堂北，凿地五六尺，得大冢，砖甓甚固。于砖外得金钱数十枚，各重十七八铢，径寸七八分，圆而无孔。去缘二分，有隐起规，规内两面，各有书二十一字。其缘甚薄，有刃焉。督役者驰其二以白思恭，命使者入青城云溪山居以示道士杜光庭，云："此钱得有石余。"思恭命并金钱复瘗之，但不知谁氏之墓也。其地北百步所，有石笋，知石笋即此墓之阙矣。自此甚灵，人不敢犯。其后蜀主改置祠堂享之。（出《广异记》）

武瑜

安州城东二十余里，有大墓。群贼发之，数日乃开。得金钗百余枚，合重百斤。有石座，杂宝古腰带陈列甚多。取其一带，随手有水涌，俄顷满墓。所开之处，寻自闭塞。盗以二钗子献刺史武瑜。夜梦一人古服，侍从极多，来谒云："南蛮武相公也，为群盗坏我居处，以君宗姓，愿为修之。盗当发狂，勿加擒捕。"即命修之，群盗三十余人，同时发狂，相次皆卒。（出《录异记》）

曹王墓

永平乙亥岁，有说开封人发曹王皋墓，取其石人羊马砖石之属。见其棺宛然，而随手灰灭，无复形骨，但有金器数事。棺前有

李思恭

唐朝乾宁三年丙辰那年，蜀州刺史节度参谋李思恭把弟弟埋葬在成都锦浦里北门内西回第一宅，坟墓的西面与李冰祠相邻。宅的北面地势渐渐高起来，高冈的走向是西南向，同李冰祠相连接。在宅堂的北面，挖掘地面到五六尺的深处，见到一个大墓。墓的砖壁非常坚固，在砖壁外找到数十枚金钱，每个钱重十七八铢，每个钱的直径有一寸七八分长，钱是圆形的，中间没有眼。离边缘二分的地方有凹槽，槽内两面各有二十一个字。金钱的边缘非常薄，有刃。监工的急忙骑马送两个钱给李思恭，向他讲明此事。李思恭派人进青城云溪山居把两枚钱送给道士杜光庭看。杜光庭说："这种钱大概要有一石多。"李思恭下命令把金钱放回墓中重新埋上，但是不知是谁的坟墓。墓地北面一百步左右，有石笋，知道石笋就是这个墓的墓门。从那以后，那里非常灵验，人们不敢随意冒犯这座墓。后来蜀主把那里改作祠堂用于祭祀。（出《广异记》）

武瑜

安州城东二十多里处有座大墓。群贼去盗墓，好多天才挖开。盗得一百多枚金钗，合起来有一百斤重，墓中石座上面陈列许多宝物腰带。盗贼拿起其中的一条，随手涌出许多水，不一会儿，水就注满了墓室，挖掘开的地方也自己封闭了。盗贼把两个金钗献给刺史武瑜，武瑜夜晚做梦，梦见一个穿古代衣服的人，带着众多侍从来见他说："我是南蛮武相公，群盗破坏了我的住处。因为你是我的同宗，所以我让你替我修好。盗贼都会发狂，你就不必缉捕他们了。"武瑜就让人去修大墓，那群盗贼共三十多人，他们同时发狂，相继都去世了。（出《录异记》）

曹王墓

前蜀永平乙亥年间的时候，传说有一位开封人发掘曹王皋的坟墓，取走那里的石人、石羊、石马、砖石之类的东西。那个人看见棺铸银盆，广三尺，满盆贮水，中坐玉婴儿，高三尺，水无减耗。则泓师所云：墓中贮玉，则草木温润；贮金多，则草木焦枯。曹王自贞元之后，历二百岁矣，盆水不减，玉之润也。（出《录异记》）

韩建

韩建丧母，卜葬地。有术云：“衹有一穴，可置大钱，而不久即散。若华州境内，莫加于此也。”建乃于此葬母。明年，大驾来幸。四海之人，罔不臻凑。建乃广收商税，二载之后，有钱九百万贯。复三年，为朱梁所有。（出《中朝故事》）

海陵夏氏

戊戌岁，城海陵县为郡，侵人冢墓。有市侩夏氏，其先尝为盐商，墓在城西，夏改葬其祖。百一十年矣，开棺，唯有白骨，而衣服器物，皆俨然如新，无所损污。有红锦被，文彩尤异。夏方贫，皆取卖之，人竞以善价买云。其余冢，虽历年未及，而皆腐败矣。（出《稽神录》）

庐陵彭氏

庐陵人彭氏，葬其父。有术士为卜地曰：“葬此，当世为藩牧郡守。”彭从之。又掘坎，术士曰：“深无过九尺。”久之，术士暂憩他所，役者遂掘丈余。欻有白鹤自地出，飞入云中，术士叹恨而椁仍然完好无损，可是用手指一碰就像灰尘似的飞散了，一点尸骨也没有了，里面只有几件金器。棺椁前面有一个银盆，盆口三尺，贮满水，中间坐着一个玉石婴儿，高三尺，盆中水一点也没有减少或损耗。正如泓师所说的：墓中贮藏玉器，草木就温润新鲜；藏金多，草木就焦枯。曹王自从贞元埋葬之后，经历了二百年，盆中的水一点不减少，这是玉滋润的啊。（出《录异记》）

韩 建

韩建的母亲去世后，韩建请风水先生选择墓地。风水先生说：“只有一处较好的墓地，你可以得到许多钱财，但是不久还会失去它们。假如葬在华州境内，就没有比这再好的地点了。”韩建就在这个地方埋葬了他母亲。第二年皇帝驾临此地，全国各地的人都往这里聚集。韩建就趁机收取商税。二年之后，家里积蓄了九百万贯钱。三年后，家里的积蓄都归朱梁所有。（出《中朝故事》）

海陵夏氏

戊戌年间的时候，海陵修建郡城，其间侵占了一些坟地。有一个买卖的中间介绍人姓夏，他的祖先曾经做过盐商，夏生祖上的坟墓在城的西面。这个姓夏的人在这种情况下，改葬了他的祖先。夏生的祖坟已经有一百一十年了，开棺时里面的尸体已成白骨，可是衣服器物，全都像新的一样，一点没有损坏和玷污。有床红锦被，花纹和色彩尤其鲜艳。夏生的生活很贫困，便把从墓中取出来的东西全部拿去卖了。人们争着以很高的价钱买走。其余的坟墓，虽然经历的年头没有这么多，可里面的东西全都腐朽了。（出《稽神录》）

庐陵彭氏

庐陵有一位姓彭的人，要安葬他的父亲。有个阴阳术士为他选择墓地，告诉那位姓彭的人说：“你父亲安葬在这个地方，这代人就可做藩牧郡守。”彭氏听从了那位术士的话。修建坟墓的时候，那位

去。今彭氏子孙，有为县令者。（出《稽神录》）

武夷山

建州武夷山，或风雨之夕，闻人马箫管之声。及明，则有棺椁在悬崖之上，中有胫骨一节，土人谓之仙人换骨函。近代有人深入绝壑，俯见一函，其上题云："润州朝京门内染师张某第三女。"好事者记之。后至润州，果得张氏之居。云："第三女未嫁而卒，已数岁。"因发其墓，则空棺矣。（出《稽神录》）

林赞尧

丙午岁，漳州裨将林赞尧杀监军中使，据郡，及保山岩以为营。掘地，得一古冢，棺椁皆腐。中有一女子，衣服容貌皆如生，举体犹有暖气。军士取其金银钗镮，而弃其尸。又发一冢，开棺，见一人被发覆面，蹲于棺中。军士骇惧，致死者数人。赞尧竟伏诛。（出《稽神录》）

张绍军卒

丙午岁，江南之师围留安，军政不肃。军士发掘冢墓，以取财物，诸将莫禁。监军使张匡绍所将卒二人，发城南一冢，得一椰实杯，以献匡绍。因曰："某发此冢，开棺，见绿衣人面如生，惧不敢犯。墓中无他珍，唯得此杯耳。"既还营，而绿衣人已坐某房矣，一日数见，意甚恶之。居一二日，二卒皆战死。（出《稽神录》）

术士说："墓地的深度不要超过九尺。"过了一段时间，那位术士暂时离开去休息，干活的人向下挖了一丈多深。忽然有一只白鹤从地里飞出，一直飞到云中。那位术士悔恨叹息离去。现在那位姓彭的子孙，就有做县令的。（出《稽神录》）

武夷山

建州的武夷山上，有时在风雨夜的时候，就听到人喊马叫的声音和箫管吹奏的声音。等到天亮的时候，看见一口棺椁悬放在悬崖中间，当中有一块小腿骨。当地人说那是仙人换骨的匣子。近代有人攀上绝壁，俯身看见一匣，上面题字："润州朝京门内染师张某第三女。"好事的人记住这件事，后来到润州，果然找到了姓张的那位染师。姓张的那位染师说："第三个女儿未出嫁就死了，到现在已经好几年了。"打开她的棺木查看，里面已经空了。（出《稽神录》）

林赞尧

丙午年间，漳州副将林赞尧杀了监军中使，占据了郡城，凭借山岩做营地。在挖地的时候，遇到一座古墓，棺椁全都腐烂了。棺中有一个女子，衣服容貌全都像是活人一样，身体还有温暖的气息。军士们拿走了她的金银钗环等首饰，抛弃了她的尸体。军士们又掘开一个坟墓，打开棺材时，看见有一个人披发遮面，蹲在棺材中。军士们非常害怕，有几个人竟被吓死。林赞尧后来犯罪被杀。（出《稽神录》）

张绍军卒

丙午年间，江南的军队包围留安，这支军队的纪律很坏。军士们到处挖掘坟墓，来寻取财物，将官们也不禁止。监军使张匡绍部下的两个士兵，挖掘城南一座坟墓，在墓里面得到一个椰子壳做的杯子，士兵把这个杯子献给了张匡绍。并告诉张匡绍说："我们挖掘这座坟墓，打开棺材时，看见一个绿衣人脸色好像活人一样，因恐

马黄谷冢

安州城南马黄谷冢左有大冢，棺椁已腐，唯一髑髅，长三尺。陈人左鹏，亲见之焉。（出《稽神录》）

秦进崇

周显德乙卯岁，伪连水军使秦进崇，修城，发一古冢。棺椁皆腐，得古钱破铜镜数枚。复得一瓶，中更有一瓶，黄质黑文，成隶字云："一双青乌子，飞来五两头。借问船轻重，寄信到扬州。"其明年，周师伐吴，进崇死之。（出《稽神录》）

和 文

蜀人王昭远，戊午岁为巡边制置使。及文州，遇军人喧聚，问之，言旧冢内有尸不坏，或以砖石投之，其声铿然。昭远往，见其形质俨然，如新逝者，冢中得石版云："有唐故文州马步都虞候和文，年五十八，大中五年辛未五月五日卒，葬于此。"昭远致祭，复令掩闭之，于墓侧刻石以铭之。（出《野人闲话》）

惧没敢触动他。墓中没有什么别的珍宝，只得到这个杯子。”等到这两个士兵回到营房时，绿衣人已经坐在营房里了，一天看见好几次，心中感到非常厌恶。过了一两天，两个士兵全都战死了。（出《稽神录》）

马黄谷冢

安州城南马黄谷墓左面有座大墓，墓中棺椁已经腐烂了，只有一个三尺长的骷髅。有一个叫左鹏的陈地人，曾经亲眼看见过它。（出《稽神录》）

秦进崇

后周显德乙卯年的时候，担任伪连水军使的秦进崇，领兵修城，挖开一座古墓。发现墓里面的棺椁全都腐烂了，秦进崇从墓中找到数枚古钱和几面破铜镜，还找到一个瓶子，瓶子中又有一个瓶子。那个瓶子是黄色的，瓶子上面有黑色的字。上面的字是用隶书写的，写的是：“一双青鸟子，飞来五两头。借问船轻重，寄信到扬州。”到第二年，后周军队进攻吴国，秦进崇死在了军中。（出《稽神录》）

和　文

蜀郡有一个人叫王昭远，戊午年的时候担任巡边制置使。一次王昭远到文州的时候，路上遇到军人喧喧嚷嚷地聚集在一块。王昭远上前询问原因，有人告诉王昭远说，有一个古墓内有具没腐烂的尸体，人们用砖石等扔进去，发出的声音很响亮。王昭远上前察看，看见那尸体好像是新近死去的人一样。王昭远在墓中找到一块石板，上面刻着：“唐朝已故文州马步都虞侯和文。亨年五十八岁，大中五年辛未五月五日去世，葬于此地。”王昭远进行了祭奠，又命令士兵将墓穴重新埋好。他又命令在墓的侧面刻了一块石碑来记述这件事。（出《野人闲话》）

卷第三百九十一　铭记一

李 斯

周末，有发冢得方玉石，上刻文八十字，当时莫识，遂藏书府。至秦时，李斯识八字，云："上天作命，皇辟迭王。"至汉时，叔孙通识二字。（出《述异记》）

夏侯婴

汉夏侯婴以功封滕公，及死将葬，未及墓，引车马踣地不前。使人掘之，得一石室，室中有铭曰："佳城郁郁，三千年见白日，吁嗟滕公居此室！"遂改卜焉。（出《独异志》）

张 恩

后魏天赐中，河东人张恩盗发汤冢，得志云："我死后二千年，困于恩。"恩得古钟磬，皆投于河。此又别见《圣贤城冢记》。（出《史系》）

高流之

后魏高流之，为徐州刺史。决滹沱河水绕城，破一古墓。得铭曰："吾死后三百年，背底生流泉，赖逢高流之，迁吾上高原。"

李斯

周朝末年，有人在发掘古墓时挖到了一块玉石，上面刻有一篇共计八十个字的文章。当时的人都不认识这些字，于是将那块刻着字的玉石放到了藏书馆里。到秦朝时，李斯认出其中的八个字：上天作命，皇辟迭王。到汉朝时，叔孙通又认出了其中的两个字。（出《述异记》）

夏侯婴

汉朝时期，夏侯婴因功劳而被封为滕公。当他去世后准备下葬，灵车还没有到达墓地的时候，拉车的马突然扑倒在地，说什么也不往前面走了。送葬的人于是让人在这个地方往下挖掘，竟然挖到了一个石屋。这是一个刻有铭文的石屋，石屋上写着："墓地草木茂盛，三千年后终于得见天日。吁嗟，滕公应当居住在这室内！"于是大家就把滕公改葬在这个地方了。（出《独异志》）

张恩

后魏天赐年间，河东有一个叫张恩的人，他偷偷挖掘商汤古墓的时候，挖到一个铭碑，上面写着："我死后二千年，受难于恩。"张恩把挖到的古钟磬，全部都投入河里。这件事又在《圣贤城冢记》出现过。（出《史系》）

高流之

后魏时期，有一个叫高流之的人，担任徐州的刺史。他要做防护工程，于是开掘了滹沱河来引水绕城。施工的时候挖到了一座古

流之为造棺椁衣物，取其柩而改葬焉。（出《朝野佥载》）

高显洛

洛阳大统寺南，有三公令史高显洛宅。洛每于夜见赤光行于堂前，如此者非一。向光所掘地丈余，得黄金百斤。铭云：“苏秦家金，得者为吾造功德。”洛遂造招福寺。世又谓此地苏秦旧时宅，当时元义秉政，闻其得金，就洛索之，以二十斤与之。案苏秦时未有佛法，功德者，不必起寺，或是碑铭之类，颂声绩也。（出《洛阳伽蓝记》）

谢灵运

宋浦阳江有琵琶圻，圻有古冢，堕水。甓有隐起字云：“筮吉龟凶，八百年，落江中。”谢灵运取甓诣京，咸传视焉。乃验龟繇，古冢已八百矣。（出《水经》）

王果

唐左卫将军王果被责，出为雅州刺史。于江中泊船，仰见岩腹中有一棺，临空半出。乃缘崖而观之，得铭曰：“欲堕不堕逢王果，五百年中重收我。”果喟然叹曰：“吾今葬此人。被责雅州，固其命也。”乃收窆而去。

墓，在古墓发现了一篇铭文，上面写着："吾死后三百年，背底生流泉。赖逢高流之，迁吾上高原。"于是高流之重新为他制造了棺椁准备了衣物，将他的灵柩取出而改葬在别的地方。（出《朝野佥载》）

高显洛

洛阳南面有一个大统寺，那里是三公令史高显洛的住宅。每到了晚上，高显洛就发现在堂前有红光移动，这样的事不是第一次发生了。他往发光的地方挖下去三米多深，然后获得一百斤黄金。黄金上面刻着字，写道："苏秦家金，得者为我造功德。"于是高显洛给他建造了一个寺庙，叫招福寺。世人又说这个地方就是苏秦曾经的宅邸，元义执政时，听说高显洛获得了这些黄金，于是向他索取，高显洛给了他黄金足足有二十斤重。参考苏秦所处的时代佛教还没有出现，给苏秦做功绩，不需要建造寺庙，也可以是用碑铭之类的方式来赞赏他的丰功伟绩。（出《洛阳伽蓝记》）

谢灵运

南朝宋代时期，浦阳江有琵琶圻这个地方，在圻上有一座古墓被江水冲击毁坏严重。墓砖上模糊刻着一些字，大约是："筮吉龟凶，八百年，落江中。"谢灵运把那块砖拿下来带到了京城，大家争相传看。然后查阅典籍和用龟甲卜算，证实了这是一个有着八百年的古墓。（出《水经》）

王　果

唐朝时期有个叫王果的左卫将军，被处罚派到雅州当刺史。在赴任途中要乘船，有一天他在江上停船休息，在岸边仰头发现有一副棺材，有一半悬空露出在悬崖半腰处。然后他攀爬到悬崖上去查看，发现一行碑文，那上面写道："欲堕不堕逢王果。五百年中重收我。"王果深深地叹了一口气，说道："我今天就在这里再次埋葬这个人吧。我被贬到雅州来，原来是冥冥之中自有天意啊！"最后王果

丰都冢

东都丰都市，在长寿寺之东北。初筑市垣，掘得古冢，土藏，无砖甓。棺木陈朽，触之便散。尸上著平上帻，朱衣。得铭云："筮道居朝，龟言近市。五百年间，于斯见矣。"当时达者参验，是魏黄初二年所葬也。（出《朝野佥载》《两京记》）

樊钦贲

寇天师谦之，后魏时得道者也，常刻石为记，藏于嵩山。上元初，有洛川郜城县民，因采药于山，得之，以献县令樊文。言于州，州以上闻，高宗皇帝诏藏于内府。其铭记文甚多，奥不可解。略曰："木子当天下。"又曰："止戈龙。"又曰："李代代不可移宗。"又曰："中鼎显真容。"又曰："基千万岁。"所谓"木子当天下"者，盖言唐氏受命也。"止戈龙"者，言天后临朝也。"止戈"为"武"，武天后氏也。"李代代不移宗"者，谓中宗中兴，再新天地。"中鼎显真容"者，实真宗之庙讳。"真"为睿圣之徽谥，得不信乎。"基千万岁"者，"基"玄宗名也，"千万岁"盖历数久长也。后中宗御历，樊文男钦贲，以石记本上献，上命编于国史。（出《宣室志》）

将他埋葬后就离开了。

丰都冢

东都丰都市在长寿寺的东北方向，最初在建造城墙的时候，挖到了一座周围没有砌砖的古墓，这是土葬的古墓。棺材的木料已经腐坏，轻轻一碰就松散开来。尸体头上戴的是平顶帽，穿着红色的衣服。然后还看到一排碑文上写着："筮道居朝，龟言近市。五百年间，于斯见矣。"当时精通这方面知识的人参考查检，觉得这是魏黄初二年间埋葬的。（出《朝野佥载》《两京记》）

樊钦贲

北魏时期的著名天师寇谦之，后魏时期修行达到了非凡的境界。他在石头刻上文字用于记录事情，于是把刻着字的石头埋藏在嵩山上。唐朝上元初年，洛川部城县的一个百姓，去山里采摘草药，获得一块刻字的石头，他将这块石头送给县令樊文。县令把这个事情禀告给州官，州官又上书给皇帝，高宗皇帝下达诏令把这块石头放在内府。这块刻字的石头上记述了很多事情，并且全都晦涩难懂。简要地说，有"木子当天下""止戈龙""李代代不可移宗""中鼎显真容""基千万岁"。所说的"木子当天下"，是唐朝李氏顺应天命应该成为皇帝的意思。所说的"止戈龙"，是武则天皇后要亲临朝廷治理政事。"止戈"组成"武"字，是代指武则天。所说的"李代代不移宗"，是中宗皇帝让唐朝再次兴盛起来，开辟一番新天地的意思。所说的"中鼎显真容"，代表的是睿宗的庙讳。由于"真"是睿宗的徽号，可以使人深信不疑。所说的"基千万岁"，"基"为玄宗的姓名，"千万岁"是代表他经过的时间漫长。之后中宗皇帝登上皇位，樊钦贲是樊文的儿子，他用石本刻字记录成册奉献给皇帝，皇帝下昭把石本编入国家史策。（出《宣室志》）

姜师度

卫先生大经，解梁人，以文学闻，不狎俗，常闭门绝人事。生而敏悟，周知天文历象，穷冥索玄。后以寿终，墓于解梁之野。开元中大水，姜师度奉诏凿无咸河，以溉盐田。划室庐，溃丘墓甚多，解梁人皆病之。既至卫先生墓前，发其地，得一石，刻字为铭，盖先生之词也。曰："姜师度，更移向南三五步。"工人得之，以状言之于师度。师度异其事，叹咏久之，顾谓僚吏曰："卫先生真奇士也。"即命工人迁其河，远先生之墓数十步。（出《宣室志》）

邬 载

开元中，江南大水，溺而死者数千。郡以状闻，玄宗诏侍御史邬君载往巡之。载至江南，忽见道傍有古墓，水溃其穴。公念之，命迁其骸于高原上。既发墓，得一石，凿而成文，盖志其墓也。志后有铭二十言，乃卜地者之词。词曰："尔后一千岁，此地化为泉。赖逢邬侍御，移我向高原。"载览而异之，因校其年，果千岁矣。（出《宣室志》）

郑钦悦

天宝中，有商洛隐者任升之，尝贻右补阙郑钦悦书曰："升之白。顷退居商洛，久阙披陈。山林独往，交亲两绝。意有所问，别日垂访。昇之五代祖仕梁为太常，初任南阳王帐下，于钟山悬岸

姜师度

唐朝时期有个叫卫大经的人，是解梁人氏，因学识渊博而闻名遐迩。他为人脱俗，时常关上门婉辞拒绝与其他人沟通交往。他从小聪慧悟性高，了解天文星象，也对天地宇宙的奥秘有极深的探究。之后无疾而终，被埋葬在解梁郊外的地方。唐朝开元年间洪水肆虐，姜师度接受皇帝的昭令去开凿无咸河，用来浇灌盐田。他把很多房舍拆毁了，把很多坟丘填平了，对此解梁的百姓都很生气。来到卫先生的坟墓前往地下挖掘的时候，发现一块刻着字的石碑，原来是卫先生当时留下的话。石碑上写着："姜师度，更改河道往南方移三五步。"修河工得到这块石碑，然后就把这个情况报告给姜师度。对于这个事姜师度感到十分惊讶，感慨许久后，对身旁的下属们说："卫先生真是人才啊。"于是马上命令修河工人变迁河道，离卫先生的墓几十步远。（出《宣室志》）

邬载

唐朝开元年间，江南地区洪水肆虐，淹死了几千人。郡守把这一情况呈报给皇帝，侍御史邬载奉玄宗命前往江南巡查。当他来到江南后，忽而在道旁发现有一座古墓，大水冲毁墓穴，墓中进了水。邬载看到此情景感到怜惜，就叫人把墓中的遗骸搬移到高地上。等到挖墓的时候，发现有一块上面刻着字的石头，记载着这座坟墓的情况。石头有二十字的铭文，是占卜这个地方当作自己坟墓的人说的。上面写道："尔后一千岁，此地化为泉。赖逢邬侍御，移我向高原。"邬载看了一眼感到很惊奇，然后去查寻验证这墓的年代，果真有一千年历史了。（出《宣室志》）

郑钦悦

唐朝时期的天宝年，任升之是商洛的隐士，曾经写信给右补阙郑钦悦，信中说道："我任升之说，我隐居在商洛，很久没有完整陈述一件事情，独自住在山林深处，与亲朋好友谢绝往来。我想向你求圯圹之中得古铭，不言姓氏。小篆文云：‘龟言土，蓍言水。甸服黄钟启灵趾。瘗在三上庚，堕遇七中巳。六千三百浃辰交，二九重三四百圯。’文虽剥落，仍且分明。大雨之后，才堕而获。即梁武大同四年。数日，遇盂兰大会，从驾同泰寺，录示史官姚訾并诸学官。详议数月，无能知者。筐笥之内，遗文尚在。足下学乃天生而知，计舍运筹而会，前贤所不及，近古所未闻。愿采其旨要，会其归趣，著之遗简，以成先祖之志，深所望焉。乐安任升之白。”

数日，钦悦即复书曰：“使至，忽辱简翰，用浣襟怀，不遗旧情。俯见推访，又示以大同古铭，前贤未达，仆非远识，安敢轻言，良增怀愧也。属在途路，无所披求。据鞍运思，颇有所得。发圹者未知谁氏之子，卜宅者实为绝代之贤。藏往知来，有若指掌。契终论始，不差锱铢。隗炤之预识龚使，无以过也。不说葬者之岁月，先识圯时之日辰，以圯之日，却求初兆，事可知矣。姚史官亦为当世达识，复与诸儒详之，沉吟月余，竟不知其指趣，岂止于是哉！原卜者之意，隐其事，微其言，当待仆为龚使耳。不然，何忽见顾访也！谨稽诸历术，测以微词，试一探言，庶会微旨。当梁武帝大同四年，岁次戊午。言‘甸服’者，五百也。‘黄钟’者，十一也。五百一十一年而圯。从大同四年，上求五百一十一年，得汉光武帝建武四年戊子岁也。‘三上庚’，三月上旬之庚也。其年三月辛巳朔，十日得庚寅，是三月初葬于钟山也。‘七中巳’，乃七月戊午朔，十二日得己巳，是初圯堕之日，是日己巳可知矣。‘浃辰’，十二也，从建武四年三月，至大同四年七月，总六千三百一十二教一件事情，改日再去造访。我的前五代祖先曾经在梁朝作太常，当时在南阳王麾下为官，钟山的悬崖处一座倒塌的坟墓里面找到一篇不讲姓氏的古代铭碑文。文字是用小篆刻的，说道：‘龟言土，蓍言水。甸服黄钟启灵趾。瘗在三上庚，堕遇七中巳。六千三百浃辰交，二九重三四百圮。’虽然文字有些脱落，但还是很明晰。在一场大雨过后，因掉落下来而获得。当时为梁武帝大同四年。数日后，恰逢盂兰大会，先祖跟随皇帝一起去同泰寺，就把铭碑文抄录下来给史官姚訾和诸学官查看。他们仔细地研究了好几个月，却无一个人知晓铭文上的意思。当时抄录下来的文字，如今还装在筐笥之中。您的学问可以说天赋异禀，无论是谋略还是运筹，两者兼备。像您这样学识渊博的人，简直是前无古人，后无来者。还请您能够选其要旨，综合它的要义，把遗简的内容注解阐释出来，以完成先祖的遗愿。这同样也是我深深期盼的。乐安任升之说。”

几天后，郑钦悦回信说：“送信的使者到了，忽然看到您的信件，刚好可以清除走我胸中的烦闷。您没有忘却旧情，甚至还要屈驾来拜访。给我看您抄的大同年间的古碑铭，连圣贤都没能通晓，我没有如此高的学识，怎么敢轻言狂语呢？这会让我更加惭愧。现在我正在途中，没有什么资料可以参阅，只能在马鞍上探寻思索，但是这样也有很多收获。不知道修建这座古墓的人是谁，看中这个地方来修建坟墓的人，可以称得上是绝代的人才。他对以前和将来的事情，了如指掌。推断事情的始末，丝毫不差，比可以预料到将有姓龚的使者来访的隗炤还要高明。不说下葬的年月，先记录坍塌的时间。用坍塌的时间，来寻找初次下葬的日子，就可以知道事情的始末了。也可以称得上是当世学者的姚史官，多次与诸位儒者研讨，推敲了一个多月，竟然还是不知道其中的旨意何在。当然还不止这一点。推测占卜者的用意，要把话语说得委婉些，事情讲得深奥些。这是要等我来当那个龚使时，打开这个疑团哪。如果不是这样，你为什么突然屈驾求教于我呢？我查找各种历术学说，推测那些微词，尝试着探索一次，于是几乎可以推测出铭文的深层含义。梁武帝大同四年间，这一年刚好是戊午年。铭文说的‘甸服’，就是五百；‘黄钟’就是月，每月一交，故云六千三百浃辰交也。二九为十八，重三为六，末言四百，则六为千，十八为万可知。从建武四年三月十日庚寅初葬，至大同四年七月十二日己巳初圮，计一十八万六千四百日，故云‘二九重三四百圮’也。其所言者，但说年月日数耳。据年则五百一十一，会于‘甸服黄钟’；言月则六千三百一十二，会于‘六千三百浃辰交’；论日则一十八万六千四百，会于‘二九重三四百圮’。从‘三上庚’至于‘七中巳’；据历计之，无所差也。所言年则月日，但差一数，则不相照会矣。原卜者之意，当待仆言之。吾子之问，契使然也。从吏已久，艺业荒芜。古人之意，复难远测。足下更询能者，时报焉，使还不代。郑钦悦白。”

记：贞元中，李吉甫任尚书屯田员外郎兼太常博士，时宗人巽为户部郎中。于南宫暇日，语及近代儒术之士，谓吉甫曰：“故右补阙集贤殿直学士郑钦悦，于术数研精，思通玄奥，盖僧一行所不逮。以其夭阏当世，名不甚闻，子知之乎？”吉甫对曰：“兄何以核诸？”巽曰：“天宝中，商洛隐者任昇之，自言五代祖仕梁为太常。大同四年，于钟山下获古铭，其文隐秘。博求时儒，莫晓其旨。因缄其铭，诫诸子曰：‘我代代子孙，以此铭访于通人，倘有知者，吾无所恨。’至升之，颇耽道博雅，闻钦悦之名，即告以先祖之意。钦悦曰：‘子当录以示我，我试思之。’昇之书遗其铭，会钦悦适奉朝使，方授驾于长乐驿，得铭而绎之。行及滋水，凡十一。意思是说到五百一十一年坟墓会坍塌。从大同四年往上追溯五百一十一年，就是戊子年，为汉光武帝建武四年。‘三上庚’，意思是三月上旬的庚日，那年的三月辛巳为朔日，即初一，再过十日为庚寅日，因而这是三月初埋葬在钟山的。‘七中巳’，意思是七月戊午朔日，即初一，再过十日就是己巳日，是坟墓刚好坍塌的日子。这一天可以知道是己巳日。‘浃辰’为十二，从建武四年的三月一直到大同四年的七月，共计是六千三百一十二个月，每月一交替，于是说‘六千三百浃辰交’。‘二九’为十八，‘重三’为六，尾字为‘四百’，六是千数，十八就知道是万数。从建武四年三月十日庚寅日下葬，到大同四年七月十二日己巳日坍塌，总共是一十八万六千四百日。即铭上说的‘二九重三四百圮’。这里说的只是年月日的数，按年说是五百一十一年，正符合‘甸服黄钟’；按月算则是六千三百一十二个月，符合‘六千三百浃辰交’；按日算则是一十八万六千四百日，符合‘二九重三四百圮’。从‘三上庚’到‘七中巳’，根据历法计算，没有什么差错。所说的年月日，但凡差一个数，就不能相符合了。当初卜者的意思，就是要等我来讲明白的。你来询问我，是冥冥之中自有天意。已经从政很久了，学业早就荒废，古人的意思，又很难揣测，您也可以再询问其他人。如果有收获可以告诉我。我会派遣使者归还此信当面感谢您。郑钦悦说。”

据记载，贞元年间，尚书省屯田员外郎李吉甫兼太常博士。当时户部郎中是宗人李巽，闲暇时，在南宫谈及近代儒家学术的著名人物，对李吉甫说：“已过世的郑钦悦是右补阙集贤殿直学士，对学术研究通透，尤其是奥妙的事物能深思通达，是僧一行达不到的境界。他在那时因为受到当朝者的牵制，所以不是很有名。你知道吗？”李吉甫回答说：“兄长用什么来证实呢？”李巽说：“天宝年间，商洛的隐士任升之，自称五代先祖曾在梁朝作官为太常，大同四年，在钟山下得到一块古墓铭。那上面文字隐秘难懂，到处求教于儒学之士，却没有一个人能明白它的意思。于是封存了古铭，告诫儿子们说：‘我代代子孙，要用这个古铭访寻于通晓它的人。如果能有知晓者，我就没有什么遗憾的了。’到了任升之这一代，他很通法也很博学。

三十里，则释然悟矣。故其书曰，‘据鞍运思，颇有所得’。不亦异乎！”

辛未岁，吉甫转驾部员外郎，钦悦子克钧，自京兆府司录授司门员外郎，吉甫数以巽之说质焉，虽且符其言，然克钧自云亡其草，每想其微言至赜而不获见，吉甫甚惜之。壬申岁，吉甫贬明州长史。海岛之中，有隐者姓张氏，名玄阳，以明《易经》，为州将所重。召置阁下，因讲《周易》卜筮之事，即以钦悦之书示吉甫。吉甫喜得其书，抃逾获宝。即编次之，仍为著论曰：“夫一丘之土，无情也。遇雨而圮，偶然也。穷象数者，已悬定于十八万六千四百日之前。矧于理乱之运，穷达之命。圣贤不逢，君臣偶合。则姜牙得璜而尚父，仲尼无凤而旅人。傅说梦达于岩野，子房神授于圯上，亦必定之符也。然而孔不暇暖其席，墨不俟黔其突，何经营如彼？孟去齐而接淅，贾造湘而投吊，又眷恋如此，岂大圣大贤，犹惑于性命之理欤？将浼身存教，示人道之不可废欤？余不可得而知也。钦悦寻自右补阙历殿中侍御史，为时宰李林甫所恶，斥摈于外，不显其身。故余叙其所闻，系于二篇之后。以著蓍筮之神明，聪哲之悬解，奇偶之有数，贻诸好事，为后学之奇玩焉。时贞元九年十一月二十八日赵郡李吉甫记。”（出《异闻记》）

当他了解到郑钦悦的名气后，就把先祖的意愿告诉了他。郑钦悦说：‘你应当抄录下来给我看看。我好试着研琢它。’任升之便将铭文抄与他。此时正巧郑钦悦奉朝命出使，刚刚从长乐驿骑马出发，便得到铭文而对它进行解释。行至滋水，走了有三十里路，就悟出了其中的奥秘。所以他在信中写道，‘据鞍运思，颇有所得’，这不是件奇事吗！”

辛未年，李吉甫转任部员外郎。而郑钦悦的儿子郑克钧，也由京兆府司录调任司门员外郎，李吉甫多次用李巽说的话去问他，虽然符合事实，但郑克钧自己却说丢失了那封信的草稿。每每想那铭文的玄奥至深而又见不到原文，李吉甫都觉得非常惋惜。壬申年，李吉甫被贬为明州长史。在海岛之中，有一个隐士姓张，名叫玄阳，因为他明白《易经》，被州将重用，被召聘安排到阁内。因他讲解《周易》卜筮之事，便把郑钦悦的书信给李吉甫看，李吉甫很高兴得到这封信，高兴得超过得到宝物。于是立刻将它编成册，又为它写文章论述道：“一堆黄土，没有情。遇到大雨而坍塌，是偶然现象。而深明象数的人，把这偶然发生的事判定在十八万六千四百天之前。何况是在理乱的时运，而又艰难困厄之时，圣与贤不能相遇，君与臣偶然相合。就像姜子牙得到腾达而被称作尚父，孔子没有凤车却周游列国，傅说在岩下因梦被提拔，张良在桥上得神人传授，这都是必定要应验的事。然而孔子没有时间等到坐席暖热，墨子不等到达黔而受挫，为什么要那样做？孟子去齐而匆忙得连饭都来不及做，贾谊去湘江而凭吊屈原，又这样眷恋。难道这些大圣大贤，还迷惑于宿命的说教吗？这是不是献身而存教，诏示人道而不可偏废呢？我无法知道。郑钦悦很快从右补阙升为殿中侍御史，被当时的宰相李林甫所嫉恨，被排斥在外，不能显露出他的名声，所以我才要叙述对他的传闻，放在这两篇书信之后，用来昭著蓍筮的神明，聪哲对玄妙疑难解释的本事，奇偶变化的有数，以此赠送给各位好事者，成为后世学子奇妙的玩味品。时间是贞元九年十一月二十八日。赵郡李吉甫记。”（出《异闻记》）

卷第三百九十二　铭记二

韩　愈　裴　度　张惟清　王　播　柳　光　李　福　熊　博
王敬之　王承检

韩　愈

泉州之南有山焉，其山峻起壁立，下有潭水，深不可测，周十余亩。中有蛟螭，尝为人患，人有误近或马牛就而饮者，辄为吞食。泉人苦之有年矣。由是近山居者，咸挈引妻子，徙去他郡，以逃其患。元和五年，一夕，闻山南有雷震暴兴，震数百里，若山崩之状，一郡惊惧。里人洎牛马鸡犬，俱失声仆地，流汗被体，屋瓦交击，木树颠拔。自戌及子，雷电方息。明旦往视之，其山摧堕石壁数百仞殆尽，俱填其潭，水溢流，注满四野。蛟螭之血，遍若玄黄。而石壁之上，有凿成文字一十九言，字势甚古，郡中士庶无能知者。自是居人无复患矣。惧者既息，迁者亦归。结屋架庐，接比其地。郡守因之名其地为石铭里，盖因字为铭，且识其异也。后有客于泉者，能传其字，持至东洛。时故吏部侍郎韩愈自尚书郎为河南令，见而识之。其文曰："诏示黑水之鲤鱼，天公卑杀牛人，壬癸神书急急。"然则详究其义，似上帝责蛟螭之词，令戮其害也。其字则蝌蚪篆书，故泉人无有识者矣。（出《宣室志》）

韩 愈

在泉州的南方有一座大山，崇山峻岭壁立千仞，山的下方有一水潭，潭水深不可测，有十几亩地大的面积。有一条蛟龙在潭水中，经常害人，若有人误入或者牛和马到潭边喝水，全都被蛟龙吃掉。泉州的人们很多年都苦不堪言。于是临近大山住的居民，都携带着妻子儿女，迁移到外地，来躲避蛟龙祸患。唐朝元和五年间，有一天晚上，人们听到南方的大山有雷霆万钧，声音响彻数百里之远，像山崩地裂一样，整个县城的百姓都很惊恐。乡里的人和牛马鸡犬，全部失声趴在地上，全身都在流汗，房子的瓦片相互撞击，树木颠簸晃动并连根拔起。从戌时一直到子时，雷电才平息。第二天早上人们出去观察情况，看见那大山被摧毁倒塌，数百丈高的峭壁全都夷为平地，大山的石头全部都填进水潭，潭水流得到处都是，注满四周的原野。蛟龙的血洒的到处都是。而在石壁上，有十九个字却被凿出来了，字体很是古怪，郡中没有一个人知道。从这以后再也没有受害的百姓了。没有了恐惧，迁移到外地的人也还乡了。他们又重新构造房屋，一家又一家地居住了下来。郡守将这个地方命名为石铭里，原来是以字为铭，同时也记载了这里发生的奇异事情。后来泉州来了个人，可以传递这些字，于是将字抄写下来带到东京洛阳。当时韩愈是原吏部侍郎，从尚书改任为河南令，那些文字他可以识别出来。那些文字是说："诏示黑水之鲤鱼，天公卑杀牛人，壬癸神书急急。"然而仔细考究其中的意思，好像是天帝斥责蛟龙的词语，下令屠杀蛟龙这个祸害。那些文字是蝌蚪篆书，因此泉州没有人能够认出来。（出《宣室志》）

裴 度

元和元年，秋九月，淮西帅吴少诚死，子元济拒命。诏邻淮西者，以兵四攻之，凡数年不克。十三年，召丞相晋国公裴度将而击焉。度既至，因命封人深池濠，且发其地。有得一石者，上有雕出文字为铭，封人持以献度。文曰："井底一竿竹，竹色深绿绿。鸡未肥，酒未熟，障车儿郎且须缩。"度得之，以示从事，令辩其义焉，咸不能究。度方念之，俄有一卒，自行间跃而贺曰："吴元济逆天子命，纵狂兵为反谋。赖天子威圣，与丞相德合。今日逆竖成擒矣，敢贺丞相功。"度惊讯之，对曰："封人得石铭，是其兆也。且'井底一竿竹，竹色深绿绿'者，言吴少诚由行间一卒，遂拥十万兵，为一方帅，且喻其荣也。'鸡未肥'者，言无肉也。夫以'肥'去'肉'，为'己'字也。'酒未熟'者，言无水也。以'酒'去'水'，为'酉'字。'障车儿郎'，谓兵革之士也。'且缩'者，谓宜退守其所也。推是言之，则己酉日当克也。苟未及期，则可俟矣。"度喜，顾左右曰："卒辨者也。"叹而异之。是岁冬十月，相国李愬将兵入淮西，生得元济，尽诸反者。度因校其日，果己酉焉。于是度益奇卒之辨，擢为裨将。（出《宣室志》）

张惟清

黑山之阴，有李卫公庙。宝历中，张惟清都护单于。其从事卢立尝梦一人，颀长黑衣，告立曰："吾居于卫公庙且久矣，子幸迁我于军城中。"已而遂去。及晓，立不谕，即入白于惟清曰："卫公于

裴度

唐宪宗元和元年，吴少诚是淮西节度使，九月秋去世，他的儿子吴元济叛变。皇帝下令淮西附近的各路将领、士兵从四面八方围攻他，但是好几年都没有攻克下来。元和十三年，又下令丞相晋国公裴度率领士兵去歼灭吴元济。裴度来到淮西，命令封人挖深水沟，并且深挖土地。有人挖到一块石头，上面是刻有字的铭文，封人将石头献给裴度。那铭文写着："井底一竿竹，竹色深绿绿。鸡未肥，酒未熟，障车儿郎且须缩。"裴度拿到这块石头之后，就拿给部下们看，并让部下辨别其中的含义，结果都不清楚。裴度刚刚还在想，很快就有一名士兵，从队伍中间并且跳起来祝贺道："吴元济反对天子的命令，指使狂兵谋反。依仗天子圣威，和丞相的贤德相合，今天就要把这个逆贼擒获了，应该庆贺丞相的功劳！"裴度很诧异地问他，他说："封人获得石铭，这是吉兆。而且'井底一竿竹，竹色深绿绿'者，是表示吴少诚原先只是队伍中的一名小卒，后来有了十万精兵，成为一方统帅，这是形容他的荣誉。'鸡未肥'者，表示没有肉。如果将'肥'字去掉肉，就成了'己'字。'酒未熟'者，表示没有水。若将'酒'字去掉'水'，就成了'酉'字。'障车儿郎'，表示兵革之士。'且缩'者，表示应当退守出自己的驻地。推敲这些话的意思，是说己酉日才能攻克淮西。若是时间未到，则可以等待。"裴度听了很是欢喜，对左右的人说道："这是一个非常有辨析能力的士兵。"裴度感叹良久，觉得他很神异。这年冬天十月，相国李愬率领兵将进攻淮西，活捉吴元济，清除反叛者。裴度在铭文上核对日期，果然是己酉日。裴度因此越来越惊叹那位士兵的辨析之才，将他提拔为副将。（出《宣室志》）

张惟清

黑山的北边，有座李卫公庙。宝历年间，张惟清奉命都护匈奴。他的从事卢立曾经梦到一人，颀长的身高，黑色的衣服，他同卢立说道："我住在卫公庙的时间非常久了，希望你可以将我迁移到军城国有大勋。今庙宇隳残，飘濡且甚，愿新其土木之制。”惟清喜而可其语。先是单于府以惟清有美化，状其政绩。请护军骆忠表闻于上。有诏，命中书舍人高公釴文其事，刻于碑。诏既至而未有碑石，惟清方命使采石于云中郡，未还。及修卫公庙，铲其西，得一石，方而长，其下有刻出“张”字，历然可辨。工人持以献惟清，惟清喜曰：“天赐吾之碑石。”即召从事视之，立且惊且异。因起贺而白前梦。于是以石为碑，刻高公之文焉。（出《宣室志》）

王 璠

大和中，王璠廉问丹阳。因沟其城，既凿深数尺，得一石。铭文曰：“山有石，石有玉，玉有瑕，即休也。”工人得之，具以事告白献于璠。详其义，久而不能解，即命僚佐辨之，皆无能析其理者。数日，有一吏请谒璠之吏，且密谓曰：“吾闻王公得石铭，今有辨者乎？”吏曰：“公方念之，其义为何如，君岂即能究耶！”叟曰：“是不祥也。夫‘山有石，石有玉，玉有瑕，即休也’皆叙王公之世也。且公之先曰崟，崟生础，以文而观，是‘山有石’也。础生璠，是‘石有玉’也，璠之子曰‘瑕休’。是‘玉有瑕即休’，休者绝之兆，推是而辨，其绝绪乎？”吏谢之，叟言竟而去。至大和九年冬，璠卒夷其宗，果符叟之解也。（出《宣室志》）

中。”说完就离开了。天亮后，卢立没有将这件事马上说出去，而是进内告诉张惟清说道：“卫公对国家建有很大的功勋。现在庙宇残败不堪，风雨飘摇，并且越发严重，希望可以重新修筑一番。”张惟清听过他说的话非常高兴且同意他的诉求。在这之前，单于府因张惟清有美好的德性，已经给他写好了政绩。请护军骆忠上书告诉皇上。皇上曾经下诏令，要求中书舍人高公釴写文章来赞誉他的业绩，还要刻在石碑上。诏书已经到了石碑却还没有到，张惟清前段时间才让人去云中郡采挖石头，现在都还没有回来。在修建卫公庙的时候，铲挖西侧时得到一块石头，是长方形的，石头下面还刻着一个“张”字，清晰可见。工人将它献给张惟清，张惟清非常欢喜地说道：“这是上天赐给我的石碑啊。”于是马上叫从事过来看，卢立看后又惊奇又诧异。于是起身向张惟清祝贺并且说了曾经做的那个梦。于是用这块石头来做石碑，在碑上刻有高公的文字。（出《宣室志》）

王　璠

唐文宗太和年间，王璠管辖丹阳。在城外挖沟修建护城河，当挖掘到数尺深时，获得一块石头。上面有碑文说道：“山有石，石有玉，玉有瑕，即休也。”工人得到后，就将石碑献给王璠，并且告诉了他挖石碑时的情况。王璠想详细思考其中的含义，看了很久也不理解，于是命令他的同僚们来辨析，全都无人可以解释出其中的含义。多天后，有一位老者来拜见王璠下面的一个官吏，而且秘密地问他：“我听说王公获得一个碑铭，现在有能知道它意思的人吗？”官吏说：“王公正在想，那是什么意思，岂是你可以马上研究出来的！”老者说：“这是不祥之兆啊。‘山有石，石有玉，玉有瑕。即休也’都是记述王公家世的。王公的祖父叫崟，崟生础，从字面上看，这是‘山有石’。础生璠，这是‘石生玉’。璠的儿子叫瑕休。是’玉有瑕即休’。休是绝的征兆，推算一下来辨析，大概他这是要断绝世系了吧？”官吏向他道谢，老者竟然说完就走了。到了大和九年冬，王璠去世且全宗族的人都被斩杀。这果然和老者说的一模一样。（出《宣室志》）

柳光

太和中，有柳光者，尝南游。因行山道，会日晚，误入山崦中，松引盘曲。行数里，至一石室，云水环拥，清泉交贯。室有茵榻，若人居者。前对霞翠，固非人境。光因临流凝伫，忽见一缶，合于地。光即趋之，其缶下有泉，周不尽尺，其水清澈。举卮以饮，若甘醴，尽十余卮而已醉甚，遂偃于榻，及晓方寤。因视石壁，有雕刻文字极多，遂写其字，置于袖。词曰："武之在卯，尧王八季。我弃其寝，我去其康。深深然，高高然，人不吾知，又不吾谓。由今之后，二百余祀，焰焰其光，和和其始。东方有兔，小首元尾，经过吾道，来至吾里。饮吾泉以醉，登吾榻而寐。刻乎其壁，奥乎其义，人谁以辨，其东平子。"光先阅，阅而异之，遂行。出径数十步，回望其室，尽亡见矣。光究之不得。

有吕生者，视而解之，未几告曰："吾尽详矣，此乃得道者语也。夫唐氏之初，建号武德。武之二年，其岁己卯，则武之在卯，其义见矣，盖武德二年也。'尧王'者，谓高祖之号神尧。曰'八季'者，亦二年也。'我弃其寝，我去扆'者，言其去，盖绝去之时，乃武德二年也。'深深然，高高然。人不吾知，人不吾谓'者，言其隐而人不知也。'由今之后，二百余祀'者，言君者来也。且唐氏之初，今果二百余矣。'焰焰其光，和和其始'者，'焰焰其光'，谓岁在丁未也，焰者火，岂非南方之丙丁之谓乎？未亦火之位也；'和和其始'，谓今天子建号曰太和其始，盖元年也。'东方有兔，小首元尾'者，叙君之名氏。东方甲乙木也，兔者卯也，'卯'以附'木'，是'柳'字也。'小首元尾'，是光也。'经吾道，来吾里'言

柳光

太和年间，有一个人叫柳光，曾经南游。因在山道中行走，天色将晚，不小心进入到深山中，松树枝桠曲绕盘旋。走了好几里后，到了一个石屋里，石屋的四周环绕着云水，纵横交错的泉流清清流淌。石屋里有草榻，像是有人在这里居住的样子。草榻前照映着烂漫的晚霞和翠绿的松柏，像是仙境一般。于是柳光在溪边驻足凝视，忽然看见一个缶放在地上。柳光赶紧向那边走去，在缶的下面有一方泉水，周长不足一尺，泉水很清澈。拿起盛泉水的杯子喝，像甘甜的美酒，喝了十多杯后已经醉得厉害了，然后就躺在草榻上睡着了，直至第二日天亮时才醒来。醒后看见石壁上刻着有许多字，于是柳光就抄录下这些字，置于袖中。写道："武之在卯，尧王八季。我弃其寝，我去其扆。深深然，高高然，人不吾知，又不吾谓。由今之后，二百余祀，焰焰其光，和和其始。东方有兔，小首元尾，经过吾道，来至吾里。饮吾泉以醉，登吾榻而寐。刻乎其壁，奥乎其义，人谁辨，其东平子。"柳光先看了一下，但是越看越发感到奇怪，便走了。走出那条小路数十步，回头再次看那个石屋，已经了无踪迹。柳光探求文字的意思却毫无结果。

有个人叫吕生，看见柳光带来的文字后，对他说："我完全知道这其中的意思，这话是得道的人说的。上面写道：唐氏初年间，建号为武德。武德二年是己卯年，那么武之在卯，其中的含义就可以解释清楚了，原来是武德二年。'尧王'表示高祖的号'神尧'。'八季'说的是二年。'我弃其寝，我去扆'，表示离去，就是说是武德二年间离去的。'深深然，高高然。人不吾知，人不吾谓'，表示他隐居而且外面的人不知道。'由今之后，二百余祀'这句话，表示您来了。从唐初到如今果然有二百多年了。'焰焰其光，和和共始'这句话，'焰焰其光'表示在丁未年，'焰'是'火'的意思，难道这不是南方的丙丁吗？'未'是火之位；'和和其始'，表示从这开始今天子建年号叫太和，原来这就是元年。'东方有兔，小道元尾'表示您的姓名。东方甲乙说的是'木'，'兔'即是'卯'，卯依附于木，说的是'柳'字。'小首元尾'，说的是'光'字。'经吾道，来吾里'表示你来了。'饮吾泉以醉，君之来也。‘饮吾泉以醉，登吾榻而寐’言君之止也。‘刻乎其壁，奥乎其义。谁人以辨，其东平子’谓其义奥而隐，独吾能辨之。东平吾之邑也，即又信矣。如是而辨，果得道者之遗记也。”（出《宣室志》）

李福

洛京北邙太清观钟楼，唐咸通年中，忽然摧塌。有屋檩一条，其中空虚，每撑动触动转，内敲磕有声。人遂相传，来竞观之。道士李威仪不欲聚人，乃令破之，于其间得一黑漆板，上有陷金之字。曰：“山水谁无言，元年遇福重修。”道士赍呈洛中诸官，皆不能详之。李福相公罢镇西川归洛，见此隐文，反复详读数四，遂谓观主曰：“但请度工鸠徒，当以俸余之金，独立完葺也。百年之前，智者勒其志，已冥合今日。安得不重兴观宇乎！”洎观成，或请其由。福曰：“‘山水谁无言’者，今上御名也。咸通名漼也。‘元年遇福’者，改元之初作镇，获俸而回，福其不修，复待何人者哉！”（出《玉堂闲话》）

熊博

熊博者，本建安津吏。岸崩，得一古冢。藤蔓缠其棺，旁有石铭云：“欲陷不陷被藤缚，欲落不落被沙阁，五百年后遇熊博。”博时贫老，僧为率钱葬之。博后至建州刺史。（出《稽神录》）

王敬之

故邺都之西北门，曰芳林乡。齐村民王敬之，编户中尤贫者，登吾榻而寐’表示您的逗留驻足。‘刻乎其壁，奥乎其义。谁人以辨，其东平子。’表示那其中的意义深奥且隐晦，只有我能辨析它的意思。我家住的地方叫东平，这又令人信服了。若是这样来辨析，才是得道之人的遗记。”（出《宣室志》）

李福

在洛京北邙山太清观里有个钟楼，唐咸通年间，突然被摧毁倒塌了。有一条屋檩，中间是空心的，每次用手拍、触摸或翻转，里面就会传出来敲磕的声音。于是人们互相传开，都争相来看。道士李威仪不想让很多人聚集而来，就让人劈开它，在其中获得一个黑漆板，板上有阴文金字。道：“山水谁无言，元年遇福重修。”道士将它呈给洛京里的各位官员看，都不知道它的意思。李福相公镇守完西川回到洛京，看见这个隐文，反复细读许多次后，就对观主说：“尽管请些木工、瓦工之类的人，我会用除去我俸禄之外的钱，来独自完成钟楼的修葺。百年之前，有智慧的人刻下的文字，现在应合在今天。怎么可以不重新复兴观宇呢！”待观宇修好，有人问这其中的缘由。李福说：“‘山水谁无言’这句话表示，现在天子的名字。咸通帝的名叫漼。‘元年遇福’，表示改元之初，我镇，守西川获得俸禄回归洛京，李福我不修建这观宇，还要等什么人来修呢！”（出《玉堂闲话》）

熊博

熊博，本来是管理建安津的官吏。一天河岸崩塌，出现一座古墓。藤蔓缠绕着这个棺材，旁边有块刻着字的石头说道：“欲陷不陷被藤缚，欲落不落被沙阁。五百年后遇熊博。”当时熊博非常贫穷。是由僧人筹钱替他重新安葬了古棺。熊博后来在建州做了刺史官。（出《稽神录》）

王敬之

原来的邺都西北门外有个地方，叫芳林乡。有个叫王敬之的平民常以樵苏为业。丙午岁秋九月，因掘一株铜雀台下，其地欻然小陷。随而锸之，三尺许，得一苍石，大如盆。遂力索之，石忽破为二。若摧壳然，中有苍石匣，长尺有咫，厚三寸，广四寸。敬之骇，内诸畚中以归。洁之以水，则温润昭烂，真奇宝也。四傍及背引起龙骧凤翥及花葩之状，雕镂奇诡，殆非人工。徐启之，中有白玉板，上刻大篆六行。文曰："上土巴灰除虚除，伊尹东北八九余，秦赵多应分五玉，白丝竹木子世世居。但看六六百中外，世主留难如国如。"于是敬之持以献魏帅乐彦真，彦真赍以束帛，而蠲其地征焉，亦无能洞达其隐词者。噫，当曹氏石氏高氏之代，斯则邺之王气休运所钟，于是诸贤众矣。焉知不有阴睹后代，总括风云，幅裂山河之事，而瘗玉以谶之。今石既出，其事将兆矣。（出皇甫枚《玉匣记》）

王承检

王蜀秦州节度使王承检，筑防蕃城。至上邦山下，获瓦棺，内无尸，唯有一片舌，肉色红润，坚如铁石。其舌上只有一髑髅，中有一古钱，有二蝇，振然飞去。片石刻篆字曰："大隋开皇二年，渭州刺史张崇妻夫人王氏，年二十五，嫁于崇，三年而娠。恶其妊娠，遂卒。"铭曰："车道之北，邽山之阳，深深葬玉，郁郁埋香。刻斯贞石，焕乎遗芳。地变陵谷，崄列城隍。乾德丙年，坏者合郎。"是岁伪乾德六年，丙子岁也。言"坏者合郎"，即王承检小字也。（出《玉溪编事》）

百姓，是所有编册在户的平民中最贫困的，他经常靠打柴割草为业。丙午年九月，他在铜雀台这个地方挖一棵树，地面突然塌陷，于是继续往下挖，挖到三尺左右深时，发现一块青石，它的大小像盆。然后用力往外抠，石头突然裂成两半。像裂开的果核一样。中间有一个青石匣，有一尺多长，三寸厚，四寸宽。王敬之非常惊讶，把青石匣放进竹筐里带回去。用水清洗干净后，那石匣光滑璀璨，真是奇珍异宝。四周及背面都有盘龙雕凤和花葩形状，雕刻十分奇怪，决不是人工所雕琢的。将它慢慢地打开，里面有一块白玉板，上面有六行用大篆刻的字。铭文写道："上土巴灰除虚除，伊尹东北八九余，秦赵多应分五玉，白丝竹木子世世居。但看六六百中外，世主留难如国如。"于是王敬之拿它献给魏帅乐彦真，乐彦真赏赐给他五匹帛，并且除去了他的租税，后来也无人可以洞察知晓那些隐词。唉，当年曹氏石氏高氏各个朝代，都是依仗邺都的王气所钟爱，因此出了很多圣贤。谁知道它能不能荫护后代呢，包括风云变幻、江山易代的事情，埋在地里的玉石就可以用来预言。如今石头已经出世，那些事情马上要得到应验了。（出皇甫枚《玉匣记》）

王承检

王承检是王氏前蜀秦州节度使，修筑防蕃的城墙。修到邽山下时，获得一口瓦棺，棺内没有尸体，只有一片舌头，肉色红润坚硬如铁。舌头上方只有一块死人的头骨，其中有一枚古钱，里面有两只苍蝇，拍翅飞走。在片石上面有篆书刻着的字："大隋开皇二年间，王氏是渭州刺史张崇的妻子，二十五岁的时候，嫁给了张崇，三年后怀孕，因妊娠恶阻，不久就死了。"铭文说："车道之北，邽山之阳，深深葬玉，郁郁埋香。刻斯贞石，焕乎遗芳。地变陵岩，崄列城隍。乾德丙年，坏者合郎。"这一年刚好是伪乾德六年，丙子年。其中说的"坏者合郎"，正是王承检的小名。（出《玉溪编事》）

卷第三百九十三　雷一

李叔卿

汉河南李叔卿，为郡工曹，应孝廉。同辈疾之，宣言曰："叔卿妻寡妹。"以故不得应孝廉之目，叔卿遂闭门不出。妹悲愤，乃诣府门自经，叔卿亦自杀，以明无私，既而家人葬之。后霹雳，遂击杀所疾者，以置叔卿之墓。所震之家，收葬其尸。葬毕，又发其冢。（出《列女传》）

杨道和

晋扶风杨道和，夏于田中，值雷雨，至桑树下。霹雳下击之，道和以锄格，折其肱，遂落地不得去。唇如丹，目如镜，毛角长三尺余。状如六畜，头似猕猴。（出《搜神记》）

石　勒

后赵石勒时，暴风大雨雷雹。建德殿端门、襄国市西门倒，杀五人。雹起西河介山，大如鸡子，平地三尺，洿下丈余。行人禽兽，死者万数。历千余里，树木摧折，禾稼荡然。勒问徐光，曰："去年不禁寒食，介推帝乡之神也，故有此灾。"（出《五行记》）

李叔卿

在汉代河南，有一个人叫李叔卿，作郡府工曹，当时把他推荐为“孝廉”。同僚们忌妒他，到处散播流言说：“李叔卿与守寡的妹妹通奸。”因而没有理由取得“孝廉”的头衔，叔卿于是就紧闭大门不再出去。他的妹妹很悲痛愤慨，于是在官府衙门前自尽，然后叔卿也自杀了，以此来表示自己没有做过这样的事，后来家中的人埋葬了他们。有一天雷声大作，散播流言的人被电击死了，就倒在李叔卿的坟墓旁边。被电死的人的家属，将他收尸埋葬。埋葬结束后，雷电又把这个人的坟给霹开了。（出《列女传》）

杨道和

杨道和是晋代扶风的人，夏天在田间劳作，刚好打雷又下雨，于是跑到桑树下。霹雳朝他击来，杨道和就用锄头同它格斗，打断它的胳膊，于是霹雳不能逃走而落在了地上。它有着丹砂似的红嘴唇，明镜似的眼睛，头顶是三尺多长并且长着毛的两只角。它身体形状像六种动物的合体，脑袋像猕猴一样。（出《搜神记》）

石勒

赵国后期石勒当政时，有暴风大雨雷震冰雹祸患。摧倒了建德殿的端门和襄国市的西门，有五个人被砸死。在西河一个叫介山的地方发生了冰雹灾害，冰雹像鸡蛋那么大，在平地上堆积三尺多厚，低洼处也高了一丈多，走在路上的人和飞鸟走兽，砸死了数以万计。方圆千里，摧毁折断了树木，禾苗庄稼化为乌有。石勒问徐光是什么

虢州人

唐虢州有兄弟析居，共分堂宇。至显庆元年夏夜，雷震烈风可畏。其兄甚惧，欲于弟舍避之，将去复止。门前十数步，先有长坑。风雨拔住屋及老小十一口，皆投坑死。所拔之处，尽坑也。仍卷数千巨细家用物，咸入于坑，讫无遗者，惟墙壁不动。庭槐大可数围，枝条甚茂，拔其根茎。洪纤俱尽，遂失所在，终寻不得。先是一年，其妻见树有羊，但共怪之，后遂遭此变。而弟所居，但拔露椽瓦，有似人拆之，余无所损。有子卫士，在京番直，刺史于立政奏之，敕放子还，仍赐物三十件。时桓思绪为司功，亲检其事。（出《广古今五行记》）

封元则

唐封元则，渤海长河人。显庆中，为光禄寺太官掌膳。时于阗王来朝，食料余羊，凡数十百口，王并托元则送僧寺长生。元则乃窃令屠家烹货收直。龙朔元年夏六月，洛阳大雨，雷震杀元则于宣仁门外街中，折其项，血流洒地。观者盈衢，莫不惊愕。（出《法苑珠林》）

原因，徐光回复说："去年寒食节没有进行禁火寒食，介之推是帝乡的神灵，然后导致了这场灾祸的发生。"（出《五行记》）

虢州人

唐代一个叫虢州的地方有两个兄弟分家，分别住在堂屋的一边。在显庆元年间一个夏天的夜晚，雷声大作狂风骤起，令人畏惧。哥哥很害怕，想去弟弟的房间规避一下，正要去的时候却又停住了脚步。离门前有十几步远的地方，有一个长坑。住房和他的全家老少十一口人被暴风雨连根带起，全都被卷入坑中摔死了。暴风雨所拔除之处，全都是大坑。数千件细软之物家用器具，都被卷入大坑中，一件东西都没有留下。只有那个墙壁屹立不倒。在庭院中有一棵几个人才能围住的大槐树，枝条生长得很茂盛，都被连根拔起。许多纤条就这样消失了，原来的地方也没有，到最后也没有找到一点痕迹。一年前事情还未发生时，他的妻子看见树上竟然有羊，当时只觉得很怪异，直到后来遭遇到了这场变故。但是弟弟居住的屋子，仅仅有椽子和瓦露了出来，像有人拆过一样，其他的地方未受到破坏。他有一个在京城服役任住宿卫的儿子，刺史于立政上书告知了这个事情，皇帝下令释放他的儿子回家，还赏赐了三十个物件。当时担任司功的是桓思绪，由他亲自着手解决了这个事情。（出《广古今五行记》）

封元则

唐朝封元则，是渤海长河人。显庆年间，做光禄寺太官掌管膳食是他的职位。刚好于阗王前来朝拜，拿来做烹饪食材的羊，将近有数百只，于阗王让封元则把它们交给寺里的僧人饲养。封元则却偷偷地把羊宰杀、烹饪，收取钱财。龙朔元年夏天的六月，洛阳下了一场大雨，封元则在宣仁门外的大街上被雷电给击死了，他的脖子被折断，遍地都是他流洒出的血。大街上挤满了看热闹的人，没有一个人不感到惊愕。（出《法苑珠林》）

僧道宣

唐刘禹锡云，道宣持律第一。忽一旦，霹雳绕户外不绝。宣曰："我持律更无所犯，若有宿业，则不知之。"于是褫三衣于户外，谓有蛟螭凭焉。衣出而声不已，宣乃视其十指甲，有一点如油麻者，在右手小指上。疑之，乃出于隔子孔中，一震而失半指。黑点是蛟龙之藏处也。禹锡曰："在龙亦尤善求避地之所矣，而终不免。则一切分定，岂可逃乎？"（出《嘉话录》）

苏践言

司礼寺苏践言，左相温国公良嗣之长子，居于嘉善里。永昌年六月，与其弟崇光府录事参军践义，退朝还第。弘道观东，猝遇暴雨。震雷电光，来绕践言等马，回旋甚急，雷声亦在其侧。有顷方散。其年九月，元肃言与赵怀节谋逆，践言妻妾并被缧绁数月，仍各解职。及良嗣薨，并放流荒裔。（出《五行记》）

狄仁杰

唐代州西十余里，有大槐，震雷所击，中裂数丈。雷公夹于树间，吼如霆震。时狄仁杰为都督，宾从往观。欲至其所，众皆披靡，无敢进者。仁杰单骑劲进，迫而问之。乃云："树有乖龙，所由令我逐之。落势不堪，为树所夹。若相救者，当厚报德。"仁杰命锯匠破树，方得出，其后吉凶必先报命。

僧道宣

唐代刘禹锡说过，僧道宣对于戒律执行得最为严苛。突然有一天，在道宣屋外络绎不绝的霹雳声绕来绕去响个不停。道宣说道：“我持守戒律而且没有犯过错事，若是有前世的罪业，这就不知道了。”于是把三件衣服脱了下来放置于房屋外面，说蛟龙可以暂时躲避在里面。衣服送出去了霹雳声响却还没有停下来，于是道宣看着自己的十个手指甲，有一个芝麻粒大小的黑点，在右手的小拇指上。对此感到非常疑惑，于是将小指从窗户的一个孔里伸出去，随着一声霹雳而来就把小指震掉了半截。蛟龙藏身的地方原来是那个黑点啊。刘禹锡说道：“蛟龙尤其善于寻找藏匿的地方，但最终还是未能幸免。这一切都是注定好的，怎么可以逃避呢？”（出《嘉话录》）

苏践言

司礼寺有个人叫苏践言，是左丞相温国公苏良嗣的长子，居住在嘉善里。永昌年间六月，苏践言与他的弟弟苏践义在崇光府任录事参军，一起退朝回府。走到弘道观的东方时，突然遇到暴雨。雷声大作电闪雷鸣，在苏践言等一行人和马的周围轰轰作响，一声紧接着一声，那雷声就像在他的身旁一样。过了好一会儿才停息下来。这一年的九月，元肃言与赵怀节共同策反，把苏践言和他的妻妾们一同监禁数月，还把他的职务解除了。当他的父亲苏良嗣死后，又把他的全家放逐到边远的地方去了。（出《五行记》）

狄仁杰

唐代有一个州，往西方走十多里的地方，那里有一棵大槐树，被惊雷击中，树中间裂开了个大口子有好几丈长。雷公夹在这中间，发出暴雷似的吼声。当时的都督是狄仁杰，带领着宾客和随从去查看。将要抵达那个地方的时候，所有人被震惊到，没有人再敢往前走。狄仁杰一个人骑着马往前进去，在大树旁边询问雷公这里发生了什么事情。雷公答道：“大槐树里面有只不肯听命的孽龙，上天命令我将

偃师

唐元和元年六月，偃师县柏李村，震电于民家。地裂，阔丈余，长十五里，测无底。所裂之处，井厕相通；所冲之墓，棺出地。亦不知所由也。

雷斗

唐开元末，雷州有雷公与鲸斗。鲸身出水上，雷公数十，在空中上下。或纵火，或诟击，七日方罢。海边居人往看，不知二者何胜，但见海水正赤。（出《广异记》）

漳泉界

唐开元中，漳泉二州，分疆界不均，互讼于台者，制使不能断。迨数年，辞理纷乱，终莫之决。于是州官焚香，告于天地山川，以祈神应。俄而雷雨大至，霹雳一声，崖壁中裂。所竞之地，拓为一径。高千尺，深仅五里，因为官道。壁中有古篆六行，二十四字，皆广数尺。虽约此为界，人莫能识。贞元初，流人李协辨之曰：“漳泉两州，分地太平。永安龙溪，山高气清。千年不惑，万古作程。”所云永安龙溪者，两郡界首乡名也。（出《录异记》）

它驱逐。但是由于我落下来的位置不好，正好被这棵槐树夹住了。若是可以把我救出去，我定会重重地报答你的大恩大德。”狄仁杰命匠人将大槐树锯开，雷公得到解脱，从这以后，不管好事还是坏事，雷公都先向狄仁杰报告。

偃 师

唐朝元和元年六月，偃师所在的郡县有个地方叫柏李村，雷电击中了平民百姓的房屋。地面有个长十五里宽一丈多的裂口，目测深不见底。所有裂开的地方，水井和厕所是相连接的；墓地受到冲击，棺材都掀翻到了地面上。不知道这是怎么回事。

雷 斗

唐朝开元末年间，雷公在雷州这个地方同鲸打斗。鲸的身体跃过水面，好几十个雷公，纵横于空中上下。有的施放雷火，有的施咒击打，直到第七天才停止。住在海边的人们前往观看，不知道它们二者谁最后胜利了，只看见海水变成了红色。（出《广异记》）

漳泉界

唐朝开元年，有两个州叫漳州和泉州，由于划分疆界时不均匀，二者相互到府台诉讼，制置使不能解决这个案件。待几年过后，双方的说辞越发纷乱，直到最后也没有做出决断。于是双方的州官便烧香祈祷，向天地山川祷告，以祈求神明可以给出答复。不一会儿，雷声大作大雨将至，随着一声霹雳声响起，悬崖峭壁中间竟然裂开了。裂开的地方，开拓出来一条小路。有千尺高，仅五里深，因此把它当成一条官道。峭壁的上面有六行古篆字，有二十四个字，每个字都长好几尺。二州虽然把这个地方作为界限，但是却没有人可以认出那些字。贞元初年，李协流亡在外辨认出了这些字，说道：“漳泉两州，分地太平。永安龙溪，山高气清。千年不惑，万古作程。”意思是这上面描述的永安、龙溪，就是漳泉二州交界的地方第一乡的名称啊。（出《录异记》）

包超

唐安丰尉裴翾，士淹孙也，云："玄宗尝冬月，诏山人包超，令致雷声。对曰：'来日午当有雷。'遂令高力士监之。一夕，醮式行法，及明至巳，曾无纤翳。力士惧之，超曰：'将军视南山，当有黑气如盘矣。'力士望之，如其言。有顷风起，黑气弥漫，疾雷数声。上令随哥舒翰西征，每阵尝得胜风。"（出《酉阳杂俎》）

张须弥

唐上元中，滁州全椒人仓督张须弥，县遣送牲诣州。山路险阻，淮南多有义堂及井，用庇行人。日暮暴雨，须弥与沙门子邻，同入义堂。须弥驱驮人王老，于雨中收驴。顷之，闻云中有声堕地，忽见村女九人，共扶一车。王有女阿推，死已半岁，亦在车所。见王悲喜，问母妹家事，靡所不至。其徒促之乃去。初扶车渐上，有云拥蔽，因作雷声，方知是雷车。（出《广异记》）

蔡希闵

唐蔡希闵，家在东都。暑夜，兄弟数十人会于厅。忽大雨，雷电晦暝。堕一物于庭，作飒飒声。命火视之，乃妇人也，衣黄绸裙布衫，言语不通，遂目为天女。后五六年，能汉语。问其乡国，不之知。但云："本乡食粳米，无碗器，用柳箱贮饭而食之。"竟不知是何国人。初在本国，夜出，为雷取上，俄堕希闵庭中。（出《广异记》）

包 超

唐代安丰县尉裴翻，是裴士淹的孙子。他说："曾经玄宗皇帝在寒冬腊月里，召见隐居在山里的包超，要他招来雷声。包超回复道：'第二天中午应该有雷。'于是命令高力士去监督他。一天夜晚，包超开始像术士一样作法，等到天明接近中午的时候，天空中依旧没有一点云彩。高力士非常担忧。包超说：'将军可以去南山看看，那里应该是黑气盘旋久久不散的。'高力士放眼望去，果然和他说的一样。不久就开始刮起了风，黑云密布，响起几声惊雷。然后皇帝命令包超跟随哥舒翰讨伐西边，每场战役都取得了胜利之风。"（出《酉阳杂俎》）

张须弥

唐代上元中，张须弥是滁州府全椒县的一名仓督，县官派他把牲畜运送去滁州。山路艰险难行，在淮南这个地方有很多地区供应义堂和水井，以庇佑路过此地的人。傍晚时分下起了暴雨，张须弥和佛门弟子相邻，共同走进了义堂。张须弥驱使赶驮人王老汉，去雨中将驴牵引起来。一会儿，在云里有东西掉落在地上发出声音，突然看见九个农村女子。共同扶着一辆车子。阿推是王老汉的女儿，死了有半年，竟然也在推车人之间。看到王老汉，悲喜交集，然后问家里的母亲和妹妹的情况，没有什么她不想问的。和她同行的人催促她该离开了。刚一扶住车子就开始升起，周围云雾缭绕隐蔽了她们，随着一声惊雷响起，才知道那是一辆雷车。（出《广异记》）

蔡希闵

唐代有个人叫蔡希闵，家住在东都洛阳。一天夜晚天气非常炎热，在厅前他们兄弟数十人会聚在一起。突然来了倾盆大雨，电闪雷鸣忽明忽暗。有一个东西从天上掉了下来落在庭院中，发出飒飒的声音。蔡希闵命令仆人拿火把前去查看，竟然是一个妇人，穿着黄色绸缎的裙衫，说着听不懂的话，因此就把她看成天上来的仙女。

徐景先

唐徐景先，有弟阿四，顽嚚纵佚，每诲辱之，而母加爱念，曲为申解，因厉声应答。云雷奄至，曳景先于云中。有主者，左右数十人，诃诘。景先答曰："缘弟不调，供养有缺，所以诟辱。母命释之，非当詈母。"主者不识其言。寻一青衣，自空跃下，为景先对。曰："若尔放去，至家，可答一辩。钉东壁上，吾自令取之。"遂排景先堕舍前池中，出水，了无所损。求纸答辩，钉东壁，果风至而辩亡。（出《广异记》）

欧阳忽雷

唐欧阳忽雷者，本名绍，桂阳人，劲健，勇于战斗。尝为郡将，有名，任雷州长史。馆于州城西偏，前临大池，尝出云气，居者多死。绍至，处之不疑。令人以度测水深浅，别穿巨壑，深广类是。既成，引决水，于是云兴，天地晦冥，雷电大至，火光属地。绍率其徒二十余人，持弓矢排锵，与雷师战。衣并焦卷，形体伤腐，亦不之止。自辰至酉，雷电飞散，池亦涸竭。中获一蛇，状如蚕，长四五尺，无头目。斫刺不伤，蠕蠕然。具大镬油煎，亦不死。洋铁汁，方焦灼。仍杵为粉，而服之至尽。南人因呼绍为忽雷。（出《广异记》）

五六年过后，她学会了汉语。当问到她的国家故乡时，还是什么都不知道。只说道：“我的家乡是吃粳米的，没有碗这种器具，用来吃饭的器具是用柳木制作成的。”始终也不知道是哪个国家的人。她当初在自己家里时，晚上出门有一道雷电把她抓到天上，不一会儿就掉落在蔡希闵家的庭院里了。（出《广异记》）

徐景先

唐代有个人叫徐景先，他的弟弟叫阿四，顽皮嚣张无法无天，每次徐景先都要骂他一顿来教育他。然而他的母亲对阿四却加倍宠爱，曲解意思也要帮他辩解，于是他对母亲也是恶语相向。一日雷雨忽然来临，徐景先被拉到空中。有个主人，在其左右有几十个人，对他责问训斥。徐景先回复道：“因为弟弟不听训导，对供养的母亲有不满的地方，所以我内心感觉到耻辱。母亲每次都为弟弟解释，我很生气但是也不该去责骂母亲。”主人不明白他说的话。找来一个青衣婢女，从空中一跃而下，同徐景先对话。她说：“如果放你回去，回到家后，可以写一份申辩词状。钉在东边墙壁，我有自己的方法取到它。”然后徐景先被推入房子前面的水池里，从水池里出来，毫发无损。他马上找来纸写上申辩词，钉在东边的墙上，一阵风吹来，那申辩词果然就消失不见了。（出《广异记》）

欧阳忽雷

唐代有个叫欧阳忽雷的人，本名欧阳绍，是桂阳人，强劲健硕，善于格斗。曾经是郡府里一个有名气的武官，后来担任雷州长史。他居住在州城西面一个偏僻的地方，前面临近一个大水池，经常有云气溢出来，居住在这里的人大多都死了。欧阳绍来到这里后，一点也不迟疑地处理这个地方。他命人用度量工具来测量这个水池的深度，又发现一大片沟壑，深度和宽度与那个大水池差不多。完成了，就将大水池里的水放出来，于是有云滚滚而来，天地间忽明忽暗，电闪雷鸣大雨将至，火光连地。欧阳绍带领着二十多个部下，拿着弓箭

宣 州

唐贞元年，宣州忽大雷雨，一物堕地，猪首，手足各两指，执一赤蛇啮之。俄顷云暗而失，时皆图而传之。（出《酉阳杂俎》）

王 幹

唐贞元初，郑州王幹，有胆勇。夏中作田，忽暴雷雨，因入蚕室中避之。有顷，雷电入室中，黑气陡暗。幹遂掩户，荷锄乱击。雷声渐小，云气亦敛。幹大呼，击之不已。气复如半床，已至如盘。忽然堕地，变为熨斗折刀小折足铛焉。（出《酉阳杂俎》）

华亭堰典

唐贞元中，华亭县界村堰典，妻与人私，又于邻家盗一手巾。邻知觉，至典家寻觅。典与妻共讳诟骂，此人冤愤，乃报曰："汝妻与他人私，又盗物。仍共讳骂，神道岂容汝乎？"典曰："我妻不奸私盗物，如汝所说，遣我一家为天霹。"既各散已。至夜，大风雨，雷震怒，击破典屋，典及妻男女五六人并死。至明，雨尤未射击，同雷公作战。衣服被烧焦卷起了，身体受伤腐坏了，也没有停下来。从早上到傍晚一直在战斗，电闪雷鸣散去，池水也干涸了。在水池里面获得一条蛇，它的形状像蚕一样，有四五尺的长度，头和眼睛都没有。不管是砍还是刺都不能伤害到它，依旧在蠕动。用大锅油煎和炸它也没有死。用铁水洒向它，这才烤焦。于是将它捣为粉末。全都把它喝了进去。因而南方人将欧阳绍称为欧阳忽雷（出《广异记》）。

宣州

唐代贞元初年，宣州这个地方突然下了一场雷雨，有一个东西掉落到地面上，有着猪的脑袋，只有两个指头的手和脚，它抓着一条红蛇正在吃。没过多久云慢慢变暗了，这个东西也消失了，当时有人用画图来流传这件事情。（出《酉阳杂俎》）

王幹

唐代贞元初年，郑州有个叫王幹的人，有勇气有胆识。夏天的一天中午他在田间劳作，突然雷声大作大雨来临，于是进入养蚕的房间躲避。没过多久，雷电击入房间里，黑气袭来，周围突然就暗了下来。于是王幹关上房间的门，拎起锄头就胡乱击打。随着雷电声逐渐变小，黑暗的云气也收了起来。王幹大声叫喊，并且还在不停地击打。云气逐渐像半张床一样大，又变成盘子那样。突然掉落在了地上，变成熨斗、折刀、小锅、脚铃铛等东西。（出《酉阳杂俎》）

华亭堰典

唐代贞元中年，华亭县界村这个地方有个人叫堰典，他的妻子和人私通，又在邻居那里偷了一条手巾。邻居发觉了，就到堰典家中去寻找。堰典和他的妻子不承认这件事情还骂了他，这个人觉得非常冤枉和愤怒，然后就告诉堰典："你的妻子与人私通，还偷盗东西。你们不承认就算了还辱骂人，上天神明怎么可以容得下你们呢？"堰歇，邻人但见此家屋倒，火烧不已。众共火中搜出，觅得典及妻，皆烧如燃烛状。为礼拜，求乞不更烧之，火方自熄。典胁上题字云："痴人保妻贞，将家口质。"妻胁上书："行奸仍盗。"告县检视，远近咸知。

吴越闻震死者非少，有牛及鳝鱼树木等。为雷击死者，皆闻于县辩识。或曰："人则有过，天杀可也。牛及树木鱼等，岂有罪恶而杀之耶？又有弑君弑父杀害非理者，天何不诛？请为略说。"洞庭子曰："昔夏帝武乙，射天而震死。晋臣王导，寝柏而移灾。斯则列于史籍矣。至于牛鱼，以穿踏田地，水伤害禾苗也。"或曰："水所损亦微，何罚之大？"对曰："五谷者，万人命也，国之宝重，天故诛之，以诫于人。树木之类，龙藏于中，神既取龙，遂损树木耳。天道悬远，垂教及人，委曲有情，不可一概。余曾见漳泉故事，漳泉接境，县南龙溪，界域不分，古来争竞不决。忽一年大雷雨，霹一山石壁裂，壁口刻字：'漳泉两州，分地太平。万里不惑，千秋作程。南安龙溪，山高气清。'其文今犹可识。天之教令，其可惑哉！且《论语》云：'迅雷风烈必变。'又《礼记》曰：'若有疾风迅雷甚雨，则必变。'虽夜必兴，衣服冠而坐。又曰：'洊雷震，君子以恐惧修省。'夫圣人奉天教，岂妄说哉！今所以为之言者，序述耳。因为不尔，岂足悲哉！夫然弑君弑父杀害无辜，人间法自有刑戮，岂可以区区之意，而责恢恢之网者欤！"（出《原化记》）

典说："我妻子没有通奸也没有偷盗东西，若真像你说的那样，就让我们全家天打五雷轰。"于是就各自散去了。到了晚上，风雨大作，雷霆万钧，堰典家的房子被雷电击中了，堰典和他的妻子儿女全家五六口都被雷劈死了。到了第二日天亮时，雨还没有停息，邻居看见他家房屋倒塌，大火燃烧个不停。所有人在火中寻找他们，当寻到堰典和他的妻子时，都被烧了，样子像点燃的蜡烛。邻居赶紧跪下来礼拜，祈祷他们不要再燃烧了，然后那火才熄灭了。堰典的肋骨上有一行字写道："白痴想保全妻子的贞节，用全家上下五六口人当人质。"他的妻子肋骨上有字写道："不止私通还偷盗他人物品。"把这个事情报告到县里让人来验尸，远近的人全都知道了这件事。

吴越听说这里雷电击死人的情况不在少数，还有牛群、鳝鱼和树木等其他东西。被雷电死的人，其家属听闻这件事情后去县里辩解。有人说："若是人有罪过，上天可以杀他。但是牛、树和鱼等，它们有什么罪恶要受到这样的杀害呢？另外那种杀害君王、杀害父亲和做出伤天害理事情的人，上天怎么不杀死他们呢？请给我们讲一下这其中的道理。"洞庭子说道："往昔夏帝武乙，由于射天雷电把他击死了。晋代有一个大臣叫王导，由于在柏树上睡觉逃过了一劫。这些事情史著书籍里都有记录。至于牛和鱼等，在田地间穿来穿去，破坏了水质，损害了禾苗。"又有人说道："水造成的危害是很小的，为何也处以这么重的责罚呢？"洞庭子回复说道："五谷杂粮，关系着千万百姓的命运，是国家最为重要的宝物，老天故意将它们杀死，用这样的方式警告人们。树木这类事物，有孽龙藏在里面，上天要消灭它们，于是损害树木这是无可避免的。天之道奥秘高远，教导下面的人，所有事情原委都有理有据，不能一概而论。曾经我听闻过漳泉二州的故事。漳州和泉州的界限相接连，龙溪在县城南方，边界划分不清，从古至今一直争议不断。忽然有一年雷声大作大雨将至，把一座山体的石壁都劈裂开来，石壁上刻着字：'漳泉两州，分地太平。万里不惑，千秋作程。南安龙溪，山高气清。'如今这些文字还能够认出来。上天的教训和命令，这是不容质疑的！而且《论语》中说道：'迅雷风烈必变。'《礼记》中也说道：'要是有疾风迅雷甚至是

李师道

唐元和中，李师道据青齐，蓄兵勇锐，地广千里，储积数百万，不贡不觐。宪宗命将讨之，王师不利。而师道益骄，乃建新宫，拟天子正殿，卜日而居。是夕云物遽晦，风雷如撼，遂为震击倾圮。俄复继以天火，了无遗者。青齐人相顾语曰："为人臣而逆其君者，祸固宜矣。今谪见于天，安可逃其戾乎？"旬余，师道果诛死。（出《宣室志》）

李鄘

唐李鄘，北都介休县民。送解牒，夜止晋祠宇下。夜半，闻人叩门云："介休王暂借霹雳车，某日至介休收麦。"良久，有人应曰："大王传语，霹雳车正忙，不及借。"其人再三借之。遂见五六人秉烛，自庙后出，介山使者亦自门骑而入。数人共持一物，如幢，扛上环缀旗幡，授与骑者曰："可点领。"骑即数其幡，凡十八叶，每叶有光如电起。民遂遍报邻村，令速收麦，将有大风雨，悉不之信，乃自收刈。至日，民率亲戚，据高阜，候天色。乃午，介山上有云气，如窑烟，须臾蔽天，注雨如绠，风吼雷震，凡损麦千暴雨，则必须做出改变。’意思是即使在夜晚也必须起来，衣物穿戴整齐而坐。还说道：‘雷声震震，反反复复，感到惊恐的君子们应该不停地自我反省。’圣人孔夫子根据天意对我们进行教导，这难道是胡乱说的吗？如今之所以还要说这些话，是要再复述一遍。因为不这样的话，是非常悲哀的！然而那些杀害君王、杀害父亲和残害无辜的人，人间自有法律法规来惩罚他们，我们怎么可以用自己的质疑，去指责恢恢的法网呢？”（出《原化记》）

李师道

唐代元和中年，有个叫李师道的人占据了青、齐二州，养兵蓄锐，在千里宽阔的地面，囤积数百万两金银，不向朝廷纳贡，也不觐见皇帝。宪宗皇帝下令将领他讨伐他，结果出师不利失败了。然而李师道越来越骄傲横行，甚至照着皇帝正殿的样子建造新的宫殿，他算了一个良辰吉日搬进去住。当晚就乌云密布天地昏暗，狂风大作雷霆万钧，于是这座宫殿就被震倒了。没过多久又燃起了火，烧得什么东西都没有留下。青齐二州的百姓相互传告，说道：“臣子叛变君主，是要遭到灾祸的；如今上天已经怪罪下来，怎么可以逃掉惩罚呢？”十多天过去了，李师道果然被杀死了。（出《宣室志》）

李　鄘

唐代有个人叫李鄘，是北都介休县的平民。一天他运送文书，晚上停在晋祠屋檐下住了下来。到了半夜，听见有人敲门说：“介休王要暂时借用霹雳车，某一天去介休收麦子。”过了一会，有人回复道：“大王命我来转告你，霹雳车正忙，现在不借。”那个人三番两次要借。然后看见拿着蜡烛的五六个人，从庙宇后面走了出来，介山使者也从门口骑着马进入庙宇。很多人一同抬着一件东西，像仪仗用的旗子，环缀旗幡的旗杆。他们把他交给骑马的那个人，说：“清点一下就能领走了。”骑者清点这些旗幡，有十八面，每一面都像放电一样发着光。于是李鄘把这件事告知了邻村百姓，让他们赶紧收

余顷。数村以民为妖，讼之。工部员外郎张周封亲睹其推案。（出《酉阳杂俎》）

徐 诩

唐润州延陵县茅山界，元和春，大风雨。堕一鬼，身二丈余，黑色，面如猪首，角五六尺，肉翅丈余，豹尾。又有半服绛褌，豹皮缠腰，手足两爪皆金色。执赤蛇，足踏之，瞪目欲食，其声如雷。田人徐诩，忽见惊走，闻县。寻邑令亲往睹焉，因令图写。寻复雷雨，翼之而去。（出《录异记》）

麦子，大风雨马上就要来了，人们都不相信，然后李鄘就一个人去收割。第二日，百姓们带着亲戚高高站在土山上，静候天色。到了中午，云气出现在介山上，像窑里冒出来的烟一样，没多久就阴云密布，雨下得连成了线，风驰电掣雷声大作，一共损坏了一千多顷麦子。多数村民以为李鄘是妖物，把他告上官府。张周封作为工部员外郎，要亲自看着县官判决这件案子。（出《酉阳杂俎》）

徐诩

唐代，润州府延陵县有个地方叫茅山界，元和年间的一个春天，忽而风雨大作。有个鬼物从天上掉了下来，身长二丈多，黑色皮肤，猪头一样的脸，五六尺长角，一丈多的肉翅，豹子似的尾巴。它下身穿着半条红裤子，豹皮缠在腰间，手和脚的爪子都是金色。它抓住一条红蛇，脚将它踩住，瞪着眼睛就要吃蛇，声音像雷声那么响。种田人徐诩看到这样的状况，吓得转身就跑，县里的人都听说了。县令马上前往想要目睹，并且命人将它画了下来。没多久雷雨就来了，于是那鬼物展开翅膀就飞走了。（出《录异记》）

卷第三百九十四　雷二

陈鸾凤

唐元和中，有陈鸾凤者，海康人也。负气义，不畏鬼神，乡党咸呼为后来周处。海康者，有雷公庙，邑人虔洁祭祀。祷祝既淫，妖妄亦作。邑人每岁闻新雷日，记某甲子。一旬复值斯日，百工不敢动作。犯者不信宿必震死，其应如响。时海康大旱，邑人祷而无应。鸾凤大怒曰："我之乡，乃雷乡也。为神不福，况受人奠酹如斯，稼穑既焦，陂池已涸，牲牢飨尽，焉用庙为！"遂秉炬爇之。其风俗，不得以黄鱼彘肉，相和食之，亦必震死。是日，鸾凤持竹炭刀，于野田中，以所忌物相和啖之，将有所伺。果怪云生，恶风起，迅雷急雨震之。鸾凤乃以刃上挥，果中雷左股而断。雷堕地，状类熊猪，毛角，肉翼青色，手执短柄刚石斧，流血注然，云雨尽灭。鸾凤知雷无神，遂驰赴家，告其血属曰："吾断雷之股矣，请观之。"亲爱愕骇，共往视之，果见雷折股而已。又持刀欲断其颈，啮其肉。为群众共执之曰："霆是天上灵物，尔为下界庸人。辄害雷公，必我一乡受祸。"众捉衣袂，使鸾凤奋击不得。逡巡，复有云雷，裹其伤者，和断股而去。沛然云雨，自午及酉，涸苗皆立矣。遂被长幼共斥之，不许还舍。于是持刀行二十里，诣舅兄家，及夜，又遭霆震，天火焚其室。复持刀立于庭，雷终不能害。旋有人告其舅兄向来事，又为逐出。复往僧室，亦为霆震，焚爇如前，知无容身处，乃夜秉炬，入于乳穴嵌孔之处，后雷不复能震矣，三暝然后返舍。自后海康每有旱，邑人即醵金与鸾凤，请依前调二物食之，持

陈鸾凤

唐朝元和中年，有个人叫陈鸾凤，是海康那个地方的人。很讲义气，不畏惧牛鬼蛇神，乡里的人都叫他后来的周处。有座雷公庙位于海康那个地方，当地人在这里虔诚地祭祀认真地打扫。祷告请愿的事情发生得多了，妖怪邪祟的现象时有发生。当地人把听到当年的第一声雷鸣这个日子记作甲子。之后每当到了这一天，所有工作都停了下来什么都不做。若是有不相信的人晚上睡觉的时候就会被雷电死，这种回应每次都很灵验。正值海康这个地方发生大旱灾害，当地人到雷公庙去祈雨却没有任何回应。陈鸾凤非常愤怒地说道："我的家乡，是雷公的家乡。身为神灵的雷公不降下福祉，更何况人们还用好酒供奉，虔诚地祭奠他，现在不降雨禾苗都枯死了，池塘也干涸了，牲口都已经没有食用的了，要这座庙有什么用！"说完他就要用火把它烧掉。根据当地的风俗，人们不可以把黄鱼和猪肉放在一起吃，要是有人放在一起吃了，会被雷电击死的。一天，陈鸾凤手里拿着竹子制成的砍柴刀，在田野中站立，按照风俗避讳的这两个东西混合在一起吃下去，等待着雷击到来。果真出现了怪云，顿时妖风四起，迅雷和暴雨向他震来。于是陈鸾凤在空中把手中的刀刃挥舞起来，果真伤了雷公，砍断了他的左腿。雷公坠落到地面上，有着熊和猪一样的形体，全身长毛还有角，翅膀是青色的，手中拿着短柄金刚石斧，血流如注，云雨俱散。陈鸾凤明白了雷公不是神明，于是跑到家里，同他的亲属说道："雷公的腿被我砍断了，请你们前去观看。"亲人听闻又惊又怕，一起前往观看，果真看到已经断了腿的雷公。陈鸾凤又要举起刀刃将雷公脖子砍断，还扬言要把它的肉吃掉。大伙儿一起上前去制止他，说道："雷公是上天的神明，你不过刀如前，皆有云雨滂沱，终不能震。如此二十余年，俗号鸾凤为雨师。至大和中，刺史林绪知其事，召至州，诘其端倪。鸾凤云：“少壮之时，心如铁石。鬼神雷电，视之若无当者。愿杀一身，请苏万姓，即上玄焉能使雷鬼敢骋其凶臆也！”遂献其刀于绪，厚酬其直。（出《传奇》）

建州山寺

唐柳公权侍郎，尝见亲故说：“元和末，止建州山寺。夜半，觉门外喧闹，潜于窗棂中窥之。见数人运斤造雷车，宛如图画者。久之，一嚏气，忽斗暗，其人双目遂昏。”（出《酉阳杂俎》）

是一介凡人。如果加害雷公，必然会让我们这个乡里遭受祸患。”一大伙人拉住他的衣襟，让陈鸾凤不能奋力去击打雷公。没过多久，又是乌云笼罩电闪雷鸣，雷公带着伤和断腿就离开了。随即便下起了倾盆大雨，从中午到日落，枯死的禾苗全都挺立了起来。于是，陈鸾凤遭受到父老乡亲们的一通训斥，不再让他回家。于是陈鸾凤带着刀走到二十里之外妻子的哥哥家中，等到晚上，他又遭到雷电的袭击，雷火燃烧了他住的房子。他手持刀刃站立在院子中，最终雷公没有杀害他。有人在事后把他曾经中伤雷公的事情告知了他妻子的哥哥，于是将他赶了出去。陈鸾凤到僧人的庙宇居住，同样等到晚上雷电把他击打，像以前一样遭到雷火的焚烧，陈鸾凤明白没有了自己的容身之处，于是他就举着火把，在晚上进入石壁中自然形成的洞穴中，雷电和天火也不再来袭击他了，在岩洞中居住了三个晚上过后他就返回到了自己的房屋。从那以后，海康这一片区域每次发生旱灾，当地人就筹钱给陈鸾凤，请他像以前那样将黄鱼和猪肉混合在一起吃下去，站在田野中手持刀刃，每次都是乌云密布倾盆大雨，陈鸾凤自己却一直没有被雷击中。就这样二十多年过后，坊间将陈鸾凤称为祈雨神人。等到大和中年，刺史林绪知道这件事情，鸾凤被传唤到州府衙门，刺史问他这件事情的前后经过，陈鸾凤回答说：“当时我年少有为，心如钢铁。各种鬼神雷电之说视若无睹。自己宁愿牺牲生命，也要救万民百姓于水深火热中，老天爷就算掌控着天下万物的生死大权，也不会让雷霆这般恣意妄为行凶！”说完就把自己的那把刀刃送给了刺史林绪，林绪重金酬谢他送的刀刃。（出《传奇》）

建州山寺

唐朝有一个侍郎叫柳公权，曾经听闻亲属说道：“元和末年间他在建州的一座山寺庙宇中落脚。深更半夜，听见门外有人喧闹的声音，于是躲藏在窗台后从小孔中悄悄往外看去。只见有几个挥着斧子的人正在砍木头造雷车，就像画里的样子似的。看了好一会儿，情不自禁打了个喷嚏，突然四周暗了下去，他的双眼什么也看不到了。”（出《酉阳杂俎》）

萧氏子

唐长庆中，兰陵萧氏子，以胆勇称。客游湘楚，至长沙郡，舍于仰山寺。是夕，独处撤烛。忽暴雷震荡檐宇，久而不止。俄闻西垣下，窣窣有声。萧恃膂力，曾不之畏。榻前有巨棰，持至垣下。俯而扑焉，一举而中。有声甚厉，若呼吟者。因连扑数十，声遂绝，风雨亦霁。萧喜曰："怪且死矣。"迨晓，西垣下睹一鬼极异，身尽青，伛而庳。有金斧木楔，以麻缕结其体焉。瞬而喘，若甚困状。于是具告寺僧观之。或曰："此雷鬼也，盖上帝之使耳。子何为侮于上帝？祸且及矣。"里中人具牲酒祀之，俄而云气曛晦，自室中发，出户升天，鬼亦从去。既而雷声又兴，仅数食顷方息。萧气益锐，里中人皆以壮士名焉。（出《宣室志》）

周洪

唐处士周洪云：宝历中，邑客十余人，逃暑会饮。忽骤风雨，有物堕如玃，两目睒睒，众惊伏于床下。倏忽上阶周视，俄失所在。及雨定，稍稍能起，相顾，但耳悉泥矣。邑人云，向来雷震，牛战鸟坠，而邑客止觉殷殷然。（出《酉阳杂俎》）

萧氏子

唐代长庆年间，兰陵这个地方有户姓萧的人家，家中有个儿子，特别勇敢。他游历到湘楚这一片时，到了一个叫长沙的郡县，在仰山寺落脚。一天晚上，他一个人在房间里熄灭了蜡烛。忽然有震耳欲聋的雷鸣声使房檐都在抖动，过了很长时间那个雷声也没有停息下来。没过多久就听闻在西面的墙脚下，有窸窸窣窣的声响发出来。萧氏子自恃力量超过常人，从来就没有怕过什么东西。他的床前有一根很大的棒槌，拿起来便走到西面的墙脚前方。弯下腰朝那个方向扑打过去，一下就打中了。一个很尖厉的叫声从中发出来，好似在呼唤其他的东西。连续打击了几十下，于是那尖厉的叫声便停息了下来，窗外的风雨也奇迹般停止了。萧氏子兴高采烈地说："怪物已经死了！"直到天破晓时，看见在西面的墙脚下有一个形状非常奇怪的鬼物。全身都是青色，佝偻而且瘦弱。他将铁斧和一根木桩，用粗绳捆绑在他的身上。一瞬间那鬼物就呼吸急促起来，露出非常痛苦的样子。于是他就把这个事情全部告知寺庙里的僧人，让他们前去观看。有人说道："这是一只雷鬼，原来是天帝的使者。你为什么要这样欺辱天帝呢？你马上就要大祸临头了。"本地的人们摆上供品猪羊和酒进行祭拜，没过多久，一缕黑烟从房间里升了起来，飞出门外向天上升去，那个鬼物也随之而去。一会儿雷声响起来了，一晌的时间才平息下来。萧氏子经过这件事胆子更加壮大，于是本地人都将他称呼为壮士。（出《宣室志》）

周 洪

唐代周洪是个隐士，他说过一件事：宝历年间，在乡下避暑的地方有十多个客人相聚在一起饮酒作乐。忽然一场暴风雨袭来，从天上掉落下来一个东西，形状如大母猴一般，双眼忽闪忽闪的，人们看到了被吓得不轻，都钻入床底下去了。忽然间，这个东西跳到门前的台阶上查看周围情况，转瞬之间又消失不见。待风雨停息之后，人们缓慢地从床底下爬出来，互相看了看，耳朵全都被塞满了泥巴。本

萧澣

唐萧澣，初至遂州，造二幡刹，施于寺。斋庆毕，作乐。忽暴雷震刹，俱成数十片。至来岁雷震日，澣死。（出《酉阳杂俎》）

僧文净

唐金州水陆院僧文净，因夏屋漏，滴于脑，遂作小疮。经年，若一大桃。来岁五月后，因雷雨霆震，穴其赘。文净睡中不觉，寤后唯赘痛。遣人视之，如刀割，有物隐处，乃蟠龙之状也。（出《闻奇录》）

徐智通

唐徐智通，楚州医士也。夏夜乘月，于柳堤闲步。忽有二客，笑语于河桥，不虞智通之在阴翳也。相谓曰："明晨何以为乐？"一曰："无如南海赤岩山弄珠耳。"答曰："赤岩主人嗜酒，留客必醉。仆来日未后，有事于西海，去恐复为萦滞也。不如只于此郡龙兴寺前，与吾子较技耳。"曰："君将何戏？"曰："寺前古槐，仅百株。我霆震一声，剖为纤茎，长短粗细，悉如食箸。君何以敌？"答曰："寺前素为郡之戏场，每日中，聚观之徒，通计不下三万人。我霆震一声，尽散其发，每缕仍为七结。"二人因大笑，约诺而地人说，从前遇到雷声大作时，把牛震得浑身颤动，天空中的飞鸟被震掉落在地面上，然而这些客人仅仅感觉到一点儿晃动。（出《酉阳杂俎》）

萧 澥

唐代有个人叫萧澥，第一次到遂州来，就制造了两根幡竿，将它送给寺庙。举行交接仪式，结束后，奏乐响了起来。忽然两根幡竿被响雷击中，全部变成了碎片。第二年幡竿被雷击中的同一天，萧澥就死去了。（出《酉阳杂俎》）

僧文净

唐代金州水陆院这个地方有个人僧文净，由于在夏季房屋漏雨，头上被雨水滴中，因此变成了小疮。一年过后，小疮变成像桃子那么大。第二年的五月，由于雷雨天被击中，把文净头上疮疣击穿成一个孔穴。当时僧文净已经睡熟毫无知觉，醒后头上的疮疣让他感觉到疼痛。派人来观察他的情况，看见穿孔那个地方如用刀割的一般，有个东西隐藏在其中，像是一条龙在里面盘踞的样子。（出《闻奇录》）

徐智通

唐代有个叫徐智通的人，在楚州这个地方做一名医生。夏天的一个晚上，河堤上有一排柳树，他在月光下散着步，突然看见河流的桥上有两个陌生人站在那里有说有笑。没料到徐智通就站在这两个人旁边的阴影里。俩人一起说着："第二天应该怎样去作乐呢？"其中一个说道："最有意思的还是去南海有个叫赤岩山的地方弄珠子玩呀！"另一个则回答道："赤岩山那个地方的主人嗜酒，在那里喝酒的客人每个人都醉得一塌糊涂。明日下午我还要去西海办事情，去赤岩山的话可能会喝醉反而耽误了事情。不如就在这个郡县的龙兴寺前面，同你一较高下吧。"问："你要展示什么技艺呢？"答：

去。智通异之，即告交友六七人，迟明，先俟之。是时晴朗，巳午间，忽有二云，大如车轮，凝于寺上。须臾昏黑，咫尺莫辨。俄而霆震两声，人畜顿踣。及开霁，寺前槐林，劈析分散，布之于地，皆如算子。小大洪纤，无不相肖。而寺前负贩戏弄观看人数万众，发悉解散，每缕皆为七结。（出《集异记》）

又

洛京天津桥，有儒生，逢二老人言话，风骨甚异。潜听之，云，明日午时，于寺中斗疾速。一人曰："公欲如何？"一人曰："吾一声，令寺内听讲驴马尽结尾。"一人曰："吾一声，令十丈幡竿尽为算子，仍十枚为一积。"儒生乃与一二密友，于寺候之。至午，果雷雨。霹雳一声，客走出视，驴马数百匹尽结尾。一声，幡竿在廊下为算子，十枚一积。（出《录异记》）

雷公庙

雷州之西雷公庙，百姓每岁配连鼓雷车。有以鱼彘肉同食

“百多棵老槐树在寺庙前面。我一声惊雷，可以将它们劈成细条般的模样，长短粗细，全都如筷子一般。你要和我相比什么技艺呢？”另一个答道：“寺庙前面是这个郡游玩欢乐的场所，每天前来参观的群众总共不少于三万人。我一声惊雷，可以把这些人头上的辫子劈散开来，并且使他们每一撮头发上有七个发结。”然后二人大笑，约定后扬长而去。徐智通感到非常诧异，随即就去告知了他的六七个好友，天微亮，他们最先来到寺庙面前等候着。当日天气晴朗，将近正午时分，突然出现了两片如车轮那般大的云翳，在寺庙的上方安静停息。一瞬间，天地变得昏暗，即使近在咫尺也不能看清楚事物。没过多久两声惊雷在空中震响，把人和动物震倒在地面上。待天晴时，寺庙前面的槐树林，被劈得散落得到处都是，全都如计数用的签子般。大小粗细，没有不像的。寺庙面前挑担做生意的、杂耍卖唱的、凑热闹的，总共数万多人，每个人头上的辫子都散开了，每撮头发上打着七个结。（出《集异记》）

又

在洛阳的天津桥住着一个书生，遇到两个风貌气韵与其他人不同的老者说着话，于是在旁边偷听他们说话，他们说，明天正午时分，在寺庙里角斗比谁的更快。其中一个人说道：“你想怎么比？”另一个人答道：“我一声令下，可以使寺内听讲人的驴尾巴打结在一起。”一个便说：“我一声令下，可以使十丈高的旗杆全碎成如算术用的签子那般，并且每一堆都有十根。”书生听到此事就告诉了一两个好友，在寺庙前等候。到了中午，果真雷雨交加。一阵霹雳响过后，听讲的客人们走出去看，看见数百匹驴马尾巴打结到了一起。又一阵霹雳响起，那十丈高的旗杆倒在房廊下碎成如竹签子般，且每一堆都有十根。（出《录异记》）

雷公庙

雷公庙坐落于雷州西面，每年人们奠祭时要配备连鼓雷车。若者，立为霆震，皆敬而惮之。每大雷雨后，多于野中得黳石，谓之雷公墨。叩之铮然，光莹如漆。又如霹雳处，或土木中，得楔如斧者，谓之霹雳楔，小儿佩带，皆辟惊邪；孕妇磨服，为催生药。必验。（出《岭表录异》）

南 海

南海秋夏间，或云物惨然，则见其晕如虹，长六七尺，此候则飓风必发，故呼为飓母。见忽有震雷，则飓风不作矣。舟人常以为候，预为备之。（出《岭表录异》）

陈 义

唐罗州之南二百里，至雷州，为海康郡。雷之南濒大海，郡盖因多雷而名焉，其声恒如在檐宇上。雷之北高，亦多雷，声如在寻常之外。其事雷，畏敬甚谨，每具酒殽奠焉。有以彘肉杂鱼食者，霹雳辄至。南中有木名曰棹，以煮汁渍梅李，俗呼为棹汁。杂彘肉食者，霹雳亦至，犯必响应。牙门将陈义传云："义即雷之诸孙。昔陈氏因雷雨昼冥，庭中得大卵，覆之数月，卵破，有婴儿出焉。目后日有雷扣击户庭，入其室中，就于儿所，似若乳哺者。岁余，儿能食，乃不复至，遂以为己子。义即卵中儿也。"又云："尝有雷民，畜畋犬，其耳十二。每将猎，必笞犬，以耳动为获数，未尝偕动。一日，诸耳毕动。既猎，不复逐兽，至海傍测中嗥鸣。郡人视之，得十二大卵以归，置于室中。后忽风雨，若出自室。既霁就视，卵破而遗甲存焉。后郡人分其卵甲，岁时祀奠，至今以获得遗甲为是有人将鱼肉和猪肉混合在一起吃掉，那个人就会被雷劈，因此，所有人都忌惮这座雷公庙，因此对它敬而远之。一次大雷雨过后，经常可以在野外捡到黑石，人们说这是“雷公墨”。敲打起来会发出声响，表面光滑晶莹像上了漆一样。又比如可以在雷霹过的地方，或者土地上、树上，获得如斧头削过的小木桩那样，人们说这是“霹雳楔”，小孩子把它随身佩带，可以镇魂避邪；碾碎过后拿来给孕妇服用，就成了催生药。这是非常灵验的。（出《岭表录异》）

南海

每到南海这个地方夏秋之际，有时候云雾缭绕天色昏暗，会出现如彩虹一般的一段光晕，长六七尺，这个时候必定会发生台风，于是人们将它称为台风之母。若是忽然出现了惊雷，台风则不会发生。渡船的人经常把这些现象当成征兆，预先做好防备。（出《岭表录异》）

陈义

唐代有个地方叫罗州，向南行二百里到达一个叫雷州的地方，隶属海康郡。雷州南方濒临大洋，这个郡县因雷多而著名，雷鸣声仿佛一直停留在房顶和屋檐上。雷州北方海拔高，所以雷也多，声响就如在一丈之外。本地人十分虔诚并且敬畏雷，经常用美酒和佳肴来供奉它。有人将猪肉和鱼肉混合在一起吃，霹雳马上就会来临。雷州南面那个地方有一种树叫棹树，用它煮出来的汁水用来泡梅子和李子，俗称“棹汁”。要是将“棹汁”和猪肉混合在一起吃，霹雳也会来临。违反这个忌讳的人一定会遭到报应。牙门将陈义的传记说：“陈义是雷的子孙。往昔陈义的母亲在一个雷雨交加昏暗的白天里，在院子中获得一个巨大的卵，将它覆盖几个月后，卵壳破裂，有个婴儿从里面钻了出来。从此每日都有雷神在家门口敲打，进入他的房间，如同在给孩子哺乳一般。一年多之后，小孩可以吃东西了，雷神也不再来了，母亲就把它当成自己的亲生孩子抚养。陈义就是卵壳里面的豪族。或阴冥云雾之夕，郡人呼为雷耕。晓视野中，果有垦迹，有是乃为嘉祥。又时有雷火发于野中，每雨霁，得黑石，或圆或方，号雷公墨。凡讼者投牒，必以雷墨杂常墨书之为利。人或有疾，即扫虚室，设酒食，鼓吹幡盖，迎雷于数十里外。既归，屠牛彘以祭，因置其门。邻里不敢辄入，有误犯者为唐突，大不敬，出猪牛以谢之。三日又送，如初礼。”又云：“尝有雷民，因大雷电，空中有物，豕首鳞身，状甚异。民挥刀以斩，其物踣地，血流道中，而震雷益厉，其夕凌空而去。自后挥刀民居室，频为天火所灾。虽逃去，辄如故。父兄遂摈出，乃依山结庐以自处，灾复随之。因穴崖而居，灾方止。”或云：“其刀尚存。雷民图雷以祀者，皆豕首鳞身也。”（出《投荒杂录》）

叶迁韶

唐叶迁韶，信州人也。幼岁樵牧，避雨于大树下。树为雷霹，那个婴儿。”又有传言说：“以前雷州有个平民，畜养了几只猎犬，长得有十二只耳朵。每次这个人出去狩猎时，定鞭笞猎犬，获得猎物的数量是靠着猎犬有几只耳朵在活动来判断的。猎犬的耳朵从没有全部活动过。有一天，所有耳朵都活动了。出去打猎，看到野兽就不再去追赶。在海边的沙滩上大声嗷叫。人们过去一看，捡到十二只大卵，他拿回家，放置在屋子的房间里。后来刮起了一阵风雨，好像从房屋里生长出来的一样。天刚放晴就到房间里观看，卵全破了，只留下蛋壳在那个地方。后来本地人把那些蛋壳分别带回家中，每年都进行祭拜，时至今日拿到蛋壳的人家都变成了当地的显贵。有时遇到云雾缭绕的夜晚，当地人说这是雷公在耕作。第二日天亮去田野里一看，发现果然有垦殖过的痕迹，这是吉祥的征兆。有时候田野间出现了雷火，雨过天晴后。就会捡到黑石，有圆形也有方形，人们说这是‘雷公墨’，只要有人投诉状，必须用‘雷公墨’掺和着普通墨水进行书写才吉利。有人生了病，就清扫出一间空房间，设置酒食供奉，敲锣打鼓撑起伞盖，去数十里以外恭迎雷公。回来后，宰杀牛和猪进行祭拜，以供品摆放在门前。邻居就不敢轻易进去，有人不小心进入就是冒犯雷神，视为大不敬，要拿出猪和牛来请罪。三天过后送雷公的仪式和迎请仪式的礼数一样。”还有的传说：“曾有个雷州平民，在电闪雷鸣时看见天上有个异物，长着猪脑袋，鳞甲遍布全身，形体非常怪异。于是这个平民拿着刀去砍，这个怪物掉落在了地上，鲜血一直流到路上，雷声越发锐厉。晚上怪物就腾空而去。从那以后拿着刀乱砍的那个平民落脚的地方，一直遭到雷火的袭击。虽然他逃避了，雷火依旧去烧他的房屋。于是父老乡亲们把他赶出家门，他只好将茅屋搭建在靠山的地方让自己有藏身之处，但是天火还是跟随着他。他去山崖的洞穴里居住，这灾难才停息。”有人说：“那个人的刀还在。雷州的人们祭祀的雷公画像，都是猪的脑袋，全身有鳞。”（出《投荒杂录》）

叶迁韶

唐代有个人叫叶迁韶，是信州那个地方的人。幼年时期砍柴放俄而却合，雷公为树所夹，奋飞不得迁。韶取石楔开枝，然后得去。仍愧谢之，约曰："来日复至此可也。"如其言至彼，雷公亦来，以墨篆一卷与之，曰："依此行之，可以致雷雨，祛疾苦，立功救人。我兄弟五人，要闻雷声，但唤雷大雷二，即相应。然雷五性刚躁，无危急之事，不可唤之。"自是行符致雨，咸有殊效。尝于吉州市大醉，太守擒而责之，欲加楚辱。迁韶于庭下大呼雷五，时郡中方旱，日光猛炽，霹震一声，人皆颠沛。太守下阶礼接之，请为致雨。信宿大霔，田原遂足，因为远近所传。游滑州，时方久雨，黄河泛滥。官吏备水为劳，忘其寝食。迁韶以铁札，长二尺，立一符于河岸上。水涌溢堆阜之形，而沿河流下，不敢出其符外。人免垫溺，如今传之。或有疾请符，不择笔墨，书而援之，皆得其效。多在江浙间周游，好啖荤腥，不修道行。后不知所之。（出《神仙感遇传》）

元稹

唐元稹镇江夏。襄州贾墅有别业，构堂，架梁才毕，疾风甚雨。时户各输油六七瓮，忽震一声，瓮悉列于梁上，都无滴汙于外。是年稹卒。（出《剧谈录》）

牧，一天，在大树下面避雨。雷劈开了那棵大树，一会儿却合在了一起，合上的树把雷公夹住了，使出全部力量也下不来。树被叶迁韶用石片割开后雷公才可以脱困。雷公愧疚地向他表示感激，并与他约定说："第二天再次到这个地方来就可以。"叶迁韵按照雷公说的来这个地方，雷公也来了，它把将一卷用篆字写的书送给叶迁韶，说："根据这本书上写的去做，就能招来雷雨，祛除疾病痛苦，立功救人。我们兄弟五人，若是想听雷声，喊雷大、雷二就可以了，保证作出回应。但是，雷五的性格刚烈暴躁，无紧急的事情，不能呼唤他。"从那以后叶迁韶画符招雨，都有很大的功效。曾经他在吉州大街上喝得酩酊大醉，被太守抓去大声训责，还想对他施加酷刑。叶迁韶在公堂上大声喊雷五。当年吉州境内恰逢大旱，天空中烈日炎炎，随着一声巨响劈下来，人们都被震倒在地上。太守赶紧走下台阶对叶迁韶以礼相待，请他招雨。夜晚果真下起了大雨，田间原野吸足了水分，叶迁韶因此远近闻名。他游历到滑州时，恰逢久雨不晴，黄河水道泛滥成灾，官吏们整日辛苦劳作防止大水淹过来，一度废寝忘食。叶迁韶在二尺长的铁片上画了符咒，立在河岸上。洪水如小山一般奔涌而来，顺着河床往下方流去，不敢超过那个符的界限之外。最终人们规避了被水淹的灾患，这件事情一直流传至今。有人生病请他画符，他不挑笔和墨的优劣，写完就送给别人，这些符都发挥出了功效。叶迁韶大多在江浙这一区域游历，喜吃荤腥，不以修行来约束自己。再后来就不知道他到哪里去了。(出《神仙感遇传》)

元稹

唐代有个叫元稹的人镇守江夏地区。他在襄州贾墅这个地方有别业。他在构造堂屋时，刚把房屋的梁子架好，狂风暴雨就来了。当时他辖区的住户们每家都要上缴六七瓮豆油，忽然一声惊雷响起来，全部油缸都在房梁上排列整齐，油缸外面无一滴油污洒出。这一年元稹逝世了。(出《剧谈录》)

裴用

唐大和，濮州军吏裴用者，家富于财。年六十二，病死。既葬旬日，霆震其墓，棺飞出百许步，尸柩零落。其家即选他处重瘗焉，仍用大铁索系缆其棺。未几，震如前。复选他处重瘗，不旬日，震复如前，而棺柩灰尽，不可得而收矣。因设灵仪，招魂以葬。（出《集异记》）

东阳郡山

唐东阳郡，滨于浙江，有山周数百里，江水曲而环焉，迂滞舟楫，人颇病之。常侍敬昕，大和中出守。其山一夕云物曛晦，暴风雷电，动荡室庐。江水腾溢，莫不惶惑。迨晓方霁，人往视之，已劈而中分，相远数百步，引江流直而贯焉。其环曲处，悉填以石，遂无萦绕之患。（出《宣室志》）

段成式伯

唐段成式三从伯父，少时于阳羡亲旧舍，夜值雷雨，每电起光中，见有人头数十，大于栲栳。（出《酉阳杂俎》）

裴用

唐文宗大和年间，濮州这个地方有个军吏叫裴用，家境富裕。六十二岁的时候，生病死去了。下葬有十天后，他的坟墓被雷霆击中，把棺材击飞出去约一百步远，尸体和灵柩摔碎后撒得遍地都是。他的家里人马上为他选取了其他地方再次进行安葬，依旧用大铁链捆牢棺材。没过多久，又如同上次那般遭到雷击。再一次选取其他地方重新埋葬，不满十天，又一次遭到雷击，这次连棺木和尸骨都化为灰烬，不能再收拾了。因此只摆设灵位，招回魂魄进行埋葬。（出《集异记》）

东阳郡山

唐代有个叫东阳郡的地方，位于浙江岸边，附近有一座方圆几百里的大山，江水曲折环绕流过这座山，进出的渡船非常不方便行驶，旅人因这座山的阻挡感到非常苦恼。敬昕这个人是一位常侍，于大和年间出任东阳郡的太守。有一天夜晚这座大山云雾缭绕，天色非常暗淡，狂风中还带着电闪雷鸣，房屋被剧烈地晃动，江水奔腾不息，有一种即将要冲出江堤的样子，人们见到这样的情况，没有一个人不面露惊恐。等到天明时才雨过天晴。人们到山下来观看时，只见大山已从中间被劈裂开来了，两边相隔几百步远，江水一直从这边穿流过去。原来曲折环绕的河道，石头都把这里填平了，自此，需要环山绕行的祸患再也没有了。（出《宣室志》）

段成式伯

唐代有个叫段成式的人，其堂伯父，年少时期住在一个叫阳羡的地方，这里是他的亲属的旧屋，晚上遇到打雷下雨天时，时常在电闪雷鸣中，望见有几十颗人头在晃动，一颗人头竟然比小竹筐还要大。（出《酉阳杂俎》）

智空

唐晋陵郡建元寺僧智空，本郡人，道行闻于里中，年七十余。一夕既阖关，忽大风雷，若起于禅堂，殷然不绝。烛灭而尘坌，晦黑且甚，檐宇摇震。矍然自念曰：“吾弃家为僧，迨兹四纪，暴雷如是，岂神龙有怒我者？不然，有罪当雷震死耳。”既而声益甚，复坐而祝曰：“某少学浮屠氏，为沙门迨五十余年，岂所行乖于释氏教耶？不然，且有黩神龙耶？设如是，安敢逃其死？傥不然，则愿亟使开霁，俾举寺僧得自解也。”言竟，大声一举，若发左右。茵榻倾糜，昏霾颠悖，由是惊慑仆地。仅食顷，声方息，云月晴朗。然觉有腥腐气，如在室内，因烛视之，于垣下得一蛟皮，长数丈，血满于地。乃是禅堂北有槐，高数十寻，为雷震死，循理而裂，中有蛟蟠之迹焉。（出《宣室志》）

智空

唐代在晋陵郡有个叫建元寺的地方，寺庙里有个叫智空的僧人，是本地人，高深的道行和修行让他在当地非常出名，已经七十多岁了。一天夜里已经关闭了大门，忽而起了大风雷声大作，如同从禅堂里升起一般，雷声滔滔不绝。蜡烛被大风吹灭，扬起了灰尘，围周非常昏暗，雷声把屋檐震得直颤抖。智空看向四周，自言自语道：“我抛弃家人剃发成为僧人，时至今日有四十八载，暴雷这么猖狂，难道是有神龙对于我的事情感到非常生气吗？若不是这样的，就是我有罪，雷电应该把我震死。”后来雷鸣越发大声了，他再次坐下来祈祷说：“我从年少起就修行佛教，五十多年都在当和尚，我难道有什么行为违反了佛祖的教导吗？若不然，就是有什么地方亵渎了神龙吧？如果是这样，我怎么敢逃避死亡的惩罚呢？如若不然，希望让天马上晴朗起来，让全寺的僧人都能获得超脱。”说完，听见一声巨响，好似就在身旁发出来的声音一样。坐席和床褥都被崩坏了，一阵黑雾向他袭来，使他神魂颠倒，受到惊吓而倒在了地上。过了一晌工夫，声音才停息下来，拨云见月，天气晴朗。但是他却感到有一股腥臭味，就在自己房间内，然后举起蜡烛前去察看，在墙脚下找到一张蛟龙的皮，长几丈，鲜血流得遍地都是。这座禅堂北边原来有一棵槐树，高几十丈，雷击中了槐树，沿着纹理裂开了，其中有蛟龙盘踞的痕迹。（出《宣室志》）

卷第三百九十五　雷三

百丈泓

唐河东郡东南百余里，有积水，谓之百丈泓。清澈，纤毫必鉴。在驿路之左，槐柳环拥，烟影如束，途出于此者，乃为憩驾之所。大和五年夏，有徐生自洛阳抵河东，至此水。困殆既甚，因而暂息，且吟且望。将午，忽闻水中有细声，若蝇蚋之噪。俄而纤光发，其音稍响，輷若击毂，其光如索而曳焉。生始异之，声久益繁，遂有雷自波间起，震光为电，接云气。至旅次，遽话其事。答曰："此百丈泓也。岁旱，未尝不指期而雨。今旱且甚，吾师命属官祷焉。"巫者曰："某日当有甚雨。"果是日矣。（出《宣室志》）

杨询美从子

唐御史杨询美，居广陵郡。从子数人皆幼，始从师学。尝一夕风雨，雷电震耀。诸子俱出户望，且笑且詈曰："我闻雷有鬼，不知鬼安在，愿得而杀之，可乎？"既而雷声愈震，林木倾靡。忽一声轰然，若在于庑。诸子惊甚，即驰入户，负壁而立，不敢辄动。

百丈泓

唐代河东郡往东南方向行百余里，有个池塘，称为百丈泓。池水清澈见底，很小的东西也可以看得一清二楚。驿道旁边就是百丈泓所在的位置，有槐树和柳树环绕拥护着，烟雾与光影相互照应，旅行过路的人，把这里当成落脚的好地方。大和五年的一个夏日，徐生这个人去往河东，要经过洛阳，路过百丈泓水边时感觉到非常困倦，然后停下来稍作休息，他一会儿吟诗一会儿观景。接近正午时分，突然听到水里有窸窸索索的声音，像蚊蝇在喧嚣一样。没过多久有一丝细细的光线在水池中照射出来，声音逐渐响亮起来，像车轮撞击的声音那样，像有一条绳索一样牵引着那个光影。刚开始徐生感到诧异，过了一段时间声音越发繁杂，于是有雷声从水波中响起来，电光石火，连接了云气。次日徐生到了旅店，向别人讲述这件事。那人答复道："这个是百丈泓。大旱年份，无不希望百丈泓能够祈雨。现在的旱情更加严重，我的老师命县官向百丈泓求雨呢。"有一位懂求雨道术的巫师说："那一天会有一场大雨。"那一天果然下雨了。（出《宣室志》）

杨询美从子

唐代有位御史叫杨询美，广陵郡是他的住所。有几个年龄还小的侄儿，才开始跟着老师学习。有一天夜晚风雨交加，电闪雷鸣。几个孩子跑到房屋外观看，边笑边闹说道："我听闻打雷时会有鬼出现，那鬼不知道在何处，希望抓到后可以杀了它，怎么样呢？"说完后，雷声更响了，地上都是倒塌的树木。突然轰隆隆的一声，似堂屋复闻雷声，若大呵地吼，庐舍摇动，诸子益惧。近食顷，雷电方息，天月清霁。庭有大古槐，击拔其根而劈之。诸子觉两髀痛不可忍，具告询美。命家僮执烛视之，诸髀咸有赤文，横布十数，状类杖痕，似雷鬼之所为也。（出《宣室志》）

高邮人

唐进士郑翚家在高邮，亲表卢氏庄近水。邻人数家，共杀一白蛇。未久，忽大震雷，雨发，数家陷溺无遗。卢宅当中，唯一家无恙。（出《因话录》）

王忠政

唐泗州门监王忠政云，开城中，曾死十二日却活。始见一人，碧衣赤帻，引臂登云曰："天召汝行，汝隶于左落队。"其左右落队，各有五万甲马，簇于云头。俯向下，重楼深室，囊柜之内，纤细悉见。更异者，见米粒长数尺。凡两队，一队于小项瓶子，贮人间水。一队所贮如马牙硝，谓之干雨。皆在前，风车为殿。每雷震，多为捉龙。龙有过者，谪作蛇鱼，数满千，则能沧山。行雨时，先下一黄旗，次下四方旗，乃随龙所在。或霆或雷，或雨或雹，若吾伤一物，则刑以铁杖。忠政役十一日，始服汤三瓯，不复饥困。以母老哀求，得归。（出《唐年小录》）

的走廊发出来的。几个孩子非常惊恐，马上跑到屋子里面去了，靠在墙壁处，不敢乱动。再次听到一声惊雷，声音大得像天地在怒吼，屋子被震得一直摇晃。几个孩子越发惧怕起来。过了一晌的工夫，电闪雷鸣才停了下来，天地明亮月光清朗。庭院中有一棵老槐树生长得很大，雷电将其劈成两半连根拔起。几个孩子感到两条大腿疼得受不了，后来全部告知给杨询美。杨询美命家仆拿蜡烛前去照明查看，看见每个孩子大腿上都是红色条状，有十多条纹路横向分布，就如同用木棍子打的痕迹一样，估计这是雷鬼的所作所为。（出《宣室志》）

高邮人

唐代郑翚是一个进士，家住在高邮这个地方，住在河水边的那个村庄是他的表亲卢氏。几户邻居共同杀了一条白蛇。不一会儿，天空中突然大发雷霆，暴雨降临，好几户人家都被淹没了，无一幸免。卢家房屋位于其中，他这一家却能安然无恙。（出《因话录》）

王忠政

唐代泗州城那个地方有一个守门官叫王忠政，开城年间，他死十二天后却又复生了。刚开始他看见有一个人，穿着绿色的衣服戴着红色的头巾，拉着他的手臂就往云端上面飞去，说道：“上天让我来带你走，你是属于左落队的。”那个人说的左、右两个落队，各自有五万匹披着铠甲的马，聚集在云端。向下看去，只见重重楼阁和深宅大院，口袋和柜子里的物品，无论多小都看得见。更神奇的是，看到的米粒长好几尺。这两个队伍，一队在小瓶子里装的是人间水，另一队装的东西如同马牙硝，说这是干雨。这两队走在前方，用风车殿后。每次雷震，大多是在捉龙。有罪过的龙，被贬成蛇或鱼，被贬数目达到一千时，山体就会沦陷。下雨的时候，一面黄旗先落下，四方形旗随后落下，要根据龙所在的位置来。有时是暴雷有时是普通的雷，有时下雨有时下冰雹，若是误伤了其他东西，则会被铁棒进行

史无畏

唐史无畏，曹州人也，与张从真为友。无畏止耕垅亩，衣食窘困。从真家富，乃谓曰："弟勤苦田园，日夕区区。奉假千缗货易，他日但归吾本。"无畏忻然赍缗，父子江淮射利，不数岁，已富。从真继遭焚爇，及罹劫盗，生计一空。遂诣无畏曰："今日之困，不思弟千缗之报，可相济三二百乎？"闻从真言，辄为拒捍，报曰："若言有负，但执券来。"从真恨怨填臆，乃归。庭巾焚香，泣泪诅之，言词慷慨，闻者战栗。午后，东西有片黑云骤起，须臾，霆雨雷电兼至。霹雳一震，无畏遽变为牛，朱书腹下云："负心人史无畏。"经旬而卒。刺史图其事而奉奏焉。（出《会昌解颐录》）

张应

唐张应，自荥阳被命至河内郡。涉九鼎渡，所乘小驷惊逸。及北岸，视后足有物萦绕，状如大蟥，绛色。乃抽佩刀，断于地，辄复相续，坚缩如白角栉，红影若缕，横络之。遂置诸囊中，事毕而还，复渡河，至平阴。天景歊蒸，憩于园井，就之盥濯。因与园叟话之，取角栉置盆水上。忽然黑气勃兴，浓云四合，狂电震霆，雨雹交下。食顷方霁，盆涸而栉已亡。（出《三水小牍》）

责罚。王忠政在那个地方服役了十一天，一开始喝了三小杯汤，就不会感到饥饿困倦。他年迈的母亲一直苦苦哀求，他这才可以回家来。（出《唐年小录》）

史无畏

唐朝有一个人叫史无畏，是曹州那个地方的人，张从真是他的朋友。史无畏只是一个种田的，衣食住行困难，生活窘迫。张从真家境富裕，就对张无畏说："你勤勤苦苦地种田，从早到晚一直都在忙碌。我借一千钱给你拿去做生意，日后只要还本钱给我就可以了。"史无畏欢喜地拿了钱后，父子俩一同到江淮地区去做生意，几年就富裕起来。张从真家中遭受火灾后，碰到强盗抢劫一空，生计没有了着落。于是去史无畏那里说："如今我有困难，我不要一千串的本钱，救济我二三百串可以吗？"史无畏听到张从真说的话，当场拒绝了他，他答道："如果我欠了你的钱，拿出证据来。"张从真满腔怨恨地回去了。他在庭院中烧香，一边哭一边诅咒史无畏，慷慨激昂地说着话，听到的人都浑身战栗。正午之后，东西两边突然升起了大片乌云，没过多久，暴雨雷电一起来了。一声霹雳响起，史无畏就变成了一头牛，红色字体在腹部底下写道："负心人史无畏。"十多天后就死了。刺史了解这件事情后将其记录下来上书给皇上。（出《会昌解颐录》）

张　应

唐朝有个叫张应的人，被任命从荥阳到河内郡这个地方做官。在九鼎渡这个地方过河时，骑的小马受到惊吓跑掉了。等上了北岸，看见有东西缠在腿上，如同一只暗红色的大蚯蚓。于是拔出佩刀，将其砍断在地面上，但是它断开的地方却自行连接起来，蜷缩在一起如同一枚白色牛角梳，红色花纹刻在上面，横向绕着丝线一般。于是捡起来收入囊中。事情办完后回去时，再次经过那条河，到达平阴这个地方。天气明朗，骄阳似火，地面像一个蒸笼一样有气流直往上

天公坛

巴蜀间，于高山顶或洁地，建天公坛，祈水旱。盖开元中上帝所降仪法，以示人也。其坛或羊牛所犯，及预斋者饮酒食肉，多为震死。新繁人王荛，因往别业，村民烹豚待之。有一白天公斋回，乃即席食肉。王谓曰："尔不惧雷霆耶？"曰："我与雷为兄弟，何惧之有？"王异之，乃诘其所谓。曰："我受雷公箓，与雷同职。"因取其箓验之，果如其说。仍有数卷，或画壮夫，以拳扠地为井，号"拳扠井"。或画一士负薪柎，号"一谷柴"。或以七手撮山簸之，号"七山簸"。江陵东村李道士舍，亦有此箓。或云，三洞法箓外，有一百二法，为天师子嗣师所禁。唯许救物，苟邪用，必上帝考责阴诛也。（出《北梦琐言》）

申文纬

尉氏尉申文纬，尝话，顷以事至洛城南玉泉寺。时盛夏，寺左有池，大旱，村人祈祷，未尝不应。池之阳有龙庙，时文纬俯池而观，有物如败花，叶大如盖，因以瓦砾掷之。僧曰："切不可，恐致风雷之怒。"申亦不以介意。逡巡，白雾自水面起，才及山趾。寺在山上，石路七盘。大雨，霆电震击，比至平地，已数尺，溪壑暴冒，他在茶园暂时休息了一下，到水井前洗手洗脸。把这件事说给园内的老者听，把白色牛角梳拿出来放置到水盆里。突然有一缕黑烟升起，四面八方的浓雾都聚集了过来，电闪雷鸣，暴雨冰雹交加。过了一晌的工夫天才晴了起来，再次看时发现盆里的水干涸了，白色梳子也消失不见了。（出《三水小牍》）

天公坛

巴蜀境内，在高山顶上或干净的地方，建有天公坛。用来祈祷让水旱灾患快点过去。原来这是开元年间天帝降下的仪式，用来昭示人们。天公坛要是有羊牛触犯，原先吃素的人开始喝酒吃肉，就会被雷击中死掉。新繁这个地方有个叫王荛的人，离开家乡另寻他业，村民用煮肉招待他。从天公坛斋戒归来的一个人，马上就坐在桌前吃肉。王荛对他说："你不怕被电击吗？"那人答道："雷公视我为兄弟，有什么害怕的？"王荛感到奇怪，就问他原因，他说："我得到了雷公箓，和雷公的职位是一样的。"于是他把雷公箓拿出来让人查验，果真如他说的那样。还有好几卷，有画着健壮的农夫，把平地拳成了一口水井，被称为"拳扠井"。有画着一个人背负着柴薪，被称为"一谷柴"。有用七只手撮起的崎岖山脉，被称为"七山箕"。李道士家住江陵村东面，这样的箓他也有。有人说，除三洞法箓之外，还有一百零二个法式，由天师的后辈严格看守。只可以拿去拯救生物，若拿来做不好的事情，一定会遭到天帝的严刑拷打和问责甚至是暗杀。（出《北梦琐言》）

申文纬

申文纬是尉氏县这个地方的县尉，他以前说，曾经他要去洛阳城南面一个叫玉泉寺的地方办事情。当时正值盛夏，寺庙附近有个水池，干旱的年份，村里人来这里祈求降雨，没有不灵验的。有一座龙王庙位于水池的北边，当时申文纬俯身去观看水池，只见其中有个物件如残花败柳一般，叶子像伞盖一样大，于是他将一块石子扔下涨。驴乘洎仆夫，随流漂荡，莫能植足。昼日如暮，霆震不已。申之口吻皆黑，怖惧非常。俄至一村，寻亦开霁。果中伤寒病，将晓有微汗，比明无恙。岂龙之怒？几为所毙也。（出《玉堂闲话》）

法门寺

长安西法门寺，乃中国伽蓝之胜境也，如来中指节在焉。照临之内，奉佛之人，罔不归敬。殿宇之盛，寰海无伦。僖、昭播迁后，为贼盗毁之。中原荡柝，人力既殚，不能复构，最须者材之与石。忽一夕，风雷骤起，暴澍连宵。平晓，诸僧窥望，见寺前良材巨石，阜堆山积，亘十余里，首尾不断，有如人力置之。于是鸠集民匠，复构精蓝，至于貌备。人谓鬼神送来，愈更钦其圣力。育王化塔之事，岂虚也哉？（出《玉堂闲话》）

陈 绚

伪蜀王氏彭王傅陈绚，常为邛州临溪令。县署编竹为藩而涂之，署久，泥忽陊落，唯露其竹。侍婢秉炬而照，一物蟠于竹节去。有个僧人说道："万万不能这样，会让风雷之神发怒的。"申文纬不以为意。没过多久，池水中升起了浓浓的雾气，正好弥漫到山脚下。从山下走环绕七圈的石子路才到达山上的玉泉寺。这时下起了倾盆大雨，电闪雷鸣，待他走到山脚的时候，大水已经数尺深了，溪流沟渠水位暴涨。车夫和他的驴车被淹在水中，随波逐流，站不稳脚跟。明明是大白天却像傍晚一样昏暗，而且一直在打雷。申文纬看到这如此恐怖的情形吓得嘴巴都变成了黑色。他迅速来到一个村子，没过多久天晴了。他受了风寒，将近天光的时候还出了一些汗，待天亮时就已经好了起来。这是龙发怒了，他因此都快要葬送了性命。（出《玉堂闲话》）

法门寺

长安西面有一个叫法门寺的地方，乃是中原佛教的圣地，如来佛祖有一节中指就供养在这个地方。在佛光普照的区域内，只要是信仰佛教的人，没有一个不归顺敬仰的。庙宇宫殿内建筑非常宏大，四海之内没有什么东西可以与之匹及。唐朝的僖宗、昭宗流亡在外后，庙宇被盗贼尽数破坏。把中原这一区域抢劫得什么都不剩下，人力全都耗尽了，不可以再次构建了，这里面最重要的物料就是木材和石头。突然有一天夜里，狂风大作电闪雷鸣，下了一整夜的暴雨。拂晓时，所有的僧人从屋里向外看去，看到优质木材与巨大的石头出现在寺庙前面，堆积得像小山一样高，连绵十多里，首尾相连，如同人工放置在那里的一般。于是请来民匠聚到此处，重新将这座宏伟的庙宇修筑起来，完工时外观十分完美。人们说这是鬼神送来的，于是人们越来越钦佩佛教的神力。从这不难看出育王化塔一事，不能够说是虚构的了。（出《玉堂闲话》）

陈绚

陈绚是前蜀国彭王的傅师，以前担任过邛州临溪的县令。县衙以竹子编成的藩篱抹上泥土当作墙壁，过了很长时间，泥土剥落下中，文彩烂然，小蛇也。俄而雷声隐隐，绚疑其乖龙，惧罹震厄，乃易衣炷香，抗声祈于雷曰："苟取龙，幸无急遽。"虽狂电若昼，自初夜迨四更，隐隐不发。既发一声，俄然开霁。向物已失，人无震惊，有若雷神佑乎恳祷。（出《北梦琐言》）

彭城佛寺

国某杨汀自言，天祐初，在彭城，避暑于佛寺。雨雹方甚，忽闻大声震地。走视门外，乃下一大雹于街中，其高广与寺楼等，入地可丈余。顷之雨止，则炎风赫日。经月，雹乃消尽。（出《稽神录》）

欧阳氏

广陵孔目吏欧阳某者，居决定寺之前。其妻少遇乱，失其父母。至是有老父诣门，使白其妻，我汝父也。妻见其贫陋，不悦，拒绝之。父又言其名字及中外亲族甚悉，妻竟不听。又曰："吾自远来，今无所归矣。若尔，权寄门下信宿可乎？"妻又不从。其夫劝之，又不可。父乃去曰："吾将讼尔矣。"左右以为公讼耳，亦不介意。明日午，暴风雨从南方来，有震霆入欧阳氏之居，牵其妻至中庭，击杀之。大水平地数尺，邻里皆震荡不自持。后数日，欧阳之人至后土庙，神座前得一书，即老父讼女文也。（出《稽神录》）

来，露出了里面的竹子。奴婢手持蜡烛去照明，看到有一个东西盘踞于竹节之中，有着色彩斑斓的文身，是一条小蛇。没过多久雷声逐渐响了起来，陈绚怀疑这是一只孽龙，害怕受到雷击的灾厄，于是换衣服上香，对雷神大声祷告："若是要捉龙，请不要操之过急。"虽然狂风大作电闪雷鸣，天空被照亮得像白昼一样，从刚刚入夜到四更天，雷声隐隐作响却没有爆发。响了一声过后，天空立即转晴。然后那个东西就消失不见了，再也没有人遭到雷震的惊恐，如同由于陈绚的虔诚祷告雷神就庇佑了他们一般。（出《北梦琐言》）

彭城佛寺

京城有个人叫杨汀，在自说自话中提到，天祐初年，他在彭城的一个佛寺中避暑。大雨和冰雹下得很大，突然听到一声巨响致使地动山摇。走出门外观看，天上落下一个大冰雹在街道中间，冰雹的高和宽同寺庙的塔楼差不多大，砸进地面一丈多深。等到雨停了，烈日下阵阵热风吹起来了。一个多月以后，大冰雹才完全融化。（出《稽神录》）

欧阳氏

广陵孔目吏有个姓欧阳的人，居住于决定寺的前面。他的妻子年少时遭到战乱，同父母走散了。现在有个老者来他家登门拜访，让他告知他妻子，说是她父亲到来。妻子见他穷困潦倒，非常不高兴，就拒绝了他。老父将她的名字和家族里里外外的状况悉数说给她听，他的妻子最终不信。老父又说："我大老远来到这里，如今无处可去。实在不行的话，让我暂时在这住上两晚可以吗？"妻子还是拒绝。丈夫劝说她，依旧不同意。老父就此离去并说道："我要去告你状。"左邻右舍以为他是去公堂告状，并没有放在心上。第二日正午，暴风雨从南方袭来，有雷把欧阳氏牵引出房间，将她拉到庭院中间电击死了。地面上砸出一个几尺深的大坑，把邻居震得几乎站不住了。几日后，欧阳家的人走到后山土庙里，在神灵雕像前拾到一纸文书，这是那位老父投诉女儿的状纸。（出《稽神录》）

庐山卖油者

庐山卖油者，养其母甚孝谨，为暴雷震死。其母自以无罪，日号泣于九天使者之祠，愿知其故。一夕，梦朱衣人告曰：“汝子恒以鱼膏杂油中，以图厚利。且庙中斋醮，恒用此油。腥气薰蒸，灵仙不降。震死宜矣。”母知其事，遂止。（出《稽神录》）

李诚

江南军使苏建雄，有别墅，在毗陵，恒使傔人李诚来往检视。乙卯岁六月，诚自墅中回，至句容县西。时盛暑赫日，持伞自覆。忽值大风，飞石拔木，卷其伞盖而去，唯持伞柄。行数十步，云雨大至，方忧濡湿，忽有飘席至其所，因取覆之。俄而雷震地，道傍数家之中，卷一家屋室，向东北而去。顷之遂霁，其居荡然，无复遗者。老幼十余，皆聚桑林中，一无所伤。舍前有足迹，长三尺。诚又西行数里，遇一人，求买所覆席，即与之。又里余，复遇一人，求买所持伞柄。诚乃异之，曰：“此物无用，尔何为者而买之？”其人但求乞甚切，终不言其故。随行数百步，与之乃去。（出《稽神录》）

茅山牛

庚寅岁，茅山有村中儿牧牛。洗所著汗衫，暴于草上而假寐。及寤失之，唯一邻儿在傍。以为窃去，因相喧竞。邻儿父见之，怒曰：“生儿为盗，将安用之？”即投水中。邻儿匍匐出水，呼天称冤者数四。复欲投之，俄而雷雨暴至，震死其牛，汗衫自牛口中呕

庐山卖油者

庐山有个人是卖油的，他非常孝敬，认真地供养自己的母亲，后来雷电把他震死了。他母亲认为儿子没有罪过，在九天使者的宗庙前每日哭喊，想了解儿子死的原因。一天晚上，穿红衣服的人在梦里告诉她说："你儿子总是在豆油里混合鱼油去卖，想多挣一些钱。这种油用在寺庙里的斋饭和祭典中，薰得神灵不愿降临。震死他是应当的。"他母亲明白这些事后，就停止了哭号。（出《稽神录》）

李 诚

江南军使苏建雄有一处别墅在毗陵，常常派遣侍从李诚往返检查巡视。乙卯年六月，李诚从别墅往回返，走到句容县西边。时值盛夏烈日，他便撑起伞来遮蔽阳光。突然起了阵大风，刮起了石头，拔起了树木，把他的伞盖也卷跑了，李诚只好拿着刮剩的伞柄赶路。走了几十步，来了大雨，正担心被雨水淋湿，忽有一块席子飘到跟前，于是取来遮在身上。不一会儿又有雷声震动大地，道旁几户人家之中，有一家的房屋被卷走，直向东北而去。很快便雨过天晴了。那家的房子荡然无存，什么也没留下，老老小小十余口人，全聚集在桑树林里，没有一人受伤。在房舍前面有脚印，有三尺长。李诚又往西走了几里，遇到一个人，恳求着要买他遮身的席子，李诚立即给了他。又走了一里多地，又遇到一个人，此人恳求着要买他手里拿的伞柄，李诚感到奇怪，问他道："这件东西并无用处，你买了它去干什么？"此人只是很恳切地求他，始终不说买伞柄的原因。他跟着李诚走了几百步，把伞柄给了他这才离去。（出《稽神录》）

茅山牛

庚寅年，茅山有个农村小孩在放牛，他把自己穿的衣衫洗好后晒在草地上，就躺下来闭目休憩。待醒来时衣衫不见了，当时有一个邻居的小孩在旁边，认为是他偷走了，于是两人便争吵起来。邻居小孩的父亲见到了，愤怒地说："养了个儿子成为盗贼，要他有什么用！"

出，儿乃得免。（出《稽神录》）

番禺村女

庚申岁，番禺村中有老姥，与其女饷田。忽云雨晦冥，及霁，乃失其女。姥号哭求访，邻里相与寻之，不能得。后月余，复云雨昼晦，及霁，而庭中陈列筵席，有鹿脯干鱼，果实酒醢，甚丰洁。其女盛服而至，姥惊喜持之。女自言为雷师所娶，将至一石室中，亲族甚众。婚姻之礼，一同人间。今使归返面，他日不可再归矣。姥问："雷郎可得见耶？"曰："不可。"留数宿，一夕复风雨晦冥，遂不复见。（出《稽神录》）

江西村妪

江西村中霆震，一老妇为电火所烧，一臂尽伤。既而空中有呼曰："误矣。"即坠一瓶，瓶有药如膏。曰："以此傅之，即差。"如其言，随傅而愈。家人共议，此神药也，将取藏之。数人共举其瓶，不能动。顷之，复有雷雨，收之而去。又有村人震死，既而空中呼曰："误矣。可取蚯蚓烂捣，覆脐中，当差。"如言傅之，遂苏。（出《稽神录》）

甘露寺

道士范可保，夏月独游浙西甘露寺。出殿后门，将登北轩。

说完就将他扔进河里。这个小孩从水里爬了出来，连连呼天喊地说冤枉。他父亲又要把他往水里扔，一瞬间雷雨交加突然降临，击死了那头牛，衣衫从牛嘴里吐了出来，邻居的小孩才免除了责罚。（出《稽神录》）

番禺村女

庚申年，番禺村里有位老妇人，与她女儿一起去田里送饭，突然云雨到来，天色昏暗。等雨过天晴后，她女儿不见了。老人家连哭带喊四处寻找，邻居们也都帮她寻找，结果还是没有找到。一个多月后，来了云雨使白天变得十分昏暗。等到雨过天晴，发现院子里摆放着筵席，有鹿肉、干鱼、水果、酒肉之类，非常丰盛洁净。她女儿身着盛装走了过来，老人家又惊又喜立刻上去抱住了她。女儿自己说被雷公娶为妻子，她被领到一间石头屋里，亲属特别多，婚礼和人间完全相同。现在可以回家与家人相见，往后就不能再回来了。老人问道："雷郎可以见见吗？"女儿答道："不可以。"在家住了几晚后，一天晚上又来了风雨，天色非常昏暗，女儿便再也看不到了。（出《稽神录》）

江西村妪

江西村中发生了雷震，一位老妇被电火烧伤一只胳膊。事后空中有呼喊声说道"错了"，立刻降下了一个瓶子，内有药物呈膏状，空中的声音又喊道："用此药敷伤，立即痊愈。"照着说的去用药，敷上之后立即痊愈了。家里人共同议论，认为这是神药，要把它拿来收藏着。几个人一起去拿这个瓶子，却拿不起来。不一会儿，又有雷雨到来，收起瓶子离开了。又有个村里人被雷震死，紧接着听见空中喊道："错了！可拿蚯蚓来捣烂了，覆盖在肚脐上，就会好的。"照着说敷上后，那人就苏醒过来了。（出《稽神录》）

甘露寺

有个道士叫范可保，这一年五月份一个人去游历浙西的甘露寺。

忽有人衣故褐衣，自其傍入，肩帔相拂。范素好洁，衣服新，心不悦。俄而牵一黄狗，又驾肩而出。范怒形于色，褐衣回顾张目，其光如电，范始畏惧。顷之，山下人至曰："向山下霹雳取龙，不知之乎？"范故不闻也。（出《稽神录》）

南康县

辛酉五月四日，有使过南康，县令胡侃置酒于县南莲花馆水轩。忽有暴风吹沙从南来，因手掩目。闻盘中器物，蔌蔌有声，若有物过。良久开目，见食器微仄，其银酒杯与杯之舟，皆狭长如东西形。壁傍大桐树，亦拔出墙外。时一里外皆此风雨，常遥闻馆中迅雷，而馆中初不闻也，胡亦无恙。（出《稽神录》）

他从大殿后门出来，要去到北面的小屋，忽然有个身穿破旧褐色衣服的人从他旁边走进了屋子，两人肩上的服饰互相擦了一下。范可保一向爱干净，衣服又很新，所以心里不大高兴。没过多久，那人牵着一条黄狗，擦着肩头走出去了。范可保顿时怒形于色，穿褐衣的那人回过头来瞪着眼看他，目光炯炯如闪电，范可保开始害怕起来。过了一会儿，山下人到这里说："刚才山下有霹雳震响在捉拿龙，你不知道吗？"范可保从来没听说过。（出《稽神录》）

南康县

辛酉年五月四日，有个差使路过南康县，县令胡侃在县衙南边莲花馆的水亭摆了酒席招待他。忽有暴风卷着沙土从南面刮来，他们急忙用手捂住眼睛。这时他们听见盘中的器物发出沙沙的响声，好像有东西爬过。过了好久他们才睁开眼睛，看到饮食用的器皿微微倾斜，其中银酒杯与托酒杯的盘子，都被夹成东西长的形状；墙壁旁边的大桐树，也被拔出来扔到墙外。当时一里之外的地方也都有这场风雨，人们曾远远地听到莲花馆内迅雷的响声，在馆中的人当时却没有听见，胡侃也平安无事。（出《稽神录》）

卷第三百九十六　雨风、虹附

雨

房玄龄

唐贞观末，房玄龄避位归第。时天旱，太宗将幸芙蓉园，以观风俗。玄龄闻之，戒其子曰："銮舆必当见幸，亟使洒扫，兼备馔具。"有顷，太宗果先幸其第，便载入宫。其夕大雨，咸以为优贤之应。（出《大唐新语》）

不空三藏

唐梵僧不空，得总持门，能役百神，玄宗礼之。岁旱，命祈雨。不空言可过某日，今祈之必暴。上乃命金刚三藏，设坛请雨。果连淋注不止，坊市有漂溺者，遽召不空止之。遂于寺庭，建泥龙五六。乃溜水，胡言詈之。良久，复置之大笑。有顷雨霁，玄宗又尝诏术士罗公远与不空祈雨，互陈其效。俱召问之，不空曰："臣昨焚白檀香龙。"上命左右掬庭水嗅之，果有檀香气。每祈雨，无他轨则，但设数绣座，手旋数寸木神，念咒掷之，自立于座上。伺木神口角牙出，目瞚，雨辄至。（出《酉阳杂俎》）

雨

房玄龄

唐朝贞观末年，房玄龄辞官返乡。正值大旱的年份，唐太宗将去芙蓉园观察当地的风韵民俗。房玄龄听闻此事后，告诫他的儿子说："皇帝会来到我家，让人立刻清扫卫生，配备餐具。"过了一会儿，太宗果真来到他的府邸，顺便将他带进宫里。当天晚上下了一场大雨，所有人都说这是天子优待贤人作出的响应。（出《大唐新语》）

不空三藏

唐朝有个叫不空的佛门僧人，任总持门，可以召唤百神，唐玄宗用正式的礼仪对待他。有一年大旱，玄宗让他祈求降雨。不空说这一天过了才可以祈雨，现如今祈的雨会是暴雨。皇帝让金刚三藏设坛作法祈雨。果真连续下起了大雨，大街上到处都有浮流和淹死的人，于是赶紧让不空把雨停下来。不空在寺庙的庭院中，捏造了五六条泥龙。泼水在龙的身上，就开始骂它。过了一段时间，对着它们大声笑起来。没过多久雨停了，天空晴朗起来。玄宗又曾经命术士罗公远和不空共同祈求降雨，诉说各自的求雨效果。玄宗询问他俩，不空说："昨日求雨时，燃烧了白檀香龙。"皇上命左右侍卫捧手闻院子里的雨水，果真是檀香的味道。每次不空祈雨时，没有复杂的规则，仅仅

一 行

僧一行，开元中尝旱，玄宗令祈雨。曰："当得一器，上有龙状者，方可致之。"命如内府遍视，皆言不类。后指一镜鼻盘龙，喜曰："此真龙矣。"持入道场，一夕而雨。或云，是扬州所进。初范模时，有异人至，请闭户入室。数日开户，模成，其人已失。有图并传，见行于世。此镜，五月五日于扬子江心铸之。（出《酉阳杂俎》）

无畏三藏

玄宗尝幸东都，大旱。圣善寺竺乾国三藏僧无畏善召龙致雨术，上遣力士疾召请雨。奏云："今旱数当然，召龙必兴烈风雷雨，适足暴物，不可为之。"上强之曰："人苦暑病久矣，虽暴风疾雷，亦足快意。"不得已，乃奉诏。有司陈请雨之具，幡幢像设甚备。笑曰："斯不足以致雨。"悉命撤之，独盛一钵水，以小刀子搅旋之，胡言数百祝之。须臾有龙，状类其大指，赤色，首撤水上，俄复没于钵中。复以刀搅咒之三，顷之，白气自钵中兴，如炉烟，径上数尺，稍稍引出讲堂外。谓力士曰："亟去，雨至矣。"力士绝驰去，还顾白气，旋绕亘空，若一匹素。既而昏霾大风，震雷而雨。力士才及天津之南，风雨亦随马而至，天衢大树多拔。力士比复奏，衣尽沾湿。（出《柳氏史》）

摆放几个好看的位置，神像是用木头制成的，有数寸长，用手将其旋转起来，一边念咒一边将神像抛起，会自动站立在位置上。待神像牙齿从口角间冒出来，眨眼睛，雨就会到来。（出《酉阳杂俎》）

一 行

唐朝开元年间曾经大旱，玄宗让一个叫一行的人祈雨。他说："需要一件上面有龙纹的器物，才能够祈雨。"皇帝命他可以四处在宫内观看，他说这些东西不像。后来看到一面盘龙镜鼻的镜子，欢喜地说："这是真龙啊。"拿着这个东西就进了祈雨的道场，没过多久就下起雨来。有人说，这个东西是扬州进贡的。刚开始制造模具时，来了个奇怪的人，要关门进入室内。几天后房门打开，模子就做好了，但是那个人却消失了。只存留下图纸和说明的文字，在民间流传开来。这面镜子是五月五日在扬子江江心铸造成的。（出《酉阳杂俎》）

无畏三藏

唐玄宗曾经亲临东都洛阳，那里正值大旱的年份。无畏是圣善寺竺乾国的大和尚，擅长召唤神龙求雨的法术，玄宗派高力士紧急召他进宫祈雨。无畏回奏说："如今干旱是理所当然的，如果此时召唤神龙会招来狂风暴雨，会造成非常大的毁坏力，所以不可以这样做。"玄宗固执地说："百姓在酷热中受困很久了，即使是狂风暴雨，也很令人畅快了。"无畏不得已接受了玄宗的要求。有人摆放好祈雨要用到的器具，幡旗经书神像等全都准备好了。无畏笑着说："这些东西不可以祈雨。"命他们悉数撤走，他盛了一碗水，用小刀搅动，说了好多听不懂的话祷告着。没过多久出现了一条龙，像他的大拇指一样是红色的。头浮在水上，然后又沉入碗里的水中。用刀一边搅动一边念了三遍咒语，没过多久钵子里就有白气升了起来，如同火炉里冒出来的烟，向上散去有数尺之高，然后缓慢地飘出道场之外。他对高力士说："快点离开这里，雨马上就到了。"高力士骑乘而去，回过

玉龙子

唐玄宗至渭水，侍者得玉龙子进。上皇曰：“吾为婴儿时，天后召诸孙，坐于殿上，观其嬉戏。因出西国所贡玉环兼杯盘，罗列殿上，纵令争取，以观其志。莫不奔竞，厚有所得。时吾在其中独坐，略不为动。后抚吾背曰：‘此儿当为太平天子。’因取玉龙子赐吾。本太宗于晋阳宫得之，文德皇后尝置之衣中。及大帝载诞日，后以珠络衣褓并玉龙子赐焉，其后尝藏于内府。虽广不数寸，而温润精巧，非人间所有，以为国瑞，帝帝相传。”上皇即位初，每京师悯雨，即祷之，必有霖注。逼而视之，若奋鳞鬣。开元中，三辅大旱。上皇复祈祷，而涉旬无应，乃密投于南内龙池。俄而云物暴起，风雨随作。及上皇幸西蜀，车驾回次渭水，将渡，驻跸于水滨。左右侍者，因临流濯弄，沙中得之。自后夜中必有光彩，辉焕一室。上皇还京，为小黄门私窃，以遗李辅国，常致柜中。辅国将败，夜闻柜中如有声，开而视之，已亡所在。人有诗曰：“圣运潜符瑞玉龙，自兴云雨更无踪。不如渭水沙中得，争保銮舆复九重。”（出《神异录》）

头来看向白气，旋转上升到天空中，如同一匹白色丝绸。然后狂风大作，天色阴暗下来，雷声大作大雨倾盆。高力士才到天津桥这个地方的南边，风雨也跟随他的马到来，大街上多数高大的树木被连根拔起。待高力士上朝禀告皇帝时，衣服全都湿透了。（出《柳氏史》）

玉龙子

唐玄宗到渭水这个地方时，侍者获得一枚玉龙子呈献给他。皇帝说："我还是幼儿时，皇后召集皇孙们进宫，坐在殿上，看着他们嬉笑游戏。然后拿出西方国家所进贡的玉环和杯盘，陈列在殿上，说道他们可以随便去拿，伺机观察每个人的取向。皇孙们争先恐后，拿到了很多物品。只有我那个时候坐在他们之间没有去拿，对这些东西丝毫没有兴趣。皇后抚摸着我的后背说：'这个孩子可以成为太平天子。'于是赏赐给了我玉龙子。这玉龙子在晋阳宫原本是太宗得到的，文德皇后经常将它放置在衣服里。等大帝满周岁时，皇后将宝珠璎珞、衣服、被子等，同玉龙子一道赏赐给了他，之后这玉龙子就被珍藏在皇宫内室中。这个东西虽然只有几寸大，然而做工十分精巧，温润如玉，不像人间的东西，所以成为国家的吉祥物，一代代留传下来。"玄宗即位的那年，京城这一片区域每次缺雨就向它祷告，就会降下足够的雨水，接近玉龙子细看时，像在奋力扇动鳞片。开元中年，三辅这个地方正值大旱，于是玄宗向它祷告，过了十天依旧没有回应。然后悄悄将它丢到宫里南面的龙池中。没过多久就出现了云翳，随后风雨交加。待玄宗视察西蜀时，驾车回到渭水，过河之前，停在岸边稍作休息。身旁的侍仆得此机会来到河边洗涤嬉戏，在沙石中捡到玉龙子。自此每到深更半夜它就发出光彩，把屋子照得焕然一新。玄宗返回京城后，宫内的太监把这个东西悄悄盗走了，拿给了李辅国，他经常将它放在柜子里。李辅国快要死的时候，半夜听到柜子里发出响声，打开柜子去看，在原先放置它的地方如今消失不见了。有人写诗说道："圣运潜符瑞玉龙，自兴云雨更无纵。不如渭水沙中得，争保銮舆复九重。"（出《神异录》）

狄惟谦

唐会昌中，北都晋阳令狄惟谦，仁杰之后。守官清恪，不畏强御。属邑境亢阳，自春徂夏，数百里田，皆耗斁。祷于晋祠，略无其应。时有郭天师，暨并州女巫，少攻符术，多行厌胜。监军使携至京国，因缘中贵，出入宫掖，遂赐天师号，旋归本土。佥曰："若得天师一至晋祠，则不足忧矣。"惟谦请于主帅，初甚难之。既而敦请，主帅遂亲往迓焉。巫者唯唯，乃具车舆，列幡盖，惟谦躬为控马。既至祠所，盛设供帐，磬折庭中。翌日，语惟谦曰："我为尔飞符上界请雨，已奉天帝命，必在至诚，三日雨当足矣。"繇是四郊士庶云集，期满无征。又曰："灾诊所兴，良由县令无德。我为尔再告天，七日方合有雨。"惟谦引罪，奉之愈谨，竟无其效。乃骤欲入州，复拜留曰："天师已为万姓来，更乞至心祈请。"悖然而詈曰："庸琐官人，不知天道。天时未肯下雨，留我将复奚为？"乃谢曰："非敢更烦天师，俟明相饯耳。"于是宿戒左右："我为巫者所辱，岂可复言为官耶？诘旦有所指挥，汝等咸须相禀。是非好恶，予自当之。"

迨晓，时门未开，郭已严饰归骑，而狄酒殽供设，一无所施。

狄惟谦

唐朝会昌年间，狄惟谦做北都晋阳的县令，他是狄仁杰的后代。为官清廉，恪尽职守，不畏强暴。他管辖的地方，从春到夏一直有旱灾，农田数百里的作物全都干枯毁坏。即使来晋祠里祈祷降雨，也无济于事。当时有个郭天师，是并州这个地方的一位女巫，她从小攻习符箓法术，多次以符咒制胜。监军使将她带领到京城，因此攀结权贵，经常出入皇宫，后来被赐予了“天师”的称号。返回到并州老家。人们都说：“如果可以请天师前来晋祠，忧患什么的就不足为惧了。”狄惟谦让主帅出面去请天师，起初他很为难。狄惟谦一味诚恳请求，于是主帅就亲自去迎接天师了。女巫应声承诺。为她配备车马，排列旌旗等，狄惟谦亲手为她驾驶马匹。将天师接到晋祠之后，精心摆放祭祀用的供品与帐幔等，仪式非常隆重，狄惟谦等人在庭院中俯下身子表示敬意。第二日，女巫对狄惟谦说道：“我已经为你们把一道符送往天上去求雨，如今接到上天的旨意，你们必须全部诚心诚意，三日过后就会降下大量的雨来。”于是做官的和平民百姓从四面八方会聚到这个地方来，三日的期限已到，却丝毫没有要下雨的征兆。女巫又说道：“产生的灾患不知从何而起，却是由于县令没有品德才导致的。我再次为你们送一道符禀明天帝，七日之后应当会有雨来临。”狄惟谦感到愧疚，对她越来越恭敬供奉，七日的期限也到了，竟然还是无任何效果。于是女巫忽然说要返回并州，狄惟谦一直挽留说道：“天师为了万千百姓来到这里已经做到这份上了，请求您再一次拼尽全力祈求降雨吧。”女巫非常愤怒地骂道：“你个平凡无德的官人，完全不理解上天自有它的道理。上天时候未到不肯下雨，你为什么还要留我在这个地方？”狄惟谦拜谢道：“我怎么敢叨扰麻烦天师呢？仅仅希望您可以等到明日，我们方便为您饯行而已。”于是狄惟谦当天夜里就告知他的手下说道：“我被女巫侮辱，怎么还能提起做官的事情呢？明日早上听我的指挥行事，我安排什么你们只管服从就好。是对是错，是好是坏，全由我一人承担。”

待到拂晓时分，大门还未开的时候，郭天师已经将返回并州的马匹配备好了，然而狄惟谦给她准备的酒菜佳肴一样也没有带来。

郭乃坐堂中，大恣诃责。惟谦遂曰：“左道女巫，妖惑日久，当须毙在此日，焉敢言归？”叱左右，于神前鞭背二十，投于漂水。祠后有山，高可十丈。遽命设席焚香，从吏悉皆放还，簪笏立其上。于是阖城骇愕，云邑长杖杀天师，驰走纷纭，观者如堵。时砂石流烁，忽起片云，大如车盖，先覆惟谦立所，四郊云物会之。雷震数声，甘雨大澍，原野无不滂流。士庶数千，自山拥惟谦而下。州将以杀巫者，初亦怒之，既而精诚感应，深加叹异。表列其事，诏书褒异云：“惟谦剧邑良才，忠臣华胄。睹兹天厉，将瘅下民，当请祷于晋祠，类投巫于邺县。曝山椒之畏景，事等焚躯；起天际之油云，情同剪爪。遂使旱风潜息，甘泽旋流。昊天犹监克诚，予意岂忘褒善。特颁朱绂，俾耀铜章。勿替令名，更昭殊绩。”乃赐钱五十万。（出《剧谈录》）

子朗

伪蜀王氏，梁州天旱，祈祷无验。僧子朗诣州，云能致雨。乃具十石瓮贮水，僧坐其中，水灭于顶者，凡三日，雨足。州将王宗俦异礼之，檀越云集，后莫知所适。僧令蔼，他日于兴州见之，因问其术。曰：“此闭气耳，习之一月就。本法于湫潭中作观，与龙相系。龙为定力所制，必致惊动，因而致雨。然不如瓮中为之，保无他害。”（出《北梦琐言》）

于是郭天师坐在大堂里大声斥责。狄惟谦说道："你这个恶毒女巫，这么久都在妖言惑众，你今天必须要死在这里，怎还敢说回去？"他喝令手下，在神明面前打她的后背二十鞭子，而后扔到河流中。宗祠后面有座十丈高的大山。于是他命人立刻设宴烧香，将他的随从悉数打发返回家里，自己则身着官服手持笏板站立在山上。全城人对此感到非常震惊，都在传言说道县令将天师乱棍打死了，到处都在谈论，纷纷前来观看，围观的群众像一堵墙似的聚集在一起。顷刻间飞沙走石，狂风大作，忽然有乌云升起来了，大小犹如车蓬，乌云覆盖在狄惟谦站立的上方，四面八方的云翳汇集到一起。好几声雷响过后，期盼已久的雨就倾泻下来，原野到处都有洪水涌流。几千名官员和百姓簇拥着狄惟谦从山上走下来。州府将领因为狄惟谦杀死女巫，一开始感到非常愤怒，后来被他的精诚所感动，对他大加赞叹。将这件事情上书告知朝廷，皇帝下诏书褒奖这奇异的举止说道："狄惟廉是治理郡县的奇才，忠臣贵族的后代，目睹这么严重的天灾，残害百姓，应该去晋祠祈雨，他在郫县投靠女巫祈雨未能成功，事后将她投入河中。他站在山顶忍受骄阳的暴晒，这事如同烈火焚身。这一行为唤来了天边的云翳为之降雨，如同商汤剪爪求雨一般感动了上天。于是让干旱的热风平息下来，倾下滋润万物的甘霖。上天可以体察到他的精诚，我不会忘记奖励他的善举。特意颁发大红官服，来彰显他铜质官印的光彩。不许开除他的县令职位，更要表彰他的伟大业绩。"于是将五十万钱赐给了他。（出《剧谈录》）

子朗

前蜀王氏，梁州当时大旱，祈雨也不灵验。有个僧人叫子朗来到州府，自称可以招来云雨。于是准备了可以装下十担水的一口大缸注满了水，子朗坐在其中，水淹没了他的头顶，三天过后，便下了足够的雨。王宗俦是梁州的一名守将，对此感到非常惊异，对他以礼相待，各个地方的人听说后也如云涌般赶了过来，然后就不知道他到什么地方去了。有个僧人叫令蔼，后来在兴州这个地方见到他，便问他求雨的道术。他说："这就是闭气功而已，修习一月就可以了。这个

风

秦始皇

秦始皇二十八年，渡淮至衡山，浮江至湘，遇大风。博士云："尧女舜妻葬于此。"始皇怒，使刑徒三千人，伐湘山树。（出《广古今五行记》）

王 莽

王莽地皇四年，大风，毁路堂。其年，司徒王寻、司空王邑守昆阳，光武起兵南阳，至昆阳，败之。风雷屋瓦皆飞，雨下如注，滍川盛溢。寻、邑乘死人而渡，王寻见杀，军人皆散走。王邑还长安，莽败，俱被诛。（出《广古今五行记》）

贾 谧

西晋八年六月，飘风吹贾谧朝衣，飞数百丈。明年，谧诛。其年十一月，京都大风，发屋折木。十二月，愍怀太子幽废，死于许昌。三子幽于金墉，杀太子母谢氏，丧还洛，又大风雷电，帷盖风裂。（出《广古今五行记》）

道术是在很深的水池中起作用，可以和龙相连系。龙被固定的力量所控制，肯定会被惊动到，因此可以引来风雨。然而这不如在缸里施行，这样能保证不会伤害到其他东西。”（出《北梦琐言》）

风

秦始皇

秦始皇在二十八年间，渡过淮河到了一个叫衡山的地方，坐船到湘江这个地方，遇上了大风。一个博士官说：“尧的女儿和舜的妻子埋葬在这个地方。”秦始皇非常愤怒，命令服刑的三千名囚犯把湘山上的树木全都砍了。（出《广古今五行记》）

王 莽

王莽地皇四年间，一场风灾在这里发生，暴风毁坏了道路与房屋。这一年，司徒王寻和司空王邑驻守在昆阳，光武帝起兵从南阳到昆阳，王寻与王邑被打败。当时，狂风和雷电将屋顶的瓦片刮得乱飞，大雨顿时倾泻下来，池塘和溪流里的水全都漫了出来。王寻和王邑踩着死人的尸体渡河，王寻被杀害，士兵四处逃散。王邑返回了长安，王莽失败，他们全部被杀死。（出《广古今五行记》）

贾 谧

西晋八年六月，大风把贾谧的官服吹走了，飞到几百丈远的地方。第二年贾谧就被杀死。这一年的十一月份，京都刮起了暴风，屋顶都被吹走了，树木也被折断了。十二月份，愍怀太子被废除，死在许昌这个地方。三子囚禁于金墉这个地方，太子的母家谢氏也被诛杀，埋葬在洛阳这个地方，当日狂风大作，电闪雷鸣接连出现，风撕破了帷帐和伞盖。（出《广古今五行记》）

张 华

西晋永康元年，大风，飞石沙折木。其年四月，张华舍，风飘起折木，飞缯轴六七枚。是月，赵王伦矫制废贾后，害张华、裴頠等。（出《广古今五行记》）

刘 曜

前赵刘曜，葬父母，费用亿计。发掘古冢，暴骸骨原野，哭声盈衢。大霖雨，震曜父墓门屋，大风飘散，发父寝堂于外垣五十余步。松柏植已成林，至是悉枯死。曜竟为石勒所擒。（出《广古今五行记》）

刘 裔

东晋成帝时，刘裔镇守浔阳。有回风从东来，入裔船中，状如匹练，长五六丈。术人戴洋曰："有刀兵死丧之乱。"顷为郭默所杀。（出《广古今五行记》）

徐羡之

宋徐羡之，文帝初，任扬州。有飘风起自西门，须臾合，直至厅事，绕帽及席，径造西际。寻而羡之为文帝所诛。（出《广古今五行记》）

柳世隆

宋孝武时，柳太尉世隆，乘车行还。于庭中洗车，有大风从

张华

西晋永康元年，狂风大作，飞沙走石，树木都被刮断了。这年的四月份，张华居住的房屋被大风吹起来，梁木被刮折了，飘散于各个地方，六七个丝绸轴也被吹飞了出去。这个月，赵王司马伦传出假的圣旨废了贾后，杀死了张华、裴颜等人。（出《广古今五行记》）

刘曜

前赵刘曜，埋葬他父母的时候，花费了数以万计。将坟地上的一些古墓挖开，暴露出里面的尸体并扔在原野上，大街上充斥着哭声。一场暴雨袭来，雷电击碎了刘曜父亲的坟墓，大风将他刮得到处飘散，还将他父亲安息的寝堂挖出来扔到五十余步的墙外。坟墓上种的松柏树本来可以成林了，这个时候全都枯死了。最终刘曜被石勒抓住了。（出《广古今五行记》）

刘裔

东晋成帝年间，刘裔镇守在浔阳这个地方。一天，一股旋风从东边吹来，吹到刘裔所坐的船里，这旋风的模样如同一匹白色的丝绸，长五六丈。有个术士叫戴洋，他说："你将有刀兵死丧之类的血光之灾。"没过多久，刘裔就被郭默杀害了。（出《广古今五行记》）

徐羡之

宋代有个叫徐羡之的人，文帝初年间，他在扬州这个地方任职。一天，从西面刮起了一股旋风，没过多久就合在了一起，一直刮到厅堂上，在徐羡之的帽子与座位旁边绕转了一圈，就直奔西方去了。这件事发生不久后，徐羡之就被文帝杀死了。（出《广古今五行记》）

柳世隆

宋代孝武帝时期，有一名太尉叫柳世隆，一次乘车回家，在院子

门而入，直来冲车有声，车盖覆向天。是年，明帝立，合门被杀。（出《广古今五行记》）

崔惠景

宋崔惠景围台城，有五色幡，风吹，飞在云中，半日乃下。众见惊异，相谓曰："幡者事当翻覆。"数日而惠景败。（出《广古今五行记》）

许世宗

北齐北海王许世宗，时转为录尚书，拜命。其夜暴风震雷，拔庭中桐树六十围者，倒立本处。识者知其不终，竟为高肇所谮，旬日处死。（出《广古今五行记》）

徐妃

梁元帝妃徐妃，初嫁夕，车至西州，而疾风大起，发屋折木。无何，雪霰交下，帷帘皆白。及长还之日，又大雷电，西州厅事，两柱俱碎。帝以为不祥，妃竟以淫秽自杀。不中之应。（出《广古今五行记》）

李密

隋大业十三年二月，李密于巩县南设坛，刑白马祭天，称魏公，置僚佐。改元升坛时，黑风从西北暴至，吹密衣冠及左右僚属，皆倒于坛下。沙尘暗天，咫尺不相见，良久乃息。贼军恶之，里洗刷车辆时，从门口刮进来一阵大风，径直冲到车上并发出声音，车盖被刮翻朝了天。在这一年，明帝登位，柳世隆满门被斩杀。（出《广古今五行记》）

崔惠景

宋代有个人叫崔惠景，率兵围攻台城，军营里有一面五色旗帜，有风吹过来，被吹飞到半空中，过了很久才掉落下来。所有人见了都非常惊讶诧异，互相说道："幡即是翻，这件事可能预兆着这个战事要失败。"几天过后，崔惠景的军队便失败了。（出《广古今五行记》）

许世宗

北齐时期有个人叫许世宗是北海王，当时迁任做录尚书，感恩受命。当天夜里暴风雷鸣，庭院中有六十围的大桐树被拔出来了，倒立在原先的那个位置。知道的人明白他活不久了，许世宗最终被高肇所说的谗言迫害，十天后被处死了。（出《广古今五行记》）

徐　妃

梁元帝的妃子徐妃，出嫁的那天，车辆行至西州这个地方时，突然刮起了大风，房屋被刮倒了，树木也摧折了。没过多久下起了霜雪，车上的帷帐帘子变成了白色。等回到家探亲那天，又有大雷电响起来，西州厅堂里，有两根柱子被雷震碎了。元帝觉得这是不祥的征兆。后来徐妃由于淫荡失德而自刎。应验了不应为妃。（出《广古今五行记》）

李　密

隋朝大业十三年二月，李密在巩县这个地方的南边摆放祭坛，杀白马来祭天，自称魏公，设置了官僚部属。在改元年间登坛祭天时，从西北面刮来一股黑风，径直吹向李密的衣服官帽和两边的官

俄而密败。（出《广古今五行记》）

虹

夏世隆

故越王无诸旧宫上，有大杉树，空中，可坐十余人。越人夏世隆，高尚不仕，常之故宫。因雨霁欲暮，断虹饮于宫池，渐渐缩小，化为男子，著黄赤紫之间衣而入树，良久不出。世隆怪异，乃召邻之年少十数人，往视之，见男子为大赤蛇盘绕。众惧不敢逼，而少年遥掷瓦砾。闻树中有声极异，如妇人之哭。须臾，云雾不相见，又闻隐隐如远雷之响。俄有一彩龙，与赤鹄飞去。及晓，世隆往观之。见树中紫蛇皮及五色蛟皮，欲取以归，有火生树中，树焚荡尽。吴景帝永安三年七月也。（出《东瓯后记》）

陈济妻

庐陵巴丘人陈济，为州吏。其妇秦在家，一丈夫长大端正，著绛碧袍，衫色炫耀，来从之。后常相期于一山涧，至于寝处，不觉有人道相感接，如是积年。村人观其所至，辄有虹见。秦至水侧，丈夫有金瓶，引水共饮，后遂有身。生儿如人，多肉。济假还，秦惧见之，内于盆中。丈夫云："儿小，未可得我去。"自衣，即以绛囊盛。时出与乳之时，辄风雨，邻人见虹下其庭。丈夫复少时来，将儿去，人见二虹出其家。数年而来省母。后秦适田，见二僚下属，他们全被刮倒在坛下。尘土飞扬天空昏暗，近在咫尺都看不清，过了一段时间才停息下来。贼军发觉大事不妙，一会儿李密就失败了。（出《广古今五行记》）

虹

夏世隆

无诸是已故的越王，有一棵大杉树长在他曾经的宫殿上，是空心的，可以坐下十多个人。越国有个人叫夏世隆，具有高尚的道德品质而不愿做官，常常到旧宫殿来。有一次雨过天晴太阳将西落时，他看到残缺的彩虹落向宫池里饮水，逐渐缩小，最后变成一个男子，穿黄红紫相间的衣物进入到树里面，很久都不再出来。夏世隆感到很奇怪，于是叫来了十几个邻居的小孩，前去观看，只见一条赤蛇把那个男子缠绕住。所有人感到害怕不敢接近，而小孩远远地朝那个地方投掷瓦砾。听到树中发出奇怪的声音，如同妇人哭声一般。过了一会儿，云雾出现了，大家互相看不清，隐约中又听到如远处打雷的声音一般。没过多久有一条彩色蛟龙和一只红色飞雁一同飞走了。等到拂晓时分，夏世隆前去观看。只见树中有两张皮，分别是紫色的蛇皮和五彩蛟龙皮，想把它们带回去，树中忽然起了火，把树燃烧得一干二净。吴景帝永安三年七月。（出《东瓯后记》）

陈济妻

庐陵巴丘这个地方有个叫陈济的人，任州吏。他的妻子秦氏独自一人在家时，有一个身材高大相貌端正的男人，穿着耀眼红绿两色的袍子，来追求她。后来他们常常在一个山涧中幽会，一起睡觉时，没有感受到男女交合之意。自此一年多后，村里人看见他们所到之处，总有彩虹出现。秦氏来到河边，那个男人有一个金瓶，取水共同喝过后，就怀有身孕。生出来的小孩如人一般，身体肥胖。陈济回家时，秦氏害怕让他看见那个小孩，就将他藏在屋内盆里。那

虹于涧，畏之。须臾，见丈夫云："是我，无所畏。"从此乃绝。（出《神异录》）

薛 愿

东晋义熙初，晋陵薛愿，有虹饮其釜鬲，噏响便竭。愿辇酒灌之，随投随竭，乃吐金满器，于是日益隆富。（出《文枢镜要》）

刘义庆

宋长沙王道邻子义庆，在广陵卧疾。食粥次，忽有白虹入室，就饮其粥。义庆掷器于阶，遂作风雨声，振于庭户，良久不见。（出《独异志》）

首阳山

后魏明帝正光二年，夏六月，首阳山中，有晚虹下饮于溪泉。有樵人阳万，于岭下见之。良久，化为女子，年如十六七。异之，问不言。乃告蒲津戍将宇文显，取之以闻。明帝召入宫，见其容貌姝美。问云："我天女也，暂降人间。"帝欲逼幸，而色甚难。复令左右拥抱，声如钟磬，化为虹而上天。（出《八庙穷经录》）

个男人说："这孩子还太小，不可以跟我一起离开。"亲自为他穿上衣服，装入一个大红色的口袋里。秦氏给小孩喂奶时，总是风雨交加，邻居看见有虹落到他家院子里。没过多久那男人又来了，将小孩接走，有人看到两条虹从他家院子中出来。几年过后再回来探望母亲。秦氏后来到田地里去，见到山涧有两条虹，就非常害怕。没过多久，看到那男人说："是我，没有什么害怕的。"从此就断绝了来往。（出《神异录》）

薛愿

东晋义熙初年，晋陵这个地方有个人叫薛愿，一次有一条虹落到他家的锅里喝水，发出吸水的声音就把水喝完了。薛愿拿出酒来倒进锅里，一边倒一边被吸尽，虹吐出来的黄金装满了锅。于是薛愿越来越富裕了。（出《文枢镜要》）

刘义庆

宋代刘义庆是长沙王刘道邻的儿子，在广陵这个地方卧病在床。他喝粥的时候，他的房间突然进入了一条白虹，去喝他的粥，刘义庆将碗扔到台阶下，然后就有风雨声响发出来，震动了门窗，过了一段时间那虹就消失了。（出《独异志》）

首阳山

后魏明帝正光二年，夏天六月份，首阳山中，有一条虹傍晚伸入溪流中喝水。有个叫阳万的砍柴人，在岭下看到了。过了一段时间，虹变成了一个女子，十六七岁的样子。阳万感到很奇怪，问她什么也不说。阳万把这件事告诉了蒲津守将宇文显，宇文显将这女子带走并禀告给明帝。明帝将她召入宫中，见她样貌娇美，就问她，她回复说："我是天女，暂时来到人间。"明帝想要强行逼迫，她面露难色。明帝让手下的人抱她，她发出的响声像钟磬一样，化作一条虹就升上了天。（出《八庙穷经录》）

韦皋

唐宰相韦皋，镇蜀。尝与宾客从事十余人，宴郡西亭。暴风雨，俄顷而霁。方就食，忽虹蜺自空而下，直入庭，垂首于筵。韦与宾偕悸而退，吸其食饮且尽。首似驴，霏然若晴霞状，红碧相霭。虚空五色，四视左右，久而方去。公惧且恶之，遂罢宴。时故河南少尹豆卢署，客于蜀，亦列坐。因起曰："公何为色忧乎？"曰："吾闻虹蜺者，妖沴之气。今宴方酣而沴气止吾筵，岂非怪之甚者乎？吾窃惧此。"署曰："真天下祥符也，固不为人之怪耳。夫虹蜺天使也，降于邪则为戾，降于正则为祥，理宜然矣。公正人也，是宜为庆为祥。敢以前贺。"于是具以帛书其语而献，公览而喜。后旬余，有诏就拜中书令。（出《祥验集》）

韦皋

唐代有一个宰相叫韦皋，他镇守川蜀地区。他曾经和十多个宾客和随从，在郡西亭那个地方聚会饮酒。暴风雨忽然就来了，没过多久又雨过天晴。正准备吃饭的时候，突然从空中落下来一条虹，径直进入庭院，把头垂向筵席。韦皋和宾客害怕得连连向后退去，虹将宴席吸得一干二净。它的头像一头驴，飘飘然的样子好似云霞，红绿相间，五光十色，不停看向四周，很长才离开。韦皋恐惧而且厌恶，只好停止了酒宴。豆卢署曾经任河南少尹现居四川，他当时也在场。他站起来说道："您为何一脸忧郁呢？"回答说道："我听闻虹霓，是邪祟之气。今天我们正喝得畅快时而这妖物突然到来，气得我只好停止酒宴，难道没有感到非常奇怪吗？我心里对这个东西是非常恐惧的。"豆卢署说："这是天底下真正的祥瑞啊，本来人们不该感到奇怪的。虹霓本来是天上的使者，降临到邪恶之人的地方为怪戾，降临到正直之人的地方为祥瑞。就是这样的一个道理。您是正直的人，应该为这个祥瑞庆贺。"于是备好帛在上面写下他说的话，献给了韦皋，韦皋看了后非常高兴。十几天过去了，皇帝下诏，命韦皋担任中书令。（出《祥验集》）

卷第三百九十七 山溪附

山

玉笥山

汉武帝好仙，于玉笥山顶上，置降真坛大还丹灶。道士昼夜祈祷，天感其诚，乃降白玉笥，置坛上。武帝遣使取之，至其坛侧，飘风大震，卷玉笥而去。因此则为玉笥山焉。（出《玉笥山录》）

大翮山

上郡人王次仲，少有异志，变仓颉旧文为今隶书。秦始皇时，官务烦多，以次仲所易文，简便于事，因而召之，凡三征不致。次仲怀道履真，穷数术之妙。始皇怒其不恭，令槛车送之，次仲行次。忽化为大鸟，出车外，翻飞而去。落二翮于斯山，故其峰峦有大翮小翮之名矣。魏《土地记》曰：沮阳城东北六十里，有大翮小翮山。山上神名大翮。庙东有温汤水口，温汤疗治万病。泉所发之麓，俗谓之土亭山。北水热甚诸汤，疗病者，要须别消息用之。（出《水经》）

山

玉笥山

汉武帝喜欢修仙之道，在玉笥山顶上设置了降真坛大还丹灶。道士昼夜不停地祈祷，上天被他的真诚感动，就降下一个白玉笥放在坛上。汉武帝派人去取它，刚到坛的旁边，忽然来了一阵大旋风，把玉笥给卷走了。因此将这座山取名叫玉笥山。（出《玉笥山录》）

大翮山

王次仲是上郡人，少年时就有不同于别人的志向，把仓颉的旧文字改变为现今的隶书。秦始皇的时候，官务繁多，用次仲所改变的文字，办事就简便多了。因而秦始皇召他进宫三次征召他都没来。王次仲心里有着追求真知的理想，用尽毕生研究天文、占卜的奥妙。始皇认为他对皇帝不恭敬，因此十分恼怒，于是下令用囚禁押解犯人的车把他押送到京城，次仲正走着，忽然变成一只大鸟飞出囚车而去，落下两根翎在那座山上，因此那山峰有了大翮山小翮山的名字。魏国有一本书叫《土地记》，里面有说：“在沮阳城东北六十里处，有大翮山和小翮山，山上有一个神灵名叫大翮。山上还有座庙，庙的东面有温泉，里面的温泉水能治疗各种疾病。有一座能够涌出温泉的山，百姓叫它土亭山。山北面涌出的温泉水的温度比其他泉水都

山 精

吴天门张盖，冬月，与村人共猎。见大树下有蓬庵，似寝息处，而无烟火。有顷，见一人，身长七尺，毛而不衣，负数头死猿。盖与语不应，因将归，闭空屋中。十余日，复送故处。

又孙皓时，临海得毛人。《山海经》云："山精如人，面有毛。"此山精也。故《抱朴子》曰："山之精，形如小儿而独足。足向后，喜来犯人。其名蚑，知而呼之，即当自却耳。一名曰超空，亦可兼呼之。"

又有山精，或如鼓，赤色一足，其名曰浑。

又或如人，长九尺，衣裘戴笠，名曰金累。

又或如龙，有五赤色角，名曰飞龙。见之，皆可呼其名，不敢为害。《玄中记》：山精如人，一足，长三四尺，食山蟹，夜出昼藏。（出《异苑》）

石鸡山

晋永嘉之乱，宜阳有女子，姓彭名娥。父母昆弟为长沙贼所掳。时娥负器出汲于溪，还见坞壁已破，殆不胜哀。与贼相格，贼缚娥，驱去溪边。将杀之际，有大山石壁，娥仰呼皇天："山灵有神不，我为何罪？"因奔走向山，山立开，广数丈，平路如砥。群贼亦逐娥入山，山遂崩合，泯然如初。贼皆压死山里，头出山外。娥遂隐不复出。娥所舍汲器，化为石，形似鸡。土人因号曰石鸡山，

高。想要用泉水治病的人，需要弄清楚各泉的情况再去应用。”（出《水经》）

山精

吴时天门有个叫张盖的人，冬天与同村人一起去打猎。看见大树下有一个蓬草搭成的小屋，好像是供睡觉休息的地方，但是没有烟火。过了一会儿，见到一个人，身高有七尺，身上长毛并且不穿衣服，身上背着几头死猿。张盖和他说话，没有回应。因此把他带了回去，关在一间空屋中，过了十几天，又送回原来的地方。

又：孙皓时期，在临海抓获一个全身长满毛的人。《山海经》讲：“山精好像是人，面部有毛。”这就是山精啊！因此《抱朴子》说：“山精形似小孩，但只有一只脚而且向后，喜欢进攻人。他的名叫蚑，如果你能认出他并且喊他，他马上就自己退回去了。他还有一个名叫超空，两个名都可以叫。”

还有，有的山精像鼓，身上是红色的，只有一只脚，他的名字叫浑。

还有的山精像人，身高九尺，穿着皮衣，戴着斗笠，名叫金累。

又有的山精像龙，有着五个红色的角，名叫飞龙。见到它，可以喊它的名字，它就不敢伤害你了。《玄中记》中有记载，山精像人，有一只脚，身高三四尺，吃山蟹，夜里出来活动，白天躲藏起来。（出《异苑》）

石鸡山

晋朝永嘉之乱时期，宜阳有个女子叫彭娥。她的父母兄弟都被长沙贼抓走了。这时彭娥正背着容器到溪边取水，回来时看见土堡的墙壁已经破损，感受到一阵几乎不能承受的悲哀。她便独自与贼人格斗，后来被贼人绑住，把她赶到了溪边。溪边前面有大山石壁，在贼人即将把她杀掉的时候，彭娥仰面对着皇天大呼：“山神有灵验吗？我有什么罪？”于是向大山石壁冲去，大山马上就分成了两半，中

溪为娥潭。（出《幽明录》）

新丰山

唐高宗朝，新丰出山，高二百尺，有神池，深四十尺。水中有黄龙现，吐宝珠，浮出大如拳，山中有鼓鸣。改新丰县为庆山县。（出《广德神异录》）

庆山

昭应庆山，长安中，亦不知从何飞来。夜过，闻有声如雷，疾若奔，黄土石乱下，直坠新丰西南。一村百余家，因山为坟。今于其上起持国寺。（出《传载》）

瓮峰

华岳云台观，中方之上，有山崛起，如半瓮之状，名曰瓮肚峰。玄宗尝赏望，嘉其高迥，欲于峰腹大凿“开元”二字，填以白石，令百余里外望见之。谏官上言，乃止。（出《开天传信记》）

夸父山

辰州东有三山，鼎足直上，各数千丈。古老传曰：邓夸父与日竞走，至此煮饭，此三山者，夸父支鼎之石也。（出《朝野佥载》）

间有着数千丈的宽度，路平得像磨刀石，群贼也追赶着彭娥进了山路，山马上又崩合到一起，竟然与原来一样。群贼都被压死在山里，只有头露在外面。彭娥就隐蔽在里面不再出来。她丢弃的装水的容器变成了石头，形状像一只鸡，当地人因此把这座山叫石鸡山，把这条溪叫作娥潭。（出《幽明录》）

新丰山

唐高宗时，新丰县出现了一座山，高二百尺，上面有一座神池，水有四十尺深，池水中有黄龙出现，黄龙的嘴里吐着宝珠，那宝珠浮出水面大小和拳头差不多。山中还时常回荡着像击鼓一样的声音。因此，把新丰县改名为庆山县。（出《广德神异录》）

庆 山

昭应庆山，则天皇帝长安年间，在长安中，也不知道从何处飞来的。一天夜里，人们听到打雷一样的响声，下暴雨的声音像人在奔跑，黄土石块纷乱落下，一直掉到新丰县西南方。有一个村子有一百多家住户，因为山体崩塌被埋在了下面，那座山变成了他们的坟墓。现在人们在那上面修建了持国寺。（出《传载》）

瓮 峰

在华山云台观中间的上边，有一座山崛起，好像半个瓮的形状，因此称它为瓮肚峰。唐玄宗曾经到此观赏过，赞美它高耸迂回的山势，便想要在山峰中部开凿“开元”两个大字，在里面填上白色的石头，即使远在百里之外人们也能看到它。谏官上奏劝阻，才停止了。（出《开天传信记》）

夸父山

在辰州东面有三座山，成鼎足之势直上云霄，每一座山都有数千丈高。据古老的传说讲：“当初夸父追赶太阳，到了这里煮饭，这三

插灶

荆州有空舲峡，绝崖壁立数百丈，飞鸟不栖。有一火烬，插在崖间，望见可长数尺。传云：洪水时，行舟者泊爨于此，余烬插之，至今犹曰插灶。（出《洽闻记》）

河山石斛

融州河水，有泉半岩，将注其下，相次九磴，每磴下一白石浴斛承之，如似镌造。尝有人携一婢，取下浴斛中浣巾。须臾，风雨忽至，其婢震死。所浣巾斛，碎于山下。自别安一斛，新于向者。（出《酉阳杂俎》）

终南乳洞

有人游终南山一乳洞，洞深数里，乳旋滴沥成飞仙状。洞中已有数十，眉目衣服，形制精巧。一处滴至腰已上，其人因手承漱之。经年再往，见所承滴像已成矣，乳不复滴，当手承处，衣缺二寸不就。（出《酉阳杂俎》）

古铁锁

齐郡接历山，上有古铁锁。大如臂，绕其峰再浃。相传本海中山，山神好移，故海神锁之。挽锁断，飞于此。（出《酉阳杂俎》）

座山，就是夸父支鼎煮食物的石头。”（出《朝野佥载》）

插 灶

在荆州有个空舲峡，悬崖绝壁高数百丈，连飞鸟也不想在上面栖息。有一根被火烧过的木头插在山崖上，远远望去有数尺长。据传说，每当发洪水的时候，驾船的人停泊在这里烧火煮饭，把没有烧完的木头插在那里，到现在还叫插灶。（出《洽闻记》）

河山石斛

在融州河边的大岩石中间有一个水泉，泉水沿着岩石下流，依次流过九级石台阶，每个石台阶下都有一个白色石头的浴斛接着，好像是人工凿成的。曾经有人带领一个婢女，在最下边的浴斛里面洗手巾。不一会儿就刮起了风下起了雨，霹雳把那个婢女击死了，洗手巾的那个浴斛，在山下变得粉碎。于是后人们又另外在石阶上安放了一个浴斛，看起来比原有的还要新。（出《酉阳杂俎》）

终南乳洞

有一个人游览终南山的一个钟乳洞，洞有数里深，乳水转动，下落形成了飞仙状的钟乳石。这个洞里已经有了几十个这样的钟乳石，那飞仙的眉眼衣着，都生得很精巧。有个地方一个钟乳飞仙已滴成到腰部以上，那个人在这里用手捧水漱口。过了一年他又去了，见他捧水漱口的那个滴像形成以后，乳水便不再滴了，但是当年手捧水的地方，衣服有着两寸的缺口，没有滴成。（出《酉阳杂俎》）

古铁锁

齐郡与历山相接，山上有一把古铁锁链，像胳膊一样粗，长足以环绕那座山峰两圈。相传这座山本来是海中山，但是山神喜欢迁移，因此海神就把山锁上了，后来系着的锁链也断了，便飞到了这个地方。（出《酉阳杂俎》）

崖 山

太原郡东有崖山，天旱，土人常烧此山以求雨。俗传崖山神娶河伯女，故河伯见火，必降雨救之。今山上多生水草。（出《酉阳杂俎》）

圣钟山

黎州圣钟山，古老传此山有钟，闻其声而形不见。南诏犯境，钟则预鸣。唐天宝、大和、咸通、乾符之载，群蛮来寇，皆有征也。昔有名僧讲《大乘经论》，钟亦震焉。乾宁中，刺史张惠安请门僧京师右街净众寺惠维讲《妙法莲花经》一遍，此钟频鸣，如人扣击，知向所传者不谬矣。（出《黎州图经》）

嵩梁山

澧州嵩梁山，今名石门。永安六年，自然洞开，玄朗如门，高三百丈。角上生竹，倒垂下拂，谓之天帚。（出《十道记》）

石鼓山

歙州石鼓山，有石如鼓形，又有石人石驴。俗传石鼓鸣，则驴鸣人哭，而县官不利。后凿破其鼓，遂不复鸣。（出《歙州图经》）

射的山

孔晔《会稽记》云："射的山，远望的的，有如射侯，故曰射

崖　山

太原郡东边有座山叫崖山，每当闹干旱的时候，当地人为了求雨而放火烧这座山。传说，崖山神娶了河伯的女儿为妻，因此河伯一旦见崖山起火，就一定会降雨去救他们。现在这座山上生长着很多水草。（出《酉阳杂俎》）

圣钟山

黎州有座圣钟山，据古老传说，这座山上有一座钟，只能听见钟声而看不见钟的形状。南诏侵犯边境时，这个钟就事先发出钟声。唐朝天宝、大和、咸通、乾符年间，群蛮来侵犯，也都先有征兆。过去一个有名的僧人宣讲《大乘经论》时，钟也响了。在乾宁年间，刺使张惠安邀请门僧京师右街净众寺的惠维来宣讲《妙法莲花经》一遍，这个钟频繁地鸣响，好像有人在击打，这才知道以前所传说的是真的。（出《黎州图经》）

嵩梁山

澧州有座嵩梁山，现在人们称它为石门。在永安六年那年，这座山自己贯通打开，幽深开阔得像是一扇大门，有三百丈高。这座山边上长有竹子，倒垂下来轻轻飘拂，人们把它叫作天帚。（出《十道记》）

石鼓山

歙州有座石鼓山，山上有块大石头像鼓的形状，还有石人、石驴。传说石鼓如果发出响声，则石驴也会发出叫声，而石人则会发出哭声，倘若出现了这种情况，则对县官不利。以后有人把石鼓凿破了，就不再响了。（出《歙州图经》）

射的山

孔晔《会稽记》说：“射的山，远远望去好像射箭的靶子，因此的。南有石室，可方丈，谓之射室。传云：‘羽人所游憩，土人常以此占谷贵贱。’谚云：‘射的白，米斛一百；射的玄，米斛一千。’”孔灵符《会稽记》云：“射的石水数十丈，其清见底。其西有山，上参烟云。半岭石室，曰仙人射堂。水东高岩临潭有石的，形甚员明，视之如镜。”又《会稽录》云：“仙人常射如此，使白鹤取箭，北有石帆壁立。”（出《洽闻记》）

怪 山

会稽山阴郭中，有怪山，世传本琅琊东武山。时天夜雨晦冥，旦而见在此焉。百姓怪之，因名曰怪山。（出《广古今五行记》）

鸣铙山

鸣铙山，萧子开《建安记》云：“一名大戈山，越王无诸，乘象辂，大将军乘。鸣铙载旗，畋猎登于此山。”古老传：天欲雨，其山即有音乐声也。（出《建州国经》）

赣 台

虔州赣台县东南三百六十三里。《南康记》云：“山上有台，方广数丈，有自然霞，如屋形。风雨之后，景气明净，颇闻山上有鼓吹声，即山都木客，为其舞唱。”（出《十道记》）

上霄峰

补阙熊皎云：“庐山有上霄峰者，去平地七千仞，上有古迹，叫射的。南面有一个石室，大约有一丈见方，人们把它叫做射室，传说：‘飞仙来此游览时，常在这里休息。当地人常用它来预测谷物的好坏。’谚语说：‘射中白色，一斛米卖一百；射中黑色，一斛米卖一千。’”孔灵符《会稽记》说：“射的石水有数十丈深，它的水清澈见底。它的西边有座山，山高出云际，半山腰有一个石室，人们称它为仙人射堂。它的东面有高大的岩石靠在潭边，潭边有石靶，它的外形十分圆润光滑，看上去就像一面镜子。”《会稽录》里还说：“仙人们常在这个地方射箭，让白鹤们往回取箭。北面有一座石帆像墙壁一样立在那里。”（出《洽闻记》）

怪山

会稽山阴郭中，有一座山叫作怪山。相传这座山原本是琅琊的东武山，有一天夜里阴雨昏暗，等到天明就看见它到了这个地方。百姓们感到十分奇怪，因此给它起名叫怪山。（出《广古今五行记》）

鸣铙山

鸣铙山在萧子开的《建安记》当中是这样记载的：“它又名大戈山。越王无诸，乘坐有象牙装饰的车子，由大将军驾车，敲着铙举着旗，打猎登上了这座山。”还有古老的传说，天将要下雨的时候，这里就有音乐声发出。（出《建州国经》）

赣台

赣台位于虔州赣台县东南三百六十三里处。《南康记》记载：“山上有个台，方圆数丈，有天然霞光，形状好像房屋。在风雨过后，空气和景物都显得格外清明洁净，甚至可以听到山上吹打乐器的声音，这是山上的木怪在跳舞唱歌。”（出《十道记》）

上霄峰

补阙官熊皓说：“庐山有个上霄峰，山有七千仞高。峰上有石迹，云是夏禹治水之时，泊船之所。凿石为窍，以系缆焉。磨崖为碑，皆科斗文字，隐隐可见。则知大禹之功，与天地不朽矣。”（出《玉堂闲话》）

麦积山

麦积山者，北跨清渭，南渐两当，五百里冈峦，麦积处其半。崛起一石块，高百万寻，望之团团，如民间积麦之状，故有此名。其青云之半，峭壁之间，镌石成佛，万龛千室。虽自人力，疑其鬼功。隋文帝分葬神尼舍利函于东阁之下，石室之中，有庾信铭记，刊于岩中。古记云：六国共修。自平地积薪，至于岩巅，从上镌凿其龛室佛像。功毕，旋旋折薪而下，然后梯空架险而上。其上有散花楼，七佛阁，金蹄银角犊儿。由西阁悬梯而上，其间千房万屋，缘空蹑虚，登之者不敢回顾。将及绝顶，有万菩萨堂，凿石而成，广若今之大殿。其雕梁画栱，绣栋云楣，并就石而成。万躯菩萨，列于一堂。自此室之上，更有一龛，谓之天堂，空中倚一独梯，攀缘而上。至此，则万中无一人敢登者，于此下顾，其群山皆如培塿。王仁裕时独能登之，仍题诗于天堂西壁上曰：“蹑尽悬空万仞梯，等闲身共白云齐。檐前下视群山小，堂上平分落日低。绝顶路危人少到，古岩松健鹤频栖。天边为要留名姓，拂石殷勤手自题。”时前唐末辛未年，登此留题。于今三十九载矣。（出《玉堂闲话》）

说那是夏禹治水的时候，停泊船只的地方。他在石头上凿个孔用来把船系住。当时有人把崖上的石头磨平当作碑，上面刻的都是蝌蚪文，隐隐约约还可以看清。看后就可以知道大禹治水的功劳，如天地一般永垂不朽。”（出《玉堂闲话》）

麦积山

麦积山，北跨清水、渭水，南面接近两当县，冈峦亘延五百里，麦积山位于五百里冈峦的中间。中间崛起一块巨石，有百万寻高，一眼望去成圆形，就好像民间麦堆的形状，因此它有麦积山之名。在半山腰里，悬崖峭壁之间，把岩石雕成一座佛像，放在千户人家里面供奉起来，虽然是人工雕凿，但好像是借助了鬼神之力。隋文帝杨坚将佛教神尼的骨头匣子分别放在东阁下面的石室里，庾信在岩石上刻文字进行记载。过去有记载说，这巨石是六国共同修建的。从平地上堆积木柴一直达到岩石的顶端，从上面开始开凿龛室佛像，完工后，一面撤去堆积的木柴，一面曲折回转地下来。然后建梯级于险处上去，上面有散花楼、七佛阁、金蹄银角犊儿等。由西阁爬悬梯而上，那里有千房万屋，好像悬于空中，下无基础一般，登上去的人不敢回头看。快要到最顶上，有万菩萨堂，是凿石而成，大小如现在的大殿，雕梁画栱、绣栋云楣都是用石头雕凿而成。一万尊菩萨雕像，排列在一个大室内。在这个室的上面，还有一龛，叫作天堂。空中靠着一个独木梯子，可以顺着它爬上去。到了这个地方，就一万个人当中也没有一个人敢攀登的。从这里向下看，群山都像一些小土丘。当时只有王仁裕能单独登上去。他登上去后，在天堂的西墙上题诗说：“登到悬空万仞高梯的尽头，身体已经与白云一样高。在檐前向下望去，群山变得矮小，天堂和落下的太阳一样高低。绝顶路险很少有人到达，古老的岩石、强劲的青松引诱得仙鹤经常来这里栖息。到达天际为的是要留下姓名，轻轻擦拭岩石，情意深重地在这里自己题写诗句。”当时是前唐末辛未年，登到这里题诗留念的，到现在已经三十九年。（出《玉堂闲话》）

斗山观

汉乾祐中，翰林学士王仁裕云：兴元有斗山观，自平川内，耸起一山，四面悬绝，其上方于斗底，故号之。薜萝松桧，景象尤奇。上有唐公昉饮李八百仙酒，全家拔宅之迹。其宅基三亩许，陷为坑，此盖连地而上升也。仁裕辛巳岁，于斯为节度判官，尝以片板题诗于观曰："霞衣欲举醉陶陶，一家饮八百洗疮，一家酒醉而上升。不觉全家住绛霄。拔宅只知鸡犬在，上天谁信路歧遥。三清辽廓抛尘梦，八景云烟事早朝。为有故林苍柏健，露华凉叶锁金飙。"旧说云，斗山一洞，西去二千里，通于青城大面山，又与严真观井相通。仁裕癸未年入蜀，因谒严真观，见斗山诗碑在焉。诘其道流，云，不知所来，说者无不异之。（出《玉堂闲话》）

大竹路

兴元之南，有大竹路，通于巴州。其路则深溪峭岩，扪萝摸石，一上三日，而达于山顶。行人止宿，则以緪蔓系腰，萦树而寝。不然，则堕于深涧，若沉黄泉也。复登措大岭，盖有稍似平处，路人徐步而进，若儒之布武也。其绝顶谓之孤云两角，彼中谚云："孤云两角，去天一握。"淮阴侯庙在焉。昔汉祖不用韩信，信遁归西楚。萧相国追之，及于兹山，故立庙貌。王仁裕尝佐褒梁师王思同，南伐巴人，往返登陟，亦留题于淮阴祠。诗曰："一握寒天古木深，路人犹说汉淮阴。孤云不掩兴亡策，两角曾悬去住心。不是冕旒轻布素，岂劳丞相远追寻。当时若放还西楚，尺寸中华未可侵。"崎岖险峻之状，未可殚言。（出《玉堂闲话》）

斗山观

五代后汉国乾祐年间，翰林学士王仁裕说：在兴元有个斗山观，那里从平地上耸立起一座山，山四面都是悬崖峭壁，它的上边就像斗的底一样，因此人们称它为斗山。山上生有常绿灌木、藤萝、松柏等，景致十分奇异。上有唐代有个叫公昉的人喝李白八百杯仙酒、全家人随住房一起拔地升天的遗迹。其宅基占地约有三亩，下陷成大坑，这是因为与地基相连的地也一起上升而成。王仁裕辛巳年在这个地方任节度判官，曾经用薄木片在观内题诗说："霞衣欲举醉陶陶，公昉一家人喝了八百杯酒洗疮，一家人酒醉而升仙。不觉全家住降霄。拔宅只知鸡犬在，上天谁信路歧遥。三清辽廓抛尘梦，八景云烟事早朝。为有故林苍柏健，露华凉叶锁金飚。"过去还有传说，斗山有一个洞，往西面去二千里，通到青城县的大面山，又与严真观里的井相通。仁裕癸未年到四川，因为去拜严真观，看见斗山诗碑还在。他询问道士，回答说："不知道从哪来。"听说这件事的人没有不惊奇的。（出《玉堂闲话》）

大竹路

兴元的南面有一条大竹路通到巴州。这条路在深溪的峭壁上，需要抓着藤萝攀着石块才能上去，而且上去一次需三天时间才能到达山顶。行人常常在这里住宿，睡觉时要用粗的藤蔓捆住腰，系在树上，不然的话，就要掉进深涧当中被埋葬掉。人们再登上措大岭上路稍有些平的地方，走路的都在慢慢地前行，就好像儒生在走方步。人们将它的最高处叫作"孤云两角"。这里有谚语这样说道："孤云两角，离天只有一拳头。"淮阴侯庙在这里。过去，汉高祖不重用韩信，韩信逃跑回归西楚，萧何追赶他，在这座山追上了，因此萧何在这里立庙。王仁裕曾经辅佐褒梁师王思同征伐巴蜀，来来回回多次登攀这座山，也题诗留念淮阴祠。他题的诗说："在这离天只有一拳的地方，古木丛深，过路的人还在谈论着汉代的淮阴侯。'孤云'掩盖不住韩信那能主宰兴亡的满腹韬略，'两角'也曾经悬挂住

溪

溪毒

江南间有溪毒，疾发时，如重伤寒。识之者，取小笔管，内于鼻中，以指弹之三五下，即出墨血，良久疾愈。不然，即致卒矣。（出《录异记》）

韩信那离去或留下的犹豫心理。如果不是帝王刘邦轻视地位低下的韩信，又怎么能劳累萧何追得这么远？当时假如将韩信放回西楚，广阔中原的一尺一寸土地，刘邦也别想占领。”其崎岖险峻的情况，不是用语言可以说尽的。（出《玉堂闲话》）

溪

溪毒

江南有的小溪有毒，中毒发病时，症状好像严重的伤寒一样。认识这种症状的人，可以取一根小笔管，插入鼻孔中，用手指弹三到五下，就会流出黑色的血，过一段时间病就好了。否则，可能导致死亡。（出《录异记》）

卷第三百九十八　石坡沙附

石

黄石

帝尧时，有五星白天而陨。一是土之精，坠于谷城山下。其精化为圯桥老人，以兵书授张子房。云："读此当为帝王师，后求我于谷城山下，黄石是也。"子房佐汉功成，求于谷城山下，果得黄石焉。子房隐于商山，从"四皓"学道。其家葬其衣冠黄石焉。古者常见墓上黄气高数十丈。后赤眉所发，不见其尸，黄石亦失，其气自绝。（出《录异记》）

马肝石

元鼎五年，郅支国贡马肝石百斤。长以水银养，内于玉函中，金泥封其上。其国人长四尺，唯饵马肝石。此石半青半白，如今之

石

黄石

在帝尧的那个时代，有五颗星星从天上坠落下来了。其中就有一颗土星是拥有着精气的，坠落在了谷城山的山脚下面。它的精气变化辗转成为了圯桥老人，他把一部兵书传授给了张子房，并且说道：“读了这部书就能给帝王掌管军队，以后要找我就到谷城山的山脚下，那里面的黄石就是我。”张子房帮助汉王完成了功业之后，就到谷城山的山脚去寻找圯桥的老人家，他果然在那里找到了黄石。后来张子房隐居在商山，跟随着当时被称为“商山四皓”的东园公、用里先生、绮里季、夏黄公学习道法之术。张子房死后，他的家人把他的服装和黄石全部埋葬了。后来的古代人常常看见他的坟墓上飘着几十丈高的黄色雾气。后来，他的坟墓被赤眉军的人挖掘了，然而没有看见他的尸体，黄石也消失了，那种黄色的雾气自然而然地断绝了。（出《录异记》）

马肝石

西汉元鼎五年，郅支国进贡了马肝石有一百斤。马肝石是长时间用水银来做保养的，放在玉石做的匣子中，它的上面用了金泥封严。

马肝。舂碎之，以和九转丹，吞之一丸，弥年不饥渴。以之拭发，白者皆黑。帝尝坐群臣于甘泉殿，有发白者，以此拭之，应手皆黑。是时公卿语曰："不用作方伯，唯愿拭马肝石。"此石酷烈，不杂丹砂，唯可近发。（出《洞冥记》）

石鼓

吴郡临江半岸崩，出一石鼓，槌之无声。武帝以问张华，华曰："可取蜀中桐材，刻为鱼形，扣之则鸣矣。"于是如其言，果声闻数里。（出《录异记》）

采石

石季龙立河桥于云昌津，采石为中济。石无大小，下辄随流，用工五百余万，不成。季龙遣使致祭，沉璧于河。俄而所沉璧流于渚上。地震，水波腾上津所。楼殿倾坏，压死者百余人。（出《录异记》）

青石

唐显庆四年，渔人于江中网得一青石，长四尺，阔九寸，其色光润，异于众石。悬而击之，鸣声清越，行者闻之，莫不驻足。都督滕王表送，纳瑞府。（出《豫章记》）

郅支国的人身高四尺，只吃马肝石。这种石头是一半黑一半白的，像是现在的马肝。捣碎它后，用它合成九转丹，吃下一丸，就可以长年不饥不饿。用它来擦拭头发，白的头发都可以变成黑的。皇帝曾经和群臣一起在甘泉殿上坐的时候，其中就有有人头发是白的，用它擦拭白头发，手过之处都变成黑色的了。当时在王宫里的大臣就有一句谚语说："不用做一个地方的长官，只愿意擦拭马肝石。"这种石头药性猛烈。不能与丹砂掺杂，只可以接近头发。（出《洞冥记》）

石鼓

吴郡临江的堤岸有一半崩塌了，出现一面石鼓，用木槌敲打它没有声音。武帝因此询问张华，张华说："可以尝试着取来蜀中的桐木，把它雕刻成鱼的形状，再去敲打它就会响了。"于是依照张华所说的话做了，果然在几里之外都可以听到敲打石鼓的声音。（出《录异记》）

采石

石季龙在云昌渡口处建立了一座河桥，采来石头作为河口渡头的材料。石头无论是大还是小，扔下去都会随着河水流走，用了五百多万的石头工作，依然没有成功。石季龙派遣使者到那里去祭祀，把玉璧投进河中。不一会儿，投入水中的玉璧就漂流到河中的水洲之上。大地就开始震动，河水的波涛翻腾涌上渡口。渡口上面的楼台殿阁全部倾倒毁坏了，被压死的有一百多人。（出《录异记》）

青石

唐朝显庆四年，有一个打渔的人在大江中用网打上来一块青石头，长有四尺，宽有九寸，它的颜色鲜亮平滑，与各种石都不同。把青石悬挂起来并敲击它，发出声响清脆悠扬，走路的人听到，没有哪一个不停下脚步的。都督滕王呈上奏章运送到京师，被收进瑞府。（出《豫章记》）

石文

昌松瑞石文，初李袭誉为凉州刺史，奏昌松有瑞石，自然成字。凡千一十字。其略曰，高皇海宇字李九王八千太平天子李世王千年太子治书燕山人士国主尚任谔奖文通千古大王五王七王十王凤手才子武文贞观昌大圣四上下万古忠孝为喜。勅礼部郎中柳逞，驰驿检覆，并同所奏。（出《录异记》）

石连理

永昌年中，台州司马孟诜奏："临海水下冯义，得石连理树三株，皆白石。"（出《洽闻记》）

太白精

金星之精，坠于中南圭峰之西，因号为太白山，其精化为白石，状如玉美，时有紫气覆之。天宝中，玄宗立玄元庙于长安大宁里临淄旧邸，欲塑玄元像。梦神人曰："太白北谷中有玉石，可取而琢之，紫气见处是也。"翌日，令使人谷求之。山下人云："旬日来，尝有紫气，连日不散。"果于其下掘获玉石，琢为玄元像，高二丈许，又为二真人二侍童，及李林甫、陈希烈之形，高六尺已来。（出《录异记》）

古铁铧

天宝中，玄宗以三门河道险厄，漕转艰阻，乃令旁北山，凿石为月河，以避湍急，名曰天宝河。岁省运夫五十余万，又无覆溺淹滞之患，天下称之。其河东西径直，长五里余，阔四五丈，深二丈三丈至五六丈，皆凿坚石。匠人于坚石之下，得古铁铧，长三尺余，

石　文

当初李袭誉做凉州刺史时，他上奏说昌松有瑞石，石上的字是天然而成的。共计一千零一十字。大致内容是："高皇海宇字李九王八千太平天子李世王千年太子治书燕山人士国主尚任谔奖文通千古大王五王七王十王凤手才子武文贞观昌大圣四上下万古忠孝为喜。"朝廷接到上奏后，命礼部侍郎柳逞赶快去昌松核查。最后，柳逞的上奏和李袭誉的一模一样。（出《录异记》）

石连理

唐朝永昌年间，台州司马孟诜上奏章："临海郡水下的冯义，得到了三棵石连理树，都是白色的石头。"（出《洽闻记》）

太白精

金星的精气，坠落到了中南圭峰的西侧，因此称名为太白山，它的精气变化成白石，样子像玉一样美丽，时常有紫色的雾气覆盖着它。唐天宝年间，唐玄宗在长安大宁里临淄的旧邸建立玄元庙，想要雕刻玄元的雕像。唐玄宗梦见神人时对他说："太白山北面的山谷中有玉石，可以取回来雕刻成玄元像，出现紫色雾气的地方就是藏有玉石的地方。"第二天，唐玄宗派遣使者进山谷寻找。山脚下的人说："近十天来，经常有紫色雾气出现，连着十天没有散去。"果然在紫色雾气的下面挖掘到了神人说的玉石，把玉石雕琢成玄元像，高两丈左右，又做了两个得道之人和两个侍童，以及李林甫和陈希烈的石像，身高六尺。（出《录异记》）

古铁铧

天宝年间，唐玄宗因三门河道险要阻塞，漕运受到阻碍，于是命令依傍北山，开凿山石弯为月牙形的河道，用来避开湍急的水流，取名叫作天宝河。每年可以节省运输的民工大概有五十多万，又没有船翻沉没滞留不通的担忧，全天下的人都称赞这件事。那条河东西笔

上有“平陆”两字，皆篆文也。玄宗异之，藏于内库。遂命改河北县为平陆县，旌其事也。（出《开天传信记》）

走石

宝历元年乙巳岁，资州资阳县清弓村山，有大石，可三间屋大，从此山下，忽然吼踊，下山越涧，却上坡，可百步。其石走时，有锄禾人见之。各手执锄，赶至止所，其石高二丈。（出《朝野佥载》）

石桥

赵州石桥甚工，磨垅密致，如削焉。望之如初月出云，长虹饮涧。上有勾栏，皆石也，勾栏并为石狮子。龙朔年中，高丽谍者盗二狮子去，后复募匠修之，莫能相类者。至天后大足年，默啜破赵定州，贼欲南过。至石桥，马跪地不进，但见一青龙卧桥上，奋迅而怒，贼乃遁去。（出《朝野佥载》）

石磨

吴兴故彰县东三十里，有梅溪山。山根直竖一石，可高百余丈，至青而团，如两间屋大。四面斗绝，仰之于云外，无登陟之理。其上复有盘石，正员如车盖，恒转如磨，声若风雨，土人号为石磨。转驶则年丰，迟则岁俭。欲知岁之丰俭，以石磨候之，无差焉。（出《续齐谐记》）

直，长有五里多，宽有四五丈，深二三丈到五六丈，都是开凿了那些坚硬的石头。匠人在坚硬的岩石下面，得到了一个年代久远的铁铧，长有三尺多，上面就有“平陆”两个字，都是篆文。唐玄宗觉得它非常奇异，把它收藏在皇宫的库房里。于是下命令改河北县为平陆县，以表扬得到古铁铧那件事。（出《开天传信记》）

走石

唐宝历元年乙巳年，资州资阳县清弓村山上某处，有一块巨大的岩石，可能有三间屋子那么大，巨石从这座山上滚了下来。忽然吼叫跳跃，滚下山越过山涧，还能上坡，大约有一百步。那巨石在跑动的时候，有锄地的人看见了它。他们各自手拿锄头，赶到那块巨石停止的地方。那块巨石高有两丈。（出《朝野佥载》）

石桥

赵州石桥十分精巧，石头之间的接缝非常均匀细密，如同用刀削过的样子。从远处看它，石桥就像初出云的弯月，饮水山涧间的长虹。石桥上面有栏杆，都是石头做的，栏杆上排列着雕刻的石狮子。唐龙朔年间，高丽国的探子盗走了两个石狮子，后来又招募工匠修建石狮子，却不能与原来的相似。到了武则天皇后称帝的大足年间，高丽国的默啜可汗攻克赵州定州，贼人想从南边进入。到了石桥，马跪在地上不往前走，只见一条青龙趴伏在桥上，精神振奋，行动迅速，并且愤怒以待，贼人于是悄悄地逃走了。（出《朝野佥载》）

石磨

吴兴故彰县东面三十里处，有一座山叫作梅溪山。山脚下笔直地竖着一根石头，高有一百多丈，完全是青黑色而且呈圆形，有两间屋子大。四周都是陡峭的绝壁，仰头看好像高出云外，没有攀登上去的可能。它的上面又有一块盘石，呈正圆形，像车盖一样，不停转动像磨一样，发出的声音像风声雨声，当地人把它叫作石磨。石磨转

釜濑

夷道县有釜濑，其石大者如釜，小者如斗，形色乱真，唯实中耳。（出《酉阳杂俎》）

石鱼

衡阳相乡县，有石鱼山，山石黑，色理若生雌黄。开发一重，辄有鱼形，鳞鳍首尾，有若画焉，长数寸，烧之作鱼腥。（出《酉阳杂俎》）

坠石

伊阙县令李师晦，有兄弟任江南官，与一僧往还。尝入山采药，暴风雨，避于桤树。须臾大震，有物瞥然坠地，倏而晴朗。僧就视，乃一石，形如乐器，可以悬击。其上平齐如削，中有窍，其下渐阔而员，状若垂囊。长二尺，厚三分，左小缺。色理如碎锦，光泽可鉴，叩之有声。僧意其异物，置于樵中归。柜而埋于禅床下，为其徒所见，往往有知者。李生恳求一见，僧确然无言。忽一日，僧召李生，既至，执手曰："贫道已力衰弱，无常将至。君前所求物，聊用为别。"乃尽去侍者，引李生入卧内，撤榻掘地，捧匣授之而卒。（出《酉阳杂俎》）

得快，这一年就丰收，石磨转得慢，这一年就歉收。想要知道年岁是丰收还是欠收，用石磨的情况来观测，是没有差错的。（出《续齐谐记》）

釜濑

夷道县有釜濑，那石头大得像锅一样，小的像斗一样大，形状和颜色像真的一样，只是中间是实的罢了。（出《酉阳杂俎》）

石鱼

衡阳相乡县，县上有一座石鱼山，山上的那些石头大多是黑色的，颜色和纹理都好像雌黄石。在开采发掘一层之后，就呈现了鱼的形状，鳞鳍头尾，像画上去的一样，长大约有几寸，用火烧它后便散发出了鱼的腥味。（出《酉阳杂俎》）

坠石

伊阙县令的李师晦，他有一个兄弟在江南当官，同一个和尚有往来。有一次他们进山采药，遇到了一场暴风雨，在桤树下避起了雨。不过一会儿，风雨大震，忽然间有一物落在地上，非常快地就天气晴朗了。那个和尚走近去看那落物，发现是一块石头，它的形状很像一个乐器，可以悬挂起来敲击。它的上面很平滑，整齐得像被刀削过的一样，它的中间有孔，下面逐渐变宽又变圆，形状也像下垂着的口袋。石头长有二尺，厚有三分，在左边有着一个小小的缺口。颜色和纹理很像是细碎的锦缎，光泽清晰得可以清楚地照人，敲打它也会有响声。和尚曾猜想它是奇异的东西，放在木柴中然后带回寺院去。把它放入柜中并埋在禅床下面，被他的一个徒弟看见了，而后把这一幕传了出去，常常有知道的人。后来李生恳求见一见这奇特的坠石，但是和尚坚持不想说起这件事。忽然有一天，和尚呼唤李生过来，不久李生到了，和尚紧紧握住李生的手，并说："贫道已经是精疲力竭了，那个勾摄生魂的使者无常马上就要到了。这个就是你以前

立石

莱子国海上有石人，长一丈五尺，大十围。昔始皇遣此石人追劳山，不得，遂立。（出《酉阳杂俎》）

孤石

筑阳县水中，有孤石挺出。其下澄潭，时有见此石根，如竹根，色黄。见者多凶，俗号承受石。（出《酉阳杂俎》）

网石

于季有为和州刺史时，临江有一寺，寺前渔钓所聚。有渔子，下网，举之觉重，坏网，视之乃一石，如拳。因乞寺僧，置于佛殿中。石遂长不已，经年重四十斤。张司封员外入蜀时，亲睹其事。（出《酉阳杂俎》）

卵石

常侍崔元亮，在洛中，尝闲步涉岸，得一石子，大如鸡卵，黑润可爱，玩之。行一里，划然而破，有鸟大如巧妇，飞去。（出《酉阳杂俎》）

想要见的那个奇特的东西，现在就姑且把它当作分别纪念的礼物。”于是，和尚就让那些服侍他的人全都退出去等待。而后就带领李生进入他的卧房内，撤掉了床铺后，就挖开了地面，取出来木匣后手捧着给予李生，之后和尚便死了。（出《酉阳杂俎》）

立石

莱子国的某处海上有一个石人，高有一丈五尺，有十围那样的粗大。过去的时候秦始皇帝就派出这个石人追赶过劳山，可惜并没有追到，于是就立在这里了。（出《酉阳杂俎》）

孤石

筑阳县潭水中，有一块孤石挺立出了潭水面。孤石的下面潭水十分澄清，所以时常也有人看见这孤石在潭水中的根，像是竹子的根，呈现出黄色。看见过这块石头的石根的人，往往多半都是不吉祥的，所以人们也是称它为承受石。（出《酉阳杂俎》）

网石

于季有做和州刺史的时候，靠近江边有一座寺庙，寺庙的前面是钓鱼人聚集的地方。在那里有一个打渔的人，正在向江中下网，但是起网时就会觉得非常重，于是网就破了，向网里面去看，有一块石头，它的大小像拳头。于是有人乞求寺庙里的和僧，把这块石头放置在了佛殿当中。后来石头就不停地生长，后面又过了一年，重量就达到四十斤。张司封员外郎在进入蜀地的那个时候，就亲眼见证了那件事。（出《酉阳杂俎》）

卵石

常侍崔元亮，还在洛中的时候，曾经在空闲的时候来到河岸边上散步，捡到了一颗很特别的石子，它的大小像是鸡蛋一样，呈现黑色，外表光润而且可爱。崔元亮时不时地就玩弄它一下，在大概走了

卧石

荆州永丰县东乡里，有卧石一，长九尺六寸，其形似人，而举体青黄隐起，状若雕刻。境若旱，使祭而举之，小雨小举之，大雨大举之。相传此石忽见如此，本长九尺，今加六寸矣。（出《酉阳杂俎》）

僧化

天台僧，乾符中，自台山之东临海县界，得洞穴。同志僧相将寻之，初一二十里，径路低狭，率多泥涂。自外稍平阔，渐有山，山十许里。见市肆居人，与世无异。此僧素习咽气，不觉饥渴。其同行之僧饥甚，诣食市肆乞食，人或谓曰："若能忍饥渴，速还无苦。或餐啖此地之食，必难出矣。"饥甚，固求食焉。食毕，相与行十余里，路渐隘小，得一穴而出。餐物之僧，立化为石矣。天台僧出山逢人，问其所管，已在牟平海滨矣。（出《录异记》）

一里路的时候，那颗石子突然间破裂开来，破裂后里面含有一只小鸟，它的大小像极了巧妇鸟，然后它就自己腾空，就飞走了。（出《酉阳杂俎》）

卧石

荆州永丰县的东乡里，有一块卧石，它的长有九尺六寸，而且形状很像人，但是全身都是青色和黄色，有微微的突起，像是雕刻的一样。如果乡里开始干旱起来，乡里人就会让人祭祀并把它举起来，如果小雨就小举它，要是大雨就大举它。大家相传着这块卧石在忽然出现的时候是这样，本来长只有九尺，现在增加了六寸。（出《酉阳杂俎》）

僧化

有一个在天台山的和尚，在乾符的那个年间，从天台山的东面临海县境内，找到了一个洞穴。和他志向相同的一个和尚也将与他互相协助一起去探明洞穴。在开始的一二十里时，山洞有些低矮，洞内小路显得有些狭窄，一般大多是比较泥泞的路。然后从这往外就开始逐渐变得稍平坦和开阔，然后逐渐地看见山出现。穿过山地十余里后，就出现了市场、作坊和居民，基本上和人世间的景象没有什么不同的。天台山上的和尚一向练的是咽气之功，不会感觉得到饥饿干渴，然而与他同行的那个和尚十分饥饿，就到了市场、作坊去乞求食物。住在这里的人们就对他说：“如果你能忍得住饥渴，快速返回去，也就没有痛苦。如果吃过了此地的食物，后面就很难出去了呀。”可是和尚饥饿得厉害，坚持乞求食物。吃完之后，两人共同走了十余里后，道路逐渐变得狭小，后面找到了一个洞穴走了出来，而吃过食物的和尚马上化作了石头。天台山的和尚走出来后在山中遇见了人，于是问他们这里是归于哪管辖，而现在已经在牟平县的海边了。（出《录异记》）

陨石

唐天复十年庚午夏，洪州陨石于越王山下昭仙观前，有声如雷，光彩五色，阔十丈。袁吉江洪四州之界，皆见光闻声。观前五色烟雾，经月而散。有石长七八尺，围三丈余，清碧如玉，堕于地上。节度使刘威命舁入昭仙观内，设斋祈谢。七日之内，石稍小，长三尺；又斋数日，石长尺余；今只有七八寸，留在观内。（出《录异记》）

目岩

平乐县有山，林石岩间，有目如人眼，极大，瞳子白黑分明，名曰目岩。（出《荆州记》）

石驼

于阗国北五日行，又有山，山上石骆驼溺水，滴下，以金银等器承之，皆漏。人掌亦漏，唯瓠取不漏。或执之，令人身臭，皮毛改。（出《洽闻记》）

石柱

劫比他国，中天竺之属国也。有石柱，高七十尺，绀色有光。或观其身，随其罪福，悉见影中见之。（出《洽闻记》）

陨石

唐天复十年，即庚午年的一个夏天，洪州那里有一块石头陨落到了位于越王山之下的那个昭仙观前面。发出如雷的声音，发出五色的光彩，它的光环约有十丈。袁州、吉州、江州、洪州这四个州界内的人们，都看见了这光，听见了这响声。昭仙观前面的五色烟雾，一个月之后才散去。那儿有一块大石长七八尺，周围有三丈多，清碧如玉，落在地上后。节度使刘威就命人抬入昭仙观里面，设置供品前来祈祷拜谢。然后七天之内，石头渐渐变小了，长三尺；于是又供祈了几天，石头就只一尺多长了；现在就只有七八寸长了，而现在仍留在昭仙观内。（出《录异记》）

目岩

平乐县里有一座山，山林中的岩石中间，有一个孔像人的眼睛，特别大，而且内有眼珠黑白分明，名叫目岩。（出《荆州记》）

石驼

从于阗国向北方走五天，又会看见一座山，这座山上有着一头石骆驼的尿水。上面的水滴到山下后，用金银制成的器具来接水，水都会漏；人用手掌去接水也会漏，然而只有用葫芦做成的器具去接水才不会漏。如果有人用手去端它，那么人的身上也会开始发臭，身上的皮肤毛发都会变了样子。（出《洽闻记》）

石柱

劫比他国，是隶属于中天竺国的一个小国家。它的国内有着一根石柱，高有七十尺，柱子的颜色是深青中带红的且有光泽。如果人站在它的面前去看，你的吉凶祸福，就可以全从影子中看见了。（出《洽闻记》）

石 响

南岳峋嵝峰，有响石，呼唤则应，如人共语，而不可解也。南州南河县东南三十里，丹溪之曲，有响石，高三丈五尺，阔二丈，状如卧兽。人呼之应，笑亦应之，块然独处，亦号曰独石也。（出《洽闻记》）

石 女

桂阳有贞女峡，传云，秦世数女，取螺于此，遇雨，一女化为石人。今石人形高七尺，状似女子。（出《玉歆始兴记》）

藏珠石

江州南五十里，有店名七里店，在沱江之南。小山下有十余枚，如流星往来，或聚或散，石上常有光景。相传云，珠藏于此，乃无价宝也。或有见者，密认其处，寻求不得。（出《录异记》）

化 石

会稽进士李眺，偶拾得小石，青黑平正，温滑可玩，用为书镇焉。偶有蛇集其上，驱之不去，视以化为石。求他虫试之，随亦化焉。壳落坚重，与石无异。（出《录异记》）

石响

南岳岣嵝峰，有一块响石，只要有人呼唤它就会有答应，就像人与人之间说话一样，不明白到底是怎么回事。在南州南河县东南方向三十里外，丹溪的一个转弯处，有一块大响石，高有三丈五尺，宽有二丈，它的形状像是卧着的兽。人们只要一呼唤它，它就会答应，人笑了，它也会跟着笑。它孤独地躺在那里，所以后来也被称作独石。（出《洽闻记》）

石女

桂阳有一个叫作贞女峡的地方，那里的人传言，秦朝时有几个女人，她们在峡中采螺，在途中遇到了雨，有一个女人化作了石人。现在这个石人的身高有七尺，石人的体形非常像女人。（出《玉歆始兴记》）

藏珠石

江州这个地方往南五十里，有个名叫七里店的村店，位于沱江的南边。那里有座小山丘，十多块石子位于下方，像流星一样穿来穿去，时聚时散。石头上时常有光影。人们都传说，这里有宝藏，无价之宝。见到藏珠石的人，即使秘密记住了藏珠石所在的地方，却依旧找不到宝珠。（出《录异记》）

化石

李眺为会稽进士，碰巧有一天拾到一颗小石子，有着青黑的颜色，方正的形状，温润平滑可以当成文玩，李眺用来做书写的镇纸。其中有条蛇盘踞在石上，赶不走它，细细看去蛇已经变成了石头。找来其他小虫试验，随着也幻化成了石头。坚硬的壳很重，同石头没什么不一样的。（出《录异记》）

松 化

婺州永康县山亭中，有枯松树，因断之，误堕水中，化为石。取未化者，试于水中，随亦化焉。其所化者，枝干及皮，与松无异，且坚劲。有未化者数段，相兼留之，以旌异物。（出《录异记》）

自然石

洪州建昌县界田中，有自然石碑石人及石龟，散在地中，莫知其数。皆如镌琢之状，而无文字。石人多倒卧者，时有立者。又云，侧近有石井，深而无水。有好事者，持火入其中，旁有横道，莫知远近，道侧亦皆是石人焉。（出《录异记》）

热 石

新北市是景云观旧基，有一巨石，大如柱础。人或坐之蹋之，逡巡如火烧。应心烦热，因便成疾，往往致死。或云，若聚火烧此石吼，即瞿塘山吼而水沸，古老相传耳。又蜀州晋原县山亭中，有二大石，各径二尺已来，出地七八寸。人或坐之，心痛往往不救。又是落星石，东边者，坐即灵者；西边者，与诸石无异。色并带青白也。（出《录异记》）

犬吠石

婺源县有大黄石，自山坠于溪侧，莹彻可爱，群犬见而竞吠

松 化

婺州一个叫永康县的地方有个山亭，一棵枯萎的松树长在那里，由于树干折断，使树掉入水中，变成了石头。用没有变化的树枝，在水中试探，然后也变成了石头。把松树变成了石头的，树的枝桠、枝干和树皮，都变得和松树一样，坚韧且强劲有力。没有石化的几段树，人们将其保留起来，用来表示它是神奇异物。（出《录异记》）

自然石

洪州的建昌县有一个农田，形成天然的石碑、石人和石龟，分散在田地中各个地方，不知道还有多少，像被雕刻过的样子，然而没有文字。有很多石人倒在地上，偶尔也有站着的。另外，田地附近不远的地方有口石井，很深却没有水。有好奇的人，手拿着火把进入井中，有横道在井壁侧面，不知道还有多远。井道两侧也都是石人。（出《录异记》）

热 石

新北市是景云观的旧址，有一块巨大的石头，大小像柱子下的石墩一样。有人坐在上面或者踩在上面，像被火烧了一样立刻退了下来。使人心情烦躁而发热起来，然后就生病了，往往导致人死亡。有的人说，要是集中火力烧这个石墩吼叫起来，随即瞿塘山吼叫而且水开始沸腾。这是古时候人们的传说而已。在蜀州晋原县这个地方有一个山亭，其中有两块大石头，每块直径全在二尺以内，露出地面七八寸。人坐在石上，往往心疼不能医治。同样是两块陨石。东边那块石头，坐上即可以灵验；西边那块，和普通石头没有什么不同。两块石头都是青白相间的模样。（出《录异记》）

犬吠石

婺源县这个地方发现了一块黄色的大石头，从山上掉落到山间

之。数日，村人不堪其喧，乃相与推致水中。犬又俯水而吠愈急，取而碎之，犬乃不吠。（出《稽神录》）

瓮形石

潘祚为鄱阳县令，后连带古城，其中隙荒数十亩。祚尝与家人望月于此，见城下草中有光，高数丈。其间荆棘蒙密，不可夜行，即取弓射其处，以志之。明日掘其地，得一瓮，大腹小口，青石塞之。祚命舁归其家，发其口，不可开。令击碎之，乃一石，如瓮之形，若冰冻之凝结者。复碎而弃之，讫无所得。（出《稽神录》）

三 石

处州石人山，在泥水口，近有三石，形甚似人。居中者为君，左曰夫人，右曰女郎。（出邓德明《南康记》）

人 石

昔有夫妻二人，将儿入山猎，其父落崖，妻子将下救之，并变为三石，因以为“人石”。（出《周地图记》）

金 蚕

右千牛兵曹王文秉，丹阳人，世善刻石，其祖尝为浙西廉使裴璩采碑。于积石之下，得一自然员石，如毬形，式如砻斫，乃重叠如壳相包。斫之至尽，其大如拳。复破之，中有一蚕，如蛴螬，的溪水旁，晶莹透彻的样子非常招人喜爱，所有的狗看见都朝着石头狂吠。连续叫了好几天，村里的人受不了狗叫的喧嚣声，于是把黄石推进溪水中。狗俯身朝着水大声地叫而且越发急促，于是把大黄石从水里取出砸碎，狗就不再吠叫。（出《稽神录》）

瓮形石

鄱阳县的县令是一个叫潘祚的人，之后又掌管了古城，古城中荒着好几十亩田地。潘祚以前同家人在古城赏月，看见城下的草丛中有光亮，好几丈高。发光的地方荆棘丛生，在晚上很难行走，他马上拿着弓箭向发光的地方射去，以箭当成记号。第二日挖掘夜晚发光的位置，挖到一只陶罐，大肚小口，里面全是青色的石头。潘祚让人抬回家里，想打开瓮口，却打不开，只好让人把陶瓮打破，里面是一块石头，如瓮的形状一般，如同水被冻住凝结成的。再次砸碎这块石头然后扔掉。最后什么都没得到。（出《稽神录》）

三 石

处州这个地方有座石人山，位于泥水河的入口处，山上有相似的三块石头，有着人的形状。中间是君，左边是夫人，右边是女郎。（出邓德明《南康记》）

人 石

曾经有夫妻二人，带着儿子进山打猎，父亲不小心从山崖上掉落下去，他的妻子和儿子到悬崖底下去救他，三个人都变成了石头，人们称它为“人石”。（出《周地图记》）

金 蚕

王文秉为右千牛兵曹，丹阳人，家族世代擅长刻石，他的祖父曾经是浙西廉使，在裴璩这个地方开采碑石。在堆积的石块里，获得一块天然形成的圆石，形状像皮球，似人工削磨的样子。外表重叠如蠕蠕能动。人不能识，因弃之。数年，浙西乱，王出奔至下蜀，与乡人夜会，语及青蚨还钱事。佐中或云，人欲求富，莫如得石中金蚕畜之，则宝货自致矣。问其形状，则石中蛴螬也。（出《稽神录》）

坡沙

飞 坡

永昌年，太州敷水店南西坡，白日飞四五里，直塞赤水。坡上桑畦麦垄，依然仍旧。（出《朝野佥载》）

鸣 沙

灵州鸣沙县有沙，人马践之，辄铊然有声。持至他处，信宿之后，无复有声。（出《国史异纂》）

同包裹着一层壳。削掉外壳，剩下的如拳头一般大。再次将它打破，有一条蚕在里面，像金龟子的幼虫一样，在蠕动着。所有人都不认识这是什么东西，所以将它丢弃掉了。几年过后，浙西发生战乱，王文秉逃到下蜀，有一天晚上和乡里人相聚，讲到借钱还钱的事情时，他旁边的人说，人若想求得富贵，不如获得石头中的金蚕畜养着。金钱财宝自然会到来。王文秉问金蚕的模样之后，才明白原来就是石头里的金龟子的幼虫。（出《稽神录》）

坡沙

飞 坡

永昌年间，太州敷水店这个地方的南边有一西坡，白日飞出去四五里路，一直堵塞到赤水河中。坡上的桑地麦田，依旧是以前的模样。（出《朝野佥载》）

鸣 沙

灵州有个地方叫鸣沙县有很多沙子，人和马踏在上面，会发出金属般的响声。将这里的沙子运到其他的地方，随便在那里放一夜过后，再次踏上去就没有声响了。（出《国史异纂》）

卷第三百九十九　水井附

水

帝神女

《山海经》：洞庭之中，帝之二女居之。郭璞注云：天帝之二女，处江为神。《列仙传》所谓江妃二女也。《离骚》所谓湘夫人，"帝子降兮北渚"是也。《河图玉板》云，尧之二女，为舜之妃，死葬于此。冢在县北一百六十里青草山。（原缺出处，今见郭璞注《山海经》卷五）

刘子光

汉刘子光西征，遇山而渴，无水。子光在山南，见一石人，问之曰："何处有水？"石人不言。乃拔剑斩石人，须臾，穷山水出。（出《独异记》）

益 水

益阳县在长沙郡界，益水在其阳。县治东望，时见长沙城

水

帝神女

《山海经》里曾说：在洞庭湖的中间，是天帝两个女儿的住所。郭璞曾经注释说：天帝的两个女儿，在洞庭湖做神仙。也就是《列仙传》中所说到的江妃的两个女儿。《离骚》中所说的湘夫人，“帝子降兮到北渚”说的就是湘夫人。《河图玉板》上说，尧的两个女儿，也就是舜的妃子，死后就埋葬在这里。坟墓位置就在县城北面方向一百六十里的青草山。（原缺出处，今见郭璞注《山海经》卷五）

刘子光

汉朝刘子光在西征的时候，在半路上到达一座山前，感到十分口渴，但是没有水可以喝。刘子光走到山的南边，看见一个石头做的人，刘子光问他：“请问什么地方可以找到水呢？”石人没有说话。然后刘子光就拔出剑砍下了石人的头颅，没过多久，山水就全部流出来了。（出《独异记》）

益　水

长沙郡的边界是益阳县，益水在益阳县的南边。在县城向东望隍。人马形色，悉可审辨。或停览瞩，移晷乃渐散灭。县去长沙尚三百里，跨越重山，里绝表显，将是山岳炳灵，冥像所传者乎！昔光武中元元年，封太山，禅梁父。是日，山灵炳象，构成宫室。昔汉武帝遣方士徐宣浮海采药，于波中，见汉家楼观参差，宛然备瞩，公侯弟宅皆满目。班超在浑耶国，平旦，云霞鲜明，见天际宫阙，馆宇严列，侍臣左右，悉汉家也。如斯之类，难可审论。（出《录异记》）

酿川

沈酿川者，汉郑弘，灵帝时为乡啬夫。从宦入京，未至，夜宿于此。逢故人，四顾荒郊，村落绝远。沽酒无处，情抱不申，乃投钱于水中而共饮。尽夕酣畅，皆得大醉。因便名为沈酿川，明旦分首而去。弘仕至尚书。（出《博物志》）

石脂水

高奴县石脂水，水腻，浮水上如漆。采以膏车及燃灯，极明。（出《酉阳杂俎》）

去，时常能见到长沙的护城壕。而且无论是人还是车马的形状以及颜色，都能够清楚地分辨出来。有时候矗立观望，它们就随着日影慢慢移动然后渐渐散去消失不见。从益阳县到长沙的距离有三百里，要跨越一重重山，在长沙城里很难看见它们，但是在城外看却能看得非常明显，也许是山岳的灵光，把阴间的景象反射出来了吧！当初光武帝中元元年，祭太山，祭梁父山。这一天，山中的灵光和各式各样的影象，构成了宫殿以及各种辉煌的房屋。随后汉武帝派方士徐宣漂洋过海去采药，在一层层波浪中，徐宣看见汉朝的楼台高低不一，好像全部映入了眼帘。班超在浑耶国，有一天早晨的云霞鲜艳明朗，他看见天边出现了各种各样的宫殿，客馆以及各种各样的屋子都整齐地排列着，侍臣恭候在左右，都是汉朝时候的景象。类似这样的事，人们也是非常难弄明白。（出《录异记》）

酿川

传说沉酿川这个地方有着传奇的故事，汉朝的郑弘，汉灵帝在位之时在乡里做啬夫官。在跟随上官进京时，没有到京城，他们就选择在这里暂住一夜。他们在这里遇见了很久以前的好朋友，这里四周都是荒凉的野外，附近也没有什么村落。没有地方可以去买酒，他们心里非常不舒服，然后他们就把钱扔到水中以水做酒一起喝。大家畅快地喝了一夜，都喝得酩酊大醉。因此后人就把这条河起名叫沈酿川，第二天早晨大家分头离去。之后郑弘当官当到尚书。（出《博物志》）

石脂水

高奴县的石脂水，水中混杂有油，当它浮在水面上时就像油漆一样。采回去后可以把它用作润滑车轴和点灯的材料，看起来特别的明亮。（出《酉阳杂俎》）

元街泉

元街县有泉，泉眼中水，交旋如盘龙。或试挠破之，随手成龙状，驴马饮之皆惊走。（出《酉阳杂俎》）

铜 车

荆之清水宛口旁，义熙十二年，有儿群浴此水。忽见岸侧有钱，出于流沙，因竞取之。手满置地，随复流去。乃以襟结之，然后各有所得。流钱中有铜车，铜牛牵车之势甚迅速。诸童奔逐，掣得车一脚，径可五寸许。猪鼻，毂有六幅，通体青色，毂内黄锐。时沈敞守南阳，求得车脚。钱行时，贯草辄便停破，竟不知所终。（出《酉阳杂俎》）

神牛泉

魏《土地记》曰：沮阳城东八十里，有牧牛山，下有九十九泉，即沧河之上源也。山在县东北三十里，山上有道武皇帝庙。耆旧云，山下亦有百泉竞发。有一神牛，驳身，自山而降，下导九十九泉，饮泉竭，故山得其名。今山下导九十九泉，积以成川，西南流。（出《水经》）

元街泉

元街县处有一眼泉，泉眼中冒出来的水，交错旋转就像一条盘旋的龙。有一些人想要把它搅乱，可随后它随着人们搅动的手势又变成了龙的形状，路过的驴和马饮了泉水之后都惊慌失措地逃走。（出《酉阳杂俎》）

铜　车

荆州有一条清水河，在它弯曲处有一个入口，东晋义熙十二年，有一群儿童在清水河中洗澡。忽然看见那里有钱涌出来，于是这群儿童们都跑去捡钱。他们手拿不下了便放在地上，可是这些钱又被流水冲走了。这群儿童就把钱放到扎起的衣襟或者口袋里面，每个人都得到了一些。被流水冲走的钱中有一辆铜车，铜牛拉车的奔跑的姿势看起来非常迅速。这群儿童们便奔跑着去追车，有的孩童只拉到了铜车的一只车轮，车轮的直径看起来有五寸左右。中间隆起的部分看起来像猪的鼻子的形状，车轮有六根幅条，整个车轮看起来都是黑色，车轮中心的圆孔看起来是黄色的并且看起来非常细。当时沈敞正担任南阳太守，寻求到铜车的车轮，并且把它当作钱币流通时，用草穿车轮时，草就会断裂，后来没有人知道车轮最终的下落。（出《酉阳杂俎》）

神牛泉

北魏时期《土地记》上说：在沮阳城外往东八十里，有一座山叫作牧牛山，山下有着九十九眼泉，是沧河的发源地。牧牛山在县城东北三十里，山上有道武皇帝庙。老人们都说，山下有一百口泉水竞相喷发。有一头神牛，而为它的身体像毛色不纯的马，它从山上下来。山下流通的九十九眼泉水，都被这头神牛喝干，所以自那以后人们就把这座山叫作牧牛山。现在山下流通的九十九眼泉水，积蓄成了一条河，流向西南方。（出《水经》）

燕原池

燕原山天池，与桑乾泉通。后魏孝文帝，以金珠穿鱼七头，于此池放之。后与桑乾原得穿鱼，犹为不信。又以金缕拖羊箭射着此大鱼，久之，又与桑乾河得射箭所。山在岚州静乐县东北百四十里，俗名天池，曰祁连淖。（出《洽闻记》）

丹 水

怀州北有丹水，其源出长平山。传云，秦杀赵卒，其水变赤，因以为名。上在太原知其故，诏改为怀水。（出《国史异纂》）

陆鸿渐

元和九年春，张又新始成名，与同恩生期于荐福寺。又新与李德裕先至，憩西廊僧玄鉴室。会才有楚僧至，置囊而息，囊有数编书。又新偶抽一通览焉，文细密，皆杂记，卷末又题云“煮水记”。太宗朝，李季卿刺湖州，至维扬，遇陆处士鸿渐。李素熟陆名，有倾盖之欢，因赴郡。抵扬子驿中，将食，李曰：“陆君善茶，盖天下闻，扬子江南零水，又殊绝。今者二妙千载一遇，何旷之乎！”命军士信谨者，挈瓶操舟，深诣南零取水，陆洁器以俟。俄水至，陆以杓扬水曰：“江则江矣，非南零者，似临岸者。”使曰：“某棹舟深入，见者累百人，敢给乎？”陆不言，既而倾诸盆，至半，陆遽止。又以杓扬之曰：“自此南零者矣。”使蹶然大骇，驰下曰：“某自南零赍至岸，舟荡半，惧其鲜，挹岸水以增之，处士之鉴，神鉴也，其敢隐欺乎！”李大惊赏，从者数十辈，皆大骇愕。李

燕原池

燕原山天池，与桑乾河以泉水的形式相连通。北魏孝文皇帝，用金色的珠子穿在七条鱼的头上，在天池中把这些鱼放掉了。后来他在桑乾河里得到了头上穿着金色子珠的鱼，孝文皇帝依旧不信。又用金缕拖羊箭射中天池中的一条大鱼，又过了很长时间，他又在桑乾河中得到了之前用箭射中的那条鱼。燕原山在岚州静乐县东北一百四十里外，那地方被人们俗称天池，将它称为祁连汭。（出《洽闻记》）

丹　水

怀州北面有条河叫丹水，它的源头是出自长平山。传说中，秦时的将军章邯坑杀赵国降卒，这条河的水就变成了红色，所以后人们把这条河称之为丹水。皇上在太原知道了其中的缘故，便下诏书将丹水改名怀水。（出《国史异纂》）

陆鸿渐

唐元和九年春，张又新刚刚成名，便与同时中举的人约定在荐福寺相聚。张又新和李德裕率先到达了，就到西厢房的和尚玄鉴的房中休息一会儿。刚好有一个南方和尚走了进来，放下装有东西的口袋就躺下休息了，口袋里有着几编书。张又新随手抽出一本书就从头至尾地阅读，文字很小而且还很稠密，都是一些杂记，书的末尾又题“煮水记”。书上说，唐太宗掌朝时，封李季卿为湖州刺史，李季卿在上任的途中走到维扬，遇见了当时隐居的陆鸿渐。李季卿对陆鸿渐的名字一直都非常熟悉，现在又见到了陆鸿渐本人，真如老朋友见面一样高兴，于是二人相约一同前往郡城。抵达扬子驿站的途中，快要去吃饭的时候，李季卿说：“陆君擅长研究茶道，已经天下闻名，而扬子江南的零水，又十分不平常。今天你优秀的茶道和这里的好水，可以说是千年一遇，为什么要错过这次机会呢！”说完便命令诚实谨慎的军士，提着水瓶操着小船，到南零深处去取水，陆鸿渐

因问陆："既如此，所经历之处，水之优劣可判矣。"陆曰："楚水第一，晋水最下。"李因命口占而次第之。（出《水经》）

零水

赞皇公李德裕，博达士。居廊庙日，有亲知奉使于京口，李曰："还日，金山下扬子江中零水，与取一壶来。"其人举棹日，醉而忘之。泛舟止石城下，方忆，乃汲一瓶于江中，归京献之。李公饮后，叹讶非常。曰："江表水味，有异于顷岁矣。此水颇似建业石城下水。"其人谢过不隐也。（出《中朝故事》）

龙门

龙门人皆言善游，于悬水，接木上下，如神。然寒食拜埽，必于河滨，终为水溺死也。（出《国史补》）

将茶具擦拭干净之后便在那里等着。时间没过多久水就到了，陆鸿渐用勺子舀起水并说："江水倒是江水，但已不是南零水，好像江岸边的水。"取水的军士说："我划船深入时，遇见有上百人，我敢欺骗你吗？"陆鸿渐没有说话，便把水倒向盆里，倒了一半，陆鸿渐急忙停住。又用勺子舀水说："从这往下的才是南零水。"取水的军士顿时非常吃惊，跪下说："我从南零怀抱水瓶到江岸之时，因为船摇荡而洒去一半，我害怕水少了，就舀了江岸边的水把水瓶加满了。这位处士的鉴别能力真是太神了，谁还敢隐瞒欺骗他吗！"李季卿大为惊叹，跟从而来的几十个人，都非常惊叹。于是李季卿问陆鸿渐说，既然这样，您所经过的地方，水的好坏就都可以判断了。他说："楚水是第一，晋水是最下等。"李季卿便让陆鸿渐口述排列出了各处水的等级之分。（出《水经》）

零 水

赞皇公李德裕是一个博学通达的人才。他在朝廷做官的时候，有个亲信奉他之命出使京口，李德裕对那个人说："你回来的时候，有一座金山下有一个扬子江中有零水，回来时给我取回来一壶。"那人乘船回来的那天，因为喝醉了酒而忘记了取水这件事情。船到石头城下的时候，他才想起来。于是就在江中打了一瓶水，回到京城把水献给了李德裕。李公饮了水后，非常惊讶。就说："江南水的味道，有点异于几年前了。而这水却是非常像建业石头城下的水。"那人听后便向李德裕道歉，不再隐瞒自己忘记打水的过错。（出《中朝故事》）

龙 门

龙门人都说他们擅长游泳，在瀑布中，他们抱着木头上下，像神仙一样。然而清明节祭拜扫墓的时候，此事也一定要在河边进行，还是有人最终被淹死在那里。（出《国史补》）

漏泽

漏泽，据郦元注《水经》云，姚墟东有漏泽，方十五里，绿水泓澄。凡三大泽，曲际有阜，俗谓之妫亭。侧有三石穴，广员三尺，而有通否，水自盈漏。漏则数夕之中，倾竭陂泽中矣。左右居人，识其将漏，预以水为曲拔物障穴口，鱼鳖异鳞，不可胜载矣。今按此泽漏，凡穴区别，所谓车箱漏、鼓漏、土漏、鸡漏、猪漏。春夏积水，秋冬漏竭，居人知之，不过三日之中俱尽。在今兖州泗水县治东七十里。（原缺出处，明抄本作出《七闽记》）

又

兖州东南接沂州界，有陂，周围百里而近。恒值夏雨，侧近山谷间流注所聚也，深可袤丈。属春雨，即鱼鳖生焉。或至秋晴，其水一夕悉陷其下而无余。故彼之乡里，或目之为漏陂，亦谓之陷泽。其水将漏，即有声，闻四远数十里分，若风雨之聚也。先回旋若涡势，然后沦入于穴。村人闻之日，必具车乘及驴驼，竞拾其鱼鳖，辇载而归。率一二岁陷，莫知其趋向，及穴之深浅焉。（出《玉堂闲话》）

重水

凡物有水，水由土地。故江东宜绫纱，宜纸镜，水故也。蜀人

漏泽

漏泽，据郦道元的《水经注》说，在姚墟东面的一处地方有漏泽，方圆十五里，绿色的水既深广又清澈。这里一共有着三个大泽，弯曲的边缘有一座土山，当地人称它为妫亭。旁边有三个石洞，有三尺宽，不管是通还是不通的，水都会自然充满又很自然地漏掉。石洞在几个晚上便将泽中的水全部漏干了。在这附近居住的人，都知道在它要漏的时候，预先用东西堵住那里的洞口，可以捉到鱼鳖以及其他的水生物，用车都装不下。如今再按照这些漏穴的样子，就可以把它们区别开来，人们分别叫它们车箱漏、鼓漏、土漏、鸡漏、猪漏。泽中春夏积水，秋冬漏尽，居住在这里的人都知道，不会超过三天就会全都漏尽。漏泽在现在的兖州泗水县城东七十里。（原缺出处，明抄本作出《七闽记》）

又

兖州东南和沂州交界的地方，有个大水池，水池的周围将近百里。每年夏天下雨，从附近的山谷中流下来的水就会聚集到这里，有着一丈多深。春天的雨水流入池中，立刻就会有鱼鳖在这里生长。到了晴朗的秋天后，池中的水一个晚上就全都渗透到池底而且一点不剩。所以水池附近的住户，有的人看到了水池漏水的事情后就叫它漏池，也有的人就把它叫作陷泽。池水要漏水的时候，会立刻发出很大的响声，响声可以传到四周几十里远的地方，就像狂风暴雨会聚在一起那样。池水会先旋转起来，然后沉入池底的洞穴中。村里的人听见水池发出要漏的响声的那一天，必定会先准备好车辆以及驴和背囊赶来这里，拾尽池中的鱼和鳖，然后装满车载满背囊回去。池水大致一二年会渗漏一次，也不知道水的去向，以及洞穴的深浅情况。（出《玉堂闲话》）

重水

凡是有水的地方，水质都会由于土质和地理的不同而不同。所

织锦初成，必濯于江水，然后纹彩焕发。郑人荥水酿酒，近邑水重。斤两与远郊数倍。（出《国史补》）

湘水

湘水至清，深五六丈，下见底，碎石若樗蒲子，白沙如霜雪，赤岸若朝霞。（出罗含《湘川记》）

暴水

青城山，因滞雨崖崩，暴水大至，在丈人观后，高百余丈，殿当其下，将忧摧坏。俄有坠石如岸，堰水向东，竟免漂陷。观中常汲溪水，以供日食，甚以为劳。自此暴水出处，常有流泉，直注厨内，其味甘香，冬夏不绝。（出《录异志》）

仙池

渝州仙池，在州西南江津县界，岷江南岸。其池周回二里，水深八尺，流入岷江。古老传者，有仙人姓然，名独角，以其头有角，故表其名，自扬州来居此。池边起楼，聚香草置楼下。独角忽登楼，命仆夫烧其楼，独角飞空而去，因名仙池。见有石岩一所，向岷江而见在。（出《渝州图经》）

以江东的水质适宜纺纱织绫，适宜造纸制镜，都是水质的缘故。蜀中的人织成锦缎后必须要在江水中洗，上面的花纹和色彩才能焕发。郑人用荥水酿酒，在距城镇近的地方的水就很重。斤两与距城镇远的地方相比重几倍。（出《国史补》）

湘水

湘水非常清澈，水有五六丈深，都能看清水底，水底下面的碎石就像樗蒲子一样多彩，水底白沙像霜雪一样冰清玉洁，赤岸就像朝霞一样鲜红明艳。（出罗含《湘川记》）

暴水

青城山，因雨水的积阻而使得山崖崩塌了，又猛又急的大水因为没有了阻挡而冲刷过来。到达丈人观的后面，大水已经有了一百多丈高，观中的大殿就在大水的下面，即将有被摧毁的危险。顷刻间有一块巨石坠落下来，就像堤岸一样，拦截住了大水向东流去，终于免除了大水患。以前观中的僧人常年会从小河里打水，通常用来供给人们日常饮食，每日打水的时候非常劳累。自从这次大水流经的地方，常会有流动着的泉水，一直流到了厨房的里面，泉水的味道甘甜清香，冬夏都不曾断绝。（出《录异志》）

仙池

渝州城有个仙池，在渝州西南江津县的范围内，岷江的南岸。这个仙池的周长有二里，水深约八尺，池水流入岷江中。古老的传说中说：有一位然姓的仙人，名独角，因为他的头上有角，所以用角来表示他的名字。仙人从扬州来后住在了这里。在池边盖起一座楼，收集了很多香草在楼下。有一天然独角忽然登上楼去，命令他的仆人烧掉这座楼，他从楼上飞向天空而去了，因此把这个水池叫仙池。现有石岩一处，朝岷江方向就可以看到它立在那里。（出《渝州图经》）

渝州滩

渝州城滩，在州西南三十里。江津县东北沿流八十里，岷江水中，波浪沸腾，乍停乍发，多覆舟之患。古老传，昔有仙居和来为巴州刺史，过此滩舟翻，溺水而死。和女与兄途行，女有两儿，方稚齿，乃分金珠作二锦囊，缨致儿颈。然后乘船至父没处，叫声投水。凡六日，与兄梦云："二十一日，与父俱出。"兄令人守之。至期，果然俱浮江水而出，今碑在城滩侧。（出《渝州图经》）

清潭

新康县西百里，有清潭，在章浦。溪源极深，常有白龙藏此中。天旱，令人取猪羊粪掷潭中，即有大雨暴水。至今有验。（出《录异记》）

驱山铎

宜春界钟山，有峡数十里，其水即宜春江也，回环澄澈，深不可测。曾有渔人垂钓，得一金鏁。引之数百尺，而获一钟，又如铎形。渔人举之，有声如霹雳，天昼晦，山川振动。钟山一面，崩摧五百余丈，渔人皆沉舟落水。其山摧处如削，至今存焉。或有识者云，此即秦始皇驱山之铎也。（出《玉堂闲话》）

渝州滩

渝州城滩，在州西南三十里。江津县东北，沿水流八十里长，岷江里水波浪翻腾，一浪刚停下又起一浪，这里有许多翻船的悲剧发生。古老的传说中说：过去有个叫居和的仙人来做巴州的刺史，经过这个水滩时他的船翻了，居和被水淹死。居和的女儿和她哥哥步行赶来寻他。居和的女儿有两个孩子，都还非常小，于是她就把金珠分作了两个锦袋，用丝线系在两个孩子的脖颈上面。然后乘船到她父亲被淹死的地方，呼叫了几声后就投身到江水中。于是过了六天之后，她给哥哥托梦说道："二十一日，我和父亲会一起从水中出来。"她哥哥便令人驻守在江边。等到二十一日那天，父女二人果然从江水之中漂浮了出来。直到现在他们的墓碑还在城滩的旁边。（出《渝州图经》）

清　潭

新康县西面约一百里远的地方，有一个清潭，在章浦。这个溪水之源非常深，经常有白龙躲藏在清潭之中。天旱之时，如果让人取来猪羊的粪便扔入潭中，立即就会下起倾盆大雨，直到现在还非常灵验。（出《录异记》）

驱山铎

宜春的边界有座钟山，有一条几十里长的山峡。山峡中的水就汇聚成了宜春江，江水看起来非常清澈，深不可测。曾经有一个打渔的人在江中钓鱼时，钓到了一只金锁。牵引到几百尺远后，又获得了一口钟，它的形状好像大铃。打渔的人把它举了起来，有响声像是霹雷，天空也由晴朗变得晦暗，山川也在振动，钟山的一面，崩塌了五百多丈，打渔的人都因此船沉落入了水中。钟山崩塌的地方像被刀削的一样，直到现在还是那样。有见识的人说，这就是秦始皇驱山用的大铃。（出《玉堂闲话》）

井

乌山龟

乌山下无水。魏末，有人掘井五丈，得一石函。函中得一龟，大如马蹄。积炭五堆于函傍。复掘三丈，遇磐石，下有水流犹湖然。遂凿石穿，水北流甚驶。俄有一船，触石而至。匠人窥船上，得一杉木板，刻字曰：“吴赤乌二年八月十日子义之船。”（出《酉阳杂俎》）

绿珠井

绿珠井在白州双角山下。昔梁氏之女有容貌，石季伦为交趾采访使，以圆珠三斛买之。梁氏之居，旧井存焉。耆老传云，汲饮此水者，诞女必多美丽。里閭有识者，以美色无益于时，遂以巨石填之。迩后虽时有产女端严，则七窍四肢多不完全。异哉！州界有一流水，出自双角山，合容州畔为绿珠江。亦犹归州有昭君村，村盖取美人生当名矣。（出《岭表录异》）

临沅井

葛稚川云，余祖鸿胪少时，尝为临沅令。云，此县有名家，世寿考，或出百岁，或八九十。后徙去，子孙转多夭折。他人居其故宅，后累世寿考。由此乃觉是宅所为，而不知其何故。疑其井水朱赤，乃试掘井左右，得古人埋丹砂数十斛，去井数尺。此丹砂汁因泉渐入井，是以饮其水而得寿。况乃饵炼丹砂而服之乎！（出《抱朴子》）

井

乌山龟

乌山脚下没有水。魏末，有人挖井挖到五丈深时，得到一个石匣子，从石匣中得到一只龟，像马蹄一般大。有五堆炭堆积在石匣的旁边。又挖了三丈，遇到了磐石，磐石的下面有水在流动，像是一个湖泊。于是穿透那个磐石，见水向北流得非常快。不一会儿就有一只船，船头因为触到磐石而停住。在打井的人向船上看，见到了一块杉木板，上面刻着的字是："吴赤乌二年八月十日子义之船。"（出《酉阳杂俎》）

绿珠井

绿珠井在白州双角山下。从前这里有一户姓梁人家的女儿长得非常美。石季伦在做交趾采访使的时候，用圆珠三十斗买下了那个梁家的女儿。梁家居住的那个地方，旧井依旧还在。听老人讲，喝了这个井水的人，生下的女儿必定大多都非常美丽。乡里有人知道了，认为美色不利于时运，就用巨大的石块把这个井填上了。填井之后，虽然后面也不时地有端庄的女孩出生，但是七窍和四肢大多长不完全。奇啊！州边界有一条流水，从双角山发源，在容州边汇合成为绿珠江。像归州有昭君村似的，村子因美人出生于此而命名。（出《岭表录异》）

临沅井

葛稚川说，他曾任大鸿胪的祖父年轻时曾经做过临沅那里的县令。听他祖父说，临沅县有一户非常有名的家庭，家中的人都世代长寿，有的超过一百岁，有的是八九十岁。后来迁移到了别处，这家的子孙因转换了地方大多半过早死去了。别的人住了他家原来的房子，以后世代都长寿。从这件事来看人们就觉得是住宅造成的，但不知道这里面有什么特别原因。见他家的井水特别地发红，于是就试着

火 井

火井一所，纵广五尺，深二三丈。在蜀都者，时以竹板木投之以取火。诸葛丞相往观视后，火转盛热，以盆著井上煮盐，得盐。后人以家烛火投井中，即灭息，至今不复然也。（出《博物志》）

盐 井

陵州盐井，后汉仙者沛国张道陵之所开凿。周回四丈，深五百四十尺。置灶煮盐，一分入官，二分入百姓家。因利所以聚人，因人所以成邑。万岁通天二年，右补阙郭文简奏卖水，一日一夜，得四十五万贯。百姓贪其利，人用失业。井上又有玉女庙。古老传云，比十二玉女，尝与张道陵指地开井，遂奉以为神。又俗称井底有灵，不得以火投及秽污。曾有汲水，误以火坠，即吼沸涌。烟气冲上，溅泥漂石，甚为可畏。或云，泉脉通东海，时有败船木浮出。（出《陵州图经》）

御 井

善和坊旧御井，故老云，非可饮之井，地卑水柔，宜用濯。开在井的左右开始挖掘，在离井几尺远挖到了古人埋下的丹砂有几十斛。这些丹砂的汁液凭借泉水渐渐流入井中，因此饮这口井的水的人才得以长寿。何况还有些人把炼制后的丹砂吃下去呢！（出《抱朴子》）

火井

有一处火井，长宽各五尺，深有二三丈。住在蜀国都城的人，时常用竹子木板和木棍投入井中去来取火。诸葛亮丞相前去那里观察后，火势转旺而更热了起来。用盆放到井上煮盐水能得到食盐。后来有人把家中的蜡烛火扔到了井中，火井就立即熄灭，到现在不再燃烧了。（出《博物志》）

盐井

陵州的盐井，是东汉时期的仙人沛国的张道陵在那里开凿出来的。井口周长约有四丈，井深有五百四十尺。在井边安置炉灶用井水煮盐，其中三分之二送入官府，三分之一进了百姓家。因为有利可图，所以这里的人越聚越多，因为人越聚越多，所以形成了城镇。武则天称帝后的万岁通天二年，右补阙郭文简上奏请求出卖这里的井水。一天一夜，卖水就得了四十五万贯。百姓贪图这口井水的利益，人们因此不干活了。盐井的上面还有一座玉女庙，古老的传说中说：庙中的十二个玉女，曾经为张道陵指引出开井的地点，就把她们奉为神。当地的人又说井底有灵，不可以往井下扔火和脏东西。曾有人去打水，一失手把火摔落了下去，井里立即发出吼声并且沸腾了起来，烟气一直往上冲，泥土到处飞溅，连石头都被水卷了起来，非常可怕。有人说，井水的泉脉通向东海。时常会有破败的船木从井水里浮出。（出《陵州图经》）

御井

善和坊有一口很旧的御井。过去的人常说，这口井里的水是不

元中，以骆驼数十，驮入大内，以给六宫。（出《国史补》）

王迪

唐贞元十四年，春三月，寿州随军王迪家井，忽然沸溢，十日又竭。见井底有声，如婴儿之声。至四月，兄弟二人盲，又一人死。家事狼狈之应验。（出《祥异集验》）

贾耽

贾耽在滑台城北，命凿八角井，以镇黄河。于是潜使人于凿所侦之。有一老父来观，问曰："谁人凿此井也？"吏曰："相公也。"父曰："大好手，但近东近西近南近北也。"耽问之，曰："吾是井大夫也。"（出《玉泉子》）

八角井

景公寺前街中，旧有巨井，俗呼为八角井。唐元和初，有公主夏中过，见百姓方汲，令从婢以银棱碗，就井承水。误坠井，经月余，碗出于渭河。（出《酉阳杂俎》）

李德裕

李德裕在中书，常饮常州惠山井泉，自毗陵至京，致递铺。有僧人诣谒，德裕好奇，凡有游其门，虽布素，皆引接。僧谒德裕曰："相公在位，昆虫遂性，万汇得所。水递事亦日月之薄蚀，微僧窃能饮用的。因地势低而水流很柔软，适合用作洗涤的水。开元年间，用几十头骆驼，把这里的水驮进皇宫，用来供给六宫洗涤。（出《国史补》）

王迪

唐朝贞元十四年，阳春三月的时候，寿州随军王迪家中的井，忽然间沸腾，水满流出井外，十天之后又一点水都没有了。听见井底有声音，像是婴儿哭泣的声音。到了四月，王迪的兄弟有两个瞎了眼睛，又有一个死了。从他家中困顿窘迫的状况可以看出，这口井是有神并且灵验的。（出《祥异集验》）

贾耽

贾耽在滑台城的北面命人开凿了八角井，是为了镇制黄河。于是他暗中派人在凿井的地方观察。有一位老人前来观看时，问道："这口井是谁开的？"小吏回答说是贾耽。老人说："真是个行家里手啊，只是东西南北的距离都那么小。"贾耽问老人是谁，老人说："我是井大夫。"（出《玉泉子》）

八角井

景公寺前的大街当中，非常早以前就出现了一口大井，当地人都称它为八角井。唐朝元和初年的时候，有位公主夏天时从井边路过，见到很多百姓在井中打水，便命令跟从的丫鬟用银棱碗去井里取些水尝尝。丫鬟不小心将银棱碗掉进了井里，过了一个多月，银棱碗却出现在渭河当中。（出《酉阳杂俎》）

李德裕

李德裕当宰相的时候，经常饮用常州惠山那个井中的泉水，泉水要途径毗陵经驿站传递送到京城。有一个和尚到李德裕的住处去拜访他。李德裕喜欢接触奇异之事，凡是有人云游到他的门前，即有感也。敢以上谒，欲沮此可乎？”德裕颔颐之曰：“大凡为人，未有无嗜欲者。至于烧汞，亦是所短。况三惑博塞弋奕之事，弟子悉无所染。而和尚有不许弟子饮水，无乃虐乎？为上人停之，即三惑驰骋，怠慢必生焉。”僧人曰：“贫道所谒相公者，为足下通常州水脉，京都一眼井，与惠山寺泉脉相通。”德裕大笑：“真荒唐也。”僧曰：“相公但取此井水。”曰：“井在何坊曲？”曰：“在昊天观常住库后是也。”德裕以惠山一罂，昊天一罂，杂以八缶一类，都十缶，暗记出处，遣僧辨析。僧因啜尝，取惠山寺与昊天，余八乃同味。德裕大奇之，当时停其水递，人不告劳，浮议弭焉。（出《芝田录》）

永兴坊百姓

唐开成末，永兴坊百姓王乙掘井，过常井一丈余，无水。忽听向下有人语及鸡声，甚喧闹，近似隔壁。井匠惧，不敢扰。街司申金吾韦处仁将军。韦以事涉怪异，不复奏，遽令塞之。据《周秦故事》，谒者阁上得骊山本，李斯领徒七十二万人作陵，凿之以章程。三十七岁，因地中井泉。奏曰，已深已极。凿之不入，烧之不燃，叩之空空，如下天状。抑知厚地之下，或别有天地也。（出《酉阳杂俎》）

使是布衣素服，他全都出门引进接见。和尚谢过李德裕说：“相公您在位，连昆虫都能通达人性，万条江河从此都有了归处。运水的事虽然只是点小毛病，小僧私下也有过感触，才敢来拜见您，想阻止这件事再进行下去，可以吗？”李德裕点头说道：“只要做人，没有无嗜好和私欲的，至于烧汞这是我不会的，况且酒色等三惑及赌博下棋之事，弟子我并没有沾染。然而和尚不许他的弟子饮用这里的水，这不是残酷吗？为了您停水，三惑就会立即放纵，而怠慢则必然产生。”和尚说：“我之所以来拜见相公，是因为我非常地熟悉常州水脉。京都有一眼井，与惠山寺的泉脉相通。”李德裕大笑地说：“真是荒唐。”和尚说：“相公只管取这井中的水来饮用。”李德裕说：“井在寺中的什么地方？”和尚说：“是在昊天观常住库后面。”李德裕用一个小口大肚的瓶子装了一瓶惠山水、一瓶昊天水，和八瓶同一类水掺杂在一起，总共有十瓶，暗自也是记住每瓶水的出处，送给和尚分辨。和尚于是用口品尝，取出惠山与昊天之水，其余八瓶全都是一个味道。李德裕非常惊奇，当时就停止了运水。人们不再为此辛苦劳累，流传的议论也就此停止了。（出《芝田录》）

永兴坊百姓

唐朝开成末年，永兴坊百姓王乙去挖井。已经超过正常井一丈多深了，还没水。忽然听见所挖的井下有人说话的声音和鸡叫的声音一样，听起来特别嘈杂，就好像在隔壁。挖井的工匠十分害怕，不敢再向下挖。街司将这情况上报给了金吾韦处仁将军，将军认为这事十分怪异，于是没有上奏，急忙令人将井填塞满。据《周秦故事》中说，有个谒官在阁楼上得到骊山上报的奏章，说李斯带领被罚劳役的七十二万人在骊山修建陵墓，秦始皇三十七年，因为遇到了地下的井泉，李斯上奏说：已经开凿到了地下的最深处，已经凿不进去，也烧不着火，敲打地下也是什么也没有，就好像下边有天。或许在深厚的土地下面，又有另一个天地？（出《酉阳杂俎》）

独孤叔牙

独孤叔牙，常令家人汲水，重不可转，数人助出之，乃人也。戴席帽，攀栏大笑，却坠井中。汲者揽得席帽，挂于庭树，每雨所溜处，辄生黄菌。（出《酉阳杂俎》）

柴 都

东方有柴都焉，在齐国之山。山有泉水，如井状，深不测。至春夏时，雹从井中出，出则败五谷。人常以柴塞之，不塞则雹为患。故号柴都。（出《郭氏玄中记》）

濠州井

戊子岁大旱。濠州酒肆前，有大井，堙塞积久，至是酒家召井工陶浚之。有工人父子应募者，其子先入，倚锸而卒。其父遽下，亦卒。观者如堵，无敢复入。引绳出尸，竟不复凿。（出《稽神录》）

鸡 井

江夏有林主薄，虐而好赌，甚爱一女，好食鸡，里胥日供双鸡。一日，将杀鸡，鸡走，其女自逐之。鸡入舍北枯井中，女亦入井，遂不见。林自往，亦入井不出。俄井中黑气腾上，如炊。其家但临井而哭，无敢入者。有屠者请入视之，但见大釜，汤沸火炽。有人拒其足曰："事不干汝。不得入而出。久之，气稍稍而息，井中唯鸡骨一具，人骨二具。此数闻故老言之，不知其何年也。（出《稽神录》）

独孤叔牙

独孤叔牙曾经叫家人到井中打水，打水的时候觉得水桶非常重转不动井绳，好几个人帮助提了出来，原来是有个人，头戴草帽，手扶井栏大笑，然后又退坠到井中。打水的人揽到了草帽，挂在了庭院前面的树上，每当下雨时草帽上的雨水滴溜到的地方，就生长出了黄菌。（出《酉阳杂俎》）

柴　都

东方有个柴都，在齐国的山上。山上有一眼泉水，形状很像一口井，不知道有多深。到春夏，冰雹就从井中喷出来，出来就砸坏村民的五谷。人们经常用柴火去堵塞井口，如果不堵上，冰雹就会生祸患，所以人们就称它为柴都。（出《郭氏玄中记》）

濠州井

戊子年大旱。濠州城内酒馆前面有一口大井，堙没堵塞了非常长的一段时间。到这时酒馆主人便召募井工来淘井。而后有井工父子二人前来应召。儿子先入井，后面却倚着铁锹死了。父亲急忙下去，也同样死去了。围观的人像堵墙一样，没有人敢再下井。人们用绳子把二人的尸体拉上来，最终没人再开井。（出《稽神录》）

鸡　井

江夏有一个姓林的主簿，性情非常暴躁而且喜欢赌博。他非常钟爱的一个女人，十分喜欢吃鸡，乡里的官吏每天都要供给她两只鸡。有一天，要杀鸡的时候，鸡逃走了，这个女人就自己去追鸡。鸡进入房屋北面的枯井之中，这个女人也就跟着入井，进去之后就不见了。林主簿亲自去井边，也进入井中同样也不再出来。一会儿井中有黑气迅速向上升腾，就像渺渺炊烟。他家中的亲朋好友来到井边痛哭，没有人有勇气进入井中。有个屠夫请求进入井中去察看，只见井下有一口大锅，锅中的水被炽热的火焰烧得滚开。有人拖住他的

军井

建州有魏使君宅，兵后焚毁，以为军营，有大井淀塞。壬子岁，军士浚之，入者二人，皆卒，尸亦不获。有一人请复入，曰："以绳縋我，我急引绳，即亟出之。"既入久之，忽引绳甚急，即出之，已如痴矣。良久乃能言云："既入井，但见城郭井邑，人物甚众。其主曰李将军，机务鞅掌，府署甚盛。惧而遽出，竟不获二尸。"建州留后朱斥业，使填此井。（出《稽神录》）

金华令

王祝从子某，为金华令，筑私第于邑中。夏暴雨大至，水忽奔往东南隅，如灌漏卮，顷刻而尽。其地成井，深不可测。以丝籰縋石以测之，数十丈乃及底。黏一新捻头而上，与人间常食者，无少异也。（出《稽神录》）

脚说:“这事和你无关。”屠夫没有能进去被人拉出。过了非常长的一段时间,黑气逐渐止息,见井中只有一具鸡骨架,两具人骨架。这件事不止一次地听老年人们说过,但也不知道是哪年的事情了。(出《稽神录》)

军井

建州有一座魏使君的住宅,战乱之后就被烧毁了,被人征用来作为军营。住宅内有口大井被沉淀物堵塞住了。壬子年,兵士开始疏通这口大井。进入井中的两个人后来都离奇地死了,甚至连尸体都找不到。后来有一人请求再次入井,说:“用绳子把我拴住,我急促地拉动绳子的时候,就立即把我拉出来。”已经入井非常长时间了,那人忽然非常快地拉动绳子,上面的人立即把他从井中拉出来,他已经像痴呆了一样。过了半天才能讲话说:“我进入井中,只见井下有城郭市镇,人非常地多。那里的主管叫李将军。公事也是非常繁杂,官府也非常气派。我因很害怕就急忙出来了,竟然没找到那两个人的尸体。”建州的节度使朱斥业派人填上了这口井。(出《稽神录》)

金华令

王祝有一个侄子,在金华做县令。他在城中建造了一座属于他的私人住宅。夏天城中下起了倾盆大雨,突然雨水奔流向他的住宅的东南角,就像灌进漏底的酒器里一样,不一会儿水就流完了。漏水的地方形成了一口井,没人能估计出井到底有多深。用丝网坠一块石头来测量,几十丈才到底,粘上来一个新馓子,与人间经常吃的没有什么太大的不同。(出《稽神录》)